辛弃疾

颜廷瑞　宋维杰　著

③ 揾泪英雄

长江出版传媒　长江文艺出版社

目 录

楔 子 悲愤炙心

　　真是所谓的"天人感应、阴阳相和"的情景吗？几天来江南铅山地区几十年不曾有过的冷云寒雪,覆盖着南宋开禧三年(公元 1207 年)元旦将至的奇狮山谷和山谷中的瓢泉园林。云涌、风吼、雪掩、冰封,松涛悲号,山泉凝咽,瓢泉园林真的成为冰雪的世界。昏庸的"天"以最为残酷的清冷严寒,摧残折磨着停云堂里"西山病叟支离甚"的辛弃疾。

　　在风雪凛冽、送旧迎新的除夕之夜,年迈的"栗色的卢"轰然倒下。辛弃疾冒着风雪亲临"神龙居",焚香祭奠二十六年形影不离的"战友"。他忍痛含泪亲自洗涤"栗色的卢"被屋灰沙泥污染的躯体,梳理它雄威的鬃毛,亲自选址筑穴,葬"栗色的卢"于"神龙居"屋后一株高大的古樟旁,并按照民间古老的习俗,豁开了"栗色的卢"腹部的皮囊,期盼这位神骏的"战友",来世转为一位才智神勇的士卒将领,为天下黎庶恢复失去的关山原野。

　　在习俗中解禁"寒食"的年节"破五",居于听泉草堂上屋、年已七十三岁的"双剑霹雳"辛勤,在这乍来的凛冽极寒袭击中病倒了,发着高烧,喃喃呻吟。听泉草堂管事惊骇万状,急遣男仆冒着暴风雪奔停云堂禀报。

　　辛弃疾闻讯推枕而起,跳下床榻,在范若水的挽扶下,偕七子辛秸、八子辛襃(bǎo)冒着暴风雪奔进听泉草堂。此时的辛勤已呈现昏迷之状。辛弃疾俯身床前,连声呼唤"三哥"。辛勤无应,辛弃疾伸手切抚辛勤额头,高热烫手,急令管事从家备药物中觅出"牛黄消热丸"一粒,亲自扶起三哥用温水服下;急令男仆增加栎木炭火十盆,环床榻置放,增加室内热度;急令辛秸率年壮男仆二人,三人三骑,携带重金直奔铅山县城延请名医。辛秸应诺,转身奔出听泉草堂。

在辛秸快步奔出听泉草堂的同时,一串暴风暴雪的呼啸声和撞击柴门竹帘的震撼声也乘机闯入上屋,辛弃疾突地恍悟到雪拥关山,冰结道路,人马难行。上天杀人啊!他怆然失神,跌坐在床边,紧紧握着三哥的手呼唤着。

也许由于药物产生了神奇的作用,也许"温水降温"产生了效果,也许是十多盆炭火驱走了严寒,昏迷的辛勤似从梦中醒来,微微睁开眼睛。当他看到眼前辛弃疾朦胧的身影时,他的双眼一下子睁大了,嘴角浮出几丝淡淡的笑意,眼角含着晶莹的泪珠。

辛弃疾喜而疾呼:"三哥,我是弃疾,我在身边……"

辛勤在喃喃而语:"剑,剑……"

辛弃疾会意,急令管事取来悬挂在床头墙壁上的双剑,放在三哥的枕边。

辛勤的眉梢露出一丝笑意,喃喃语出:"茂嘉……我想他……"

辛弃疾咽声宽慰三哥:"茂嘉供职桂林,前日有信来,正在回来的途中。三哥等着他……"

辛勤微微摇头,语出无力了:"我想家……家在山东历城四风闸……那里有祖坟……"语未尽而声息,几颗泪珠从眼角滚落,辛勤无力地垂下了眼帘。

回光返照的最后一息凄然地结束了。病榻前的人们,都明白大哀已经降临,但都咬唇噤声,期盼奇迹的再次出现。

哀堵嗓闸的辛弃疾,不舍地紧紧握着三哥冰冷的双手,一种兄弟、战友、保护神三者凝成的特殊情感,炙烤着他悲痛欲绝的心。三哥辛勤保护了辛弃疾十五年烽火硝烟中的生命,成全了他十五年飘蓬官场的业绩,也陪伴了他二十多年清冷流放的岁月。悲失手足，痛失战友，苦断九肠啊！

此刻的辛弃疾出现了生平中鲜有的失态，他抚着三哥的躯体痛哭，泪流满面，号啕嘶哑，神志昏迷。

室内的人们，同时向逝去的"双剑霹雳"跪倒，用悲凄怀念的哭声为老人哀悼送行。

悲凄的哭声飞出听泉草堂，借着呜呜的风雪之力，飞上园林外二里处高达数十丈的周氏冈。刚刚冒着暴风暴雪奋力登上冈顶的辛秸及其两位伙伴，被从瓢泉园林传来的哭声惊呆了。他们跪在雪地，呼唤着敬爱的"三伯"跪倒，放声痛哭。三匹冷汗结冰的骏马，仰首望着茫茫的瓢泉园林，"喷鼻"致哀，同时发出悠长凄凉的嘶鸣声。

一位老战士倒下了，有家难归，祖坟难进，游魂何倚？只能暂厝(cuò，放置)灵柩于雪漫冰封的听泉草堂，以待北归。可这北归之期是何年何月？风雪茫茫，岁月茫茫，辛弃疾气噎胸喉，凄绝哀甚地昏倒在辛勤的灵柩前。

就在辛勤逝世"头七"的元月十二日，病卧床榻七日七夜的辛弃疾刚从哀痛中缓过气来，便挣扎扶枕而起，要去听泉草堂参加三哥的"头七"大祭。范若水劝阻，他执意前往；范若水欲以"自身前往替代"，他拗性大发，哀呼"三哥"，挣扎下床。范若水无奈无措，相抱而泣。恰在此时，辛秸跑进"停云堂"禀报四哥辛穮(biāo)已从临安归来。辛弃疾、范若水在相抱而泣的茫然中，果然看到辛穮跑进屋内，风尘仆仆地跪伏在他俩的面前，号啕大哭："父亲，母亲，三伯大哀，穮儿不在身边，不孝之罪，终生难赎啊。"

辛弃疾一时愣住了，范若水情急上前，俯身抱着投身军旅的儿子声泪俱下。

辛穮的突然出现引起辛弃疾敏锐的思索：家中突遭的不幸，断不会在雪漫冰封中这么快地传讯于临安；自己近日病卧床榻之情状，断不会惊动千里之外的儿子。坎坷岁月，祸不单行，难道还有更为悲惨的祸事临头吗？他厉声询问脚下跪伏的儿子："你身为禁军教习，年节期间离开军营，有违军纪，找惩找罚吗？"

辛穗叩头禀报："父亲在上，穗儿现时已不再是临安禁军教习，而是跟随江淮宣抚使丘伯宗卿大人奔赴江淮战场的迪功郎。"

辛弃疾心神战栗，冷汗透出，身子一抖，跌坐在床沿上。

辛秸急忙扶护着父亲，范若水也一时惊呆了。

辛弃疾轻轻推开秸儿扶护的双手，头脑一下子清亮了许多，一种苦涩的悲中之悲涌上心头：献身军旅的穗儿被逐出军旅，受父之牵连啊。

辛穗似已察觉父亲神情的苦涩哀痛，以十多年军旅中养成的忠勇盛气禀报："父亲，战局剧变，庐州危急，和州危急，江淮危急，建康危急，事关我军万千官兵的生命啊！儿奉两淮宣抚使丘大人之命，特来请求父亲出谋划策，拯救江淮危局。"

危急，危急，危急，一连串的危急，特别是老友丘崈亲临战阵的危急，似乎一下子荡去了辛弃疾病情支离的衰敝和哀事连连的悲凄，他神情奋然急询："丘公乃文臣，怎么以'两淮宣抚使'之职指挥战阵？现时情状如何？"

辛穗禀报："战局危急，朝中权臣诿过相残，乞和之风再起，丘伯忽地被韩侂胄任命为两淮宣抚使。"

辛弃疾怒喝："仔细讲来！"

辛穗应诺讲起："去年(开禧二年，公元 1206 年)五六月间，朝廷右丞相陈自强，枢密院编修官、起居郎史弥远，两淮宣抚使邓友龙，礼部侍郎李壁等，在声讨批判父亲'勿仓猝'的战略谏言中，请求即刻举兵北伐。韩侂胄嘉其奏请，即时发出军令：任命其心腹臣子苏师旦为安远军节度使兼领阁门事；任命殿前副都统郭倪为兵马统帅、山东京东路招抚使兼知扬州；任命禁军副将赵淳为京西北路招抚使；任命江陵副都统皇甫斌为京西北路招抚副使；勒令镇江都统制陈孝发攻取泗州；勒令江州统制许进攻取蔡州；勒令建康都统李爽攻取寿州；勒令谋士、文胆李壁起草《北伐诏书》，于六月五日诏告天下，并于此日开始了声势浩大的北伐。旬日之内，捷报频传：殿前副都统郭倪的爱将郭倬、李汝翼攻取宿州,江陵副都统皇甫斌攻取唐州、邓州,镇江都统陈孝庆攻取泗州,江州统制许进攻取蔡州,建康都统李爽收复寿州……捷报传至临安,韩侂胄兴奋若狂,决定临安放假三日祝捷。大内盛宴狂欢,在盛大空前的祝捷中,苏师旦、邓友龙、李壁,仍以声讨父亲的'勿仓猝'谏言为攻击目标,借以彰显韩侂胄'即时北伐'的英明。祝捷锣鼓声刚歇,战局逆转之噩耗传来:金兵开始全面反击,金兵统帅仆散揆(kuí)分兵九路南下。仆散揆亲率精兵一万抢渡淮河;副元帅纥石烈胡沙虎率兵两万出清河口;金兵右副元帅完颜匡率兵两万出唐州;金兵左将军纥石烈子仁率兵三万出涡口;金兵右将军完颜充率兵五千出陈仓;金兵右将军蒲察贞率兵一万出成纪;金兵右将军石抹温率兵五千出盐州;金兵蜀汉路宣抚使完颜纲率兵一万出临渠;金兵左将军完颜璘率兵一万出来运。两淮战场告急:皇甫斌败失唐州,陈孝庆败失泗州,许进兵溃蔡州,李爽兵败寿州,郭倬、李汝翼兵败宿州。金兵九路南下和两淮战场频频告急的噩耗传至临安,韩侂胄和他的文武心腹臣子全都吓傻了:哪里来的'九路金兵'?'哪里来的十二万金兵铁骑'?闻所未闻啊!他们此刻似乎一下子明白了父亲谏言'明敌情'的重要。韩侂胄在其心腹李壁的秘密筹划下,一方面以'怙势招权,使明公(韩侂胄)负谤'的罪名,罢苏师旦知阁门事兼枢密院承旨、安远军节度使之职,籍其家,寻除名,韶州安置;并以'昏庸无能,负明公之托'的罪名,罢邓友龙两淮宣抚使之职,贬离临安。一方面以丘崈大人代邓友龙'两淮宣抚使'之职,并勒令即刻赴扬州设营视事,以解两淮战局之危。"

在辛穗尽其所知的禀报中,辛弃疾闭目静听,筹划着应对两淮危急的制胜方略。他突然觉得自己的头脑似乎恢复了昔日的冷静和专一,一年半来储存于头脑中的金兵沿着淮河北岸布置的情状、金兵元帅仆散揆的战略图谋、金兵副元帅纥石烈胡沙虎的用兵特点以及宋军在两淮战场的建设情状,都清晰地浮现在心头。纵然对现时两淮战局危急的真实情状只是乍闻,但他确信自誉孔孟学子的已故金国皇帝完颜雍在执政二十八年中,由于上层贵族的腐败和契丹、渤海汉人不屈不挠的反抗,已使金国政权呈现出衰败之势,是不会扭转的。完颜雍传位于皇子完颜璟,在其执政的十多年中,局面更是每况愈下,不曾横刀立马的皇帝完颜璟早已失去了先祖的彪悍之风,其麾下将领也不再有金兀术、纥石烈志宁那样的人物;特别是高原蒙古人的崛起,已成为完颜璟卧榻侧一只窥视的草原饿狼,完颜璟南下马蹄,系着蒙古人的绳索,这种形势也是不可逆转的。

辛弃疾反复思虑,要从多种扭转两淮战局危急的方略中,选择一种最有效、最易行、收效最快、损失最轻的方略。再说,老友丘崈毕竟是一位压根儿不知兵的文人,这个方略是他能举得起、展得开、放得下的啊!

细心的辛秸早已被四哥介绍的朝廷权臣疯狂的作为震怒了,他怕父亲再受刺激,急忙端来热茶,为父亲消解心结。

惊骇压心的范若水,被四子禀报中朝廷权臣处置同伙的凶狠毒辣惊呆了,权臣们以丘崈代邓友龙为"两淮宣抚使"一职的诡诈阴险,更使她不寒而栗:丘崈若不能扭转两淮战场的危局,其下场将比"罢官、籍家、京外安置"的邓友龙悲惨百倍,甚至要断送性命。她耐不住了,急语眼前闭目沉思的辛郎:"丘公素不知兵,代邓友龙为两淮宣抚使,也许是一个阴谋、一个陷阱。"

辛弃疾猛地睁开眼睛,呈现出昔日帷幄决断时那股果敢自信的豪气。他以其特有的风格,找出了应对两淮战场危局的方略:"杀伐树威,坚壁清野。固守卢和,飘曶制敌。"

简练的十六字方略隐藏着精妙神奇,辛秸默默地咀嚼品味着,心中腾起了驰骋疆场的波澜。

明严的十六字方略啊。范若水听明白了。病情支离、年逾古稀的辛郎,仍有着一颗叱咤风云的雄心。她心中腾起了为之骄傲的热浪。她热泪直流,怕辛穮一时情急,稍有疏忽,拭泪而直言催促:"穮儿,记牢了吗?能领会其主旨精髓吗?"

明严果毅的十六字方略啊。辛穮已牢记在心,他向母亲致谢,朗声诵出

"十六字方略"的第一条,并跪拜于父亲面前,叩头请求:"父亲,请检验儿子对'十六字方略'的理解和领悟。"

范若水注视着丈夫,辛秸注视着父亲,辛弃疾凝神闭目……

辛穗朗声语出:"杀伐树威乃'十六字方略'的第一要义。丘伯乃忠耿文臣,不解兵事,为麾下将领所轻,当严惩将领中临阵畏缩之徒,特别是对那些以权臣为背景的弃城失地、违抗军令者,杀无赦,以树主帅杀伐决断之威。

"坚壁清野乃弱者对抗强敌的法宝,亦兵民抗击强敌之要诀。加固营垒,转移居民、粮食、物资,空荡田野,使入侵金兵无所得,陷敌于无粮无秣之困境,拖死敌人,困死敌人。

"固守卢和乃'十六字方略'重中之重,卢州城、和州城皆两淮战略要冲,亦屏障大江之关锁,断不可丢失,当集中兵力、人力、财力固守之,使之成为金城汤池,不可逾越。卢和存,则两淮战局持稳,建康无忧,临安无忧,丘伯亦无性命之忧。

"飘智制敌乃'十六字方略'中的奇招、险招、刀剑见红之招。"

辛弃疾猛地睁开眼睛,目光炯炯:"此招乃因你而设,当由你亲自执行!"

范若水一时愣住了,辛秸一时发蒙了。

辛穗似已理解了父亲的意图,拱手请命:"穗儿听候父亲训示。"

辛弃疾凛然语出:"你当知'飘智制敌'之关键,在于'飘智'二字。'飘智'非'飘逸'之潇洒,亦非'飘摇'之随意,而是来去无踪,激扬嫖怒。你曾为禁军教习,当于军旅中挑选剽悍精骑五百人,分作十队,神出鬼没,飘智于两淮战区,以昼伏夜出、短兵相接的奇袭,以劫营断路、虚张声势的奇袭,在两淮战区搞它个惊天动地,使入侵的金兵日夜不宁,提心吊胆,草木皆兵。为固守卢和、屏障建康而舍命拼杀。"

辛穗以万丈豪情回应父亲:"七尺男儿,战场争雄,人生幸事!"

辛弃疾点头称赞,双手抚着辛穗的双肩,神情凝重了:"我知道,你长期委身于临安禁军,对两淮战区的山川形状及我方兵马的情况不甚了解,让你担负如此与死亡为伴的特殊任务,确实是强为所难,甚至有孤注一掷之险。当然,丘密听到这'飘智制敌'四字后,会暂借给你一个'副将'的衔头,但任何衔头在战场上都是无用的,我为你找到了一位帮手,可协助你完成这项艰巨任务。此人虽是一个草莽白丁,但尚有一点才气,长期居我身边,略知两淮战区山川关隘情状,并对两淮战区我方驻军将领的才智能力及其所部战斗力的强弱亦有所知。有他在你身边,我和你的母亲也就放心了。"

辛穂情急询问:"父亲,此人现在何处?"

辛秸突地跪倒在辛弃疾的面前:"父亲,秸儿等候这样的命令很久了。"

辛弃疾询问:"秸儿,你愿意跟随你四哥上战场吗?"

辛秸朗声回答:"七尺男儿,战场争雄,人生幸事!"

辛弃疾望着范若水声音哽咽了:"夫人,你赞同吗?"

范若水面色苍白,双眼含泪,整个人似乎一下子苍老了许多,在喃喃的"赞同"声中,扑向跪拜在地上的两个儿子,拥抱着他哥俩……突然,她双手拉起两个儿子,厉声地驱赶他俩:"快上战场吧!快向丘公复命吧!快离开这停云堂,你们的父亲就安心了,放心了,不再心神煎熬了。"

辛穂挽着辛秸向辛弃疾、范若水叩头告别,急步走出了停云堂。

范若水回头望着闭目不语的辛弃疾,怨怼而语:"辛郎,你的心肠真硬啊。为穂儿选择了一条与死亡结伴的道路,还嫌不够,又让秸儿作陪啊!"

辛弃疾拉起妻子的手,咽泪而语:"夫人,我们老了,无用了,国家有难,我们能做到的,只有奉献出自己的儿子……我心疼,我头晕,精疲力竭,我想躺着休息!"

范若水扶着辛弃疾躺下,望着闭目歇息的丈夫喃喃而语:"'七尺男儿,战场争雄,人生幸事。'真不愧是辛弃疾的儿子!天可怜见,辛弃疾的儿子,就该血洒疆场……"她掩面发出痛断九肠的哭声。

辛弃疾精疲力竭地病卧床榻,似睡非睡,似醒非醒,心中交织着痛苦和无奈。是啊,此时的辛弃疾,深深陷于人生诡谲、命运诡谲的泥潭中。三年的出知滁州，四个月的仓部官任，一年六个月的提点江西刑狱，两年的参知江陵府，一年的湖北转运使，两年的湖南宣抚使，一年的江西安抚使，十个月的两浙西路提点刑狱公事，为什么总是辛辛苦苦地开始，轰轰烈烈地跃进，忽地诏令飞来，又在茫然而不知所因的凄凄惨惨中功败垂成。自己梦中全力奔进的理想乐园，却偏偏跌入阴间最荒唐的闹市。渊薮何在？寻寻、觅觅……辛弃疾在寻觅中昏昏入睡了……

北风劲吹，万物冻结。大年上元节正月十五的黎明时分，昏睡两天三夜的辛弃疾突地在一声悠长的呻吟声中醒了过来。亲人们惊喜地拥至床榻前，望着辛弃疾慢慢地睁开眼睛，目光如常地掠过他们的脸庞，眉梢闪现出几丝笑容。人们笑逐颜开，都在为辛弃疾生命的顽强而喜泪潸潸。

辛弃疾双眼闪亮，点头向亲人们致谢。良久，似为一种声音所动，侧耳倾听，抚着范若水的手轻声询问："这是什么声响？是'神龙居''栗色的卢'的嘶鸣声吧？"

整整倾听，屏气摇头；辛襄倾听，摇头噤声。

范若水倾听，摇头，心颤了；她故作笑语而应之："辛郎听真，这是门外的风声。春风送暖啊！"

辛弃疾摇头，话语更显清晰了："亲切的声音，是'听泉草堂'传来的三哥的咳嗽声吧？"

整整、香香听真切了，老爷神志恍惚啊！鼻酸眼湿了……

辛襄听真切了，父亲仍在神志迷妄中，心神突地慌乱了……

范若水听真切了，辛郎仍陷于"悲失手足"的哀痛中，不能自拔，更当为其解哀解痛啊："辛郎听真，这响声是门外屋檐冰溜融化的滴答坠落声。今天是正月十五，是上元节啊！"

辛弃疾摇头，声音高扬了："'啊、啊'的叫声，'吱、吱'的召唤声。这是白鹤的问候，是白鹤有急事相诉啊！"

人们惊奇了,侧耳倾听,果然有白鹤的"啊、啊"声隐约传来。

辛褒立即去门外察看,果然是两个月来久违的白鹤停落门前溪流边一株枝干上,望着停云堂"吱、吱"而鸣,见辛褒开门而出,双翼扇动,"吱、吱"声变为"啊、啊"。辛褒依往日之礼仪,急忙拱手致礼迎接。白鹤歇翼急停,点头示待,辛褒拱手急返屋内禀报。

辛弃疾闻辛褒禀报白鹤声情殷殷之状,神情一振,倦意似一扫而去,欲推枕起坐,范若水急忙拦阻。辛弃疾高声语出:"夫人,这是瓢泉园林几个月流年不利中来访的唯一朋友啊!朋友来访,我能躺着迎接吗?"

范若水苦笑点头,急忙扶辛弃疾坐起。

辛弃疾令出:"褒儿,快捧'鹤公'喜食的瓢泉鱼虾,请'鹤公'早餐!"

辛褒应诺离去。

"整整、香香,老朋友来访,我们当奏乐迎迓!"

整整、香香突地恍悟了,"平生不下泪,于此泣无穷",老爷孤独日久,满怀苍凉,该借白鹤倾诉愁肠了,当遂老爷心愿,解老爷之心结啊!她俩应诺而去。

"夫人,扶我下床,为我更衣绾髻,我要以老而不颓、病而不靡的风采会晤我们的老朋友!"

旭日东升,阳光洒在冰雪消融后漫山遍野林木的枝叶上,闪烁着奇异的七色光彩。停云堂门前白鹤停落的那株因冰雪压迫而迟开的红梅,似乎突然间花蕾怒放,形成了一团灿烂的红色烈焰,壮观了整个园林。

在这个冰雪奇特的变化中,停云堂大门敞开,辛弃疾在整整弹奏的琵琶声和香香吹奏的玉笛声中,由范若水和八子辛褒搀扶着步出屋门。辛弃疾神情昂扬,拱手放声:"老朋友,久违了,别来无恙。"

梅枝上的白鹤似情有所悟,以"啊、啊、啊"连续三声作答,并振翼而起,在红梅上空绕飞三匝,舒缓轻巧地停落在辛弃疾的身旁。辛弃疾举起双手抚其双翼,其情殷殷;白鹤缓伸长喙,轻吻辛弃疾面颊,昂首"啊、啊、啊"三声展翅而起,飞回梅枝,昂起长长的脖颈,专注地望着辛弃疾。

辛弃疾望着白鹤高声唱赞:"好一颗美丽的丹顶!好一副洁白的躯体!好一双洁白健捷的羽翼!你这人世间自由自在的神灵,令人神往艳羡啊!"

此时的白鹤似有所不安,在"啊、啊"两声之后,即转入不停的"吱、吱"声,双目似有泪滴,注视辛弃疾的目光,似乎更显急切忧郁了。

整整、香香已为白鹤的灵性吸引……

范若水、辛襄因白鹤的灵性忧郁而再添不安……

辛弃疾因白鹤的灵性而感到慰藉:"老朋友,你在为我的病情操心吧?"

白鹤"吱吱"声停。

辛弃疾哀声诉说:"流年不利啊!瓢泉园林哀事连连,我病情支离,数度卧床,已不闻天下大事,只念念于瓢泉园林之物,神魂癫痴,病生肺腑,三事苦我,无力自解,特求助于'鹤公'。其一,停云堂外,我亲植松树数百,已一人之高,挡住了通往梅坞之路。我欲砍伐铲除之,其心不忍。病因起焉。其二,秋水观前的池塘,清澈如镜,可烛眉须,却被急雨冲下的泥沙淤塞。我应对无策,清塘无力,忧烦闹心,病情愈烈啊!其三,我住室之窗口,一片茂密竹林,遮住了远处秀丽的青山。我欲砍掉竹林欣赏青山之美,情之不却,难决难断。病入膏肓啊!凡此三事,令我心忧痛苦,请'鹤公'赐我救治之良方。"

白鹤似有所悟,"唧唧"声中,展翅而翎羽摇动,爪起而跃上高枝,望着辛弃疾摇动头颅,发出一串"啾啾"的叫声。

辛弃疾笑语身边的整整:"琴心慧敏的整整,当解'鹤公''跃上高枝'之举。"

整整臆解回答:"鹤公'跃上高枝'之举,分明是'登高望远'之意。似乎在说一向'男儿至死心如铁'的辛弃疾,怎么会全心神地倾情于身边微不足道的梅坞、曲沼、青山,而且会因荒诞的伐松、治污、砍竹而病入膏肓。这是我深交的朋友辛弃疾吗?"

白鹤神情高扬的"啊、啊"声,似乎在表示对整整言论的认同。

辛弃疾吟叹:"鞭辟入里的见解啊!谢鹤公,谢整整,道出了弃疾此时内心的苦闷和尴尬。心直口快的香香,当解鹤公'微微摇头'之意吗?"

香香直言快语:"鹤公'微微摇头',其意分明:老爷不是在求赐医治'病入膏肓'的良方吗?鹤公的回答是:此病无药可救,就是神医扁鹊再世,也是束手无策!"

白鹤神情高扬的"啊、啊"声,似乎表示对香香言论的认同,其声朗朗,遏云穿石,既有"鹤唳华亭"之哀,亦有"鹤鸣九皋"之壮。刹那间,引得山林风起,谷雾消散,半个月来晦气蒙蒙的瓢泉园林一下子似乎清新晴朗了。

辛弃疾神情一振,手抚身边的老妻范若水急切询问:"夫人,鹤公之语,惊天动地,你能辨能解吗?"

范若水嫣然一笑,拱手向白鹤致意语出:"鹤公的赐教,天地欢呼啊!若水僭越识解了。此时辛郎的病因,确如鹤公所言:不在瓢泉,而在临安;不是遮挡梅坞花径的松树、淤塞曲沼的污泥、遮掩青山的竹林,而是朝廷的天纵不明、投降派的邪恶专权、军旅上的所用非人。"

白鹤突地引吭"噢噢"而鸣,展翅而舞,上下跳跃于如火红梅之间,似乎展现了对范若水的认同。

辛弃疾兴起,激越而高吟:"精妙的病诊。头顶王冠的老朋友,请赐我医疾之良方!"

白鹤停止歌舞,发出节奏分明的四声"唧、唧、唧、唧"。

琴心慧敏的整整急做臆解:"鹤公回答的医疾良方仅为四字:'要言妙道'。"

辛弃疾急询:"'要言妙道',何处可得?"

心直口快的香香忙做臆解:"鹤公回答,要得'要言妙道',当请教'北山愚公'"。

辛弃疾情急向白鹤拱手请教:"老朋友,请赐知北山愚公今日何在?"

白鹤昂首"吱吱"长啸,声喓林木,掀起一层悠悠凄风。展翅而起,在青翠碧绿的瓢泉园林上空,绕飞三匝,落向鹤鸣亭。

辛弃疾望着激荡风云的鹤鸣亭,涕泪交流,高声吟起致谢仙鹤、婉陈心曲的《六州歌头·晨来问疾》:

晨来问疾,有鹤止庭隅。吾语汝,只三事,太愁予,病难扶。手种青松树,碍梅坞,妨花迳,才数尺,如人立,却须锄。秋水堂前,曲沼明于镜,可烛眉须,被山头急雨,耕垄灌泥涂。谁使吾庐,映污渠? 叹青山好,檐外竹,遮欲尽,有还无。删竹去,吾乍可,食无鱼,爱扶疏。又欲为山计,千百虑,累吾躯。凡病此,吾过矣,子奚如?口不能言臆对,虽扁鹊,药石难除。有要言妙道,往问北山愚,庶有瘳乎。

范若水在她的辛郎吟诵停落之时,出语安慰:"'男儿至死心如铁。'不甘寂寞,无奈寂寞,面对寂寞,睥睨寂寞啊!"

辛弃疾仍注目于高高的鹤鸣亭,抚慰老妻:"夫人,今天是元宵节。设宴鹤鸣亭,寻找北山愚……"

范若水在凄凄沉思中高声应诺。

今年瓢泉园林的元宵节,全然弥漫着沉哀茹痛的气息。范若水此时已是哽结五内、心神欲碎了:"穗儿、秸儿奔赴战场的壮烈,辛郎病情支离的日甚,使她承受几十年来从未有过的重压和痛苦。她表面上强作坦然,内心却经受着惊骇、惊惧的煎熬。天可怜见,辛郎在卧床三夜两天的昏睡中醒了过来,呈现出神奇的清醒,神奇的敏感。白鹤的清晨来访与神奇的人鹤相晤,展现了人鹤之间的神奇知音,并神奇地掀起了辛郎的豪情雄风,揭示了辛郎心底不离不弃的大念大牵。祸耶?福耶?缘耶?'设宴鹤鸣亭,寻找北山愚。'这个要求不高啊!莫怕天寒地冻,莫怕离奇荒诞,该满足辛郎'男儿至死心如铁'

这个可嘉可叹的心愿啊！"

月光融融，照映着一张巨大的布满美酒佳肴、各样元宵的筵席和十数位围绕筵席而坐的男女主仆。

星光灿灿，照映着凭临栏杆、身着棉装的辛弃疾和身旁栏杆上昂首伫立的白鹤。

整整、香香弹唱起《六州歌头·晨来问疾》。溪流淙淙，为整整、香香的歌声伴奏……松涛阵阵，为整整、香香的歌声欢呼。辛弃疾放声高吟："美妙的歌声，疗瘰心疾的歌声，引导我找到了千古不朽的'要言妙道'的智者大师'北山愚'。他在滁州满目凋敝的复苏中，在江东哀鸿遍野的挣扎中，在两湖官逼民反血泪汪汪的难堪中，在十五年坎坷飘蓬的官场风雨中，在愚公移山、知其不可为而为之的实践中。'男儿至死心如铁'，我尊奉这千古不朽的'要言妙道'啊！"

伫立于栏杆上的白鹤，似乎为辛弃疾觅得"北山愚"及其"要言妙道"、不甘寂寞的豪情壮志所感动，"啊、啊、啊"地引吭高歌，展翅跃起，直上云霄，惊动了四周山林栖居的乌鹊群鸟，哗哗而起，吱吱而鸣，向南飞去，留下的是更为惨白的愁月，更为稀疏的寒星，更为清冷的鹤鸣亭。

辛弃疾仰望星空吁号："'月明星稀，乌鹊南飞。绕树三匝，何枝可依。'这是魏武曹操的诗句，千古不朽的诗句啊！ 夫人，我怀念故去的誉满河朔、矢志恢复的岳父大人。我怀念亦侠亦狂亦儒亦雅的恩伯'钱塘倜傥公子'。我怀念临终遗训'十年生聚，十年教训'之魂可借的祖公。我怀念因符离兵败为乞和派排挤而毙命贬途的老臣张公德远。我怀念因力主'恢复''北伐'而遭贬遭罚含冤故去的朋友。更为怆然者，是因矢志'恢复'，鼓吹'北伐'而屡遭劾罢，至今仍冷冻于越州山阴，过着清苦日子的词坛领袖、陆公务观放翁啊！"

夜风停拂了，松涛声息，银河西移，疏星凝目，鹤鸣亭上十数位男女主仆已经是心神凄然，泪滴前胸。天地间的一切，似乎都在聆听辛弃疾苍老凄然的心声："我更加强烈地怀念'心存恢复'的孝宗皇帝。在大宋二百多年间诸多的皇帝中，除了太祖、太宗，他算是一位最勤勉、最想有所作为的皇帝了。他的'优柔寡断'，未来的史家终会给他三分的同情。我无时无刻不在怀念感激虞公彬甫。采石矶一战，他为大宋赢得了二百年来从未有过的荣耀，并保住了风雨飘摇中的朝廷；他出入将相二十年，荐举和起用了数以百计的忠贞才俊；他高举'恢复'大旗，在极为艰危的境遇中，仍延续了大宋太祖太宗皇帝一统天下、至大至刚的浩气；在富国强军的大事大节上，展现了智者勇者的自信自尊。人群共仰，确乎是'一身而系天下之安危'。哀痛天地啊！宏图未展，殒命巴蜀，摧心剖肝啊！夫人，那天边玉壶光转，繁星如雨的地方，不就是临安城吗？那宝马雕车、凤箫声动、鱼龙共舞的辉煌，不就是临安城'欢乐至死'的元宵节吗？快弹唱起我三十年前即兴吟诵的那首《青玉案》，去追寻当年虞公的音容笑貌和那失落遗恨的'要言妙道'。"

范若水含泪从侍女手中接过琵琶，为她的辛郎弹唱起三十年前有苦难言、知音难觅的《青玉案·元夕》：

　　东风夜放花千树，更吹落、星如雨，宝马雕车香满路。凤箫声动，玉壶光转，一夜鱼龙舞。　蛾儿雪柳黄金缕，笑语盈盈暗香去。众里寻他千百度，蓦然回首，那人却在，灯火阑珊处。

琴音颤抖了，歌声哽咽了，人们的心神战栗了，默默地望着仰首星空、神情凛然的辛弃疾，两行苦泪从苍老下垂的眼角流出。

琴音歌声颤抖哽咽地继续着……

圆月含愁，疏星洒泪，银河南移。月光星光照映着鹤鸣亭上一位可敬可佩可怜的老人……

一　灯火阑珊的黎明

"与时消息"耶？"与时沉浮"耶？大宋王朝乾道八年（公元1172年）临安城的元宵节，较之去年的元宵节，切切实实地呈现出"欢乐至极""欢乐至死"的气派和辉煌。

丽正门前广场上架起的琉璃华灯五彩楼，高耸入云、长达万尺的"九天紫微垣"，呈现伸手可摘星之壮观。各色各样的花灯，烛光澎湃、波光汹涌，大有冥灭天上繁星之势。临安城四周三十八处寺院的僧侣尼姑倾巢而出，数以万计，手持法器，为太上皇祈福唱赞，震撼着临安城的八厢六十八坊。

在丽正门广场沉醉在"欢乐至极""欢乐至死"的奢华享受中，东华门外一座名曰"竹苑"的玲珑院落中，却呈现清冷和苍凉。

一丛翠竹前的竹椅上，倚坐着郁结心胸、沉默无言的辛弃疾。范若水从屋内走出，把一件毛衫披在她的辛郎的身上；屋檐下身倚栏杆的辛茂嘉和范若湖，目光忧郁地关切辛弃疾。丽正门前广场的喧嚣、宝马香车的嘶鸣声、倩男靓女的嬉戏浪笑声不时地越墙而入，更增添了"竹苑"主人的厌恶和不安地折磨着他的心灵。

辛弃疾就任司农寺主簿一年来，躬身清查了临安城十二座仓廪近十年来的粮秣、金银、财物的出入情状，惊骇于王公贵族、高官权臣以种种名目窃取国库财物的滔天罪行后，义愤填膺上呈奏表，提出"惩治贪腐"的具体方案。得到的回应却是朝廷因皇太子赵愭(qí)病亡、新太子当立而大起纷争。宗室老臣多主立皇二子庆王赵恺，宗室新贵多主立皇三子恭王赵惇。熙攘相斗长达数月，赵眘在晋封庆王恺为魏王、判宁国府的同时，终以恭王惇"英武类已"而越次立为皇太子。莫测的现实，莫测的未来啊！

就任司农寺主簿一年来，辛弃疾殚精竭虑，对临安城十三处苑囿的兴衰现状进行了深稽博考，特别是对于官商偷合苟容、贾侩行奸劫财之恶行进行了罪证确凿的清查。此类窃国大盗，当诛而灭之。他迫不及待地上呈奏表，提出了"除奸廉直"的具体方案。得到的回应却是朝廷荒诞地进行着人事调整：在无声无响召外贬抗金名将李显忠进京主管马军司公事的同时，大张旗鼓地擢调贪腐外贬之臣曾觌(dí)进京，迁任安德军承宣使，现职为新太子赵惇伴读。曾觌何人？赵眘为皇太子时的内知客，赵眘受禅后，任权知阁门事兼干办皇城司，与知阁门事龙大渊朋比为奸，广收贿赂，贪黩腐败，贬外为淮西副总管。今日卷土重来，福耶？祸耶？

就任司农寺主簿一年来，辛弃疾深入城镇乡野，对两浙东路、两浙西路、江南东路、江南西路、荆湖南路、荆湖北路的籍田、收获、税赋、民情之现状，进行了长达七个月的考察。发现富裕之论，纯系谎言；民生之苦，势若水火。郡以聚敛害民，县以科率害民，吏以取乞害民，豪强大姓以兼并害民。暴戾腐败的现实，孕育着"官逼民反"的危机。切肤之痛，切肤之急，遂不避斧钺，上呈"整顿吏治、废除横征暴敛，实施轻徭薄赋，解民倒悬"的方案。得到的回应却是又一场搅天动地的政坛斗争：在垂拱殿早朝中，殿中侍御史萧之敏一声号吼，气焰嚣张地上呈奏表，弹劾虞允文"擅权不公"。为保证弹劾的严肃性，特匿其具体罪状于奏表中，恭请圣上审实。赵眘惊诧，群臣愕然，虞允文一头雾水。萧之敏何人？一位清廉公正、颇孚人望的谏官，江州湖口人，字敏之，时年六十岁，绍兴十年(公元1142年)进士，隆兴元年(公元1163年)知建阳县，以邑人陈洙、游酢、陈师锡皆学行，立三贤祠祀之，以风励后学。赵眘嘉其学识政绩，擢监察御史，再擢殿中侍御史之职。群臣中嗅觉灵敏的主和派官员，特别是一年前在延和殿受辱于辛弃疾才智胆识的几位谏官御史们乘势而起，借着萧之敏的清正声誉，附和萧之敏的磊落直言，蜂拥而起，迅速掀起了一股"反虞、倒虞"的风潮，大有不达目的，决不罢休之势。

虞允文虽不知萧之敏所劾何事，但敬重萧之敏的为人，窃自揣度，或有失误之咎，遂自请罢政。赵昚一时傻眼了，他不解萧之敏何以如此荒唐，他痛恨主和谏官御史的卷土重来，他惊骇这场斗争出现的突然、猛烈和有序，猜想这场风波的兴起可能与德寿宫有关，忍痛准许了虞允文的"自请罢政"，同时大张旗鼓地擢任明州观察使张说为签书枢密院事，并急匆匆奔向德寿宫禀报，以探知真相。他得到的却是太上皇严厉明确的训示："采石之战，之敏在何处？毋听允文去！"一语而平纷争。主和派官员吠声销匿，赵昚收回成令，虞允文复留宰执之位。清正敢言的萧之敏，被太上皇的一句"之敏在何处"赶出朝廷，任职"江东提点刑狱"去了。

辛弃疾茫然了，反腐廉政如此难啊！无人问津啊！圣上惧于剔蝎？虞公怯于撩蜂？积重难返？别有所谋？天知道啊！

辛弃疾不解了，去也荒唐，留也荒唐。张说何人？受父荫而为要职，娶寿圣皇后（赵构皇后）之妹为妻，是最高最大的皇亲国戚。其人才智平平，毫不知兵，出知枢密院事，群臣哗然。此为强军之途之需吗？天知道啊！

辛弃疾心冷了，司农寺主簿一职，原本只是看守卸司、曲院、物库、粮仓、草场、园圃的一个士卒。孤独的士卒，双手空空的士卒，面对的却是一群衣冠楚楚、手握权柄的虎狼蛇蝎啊！

辛弃疾痛苦地闭上了眼睛。

恰在此时，丽正门前广场"娱乐至极"般更为疯狂的欢呼声，打杀般地越墙入耳，似在着意不舍地追杀着痛苦沉思的辛弃疾。伴于辛弃疾身边的范若水，痛恨这一夜"欢乐至极"的荒唐，她捻弄琵琶，弹唱起《青玉案·元夕》：

东风夜放花千树，更吹落、星如雨，宝马雕车香满路。凤箫声动，玉壶光转，一夜鱼龙舞。　　蛾儿雪柳黄金缕，笑语盈盈暗香去。众里寻他千百度，蓦然回首，那人却在，灯火阑珊处。

屋檐下一夜默默做伴的辛茂嘉和范若湖，也轻声地加入《青玉案·元夕》的吟唱。玲珑淡雅的"竹苑"弥漫着凄婉的琴音歌声，迎来了晨雾朦胧、灯火阑珊的黎明。

在这月色将尽的黎明时分，"竹苑"柴门被推开，一个高大的身影出现在院落中，并发出亲切的赞叹声："翠竹微月，灯火阑珊，歌声和婉，别具怀抱。圣上英明，司农寺主簿辛弃疾果然在这'欢乐至极'的临安元宵节，一夜不眠地皱着眉头伤神苦思啊！"

辛弃疾惊诧，是恩公彬甫大人！此刻驾临，前所未有，且带有"九天之音"。他心神悚然，急忙起立长揖迎接。

辛弃疾躬身执礼请虞允文入室赐教。

虞允文落座于竹椅之上缓缓语出："临安城竟夜喧嚣的疯狂歌舞消失了，好容易得到这一息的宁静。此刻已是寅时，距垂拱殿的早朝不到一个时辰，早朝中，圣上有可能下达极为重要的谕示。此时在这玲珑淡雅'竹苑'，你我倚轩而坐，共享这乾道八年元宵节后第一个良辰美景。"

辛弃疾应诺尊示，面向福宁宫行臣下之礼，拱手高呼："恭请圣安！"

虞允文赞辛弃疾之所请，解辛弃疾之所念："圣上陪太上皇与民同乐之后，亲送太上皇回德寿宫安歇，然后回福宁宫书房，继续为一年来郁结于胸的愁事、愤事苦思冥想，寻求解决之策。一夜未眠，状似幼安。所差异者，幼安之伤神苦思，尚有琴音歌声做伴，圣上做伴者唯虞允文这个年已六十二岁的老朽。"

辛弃疾听出了话外之意，天龙要下雨了！"心存恢复，优柔寡断"的皇上将做出什么样的决断呢？他凝视着年逾花甲的恩公，心神也有些惶惶了。

虞允文命辛弃疾落座于自己身边的竹椅上,抚肩而语:"'灯火阑珊处',幼安的忧患情思感天动地啊!上呈的'惩治贪腐''除奸廉直''整顿吏治、废除横征暴敛'的三份奏表,震撼了圣上,引起了圣上寻根究底、锥心刺骨的思索。圣上曾训诲于我,大意是:本朝神宗熙宁年间王安石变法失败后,政坛谲诡反复,官场腾起谲诡的贪腐风潮。四十年间,演出了荒唐的竞富竞奢之最,歌舞醉宴之最,苛捐杂税之最,招致了民间的宋江之乱、方腊之乱和金兵入侵、汴京陷落的靖康之耻。朝廷南渡,死里逃生,落脚临安之后,不知悔改,近三十年来,迷于歌舞承欢,迷于醉生梦死,迷于乞和议和,致使今日之黎庶处于水火煎熬之中,今日之国家呈现风雨飘摇之衰。"

辛弃疾蓦地感受到皇上坦诚训诲的震撼,冲嗓而出:"圣上言之哀痛,亦言之真切啊。"

虞允文点头而应和:"圣上毕竟是英明的。英明之处,在于从未有过如此的大胆和坦诚,老夫闻之亦心神战栗啊!大意是:贪腐之源何在?上之作,上之引。世人皆知。皆知又如何?敢明言揭露吗?三十年间,你我不也违心地在谎言欺骗中唱着赞歌吗?贪腐之势如何?盘根错节,上行下效,已成风尚。能改变这形势吗?能扭转这风尚吗?三十年间,朝野无数贤人智人不就是为扭转这贪腐的风尚被朝廷拒绝、贬逐吗?幼安上呈的三份奏折,已为谏院、御史台所知,并已传进了德寿宫。剔蝎撩蜂的幼安,你也该离开司农寺了。"

辛弃疾的头脑心神似乎一下子清爽了,自己因上呈反贪反腐的奏折,已进入了皇帝所谓的被朝廷"拒绝""贬逐"的行列。京官难当,司农寺职责亦非自己所长,是该被"贬逐"了。贬逐何地何方?听天由命了。他心头蓦地浮起一种轻松洒脱之感,拱手语出:"谢圣上英明!谢恩公关照!"

虞允文笑了,握着辛弃疾的双手,话语更显急切:"圣上确实英明!近一年来,'优柔寡断'之气有减,'心存恢复'之风有加,在行使帝王治国术中,亦呈现出'进''退''取''舍'之精妙。面对贪腐横行的衰败现实,圣上自知无力改变,他忍辱负重,甚至隔三岔五地把成千上万的银两送进德寿宫;面对这无力改变贪腐猖獗的现实,圣上悄悄地把他的全部心志投向了太上皇、权臣们所轻视的军旅。昔日八十三万禁军,现时只有二十万老兵弱卒;昔日忠勇的将帅岳飞、韩世忠等人,现时已是骨朽名息。他在哀悼、窘迫中突然发现帝王一言九鼎的秘籍:帝王手中没有强大的军旅,没有生杀予夺的铁腕,是什么事情也干不成的,就连国库里的硕鼠蛀虫也是奈何不得的!圣上'负笈游学''解囊苦读'有得啊!在召老夫的答对中,每每发出激励人心的豪情壮语:'朕思创业、守成、中兴三者皆不易,早夜孜孜,不敢迫遑,每日昃无事,则自思曰:岂有未至者乎?反复思虑,唯恐有失。''朕常恨功业不如唐太宗,富庶不如汉文、景。''丙午之耻,卿当与朕共雪之。'他天纵英明地感应到历史机遇和人心的诉求,只有'雪丙午之耻'才能振奋人心。鼓舞军心,才能从贪黩暴富者的金库里夺回些许银两,才能避免来自德寿宫的干预,才能堂堂正正地组建一支雄武的军旅。圣上坚定信心,于书房几案书有一巨大的'将'字条幅前,往来寻绎,向往演出一幕'唐太宗安市一战始得薛仁贵'的军旅传奇。"

辛弃疾目光闪亮了,身居低洼,难了解峰岚风云之变化啊!他琢磨着近年来皇帝谲诡的变化:以"英武类已"而越次立恭王赵惇为皇太子;在大张旗鼓擢调贪腐外贬罪臣曾觌回朝的同时,擢调外贬名将李显忠回朝出任主管马军司;在群臣哗然中擢任张说知签书枢密院事;巧妙处理殿中侍御史萧之敏对虞公的莫名弹劾。

虞允文继续着他苦心的启迪:"圣上他觅得了今日大宋薛仁贵。寄希望于这位大宋未来的中郎将、武卫将军恢复疆土,雪'丙午之耻',唱响'将军三箭定天山,战士长歌入汉关'的雄武战歌。"

辛弃疾兴起,立即想起抗金名将李显忠之重返朝廷,执掌侍卫亲军马军都指挥司的特殊要职,高声唱赞:"圣上英明。李公显忠,忠贞彰于朝野,骁勇闻于全军。满朝文武中,唯李公显忠堪当此任。"

虞允文笑而举手语出:"不!李公显忠,出任马军司一职,确为圣上的精心安排,其意在于与朝廷主和臣子的周旋。幼安当知,李公显忠原名世辅,字君锡,随父从军,纵横疆场,屡立战功,亦称万人敌。金兵陷陕西,李公家属二百口皆被金兵杀害,'显忠'之名,乃当今太上皇所赐。且李公显忠高龄已六十二岁,已无力执戈冲锋陷阵了。圣上觅得的今日薛仁贵,乃一中年俊彦,与唐之薛仁贵同:同出于乡野,同胆识俱佳,同有帷幄决策之谋,冲锋陷阵之勇。优于唐薛仁贵者,此人还具有亲民、爱民、恤民的菩萨心肠和豪放婉约的文人风采。这位中年俊彦,不是别人,正是你,我眼前的辛弃疾!"

辛弃疾惶恐惊呆:"恩公,辛弃疾愚钝,难负圣望,请恩公禀奏圣上,另选……"

虞允文挥手打断了辛弃疾的请求:"圣上不会留你在临安兵部或枢密院,圣上会'贬逐'你去荒僻的极边之地,依照你在《美芹十论》《兵事九议》中的谋划,不受干扰地屯田练兵,在数年之内,组建一支能征善战、敢于冲锋陷阵的雄师,听从圣上的调遣。"

辛弃疾突觉心神振奋,热血沸腾。

虞允文从怀中取出文稿两束,付与辛弃疾:"这是六年前幼安'决策南向'至建康上呈朝廷的两份奏疏。一曰《论阻江为险须藉两淮疏》,一曰《论练民兵守淮疏》。近日圣上特从当年宰执封杀积存的残疏中找出,视为'蓝田日暖'之作,特命老夫归赐幼安,并殷殷谕示:幼安此去'极边'之地,当以此两疏为本行政,圆幼安之梦,呈现朕一个兵民一体、兵民相携,万民为兵,冲锋陷阵的劲旅和一个铜墙铁壁的战略要地——两淮战场。"

大内寅时三刻的钟声敲响,旭日东升,临安城呈现出一派辉煌,玲珑淡雅的"竹苑"一下子变得敞亮清爽了。

二 诡谲的决策

乾道八年(公元 1172 年)元宵节后第一个垂拱殿早朝在卯时正点的钟声中开始。赵眘以一夜未眠的疲惫神情和沙哑的嗓音,果如虞允文昨夜所语,诏示了"罢辛弃疾司农寺主簿职""出知滁州"的决定。

辛弃疾神情一震,旋即热血沸腾。圣上英明,给了自己一个搏击风云的战场。他似乎不曾听到"罢""出"二字,感激涕零地叩头谢恩。

六部、九寺、谏院、御史台的主战、直廉官员,被皇上吐出的"罢""出"二字弄蒙了:这个"罢"字,是皇上对辛弃疾任职司农寺主簿一年来多次上疏"反腐惩恶"的无情回答;这个"出"字,分明是可怕可憎的流放了。联想起几年前皇帝近臣、权知阁门事兼干办皇城司曾觌(字纯甫)与知阁门事龙大渊朋比为奸,广收贿赂,猖狂事发,朝野震动,"上无奈"贬往滁州而迁为淮西副总管的荒唐决定,心里猛地腾起一股不敢出口的愤懑和怨恨:昏庸啊,不公啊!他们移眸向宰执虞允文望去。虞公低头闭目,似乎呈现出一种无能为力的哀痛,他们的心神更为凄凉了。

与之对比的是主和官员和贪腐高官,突地爆起一阵强烈的"圣上万岁"的欢呼声:辛弃疾这厮不知政坛深浅,高唱"反腐惩恶"的乡野山寨杂种,犯忌了,失宠了,真是上天有眼啊!"罢"者,遗弃;"出"者,贬逐。皇上吐出的"罢""出"二字,故作无奈地把这个红极一时的乡野山寨杂种赶出了朝廷,赶到了边极之地滁州。报应啊！他们转目向宰执虞允文望去，这位曾为辛弃疾张目撑腰的后台，此时已是低头闭目地发蔫发呆了。

赵昚诡谲地一笑，起身离开了垂拱殿；幸灾乐祸的主和官员和心怀仇恨的贪腐高官们，目视跪伏在地的辛弃疾，发出了怪异的笑声；宰执大臣虞允文，睁开眼睛，昂起头颅，伸手挽起了感激涕零的辛弃疾。

辛弃疾要前往滁州搏击风云了。他心神振奋，一扫一年来的沉郁烦闷，有着一股当即前往滁州的急切。他珍惜这个难得的机遇，他更担心"心存恢复"的皇上变卦反复。正月十七日，他与范若水前往"竹苑"主人的周府商议退租"竹苑"事宜。

周府管家是一位鹤发长者，为人豪爽，提出"停付租金，续约三年"，以待辛弃疾重返临安的方案，辛弃疾敬谢而拒之。在两相仰慕而结识为"忘年交"的商议中，达成了以"离开竹苑"之日"解除租约"的协议。

辛弃疾要前往滁州搏击风云了，离别之前，那些知心好友是断不可不告而别的。于是正月二十五日，辛弃疾与范若水前往辛府向亲人告别。

一年不见，辛大姑清瘦了许多，眉宇间呈现出浓浓的忧郁。她确实在为突然风传的"辛弃疾遭'罢'、遭'贬'"而忧心焦神啊！小弟辛祐之一年来确实见长了，些许的稚气中显露着明显的义愤，也在为突然风传的"辛弃疾遭'罢'、遭'贬'"而忧伤。亲情殷殷，辛弃疾、范若水以含泪的微笑向辛大姑请安，赞辛助祐之之成长；辛大姑、辛祐之以含泪的微笑迎接亲人归来。

是日午时正点，辛弃疾、范若水在辛大姑、辛祐之的陪同下，前往屋后山林木屋内暂厝灵柩的祖公辛次膺的英灵告别。

辛弃疾焚香洒酒祭告："祖公如在，孙儿弃疾由此去滁州，当牢记祖公'十年生聚、十年教训之魂可借'的遗训，实行而践之，不负祖公之望。"

范若水焚香洒酒祭告："祖公如在，孙媳范若水不忘辛门刚正清廉之风，此去滁州，当于艰难困苦中发扬光大，不负祖公之训教。"

辛大姑焚香洒酒祭告："父亲如在,边极之地滁州天高地远,远离奸佞,幼安此行,必有大的作为,成就梦中追求之伟业,乞父亲英灵佑之。"

辛祐之焚香洒酒祭告："祖公如在,孙儿祐之遵祖公遗训,当随兄嫂前往滁州,在风云激荡中锻炼成长,愿祖公英灵鉴之。"

是日午后申时,辛弃疾以"行孝守制,不可缺失"劝阻辛祐之"共赴滁州"的请求,并做出了"两年后迎接辛祐之于滁州"的保证,遂与范若水离开,直往城内听风楼向王琚告别。

酉时日落时分,他俩敲响了听风楼的大门,迎接他俩的依然是听风楼管家殷弘。辛弃疾、范若水以晚辈之礼向殷弘请安。殷弘笑语迎接："酒宴乍开,辛郎、若水驾临,天赐机缘啊!"遂邀辛弃疾、范若水进入一楼客厅。客厅内空空如也,几盏烛火照映着几盘小菜、一坛酒酿的宴席,酒席座椅上孤零零的人物,根本不是主人王琚,而是东华驿馆主事杜伊。

不等辛弃疾、范若水从诧异中醒来,杜伊起立拱手笑语迎接:"诡谲的临安,诡谲的朝廷,诡谲的听风楼。今晚殷弘竟然'荣登大位',成了听风楼的主人,而且迎来了幼安夫妇。"

辛弃疾、范若水急忙行晚辈之礼向杜伊请安。

殷弘举酒迎接辛弃疾夫妇："我家主人闻幼安遭'罢'遭'贬',大喜,期与幼安一晤。昨日,一位政坛致仕长者来访,邀我家主人春游雁荡山,并求即日起程。我家主人豪气应诺,昨日下午已乘车出游了。"

辛弃疾心生懊悔,筹划不周,失却了请教之机。愚蠢啊!不可再愚蠢了。眼前的殷公、杜公皆居特殊之位,伴奇特之人,熟悉临安风云,洞识朝野动向,亦政坛达人啊!范若水亦有同感。他俩举酒向殷弘、杜伊致敬。辛弃疾恭然语出："殷公、杜公明鉴,弃疾蒙圣上'罢司农寺主簿职''出知滁州'之大恩,五内惶惶,不知何处,乞殷公、杜公赐教。"

四人举酒而欢。

杜伊直言侃侃："古人有语:'鸟虽无飞,一飞冲天;鸟虽无鸣,一鸣惊人。'幼安知司农寺一年,行'反腐'冲天之调查,呈'险恶'惊天之奏疏,赢得了圣上'罢''出'诡谲的诏示,祸福交织啊!贪腐臣子,为幼安的遭'罢'、遭'出'而狂欢;直廉臣子,为幼安的遭'罢'、遭'出'而惋惜不平,期望幼安能任职朝廷,为廉洁朝政保留一丝正气。时下这两股势力的厮斗即将轰然展开,势必惊动德寿宫。我所忧者,太上皇也许会做出有异于'出知滁州'更为诡谲的决策。今夜特来听风楼请教,不意王公已洒然出游了。"

辛弃疾、范若水深深吸了一口凉气,圣上的一派用心,真的会被德寿宫诡谲莫测地毁灭吗?

殷弘察觉到辛弃疾、范若水神色的凝重,放声语出:"杜公所忧极是。昨日夜间此时,云水酒楼主人钱隐之来访,据他所言,近几日来,朝廷高官欢宴于云水楼,或三五小伙,或八九一帮,狂饮号吼,猖狂诋毁幼安,一年来在狂饮狂欢中,罕见地歌颂圣上'罢出'幼安的英明。钱隐之义愤填膺,与唐安安等艺伎友人计议,欲酒宴临安各界侠义清正朋友,上呈奏表,为幼安喊冤,呼吁圣上留任幼安于朝廷。这是胡闹,这是帮倒忙啊,被我劝阻了。"

辛弃疾、范若水心神震撼,突然感到事态发展的可畏。他俩感激钱隐之、唐安安的友谊,更感谢殷公这果断的举措。

殷弘的话语更加激烈了:"幼安知司农寺,原本就是虎落平川,鹰囚樊笼,奇才难展,浪费生命。你要反腐除恶行得通吗?贪腐之源,众所周知。玩花、玩石……的国策不变,贪腐的时尚是不会改变的。就是圣上下诏杀几个贪官污吏,塑造几个清官,能扭转这危巢累卵的国运吗?"

一语中的,一语解谜,辛弃疾、范若水的心神忽然间开阔舒坦了。

殷弘的话语更加铿锵有力了:"在贪官污吏的叫喊声中离开临安吧!鹰出樊笼,虎归山林,这就是一种胜利。边极滁州,成了幼安施展才智的舞台,距离临安千里之遥,任你发挥,任你创造。醉迷于鹦鹉白鸽的德寿宫是不会'关切'你的;醉迷于金银珠宝、美女靓妹的贪腐高官是无暇'顾及'你的。待到虎啸山林、鹰击长空,震撼着他们'娱乐至死'的心灵时,大宋危巢累卵的国运,也许会呈现出一股中兴的曙光!"

辛弃疾心神振奋了,范若水心神舒畅了。他俩举起酒杯,向殷弘、杜伊致谢,并请殷弘转达他俩对友人钱隐之、唐安安的致谢。

杜伊举酒高呼:"为幼安饯行!送幼安征战滁州!今夜开怀畅饮,不醉不休!"

殷弘举酒应和:"为幼安饯行!送幼安征战滁州,开怀畅饮,不醉不休。若水可以不醉!"

杜伊不解:"为何?"

殷弘叮嘱范若水:"留住清醒,看管好这胆大妄为、惹是生非的辛弃疾!"

范若水高声应诺。

四人饮酒同欢,直至翌晨鸡鸣。

辛弃疾要前往滁州搏击风云了,他和范若水商定,离开临安前,要在竹苑为几年来两情相悦的茂嘉和若湖举办婚礼,也算是尽到了哥哥、姐姐的责任。这个婚礼,依常礼应当是隆重的,亲朋相聚狂欢的,但当前的诡谲形势和自身处境的尴尬,"依常礼"不得啊!只能是关起柴门悄悄地"隆重""狂欢"了。他俩征得茂嘉和若湖的赞同,便悄悄地、竭尽心力地操办婚礼相关事宜。于江南桃花绽放的正月二十八日,闭起竹苑柴门,为辛茂嘉和范若湖举办了一个特殊的婚礼。

是日正午午时,玲珑淡雅的竹苑切切实实地呈现出一派喜庆吉祥的气氛。屋檐下的一排喜灯、喜幛和满院翠竹上飘动的彩带,在阳光中交映,热气腾腾,似乎一下子染红了整个竹苑。

屋宇厅堂,喜球、喜带、喜联、喜幛装饰,喜灯点燃,喜宴当中摆设,一坛红绸包装的"女儿红"摆置喜案中央,佳肴环列,婚宴中传统的红枣、花生等物皆以红盘托出,洋溢着北方齐鲁河朔的强烈风习。

大内午时的钟声传来,辛弃疾、范若水分别牵引着新郎新娘从厅堂两侧的屋舍走出,步入了这隆重辉煌的婚姻殿堂。

在辛弃疾的唱赞声中,新郎新娘完成了"一拜天地""二拜高堂""夫妻对拜"的传统礼仪。

在辛弃疾的唱赞声中,新郎轻轻地揭开了新娘遮面的盖头,在四目相对的喜悦中,接过范若水送来的琉璃杯,相拥相抚地欢饮了厮守终生的合卺酒。

在竹苑厅堂里,全家四口围着宴席落座,痛饮佳酿"女儿红"。范若水弹抚琵琶,辛弃疾放声而歌,演绎了人世间最真诚、最质朴的祝福:

桃之夭夭,灼灼其华。

之子于归,宜其室家。

桃之夭夭,有蕡其实。

之子于归,宜其家室。

桃之夭夭,其叶蓁蓁。

之子于归,宜其家人。

琴音歌声在厅堂里回响,书童出身的新郎,侍女出身的新娘,捧起酒杯,向着胜似同胞、胜似姊妹的兄长姐姐敬酒。借着范若水弹奏的琴音,以兄长、姐姐往日教读的唐代诗人李白的诗句,献上这特殊婚礼上超越世俗的特殊回报:

大汉无中策,匈奴犯渭桥。

五原秋草绿,胡马一何骄。

……

晓战随金鼓,宵眠抱玉鞍。

愿将腰下剑,直为斩楼兰。

歌声气概,洋溢着齐鲁河朔男女的英烈豪气,捧出了两颗齐鲁河朔儿女的滚烫灵魂。辛弃疾神醉心跳,范若水热泪盈眶,在幸福的关切中,挽手送新郎新娘进入洞房……

正月三十日入夜酉时,辛弃疾只身前往虞府向恩公虞允文告别。年已六十二岁的虞允文,以长者的亲慈在客厅接待了他,话语殷殷地送别叮嘱:"两淮州郡,朝廷功名之地;边极滁州,北伐锁钥之区。圣上以幼安知滁州,其意深焉,甚望切焉。幼安在《美芹十论》《兵事九议》中反复论及'驻守两淮''招抚南归士民''屯田练兵'三方略,曾有'兵出沭阳,则山东可指日而定;山东已定,则河北可传檄而下;河北已下,则燕山者某将使之塞南门而守'的豪言壮语。圣上嘉而赞之,曾踱步于福宁宫书房而高声吟之。"

圣上有赞啊!辛弃疾心神振奋。

虞允文话语殷殷:"幼安此去滁州并不孤单,户部侍郎叶梦锡不久也将出知建康,提举学子兼管内劝农营田使,你与梦锡有师友之谊,梦锡会帮助你的。"

圣上有安排啊!辛弃疾心神沸腾。

虞允文话语殷殷:"不久,我也要离开临安,前往西蜀。"

辛弃疾惊诧,忽地离座而起。

虞允文依然是话语殷殷:"勿惊勿疑!几年后圣上将亲自领兵北伐,率领幼安出兵沭阳,底定山东,传檄河北,直逼燕山,不也要西蜀百万雄兵呼应吗?"

这是一盘扭转乾坤的大棋。在这盘中兴大宋社稷的大棋中,作为冲锋陷阵的将领士卒,三生有幸啊!辛弃疾意气风发。

虞允文霍地站起,双手抚着辛弃疾的双肩,神情激昂地殷殷叮嘱:"幼安牢记,此次去滁州当是'入则导密旨,出则跻执撰、领帅垣',大胆行权,率性而为,刚正果毅,赏罚分明,报圣上九天之恩,成就千年不朽的伟业!"

辛弃疾高声应诺,双膝跪倒,向恩公虞允文告别。

两天后的二月初二日清晨,辛弃疾与范若水、辛茂嘉、范若湖,乘着倾其囊中所有购得的四匹骏马,离开竹苑,奔出临安城,驰向边极之地——滁州。

三 米粥薯蔬传奇

边极之城滁州，地处淮东，古有"金陵锁钥""江淮要冲"之称。此时面对九年前符离兵败后金兵依然侵占蔡州、颍州、泗州的屈辱混乱局势，以两淮上城的森竖险峻，屏障着淮东的宣化、真州，淮西的泰州、庐州和身后的长江、采石、建康。

辛弃疾一行四人，经过半个月的长途奔驰，于二月十七日抵达滁州城近郊。沿途情景之所见，却是意想不到的冷落萧条和悲凄。田野荒芜，村舍绝烟，时睹流民倒毙路旁的惨状，时闻哀鸿遍野的悲声。辛弃疾心碎了，符离兵败九年了，其惨苦之状，何其如此！

及至滁州城西南之琅琊山麓，云罩雾绕，山风呼啸，谷底深壑隐隐传来凄厉的回响。一百年前，先贤仁者欧阳永叔以名篇《醉翁亭记》寄情山水古刹圣地的"醉翁亭"及其院内的意在亭、影香亭、古梅亭，呈现出草漫阶台、柱倒梁颓、壁斜瓦落的惨状，传说中大宋文坛领袖苏东坡书刻《醉翁亭记》的巨碑已不见踪影。辛弃疾勒马环顾而眉头紧锁；范若水凝视颓废的古刹亭台而神情凝重；辛茂嘉、范若湖四顾茫然而诧异，低声背诵起近日因来滁州而习得先贤欧阳永叔寄情滁州山水的散文名篇《醉翁亭记》：

环滁皆山也，其西南诸峰，林壑尤美，望之蔚然而深秀者，琅琊也。山行六七里,渐闻水声潺潺而泻出于两峰之间者,酿泉也。峰回路转,有亭翼然于泉上者,醉翁亭也……

马背上的辛弃疾痛苦地垂下了头颅,范若水落泪了,哽咽了:"这就是欧阳永叔笔下'日出而林霏开,云归而岩穴暝'的醉翁亭吗?何处可觅'临溪而渔,溪深而鱼肥;酿泉为酒,泉香而酒冽;山肴香蔌,杂然而前陈者,太守宴也。宴酣之乐,非丝非竹,射者中,弈者胜,觥筹交错,起坐而喧哗者众宾欢'的盛景?人有病,天知否?"

云低雾浓,掩没了琅琊山,掩没了醉翁亭,掩没了醉翁亭目不忍睹的现状,只有范若水"人有病,天知否"的询问声回响在云罩雾绕的琅琊山麓。辛弃疾一行四人,拍马向滁州府衙驰去。

滁州府衙门前也是一派清冷,门前两位当值的衙役,一胖一瘦,年约二十岁,没精打采。看到辛弃疾一行四人牵马走近府衙,身瘦衙役浪声喝令"停步",询问"何事"?

辛弃疾行前,已从临安吏部询知前滁州知府徐道年老致仕后的知府事务,暂由一位名叫范昂的通判代行其职,遂以"拜访故友范昂"作答。瘦衙役立马殷勤起来,回头吩咐胖衙役照应辛弃疾等人的坐骑行囊,便亲自带领辛弃疾一行四人进入府衙后院,向着范昂居住的庭院走去。

府衙后院是宽阔的,足有田地五亩之广。高大宽厚的围墙,呈现出苍颓之衰,稀疏林木中的座座庭院屋舍似乎呈现着战乱中人去屋空的苍凉。唯东南角一座丁香围绕的绿色庭院和庭院中丁香花托起的华丽层楼,在午后申时阳光的照耀下,越发显得鹤立鸡群和富丽堂皇,展示着府衙的权势威严和滁州城战乱后绝无仅有的辉煌。

辛弃疾暗暗思忖,这座富丽堂皇的庭院,该是通判范昂的住所了,他的心神陡地烦乱了。

带路衙役行至华丽庭院的高大门楼前,竟似无知觉地走过,进入华丽庭院左侧的一座简陋院落。这个院落，系木为门，结木为栅，一排五间瓦房，似各自为室，室楣工整书有"卧室""书房""茶室""灶间"等字样，显示着主人治家的严谨。屋前空地，尽植菜蔬，分畦为垄，葱蒜韭芹、瓜薯豆莓，片片葱绿，清爽怡人，显示着主人持家之勤劳。

带路衙役以亲和热烈之态放声禀报："范大人，有故友来访！"

室楣书有"灶间"字样的屋内立即传出亲和的回应声："欢迎！欢迎……"

在连连的"欢迎"声中，自灶间走出两人。辛弃疾注目观瞧，当先一位男子，年约五十，身高而微弯，两鬓华发，想必就是滁州通判范昂。其身后紧随一女子，似较范昂年轻一些，身着藕荷色素袍，头绾发髻，形容清秀，当是范昂的夫人叶荃。

范昂和妻子面对眼前四位风尘仆仆的"故友"全然愣住了，辛茂嘉急忙取出牒文呈上。范昂接过牒文一览，惊诧木呆：新任知府？辛弃疾何人？何其如此驾临？既无前任知府徐道驾临滁州城时的亲信护驾，随从鸣锣，更无前任淮西总管曾觌驾临滁州城的士卒清街、百骑开道。这主仆四人来得突然，来得无声无息。他心中蓦地腾起一种久已沉寂的热浪，竟一时忘其所在，长揖为礼，连连以"请进，请进"迎接。

辛弃疾拱手致谢，并举步跨入灶间。

在辛弃疾举步跨入"灶间"一瞬，范昂恍悟了，惭然一笑，拱手致歉："知府驾临，范昂兴炽情急，忘其所在。恭请大人茶室赐教。"

此时的辛弃疾全然被迎面闯入眼帘的一张餐桌吸引，餐桌上的米粥、红薯、菜蔬引起了他心神的战栗：不期而遇，不期而见，这般饮食，在今日大宋千万个通判的餐桌上，若不是"绝无"，肯定是"仅有"了。他伸手握着范昂的手询问："范公也是一日两餐吗？"

范昂回答："一日两餐，滁州黎庶大多如此。"

辛弃疾再询："每餐都是这样的米粥甜薯吗？"

"不，午前辰时一餐，会添馒头或面饼垫底。若有繁重劳役，也会一日三餐。滁州乡野穷巷,也有一日一餐。"范昂突然住口,拱手向辛弃疾致歉,"范某昏庸,怠慢了知府大人。"遂急令身边的带路衙役,"快去告知仪礼官,知府大人已驾临,立即整治屋舍,供大人安歇。并于府衙餐厅,置酒设宴,通知府衙上下人等,为知府大人接风洗尘。"

辛弃疾点头致谢,并语带路衙役:"住室草草安排。接风酒宴,断不可为!"

带路衙役应诺而去。

辛弃疾向范昂夫人叶荃拱手:"夫人,初次见面,我有一事请求!"

叶荃敛礼回答:"请知府大人示知。"

辛弃疾坦荡而语:"请夫人依此桌米粥薯蔬色香俱全之状,赏我等四人一餐。实不隐瞒,从清晨进入滁州境地,至此时已有七个时辰,我等四人确实已是饥肠辘辘了。"

叶荃在短暂的接触观察中,已感觉到这位年轻知府的不凡,遂含笑应诺:"知府大人驾临滁州,遭受饥肠辘辘之苦,乃粗心通判之过。奴家当遵知府大人之示知,制作一席滁州通判府邸原汁、原味、原状的米粥薯蔬盛宴,以水代酒,为四位'故友'接风洗尘!"

高山流水,惺惺相惜。范若水心悦了这位出语不凡的夫人,她扑向年长的叶荃,相拥而欢。

辛弃疾借机介绍范若水、辛茂嘉、范若湖与范昂夫妇相识。

在范昂府邸的接风洗尘宴席上,辛弃疾在赞赏"米粥味美解饥"的笑谈中,果断地拒绝了府衙仪礼官关于"知府理应进驻华丽庭院"的安排,谦称"以范为范"地决定安家于范府左邻那座更为简陋的庭院。府衙仪礼官惊诧了,范昂注目了,叶荃震撼了。他们心中有数,范府右邻那座"华丽庭院"原是前淮西副总管曾觌伸手淮东防御事务时特为自己筑建的威风台和安乐窝;四年前,曾觌上迁返回临安,为知府徐道仰而居之;徐道致仕返乡后,厢军诸首领争相进驻而吵闹,致搁浅空置。今知府驾临,理当进驻,却以"以范为范"

而坚辞。"以范为范",意味深长,当刮目而视啊!

辛弃疾在赞赏红薯干甜养心的笑谈中,着意听取了范昂关于滁州府衙幕职(掌辅助州、军、监长官处理政务)、签判(掌判官公事)、推官(主管司法事务)、六曹(分掌本州士、户、仪、兵、刑、工事务)、参军官(掌参议军事)、教授官(亦称学官,掌经术行义训导、考核学生、执行学规)及驻军方面都副总管、都副钤辖、副都监、都巡检等人事品德才识、秉性作风的介绍。特别是对于推官杨信善思善谋、司户参军陈驰弼精细勤劳、府衙司兵燕世良勇敢耿直的介绍,受到辛弃疾格外的关注与重视。范若水神会了,辛郎在检阅即将面对的麾下的官佐兵马。在即将展开的搏击风云中,关键在人,胜负在人啊!她急忙举碗,"以水代酒",向口干舌燥的范昂致谢。

辛弃疾在赞赏菜蔬清爽怡神的笑谈中,获知了眼前这对男女主人的身世经历:范公昂,字里,时年四十七岁,出身于婺州乡间一个贫困的家庭,由于生性幼慧,聪颖好学,过目不忘,有神童之称,得婺州州学教授叶权的关注和赏识,助其入学,尽心栽培,不仅以经术礼义成全其品德才志,并以与其同龄、酷爱读书、慧中敏行的女儿叶荃适之。范昂不负教授叶权的培育,于绍兴二十年(公元1150年)举进士,任乌程县县尉。在之后的二十二年里,因其人脉欠缺,全以苦干实干的突出业绩,经过知县、郎、大夫等艰难的递晋,而至滁州通判之职。在这漫长的二十二年中,夫人叶荃伴其身边,共尝辛苦险阻,以其才智辅之,以人生中这般米粥薯蔬的清清白白,成全了范公令人敬佩的清廉。

黄昏了,入夜了,辛弃疾兴犹未尽,扶桌而起,拱手向男女主人致谢,话语侃侃亲切:"终生难忘啊!难忘这'米粥薯蔬'宴席之美,'酒'足饭饱,五内生力,心胸不空不慌了。感谢范公,感谢叶嫂。《诗经·伐木》有声:'伐木丁丁,鸟鸣嘤嘤。出自幽谷,迁之乔木。'明日此时,我与若水将于乔木新居略备酒肴,恭请范公、叶嫂光临!"

范昂反应极快,高吟《诗经·伐木》之声应和:"嘤其鸣矣,求其友声。相彼鸟矣,犹求友声。"应诺。

辛弃疾的新居很快安置妥帖了,也迎来了它的第一拨客人——通判范昂夫妇。辛弃疾、范若水尽其心力操办了一场宴席:一张八仙桌朝向大门摆置,一张高背座椅置于宴席正面上端,宴席两侧席位及下位,均置木制矮凳,宴席上的酒肴,均为滁州百年驰名之物。佳肴四盘——凤阳豆腐、凤阳凉皮、来安春卷、天长龙岗芡实;酒为"滁州御酒"。宴席上位,置琉璃酒杯及银箸,宴席两侧席位置青花酒杯及竹箸;宴席下位,置粗瓷酒杯及木箸。特别耀眼亮目的是宴席正面上位左侧,放置着一双仪礼性的鞋袜,呈现出一种别样的肃穆和隆重。

黄昏了,入夜了,范昂偕夫人叶荃驾临辛弃疾新居,辛弃疾偕家人范若水、辛茂嘉、范若湖恭迎于柴门外,谈笑引入餐厅。

范昂、叶荃在跨入餐厅的一瞬间,戛然停步声歇,熟悉而震撼的宴席啊:八仙桌朝大门而设,敬师之宗;特设正面上座,敬师之尊;佳肴四样,美酒一坛,敬师之恭;赠鞋袜于上位左侧,敬师之诚。这是典型的州学拜师之礼制,因何而设? 意欲何为? 难道这位春秋鼎盛、英气勃勃的新任知府也要行九拜之礼而从学吗?

在范昂懵懂的疑惑乍起中,辛弃疾果然长揖而语:"恭请范公上位就座,学生辛弃疾当行九拜之礼!"

范昂倒退三步,险些跌倒,幸被夫人叶荃扶住。范昂喃喃道:"天下有知府大人拜属下为师的先例吗? 知府大人,你使范昂无地自容啊!"

辛弃疾长揖而坦露心声:"范公明察,哲人有语:'位高不能给人以智慧。'我崇敬实践中默默耕耘的智者、米粥薯蔬中与民同甘共苦的廉者、艰难困苦中埋头苦干的勇者,他们都是知民、亲民、为民的圣贤。我当仰之,以师敬之,行九拜之礼而从学。弃疾四人四骑来到滁州,眼前的处境是:初来乍到,不知锅灶。滁州几十万黎庶的饭食不好做啊。灶间粮米几多? 烧柴几多? 富户几多? 穷人几多? 田亩荒芜之状如何? 黎民流散之状如何? 我浑然不知。

全赖范公循循教导。滁州地处宋金对峙边境,乃战略要地,屏障身后的采石、建康,连接东之宣化、真州,西之泰州、庐州。战备之重,胜于一切。现时戍边情状如何?兵有几营?马有几千?刀剑几何?粮秣供应如何?厢兵仍在修桥补路、充当役工、不知兵事、不训不练吗?境内治安之状如何?民安否?匪猖否?凡此种种,我亦浑然不知,亦赖范公循循教导。滁州乃千年古城,商旅云集,富甲天下,有徽州第二之称。人文之盛,冠于淮东,千百年来,由四书五经培育的经学大儒、诗词大家出入官场,光彩了滁州的形象。滁州菊花、茶叶、玉雕、丝绣、雪片糕、咸水鹅、管坝牛肉、女仙湖大闸蟹等这些由民间'四书五经'培育创造的奇品美味亦驰名江南,实为富民之宝。今日弃疾走遍全城,这些宝物,已近似绝迹,在清冷中仅觅得凤阳豆腐、凤阳凉皮、来安春卷、天长龙岗芡实四样小菜。萧条市场急需改变,活民、富民的一切都当恢复,都当发扬光大。凡此种种,亦赖范公循循教导。弃疾'决策南向'的十年间,所任多军、州佐职,此次独掌一州之治,偏偏又是金兵屡屡南侵的要冲滁州。心神惶惶,确有唐代诗人陈子昂笔下'拳踞竟万仞,崩危走九冥。籍籍蜂螫里,哀哀冰雪行'之感。在即将展开的生死搏击中,我不仅需要穿越崎岖山谷的向导、帷幄决胜的智囊,更需要一位鞭而策之的诤友师长。范公请上位就座,接受弃疾九拜之礼。"

辛弃疾的真情流露,炽热话语,极大地震撼了范昂。

谦谦范昂,似乎一下子爆发了精神,击节高呼:"'大真存焉,大善存焉,大美存焉。'妙极!人生于世,得一知己足矣!我愿与幼安畅谈通宵!"

范昂记忆力极强,通宵达旦地侃侃谈论,展现了滁州"活档案"的特殊风采,清清楚楚地道出了极边滁州萧条苍凉的现实。

苛捐杂税,害民之厉,苦不堪言。仅去年一载,居民欠缴租税五百八十万贯;士民流散之哀,留居人数与战前比仅为十之四成;田亩荒芜之惨,约占可耕田亩十之六成;商旅绝迹之悲,税收几归于零;境内安辑缺失,偷盗之风频起;禁军戍边腐败麻木,厢兵乡兵日益丧失血性;富户豪强私养兵丁,称霸乡里;粮库储存仅够半年开支;银库钱两珠玉所存无多;府衙州县官吏遭欠薪俸之窘几近断炊。凡此种种,无一事含含糊糊,为眼前的辛弃疾描绘了一幅民情、政情、商情、军情、戍边之情清晰可睹的滁州现实图,展现了一位智者洞悉现实的严谨。

居于下位的辛弃疾,静听思索,心中充满了对范昂的敬意,对滁州现状的担忧。

天亮了,东方发白了,城内的鸡叫声和城外远处的号角声传来。范昂吟着唐代诗人韩愈的诗句"肝胆一古剑,波涛两浮萍。渍墨窜旧史,磨丹注前经"结束了这场通宵达旦的谈论,他捧起宴席上辛弃疾敬献的鞋袜向辛弃疾致谢:"谢知府大人恩典。这针线密密的护脚之宝,是情谊,是鼓舞,是期待,我将奋蹄而奔,在知府大人搏击风云的战斗中,竭力跟上知府大人的步伐!"

辛弃疾感激于胸,泪眼蒙蒙,长揖而语:"听老师示,如沐春风。'但令一顾重,不吝百身轻',弃疾将以霹雳人生,回报老师耳提面命之恩!"

范昂紧握辛弃疾之手,语出恳切:"知府大人,老师之称见外了,范昂承担不起,今后私晤,当以兄弟相称。"

城内的鸡叫声,城外远处的号角声,迎出了火红的朝阳。

二月二十二日午前巳时, 辛弃疾首次会见滁州府衙所有官员的大会在府衙内尘封已逾两年的"知府厅堂"举行。由于通告来得突然,府衙幕职、签判等文武官员数十位, 都感到惊异和错愕。他们都不曾目睹新任知府的驾临,四人四骑的传言几乎成了全滁州城街巷议论的传奇;这五天来新任知府销声匿迹的沉默,几乎成了滁州府衙全体官员追索的兴趣;他们都是战乱后滁州府艰难岁月的坚守者, 都有着对于未来祸福莫测的迷惘, 都有着精神上、生计上有口难诉的哀愁;他们都是官场上清醒的弱者,历届历次知府大员的变更,都会带来一些亲信的幸运儿,都会赶走一批无辜的倒霉蛋。四人四骑驾临了,难道这位新任知府就靠着他们两男两女打天下吗?

他们怀着慌乱、焦虑的复杂心情走进府衙。府衙门前,没有昔日知府首次会见下属官员时的张灯结彩、鼓乐齐鸣，依然是两年来一派灰蒙蒙的清冷；他们走进知府厅堂，没有昔日知府恩遇属下官员的宴席排列、芳香盈室，而是一排排架作座位的长条木板，简陋寒酸。浸有官场习气的官员们摇头了，泄气了，四人四骑，势单力薄，难有作为啊！他们抬头向厅堂高台望去，空落落、冷清清地放着两张座椅，坐在椅上的，是两位衣着随和的人物，定神细眺，一位是熟悉的通判范昂，怎么往常一副严峻愁苦的容颜忽地变得神采飞扬了；另一位自然是新任知府辛弃疾了，红颊青眼，目光有棱，背胛有负，气势逼人啊！官员们忽地挺起了腰身，神情肃穆了。

在官员们神情骤然肃穆的气氛中，辛弃疾向眼前的官员们敞开了胸怀："皇恩浩荡，圣上委我执掌滁州政务，不胜惶恐之至。今日与诸位相见，无一为礼，仅向诸位交出一颗亮堂堂的赤诚之心。"

厅堂里的官员们一下子竖起了双耳，屏住了呼吸。

辛弃疾话语洪亮而洒脱："五天来，承蒙通判范公教知，在战乱后滁州百业萧条、艰难困苦的数年间，诸位坚守岗位，忠于职守，与滁州几十万黎民百姓同甘共苦，高风亮节，我向诸位鞠躬致敬了！并向诸位保证，在我任期之内，不使一人无故离职，更不许一人无故请辞。我要依靠诸位的心智才能，改变滁州这贫穷颓废的现实！"

官员们一时蒙了，怀疑自己听错了，如今的官场，有这般不分亲疏的清正上司吗？有这般不结党营私的知府吗？四人四骑、两男两女，此刻在这知府厅堂的，不就是一个孤零零的英俊汉子吗？他们睁大了眼睛，对这位新任知府另眼看待了。

辛弃疾继续坦诚相告："士不可不弘毅啊！弘毅为国，弘毅为民，此乃天职。当前和今后数年间，我们坚定不移的施政方略是：'薄税赋，招流散，教民兵，议屯田。'"

堂堂亮亮的四句话十二个字，如滚雷响在厅堂，更强烈地震撼着一时蒙了的官员们。

　　府衙里的这些官员,都是学府出来的"士",也都是置身于官场的"仕"。在故常官场风气的陶冶影响下,已习惯于聆听上司训示时那种空洞无物的长篇大论,乍一听这简略有力的十二字方略,突然感到不适应,刹那间呈现出一种惶惶的茫然。

　　辛弃疾以最为恳切的真诚,对官员们关注的这"十二字"施政方略,做出了最明确、最本质的阐述:"'民唯邦本,本固邦宁'啊!'薄税赋',就是废除不必要的苛捐杂税,就是让黎民百姓吃饱穿暖,活得舒坦快乐。'招流散',就是要设粥棚,建茅屋,招回流散于乞讨途中的父母兄弟姐妹,就是要陶瓦伐木,贷钱贷种,让他们归服田垄,各就其业,不再流离失所。'教民兵',就是要军训青壮男女,健身学艺,兵民成军,对内为安辑之需,对外为御敌之师。'议屯田',就是借天赐两淮水陆之利,治理千万亩良田荒芜之失,借鉴朝廷户部侍郎叶大人昔日合肥濒湖圩田的'依营田制',屯田养民,屯田养兵,屯田以充实州县官仓粮库,以期成为滁州府富民强军的基地。"

　　最明确、最本质、最真实的阐述啊!在官员们的心中,腾起了一幅波澜壮阔、惊心惊魂的图景。他们的心神,由悚然而肃然,好一个化繁为简的智者,好一个举重若轻的勇者,好一个隐形隐势的谋略家!他们五内深处涌动着一股从未有过的欣喜赞佩,同时也涌动着一股殷殷恳切的担忧,要闯过这沟壑险滩、绝壁陷阱,要在刀枪剑戟、硝烟烽火中取胜,谈何容易啊!他们(包括范昂)几乎在同一时刻,把赞赏和忧虑的目光,投向辛弃疾。

　　辛弃疾感知了,感动了。他以果敢刚毅的必胜姿态,为官员们解忧鼓劲,气势若虹地高声宣布:"'时乎时乎,去不可邀,来不可逃'啊!当务之急,是抓紧这初春时节,把我们的'十二字'施政方略告知滁州的黎庶百姓,使他们认可、赞同,并投入这时不可失的春耕播种栽培中。为此,我府衙诸公及全体衙役当分为十个小队,走出城镇,走向村落,教习、引导广大下级官吏通晓'十二字'施政方略的要义,壮大当地宣示队伍,以榜贴通衢、告示上墙、坐席讲座、搭台歌咏等方式,在我们的滁州大地掀起一场声势浩大、惊动四邻的富民兴邦浪潮。"

有这般官员弯腰田头施政问民的吗？闻所未闻，见所未见，英姿勃勃的新任知府，真敢想，真敢为啊！这般轰轰烈烈的强势宣示，会引发人群强烈的震动和兴趣，但能满足千百万黎庶衣食住行的期盼吗？他们在心潮澎湃的喜悦中，投向辛弃疾的目光变得闪烁不定了。

辛弃疾迎着官员们闪烁不定的目光，做出了坚定真挚的回答："'信信，信也；疑疑，亦信也。'黎民百姓朴实忠恳，他们相信的是看得见、摸得着的实物。我们不能用大话、空话欺骗他们，我更不能让在座的诸公和我们县镇的同伴做言而无信的庸官骗子！谢皇恩。此时我庄严宣布：从今天起，在滁州府，免除一切苦民害民的苛捐杂税！免除夏税、秋税、水产税、粮秣杂务税的十之五成。免除花样繁多、钝刀宰人、无处不在的添酒钱、卖糟钱、牙税钱、头子钱等。免除商旅至滁州城镇的过税、住税等经营贩运税的十之五成。有落户于滁州城镇经营贸易者，贷资以助之。免除流散士民归来耕垦荒田、修建屋舍的一切税赋，并贷资助之，免收利息。谢皇恩。鉴于我滁州府衙、县镇官员生计之艰难困苦，我决定立即补发三年来亏欠官员们的全部月薪，并增设'极边推赏金'，以坚定其守边安辑之志，其金额为月薪的十之三成。"

在辛弃疾庄严宣布免除苛捐杂税的决定中，官员们都目瞪口呆了。不敢想象啊，这位初来乍到的知府竟一口气免除了几十项压在黎民百姓头上的税网赋网，这在近百年来的滁州是不曾有过的。特别是"三年来亏欠月薪的补发"和"极边推赏金"的建立和发放，一下子触动了官员们的伤心委屈处，情不自禁热泪潸然。

这泪水，是感激，是信任，是志同道合。

辛弃疾亦泪水盈眶，他向身边的范昂深深一揖，拱手语出道："范公，你是滁州府的通判，也是我们大家的通判，更是我的老师。除通判本职之外，这滁州府衙的一切事务，请你通盘安排实施吧！"

范昂和泪高声应诺，厅堂里的官员们发出喜泪纵横的欢呼声。

四 饮水啜菽青史

翌日清晨,一场从未有过的官场风暴震撼了滁州城。一夜间滁州府衙官员们,在范昂的率领下,倾巢而出,几十面书有"薄税赋、招流散、教民兵、议屯田"的横幅巨幛出现在街巷,锣鼓齐鸣,鞭炮声作,春雷滚动般地敲开了家家户户的门窗,形成了震动全城、万人拥巷的浪潮。

在这滁州城人心沸腾的欢乐中,辛弃疾派遣辛茂嘉带着自己书写的《滁州府免除苛捐杂税疏》飞马临安,呈奏宰执虞允文,向朝廷备案。

与此同时,滁州府衙组成的十支宣示小组,飞马奔向所辖的县镇村落,以期在整个滁州府掀起一场更为广泛、更为炽热人心的浪潮。

在这滁州城人心沸腾的欢乐中,辛弃疾留范昂居府衙主持一切政务,他亲自率领由府衙六曹主官和府衙参军官、教授官及驻军都副铃辖、都副巡视组成的十人小组,飞马直奔滁州府极北边地考察戍边军旅现状,选定屯田兵民之场所,并逐个检查边极之县镇村落宣示新政和免除苛捐杂税的真实情状。

一个月来辛弃疾率领的"十人巡察组"首先巡察了极边滁州北部地区的兵营要津和极具战略地位的皇甫山。此山位于滁州城西北一百二十里处,形势峻险,俯视淮北。公元704年,女皇武则天去周还唐,唐玄宗曾于此山抗击反叛的大周兵马,并取得大捷。唐之中兴,此山亦吉祥之地。四百六十年后的今天,虽遗迹渺无,然凭吊之情仍沸腾于心胸。此山屏障之区,有大片荒地可耕垦,有水源之利可灌溉,山中林木奇壤,有陶瓦冶砖、伐木筑房建屋之便,遂决定辟为屯田之区、兵民营地之所,并决定以皇甫屯田区作为自己近几个月内亲自耕耘的示范区。

辛弃疾在巡察滁州各县各镇实施"十二字"新政中,明确无误地把巡察的重点放在"春耕播种"上。他出自农家,明白"手中有粮,心中不慌"的基本道理;他受教于山寨,有着行事霹雳的果敢。他贷粮帮贫困农家播种;他贷款为流散人家建屋;他亲自率领当地官员为春耕下河下塘、修渠竣池;他屈尊筹款、借粮借款;他以荣誉奖金鼓舞春耕生产的行家里手;他以严厉的手段惩罚漠视"春耕生产"的官员。人心若镜,众所瞻望地把辛弃疾这个名字和"十二字"新政联结在一起了。

辛茂嘉从临安带回特大喜讯:辛弃疾的"十二字"施政方略和减免几十项苛捐杂税的举措,得到了宰辅大臣虞允文的赞赏;上呈的奏疏,赢得了圣上朱笔点的一个大大的"善"字。

朱笔亲点的"善"字,更加坚定了辛弃疾的信念,彻底消除了府衙官员们潜在心底的疑虑,也赢得了滁州府各界黎庶的热烈欢呼。

若鸟之择木、若鱼之慕海、若虎之觅林,沸腾着"十二字"新政浪潮的滁州府,一夜之间成了四邻黎庶、学子、官员、商旅向往、归心的圣地。滁州城内重新爆起了"流通四来,商旅毕集,人情愉愉,上下绥泰,乐生兴事,民用富庶"的熙攘兴旺景象。

四十多年前,追随太上皇南下而困居于滁州府的归正人、归明人、归顺人、归朝人多达二百多户、八百多人。由于战乱频仍,官方自顾不暇和无情冷落,这些忠恳臣民长期处于无籍、无业的流散状态。在近几年的天灾人祸中,成了一群无望、无助、濒于死亡的哀鸿。"招流散"三字石破天惊啊!这些死亡线上的流散者,闻"招"而拥入滁州城,应"招"而跪伏于滁州府衙门前,颂"招"而欢呼新任知府辛弃疾的名字。

辛弃疾感动不已，他和范昂亲自会见了这群破衣蔽体、面黄肌瘦的人们，以戴罪谢罪的真诚，遵照朝廷四十年前颁布的法令，在名誉、职衔上进行了"各得其所"的补偿和优抚。年老力衰者，集中安排于滁州西涧的风景区，优而养之；年轻力壮者，或赐田力耕，或业其所长，使其继承前辈忠恳之志，为国出力。并于是年三月二十五日，在滁州府衙门前召开声势浩大的集会，为这群四十年来含辛茹苦的忠恳长者歌功颂德。会场上人头攒动，群情激昂，大家含泪欢呼。新任滁州知府辛弃疾，创造了朝廷四十多年来从未有过的最佳范例。

在大家的热烈欢呼声中，惊天惊地的事情发生了。

三月二十六日，四十多年来困居北邻嘉山地区的流散者，闻"招流散"而结伙拥入滁州城，人数达三百之众。老者气息奄奄，青壮者相搀而行，妇女流泪哽咽，幼者嗷嗷待哺，其悲惨之状，更甚于前日回归的滁州府流散者。市民惊诧，官员惊骇，急报府衙主政范昂。范昂亲至现场观察了解，这三百之众的多数，为四十多年前追随太上皇南下的教授、学子及其家眷后人，在饥寒交迫中仍然保持着几分儒雅之气。他潸然泪下，急令有关主事官立开粥棚，以解其饥饿；立设布帐，以御其风寒。街巷居民纷纷清扫屋阶，捧出薯饼杂食救助，滁州城一下子悲凄凝重了。

三月二十七日，困居于西邻长丰地区的流散者，结伙拥入滁州城，人数多达五百，其恓恓悲苦之状，令人目不忍睹。范昂亲临现场接待得知，这五百流散者中的多数为太祖、太宗时归顺朝廷的辽人、金人的后代。他们的祖辈、父辈，都有着不凡的功绩，朝廷曾给予"出仕补官，给田赡养"的优容，其后人也享有"许注授职"的恩典。靖康之难，他们追随太上皇南下，困居长丰地区，官职田地没有了，也成了流散者。他们的衣着、语言虽与宋人无异，但其相貌、性格、举止仍带有辽人、金人的气质神韵。靖康遗恨和近四十年来金朝兵马的屡屡南侵，现时的金国成了大宋不共戴天的仇寇，这些昔日以奇功归顺朝廷的辽人、金人后代，无辜地成了宋人心目中的可疑人。是日，在一条街巷的粥棚点上，在施粥中因执勺人向一位流散者投去一种歧视的目光而引发的一起争吵，很快地导致了一场厮斗和捣毁一座粥棚的骚乱。市民们对这群流散者愤怒摇头，粥棚施粥人员对这群流散者怒目而视。流散者越聚越多，随时都可能爆发更大的冲突。适逢范昂巡视至此，以"责罚执勺人""亲自向流散者道歉""重建粥棚"而平息了这场风波。

市民紧张了，粥棚管事紧张了，范昂紧张了，整个滁州城似乎也紧张了。这般不请自来的流散者还有多少？粥棚粮米的供应还能支持多久？滁州城或许随时都可能爆发一场骚乱。

三月二十八日，十多年来困居于东邻仪征的流散者和困居于南邻武岗地区的流散者几乎是同时拥入滁州城最为繁华的礼乐街。市民惶惶，官员皱眉，范昂下令增设粥棚十处，每座粥棚增加衙役三人维持施舍秩序，粥棚管事及其衙役的神情也显得肃穆紧张了。

南邻武岗地区的流散者为二百五十人，多数是仁宗时投奔朝廷的西夏人、蕃部部落的首领和溪峒纳土的臣民，通称归顺人。这些归顺人也享有"出仕补官""给田赡养"的优容。靖康之灾，他们追随太上皇南下，困居武岗地区，失去了"优容"的一切，其衣食悲凄之状，与辽人、金人的后代无异。所幸运者，此时的西夏王朝已经衰落，不再是现时大宋的威胁，他们在长年累月的艰难困苦中，也得到当地百姓与归正人同样的同情和帮助。特别是七十多位蕃部部落首领和溪峒部落首领的家人后代，对这次滁州府"招流散"的新政，抱有落地生根、善其终生的期求，他们的到来，呈现出一种彬彬有礼的状态。

东邻仪征地区的流散者为二百人，几乎全是太祖太宗时原燕山府诸路府脱离辽朝、金朝，投奔大宋的军人及其眷属，名曰归朝人。"归朝"是一种出身，当时朝廷在法令上曾给予极为优厚的礼遇："有官职者可添差不厘务差遣；其余人不拘年限，皆予以养济。"这些人的后代，也都有权享受这种光荣而坐享其成的幸福。靖康之难改变了一切，四十多年来，他们困居仪征地区，没有了特权,没有了"养济",连祖辈、父辈的"荣耀"也无人提及,成了一群与归正人、归明人、归顺人一样的无产流散者。他们心中有怨、有恨,在踏进滁州城的那一刻起,也许因为饥饿难耐,粥少人多,也许因为礼乐街两侧餐馆面店食物的诱惑,他们开始与来自南邻武岗的流散者争食抢粥,以致捣毁粥棚,继而闯入大街两侧的餐馆食铺,狼吞虎咽,演出了一场荒唐的抢食事件,引发了市民的恐慌。

消息传遍全城,千街百巷蓦地腾起一股关门闭店的风潮。这些街巷都设有粥棚,都有上百的流散者,礼乐街的动乱使这些街巷的市民和流散者之间处于一种默默地、极度紧张对立的状态,随时都可能暴乱。一千三百多位流散者的暴乱啊!府衙官员们神情惶惶地聚集在府衙议事厅里,眼巴巴地望着范昂。

平素儒雅斯文的范昂哪里见过如此混乱紧张的阵势,早已乱了分寸,立即派出飞骑,奔向城西五十里处的皇甫山向辛弃疾告急。

辛弃疾是夜初二更时分接到滁州府衙官员飞马禀报的动乱急情,他立即停下手中所有事务,在辛茂嘉的陪同下,在星光朦胧的夜色中,飞马向滁州城驰去。

在夜风飕飕的马背上,辛弃疾默默自责着自己施政谋划中的粗疏失误。"招流散"一策的提出,原是为解除滁州府流散行乞黎庶的痛苦,根本没有想到四邻州府的流散者会闻风而拥入,招致了今日的被动,更不知还有多少其他流散者会接踵而至?招致什么样的灾难?真是愧对滁州城的士民百姓、百业商旅啊。

在汗水淋淋的马背上,辛弃疾陷入了应对眼前可能爆发更大动乱的思索:断不许这些不请自来的流散者搅乱滁州城!断不许这些流散者中间的少数人无理取闹,毁掉正在实施的"十二字"施政方略。没有霹雳手段,不显菩萨心肠。被迫无奈时,别怕流血。

与辛弃疾并马疾驰的辛茂嘉,目不转睛地注视着辛弃疾此时的神情变化,他熟悉兄长在做出重大决定前的举止习惯。他紧紧握住了腰间的剑柄,随时等候兄长发出的命令。

在气喘吁吁的战马飞奔中,辛弃疾于深夜四更时分进入滁州城。他没有直入府衙,而是放缓马缰走向礼乐街。目不忍睹啊!屋檐下、街道边、墙垣处,一群群居无屋、食无粮、病无药的流散男女老幼,在深夜的清冷中踡伏呻吟。他气噎胸闷,心如刀割。他身俯马鞍,泪水滂沱而出。辛弃疾胯下的坐骑,似知主人心中之哀痛,发出了苍凉的嘶鸣声,四蹄沉重地向府衙走去。

五更正点,辛弃疾在辛茂嘉陪同下走进府衙。他吩咐辛茂嘉回家向家人禀告,独自走进灯光昏暗的知府厅堂。范昂和二十多位府衙官员忽地站起,紧张无声地目迎辛弃疾的到来。

辛弃疾走上厅堂高台,心情沉重地搀扶面色憔悴的范昂落座于一张竹椅上,向着眼前神情焦虑的同僚深深一躬,语出道:"'招流散'一策思虑不周,事出意外,导致了今日滁州城混乱的局面,愧对诸位,愧对滁州的士民商旅。"

范昂霍地扶椅踉跄站起,打断辛弃疾的自责:"今日滁州城之事的发生,责任在我。我应对无方,昏庸失职,愧对知府的嘱托信任。连续三天,四邻流散者拥入滁州城,已达一千两百人,我们已增设粥棚三十处救济之。仓促应对,确有不周到之处。"

人群中忽地爆起一声吼,截住了范昂的自检。辛弃疾凝目望去,是府衙推官、主管司法事务的杨信,他语出铿锵:"说什么不周不到,我们已经是尽其所有,像孝敬亲爹亲娘般地侍候着这些不请自来的客人。这些从四邻拥入的流散者,原本就不是困居我们滁州府的归正人、归明人、归顺人、归朝人,不在知府大人'招流散'新政之列。礼乐街动乱的发生,给我们敲响了警钟,若不依法严惩,我们的'十二字'施政方略可能会毁在这些动乱者的手里。"

厅堂里的气氛更显凝重紧张了。

六曹中的司户参军陈驰弼高声附和推官杨信之说:"这些不请自来的流

散者中,有不少是辽朝、金朝、西夏朝、蕃部部落、溪峒部落模样的人,都是归明人、归顺人、归朝人的后代。礼乐街抢劫餐馆食铺的动乱,就是几十个归朝人带头干的。据说这些归朝人的祖辈、父辈曾有功于朝廷,他们自视甚高,骄傲凶蛮,动乱中对现时朝廷有许多不敬之词。对这些不知好歹的动乱者,应当赶出滁州城,以儆效尤。"

厅堂里凝重的气氛中又增添了一股杀伐之气。府衙司兵、御马军院都总管燕世良应时站起,拱手放声:"禀报知府大人,卑职已于今夜二更时分,从城外兵营调得二百名兵卒入城,现隐于府衙后院,刀枪在握,肃候知府大人调遣。卑职保证在天亮前半个时辰,彻底清除这些可能爆发更大动乱的祸根!"

厅堂里杀伐之气似乎一下子就要爆响了,人们霍地站起,把目光投向面色发白的通判范昂和神情肃穆的辛弃疾。

辛弃疾跨步向前,望着杀气腾腾的燕世良,拱手询问:"试问燕世良都副总管,面对黎明前夜色中那些衣食无着的男女老幼,你手中的刀剑砍得下去吗?"

燕世良的神情一下子僵住了。

辛弃疾的声音有些哽咽:"不错,他们不是困居于我们滁州府的流散者。可他们是一群忠于大宋、追随大宋皇帝南下的忠恳臣民,他们近四十年来在无人理睬的痛苦中不变其赤胆忠心,难道不值得我们敬重吗?他们中的许多人,是辽人、金人等人的后代,可他们的祖父辈有功于大宋,他们背离故国把自己的命运交给了大宋,世为大宋臣民,难道不值得我们唱赞吗? 他们的不请自来加重了我们的负担,可我们不能见死不救啊!我们滁州府广阔的平原山川,难道不能给他们五尺存身之地? 我们滁州府十万户人家,难道救济不了这一千多位流散无倚的父老兄弟、姑嫂姊妹? 他们为什么从四邻蜂拥而来?他们是来求活命的,不是来遭受屈辱的,更不是来送死的。如果我们把他们驱赶出城,或以刀剑杀害,我们还是人吗?还能取信于世人,还能取信于天下吗？"

厅堂里所有的人都屏住呼吸愣住了。此刻在可能发生更大的动乱面前，这位新任知府辛弃疾展现出罕见的冷静、仁慈和深情能化解这场危机吗？他们沉默着、思索着，有的微微摇头。

辛弃疾看在眼里，以更为坚定的语气析解眼前的危机："还是范公说得好：'在仓促应对中，我们确有不周不到之处。'知错必改，我们要用'周到'的关怀、举措。朝廷法令法规，接待这些仰慕我们'招流散'之策蜂拥而至的朋友。当务之急有三：一、命令全城所有粥棚立即生火煮粥，保障这一千多位流散者晨昏活命之需。只要粥棚炊烟升起，火光闪闪，流散者的心神就安定了。司户陈驰弼大人，这件事分秒必争，不可怠慢，请你即速办理，务必在卯时正点，全城粥棚施粥救济。若此事办理周全，可消除动乱之源，其功大焉！"

陈驰弼似乎一下子明白了自己的责任重大，拱手应诺，招呼几位司户官员疾速离去。

辛弃疾目送陈驰弼走出厅堂，再颁举措："二、从速建立粥棚施粥的严格制度，避免争食抢食事件的再次发生，其制度只有三句话：老人小孩优先，病残妇女次之，青壮男子殿后。家家都有老人孩子，于情于理，阻力不会太大。司兵都副总管燕世良大人，请你督令你从兵营中调入的二百兵卒，监督全城近百处粥棚施粥制度的执行。这样一来，在全城百姓面前，你们不再是百姓可畏的军爷，而是救苦救难的活菩萨了。"

这个弯子转得太大了，厅堂里的官员衙役瞠目结舌。范昂心神震撼，自古以来，一向欺压百姓的军爷骤然间要成为救苦救难的活菩萨，奇迹啊！他对辛弃疾又一次刮目仰视了。燕世良原本是科举出身的聪明人，知道军人镇压动乱的血腥和后果，突地恍悟到辛弃疾命令的仁心要旨，他忽地站起，以军人的忠诚向辛弃疾致敬，并做出了爱抚流散者的庄严保证，带着司兵官员离开了厅堂。

辛弃疾再颁举措："三、立即组成案牍三十人小组，逐个记录四邻拥入流散者一千二百多人的姓名、年龄、籍贯及其祖辈功绩和所得所享,以便遵照当年朝廷颁布的恩遇条款予以恩遇。"

厅堂里的官员衙役神情中呈现出一派茫然。

辛弃疾看在眼里,把目光投向主管司法事务的推官杨信:"杨信大人,你熟知朝廷法令,且善于处理棘手难题,请你亲躬此事,为朝廷赢得不忘历史、不忘功臣的大恩大德!"

杨信应声站起,拱手应诺:"谢知府大人信任,我将尽全力,不负知府大人之托。但有一事不解,请知府大人明示。"

辛弃疾拱手还礼:"请讲。"

杨信坦荡直言:"请问大人,你此时双手空空,能有多少粮米财物展现朝廷'睦抚'这群流散臣民的'大恩大德'?昔日太祖、太宗皇帝颁发的恩遇的法令,已过去一百多年,早已被朝廷遗忘,请问大人,你此时仅为滁州知府,能有权力'睦抚'这群流散者吗?古人云,理政之要,在于'虑善以动,动唯厥时'。请问知府大人,此时正为实施'十二字'施政方略而奔忙,难道要因这一千两百多流散者的些许动乱而因小失大吗?"

厅堂里宁静极了,在五更将尽的昏暗中,四壁烛光无力地摇曳着,似乎彰显着杨信"三问"的沉重,人们都把目光投向神情专注的辛弃疾。

辛弃疾望着杨信心想:果如通判范公所语,杨信善思善谋啊,遂昂然而语出:"推官大人所言极是。我此时确是两手空空,只能借太祖皇帝、太宗皇帝赏赐给这些流散者祖辈的恩典便宜行事了。大人当知,在特殊的境遇中,荣誉、封号比金钱财物更值钱,更能使人自尊而自信。君不见靖康之难,宗室成员被迫逃亡南渡,沦落民间,数以千计,特权尽失,皇恩渺无,许多人只顶着王公、公主的桂冠,硬是以推车卖水、浣衣缫丝而自立自强。王公、公主同归正、归明、归朝一样,都是身份,都是荣誉。我要把这个'人生立命的骄傲'还给这些衣食无着、争食抢饼的流散者,你说他们会自甘堕落地拒绝吗?一个滁州知府是无权对这些流散者巧立名目违纪违律赏赐的。但我此时之所为，仅仅是落实太祖太宗皇帝当年明令颁布的法令。这些法令的要旨是：准予出仕补官；许注授官职，但只能添差不厘务差遣；百姓给田耕种；其余不拘年限，皆予养济，许在所在州军入学听读或赴秋试。'出仕补官'者何？不就是有官职空缺就补上吗？'添差不厘务差遣'者何？不就是无须劳神劳力实际负责而享受荣耀礼遇吗？天赐机遇啊，我们此时正在'议屯田''教民兵'于西涧、皇甫山，那里有大片荒地需要开垦播种，为落实太祖、太宗皇帝法令中的'给田赡养'提供了最佳的场所；那里有大量'空缺'的官位和大量'不厘务差遣'的荣誉名额，足以安排这些流散者中享有这种荣誉者的后代。我们可以理直气壮地宣布，在太祖太宗皇帝制定的这些恩遇法令一百七十多年的今天，在滁州府又一次得到了全面落实。推官大人所言极是，在这'十二字'施政方略方兴之时，断不可因小失大，断不可因几十位流散者的动乱闹事而影响全局。古人有示：'怀道者须世，抱朴者待工。'在这重要时刻，恭请推官大人费心操劳，以'待工''善思善谋'之大才，务必在五日之内，完成这桩繁杂棘手、事关全局的事务。五日之后，我会安置这些流散者到他们该去的地方。再说，五日之后，只怕我们的范公，再也拿不出粮米开粥棚了。"

厅堂里的人们都被辛弃疾的回答吸引了，以高度集中的精力，关注着辛弃疾回答的一字一句。在意外、惊诧、震撼中，杨信觉得眼前的辛弃疾似乎一下子变得更潇洒、更高大了。他不觉三月晨曦已亮白了窗扉，忽地站起，向辛弃疾致敬："谢知府大人教诲。卑职将竭尽全力而为，不负知府大人之托，五日之内，将呈交一份合格的答卷！"

辛弃疾再作叮咛："牢记，告知所有人员，在案牒记录中，完全依赖受访者的诉说，不查询，不追究，不辩驳，给予受访者百分之百的信任和尊重。"

杨信应诺，带人离去。

厅堂空寂了。辛弃疾突地感到骨散筋疲，周身无力。他挣扎站起，猛力推开窗扉。一股晨风闯入，清凉爽人。他回头正要向范公说些什么，府衙门前值勤衙役闯入厅堂，急声禀报："禀知府大人，从东邻高邮奔来的流散者五百多人，现已拥入东门朝阳门，有头领四人抵府衙门前，指名道姓要见知府大人！"

范昂闻讯，忽地从椅上站起，辛弃疾一时也愣住了。

范昂为辛弃疾挡驾："大人飞马入城，彻夜操劳，请稍做休息，我先会一会这几位来客。"

辛弃疾挽范昂之手笑语："'青山一道同云雨'，我俩携手前往，接待这一批来势更加彪悍的流散者吧！"

辛弃疾、范昂走出府衙大门，四位衣着褴褛、须发散乱、神情激昂的流散者突地以单腿跪拜、拱手握拳之礼迎接，并齐声高呼："向辛掌书记请安！"

范昂蒙了，蒙于这陌生的礼节、陌生的称呼。

辛弃疾似梦中乍醒，跨步向前，情难自抑："你是提领刘云？你是提领开赵？你是提领温皋？你是提领李几？"他突地伸出双臂，泪水涌出，扑向四位生死相交的战友，话语哽咽，"十多年了，想啊！"

刘云、开赵、温皋、李几亦张开双臂，拥抱着辛弃疾失声痛哭。

辛弃疾咽声询问："副帅贾瑞大人可有消息？"

刘云咽泪回答："十年前在海州，掌书记派刘弁、孙肇保护副帅返回建康报信后，即返回故乡泰安山寨，三个月后，病重不治而亡。"

辛弃疾咽声再询："刘弁、孙肇两位提领现状如何？"

开赵咽泪回答："刘弁、孙肇在副帅病故后的一次战斗中，都惨死于金兵的毒箭下。"

辛弃疾泪目紧闭，不敢再问了，但亲情焦心，不能不问："我、我、我家三哥辛勤……"

温皋咽声颤抖了："三哥好，三哥好，三哥好着哩！"

辛弃疾睁开眼睛，紧紧抓住温皋的双手："快说，三哥怎样？"

温皋语塞摇头。

李几拭泪咽声回答："三哥是我们大家的三哥，是我们五百兄弟的总领，为了五百兄弟的生存活命,熬尽了心血,献出了一条臂膀。"

辛弃疾紧紧抓着李几的双手:"快说,三哥在哪?"

李几回答:"三哥此时和朝阳门内的五百兄弟在一起,特派我们四人前来察看这滁州知府,是不是我们昔日的掌书记辛弃疾!"

辛弃疾心痛心噎,他搀着李几、温皋、开赵、刘云站起,泪水湿襟,脚步踉跄,整个人似乎一下子要凝固了。

范昂惊骇,他突然恍悟到这位新任知府来历的不凡,急忙搀扶而宽慰:"幼安……"

辛弃疾感谢这位年长的副手,紧握范昂之手语出:"范公,请陪我前往朝阳门,看一看这一群特殊的流散者。"

范昂连声应诺。

这群流散者确实特殊,五百多人中仅有妇孺九十多人,其衣着虽单薄褴褛,但都缝补整洁;其男丁四百多人,年龄大多在三十岁到四十岁之间,虽面黄肌瘦,但无颓废不振之态;此刻相抚相依地横卧于凉风飕飕的街道两侧的屋檐下,等待粥棚的施粥解饥,但都有秩有序,毫无混乱之状,连年稚的男女幼童,也展现出惊人的自制和忍耐。更为奇特的是,这群四百多男丁的手中,几乎都挂有一支用各色布料布条缠绑的手杖。当辛弃疾出现在这群流散者的面前,这群流散者同时举起手中的各色手杖欢呼迎接。

辛弃疾抓着辛勤失去左臂空荡荡的衣袖,跪倒在他面前,哽咽语塞。他心里流动着童年三哥对自己的关爱;他心里沸腾着聚众揭竿而起三哥"双剑霹雳"对自己的保护;他脑海里浮现出夜袭济州金兵大营中三哥"双剑霹雳"轻取金兵将领的神韵英姿;他此刻更感激兄弟战友们这"举杖欢呼"送来大义大爱的情谊。

十年来的坎坷折磨,使辛勤的双眉更浓更黑,使他的眼睛更明更亮,使他的眉宇间已突现出深思熟虑之迹。他右手抚摸着哽咽语塞的辛弃疾含笑放声:"'双剑霹雳'消失,'单剑霹雳'诞生,亦人生快事!十二弟茂嘉何在?"

辛弃疾咽泪回答:"茂嘉在弟身边。"

辛勤吟声:"今年当是二十六岁。"

辛弃疾应声:"是的,今年年初,茂嘉已成家了。"

辛勤吁叹:"长大了,成家了,祖公在天堂可以放心了。快站起来,一州知府,兄弟相逢跪地洒泪,成何体统,就不怕身边的这位大人取笑吗?"

辛弃疾站起,急忙为范昂作介。

辛勤急忙躬身施礼:"范公清廉之名,誉于淮东淮西,我等闻名而敬之仰之。今日仆仆而来,不仅为滁州'招流散'之政所招,亦为范公清廉之名所慕,我等五百多名流散者,向通判范公拜谢了!"

此时身置其中的范昂,全然被这眼前的情景惊呆了。

是日午后,辛弃疾要在家中设宴接待辛勤和战友刘云等五人。这是一次意外的猝然相聚,是兄弟和战友的劫后狂欢,更是一次难得的历史机遇。但在现时朝政诡谲的境遇中,却隐藏着极大的风险。三哥带来的五百兄弟,是衣食无倚的流散者,但多数是当年故乡泰安东山山寨的战友;他们风尘仆仆而来,断不会是为了一碗施舍的米粥,而是有着山寨战士不屈不挠的意志和理念;他们欢呼中高举的手杖,不是行乞中的打狗木棒,而是用布条包裹的杀敌刀剑。

天赐机缘,"议屯田"之策将会早见成效!天赐助力啊,"教民兵"之策将会早日成军!可福宁宫的圣上能乐见这样的情景吗?德寿宫的太上皇能容忍这样的情景吗?就是在这滁州府的官员能接受这令人震撼的情景吗?今日清晨置身朝阳门内的范公,不也在惊诧惊骇中凝滞于沉思吗?若其中有一人罗织罪名以呈表弹劾,其后果不堪设想,连这一个月来初显行踪的"十二字"施政方略都将毁于一旦。他在与范若水紧急商议之后,决定以"负戈雄边"的淋漓坦荡和"借力生力"的随机应变迎接三哥和四位生死战友,并邀请范昂作陪,进行化险为夷的一搏。

午时三刻,辛勤在安置五百流散者歇息后,便带着提领刘云、开赵、温皋、李几四人,在辛茂嘉的引领下走进辛弃疾、辛茂嘉居住的院落。辛弃疾和范昂恭迎于宅院门前。

面对这结木为栅、系板为门、菜蔬成畦的庭院和一溜儿几间陈旧的灰色瓦房,刘云皱眉,开赵瞠目,温皋、李几摇头。辛勤似乎为眼前这成畦的葱绿吸引,连声说出了两个字:"好,好!"

刘云、开赵、温皋、李几急忙放声应和,人们相拥相欢步入客厅。

客厅之大,由两间屋舍组成,纵为十步,横为十二步。四张长凳,八把矮机(wù),整齐摆放,颇显空旷;四壁无装饰,斑斑霉迹犹显,颇觉简陋;两扇细格窗敞开,清风入内,拂去阴霉之气,倒添了几分草绿的清爽。客人举目四望而茫然,范昂偕辛勤入座,并恭请四位提领就安。辛弃疾急忙作解:"此室虽额名'客厅',但自成立至今一个多月,既无鸿儒赐教,又无白丁光临,连范公也是第一次踏进此室。今日三哥和四位提领驾临,着实蓬荜生辉了!"

辛勤似对这"蓬荜客厅"无时尚的"粗俗奢华"有感,连声说出两个字:"好,好!"

在辛勤的"好"声中,范若水、范若湖走进客厅迎接,辛茂嘉手捧茶盘跟随。辛勤、刘云、开赵、温皋、李几全都肃然凝神了。

今日的范若水已是滁州妇女装束,上着青色对襟宽袖短衫,下着青色百褶长裙,系绨高髻,举止间仍隐藏着聪慧典雅的神韵。

今日的范若湖也是入乡随俗,成了滁州年轻的少妇。上着鹅黄色对襟短衫,下着青色转褶长裙,头梳双坠髻,仍有着以往的机敏灵巧。

范若水走到辛勤面前,揖礼而拜,恭然语出:"三哥在上,弟媳范若水拜见三哥,依齐鲁燕赵民间之礼,弟媳拜见兄长,当敬茶三杯。范若水向三哥敬茶了,迎接三哥回家。"语毕,从辛茂嘉手捧的茶盘中逐一取茶三杯奉上。

辛勤面对这骤然出现的故乡礼仪,神情肃穆凝重,他逐一接过三杯敬茶畅饮,一时激动而语塞。

接着弟媳范若湖揖礼拜见敬茶:"三哥在上,弟媳范若湖拜见三哥,敬茶三杯,迎接三哥回家。"语毕,从辛茂嘉手捧的茶盘中逐一取茶三杯敬上。

辛勤的神情更显肃穆凝重,在逐一接过三杯敬茶畅饮中,突地恍悟到齐鲁燕赵民间风习:兄长接过弟媳敬茶当赏赐礼物以祝福。可此时,囊中空空,身无分文,难堪啊,只能以空言空语掩饰当下的尴尬了。他望着范若水询问:"听弟妹口音为北方人,敢问家居何处?"

范若水回答:"回三哥话,弟媳家居燕赵邢州。"

辛勤再询:"燕赵邢州,周公四子姬苴(jū)封地,历代贤人辈出,唐李渊、魏徵皆出生邢州。敢问令尊大名?"

范若水稍有迟疑,回答:"回三哥话,家父名邦彦,字子美……"

辛勤神情一振,截住范若水的话头:"邦彦?子美?是誉满燕赵齐鲁的宣和年间太学士,世誉'河朔孟尝'的范邦彦、范子美吗?"

范若水默然点头。

辛勤、刘云、开赵、温皋、李几同时站起,连范昂也凝住了神情。是啊,在靖康之难失陷的大河以北地区,"河朔孟尝"的义行义举在燕赵齐鲁士民中有着极大的影响,在江湖上也得到侠义之士的称赞,特别是十年前率领蔡州之众举蔡州城以应宋师的壮烈之举,确有石破天惊之威。"河朔孟尝"这个名字一下子改变了这个客厅的清冷气氛。

范昂蓦地把目光投向身边的辛弃疾,默默心语,看不尽的辛弃疾!说不尽的辛弃疾啊!

刘云按捺不住心中的喜悦,对着范若水直言放声:"请问若水弟妹,令堂大人可是燕赵涿州单骑飞马五百里下嫁'河朔孟尝'的奇情女子'宗室公主'?"

范若水含笑点头,人们放声欢呼。

开赵声高压众:"范若水、范若湖,一对姊妹花!若湖弟妹,看其形容,你俩是一母所生吧!"

范若湖朗声回答:"小女生于蔡州,家境贫寒,三岁时,父母双亡,为'宗室公主'抚养,视若己出,赐名若湖。得姐姐、姐夫关爱,与茂嘉成亲,成了辛家的媳妇!"

辛勤欢声叫好:"好,好,好啊!幼安有福,茂嘉有福,齐鲁四风闻辛家与燕赵'河朔孟尝''宗室公主'结为姻亲,倍感荣幸。幼安、若水、茂嘉、若湖,天作之合啊!"

辛弃疾、范若水、辛茂嘉、范若湖列阵于辛勤面前,揖礼作谢。辛勤欣然点头,人们欢声应和。范若水向欢声的人们致谢,款款相邀:"恭请诸位英雄餐厅宴飨!"

范若湖乖巧,急忙亲昵地搀扶起辛勤。欢笑声鹊起,飘向隔壁餐厅。

辛府餐厅和客厅一样的简陋,霉迹斑斑的四壁,一张陈旧的餐桌,几把简易的木凳。两扇细木窗敞开,内外无隔地驱散了往日的清冷。桌面上六大盘冒尖的菜肴(一盘是煮熟的土豆,一盘是蒸熟的甜薯,一盘是当季的菜蔬,一盘是煮熟的豌豆,一盘是刚出畦翠绿的大葱,一盘是煎制的香喷喷的大酱)、桌面上清一色的粗瓷大碗、青竹筷子和四只十斤装的粗瓷酒坛,狂放张扬地腾起一层气势逼人的旷野豪情,熟悉辛家饮食的范昂瞠目凝神了。

这是古人"饮水啜菽"的升华吧?这是古风"朋酒斯飨"的简化吧?他突地灵感闪亮,这难道是传说中山寨好汉"大碗饮酒,大块吃肉"豪情壮举的展现?他转眸一扫身边的五位来客,他们几乎在同一时分按捺不住地发出了兴奋激昂的叫好声。

在辛茂嘉捧起酒坛,打开坛盖,斟酒入碗,酒香四溢的享受中,人们分别入座。范昂陪辛勤居酒席上位,刘云、开赵、温皋、李几居酒席左右位,辛弃疾、范若水居酒席下位。辛茂嘉、范若湖居旁侍酒侍肴,开始了古代习俗中的"跻彼公堂,称彼兕觥"的宴飨。

在浓烈的酒香中,众人欢呼兄弟、战友分别十多年后难得的一次聚会;在浓烈的酒香中,辛弃疾自咎今日相聚无羊可宰、无猪可戮的缺失和无奈;在浓烈的酒香中,思念着昔日山寨中峥嵘岁月的辉煌;在浓烈的酒香中,回味峥嵘岁月中火热的理念和生死情谊;在浓烈的酒香、酒辣、酒醺中寻觅着十多年来战死的、病死的、散去的兄弟战友和那失落的火热人心的理念追求。

刘云垂泪了,温皋唏嘘了,李几泣咽了,开赵拳击胸膛而语出:"痛苦烧心,愤恨烧心啊!十年前我们山寨的二十五万兵马散了、完了——散于狗杂种张安国、邵进的叛变降金和耿京大帅的被害,完于金兵血腥的围剿。九年前掌书记夜袭济州金兵大营召回的万名山寨兄弟完了,散了——完于一场将帅不和的符离兵败,散于朝廷大员狼心狗肺的迫害。现时,只剩下这五百赤胆忠心的兄弟了。"

辛弃疾、范若水忍着心胸阵阵的疼痛静听着;辛茂嘉、范若湖一时忘记了捧坛添酒;范昂神情凝滞,如在梦中,泪水湿颊。

泣咽的李几猛地站起,顺手捧起眼前的酒坛,仰脖鲸饮,酒漫前胸。他放下酒坛,似已酒醉,声近号吼:"冤情难诉啊!十年前掌书记缚着叛徒张安国轻骑飞往建康献俘去了,从济州金兵大营召回的万名山寨兄弟暂住寿春以待朝廷编制。时寿春府衙待之以礼,有粮秣供应之恩。及至北伐主将李显忠出任御前都统制兼淮西招抚使驾临安庆,对这支山寨义军极为关注,饷以粮秣,武以刀枪战马,并亲自视察入编:以六千之众与禁军并列,以四千之众与厢军同行。北伐开始,在收复灵璧、虹县、宿县的战斗中,山寨兄弟英勇健捷,立有大功,曾获北伐主帅张浚大人的嘉奖;在固守符离城的浴血厮杀中,我六千兄弟几乎全部英勇捐躯。"

辛弃疾、范若水泪流满面,辛茂嘉、范若湖相拥而泣,范昂确已被六千战士的英勇献身惊呆了。

唏嘘的温皋声咽气绝地控诉着:"这仇这恨向谁讨要啊!北伐失败了,主帅张浚被贬,死于贬途;主将李显忠坐责散官,潭州安置;战争中存活的四千山寨兄弟成了无所归属、无依无靠、绝粮绝秣的孤军困旅。战争毁掉一切的淮西战场,黎民百姓陷于水火,自顾不暇,哪里还顾得这支兵马。战争中存活的四千兄弟,在三哥的统领下,辗转于寿春丘陵湖泊,觅食于山林芦荡,垦田伐木,造屋播种,胼手胝足以自养。恓恓三年,聊可衣食自足,孰料朝廷大员、淮西副总管曾觌驾临,昏庸至极,荒唐至极,险恶至极,对待这支战争中存活的人马,竟以'山寨余孽'毁之,以禁军劲旅剿之,成千兄弟死于无辜,散于无奈,只有这五百兄弟跟随三哥进入淮东高邮濒临淮河南岸的山林湖泊,以渡淮袭击金兵哨所粮食而觅食。这每一次的渡淮觅食,都是以性命作代价啊!三哥在一次渡淮袭击金兵哨所中,左臂中金兵毒箭,无医无药,无处疗治,生命垂危,遂自缚于树,自挥利刃而断左臂,昏迷三日三夜而活了过来。"

"自挥利刃而断左臂!"壮烈古今,泣鬼泣神啊!餐厅里的人们泪水滂沱,泪眼蒙眬地注视着身边这位朴实无华的神人,心中激荡着难以表达的崇敬。

朴实无华的辛勤举碗尽饮后语出:"人死了,昔日山寨的理念没有死!人散了,昔日山寨的理念依然活着。昔日山寨二十五万兵马,现时只剩下五百人了,不是还拖着忍饥挨饿的躯体,跋涉二百里,向着滁州府晓谕天下的'教民兵''议屯田'施政方略仆俯朝拜吗?辛弃疾,十年前山寨的掌书记,九年前皇帝制授天平军的掌书记、今日边陲战略要地的滁州知府,请你告诉我们,你的'议屯田''教民兵'的理念是什么?有具体的实施举措吗?有实现理念的可能吗?"

餐厅里的气氛一下子凝重了。刘云、开赵、温皋、李几似乎一下子驱散了酒意,神情肃穆,目光炯炯地投向辛弃疾;辛茂嘉、范若湖相视默然;连聪慧绝顶的范若水也凝住了神情。范昂一下子慌了神色,"议屯田""教民兵"只是一个设想,举措正在摸索中,在如今因循苟且的朝政中,谁能保证一种利国利民的施政方略就一定能够实现。他心神志忑不安地关注着一向决事果敢的辛弃疾……

辛弃疾果敢回答:"有。有明确理念,有精细举措,有实现理念的可能。"

辛勤厉声:"依据何在?"

辛弃疾朗声回答:"依据在圣上九年后发现束之高阁的一份奏折里,依据在宰辅虞公彬甫赞赏的一份奏疏里,依据在这次博击滁州风云的谕示里,依据在范若水精心收藏文稿诗词的竹箧里!"

范若水恍悟了,起身急赴寝居,取出辛弃疾需要之物;辛茂嘉、范若湖恍悟了,急忙捧起酒坛为人们斟酒入碗。

刘云、开赵、温皋、李几兴致乍起,向通判范昂投去询问的目光。范昂歉然,微微摇头。

范若水手捧一沓文稿急步走进餐厅,辛弃疾笑声迎接:"若水,借你清朗高扬的燕赵之音,恭读那两份八年前上呈朝廷有关'议屯田''教民兵'的奏疏,请三哥和四位提领教正。"

刘云、开赵、温皋、李几望着范若水手中的一沓文稿,神情肃然,辛勤闭合了眼睛。

范若水放声读起辛弃疾上呈奏疏《美芹十论》中"屯田第六":

赵充国论备边之计曰:"湟中积谷三百万斛,则羌人不敢动。"李广武为成安君谋曰:"要其辎重,十日不至,则二将之头可致者。"此言用兵制胜,以粮为先,转饷给军以通为利也。必欲使粮足而饷无间绝之忧,唯屯田为善。而屯田盖亦难行。

国家经画,于今几年,而曾未睹夫实效者,所以驱而使之耕者非其人,所以为之任其责者非其吏,故利未十百而害已千万矣。名曰屯田,其实重费以敛怨也。何以言之?市井无赖小人,为其懒而不事事,而迫于饥寒,故甘捐躯于军伍,以就衣食而苟闲纵,一旦警急,摄甲操戈以当矢石,其心固偃然自分曰:"向者吾无事而幸饱暖于官,今焉官有事而责死力于我。"且战胜犹有累资补秩之望,故安之而不辞;今遽而使之屯田,是则无事而不免耕耘之苦,有事而又履夫攻守之危,彼必曰:"吾能耕以食,岂不能从富民租佃以为生,而轻失身于锋镝?上驱我于万死,岂不能捐谷帛以养我,而重役我以辛勤?"不平之气无所发泄,再畎亩则邀夺民田、胁掠酒肉,以肆无稽;践行阵则呼愤扼腕、疾视长上,而不可为用。且曰:"吾自耕自食,官何用我焉。"是诚未睹夫享成之利也。鲁莽灭裂,徒费粮种,只见有害,未闻获利,此未为策之善。

如臣之说,则曰:向者之兵怠惰而不尽力,向者之吏苟且而应故事。不如籍归正军民,厘为保伍,则归正不厘务官,擢为长贰,使之专董其事。且彼自虏中被签而来,未耦之事,盖所素习。且其生同乡井,其情相得,上令下从,不至生事。唯官为之计其闲田顷亩之数,与夫归正军民之目,土人已占之田,不更动摇,以重惊扰。归正之人,家给百亩而分为二等;为之兵者,田之所以尽以予之;为之民者,十分税一,则以为凶荒赈济之储。室庐、器具、粮种之法,一切遵旧,使得植桑麻、蓄鸡豚,以为岁时伏腊婚嫁之资。彼必忘其流徙,便于生养。无事则长贰为劝农之官,有事则长贰为主兵之将,许其理为资考,久于其任,使得悉心于教劝。而委守臣、监司核其劳绩,奏与迁秩而不限举主,人熟不更相劝勉以赴功名之会哉。且今归正军民散在江、淮,而此方之人例以异壤视之。不幸而主将亦以其归正,则求自释于庙堂,又痛事行迹,愈不加恤。间有挟不平,出怨语,重典已絷其足矣。所谓小名目者,仰俸给为话,胥吏沮抑,何尝以时得?呜呼!此诚可悯也,诚非朝廷所以怀诱中原忠义之术也。

闻之曰:"因其不足而利之,利未四五而恩逾九十。"此正屯田非特为国家便,而且亦为归正军民之福。

议者必曰:"归正之人常怀异心,群而聚之,虑复生变。"是大不然也。且和亲之后沿江归正军民,官吏失所以抚摩之惠,相扳北归者莫计,当时边吏亦皆听之而莫为制,此岂独归正军人之罪?今之留者既少安矣,更为屯田以处之,则人有常产而上无重敛,彼何苦叛去以甘虏人横暴之诛求哉!若又曰:"恐其窃发。"且人唯不自聊赖,乃攘夺以苟生,诚丰沃矣,何苦如是?饥者易为食,必不然也。诚使果尔,疏而远之于江外,不犹愈于聚乎内而重惊扰乎?且天下之事,逆虑其害而不敢求其利,亦不可言智矣。

盖今所谓御前诸军者,待之素厚而仰之素优,故骄。骄则不可复使,此甚易晓也。若夫州郡之卒异于是。彼非天子爪牙之故,可以劳之而不怨,而其大半出于农桑失业之徒,故狃于野而不怨。往年尝猎其丁壮劲勇者为一军矣。臣以为可辈徒此军,视归正军民之数,倍而发之,使阡陌相连,庐舍相望,并耕乎两淮之间。彼其名素贱,必不敢倨视归正军民而媒怨;而归正军民视之,犹江南之兵也,亦必有所忌而不敢逞。势足以禁归正军民之变,力足以禁屯田之利,计有出于此者乎?

昔商之顽民相率为乱,周公不诛而迁之洛邑,曰:"商之臣工,乃湎于酒,毋庸杀之,姑唯教之。"其后康王命毕公,又曰:"不臧厥臧,民罔攸劝。"始则迁其顽而教之,终则择其善而用之。圣人治天下,未尝绝物固如此。今归正军民聚于两淮,而屯田以居之,核其劳绩,而禄秩以诱之,内以节冗食之费,外以省转饷之劳,以销桀骜之变,此正周人待商民之法,秦使人自为战之术,而井田兵农之遗制也。况皆吾旧赤子,非如商民在周之有异念,术而使之,天下岂有不济之事哉!

范若水朗读声停,辛勤猛地睁开眼睛,神情呈现出一种凛然的兴奋。开篇简劲质朴,论事缕析精当,全篇气势凌厉,确为幼安行文之风;"用兵制胜,以粮为先""转饷强军,以近为利""欲使粮足而饷无间绝之忧,唯屯田为善"。字字千钧,简明扼要,确为幼安决事之习。更为心神激昂而舒坦者,幼安在奏疏"屯田养兵"艰难实施中,对归正军民的袒护、信任、赞扬、择用,展现了坦坦荡荡、义薄云天、敢言敢当、忠信不移的高尚品德,这不就是山寨理念的高度体现吗?他感到舒心,他感到骄傲。他把质询的目光投向刘云、开赵、温皋、李几。

刘云、开赵、温皋、李几此时似乎仍处在神情专注的等待中。他们切切实实被辛弃疾关于"屯田养兵"的论述吸引了,切切实实被辛弃疾关注归正军的大情、大义、大爱感动了,他们都似乎沉浸在一种更为舒心畅意的等待中。

范若水在片刻的喘气歇息后,不失时机地朗读起辛弃疾上呈皇帝的另一篇奏疏《议练民兵守淮疏》：

> 臣闻事不前定不可以应猝，兵不预谋不可以制胜。臣谓两淮裂为三镇，形格势禁，足以待敌矣！然守城必以兵，养兵必以民，使万人为兵，立于城上，闭门拒守，财用所资给，衣食所办具，其下非有万家不能供也。往时虏人南寇，两淮之民常望风奔走，流离道路，无所归宿，饥寒困苦，不兵而死者十之四五。臣以谓两淮民虽稀少，分则不足，聚则有余。若使每州为城，每城为守，则民分势寡，力有不给；苟敛而聚之于三镇，则其民将不胜其多矣。窃计两淮户口不减二十万，聚之使来，法当半至，犹不减十万。以十万户之民供十万之兵，全力以守三镇，虏虽善攻，自非扫境而来，乌能以岁月拔三镇哉。况三镇之势，左提右挈，横连纵出，且战且守，以制其后，臣以谓虽有兀术之智，逆亮之力，亦将无如之何，况其下者乎！故臣愿陛下分淮南为三镇，预分郡县户口以隶之，无事之时使各居其土，营治生业无异平日；缓急之际，令三镇之将各檄所部州县，管拘本土民兵户口赴本镇保守，老弱妻子、牛畜资粮，聚之城内；其丁壮则授以器甲，令于本镇附近险要去处分据寨栅，与虏骑互相出没，彼进吾退，彼退吾进，不与之战，务在夺其心而耗其气。而大兵堂堂整整，全力以伺其后，有余则战，不足则守，虏虽劲亦不能为吾患矣。且使两淮之民仓卒之际不致流离奔窜、徒转徒沟壑就毙而已也。

范若水的朗读声刚落，拍案叫好声爆起。

辛勤舒气放声："滁州知府，心中有民，心中有兵，知'守城必以兵，养兵必以民'之理，明'万民为兵，兵民一体'之道，仍是我们的掌书记啊！"

刘云放声唱赞："平实的论述，精彩的论述，兵民守淮是一项创造，其论述可以成典了！我拥护！"

开赵放声欢呼："两淮列为三镇的战场布局，为'万民为兵'提供了广阔的用武场地,展现了掌书记对两淮黎庶的充分信任。历代兵家少见啊!"

温皋激情举酒:"不虚此行,如愿以偿啊!来,为滁州府晓谕天下的'教民兵''议屯田'的施政方略痛饮!为五百名无家可归的山寨兄弟找到落脚之地痛饮!为我们的掌书记辛弃疾和滁州府清廉公正的通判范昂大人痛饮!"

在人们连连举酒痛饮的欢快中,范昂恍悟了眼前的一切:原来,这一个月来辛弃疾的一言一行、一举一动,全然是思虑已熟,有所本、有所倚、有所来头的——来于离奇的风云搏击的经历,来于不凡的才智谋略。今晨这群骤然闯入滁州城的五百流散者,原是一群胸怀坚定理念的山寨好汉,原是一群符离之战中幸存的忠勇战士。在这"议屯田""教民兵"正要开启之时,何来其巧耶?看清了,明白了,是辛弃疾铮铮名声的召唤,是辛弃疾才智谋略的示信啊!受教了,动情了,流泪了,他举酒高吟:"上苍为苦难的滁州黎庶,送来了一个知民、爱民的辛弃疾。辛弃疾不负上苍之望,为滁州黎庶捧出了一个'薄税赋、招流散、教民兵、议屯田'的十二字施政方略。救民、福民、强国、强军的方略啊!辛弃疾的霹雳善举,解除了滁州府十数万黎庶背负的五百八十万贯沉重的税赋重压,召回了数以万计乞讨于他乡异地的流散者和数以千计的外埠商贾。在冷清十数年的滁州大地,掀起了火热的生机。得道者多助,闻名于世的齐鲁泰安山寨的英雄光临了,搏杀于符离战场的忠勇战士聚集了,天人共见,前景辉煌!滁州府的屯田,将成为富民强军粮仓;滁州府的'教民兵',将产生全国第一支兵民的劲旅!天命所属,人心所向,是不可抗拒的。当务之急,唯才是用。五百山寨兄弟,在寿春有三年屯田的实践,当融入西涧屯田区作为中坚,以扩大屯田规模;总领辛大人,理念宏伟,才智超群,勇冠三军,可择为屯田长贰,专董其事,若一旦有事,则可为主兵之将;皇甫山教练兵营,筑建甫成,急需监司统制人选,提领刘大人、开大人、温大人、李大人久经沙场烟云,具文武之才,可分任其职;五百山寨兄弟中武艺高强者,当择为滁州府兵民教习,以保证'教民兵'之谋划早日实现。知府大人,顺应天意吧,顺应民心吧,顺应世情、军情的需要吧,我这里捧酒向知府大人请求了!"

辛弃疾在范若水声情并茂的朗读奏疏声中，神情专注地观察着席间人们神情的变化，焦心焦虑地思索着面临的难以决断的人事安排。人才难得啊！眼前的兄长战友，都是烽烟血火中冶炼而出的治世治军之才，都是当前"议屯田""教民兵"所急需的，当委以重任、授以实权，于公于私，心无愧怨。可在这世情如刀诡谲的境遇中，能为而不可为，能做而不可做，愧对眼前这十年间数度死里逃生的兄长战友啊！范公知我，范公怜我，以大义大情噙泪举酒的唱赞和唯才是用的人事安排，为这场"饮水啜菽"的聚会画出了一个大气磅礴的句号。他举酒应和而语："好！天光云影，天水一色啊！我遵从范公的筹划安排。三哥、刘提领、开提领、温提领、李提领以为如何？"

辛勤、刘云、温皋、李几、开赵同声唱赞，站起举酒，向范昂致谢，餐厅内再次掀起了举酒欢饮的高潮。辛弃疾举酒高呼："天人感应，天朗气清啊！难得的兄弟战友聚会，难得的聚会滁州并肩携手共搏风云。我有细事四端，愿与三哥和四位提领取得共识：一、从明日起，五百山寨兄弟，都把'山寨'二字藏在心里，永不再提，统称滁州流散人，诸位不再以总提、提领称之，而改称兵民教习。个中情由，当在不言中。二、我家三哥，沙场拼搏十数年，体弱力衰，当回家自养，在'屯田''兵民营地'不再担任任何职务，和茂嘉一样，以兄弟之情，佐我有关事务。为避免'家人涉政'之嫌，特请范公以府衙衙役任命之，其月薪从我俸薪中扣除。个中情由，当在不言中。三、五百山寨兄弟的屯田，不可融入西涧屯田区，以免干扰原有流散者分享田地、粮种、农具、耕畜之优待和有关规定要求。可于皇甫山区丘陵之地另辟新区，其田地、粮种、农具、耕畜等待遇，当低于西涧屯田。西涧屯田每人每日以粮米八两供给，两年后自给自足，三年后输粮军营；皇甫山屯田，每人每日以粮米七两供给，一年后自给自足，两年后输饷军营。个中情由，不言自明。四、关于兵民一事，请四位教习通盘规划。滁州府现有村镇五百八十三处，青壮汉子约七万人，若以山寨兄弟中二百武艺高强者分别进入遴选村镇教练民兵，每人教练有成就者以十人计，一年可得忠勇可倚者两千，三年可得六千冲锋陷阵之兵。其教练序列：一年分赴村镇，教授其搏杀之艺；二年集中兵营，教授其战阵之术；三年编制成军，教授其野战奇袭之法。三五年后，若圣上有诏北伐，诸位可将自己教练之劲旅，配合西路、中路的禁军劲旅，以滁州为基地，兵出沭阳、楚州，则山东可指日而定。山东已定，则河北可传檄而下。河北已下，则燕山者将使之塞南门而守。其情何其壮哉！"

辛弃疾亲切平实的娓娓论述，活脱脱地捧出了一个人人可行、可见前景——宏伟的前景，恢复故园山川的前景。席间的人们，似乎一下子感到自己之职责所在、自己的人生价值。他们心醉神迷，默默享受着意想不到的幸福。

侍立一旁侍酒的辛茂嘉，也情不自禁地感慨放声："'入则导密旨，出则跻执撰、领帅垣。'这一切，原是宰辅虞公之所嘱，原是圣上之所盼！"

人们恍然而悟，辛郎、虞公、圣上，真的是天人感应，天朗气清啊！

范昂激情高吟起唐代诗人岑参的诗句：

……

亚相勤王甘苦辛，誓将报主静边尘。
古来青史谁不见，今见功名胜古人。

人们哄然而起，举酒高呼，大碗饮酒，大块啜菽，开始了真正的、舒心畅意的"饮酒啜菽"，直至星缀夜空。

三更时分，在万点星光闪烁中，提领刘云、开赵、温皋、李几带着山寨五百兄弟，在辛茂嘉的引导下，向皇甫山默默进发。

五 樽俎风流

在高吟"父老争言雨水匀,眉头不似去年蹙。殷勤谢却甑中尘。啼鸟有时能劝客,小桃无赖已撩人。梨花也作白头新"的歌声中,如油如酥的春雨、夏漓、秋水、冬雪和万千黎庶官员流散者的汗水,绿化了滁州府广阔的田野,滋润着茁壮成长的禾苗,充实着丰盈的穗苞菽薯。一年半的胼手胝足、冬熟夏收,赢得了十多年来不曾有过的好光景。黎庶家中排列成阵的瓮甑满溢了,西涧屯田粮米所得近于自给,皇甫屯田粮库充盈,自给自足有余。民因粮足而欢乐,市因粮足而繁荣;滁州舌尖名牌凤阳雪片糕、藕夹子、酥笋牌、凤阳豆腐、凤阳凉皮、雷官板鸭、管坝牛肉、琅琊酥糖、梅市咸水鸭竞显风采;四邻商贾毕集,纳车聚橐,熙攘之状急显急增。

为应对繁营,招待商贾,滁州官府以富余资金在市场中心之区筑建繁雄馆,供行商大贾各得其所,各行其便。并于繁雄馆高坡之上,筑建高达五丈三层的奠枕楼,以志滁州百姓从此结束了绵延三十余年的战争和连续四年的灾荒所造成的苦难与离乱,终于可以安枕以卧,安心舒意地生活了;同时,亦为商贾市民歇肩安恬、宜情惬意、饱览滁州府初显蓬勃繁荣之景色构建了一处盛景佳地。

在吟诵"夜半狂歌悲风起,听铮铮,阵马檐间铁。南共北,正分裂"的铿锵作响、壮烈情怀、愤怒交加的震撼中,深入村镇教习民兵的两百名山寨兄弟创造了奇迹。在组建兵民成军的同时,以种种方式吸收改编了村社豪强大户的私兵家丁,强化了村社的治安。一年半教习有成,从中遴选忠勇艺高者不是六千,而是一万两千有余,已集中于皇甫兵营,即将进行战阵之术的严酷教练。声势赫赫,在滁州大地上,将兴起一股兵民尚武的强劲风尚。

在吟唱"北陇田高踏水频,西溪禾早已尝新。隔墙沽酒煮纤鳞。忽有凉风何处雨,更无留影霎时云。卖瓜人过竹边村"的田野风光雅趣中,迎来了日益增多的游客,或三五成群,或百十结队,其浏览重点:滁州街巷民情民风之变化,滁州城舌尖传统美味之重生,繁雄馆的朴实适用、宽敞大方和商旅毕集、人情愉愉、熙熙攘攘,奠枕楼的设计奇特,妙趣横生和登高远望、四野山水风光尽收眼底的舒心舒意。传说中滁州城昔日的人文盛况,确乎都得到了些许的恢复。其中一些慕名而来的游客,各具怀抱,各有感慨,在浏览之后,以恳切强硬之情要求知府接见,并声称"不见不离"。

第一个走进滁州府衙的,是一位身着紫色宽袖长袍、腰束丝绦、头戴"程子巾"、中等身材、形容朴实的文士。辛弃疾偕范昂以香茶一壶,时令水果两盘接待于府衙大厅。

此人走进大厅,神情肃然,自报家门:"通州静海(今南通市)崔敦礼向心仪已久的传奇辛郎和廉洁通判范大人恭行大礼了!"语毕,长揖至地,久久方起。

奇特的"自报家门"啊!通州静海崔敦礼的一句爆响,突地触动辛弃疾头脑中一种朦胧的印记。他不及细思,急忙移座迎接。范昂却立马想到有大爱大恩于滁州黎庶的通州静海大善人崔泾先贤。五十年前的宋徽宗政和年间,两淮饥馑,滁州更甚,哀鸿遍野,民不聊生。通州静海大善人崔泾举全家之力,与夫人携手至滁州,救灾救难,抱负弃遗的男孩女婴抚养,晨夕躬哺,越时三载,活男孩女婴三百,并张揭召所亲认还,骨肉团聚,遗爱于滁州大地。滁州黎庶视大善崔泾夫妻为神人,每有所念,焚香祭拜,五十年不绝。

传闻大善崔泾六十岁病亡,有孙子二人,皆为进士,亦有崔泾老人之遗风。眼前此公或为神人崔泾之遗裔啊!范昂斟茶举杯而恭迎:"恭迎先生光临指导。通州静海,人杰地灵,数十年来,以太公崔泾活命两淮饥馑中滁州三百男孩女婴之大爱永驻青史人心。敢问先生之'通州静海'是否与太公崔泾同里同宗?"

崔敦礼的神情似乎一下子凝重了许多,出语回答:"讳名太公太母,乃敦礼之祖父祖母。五十年来,感谢滁州父老不曾忘怀。滁州通州,情相近、心相通啊!"

辛弃疾大悟,他居滁州年半,亦见民间焚香祭祀神人崔泾太公之事,心存敬仰,感触良多,慨然语出:"声在民间,声在人心。我等今日之所为,乃循太公崔泾之脚迹前行,愧无业绩,愧无建树,其济世爱民之心志,相距崔泾太公远矣!请问先生,现任临安朝廷秘书省正字兼翰林院权直的崔敦诗大人,可与先生有亲?"

崔敦礼回答:"敦诗,乃舍下小弟。"

辛弃疾赞而仰之:"善有善报,三代不衰,朝廷之幸,黎庶之幸。先生驾临滁州考察,当以大爱之心,指点谬误,明示缺失,勿留情面,勿存怜惜,为滁州黎庶代言,为我等戒过戒失,我竭其心神请教了。"语毕,弯腰顿首以待。

崔敦礼情骇神悚,急扶辛弃疾落座,语出慨然:"敦诗小弟在多次来函中,常赞辛郎激荡临安紫电青雷的传奇,我有挚友严子文者,亦常赞辛郎漫游江河湖海寻觅'秦淮宝镜'的传奇。辛郎'十二字'施政方略的横空出世,严子文闻知狂喜,亦称传奇。"

辛弃疾急询:"先生挚友严子文,是不是江阳知府严焕子文?"

崔敦礼回答:"然。亦辛郎之挚友。"

辛弃疾大喜:"严公现状如何?"

崔敦礼唉声吁叹:"严子文在知江阴期间,行前任'狂放长者'徐公子亮'无为而治、轻捐薄赋'之政,并亲自设计筑建徐公子亮的功德碑于江阴城市中心最高处,横遭临安谏院弹劾,任职期满,未达致仕年限而致仕,现移居静海。"

辛弃疾神情已显不安："严公缘何未与先生同行来滁？"

崔敦礼坦然告知："辛郎勿虑。严子文乃胸怀奇峰巨川、江南烟柳、塞外飞霞、淋漓世情、傲骨峥嵘之人，岂能被灰鼠乌鸦一啄一咬所击倒？每日作画自娱，且有夫人笑笑作陪，浩荡人生。唯双足失力，不堪远行，特令敦礼只身前来，代为欣赏滁州重建新生之胜景。敦礼进入滁州已二十八天，走访村落乡镇十八处，接触各层人等四百五十八人，亲目所视，亲耳所闻，感慨万端。我家祖公逾时三载，活滁州男女弃婴三百，五十年来，滁人嘉之仰之，祭祀不忘。辛郎搏击滁州风云，仅一年有半，活流散黎庶数以万计，变滁州满目苍凉为一派生机，变民心涣散为斗志昂扬，变饥馑盗起为丰年安辑，变邻里私斗为执戈雄边。辛郎之业绩，十倍百倍于我家祖公。辛郎今日之所作所为，当永驻春秋，永垂青史。昨日傍晚，敦礼登临奠枕楼，乐游于人群之中，心神舒畅，无以复加，遥望南天江阴，朦胧之中，似见严公子文形影，情沸五内，得游记一篇，取名《代严子文滁州奠枕楼记》。为防止缺失或不实，特于临别滁州之际，莽然进入府衙，恭请知府辛郎、通判范公审查。恕崔敦礼冒昧，我这就恭读拙文请教了！"语毕，崔敦礼从怀中取出游记文稿，高声读起——

乾道元年，疆陲罢兵，烽火撤警，边民父子收卷戈甲，归服田垄。天子轸念两淮，修养涵育，俾自安宇。二千石能宣主德属之其民，则居者以宁，流者以还。否则境内萧条，民戚戚不奠厥居。八年某月，滁人阙守，诏用右宣教郎辛侯幼安。至之日，周视郭郭，荡然成墟。其民编茅籍苇，侨寄于瓦砾之场。庐宿不修，行者露盖。市无鸡豚，晨夕之须无得。侯慨然作曰："是可以也耶？自兵休迄今，江以北所在宁辑，鸡鸣犬吠，邑屋相接，而独滁若是，守土者过也，余何辞？"于是早夜以思，求所以为安辑之计。郡之酤肆，旧颓废不治。市区寂然，人无以为乐。侯乃易而新之，曰："凡邸馆所以召和气，作民之欢心也，非直日程课入云尔。"即馆之傍，筑逆旅之邸，宿息屏蔽，罔不毕备。纳车聚橐，各有其所。四方之至者，不求皆予之以归。自是流逋四来，商旅毕集，人情愉愉，上下绥泰，乐生兴事，民用富庶。既又揭楼于邸之上，名之曰奠枕，使其民登临而歌舞之。面城邑之清明，俯间阎之繁多，荒陋之气一洗而空矣。楼成而落之，侯举酒楼上，属父老而告曰：'今日之居安乎？壮者擐甲胄，弱者供转输，急呼疾步，势若星火，时则思太平无事之为安；水旱相仍秉，未耜者一燃不得起，籴甚贵，粢棷不易斗粟，时则思丰年乐岁之为安；惊惧盗贼，困逼于饥馑，荡析尔土，六亲不得相保，时则思按堵乐业之为安。今疆事清理，年谷顺成，连甍比屋之民各复其业。吾与父老登楼以娱乐，东望瓦梁清流关，山川增气，郁乎葱葱，前瞻丰山，玩林壑之美，想醉翁之遗风，岂不休哉？'……余曰：是不可不书也。故为之书。侯有文武材，伟人也。尝官朝，名弃疾，幼安其字云。

在崔敦礼的朗读声中，范昂确乎被崔敦礼行事的质朴感动了。一位异乡文人，以二十八天，走访十八个村落乡镇，接触四百五十人，采访、聆听、汇总、鉴别而获真知者，世间能有几人？这也许就是五十年前崔泾太公逾时三年，默默恩哺滁州三百男女弃婴之心志灵魂的遗传啊！其行文之质朴亦如其人，无华丽辞藻，无夸张做作，无奇思奇想，无纵情炫耀，自然流畅，醉心悦目。其中有关知府辛郎面对滁州冷落萧条景象而发出的感叹誓言，如亲目所视、亲耳所听，可见采访询知之深入。崔公敦礼，崔泾太公之孙，亦老实人啊！

在崔敦礼的朗读声中，辛弃疾专心致意地聆听着。也许因为严子文与崔敦礼相知相识的情感沁入，他与这位崔敦礼之间似乎又多了一层亲切之感，并衍生出一层照应不周、慢待贤士、有失主人之礼的愧疚。其煌煌行文，亦传送着一种坦然诚恳的关切之爱、鼓舞之爱、期盼之爱，面对未来的憧憬之爱。

崔敦礼朗读声停，范昂拱手语出："先生大作，磊落襟怀而彰明较著。记辛郎一年半来呕心沥血之谋划，记滁州黎庶一年半来胼手胝足之辛劳。更为醉心怡魂者，展出了通州静海大爱崔府对滁州黎庶殷切的关怀，再恩难报啊！"

辛弃疾神情更殷，鞠躬致谢，慨然语出："先生大作，大爱煌煌而情深义重。溢美之词，弃疾愧怍难当。当以鞭辟之示，奋蹄向前。滁州变革，任重而道远，前景如何？仍在摸索之中。弃疾执学生之礼，乞先生多留滁州几日，授业解惑，教而诲之，乞先生允诺。"

崔敦礼骤然神情凝重了，惶惶然泪光闪闪，恭然起立，以长揖之礼应之："结识传奇辛郎，乃几年来迫切之所求，今日如愿以偿，自当停留数日，据席举杯，吐诉心怀，尽生平之欢。然严子文病居江阴，渴望辛郎与滁州变革之状更近更切，近几日来常出现于我睡意蒙眬之中，故不敢应辛郎挽留而迟归。我至江阴，将呈此文于严子文审定，付梓刊印，广为传布，为现时正在剧变的滁州鸣锣击鼓，张扬辛郎范公及滁州黎庶搏击风云的光辉业绩。滁州通州，情相近，心相通啊！来日方长，我将聚集友朋、学人、文士列队成团，广游滁州各地，为辛郎范公更为辉煌的业绩唱赞！离情依依，辛郎范公祺安，敦礼这就告别了！"

辛弃疾、范昂急起挽留，终不敌崔敦礼去意之坚，遂送别于官衙门外，望着崔敦礼带着辛弃疾向严子文、崔敦诗的殷切问候洒泪离去。

第二个走进滁州府衙的，是一位年约五十岁、慈眉善目、身着灰色无襕僧袍、足蹬芒鞋、手挂竹杖、腰系钵瓶的化缘和尚。辛弃疾、范昂在府衙大厅得衙役禀报而惊奇，急忙起身，欲出厅迎接。不意佛门大师竟随衙役脚步飘然而至，含笑合十为礼，怡然语出："阿弥陀佛。司农寺主簿、慈悲辛郎，可还记得化缘为生的贫僧？"

辛弃疾恍悟，深深一躬，长揖为礼："成上人！赣州嵯峨寺高僧性禅师啊，弃疾这厢有礼了。"

性禅师含笑合十作答，目视范昂而语出："阿弥陀佛。这位大人可是民间传誉的清廉通判范大人？"

范昂急忙移椅迎接："大师驾临，佛光普照，滁州黎庶感恩了。"

性禅师并未入座,恭然而立,念佛致谢,状若布法:"贫僧生平,以佛理为念,以佛缘为生,循佛理而来,循佛缘而往。"

辛弃疾、范昂蓦地在佛理佛缘面前神情庄穆了。

性禅师的神情声音骤显情深而意浓:"前年隆冬腊月, 贫僧化缘于赣州府衙。化缘之所得,是巧遇慈悲辛郎,并借佛理佛缘而斗胆上诉赣州府衙高官'弄权兼并土地'大案。辛郎慈悲,查而勘之,勘而罚之,破赣州高官弄权贪赎之谜,罚贪腐高官残忍之恶,伸此案数百黎庶之冤情。人心大快,即心是佛啊!去年隆冬腊月,贫僧循佛理而至临安,循佛缘而至临安八厢六十八坊。化缘之所得,是慈悲辛郎四人四骑于黎明时分悄然离开临安,奔赴边陲滁州的讯息;是临安勾栏、酒楼、歌场弹唱慈悲辛郎壮烈诗词的歌声;是临安八厢六十八坊黎庶士民饭后茶余对慈悲辛郎牵肠挂肚的怀念。今年年初,贫僧循佛理而至滁州,循佛缘而至滁州城乡。化缘之所得,是醉翁亭迎风冒雪的红梅,是皇甫山似火似炎的桃花,是北陇高渠的潺潺流水,是西涧屯田香喷喷的米香,是田野上披星戴月耕作的人群,是村落里青壮汉子习武练兵的呐喊,是繁雄馆的商旅毕集,是奠枕楼的黎庶欢歌,是琅琊闻名于世的酥糖,是雷官誉满两淮的板鸭, 是凤阳独领风骚的豆腐凉皮, 是女仙湖香酥来客的大闸蟹,是独步天下的徽宗御酒,是滁州府梅子熟了、桃花开了的清幽。梅子熟了,桃花开了,贫僧冒昧地闯入府衙,以佛理佛缘的庄穆,向慈悲的辛郎化缘,请赐给贫僧一个滁州辉煌的未来! "

范昂是科举出身,有着纯正的儒家理念,对佛门之人之事很少关注,此刻却被这位年长高僧的言行吸引了。他凝目注视着眼前神情期待的性禅师,心潮翻涌:其人对佛门外高官弄权兼并贪腐大案的揭发,对传奇辛郎千里追踪的关注,对滁州府城乡现状深入细致的观察和坦荡而情深的结论,使他感到亲切、惊奇、震撼。佛理慈悲?佛缘慈悲?佛心与人心真的相通吗?他一时陷于心神激越的探索中。

辛弃疾全然被性禅师的言行感动了。他也有儒家的理念,但揭竿抗金、山寨聚义、领兵杀敌、闯荡江湖的生涯,使他对佛老理念也有所了解,并结交僧人、道人为友,眼前这位性禅师就是他在赣州府结交的佛门朋友。他感谢性禅师化缘跟踪前来滁州的情义,他感谢性禅师化缘滁州城乡所得的肯定和赞赏,他更感谢性禅师以"梅子""桃子"对自己的信任和鞭策。"梅子偈""桃花偈"是佛门参禅者走向彻悟禅机、必成正果的渐臻象征,借"梅子偈""桃花偈"的佛理佛机回答性禅师的"化缘",也许是对朋友最为恳切的尊敬。他略做思索,吟出一首《浣溪沙》:

梅子生时到几回,桃花开后不须猜。重来松竹意徘徊。 惯听禽声应可谱,饱观鱼阵已能排。晚风挟雨唤归来。

辛弃疾诵吟声停,性禅师合十唱赞:"阿弥陀佛。好一首风光明媚、雅趣洋溢的《浣溪沙》啊!梅子熟了,桃花开了,松竹碧翠,禽声悦耳,鱼阵可观。辛郎参验佛理,彻悟禅机,即心是佛,必成正果。'重来松竹意徘徊''晚风挟雨唤归来'的盛情邀请,贫僧感谢了、记住了,并将循佛理佛缘,高吟这首《浣溪沙·梅子生时到几回》传布于化缘所到的城镇街巷,为日新月异、日月丽天的滁州诵经唱赞。施主大安,贫僧告辞!"语毕,合十为礼,转身而去。

辛弃疾、范昂始料不及,急步跟踪,再三挽留,性禅师头也不回,加快脚步,走出府衙,高声吟诵化缘所得的《浣溪沙·梅子生时到几回》沿街飘然而行,引得街上行人停步注目而静听。

第三个闯入府衙的,是一位年约三十岁的学者。其人体形中等而偏瘦,文质彬彬,呈潇洒高傲之气。辛弃疾偕范昂接待于府衙大厅。高傲的学者步入大厅,目光一扫,不等辛弃疾、范昂起身迎接,便目视辛弃疾操着齐鲁口音放声高呼:"'停付租金,续约三年'的顾主辛郎,临安东华门外玲珑淡雅的竹苑等你归来!"

奇特的来客,范昂一时蒙了。

辛弃疾骤然恍悟,急忙站起施礼迎接,热情放声:"是教授,是诗文大家,是竹苑主人周兄。辛弃疾拜见了!拜谢周兄以玲珑淡雅竹苑为辛弃疾一家遮风蔽雨。果如贵府管家陈伯所述:周兄言行,春风春雨。此刻,弃疾俯首领教了!"语毕,随即向通判范昂作介,"这位周兄,单字孚,字信道,号蠹斋。原籍齐鲁济南,避乱南迁,寓居丹徒。天资聪颖,博闻强记,过目成诵,七岁通《春秋左氏传》,尤邃于《楚骚》《迁史》,就学于临安国子监,乾道三年进士,现居真州教授之高位,诗文质朴,不事雕绘。周兄,此清爽耀目之经历,皆贵府管家陈伯所教,不会有误吧?"

周孚大笑而确认。

范昂急向周孚拱手致意:"'春风春雨'四字,言之贴贴。教授光临,恩被滁州。"

周孚拱手还礼,快言快语:"敝舍陈伯,视我若子侄,舐犊之语,不可当真。但陈伯对传奇辛郎的崇敬赞赏,确有一语三叹之真切。特别对传奇辛郎'入对延和殿'的慷慨论战,孤身孤胆地粉碎资深御史卢仲贤、谏院司谏魏杞、右正言袁孚、御史中丞尹穑,以及谏院、御史台吴益、徐考叔、吕游问等人的疯狂围战,痛批这般权势高官惧敌、诒敌的荒唐谬论和投降误国的罪行,大长了主战臣子的锐气,并以强兵雄边的《兵事九议》赢得了圣上的称赞等壮举赞叹不已。"

范昂全然沉浸在周孚关于辛弃疾"入对延和殿"一事的侃侃论述中:朝廷高官大员卢仲贤、魏杞、袁孚、尹穑的名字都是耳熟的,其权势之显赫、背后之所倚,亦有所闻。他此刻心神震撼的,不再是朝廷那些大员惨败延和殿的狼狈相,而是身边这位敢在太岁头上动土的辛弃疾。

周孚仍在继续着他的快言快语:"陈伯之言不诬啊!我留居临安一月有余,走访亲友,宴请宾朋,遍游临安八厢六十八坊,所见所闻,传奇辛郎'入对延和殿'的豪情高论、义气侠风,为临安黎庶士民、侠客文人、勾栏歌女津津乐道,已成为临安官场民间热议不息的话题。醉心醉神的传奇,热议不息的传奇啊！某生性好奇，且追奇成习，遂离开临安进入滁州。一个月来，游览滁州城乡，察民间之痛苦，睹民情之变化，究官方之言论，惊官员之黧黑，在奇中求真，在奇中求实，昨日登临奠枕楼，心神惊奇而欣然，乐而成赋一篇，献于滁州两位胼手胝足的主人。"

辛弃疾、范昂意外而悚然，几乎是同时拱手致谢，并仰目倾耳而受教。

周孚以教授授课的肃穆激越，朗读起他的《登楼赋》：

税余车于南樵兮，岁方迫于凛秋。纷丛薄与灌莽兮，无以荡吾之幽忧。杖予策而出游兮，舒予情于兹楼。脱尘坌之喧卑兮，挹群山于几席。嵚岑巇嵷以献伎兮，余应接之不暇。纷清风飒以来滕兮，暧归云之娱予。渺大江之何许兮，钟阜淡其欲无。醉文饶于怀嵩兮，吊子羽于阴陵。面清流之故关兮，快晖凤之就擒。放远目以四顾兮，恐夕阳之西沉。振予衣而欲起兮，顾坐客而复止。眷兹地以择胜兮，将谁为之肇始？压锋镝之馀腥兮，焕丹垩于蒿艾。唯因名以见意兮，识若人之有在。吾闻哲人之优乐兮，盖视民而后先。匪土木之唯尚兮，庶逋播之少安。使釐呻之一有兮，吾将食而不下咽。招父老以前进兮，洁予尊而使饮。凛德星于虚危兮，故尔曹之深幸。屹琅琊之千仞兮，与兹楼而相望。虽岁月之逾迈兮，尔思侯兮勿忘。

此时的范昂全然沉浸在周孚神情激越的朗诵声中，心中激荡新奇新颖的赞赏：赋者，铺文摘藻、体物写志，文采韵节兼具之诗。周孚亦性情中人，有着历代文人的敏感，《登楼赋》问世，醉人心神啊！

此时的辛弃疾，亦为周孚激情坦荡的举止和风格清丽的赋文所吸引，感激之情，溢于五内，并激起了更深一步的联想：客从临安来，当知临安事。时机难得，其人难得啊！

周孚朗诵声停。

范昂拊掌而唱赞："好一篇真切动人的美赋啊！抒情真挚，如坐春风；赋气清丽,如沐春雨。一座简陋的奠枕楼,将因教授的登楼四望、放声吟歌而传誉天下,将因这篇情景结合、引人入胜的《登楼赋》而招揽后人。滁州府数十万黎庶士民向周公致谢了!"

辛弃疾亦放声唱赞:"好一篇风格典雅、慷慨激越的《登楼赋》!情随景舒,景随情迁,沉郁中并无失意,悲愤中充满希望,足以与东汉'建安七子'的文学大家王粲(字仲宣)的《登楼赋》并肩齐名了。时人赞教授为文'典雅平实,不事雕绘',然此《登楼赋》中一句'屹琅琊之千仞兮,与兹楼而相望'之出,确有'横空出世,惊世骇俗'之声威,当令人仰目而视啊!来人!"

衙役闻声而走进大厅。

辛弃疾令出:"在曾觌豪华楼阁略备薄酒,用我们滁州特有的'饮水啜菽'与周公共进晚餐。"

衙役应诺。

辛弃疾以礼请示:"周公可否?"

周孚兴致极高:"好!谢知府、通判,我们当畅谈通宵!"

在当晚"饮水啜菽"的畅谈中,辛弃疾、范昂从周孚口中听到了一个振奋人心的消息:上个月,皇帝封宰辅虞允文为雍国公,令其以少保、武安军节度使、四川宣抚使前往西蜀;以梁克家为右相,以郑闻为参知政事,以张说为枢密院事主政朝廷。虞允文入辞时,皇帝于正衙酌卮赐之。临安人士传誉,有昔日钦宗酌卮酒亲送尚书右丞李纲为"亲征行营使"之隆重情状。

辛弃疾神会了,圣上谋划的西路北伐备战行动开始了!壮怀激烈啊!练兵备战、兵民成军,时不我待!明日将召集有关人员商议,加速"兵民成军"的进程。

范昂突地想到,这不正是今年年初在辛宅欢宴山寨英雄时辛弃疾曾谈及的"北伐西、东战场呼应会师"的设想吗?他激情难耐,几乎与辛弃疾同时举杯向周孚致敬。

第四个闯向滁州府衙的,是一辆飞驰而来的马车和车上风采各异的三个人物。一位四十多岁年长的驭手,以激昂鞭声引发的厉厉强烈的马啸声惊动了府衙门前的两位衙役;一位二十多岁的青年汉子跳下马车,知规知礼地理理衣襟袖口,举目四望,似乎要把府衙四周的一切尽收眼底;一位三十岁左右的汉子跳下马车,神采奕奕地向着府衙门前两位衙役拱手为礼:"请两位小哥传禀知府辛大人,就说六合县小民夏中玉求见。"

两位衙役见其来势不凡,连声应诺,恭迎"稍等"。

时值午后未时,辛弃疾与范昂正在府邸大厅召集有府衙司户参军陈驰弼和府衙司兵、御马院都副总管燕世良参加的"关于加速'兵民成军'具体措施落实"的军事会议。得衙役的悄悄禀报,辛弃疾大喜,悄声嘱范昂主持会议,便急步走出府衙迎接。

车夫田老大粗嗓大声地施礼请安,使辛弃疾意外而狂喜,连声"大叔安好"而相拥为欢;年轻汉子恭行大礼,殷致"六合县、六城镇、金牛垤黎庶士民向辛大人请安"的深情厚谊,使他心头发热;特别是风韵翩翩的夏中玉以弟子之礼的晋见,使他激情惊异,急忙拱手作谢而高呼:"中玉大弟,从天而降啊!分别八年,杳无音信,思念至深至极!若水、茂嘉也都想着你们。想着田大叔,想着中玉大弟,想着韩神医,想着金牛山下的周原老人,想着六城镇、金牛垤的父老乡亲们啊。到家了,快到家中安歇!"语毕,吩咐衙役看管车马,便带着三位客人进入府衙向府衙后院的辛宅走去。

夏中玉一行三人的到来,使辛宅简陋空旷的客厅一下子热闹起来。范若水闻声而迎接客人,向田老大斟茶请安,致八年来思念感激之情。

田老大高声回答:"谢夫人关心。我身子骨结实,双臂有力,鞭梢依然精准。这不,听到先生屯田兴兵、练武北伐,我就挥鞭赶马投奔先生帐下来了!"

辛弃疾大声叫好。

范若水、范若湖、辛茂嘉热烈鼓掌。

范若水再询:"大叔,您老可见过神医韩楚,他现时情况如何?"

田老大高声回答:"韩三怪啊,经常见到的。今年已七十岁了,形容未变,装束老样,医风照常。只是左腿有些失灵,现今是拄着双拐行医于乡间,人们更敬重他了,都以'韩四怪'亲切叫着。"

辛弃疾神情慨然,语出:"'怪'者何?奇异也,罕见也。木石之'怪'者曰夔。'夔'者何?是负重之中,任劳任怨的牛啊!水之'怪'者曰龙,兴云作雨,福佑苍生,神物啊!人之'怪'者曰奇。奇才、奇智、奇情、奇状。医家仁心,救死扶伤,天下至高至尊之人。拄双拐而行医于乡间者,古往今来,能有几人?伟哉韩公,奇哉韩公,大真大实的人杰啊!"

辛茂嘉、范若湖连连点头,客人们欢声应和。

范若水在欢声应和的客人中,突然发现年轻汉子有些面熟,似在哪里见过。夏中玉看在眼里,急呼青年汉子而指点:"周棐啊,夫人认出你了。"

"周棐"这个名字一出,立即引起范若水、辛弃疾的震撼和惊喜。金牛山下暴风雪中四壁萧条的茅草寒屋顷刻浮现在眼前。

青壮腼腆的周棐得到夏中玉的召唤而忽地站起,泪浸双颊,激情而虔恭地跪倒在辛弃疾、范若水面前,连叩三头,咽泪禀告:"家父家母,周家三代五口,感激恩公恩娘救命之恩。衔环结草,无以为报啊。"

辛弃疾亦泪水盈眶而语出:"教授周老近日可好?"

周棐回答:"家父粗安。闻恩公出知滁州,特命周棐前来为恩公效命。"

辛弃疾再询:"令堂近日可好?"

周棐回答:"家母体弱,尚能自理。每日晨昏焚香,为恩公恩娘祈福!"

范若水声哑了:"两个孩子都十岁了吧?上学没有?"

周棐神情怆然:"谢恩娘关爱。两个孩子现年已十岁,家父亲自教而诲之。现时已能背诵恩公苦吟于金牛垤的那首《满江红·倦客新丰》了。"语停,放声吟出——

    倦客新丰,貂裘敝、征尘满目。弹短铗、青蛇三尺,浩歌谁续?不念英雄江左老,用之可以尊中国。叹诗书、万卷致君人,翻沉陆。   休感慨,浇醽酤。人易老,欢难足。有玉人怜我,为簪黄菊。且置请缨封万户,竟须卖剑酬黄犊。甚当年,寂寞贾长沙,伤时哭。

周棐以十岁儿子能背诵这首辛弃疾词作《满江红·倦客新丰》的家教事例,巧妙地表达了世代不忘辛弃疾夫妇救苦救难的恩典,在这简陋空旷的客厅里掀起了一阵回肠荡气的温馨之风。

夏中玉乘势而起,把周棐推到辛弃疾、范若水的面前:"师长、夫人在上,万不可小觑这位腼腆而不木讷的小弟啊!八年前,你俩倾尽所有救活了他的全家,治好了他的双腿,为六合县救出了一个奇才。他是田野耕作的高手,是烧窑陶冶砖瓦器皿的能手,还是伐木造屋的行家。艰苦磨炼了他,勤劳成全了他,他酷爱读书,自学成才,有着周原老师博览强记、过目不忘的遗传,不仅写得一手好字,而且具有一字不苟、一字不爽、一气呵成的严谨文风,现时已是我须臾不可离开的文案了。"

辛弃疾笑而回答:"谢中玉大弟提醒。弃疾虽生性狂傲,敢于粪土王侯,断不敢小觑中玉大弟和中玉大弟身边的奇才俊秀。萧萧野草漫麒麟啊!中玉啊中玉,你我兄弟分别八年,敢问中玉大弟现状如何?"

夏中玉唉声回答:"禀报师长、夫人,中玉命途坎坷,一言难尽啊!师长、夫人当知,我朝朝制文阶官员每四年一转(迁升一次),有出身人超资转(升迁一级以上),无出身人逐资转(升迁一级),无出身的游荡文人有空职待转。中玉属'待转'之列,故七年来久居六合县尉之位。天命如此,争不得啊!晨起吟诗,晚来弄琴,亦人生之雅趣。谁知去年深秋,户部侍郎叶衡大人出知建康府兼措置江淮民兵,不知听了谁人的'谗言',竟于今年初春,荒诞离奇地把中玉这个只会提壶斟茶、擦拭桌案的六合县尉擢升为六合县令。这不是把中玉架在火炉上烤吗?师长、夫人明察,县令虽小,位处特殊,上头有千条万条神鞭抽打,下边有万千黎庶因油盐柴米、杂事万端而呼号呻吟。半年多来,烤得中玉晕头转向,南北不知,东西不晓。更为甚者,师长搏击滁州风云的'薄税赋、招流散、教民兵、议屯田'的'十二字'施政方略传至六合，雷电霹雳般地搅动了六合县，近十万黎庶士民拥入县城，要减税、要安宁、要立尊严、要兵强马壮、要威武雄边。特别是全县三千青壮汉子，慕滁州皇甫山'兵民成军'的传闻，围逼县衙不散，硬是要中玉拿出一屯田练兵的方案来。师长明察，这'十二字'施政方略如同十二把熊熊烈火塞进叶衡大人安置的烤炉里，真是火上加火的烈焰，中玉真的要被火上加火的烈焰烤焦了、烤化了。中玉欲死中逃生，直奔建康，向叶大人求赦求放，叶大人因接诏将回临安就户部尚书之职而忙于交接，遂忙乎乎地扔出八个热腾腾的大字：'去！找滁州辛弃疾去！'真是仙人指路啊，中玉这就逾越淮东、淮西的朝制法规，邀请田大叔作导，带着中玉这位脑腆而不木讷的文案，向师长求救来了。师长在上，救救头脑空空、双手空空的学生夏中玉吧，救救六合县抬头仰目遥望师长开恩的近十万黎庶士民吧，救救渴望'屯田、兵民、成军'的三千青壮汉子吧！在这艰危之时，师长再不出手，中玉身边的这位田大叔和这位文案周荦，只怕也拢不住了。夫人，你也在师长耳边为中玉说几句好话吧！"

在夏中玉"可怜巴巴"的讲述中，客厅内的人们都聚精会神地聆听着。辛茂嘉欲笑而以手掩口，范若湖惊讶而咬紧口唇。范若水听得入神，好聪颖乖巧的扬州才子！她真真切切地被夏中玉"坐火炉而遭烤炙"的"叫苦控诉"感动了、鼓舞了。辛郎搏击滁州风云的"十二字"施政方略能得到六合县黎庶士民的拥护，能得到建康知府兼措置江淮民兵叶衡大人"仙人指路"的垂青，能得到六合县令中玉大弟状若叫苦的赞赏，不就是对辛郎一年半来辛苦劳作的高度认同吗？也是六合县黎庶士民对辛郎深情厚谊、旧情难忘的嘉奖。她心里默默叨念着：辛郎啊，千万别辜负了中玉大弟友情豪情之所期。

辛弃疾神情专注地倾听着夏中玉状似沉重、声息苦哀、语言简练、含意深沉的吐诉。从一个时辰前在府衙门前相见的那一刻起，他就关注着夏中玉的一言一行：八年不见，这位才华横溢的扬州才子更显沉稳，这位行事果敢的六合县尉更显干练了。此刻关于"十二字"施政方略的称赞，展示着借船出海、借帆远航的雄心壮志;关于"坐火炉而遭烤炙"的"叫苦控诉",展现了行事缜密的用心。他曾任职建康通判,了解建康的特殊和长江江防的重要,其财力、物力、人力之八成,都用在沿江的十几个战略要塞上,根本无力江北山区六合县政情军情的筹划建设。他更了解谋事缜密、行事果敢的夏中玉,减税薄赋以活民,会做得坚定彻底;招抚流散以福民,会做得周全无遗。人无全才啊,中玉大弟毕竟是饱读诗书的文人,鲜知农村、农民、农事;对血火战场之事,更为荒疏;虽在千古流传的诗词歌赋中十分欣赏战地的圣火血花,但对战场的排兵布阵、血肉拼杀、斗智斗勇却一无所知。人贵有自知之明,中玉大弟毕竟不同于当代那些官居高位、醉迷烟花、卑视军旅的软骨精英,把目光投向了军号声声的滁州皇甫山练兵场,而且请得了叶公的权威恩准,真够得上是聪颖练达、雄心勃勃的谋划了。前景可观可期啊!六合一支刀剑雄边的军旅出现,或可引得淮西、淮东诸县效而为之,则十年前上呈圣上的《论阻江为险须藉两淮疏》中"淮东、淮西三镇共攻守"的设想当可实现,两淮战场建设将有更多的雄武之师供圣上调遣。

辛弃疾望着"可怜巴巴"、装着痛苦、诉苦声停的夏中玉,满怀同情地回应:"中玉啊中玉,你的焦虑、委屈、痛苦,愚兄听明白了,感动了,受教了。此刻天色已晚,你们哪里也别去,就在我这知府宅院安歇。若水将以辛宅特有的'饮水啜菽'为三位接风洗尘。餐后,我们再详做计议。明天晚上,我将举行特殊而隆重的酒宴,请通判范公、司户参军陈驰弼、府衙司兵燕世良和现居曾觌豪华楼阁的真州教授周孚光临,为六合县屯田富民养兵、建立一支'兵民成军'的雄武之师而祝贺见证。中玉大弟,以为如何?"

夏中玉神情骤变,紧紧抱着辛弃疾高声叫喊:"田大叔,周棐小弟,你们看,我夏中玉没有说错吧!忠信侠义辛弃疾,断不会望着我们六合近十万黎庶的需求不管的。快为心通六合黎庶、情通六合黎庶的传奇辛郎欢呼!"

田老大、周棐真的高声欢呼了,客厅里爆起了炽热的笑声。

酉时晚餐"饮水啜菽"之后,辛弃疾安排田老大安歇就寝,就援助六合县

"屯田、兵民成军"的规模、方式、物资、人员、练兵场建设、援助时限等具体事项，与夏中玉、周棐进行了周密细致的计议。在取得共识之后，便密嘱辛茂嘉连夜飞骑皇甫山兵营，一字不漏地告知三哥辛勤及刘云、开赵、温皋、李几四位提领，并将已斟酌而定有利于山寨战友重建业绩援建六合县的完整方案提供给三哥和四位提领考虑。不论有无修改、补充意见，务请三哥于明日黄昏赶回滁州城。

鼓响三更，辛茂嘉飞马奔向皇甫山。辛弃疾回到卧室，范若水已累极熟睡，他仰面床榻，开始思索明日就援助六合县"屯田、兵民成军"一事如何说服府衙同僚们。

次日入夜酉时，特殊而隆重的家庭聚会，是范若水亲自操办的。宴会的"特殊"是明摆着的，三地风流人物聚会，重要事件出台，在边极滁州的历史上，也许会留下淡淡的一笔，理当"隆重"待之：空旷的餐厅，布满了滁州特有的芍药花，在四壁烛光的辉映中，荡起了朵朵红云，由两张长案并起的宴席上，摆放着滁州府闻名于世的佳肴美味：凤阳凉皮、龙岗芡实、雷官板鸭、管坝牛肉、梅市水鹅、女仙湖闸蟹，与芍药的香气融合，以奇芳奇香展现了滁州府传统舌尖风味的恢复和市场熙攘的繁荣。特别是"徽宗御酒"摆上餐桌，堂堂正正地提高了这场酒宴的规格。更为隆重而别开生面者，当酉时三刻辛弃疾和府衙同僚陪着客人夏中玉、田老大、周棐及周孚离开客厅进入餐厅时，一支特殊的乐班弹奏起轻快舒畅的词曲《鹧鸪天》迎接客人入厅入座。人们意外而惊讶，举目望去：弹琴者范若水，弄笛者辛茂嘉，品箫者范若湖。客人诧然未定，范若水抚琴而歌，唱起了辛弃疾的词作《鹧鸪天·樽俎风流有几人》：

> 樽俎风流有几人，当年未遇已心亲。金陵种柳欢娱地，庾岭逢梅寂寞滨。　樽似海，笔如神，故人南北一般亲。玉人好把新妆样，淡化眉儿浅注唇。

琴声优雅,笛声昂扬,箫声情深,歌声绕梁。众人皆被范若水抚琴而歌的淡雅曼妙、辛茂嘉弄笛横吹的灵动潇洒、范若湖品箫的清虚袅娜吸引了,呈现出眉飞色舞的兴奋。

出乎意料啊,此时这隆重酒宴的开场太罕见、太提气、太精彩、太辉煌了。大家目视宴席滁州府特有的美食和特有的"徽宗御酒"感慨勃然:一年半来,天天以"饮水啜菽"度日的知府辛郎,今日竟自出资银、自违"艰苦节俭"之风,推出了这场滁州城从未有过的豪华酒宴,其意深焉。或为接待客人中这几位细皮嫩肉、笔下生花的教授文人,或为彰显"十二字"施政方略引发滁州府民情民风的突变,或为预祝"剑箫睦邻,风雨共度"又一支威武雄边军旅的诞生……他们所思虽异,但有着共同的归宿——更坚定地支持知府辛郎之所作所为。

辛勤是急匆匆从皇甫山兵营赶来的,他庄穆沉静地注视着眼前的一切:昨日夜里十二弟已告知幼安的全部设想和具体规划,为血肉相亲的山寨兄弟开辟另一个施展才能、创建业绩的场所,赢得了刘云、开赵、温皋、李几四位提领的赞成,并依照幼安的规划,已精选了援助六合县"屯田、兵民成军"的里手、教习、武艺高强者,并决定由辛勤、刘云、李几率队前往。此刻,他轻松悠然地等待着率领兵马奔赴六合县的命令。

琴声优雅,笛声昂扬,箫声情深,歌声绕梁,一歌三唱。范昂、周孚、中玉都是熟知历代文人诗词歌赋掌故趣闻的学者, 从范若水歌唱的辛弃疾的词作《鹧鸪天·樽俎风流有几人》中,看到了辛弃疾有着一副唐代文学大家韩愈"亲朋善友"的心肠,有着一派齐桓公"金陵种柳"的北伐豪情,有着一腔英州司马"庾岭植梅"的壮怀。此刻"辛府乐班"美妙的丝竹之音,不正是文坛圣手苏东坡诗作中的谐句"坐来真个好相宜,深注唇儿浅画眉"的真切写照吗?他们雅兴勃发,热情纵横,拊掌欢呼,为这个多才多艺的"辛府乐班"欢声叫好。

在人们热烈的拊掌欢呼声中, 辛弃疾和着乐曲举杯站起, 慨然放声:

"'樽俎风流有几人?'此刻在这'樽俎'之上,皆当代风流人物啊!田大叔,当代之王良、造父。在雪漫大地、雪漫山道、陷阱莫测的险恶境域中,有扬鞭飞车之绝技,救我等于艰危之中。更堪称颂者,九年前田大叔曾以朴实壮心教我:他日北伐,将与我同行,为北伐之师飞车送粮送物。其心志之坚强、拥军之真切,堪为人表。为田大叔的健康干杯!"

人们欢呼响应,举杯畅饮。田老大惊诧,慌然连连鞠躬致谢,欢声腾起。周菲心灵眼尖,急忙离席,充当侍酒,为人们斟酒。

辛弃疾和着乐曲二次举杯放声:"教授周公信道,博览强记,知识渊博,号曰'蠡斋',名副其实。诗词洁炼雅正,文章不事雕绘,逞风流于文坛,堪为我辈之师。在此世风靡靡、醉迷人生的荒唐年月,周公寄情于黎庶,察访于社会底层,前日以美文《登楼赋》赐福于滁州,使我等倍感惶恐,不敢忘怀。更令人肃然起敬者,周公志在北伐,关注军旅,前日夜晚拥席交谈,周公欲视察皇甫山营盘,检阅我屯田、兵民成军之状。其风流倜傥,为天下文人增光,亦为我滁州黎庶增彩。我等将以额首之大礼感谢欢迎,请为周公心怀黎庶,关切军旅之深情大义干杯!"

人们欢呼应和,举杯畅饮。周孚兴致大发,连饮三杯,拱手致谢。

周菲殷勤斟酒。

辛弃疾和着乐曲三次举杯放声:"风流人物辈出啊!这位六合县令中玉大弟,将向我们这个时代献出一曲更为激越昂扬的战歌。众所周知,六合故郡,乃秦始皇统一六国时所建,名曰'棠邑',其形势有'襟江带滁、屏障建康'之险要,更有'城池百尺,扼塞要害,关梁之险,多所襟带'之誉。事理堂堂,我滁州之安危,实赖棠邑之襟带。风流倜傥啊!中玉大弟居知县低微之位,行惊天动地之举:以废除苛捐杂税救民于水火,以开仓济贫、贷粮贷款造福于山区黎庶,以开渠垦荒、种粮植菽改变六合面貌,赢得了近十万六合县黎庶士民的拥护,六合大地已腾起了'夏青天'的欢呼声。更为光耀日月者,中玉大弟以区区六合县微薄之人力物力,绘出了一幅自强不息、振奋人心的蓝图。

以'屯田'举措,富裕六合,以'兵民成军'建立一支三千人的雄武之师,平时安辑,战时应诏北伐,与滁州兵民之师并肩,兵出山东,直捣河朔。豪情壮志,何其雄武!何其壮烈!请,为文才武力齐备的六合县令中玉大弟干杯!"

人们欢呼应和,举杯畅饮。唯周孚闻"夏青天"三字而凝目,久久端详着夏中玉语出:"县令中玉姓夏?"

夏中玉愣住了,茫然点头。人们亦停声关注。周孚望着夏中玉询问:"县令籍贯何处?"

夏中玉回答:"扬州。"

"可与扬州学士杨冠卿相识?"

"杨冠卿,童年玩伴,年少同窗……"

周孚忽地站起,高声赞叹:"夏中玉,扬州才子!不意今日相晤,何其巧啊!"

夏中玉一时蒙了。

周孚更不解释,却吟出一首词来:

形胜访淮楚,骑鹤到扬州。春风十里帘幕,香霭小红楼。楼外长江古今,谁是济川舟楫,烟浪拍天浮。喜见紫芒宇,儒雅更风流。　气吞虹,才倚马,烂银钩。功名少年余事,雕鹗几横秋。行演丝纶天上,环倚玉皇香案,仙袂揖浮丘。落笔惊风雨,润色焕皇猷。

夏中玉大为惊诧:"周先生如何得知此词?"

周孚笑答:"扬州学士杨冠卿,现居真州(今江苏仪征),为我挚友。谈及家乡人物,首推玩伴同窗夏中玉,并以这首《水调歌头·谓夏中玉》为我作介。今日得见扬州才子,始知冠卿所言不虚。词中对夏县令雄心壮志、才智风度的赞扬,及其'落笔惊风雨、润色焕皇猷'远大前程的期望祝福,神奇般的已被今日夏县令惊天动地的施政举措和光耀日月的'屯田、兵民成军'的蓝图佐证了。"

人们欢声赞扬,举杯畅饮,向夏中玉致敬,向周孚致贺。夏中玉连连摇手歉辞,周孚却以文人惯有的自得自信、压倒一切的气势放声:"夫人,请赐我一曲《水调歌头》,我要高歌,我要为新结识的扬州才子夏中玉唱赞!"

范若水应诺,"辛宅乐班"弹奏起词曲《水调歌头》。

周孚毕竟是官家子弟、文坛里手,爱好广泛,颇晓音律,且学居临安三载,竹苑虽玲珑淡雅,终不能全然抵御勾栏歌场风情的侵扰和吸引。生性豁达、嗓音颇佳的周孚,不拘小节地在与著名歌伎的交往中,也学得了歌唱的技巧。此时他清脆嘹亮、极有表现力的歌声,破天荒地创造了这滁州小城不曾出现的神奇,深情殷殷地表现了扬州学士杨冠卿对夏中玉由衷的赞赏和期望。周孚毕竟是肝胆磊落的饱学之士,当他全力高歌"落笔惊风雨,润色焕皇猷"的声浪裂石穿云旋绕空宇乍然收停,其余音余韵仍飘旋于酒宴的惟妙时分,他恭然捧起酒杯呈献于夏中玉的面前。

妙啊,绝啊!这庄严郑重的一举,一下子抬高了夏中玉的身价。人们都把目光投向夏中玉,几乎在同一时分,餐厅内爆起了炽热的鼓掌声。

夏中玉一时真的有些"受宠若惊"了……

在炽热的掌声中,不等夏中玉缓过劲来,陈驰弼举杯站起,激情语出:"'落笔惊风雨,润色焕皇猷',我为中玉县令的'屯田、兵民成军'的谋划叫好。滁州府愿以屯田里手二十名、粮米二百石、练兵场所需之物,祝贺这辉煌的蓝图开张。徽宗御酒一杯,我敬中玉县令了!"语毕,竭杯而饮。

不等夏中玉做出反应,燕世良举杯站起,侃侃语出:"'气吞虹,才倚马,烂银钩。功名少年余事,雕鹗几横秋',我崇敬中玉县令的文才武略。滁州府愿以兵马教习、武艺高强士兵一百人祝贺一支三千人的兵民成军雄劲军旅挺起六合。徽宗御酒一杯,我向中玉县令致敬了。"语毕,竭杯而饮。

突地,一声激越昂扬的"善"字爆响。人们转眸,范昂举杯站起,神情庄重而语出:"'徽宗御酒'一杯,我向中玉县令致敬拜谢了。"语毕,倾杯而饮。

夏中玉急忙举酒回敬。

范昂出语更显庄重而情深："前人有语,六合形势'襟江带滁',其言昭昭。六合滁州,安危与共,祸福与共,生命与共,此天造地设,是任何人不能改变的;六合滁州,互依互存,情之必然,理之必然,义之必然,此乃历世战伐胜负之所关,也是任何人不可违背的。中玉县令'屯田、兵民成军'的谋划,高屋建瓴,当耀日月,不唯是六合之福祉,亦滁州之庇荫。滁州府以三百石粮米、一百二十名屯田里手、兵马教习、武艺高强士卒及些许兵营物资入六合祝贺,乃责任之所在。三年为期,其所有前往祝贺人员的衣食所需,均由滁州府负责。为密切联络、完善协作,滁州府衙郑重议商决定,特请这位'双剑霹雳'的抗金英雄、军垦屯田的精明总管辛勤率队前往!"

人们恍然,兴致更炽。抗金英雄辛勤在众目睽睽中威然站起,只手举酒,气势浩荡而雄武,语出铿锵:"徽宗御酒一杯,谢通判范公信任,仰慕中玉县令光耀日月的谋划。从此刻起,老兵辛勤时刻听从中玉县令的调遣!"语毕,倾杯而饮。

人们望而凛然。夏中玉已是热泪盈眶,哽咽语出:"'双剑霹雳'的三哥,战地称雄的三哥,你的童年,陪伴传奇辛郎习文练武;你的壮年,佐助传奇辛郎揭竿起义;你的中年,护卫传奇辛郎扬威战场。如今,你还要'单剑霹雳'地为我这头脑空空、双手空空的夏中玉尽心尽力地操劳啊!你是我夏中玉'大恩难报'的三哥。徽宗御酒三杯,中玉向三哥恭行大礼,并将以'师长'敬之!"语毕,连饮三杯而礼成。

餐厅里顿时气氛更显炽热,辛勤只手握拳高举以回应,人们热烈鼓掌以庆贺。

夏中玉热泪滚落,不待周柴斟酒,自斟一杯,高高举起,语出竭诚而昂扬:"感谢诸位谬赞。中玉此刻的心绪,是极乐,是狂喜,是醉迷,是亢奋,是不停地跳动。苦读半生所储存积累的语言词汇、才学联想,都显得苍白浅浮,无力表达对诸位的致谢感激。尴尬难堪啊,只能借花献佛了。夫人,请赐我一曲

《满江红》。"

《满江红》曲调响起,夏中玉和着琴声、笛声、箫声放声高歌:

> 鹏翼垂空,笑人世,苍然无物。……

歌声警峭奇拔。夏中玉一鸣惊人啊!辛弃疾击节间停,范若水琴音抖颤,席间人心震撼。周孚乍然为鹏鸟展翅凌空、傲视人世的雷霆气势惊心动魄了:开篇霹雳,作者何人?竟有如此豪情胆识?他凝目凝神地逼视着放喉高歌的夏中玉……

> 又还问,九重深处,玉阶山立。袖里珍奇光五色,他年要补天西北,且归来,谈笑护长江,波澄碧……

神奇啊,浪漫啊,光怪陆离啊,席间人们都沉浸于深情歌声的享受中。周孚却在深情歌声的享受中,思索着这独特壮美的神采。这借重《庄子·逍遥游》中大鹏凌空和神话传说中"女娲补天"的五色彩石,思维飞跃、艺术闪光地托出了"谈笑护长江,波澄碧"的光辉业绩的奇思妙想,真够得上是神来之笔,神魂飞越啊!疑窦浮起了:作者是谁?赠送何人?他以文人浪漫的思绪,目光专注地打量着正在放声高歌的夏中玉。

> 佳丽地,文章伯,《金缕》唱,红牙拍,看尊前飞下,日边消息。料想宝香黄阁梦,依然画舫青溪笛。待如今、端的约钟山,长相识。

一切都昭然若揭了。周孚随着夏中玉的歌唱,逐步完成了自己的寻觅:"佳丽地",此刻宴聚滁州,堪称"佳丽";"文章伯",辛弃疾的词作风靡临安,堪称文坛圣手;此刻"辛宅乐班"的弹奏击节,不就是别具情趣的"红牙拍"

"金缕"唱吗？"日边消息"，奉诏进京；"宝香黄阁梦"，入阁拜相之祝福；只有眼前这潇洒拊掌击节的辛弃疾才能担当得起啊！好一个"借花献佛"，"佛"是明白无误地呈现在面前，可这首豪迈深沉、峭拔警迈的《满江红》的作者是谁？是出于夏中玉之手？是夏中玉在故弄玄虚？士别三日，理当刮目相看，可眼前这位"才倚马"的扬州才子夏中玉真有这般"大鹏凌空""女娲补天"的磅礴风度和功力吗？

周孚偏偏有着文人"较真"的痼癖，在夏中玉高歌收场的微妙时刻，他举杯站起，含笑放声："'借花献佛'之语，震撼人心，喜悦人心啊！'佛'自然是搅动滁州风云的传奇辛郎，可这'花'，为何人培植？从何人手中借得？切望扬州才子中玉县令赐知。"

夏中玉歌唱刚停，气息未稳，含笑而连连点头，席间人们都惊诧注目。

正在为人们斟酒的周柴含笑望着周孚，恭然语出："这首气势磅礴、饱含深情的《满江红·鹏翼垂空》流传于六合文坛已有三个年头，作者是眼前的滁州知府、恩公辛大人。恩公时为建康通判，为送别时任建康知府行营留守、沿江水军制置使的史正志大人奉诏入京而作。以鹏翼垂空的雄奇、女娲补天的浪漫和钟山秦淮友情的亲厚炽热，织就了这首光怪陆离、风流蕴藉的辞章。《满江红·鹏翼垂空》为县令夏公所推崇、所赏赞，每每忆起恩公亲临六合山区访贫问苦之状，必吟诵此词以抒怀。此时，县令夏公之'借花献佛'乃情之所至，兴之所至。仰慕感谢恩公之情，无以复加啊！"

席间人们动情了，以热烈掌声赞之。

辛弃疾举杯站起，惜惜语出：《满江红·鹏翼垂空》一词，确为宴席赠送师友建康史帅致道奉诏入京之作。词中赞美、颂扬、希冀、祝福，皆出于真切之情，不敢有丝毫虚妄应酬。神奇典故和神话传说之借重，乃史帅致道行事理政举重若轻、捷敏豪迈之所引发。弃疾窃窃之心志：仰之、期之，循史帅雄兵北伐之志而实践。文坛大师苏轼子瞻有诗句指点：'何人识此志，佛眼自照瞭。'此时在这酒宴之间，具一双'佛眼'者：文坛大师教授周公，壮心雄边县令中玉，年轻俊彦文案周棐，胸怀大局、志在北伐的通判范公、司户弛弼、司兵世良。诸位都是胸怀大志、慈悲心肠、照瞭世情世风的'大佛'。若水，赐我一曲《念奴娇》，我要向诸位'大佛'致谢祝福！"

范若水高声应诺，"辛宅乐班"抚琴、弄笛、品箫，弹奏起词曲《念奴娇》。

辛弃疾放声高歌：

论心论相，便择术满眼，纷纷无物。踏碎铁鞋三百緉，不在危峰绝壁。龙友相会，洼尊缓举，议论敲冰雪。何妨人道，圣时同见三杰……

辛弃疾因近日事务劳累，嗓音显得疲惫而沙哑，但感情真挚地表达了他"踏碎铁鞋三百緉"终于觅得心神相交的同怀挚友，如同曹魏时被誉称"龙友"的政坛人杰华歆、邴原、管宁（时人誉尚书华歆为龙头，五官将长史邴原为龙腹，太中大夫管宁为龙尾），如同刘汉时被誉为兴汉三杰的张良、韩信、萧何，亦如同盛唐"洼尊"亭上举樽畅饮、联句赋诗的颜真卿诸友，其真知灼见，锋利清爽，敲碎坚冰寒雪啊！

席间人们的神情，乍然呈现出庄重的肃穆。辛弃疾的歌声更显昂扬了：

自是不日同舟，平戎破虏，岂由言轻发。任使穷通相鼓弄，恐是真金难灭……

辛弃疾暗哑的歌声，虽没有裂石穿云的嘹亮，却呈现出坚定刚毅的激越：铮铮誓言，可对天日，任凭命运遭受捉弄，志如金石，不屈不挠啊！

席间人们的神情，亦呈现出壮烈的共鸣。教授周孚激情奔放，以掌声称赞，引得席间掌声飙起。辛弃疾的歌声凝重了，深沉了……

寄食王孙，丧家公子，谁握周公发。冰壶皎皎，照人不下霜月。

辛弃疾激越歌声中含有的无奈苍凉，是现实的，清醒的，美好的！眼前胸怀北伐复疆、经世济国的朋友，不都是志不得展，潦倒江湖，凭着自己微薄之力，苦苦追寻着心中的理想吗？"冰壶皎皎，照人不下霜月。"我们的友谊是高尚、洁净的，如同天上冰壶般的霜月啊！酒席间的人们，哄地站起，高举酒杯，向辛弃疾祝贺，分别与辛弃疾碰杯。

一歌二唱，范若水有着过目不忘、过耳不忘的特质记忆，她抚琴而高歌这首《念奴娇·论心论相》，一字不遗，一音不错地为辛弃疾与新朋故友的碰杯畅饮助兴。

一歌三唱，酒席间的人们，除驭手田老大外，都加入了这情感炽热、同舟共济的合唱。

窗外碧蓝夜空中冰壶般的圆月把初秋的月光洒满庭院，一片霜白，被餐厅内的歌声吸引，乘着清爽的夜风涌进窗扉门隙，多情地融入四壁的烛光和酒肴的芳香之中。

鼓打三更，酒兴助长了辛勤的刚烈豪情，在向席间诸友敬酒三杯之后，恭请退席，要连夜赶回皇甫军垦营地，集中一百二十名兵马，以便随中玉大弟早日奔赴六合。

夏中玉高声致谢，并提出与三哥辛勤同行，去皇甫山兵营见习拜访。

周孚乃性情中人，竟拍胸请求准予与三哥辛勤同行，并声称要写出一篇有别于唐代诗人杜甫《兵车行》的一篇《兵车行》。

主人们似乎都被"徽宗御酒"灌醉了头脑，在府衙司户陈驰弼、府衙司兵燕世良的倡导下，席间府衙的人，包括家属范若水、范若湖都端起酒杯，向结伙而奔向皇甫山兵营的客人们饯行，其炽热狂欢狂喜的气氛，达到了今夜欢宴之最。

四更时分，辛弃疾、范若水、辛茂嘉、范若湖在住宅门前如霜如素的月光下，送走了辛勤等人。他们疲累至极，正要入寝室安歇，京口"流溪修竹"管家郭思隗派出的侠士"蔡州呼延",经过一天一夜飞马奔驰三百六十里、人乏马困地仆倒在滁州府门前,在衙役的搀扶下,声泪俱下地把恩师恩主"河朔孟尝"病逝的噩耗带进今夜极欢极乐气氛尚未完全消失的辛宅。

天塌地陷了!辛弃疾突地双腿失力,跌坐在门槛上,范若水扑倒在辛弃疾的怀里,范若湖抱着发呆的辛茂嘉发出至哀至痛的哭泣声,衬托着辛弃疾摇动着昏迷的范若水撕裂心肺的呼唤声。

月光蒙蒙,夜风飕飕,霜月似乎也在流泪咽泣了。

六 乾坤泪多

仲秋八月十日,京口府通判范邦彦病逝。

说来也怪,在这忌日后的四五天里,京口北固山中峰南麓脚下镇江军营区,似乎一下子失去了"秋尽江南草未凋"的特有景象,整日雾气腾腾,日光蒙蒙,红枫暗淡,鸟声绝迹。范府"流溪修竹"庭院中那株齐腰高的奇特文官花的花朵也枯萎了白色的秀美、红色的婉约、紫色的庄重,连一片片碧玉般的绿叶,也哀哀地飘落于地。整个镇江军营区,似乎都在悼念这位"北客南来"的侠义之士。

此时的赵氏在失去丈夫、痛断九肠的悲哀中,在儿子范如山远在湖南卢溪、女儿范若水远居极边滁州的孤独中,苦嚼着与范邦彦相随相伴的日日夜夜,苦嚼着"北客南来"这十年中的风风雨雨,苦嚼着汹涌在丈夫面前身侧的滚滚浊流。她的头脑依旧清醒,她的心依旧灵慧,她明白丈夫的离去,表面看是年老力衰,归于自然。其实质是心神焦虑,追求的失落。特别是三年前那场飞来横祸的袭击,带来了要命的心灵深处难以言状的悲愤哀伤。

在十年前那场抗击金兵南侵的采石矶决战中,范邦彦率蔡州黎庶"举城还宋"的壮举赢得了世人的赞誉,但朝廷仍以归正人视之,令举众南迁,授湖州签判之职,其身边侠士"西湖浪子""蔡州呼延""井陉孙逊"等不予差遣,越时三年。时范邦彦在建康结交之友陆游任京口通判,遭朝廷权臣龙大渊、曾觊诬其"交结台谏、鼓噪唱非"而罢官。时任参知政事兼知枢官院事的虞允文力挺丈夫接替陆游京口通判之职,协助京口知府刘刚、镇江军帅戚方理政理军。刘刚乃绍兴二十八年(1158年)进士,勤恳清廉之士,矢志北伐;戚方乃濠州抗金英雄,采石矶大捷中五位抗金名将(戚方、张振、王琪、时俊、戴皋)之首。"青山一道同云雨"的友谊,几年光景,使京口的政情、军情、民情出现了前所未有的政风清廉、军威雄壮、民情欢愉,备战北伐成为战略要津京口振奋人心的最强音。然而,令人倍感荒诞的事发生了,恰在这"苟日新,日日新,又日新"的大好形势中,临安一桩荒诞怪异的内争竟然离奇地飞向京口府衙,御史台捧出了一件不愿公开来历的帖子,状告京口知府刘刚和军帅戚方"贪腐不轨",谏院立马应和地喊出"内臣中有主戚方者"的参奏。天纵英明的圣上心神战栗地说出了四个大字:"朕亦闻之。"时任宰辅的陈俊卿立马派出圣上的近臣王抃率谏院、御史台十数人至京口府勘查。结果是明白无误的:戚方犯有"刻剥役使、军士嗟怨"之罪;刘刚犯有"贪腐行贿、结交内侍"之罪。内侍陈瑶(职掌殿庭洒扫杂役)、内侍李宗回(职掌皇帝出外则执乘舆服御以从)犯有"勾结藩镇,居心叵测"之罪;范邦彦身为京口府通判,居府衙副长官之位,凡民政、财政、赋役、司法等事务文书,有着与知府共同连署方能生效之权,战时则负有专任钱粮供应之责,且身为归正人,自然更应受到临安大员的格外"眷顾",遂以"独居一室"逾时半月审讯勘查"优抚之"。

范邦彦之所以为"河朔孟尝",岂是浪得虚名!其在私产上,有着一掷千金的豪爽;在官费使用上,有着一介不取,锱铢必究的狷介;在厄运临头时,有着"志士不忘在沟壑,勇士不忘丧其元"的胆识。面对临安大员的勘审,他侃侃应对,以自信和骄傲,验证勘审中职务上的勤勤恳恳、中规中矩,财物上的清清楚楚、锱铢不沾,与知府军帅关系上的坦坦荡荡、信信友友。并以嬉笑怒骂的奇才奇智,数度使临安勘审大员处于尴尬的、心怀仇恨而哭笑不得的境地。临安大员们毕竟是"才华横溢"的,他们以无中生有、无事生非、无所不用其极的手段,练就了"河朔孟尝"八个大字的罪行:"莫测高深,助纣为虐。"

经身居"御史中丞"高位的尹穑作威作福的解释:"莫测高深"者,阴险诡诈也;"助纣为虐"者,助京口知府刘刚"贪腐不轨",助镇江军帅戚方暗结内侍,于是一桩"兵将官交结内侍,公行苞苴"的大案落实。知府刘刚罢官,军帅戚方落职,安置潭州;内侍陈瑶、李宗回付大理寺勘审,究其贿状;陈瑶决配循州,李宗回除名,编管筠州。"莫测高深,助纣为虐"的范邦彦不知何因何故,竟在这桩要命的"兵将官交结内侍,公行苞苴"的大案中漏网了。是虞公彬甫的救助?是英明圣上的怜惜?也许在英明的圣上心内,还有着这位"北客南来"的"河朔孟尝"。

隐患除掉了。在京口府军政主管的人事安排上,朝廷又一次展开了雷电霹雳般的搏斗:一方是现任参知政事、知枢密院事的虞公彬甫,一方是皇帝宠臣,两年前从淮西副总管任上调回朝廷充任承宣使的曾觌。虞公提出以吏部侍郎张杓(张浚之子)出任京口知府,以采石矶大捷中五大名将之一的王琪出任镇江军帅,获六部九寺官员赞同。承宣使曾觌提出以谏院监察御史何之奇(御史中丞尹穑门生)出知京口府,以禁军副将陈孝庆为镇江军帅,得谏院、御史台赞同。双方攻讦肆虐,几近恶斗。圣上拍案,群臣噤声。为了防止可怕可憎的"内臣与藩镇勾结",圣上采纳了承宣使曾觌的奏请,并敕令何之奇、陈孝庆立即遴选府衙军司所需忠恳干才,火速赶赴京口。半个月后,新任知府何之奇和新任军帅陈孝庆带着皇帝的圣谕,率领一班人马,浩浩荡荡、威风凛凛地驾临京口。府衙内幕职、签判、推官、六曹及军司兵马钤辖、副钤辖、都监、副都监、都巡检、副都巡检都换了新人。唯独范邦彦被不声不响、不香不臭地留在通判的职位上,却又不召见、不与会、不认知,视若无物,干巴巴地晾在"流溪修竹"。众人瞠目。人们在瞠目中泪水汪汪地送走了被罢官革职、返回老家的知府刘刚和贬往潭州安置的戚方将军;又拭去泪水,睁大眼睛,注视着这班政坛军旅新贵人物即将颁行的新政新规。

在"除旧布新"的叫喊声中,新的知府军帅根本不曾会知仍为"通判"的范邦彦和府衙军司的留任官员军佐,以暴风骤雨之势,搬迁北固山中峰南麓脚下的府衙、军司至京口城中心最高处本朝书法大家蔡襄挥笔题额的"望海楼"。新任知府何之奇和新任军帅陈孝庆登楼环望，京口城内的一切行为举止和江面上起伏的波涛浪花尽收眼底，确有些登高远望、辑安民情民风恍然在胸之快意。望海楼四周为接待天下文人雅士拜访京口胜景而建筑的江风居、江月居、江涛居、江声居、江湖居、江韵居，自然而然地成了何之奇、陈孝庆的私宅和酒宴歌舞游乐的场所。

京口市的军民傻眼了，结舌了。这是新政中的"除旧"？原是除去北固山中峰南麓脚下三国时孙吴称霸的兵营遗迹和罢官贬逐的刘刚、戚方遗留的偏僻简陋的风尚。这是新政中的"布新"？原是这般化公为私、酒宴辉煌、歌舞通宵的靡靡之景。范邦彦被这新的人物何之奇、陈孝庆推开了，他痛心疾首，跺脚哀叹，吟起临安一位年轻诗人林升的诗句："山外青山楼外楼，西湖歌舞何时休？暖风吹得游人醉，直把杭州作汴州。"罪孽啊，难道京口真的要成为第三个汴州吗？郭思隗悄声提醒："可否派'西湖浪子'前往临安？"

范邦彦摇头："何之奇、陈孝庆不都是英明圣上钦定的吗？临安也许设有陷阱，我不怕死，只怕有更多的刘刚、戚方被罢、被逐、被折磨而屈死啊！"

军旅上的新招出笼了。镇江军帅陈孝庆不愧为禁军副将，他原本就是靠祖荫递晋的游荡公子，会几套拳脚功夫，从未进过兵营，更未经历战阵的熏陶，在临安作威作福的禁军副将高位上，极有天赋地学会了为将为帅之道。为配合京口知府何之奇的"除旧布新""除恶务尽"，也在镇江军中大展拳脚，荒唐地以圣上难得的一次"御教"为范，声色俱厉地停止了前军帅戚方将军"以战为本""以战为范"沙场点兵的种种举措，骄横疯狂地在镇江军中搞起"披甲戴胄"考场兵演：厢兵千人、乡兵数百不够规模，遂硬性招募士民千人以壮阵列；战马匮乏，强令民间征调；校场狭小，强令民工扩建。一个月之内劳民伤财的轰轰烈烈，制造了一个天翻地覆、凄凄惨惨的京口城，刘刚、戚方历时三载建造成的政风清廉、军威刚毅、民情欢愉、苟日新、日日新、又日新的生动局面，在疯狂的"除恶务尽"中化为烟云。黎庶叫苦，士人怒目，兵卒愤怒,官衙军司留用官员军佐咬牙怀恨。沉寂的京口,呜咽的京口,地火涌动的京口真的就要喷发了。屈居于"流溪修竹"的范邦彦心焦了,心痛了,心急了,放声号吼了:"这般昏庸愚蠢的倒行逆施,毁灭的不仅是一座战略要津京口,而且是圣上的北伐伟业啊!"

郭思隗悄声低语:"今日京口,只要有一星火花飞溅,就会引爆一个翻天覆地、风云震荡的奇观。全市黎庶、士民、商贾、下层官员军佐都仰目瞭望着儒雅侠义的'河朔孟尝'。"

范邦彦摇头放声:"这里不是河朔,不是蔡州,而是战略要津京口!今日之大宋,再也经不起一场风云震荡的冲击了。京口的大火烈焰如果烧起,必将引发各州各路的动乱,即便没有梁山泊晁盖、睦州青溪方腊的出现,金兵若乘机南下,也许会重演靖康惨不忍睹的悲剧。义之所至,必亟为之。吞下生平从未有过的锥心锥肺的屈辱吧,咬住行将爆裂的愤怒吧,低下一颗高傲的头颅,捧着一颗渗着血渍跳动的心,为了战略要津京口,为了京口焦心焦魂的黎庶士民,为了圣上'心存恢复'的神圣理念,我要走进新的府衙军司,向权势在握的知府何之奇、军帅陈孝庆进言、争论、乞求,乞求知府军帅大人别再这般胡作非为地劳民伤财了……"语未尽而泪流,郭思隗亦吞声而哽咽。

范邦彦谢绝郭思隗的陪同,只身走出"流溪修竹",走出北固山中峰南麓脚下废弃的军营,走向京口市中心已化作知府军司的望海楼。望海楼门前四位执戈守卫的军佐兵卒望着久已失踪的通判大人驾临,其领头壮年军佐急忙执礼迎接,惶惶低语告知——非得知府或军帅恩准,任何人不准进入望海楼。并礼请通判大人稍待,以便入内请示。少顷,壮年军佐怏怏而出,悄声以实情告知:"知府军帅正在客厅欢宴歌伎舞伎,致语通判大人:'年事已高,当居室颐养,勿自寻烦恼。'并勒令小人率兵卒四人护送通判大人回家。并勒令我等留住北固山中峰南麓脚下知府军司旧地,随时听从通判大人调遣。"荒唐透顶啊!古有"侠以武犯禁"之说,今日之侠,竟以"进言""争论""乞求"之请示未果而遭"软禁"。

虎落平原,龙困浅滩,鹰囚樊笼,世情之大哀、大耻、大恨啊!在这"于乎有哀,国步斯频"的艰危中,范邦彦只能相忍为国、相顾无言、相视而叹了。从这一天起,范邦彦潇洒了,豁达了,与府衙军司的纠葛,交由侠友"西湖浪子"周旋;新朋故友的应酬,委托管家郭思隗处理。在这盛世弄琴夜歌之余,范邦彦与赵氏携手相搀,漫步登上北固山中峰峰顶,北望河朔,南望临安,侠情凄凄;或注目凝神,或怆然泪下,或久久闭目静坐,任风吹雨打,任霜凋草木,任冰雪凝寒,凡此一年有余,范邦彦发白了,骨瘦了,背弯了,可神采思维更加清爽了,似乎在这北望南顾中筹划着压抑在心底的追求。

重阳佳节,在全家人弄琴吟歌唐代诗人卢照邻的诗作《重阳》"九月九日眺山川,归心归望积风烟。他乡共饮金花酒,万里同悲鸿雁天"的苦中作乐中,范邦彦从郭思隗口中得知宰执大臣虞彬甫离开临安,调往巴蜀的消息。惊询其故,有备战北伐西路出师之说;有内争遭陷贬离朝廷之论;有年老辞职、荣归故里之传闻。众说纷纭,折磨人啊!范邦彦夜不能寐,辗转反侧,直至天亮。草草用餐之后,范邦彦与赵氏漫步登上北固山中峰峰顶。是日,乱云飞渡,谷壑雾侵,四野茫茫。范邦彦举目西望,云雾交织肆虐,刺心障目,不觉两行老泪顺颊而下,哀伤的呐喊冲口而出:"周因有姜尚而灭商,秦因有商鞅而强大,汉因有张良而争得天下,唐因有魏徵而呈现'贞观之治'的辉煌,我朝初年因有寇准而胜辽于澶州,我朝南渡因有虞彬甫及其采石矶大捷而站稳脚跟。今日虞彬甫何在?朝无虞公,如之奈何?"

如之奈何?回答范邦彦的,是雷声炸裂的霹雳,是谷壑卷起的风暴,是倾盆而下的暴雨。范邦彦似乎无所察觉,挺立于暴风雨中,遥望不见形影的西蜀,寻觅着心仪久久而不曾谋面的虞彬甫。其情切切,其情感人啊!赵氏紧紧傍依着丈夫,享受着这暴风雨的洗礼。

陡地从峰顶一侧的林木中跳出两位高大的汉子,一位背起范邦彦,一位挽着赵氏的手臂,踏着雨水急湍的山路艰难而下,直至"流溪修竹"院内。赵氏拭去满面雨水仔细打量,救助者原是一年来奉知府何之奇、军帅陈孝庆之命监视范邦彦的那位壮年军佐和那位年轻的兵卒。军佐惶恐叮咛"勿为人知"而匆匆离去。此时，暴风雨戛然而停，卧室内家人围绕着更衣卧床歇息突觉头晕发冷的范邦彦而忙碌。赵氏疲劳至极，落座床边，握着范邦彦之手而俯身低语："勿再劳心劳神，当静养余生……"范邦彦点头应诺。

孰料不到半个时辰，范邦彦连呼"头疼欲裂"，并出现恶心呕吐之状。郭思隗急请致仕年老神医陈师尹救治，儿媳张氏急忙以湿巾覆额头以降热，家人侠士亦聚于卧室门外。范邦彦见状，强作微笑而放声："勿惊勿慌，伤风感冒，平常事耳，当散去……"此时，郭思隗带着陈师尹走进卧室。

陈师尹，字莘子，时年七十岁，婺州金华人，出身于乡间郎中世家。其人个头不高，形容清秀，聪颖好学，受祖父、父亲影响，钟情于医术药物，对历代医药名家扁鹊、孙思邈、张仲景等所著的《黄帝内经》《难经》《伤寒杂病论》《神农本草经》四大医药名著熟读于胸，并能用于实践，造福乡里。年方弱冠，在金华城乡就小有名气。更为离奇的是，大宋两次一败一胜的战争，竟成就了这位卑贱的乡间郎中辉煌的人生。

一次战争是四十五年前的"靖康之哀"。时年二十岁的康王赵构在南京(商丘)继承了皇位，改元建炎，以其亲信黄潜善(字茂和)、汪伯彦(字廷俊)居相位，驱逐主战臣子李纲、张所，杀害上书言事的太学生陈东、欧阳澈，命令东京留守宗泽(字汝霖)联络河北八字军等诸路兵马，北上阻击金兵南下，朝廷移居扬州，依黄潜善、汪伯彦之谋，遣使与金兵议和，得到的却是数万金兵更为残酷凶狠的追杀。二十一岁的赵构遂带着一群臣子流亡于江南，渡过钱塘江，经越州(浙江绍兴)，走明州(浙江宁波)，奔台州，舍陆登舟，浪迹东海，直趋温州，凡四十九天。艰难困苦的颠簸，汗出见湿，乃生痱疖，痛痒交加，昼不安座，夜不安席，宫女为其搔痒，不仅无益于疾，其搔痒处血迹斑斑，目不忍睹，疖子溃烂，其疼难忍，其臭难闻。随驾御医皆高雅之士，对这类痱疖之疾，一向卑而不视，故一时惊慌失措，虽以种种名贵药物医之，终不见效。圣驾行至婺州金华，适逢淫雨数日，痱疖之疾骤然加重，竟使赵构陡生

"不食欲死"之感。恐惧烧心,怒火烧心,欲斩无用御医、无用宫女以泄愤。但在患难之中,是不可胡乱杀人的。赵构焦躁不安,在几位贴身侍卫的暗中护卫下,乔装为富商子弟走出御帐,走在金华街上,以漫无所求的观赏消解胸中的愤怒,在与一位老者的闲谈中,获知此地有一位名叫陈师尹的年轻乡间郎中,可治"痱疬之疾",其愤稍减,其怒稍消,以无奈求有望的侥幸,请求老者带路会晤这位乡间郎中陈师尹。

机缘机遇啊,在一座低矮简陋的药房里,乡间年轻郎中陈师尹在仔细认真的望、闻、切、问之后,便以三服汤药(每日一服服下),三包浴药(每晚汤浴一包)的三天工夫,神奇地治愈了赵构的"痱疬之疾",也无意地救活了宫中那位无用的御医和那位可怜宫女的生命。赵构惊奇而大悦,派贴身侍卫持黄金十两作谢。当侍卫走近那间低矮简陋的药房,只见一把铜锁锁门,年轻乡间郎中陈师尹已不知去向。半年后,浪迹江南的赵构住脚临安,在抗金将领岳飞、韩世忠、张浚、刘锜、吴玠、张俊和文臣叶义问、陈康伯、辛次膺、汤思退等人拥戴下,建立行宫,组建完备的南宋朝廷。绍兴二十九年(1155年)赵构听政于匆匆复修的文德殿,在与群臣深情回忆前几年浪迹江南的艰苦经历及其"不食欲死"的"痱疬之疾"时,竟然提及婺州金华乡间年轻郎中陈师尹的名字。言者也许无心,但听者却十分在意,时任参知政事的汤思退为讨皇帝的欢心,并为皇帝的旧疾"痱疬之疾"的可能复发预做准备,立即派人前往婺州金华,调乡间年轻郎中陈师尹至临安,进太常寺太医局任医师。

神奇的飞黄腾达啊,可惜临安的山清水秀和皇宫内的颐养有方,赵构的"痱疬之疾"不再发作,乡间郎中陈师尹在一群久负盛名的高雅御医之中,自然成了另类。赵构似乎早已忘记了这个乡间郎中,一群高雅御医蔑视的白眼似乎一下子变成了仇视的乌睛。陈师尹坦然待之,耻于与这帮乌睛御医为伍,借着太常寺太医局这块风水宝地,遍阅太医局所藏医药典籍,精研其所论所述,特别关注医圣华佗始创"麻沸散"及剖腹治病缝合敷药的记载,求实求真,借鉴创新,并隐其职务姓名,默默行医于临安城八厢六十八坊,在学业医术上,取得了一次真实的飞黄腾达。

另一次战争,就是绍兴三十一年(1161年)的采石矶大捷。在这次决定朝廷命运的决战中,戚方将军坚守濠州的战役最为惨烈,其伤亡人数多达千人,其中伤者多为刀伤箭伤,箭伤均带有毒汁。采石矶大捷后,戚营调至战略要津京口驻防,虞彬甫至戚营视察慰问,见箭伤者伤口溃烂,生命垂危,虞公素来留心搜猎人才,每有所见所闻者,必录记于随身携带的《材馆录》,此刻骤然想起《材馆录》中的英俊奇才郎中陈师尹,立即着令戚方亲自持《致太常寺御医局少卿徐兰斋信函》前往临安,以战地需要为由,招太医局医师陈师尹行医戚方军营。御医局少卿徐兰斋乃虞公的拥戴者,见信函立即备马招陈师尹随戚方将军前往镇江。

又一次机缘机遇啊,如鱼得水的陈师尹,以屈居太常寺御医局三年潜心精研医药之所见和潜声行医于临安八厢六十八坊之所得,进入戚营一个多月,救治了军营中全部刀伤箭伤士卒军佐的生命,戚营将领士卒均以"神医"称之。更为幸运者,陈师尹在戚将军的军令下,自带药物,以乡间郎中的本色和医圣华佗的侠气,行医问疾于京口底层贫苦的黎庶,赢得"活菩萨"的美誉,并与通判范邦彦交结为相敬相亲之侠友。快哉,镇江戚营十载,不仅是医术药物上的"飞黄腾达",而且是人生追求上最值得夸耀的"飞黄腾达"。

祸从天降啊!"神医"的"飞黄"绊住了奔蹄,"活菩萨"的"腾达"凝滞于半空。荒唐的"藩镇结交内侍"之灾落在了战略要津京口,知府刘刚罢官归故里了;军帅戚方落职,安置潭州了;通判"河朔孟尝"被挂了起来,快要晾干了。陈师尹,也以"七十岁高龄"为由自请致仕,而隐居于北固山中峰脚下陈旧简陋的瓦房里,闭门不出,已有一个年头。

陈师尹跟着郭思隗急匆匆跨进"流溪修竹"的柴门,走向范邦彦病卧的寝居,步履轻捷,面色红润,长发乌黑盘于头顶,全无七十岁老者的形容,范府男女人等都以急切的目光迎接。屋内的范邦彦感知而放声:"师尹啊,听到你匆匆的脚步声,我的心神骤然间清爽安逸了。"

陈师尹急步跨进卧室,向病榻前的赵氏请安,俯身紧握卧床上范邦彦的双手而笑语:"范公侠风侠气,神昂体健,你我相交十年,不闻有表气不宜、阴阳失协、以药物调节扶正之事,今微恙卧床,师尹始得报效范公之机。范公静卧,准师尹胆大妄为了。"

范邦彦高声致谢:"范某病卧床榻,得师尹眷顾,实人生之大幸啊!"

陈师尹高兴致谢,在众人殷切目光的关注下,开始了全神贯注地望、闻、切、问,其神情由凝重而肃穆。中风,真中风,邪气在络,邪气在经,邪气将入腑,断不可让邪气入脏入脑啊!他闭目凝神思索着救治的有效药方。

陈师尹神情的微妙变化,都一丝不漏地进入范邦彦的眼中。当陈师尹思谋已定、猛地睁开眼睛的瞬间,神情镇静的范邦彦发问了:"师尹,是伤风感冒吗?"

陈师尹摇头语出:"不,不是伤风感冒,是中风。"

所有人神情凛然,似乎一下子都被这"中风"二字击蒙了。

范邦彦不无骄傲地笑了:"'中风'之疾,平常事耳,极冷极热可致,饮酒过量可致,极度劳累可致,极度欢乐亦可致……"

陈师尹微微摇头而语出:"可范公'中风'之疾,乃忧国忧民、悲愤难言所致,此乃长沙贾生一腔忠愤之'中风'啊!"

范邦彦慨然而语:"师尹知我,不愧'神医'之称,惜乎是一介郎中。若朝廷衮衮君臣能如此圣明治国,天下黎庶得福了。人生死得明白,也是一种福气啊!师尹,这'中风'之疾表象如何?"

陈师尹回答:"脉浮而紧。紧则为寒,浮则为虚,寒虚相搏,邪在皮肤;浮者血虚,络脉空虚,贼邪不泻。邪气在络,肌肤不仁;邪气在经,即重不胜。此脉象之所示也。"

范邦彦点头语出:"医学精奥,似懂非懂。师尹告我,我的'中风'已到什么程度?"

陈师尹坦然相告知:"脉象所示,范公'中风'之疾已达'真中风'之界线。"

范邦彦摇头追问:"'真中风'?何解?"

陈师尹坦然回答:"病势汹汹,邪气在络,邪气在经,故范公有头晕、头痛、恶心、呕吐之状……"

范邦彦笑而语出:"病势汹汹啊!若邪气入脏何?邪气入腑何?不就是肢体麻木、全身瘫痪,昏迷失语吗?"

陈师尹神情坦然一笑,打断了范邦彦合情合理的推论:"范公太小觑我陈师尹的医技本领了。莫说'邪气入脏''邪气入腑',就是'邪气入脑',我也会把范公拉回到亦儒亦侠、亦雅亦趣的特有状态。纵然不能使范公与夫人携手再登北固山中峰峰顶,但使范公依然坐而论道、发号施令还是有把握的。"

陈师尹自信侃侃的话语,使寝居内外的家人侠士惊喜释怀,相视而欢,连坐在病榻边的赵氏也长长地出了一口悲愁之气,笑逐颜开了。范邦彦兴起,对着寝居门外的家人侠士高呼:"神医在此,何惧'中风',都散了吧。夫人,快扶我坐起,我骤然觉得全身生力了。"

赵氏急忙扶起范邦彦,并以被枕垫倚于背后。

陈师尹借机从携带的布囊中取出一包药剂,依循其尊重患者的例规,打开药包,请范邦彦验视:"来时,听思隗大弟告知范公病情,窃疑为'中风',故带来自制的'驱邪散'一包以救急。此药用热汤服下,可滞缓贼邪之气的扩散。再以对症之药剂治疗,持续三日,即可转危为安,再以对症之药物治疗补养之,半个月后,范公将再显风采。嫂夫人,请你用温汤帮范公服下这服驱邪散。"

赵氏大喜,接过药剂,连连致谢。

陈师尹向郭思隗拱手:"思隗大弟,请带我去书房借笔墨纸砚一用。"

郭思隗应诺,带陈师尹去了书房。

儿媳张氏捧来温汤,赵氏接过,舒声而语:"天可怜见,我家范郎病愈有望了。"

少顷，陈师尹在郭思隗陪同下走进范邦彦卧病的寝室，神医把一服治疗"中风之疾"的药方呈现在范邦彦面前，以自制的例规高声读出："菊花四十分，白术十分，细辛三分，茯苓三分，牡蛎三分，黄芩五分，当归三分，干姜三分，芎穷三分，桔梗八分，防风十分，人参三分，矾石三分，桂枝三分。以上十四味药中，以桂枝为主药，以菊花、细辛、黄芩、芎穷等药副之。温酒调服，禁一切鱼肉及辛辣之物。半个月后，再以病症之状，另具药方处之。"

范邦彦大悦，放声高呼："世间有如此以爱抚体贴尊重患者的医生吗？绝无仅有。'仅有'者何？乡间郎中陈师尹！古人有语：'气同则从，声比则应。'我'从'师尹，我'应'师尹。你我相交十年，切切偲偲，今以生命赋予师尹，任师尹'生杀予夺'啊！"

陈师尹受宠若惊，惶恐拱手语出："范公言重了，师尹……"

赵氏语出，截住了陈师尹的话头："'嘤其鸣矣，求其友声'，我这里向师尹恭行大礼了！"

陈师尹急忙长揖还礼："公主大恩，陈师尹听命了！"转身把药方交与管家郭思隗，并详做嘱咐，"请思隗大弟即刻派人前往药房购药。京口有五处药房，以济世堂为上，药物齐全，且药源最佳，若药有短缺，可至德济堂、仁德堂、百草堂、福泽堂补齐。时不可失，越快越好。"

郭思隗应诺，似在向男女主人禀报："我这就请'西湖浪子'前往。"

赵氏点头。

郭思隗离开了。陈师尹感到一身轻松，他俯身床榻："范公，此时感觉如何？"

范邦彦兴致乍现，朗声回答："'驱邪散'似显灵了：头疼欲裂之状已无，心境似乎清爽了许多，胃肠似仍有不适。"

陈师尹心喜，点头语出："'病去如抽丝'，一切正常。范公勿忧，待依药方抓药回，师尹当亲自为范公煎制服饮，病情当大有好转，胃肠不适之状将消失。"

郭思隗进入卧室禀报:"'西湖浪子'已去药房抓药,半个时辰即可返回。现时雨过天晴,阳光融融,已近午时正点,膳房已为陈公备好酒肴,请陈公用餐。"

陈师尹急询:"范公何餐?"

郭思隗回答:"尊陈公'禁一切鱼肉及辛辣之物'所示和公主的特意吩咐,已为范公熬制小米粥为餐。"

陈师尹放声叫好:"善!"

范邦彦欢声叫苦:"这也是'神医''活菩萨'立业成名的法术吗?不仅管'治病',而且管'吃喝'。仅不准饮酒一项,就会使我侠义尽失,寸步难行了。"

陈师尹大笑,求助于赵氏:"嫂夫人,你该管一管这位叱咤风云、行侠贪杯的'河朔孟尝'了!"

赵氏笑语:"遵'神医'关照,可世间偏偏有'夫唱妇随'这神圣教化。我命苦,只能陪着这位禁一切鱼肉及辛辣之物的人喝小米粥了。思隗大弟,替我和我的范郎多敬'神医'几杯,可别灌醉了他,留着这位'活菩萨'为我的范郎煎药治病啊!"

陈师尹拱手唱赞:"好一对同甘共苦的伉俪啊!"

卧室内传出这半天来第一次喜悦的全家人的欢笑声……

半个时辰过去了。午时正点,"西湖浪子"神情败坏地急步跨进"流溪修竹"的柴门,把一服缺少四味救命药的药包推在客厅里陈师尹和郭思隗的面前。缺少的四味药恰恰是这服药方的主药桂枝和副药细辛、黄芩、芎穷。陈师尹接过这缺少四味药的药包,神情呆然地跌坐在木椅上,郭思隗见神医木呆之状惊骇失神。"西湖浪子"急忙惶惶禀报:"济世堂项老板得知神医陈公隐居一年而复出,惊诧惊喜,特向陈公问好并致歉。其大意是:近一年来,世风大变,极奢极侈成习,传奇而荒唐的健身祛病药物忽地从天而降,以牛黄、狗宝、虎骨、熊胆、人参、灵芝为尚,高官显贵的唱赞,一夜之间代替了祖传千年的百草药方,济世堂快要关门歇业了。桂枝主产广东,黄芩主产云南,芎穷有秦艽、川芎之分,秦艽久不可得,时以川芎为尚,济世堂订货已逾半年,至今仍不见踪影,近闻湘赣茶商、盐商闹事,或为路途不宁所阻,说不得了。细辛原产辽东,几十年来只是一个名称,实物已不曾见,药房所有细辛,多为江北山区所产,也许别的药铺尚有存物。我尊陈公和济世堂项老板所示,急驱德济堂、仁德堂、百草堂、福泽堂配购四味缺药,四家药房均无,且公然声称,百草药物,赚不了几个钱,进货难啊!"

"数典忘祖,鼠窃狗盗啊……"

郭思隗望着气噎心胸、面色苍白的陈师尹,心里阵阵作痛。相交近十年,陈公不曾有过这般痛苦哀伤的情状啊!

陈师尹似乎察觉到自己一时的失态,哀哀语出:"桂枝导引诸药而防风祛风,细辛运化湿痰通心肾之气,黄芩专清风化之热,芎穷驱风合血。这四味药物缺失,还是救命药剂吗?"

郭思隗讷讷询问:"现已服下的神医自制的'驱邪散'不是很有功效吗?"

陈师尹摇头回答:"'驱邪散'乃治疗'中风'急用之药,其功效在于滞缓贼邪之风的扩散,只可二,不可三。三次服用,会使贼邪之风滞于经络而凝结,累及肢体麻木瘫痪。"

郭思隗无奈地沉默了,"西湖浪子"默然拭泪,陈师尹猛地挺起胸膛,做出决断:"现时唯一的办法,是南去丹阳,东去扬中,西去建康,急觅缺失的四味药物。"

郭思隗、"西湖浪子"同时抬起头颅。

陈师尹话语铿锵:"丹阳距此七十余里,扬中距此六十余里,飞马往返,两个时辰足矣。若能购得四味药物于入夜酉时返回,则可保范公生命无虞。但丹阳、扬中名声虽显,然城小人稀,各有药房两座,是否有我们所需的四味药物,前景难说。建康,六朝故都,南北商贾交集之地,有药房十数家,断不会有京口之状。但距此二百里,飞马奔驰,往返路途亦需四个时辰,且深夜敲门购药,亦非易事,此刻立即出发,若能于深夜亥时购得所需四味药物返回,亦可保范公生命。这一切,就得思隗大弟做出决断了!"

郭思隗望着"西湖浪子"做出决断:"辛苦你再去一趟丹阳。'蔡州呼延'骑术更精一些,可去扬中。我去建康,一人双骑,就是累死飞骑,也要购得所缺药物于亥时三刻返回'流溪修竹'"。

"西湖浪子"点头语出:"如此危急迫切之状,要瞒过范公和'宗室公主'吗?"

郭思隗神情迟疑地向陈师尹望去。

陈师尹语出铿锵:"范公侠而智,公主雅而慧,是不可隐瞒,也是隐瞒不了的,我将以'缺药四味'的实情告知。两位侠士,范公今日生命的安危,全看两位和'蔡州呼延'的辛劳了。还有,请多带银两,若遇红花、桃仁、丹参、鸡血藤、忍冬藤这几种活血化瘀、舒心通络的药物,也请购回。"

郭思隗和"西湖浪子"忽地站起,同时喊出:"出发!"

"西湖浪子""蔡州呼延"、郭思隗于午时三刻同时走出"流溪修竹",分头向丹阳、扬中、建康飞马而去。陈师尹走进范邦彦卧病的寝居,以平和认真的神态, 向范邦彦和赵氏告知了京口药房缺药四味的遗憾和郭思隗、"西湖浪子""蔡州呼延"分头飞马丹阳、扬中、建康购买四味缺药的举措,特别申述了自己将重开药方,亲自去济世堂抓药,亲自煎药以确保范邦彦病情稳定的信心。在平心静气再次望、闻、切、问确保范邦彦在一个时辰不会有任何变化之后,便亲切告知他卧床静养,并请求赵氏严加看护之后,就急步走向市区中心的济世堂药房调方抓药去了。

陈师尹离去了。"缺药四味"的残酷现实,在范邦彦和赵氏心中激起震撼灵魂的失望、悲凄和痛苦。夫妻俩强作平静地"四目相对":一个是侠趣儒雅,一个是典雅灵慧,在凄然相对的微笑中,会意着不言而喻的生离死别的哀痛怆楚。

范邦彦赞扬陈师尹高尚的人格、友情和医术,用以宽慰慧敏心灵正在渗血淌泪的妻子。

赵氏赞美郭思隗的忠信、"西湖浪子"的精明、"蔡州呼延"的豪迈,用以宽慰肝胆欲碎、饮恨自恣的丈夫。

范邦彦放声了:"我思念远在卢溪的儿子如山啊!告诉他,千万别搞那种愚蠢无用的'三年守孝'。作为县令,用三年时间以德敬民,以勤养民,以兵健民,比什么都强。"

赵氏回答:"记住了……"

范邦彦放声:"我思念我的心肝女儿若水啊,我为幼安搏击滁州风云唱赞,更为幼安身居风口浪尖而操心,只怕是爱莫能助了。近几天来,我俩之所思所想,我已简记成文,留在书房的书架锦囊里,交给他,也算尽我生平之所能了。"

赵氏回答:"记住了……"

范邦彦放声:"我割舍不下几十年来故乡河朔的侠义啊!抱憾终生啊!'河朔孟尝'这个名字,在河朔地区仍然是有用的,我走之后,让思隗返回河朔,只有他的声望、才智、人缘承担得起'河朔孟尝'的继承者,才能维系河朔黎庶士民南望王师北上的希冀,也许会等到幼安师出齐鲁、直驱河朔、光复故土的一天。"

赵氏回答:"记住了……"

范邦彦的声音变得凄苦了:"薄棺薄葬,不烦官府,不动哀乐,不收丧仪,不举丧事。京口郊外二十里处的丹徒石柱湾高原,峙立江边,北望云天,舒心抒怀,一年前我已令思隗出资购得墓地三亩,我要悄悄而来,悄悄而去。"

赵氏心神震撼了,"二薄四不"的遗言,不仅摒弃了朝廷有关知府太守一级官员葬仪的法规,也免去了传统上因丧事而导致的种种弊端,脱俗超凡地展现了丈夫临终一息不变不移的侠气侠风。她咽泪回答:"记住了。记在心里最深处……"

所嘱尽矣！范邦彦心神安怡了，突觉左臂有麻木之感。这也许就是陈师尹所谓的"贼邪之风痹于经络"的症状吧，他不愿让妻子愁上加愁，忧上添忧，长长吁了一口闷气，微笑语出："心神轻松而飘逸啊！夫人，快扶我躺下，我要舒展舒展全身的筋骨，享受这难得的舒坦。"

赵氏含泪微笑应诺，急忙安置好丈夫身倚的被枕，扶丈夫缓缓地仰面而卧。

范邦彦真的展臂伸腿，舒展着全身的筋骨，他准确无误地感觉到他的左手五指有些不听使唤了。

此时大约是未时三刻，陈师尹捧着一碗药汤急匆匆走进寝居，笑吟吟地向范家老夫妇请安。赵氏起身致礼，范邦彦点头迎接。陈师尹置药于几案，落座于病榻前，挽起范邦彦的右手，如往常一样，凝神静气地进行诊疗，在脉象中他敏锐地察觉到贼邪之气愈显猖獗，脾阳之气已不达四肢，左臂已呈现血分虚弱、热气不充之象。他心底大骇，急于脉象中寻觅中腑中脏虚实湿温血分的变化，所幸中腑中脏尚无明显变化，其心神稍安。他轻轻舒了一口长气，中腑中脏此时的安全至关紧要啊，若一个时辰后"西湖浪子"和"蔡州呼延"能从丹阳、扬中购得四味药物返回，则此"中风之疾"的危机可解，此刻气不充之症状亦可逐步消除，遂推开范邦彦的右臂而放声："贼邪之气似已侵入中经中络，身体四肢似稍有变化，但中腑中脏尚且安然。此与范公侠义豪爽性格有关，亦赖范公年逾七旬仍朝夕登临北固山中峰峰顶强身健魄之所得。"陈师尹语停，捧几案药汤以献，"这服药汤，乃师尹以红花、桃仁、丹参、鸡血藤等活血化瘀药物调整煎制，其功效是增强中腑中脏的血分热能，抗击贼邪之气的侵扰。请范公服用。"

范邦彦神情一振，高声唱赞："夫人，快扶我坐起！"

赵氏高声应诺，双手扶起丈夫。范邦彦接过陈师尹捧来的药汤，一饮而尽，放声唱赞："好一服苦中有甜，苦尽甘来的甘露灵汤啊！"

赵氏捧药碗向陈师尹致谢："有师尹关爱，我心神炽热而安逸了！"

陈师尹拱手回礼:"谢范公赞扬,谢嫂夫人关爱,一个时辰之后,所缺四味药物归来,我们就该向贼邪之气展开堵截围剿了。请范公静心养神,师尹在客厅待命,随时听候范公召唤!"

身居客厅,心系卧室的陈师尹,沉重的思绪,呈现在焦虑的目光和焦躁的举止中。他深知范邦彦的病重和不测:贼邪之气侵入中经中络是"病入膏肓"的象征,若不及时活血化瘀,必将冲向中脏中腑。"贼邪入脏,舌即难言""贼邪入腑,即不识人",到那个时候,可真就束手无策了。他徘徊于室内,急盼着、祈祷着"西湖浪子""蔡州呼延"能觅得所缺药物早点归来。他凭窗西望,望夕阳下沉,望晚霞飘散,一颗焦躁不安的心,挂牵着入夜的酉时。他心颤了,耐不住了,走出客厅,走出文官花骤然凋落的庭院,走出"流溪修竹"的柴门。

恍惚中他突地发现"西湖浪子"拍马飞奔而来,惊喜地步履跟跄地迎上。周身汗水淋淋的飞骑前蹄腾空而立,发出凄厉萧萧的嘶鸣。"西湖浪子"飞下马鞍,抚着气喘吁吁的老神医喊出的一句话是:"丹阳无药房。"

陈师尹一下子茫然僵住了。

"西湖浪子"挥汗语出:"丹阳市面,一派萧条景象,街中那两家药房,三个月前已歇业关门了。"

陈师尹如遭雷击,轰然地跌坐在台阶上,讷讷语出:"辛苦了,别进屋,别惊动寝居里卧病的范公和嫂夫人。"

"西湖浪子"垂下了疲惫沮丧的头颅,他领悟了神医悲怆无奈的心意,痛苦地落座在陈师尹的身旁,双手掩面遮掩着滴落的泪水。

周身汗水淋淋的飞骑,似乎也明察了眼前的一切,它周身一抖,似乎要抖落精疲力竭的苍凉,喷鼻三响,似乎也在发出无可奈何的哀叹。

此时的寝居里,范邦彦正在经受着病痛的折磨。他察觉到,一向灵捷的左腿已出现举止不灵的麻木,绞肠倒胃的恶心,数度发作欲呕欲吐的窘迫。他忍耐着,怕给妻子、家人添乱,怕惊动大半天来一息不曾歇息的挚友神医。

他透过窗扉观察着天色的变化,等待着日落西山的酉时时分,他的侠友侠士"西湖浪子""蔡州呼延"能从丹阳、扬中购得药物返回。回应他这急切期盼的,却是那种闹心的、绞肠倒胃的欲呕欲吐又发作了。他咬紧牙关,紧闭嘴唇,紧缩全身之力抑制着。

此刻,坐在床榻前紧握着范邦彦右手的赵氏,突然感到丈夫躯体的紧张收缩,她凝视丈夫在憋着气息、拧着眉头、面色绯红的形容,惊骇而询问:"头在疼痛吗?"

范邦彦摇头。

"呼吸不畅吗?"

范邦彦摇头。

"心跳不适吗?"

范邦彦摇头。

"欲呕欲吐吗?"赵氏语出,急忙弯腰欲取榻下备有的盂盆。

范邦彦全身奋力一抖,终于抑制了闹心的、绞肠倒胃的呕吐,右手拉住弯腰欲取盂盆的妻子,眉梢一展,笑显嘴角,两颊春风荡起,英侠之气尽显。

赵氏惊魂未定:"这,这是怎么啦?"

范邦彦笑语:"任百病缠身,任神魂迷乱,任倒胃绞肠,有夫人关爱,我周身清爽。"

赵氏看得清楚,丈夫又一次战胜了贼邪之气的折磨,她泪水莹莹地扑在丈夫的怀里。

夕阳落山了,晚霞散去了,夜幕徐徐降临了。"流溪修竹"门前台阶上心神焦虑、望眼欲穿的陈师尹和"西湖浪子"终于等来了飞马奔回的"蔡州呼延"。"蔡州呼延"伏身马鞍,疲惫至极,在举手将五包药物抛向陈师尹的同时,伏鞍的身躯因失去平衡而滚下马鞍,幸被"西湖浪子"接扶落座台阶。陈师尹捧着药包大喜趋前,抚着疲惫至极的"蔡州呼延"致谢。"蔡州呼延"语出:"扬中市面桥头确有一座药房,药房老板是一位慈祥长者,且敬仰神医陈公的大名。但药房冷清,木架药箱内药物无多,我请慈祥老者倾箱查找,仅得红花、桃仁、鸡血藤三种,根本没有我们所需的四味药物。慈祥老者歉疚哀叹,扬中连年旱涝成灾,黎庶百姓米粮不继,流离失所,谁还有钱医病。且这四种药物,多产于川陕云贵,在这纷乱年月也购不得啊!我在绝望中向慈祥老人求教。慈祥老人沉思良久而指点,附近村舍,有游医数人,手中也许有这四味滞存。并指派年轻店员带我至村舍寻觅,果然在两位游医中觅得芎穷、黄芩两味药物。"

陈师尹立即打开药包审视:"这是'红花',好!这是'桃仁',好!这是'鸡血藤',好,好,难得啊!是急需的'芎穷'?(以手捻之,细粒如沙,沾手;以舌尝之,大喜)果是芎穷,是芎穷,是难得的芎穷啊!虽采得已过五载,药力散失近半。有胜于无,加大剂量就是了。"陈师尹打开另一个药包审视,"这是'黄芩'。这是黄芩吗?(以手掂之,重量压手;以目视之,纹理交结;以牙咬而以舌尝之,苦涩麻舌而大惊失色。)这不是黄芩,是'柒根'!"

"西湖浪子"惊骇而目瞪口呆,"蔡州呼延"惊骇而跃起。

陈师尹肃然而语出:"黄芩最佳者产于云贵,乃山茶树之根,性中和,味微甜,有清肺热、活血化瘀之奇效;柒树之根,其形其色,与山茶树之根相似,但性酷热,味稍苦,且柒树胶汁凝度极高,有'柒汁凝脂'之称,亦药物之一,但绝不可用于治疗'中风之疾',若误用之,乃雪上加霜,直要患者的性命啊!"

"西湖浪子"惊骇失声,"蔡州呼延"忽地跃起,从神医手中夺过假冒黄芩的柒根,暴怒而吼:"扬中这厮游医图财害命,我宰了他!"语出,欲飞身上马,被"西湖浪子"一把抓住。

陈师尹哀声劝阻:"图财害命,以假乱真,指鹿为马,已成为当今的时尚,我们奈何不得,宰掉一个贪财游医何用!也许这位游医,根本不知药物之理,根本不知柒树根于'中风之疾'为害之烈。"

"蔡州呼延"猛地转身跪倒在陈师尹的面前,双拳击胸而自罚:"我无知,我无能,我几乎断送了范公的性命,我有负于范公之恩泽携爱啊。"

　　夜风起了,嗖嗖作响,明月悬空,一片苍茫。陈师尹心神怆然而战栗,他感到不安、空虚、失落和从未有过的恐惧。现时唯一的希望,就是等待郭思隗早点从建康城归来。可在建康真的能购得四味缺药吗?那匹"日行千里"的"火焰神骏"真能在深夜亥时赶回"流溪修竹"吗?他突然感到自己的无力、无措和无奈,心底涌起撕心裂肺的痛苦。他怕加重"西湖浪子"和"蔡州呼延"心神悲凄的哀痛,捧起"蔡州呼延"购得的药物侃侃而语:"有这些新购的药物,特别是这味急需的芎穷,治愈范公的'中风之疾'更多了几分把握。快进院,告知范公。"

　　"西湖浪子"和"蔡州呼延"从月光照映的神医的眼神和眉端,似已察觉到神医心中的忧虑和沉重,他俩强打精神应和着,拥着年老的神医走进院落,走向范邦彦卧病的寝室。

　　"蔡州呼延"从扬中购得的几种药物,给忍着病痛的范邦彦和忍着悲凄的赵氏带来了些许的宽慰和期盼,寝居内的气氛似乎一下子轻松了许多,连桌案上的一盏烛光,似乎一下子也明亮了许多。

　　神情略露喜色的陈师尹,再次全神贯注地为范邦彦进行问诊。贼邪之气强烈地侵入中经中络导致左腿近于麻木的症状,使他心惊;贼邪之气隐隐冲入中脏的势头,随时都有失语的症状使他心焦如焚。他愈加强烈地感到缺少主药桂枝,副药细辛、黄芩、芎穷而使经方难以配伍的无奈、无力、无措。他心中默祷,期冀郭思隗能及时从建康购得四味药物返回。现时救急之策,一是把从扬中购得的芎穷倍量加入活血化瘀的药剂中,以期对缓滞贼邪之气冲向中脏略起稍许功效;一是用针灸之术,疏通经络代解贼邪之气。他从容地结束了这次问诊,语出坦然:"贼邪之气猖獗,已侵入中经中络,范公是否有左肢麻木之感?"

　　范邦彦放声大笑而称赞:"师尹啊师尹,真不愧神医称号。不瞒师尹,一个时辰前,我已觉左手五指不听使唤,我的左腿亦呈麻木之感。"

赵氏、"西湖浪子""蔡州呼延"都惶惶然拥向病榻,陈师尹笑而阻止,向着范邦彦拱手:"能够得到'河朔孟尝'称赞,师尹骤觉志狂胆壮了。范公明鉴,我医界祖师爷华佗,发展古之针灸之术,至高至妙,造福黎庶,使濒于将逝者还阳,使全身瘫痪者飞奔。师尹质地愚钝,苦练针灸之术半生,仅得祖师爷华佗针灸之术十之二三,但足以解范公左肢麻木之忧。两位侠友请取温汤、烈酒来,我要为范公针灸医疾!"

"西湖浪子""蔡州呼延"同声应诺,立马取来温汤烈酒。陈师尹亲手用温汤擦拭范邦彦的左臂左腿,用烈酒为从医箱中取出的银针消毒,轻盈而精准地将根根银针灸入鱼腰、清明、四白、和谷、足三里、内关、水沟、极泉、尺泽等十数个穴位,轮番轻轻地揉捻。

范邦彦享受似的闭合着眼睛,发出了舒坦的赞扬声:"神奇莫测的针灸,立竿见影的针灸,我的左肢开始有了感觉。美妙的感觉,舒心的感觉,有若飞步登临北固山中峰峰顶的感觉啊。"

陈师尹心如针刺,这是侠骨义胆的"河朔孟尝"在宽慰自己一个郎中的无能啊!他揉捻银针的双手微微地发抖了。

时近入夜戌时三刻,范邦彦的"中风之疾"在陈师尹的两次煎制药汤和两次悉心针灸治疗取得短时间的稳定之后,又开始了更为疯狂的扩散,不仅侵入了中经中络,而且侵入了中脏中腑。陈师尹已用尽了全力再也无力应对这更为险恶的局面了。只能忍着哀痛,等待郭思隗尽早归来。他不敢说破,只能以强作平和的姿态示于众人。

贼邪之气侵入脏腑引发的嘴角发麻、舌根生结、即将失语的可怕讯号正在折磨着范邦彦。果然,卧床闭目的范邦彦放声了:"周身舒坦啊!生平不曾有过的轻松安逸,使我心潮澎湃、雅兴沸腾。师尹啊师尹,我的肝胆相照的挚友,此刻该是明月升至中天的时辰吧,我向往秋高气爽的夜空,惦记光亮洁静的明月,更想沐浴月光下轻拂的清风。请你开恩,请你帮助,给我一个清风明月的清爽境遇,清爽这人生的难得享受吧。"

陈师尹泪眼蒙蒙,默默点头。

范邦彦睁开眼睛,含笑向床榻边泪珠莹莹的夫人发出请求:"夫人,我生性狂野,不拘形迹,而且有不平则鸣的劣性,故常获不测之祸。从此刻起,我将慎言慎行,中规中矩,不出愕愕之言,不行跅踱之举,也免得夫人再为我提心吊胆了。夜深了,天凉了,请为我束发洁面,加添衣物,我要在清风明月中陶醉人生,我要在明月清风中品味人生的遗憾。"

赵氏饮泣吞声,默默点头,唤来儿媳张氏捧来温汤,亲自为丈夫束发洁面,从衣柜中取出多年前亲手为丈夫缝制的紫色交领襕衫和时为士人所赏的高装"东坡巾",为丈夫添衣保暖;她唤来"西湖浪子""蔡州呼延"备好高背木椅,亲自铺设棉垫为丈夫隔凉;在陈师尹的指点下,几人合力搀扶左肢已陷麻木失灵的丈夫安坐于木椅之上。

陈师尹暗暗垂泪了,从携带的药匣中取出一包自制的活血化瘀"驱邪散"为"河朔孟尝"服下,并亲自护卫,由"西湖浪子""蔡州呼延"抬着木椅上的范邦彦走出寝居,按照范邦彦的指点,停落在庭院中那株文官花旁。

"流溪修竹"庭院寂静极了。范府男女人丁都为无药救治、病情愈加沉重的男主人而忧心,他们走出屋舍,停步于屋檐下,泪眼蒙蒙地注视着明月清风中他们真心崇敬、亦兄亦友、患难与共的男主人。

月光如水,似乎明月也洒泪了;风声如诉,似乎清风也吟泣了。木椅上的范邦彦仰望着星空,用异于往常僵硬苦涩的声音抒情高吟:

磊落星月高,苍茫云雾浮。

大哉乾坤内,吾道长悠悠。

僵硬苦涩的吟诗声在寂静的夜空缭绕,凄立于屋檐下的范府人丁等,都被这异于常日的声息惊呆了,一种不祥的预感一下子堵在胸口,他们都有些哀痛失魂了。

侍立于"河朔孟尝"身后的"西湖浪子""蔡州呼延"都为这缭绕于夜空的僵硬苦涩的吟诗声垂泪了,他俩同时向身边的神医望去。

陈师尹此刻更是心如刀绞,他心里明白,这僵硬苦涩声音的出现,是贼邪之气侵入中脏中腑失声失语的前奏。他不敢面对"西湖浪子""蔡州呼延"的目光,凄然地闭上了眼睛。

侍于丈夫身边的赵氏,已是泪水漫着双颊而流。丈夫吟诵的是唐代诗人杜甫的诗作《发秦州》,是借诗人的诗句而抒怀:高远、寒冷、幽怨、渺茫,都涵容在仰望星空的哀叹中。愁难解,憾难消啊,她伸臂紧贴着丈夫的面颊,以泪水相昵,借用唐代诗人陈子昂的诗作宽慰丈夫:

前不见古人,后不见来者。

念天地之悠悠,独怆然而涕下。

范邦彦饮泣含笑宽慰妻子:"夫人请看,今夜的北斗七星分外明亮,似乎与我们相近相欢了。"

赵氏饮泪回答:"看见了,看清了。今夜的北斗七星,在为范郎增辉,在为范郎释怀释念啊!"

范邦彦艰难地笑语出口,似乎是用全力为妻子唱赞:"贤哉夫人,慧哉夫人,知我心啊!北斗七星斗柄下垂指向,当是生养我们的幽州。那闪烁着金光神灵之处,当是'千金市马骨'的'黄金台'啊!"

赵氏声音哽咽了:"范郎所言极是。在那七雄争霸的烽火年月,燕昭王问计于智者郭隗,郭隗以'千金购马骨'为喻献策于燕昭王,遂筑'黄金台'以招贤,天下士人争赴燕国。中山国寿灵人乐毅,由魏入燕,任为亚卿,燕昭王二十八年,拜上将军,率赵、楚、韩、魏、燕五国兵马攻齐,下齐七十余城,创建了燕国称雄一时的黄金时代。"

赵氏知人、知史、知兴、知衰的饮泣慰藉,使范邦彦心神振奋了,他想挺身站起,无力。他想挺起腰身,无力。他心里明白,贼邪之气已侵入中脏中腑,死亡已在须臾之间,他只能用愈显僵硬苦涩的声音喊出:"黄金台,幽州黄金台,千金市马骨的黄金台,燕赵子民千古不朽的风骨啊!我思念思隗老弟,他跟随我们二十多年,国事、家事、大事、小事、难事、诡谲之事,都赖他之谋、他之力取信于河朔黎庶。他把全部的侠才侠智、侠骨侠胆,都献给了这故土未复、好梦未圆的艰苦斗争!此刻,我真想看他一眼,见他一面啊!"

范邦彦愈显僵硬苦涩的声音,由高而低,由大而小,渐渐消失于无声无语的悲凄沉寂中。

月色惨白,风声绝迹,赵氏忍着哀痛,泪水奔涌而下。

突地,营区外传来一串激越的马啸声,接着又是一串犀利激越的战马嘶鸣声……"流溪修竹"庭院中哀痛的人们,神情似乎一下子激扬了。陈师尹首先喊出声来:"管家回来了!思隗从建康回来了!"在不停的叫喊声中,他和身边的"西湖浪子""蔡州呼延"飞步奔向"流溪修竹"门外迎接。

赵氏拭去满脸的泪水,抚着她的范郎的双肩大声告知:"思隗回来了!我们的管家从建康购药回来了!"

屋檐下移动脚步的范府男女人丁,一齐拥向范邦彦身边,为主人切切祈福。

范邦彦在"管家回来了"的声浪中,睁开了眼睛,神情也似乎清爽了许多,亲切而艰难地呼唤着郭思隗的名字。

"流溪修竹"门外,"西湖浪子"和"蔡州呼延"从汗水淋淋的马背上,接扶着疲累至极的管家。陈师尹望着双手空空的郭思隗,一颗心全然冰凉了,一个"药"字颤颤抖抖地冲出嗓闸。

被"西湖浪子""蔡州呼延"架扶的郭思隗,望着目光急切、面色苍白的神医,愧疚摇头,出语战栗:"偌大建康城内五大药房,均无我们急需的药物。询其故,其主因亦为两湖暴乱频仍,商路隔绝所致。"

陈师尹绝望了,双腿不支,突地跌倒在地,垂头喃喃而语:"快,快,范公想你,要见你……"

"西湖浪子""蔡州呼延"恍悟,奋力架起疲累至极的郭思隗奔进"流溪修竹"柴门,奔向因"管家回来了"而从昏迷中醒转过来的范邦彦面前。

郭思隗跪地哀声禀报:"恩公,思隗这次建康之行误事了,双手空空而回。思隗对不起恩公,对不起公主,思隗无地自容啊。"

听到郭思隗这真切而愧疚的禀报,范邦彦的神志非但未现颓萎,反而神奇般地振作了。他睁开眼睛,似乎在尽全部力气,艰难地、一字一句地喊出:"思隗,我的管家、兄弟、挚友,感谢你了,拜托你了。"

郭思隗被范邦彦殷殷说出的"拜托"两字牵动着悲痛欲碎的灵魂。他放声请求:"恩公,郭思隗聆听训示!"

范邦彦似乎听见了,心领了,嘴角浮出几丝笑意。久久仰望着星空,有气无力地轻声吟诵着:

　　　　明月清风,山靡水冷。

　　　　梦兮何如? 天知地知……

天知了。北斗七星旁那颗"炉火照天地"的晶亮红星,拖着一道灿烂的光彩陨落了。范邦彦身躯一斜,倒在妻子赵氏的怀抱里。

地知了。北固山上林木中一阵呼啸的旋风呜呜作响,飞下山来,拂动了山脚处的流溪、修竹,悼念着一位"北士南来"侠骨义胆的忠勇战士。

人知了。"流溪修竹"庭院里的人们,泪水奔涌而出,向着赵氏怀抱中的范邦彦跪倒。他们忍着哭声,泪水满面,默默为"河朔孟尝"祈祷着。深夜亥时时分,"流溪修竹"庭院出现了万籁无声、死亡般的寂静。

泪水漫颊的赵氏怀抱着她的丈夫,向跪拜的人们点头致谢,哽咽语出:"范郎睡着了,他的心还是热的,让他安静地睡吧,不再为昏庸的王公添劳添累了。"

陈师尹踉跄站起,神情颓然,黑发散乱,人一下子似乎老了许多,他挪动脚步至范邦彦面前猛地跪倒,声嘶力竭地哀声祭告:"侠骨义胆的范公,乡野郎中陈师尹向你告罪了:你的病,不当死,是我手中无药,误杀了你!从此刻起,陈师尹不再为人诊病,不再因为手中无药而误杀我的亲朋挚友、侠士贤能了。我痛恨这个世风日下的荒唐世道,我痛恨这浑浑噩噩的世道。这个世道,真的是不可救药了。范公远行,我无力、无才、无能,双手空空,只能借范公留下的四句谶语,为范公送行了。"陈师尹怆然站起,放声高吟,向范邦彦告别。他紧握双拳捶胸,似要击碎胸中的块垒,他仰天呼号,"天,真的知吗?地,真的知吗?"

月色愈显苍茫……

风声愈显悲凄……

陈师尹失态了,他仰望星空而放声痛哭,他的哭声引发了"流溪修竹"庭院人们痛断九肠的哀号。哭声飞出"流溪修竹"庭院,惊动了北固山下营区里的家家户户。

时为宋孝宗乾道九年(公元 1173 年)八月初十日,"河朔孟尝"范邦彦遽然病故,享年七十四岁。

七 "河朔孟尝"不朽

范邦彦在"梦兮何如"中抱憾仙逝了,赵氏在"山靡水冷"的哀痛中料理丧事。

她忍痛含泪向范府男女人丁宣示了范邦彦临终前的嘱咐——薄棺薄葬,不举丧仪,不动哀乐,不收丧礼,不烦官府,并严令范府男女人丁切实执行。

她忍痛含泪明令郭思隗于街面棺材铺购置桐木薄棺和素缄葛带;于市郊丹徒县崇德乡石柱湾高原之巅购置的三亩荒地上,枕南面北,掘地七尺,堆土五尺筑建墓地以备薄葬。

她忍痛含泪亲书范邦彦的"二薄四不"嘱托布告于"流溪修竹"门外,以敬辞四邻八舍亲朋挚友的关切。

她忍痛含泪派出侠士"井陉孙逊"飞马去湖南卢溪向儿子如山报丧;派出侠士"蔡州呼延"去边地滁州向女儿若水报丧;派出侠士"西湖浪子"去临安,向挚友"钱塘倜傥公子"王琚和族亲"俊彩莹莹"辛大姑报丧。

八月十一日,她亲自为丈夫沐浴净身、衣衾三领入棺为安,并停棺于庭院流溪旁的修竹下,以安抚丈夫洁雅潇洒之灵魂,并设家祭灵案于棺木前。一切从简,不架哀棚,不设祭坛,不备酒肴,不张挽联,仅以一双燃烛、一炉香火,几盘时令水果置长案作祭,以遂丈夫生平简素飘逸之风。

揪人心神的仙逝，简略朴实的丧祭。战略要津京口市的地下怒火喷发了，人们闻噩耗而悲凄，前来吊唁者络绎不绝。由四邻八舍而山脚营区，由山脚营区而市面街巷，人流滔滔，哭声阵阵，拥向北固山中峰山脚营区内的"流溪修竹"，仅仅半天，人数过千，在战略要津京口形成了哀祭上从未有过的奇观。

哀痛锥心的赵氏震撼了，感动了。民心有知啊！儿子女儿不在身边，她和儿媳张氏按照民俗古礼，披麻戴孝站于棺木之侧，向着排队前来吊唁的乡亲施礼致敬。

哀痛悲凄的范府男女人丁，震撼了，感动了。他们知情知义地披麻戴孝，跪倒在棺木两侧，向着排队前来吊唁的乡亲叩头致敬。

由于"流溪修竹"门前贴有"四不"告示，前来吊唁的人们，多采山野溪畔的白菊、黄菊祭祀。白菊、黄菊堆满棺木四周，使范邦彦的新居成了一座雄巍壮丽、芬芳凛冽的"菊冢"。如此连续三日，人数逾万，其情景之感人，已达奋起喊冤、仗义申诉之激烈；其气势之磅礴，竟至波及北固山顶峰的歌伎舞伎、店铺老板、寺院僧尼、游侠侣客以及京口官府兵营的胥吏兵卒亦纷纷前来吊唁。

京口知府何之奇、兵营军帅陈孝庆为民情民愤所迫，也屈尊前来吊唁。亲兵护卫狐假虎威，驱赶吊唁的人群，为知府、军帅开路，护卫何之奇、陈孝庆进入"流溪修竹"。已连续三日伫立枢棺旁敬谢吊唁人群的范府男女人丁，亦被亲兵护卫所驱赶。更为甚者，前来吊唁的何之奇、陈孝庆仍威风不减，官气嚣张，连祭香也需亲兵护卫点燃。坐在枢棺旁木椅上的赵氏恶心了，愤怒了，忍耐不住了，在何之奇、陈孝庆接过亲兵护卫代燃的祭香插入香炉时，雷霆炸裂般地吼出一个"滚"字，便昏厥过去。

"流溪修竹"庭院，突地爆起一阵惊天动地呼唤赵氏的呐喊声；"流溪修竹"门外吊唁的人群，冲进庭院，向赵氏拥去。在人们的呼唤声中，赵氏缓过气来，人们把愤怒的目光，投向在亲兵护卫搀扶下仓皇离去的何之奇和陈孝庆。

就在赵氏因哀痛气愤而昏迷的八月十三日黄昏,辛弃疾、范若水、辛茂嘉、范若湖在"蔡州呼延"的陪伴下,经过一夜一日的长途飞马奔丧而闯进"流溪修竹",跪拜在范邦彦的桐木薄棺前。不及焚香,不及诉说,连连叩头,号啕痛哭。他们的哭声惊动了天地,明月升空了,清风呼啸了。他们的哭声也惊动了寝居内因一时昏迷而卧床的赵氏,她悲喜交加,泪水纵横,突觉心头发热,不再孤独,全身生力,感到慰藉。她急于看到牵肠挂肚的女儿、女婿,霍地坐起,急令儿媳张氏搀扶,脚步踉跄地走出寝居,望着棺木前号啕痛哭的女儿女婿,凄然放声:"哭声报儿归,范郎当心安了。"

辛弃疾、范若水、辛茂嘉、范若湖猛地转过身来,泪眼蒙蒙地望着年老憔悴的母亲,同时发出"母亲"的呼叫声,跪行而前,跪伏在赵氏的脚下,哭声更显悲切断肠了。

赵氏对着脚下跪伏痛哭的女儿女婿语出:"你们的父亲范邦彦,走的明白,走的清醒,走的硬朗,走的坦坦荡荡,走的心有余恨,不愧'河朔孟尝'这个侠风侠骨的称号。你们是'河朔孟尝'的儿女,当忍住哭声,擦干泪水,把悲痛压在心底,把忠义注进骨髓,要像你们的父亲那样切切实实地做人做事,坚韧不拔!若水,若湖,听你嫂子安排,接待前来吊唁的亲友和准备送殡所需的一切衣物,做好她的帮手;幼安、茂嘉,听郭叔的安排。当务之急,是正正当当、稳稳妥妥、朴朴素素地为你们的父亲送行。"

辛弃疾、范若水、辛茂嘉、范若湖点头应诺……

赵氏伸出双手,抚摸着眼前的女儿女婿的头颅,泪水滂沱。

八月十四日黄昏,"西湖浪子"由临安报丧返回,带来的讯息是听风楼主人"钱塘倜傥公子"王琚出游在外,踪迹不定。管家殷弘闻丧讯大哀垂泪,特于客厅设置祭堂,燃烛焚香,置庭院所植梅兰、菊桂、菱荷、水仙、杜鹃于祭堂前,率听风楼上下人丁遥祭"河朔孟尝"之英灵。特献皇室御库特制酒酿"宣赐碧青"三坛,为"河朔孟尝"送行。

辛大姑闻丧讯而大悲咽泣,于翠竹书屋摆设祭堂,燃烛焚香,折庭院竹枝、松枝、梅枝献于祭堂前,率辛府男女人丁遥祭"河朔孟尝"英灵,并遣侄儿辛祐之持自制白绫一匹,为"河朔孟尝"覆棺送行。

哀痛伤身,近于不支的赵氏在寝居内接见了奔丧而来、现时跪拜于眼前高呼"姑妈"的辛祐之。阔别七年,当年聪颖乖觉的幼童,此时已是英俊少年了。他是清正宰辅起季大人的嫡孙,与女婿幼安同辈,有兄弟之谊。爱屋及乌啊,她拉辛祐之坐在自己的身边,伸手抚之,寄托内心深处对已故起季大人的怀念和对辛大姑的感激。"西湖浪子"真切地、身临其境地禀报,使她心底生热。特别是赠以白绫、佳酿送行,使她心神激越,不能自已,致语侍奉在身边的女儿若水:"全家男女人丁,速聚庭院灵柩旁,迎接临安挚友族亲的殷殷深情!"

明月东升,清风轻拂,祭烛祭香点燃,为夜初清凉晶莹的月色增添了几分悲凄和沉重。范府男女人丁十数人,在郭思隗的安排下,忍痛衔哀地排列在灵柩两侧,赵氏由女儿若水、若湖服侍,落座在灵柩一侧的竹椅上。身着孝服的辛祐之在"蔡州呼延"的帮助下,展开一匹洁白无瑕的白绫,轻覆在灵柩上。灵柩在月光下更显得肃穆、庄严和洁白了。同时,辛弃疾、辛茂嘉伴着"西湖浪子"捧着王琚敬献的三坛佳酿"宣赐碧青"安置于灵柩之前。辛祐之、"西湖浪子"代表临安挚友族亲向范邦彦跪拜叩首,致"泪无干土,空有断云"之哀。灵柩两侧的范府男女人丁,一齐跪倒,向敬献"佳酿""白绫"的挚友族亲叩头答礼。赵氏朗然放声:"感谢挚友王公伯玉,感谢族亲辛府小妹。白绫覆棺,佳酿醉神,呈古礼之极致,尽'河桥不相送,江树远含情'千古壮丽的高山流水之谊。范郎人生如此,当含笑九泉。现时,薄棺已就,薄茔已成,不张哀乐,不宴宾客,哀痛无涯,薄葬将举,只是在等待我们的儿子如山从卢溪归来。湘西卢溪,隔山隔水,千里迢迢啊!"

望眼欲穿的八月十五日,赵氏盼望归来的儿子如山,仍然不见踪影。

闻风惊魂的八月十六日,赵氏等待归来的儿子如山,仍然音信杳无。

慈母慈心啊!赵氏愁云自拂,愁肠自解:官场铁律,身不由己,依礼孝守,须得上司恩准;县衙政务,亦需有个交代。古礼朝制,奈何不得。她决定在明日"头七"之日,遵照丈夫"薄葬"的嘱托,为丈夫送行。为了不惊动四邻八舍的亲朋,其送行时刻,当定于八月十七日清晨寅时。鉴于前几日吊唁时始料未及的状况,为提防意想不到的事件发生,她吩咐侍于身边的女儿若水,立即招来郭思隗、女婿辛弃疾、侠士"西湖浪子""蔡州呼延",就"送行"的各种举措细节,进行了仔细的商议安排。

八月十七日清晨,在东方发白的"寅时"时刻,为范邦彦送行的礼仪在"流溪修竹"门前展开了。范邦彦的灵柩,已安置在一辆马车上。车是平日运粮运柴的平板车,四周已被白菊黄菊环绕;马是范邦彦平日的坐骑"火焰神骏",此时马颈四周不再玉珂闪亮,而是一圈沉重的黑纱,其气概神情,已消失了腾空凌云的风采,呈现出衔悲含恨的苍凉;马车灵柩左右,由头戴白色幅巾的"西湖浪子""蔡州呼延"等六位侠士护卫,浓重了侠情侠义的悲壮;马车前是身着白色孝服、头戴白色幅巾、双手举擎着灵幡的辛弃疾。因妻兄范如山未归,他以"女婿半子"的民俗民规承担着这庄严的古制。其神情状态,更浓重了此刻的哀痛。

马车之后,是坐在一副简制"抬椅"上悲痛交加、形容憔悴的赵氏。在昨夜有关"送行"事项的计议中,赵氏执意要为丈夫送行,众人念其这六天来悲痛过度,几近不支,不宜再度操劳而劝止,其女儿若水、若湖及儿媳张氏劝止尤甚。赵氏含泪哀求:"遂我心愿吧,难道要逼我同你们的父亲同行!"女儿、儿媳惊骇,遂同意其去墓地送行。郭思隗依民间习俗决定,连夜制作简易"抬椅"遂赵氏之愿。此时由壮年家丁二人负重担当,由女儿若水、若湖、儿媳张氏、族侄辛祐之护卫,更为这"送行"的行列增添了几分悲壮。"抬椅"之后,是范府男女人丁数十人,皆着白衣白袍,白色幅巾,怀抱白菊花束,闪动着一股抗霜驱露的刚毅豪气。

此刻,郭思隗举手向负载灵柩的"火焰神骏"发出了行进的信号,"火焰神骏"以悲凄的萧萧嘶鸣声启动了"送行"队列。

这悲凄悠长的萧萧嘶鸣声,意外地惊动了四邻八舍的亲友,人们推开门窗,发现默默行进的"送行"队列,凄然泪下,纷纷整装出门,加入这"送行"的队列。当"送行"队列走出京口城时,加入的人数已逾三百。加入者多为青壮汉子、青衿学子,亦有耄耋长者、老妪妇孺、官府军营吏卒。"抬椅"上的赵氏看在眼里,泪流不止,陡觉冰冷的心胸骤然生暖生热了。及至送行的队列穿村过堡、渡河爬坡,走完二十里行程,抵达石柱湾高原,时近午时,"送行"队伍已达五百有奇。新增者有农夫农妇、渔人织女、乡间士绅、潦倒士人。方圆三亩大的墓地,被五百多位衔悲含泪的送行者跪拜围绕,呈现出石柱湾从未有过的悲壮辉煌。

此情此景,哀天哀地啊!石柱湾高原,云雾滚动,晴空转阴,风声呼啸,连高原下的长江波涛也传来了低沉的轰鸣声。范邦彦的薄葬按照燕赵乡野民间简陋朴实的仪式进行,没有挽幛排列,没有祭烛祭香,没有牲畜币帛祭品,没有"漫天悲,伤怀吊"盖棺论定的悼词,只有墓穴前由女儿、儿媳搀扶的赵氏和高举灵幡跪拜的辛弃疾。

哀痛伤心伤身的赵氏神奇地焕发出了英气浩荡的风采,放声为丈夫送行:"范郎走好!五百多位亲朋挚友都在为你送行,这不就是千古不朽的'盖棺论定'吗?走吧,怀抱着遗憾走吧!历史上的贤人、哲人、义士、侠客,不都是带着遗憾离开这个人世的吗?范郎走好!"

墓穴四周的人群,发出了阵阵衔悲含泪的送别声:

范公走好!

通判大人走好!

"河朔孟尝"走好!

在哀漫石柱湾高原的送行声中,辛弃疾、辛茂嘉、郭思隗、侠士、侠客多人,礼送范邦彦的灵柩落入墓穴,辛弃疾安放承载着范邦彦侠肝侠胆的灵幡于灵柩之上。五百多位肃穆成队的送行者依次用双手捧起黄土撒入墓穴,向范邦彦献上了"入土为安"的尊敬和思念,垂泪咽泣,频频回首向高原下走去。

时至申时三刻,送行的人群中最后一位满头白发、身弯背驼、步履沉重的老者,双手捧起黄土,抛入墓穴,屈膝跪倒,放声致哀:"悲歌击筑,情恸江湾高原,众望所归。此范公近十年来默默耕耘京口之所得。'河朔孟尝'英灵不朽。"

好熟悉而凄苦的声音!此何人?是神医,是陈公师尹,真是因范郎之殇一夜之间白了华发,弯了腰身,蹒跚了脚步的"活菩萨"啊!赵氏心神战栗,气噎喉嗓,霍地从"抬椅"上站起,推开女儿若水、若湖的手臂,扑向跪拜伏地的陈师尹,话语哽咽而出:"大恩难谢,情深无语,范郎感谢神医,范家男女老少感谢陈公天高地厚之恩德。陈公年事已高,不宜在此地久劳。幼安,茂嘉,若水,若湖,快扶你们的陈叔落座'抬椅'至高原下崇德山镇歇息!"

陈师尹在感激谢拒中,被辛弃疾、辛茂嘉、范若水、范若湖请上"抬椅",由范府两位侠士负责保护向高原下崇德山镇走去。

堆土成冢,冢高五尺。郭思隗率两位中年石匠抬出一座墓碑至墓前。其墓碑青石质地,高为五尺,宽为三尺,厚为八寸,上镌刻有"范公邦彦之墓"六个大字。两位中年石匠或已知"河朔孟尝"之英名,或曾受"京口通判"之恩德,他俩跪倒于墓前,凄然洒泪,三次叩首。依碑行传统之制,初立石碑于墓前,供家人审视祭拜,遂默默拭泪至墓茔右侧三十步处,待家人礼成离去,再行"砖石固碑"之举。

赵氏手抚墓碑而大恸,泣咽失声,泪流不止。

郭思隗率领范府男女人丁十数人跪献白菊花束于墓茔前。"西湖浪子"偕"蔡州呼延"、辛祐之捧来三坛佳酿"宣赐碧青"敬洒于墓茔之前,礼成了范邦彦"薄棺薄葬"的遗言。

亲人们凄然地离开了墓地,独有几天来一直沉默寡言的辛弃疾跪伏于青冢前,抚摸着青石墓碑不肯离去。范若水知辛弃疾块垒堵心,征得母亲点头,返回墓地,为她的辛郎做伴。

清风咽泣,月色含悲。高原下长江波涛的呜咽声,更浓重了这黄土新冢的苍凉孤独。辛弃疾在妻子的陪伴下,凝望着青石墓碑。七天来淤积于胸中的哀痛苦愁骤然间化作喷发的泪水而流淌,岳父的形影迭次地浮现在月色朦胧、泪水汪汪的眼前。

壮矣哉!谋道忧道,以道自负,质直好义,虑及黎庶,持杀身成仁之理念,具舍生取义之胆略,闻于河朔,闻于江南。这种亦庄亦谐、亦柔亦刚、亦侠亦儒的形影,构成了范邦彦高蹈轻扬的灿烂人生,在辛弃疾心中镌刻了永不磨灭的印记。可三天来,在"流溪修竹"凄苦的听闻是:近一年来郁郁徘徊于室内的形影,踽踽登临北固山中峰的形影,默默伫立峰顶西顾北望的形影。辛弃疾的心中,腾起了一股欲炸欲裂的痛苦、愤怒、不安和无奈。他隐隐地感觉到一股妖风疠气起于高阁园林,将袭于城乡丘壑的艰危峻险。特别是月夜三更高声吟诵的辞世谶语:"明月清风,山靡水冷。梦兮何如?天知地知。"不就是这种妖气疠气将临将至的预言吗?辛弃疾悲愤欲绝,和泪而低吟:

宝玦谁家子?长闻侠骨香。

堆金买骏骨,将送楚襄王。

范若水知道这四句含意深沉的短诗,出于唐代诗坛鬼才李贺的笔下,针砭政坛之诡诈荒诞。楚襄王平庸孱弱,毕竟不是识旷世之才。以百里奚、蹇叔为谋臣,励精图强,遂成春秋五霸之一的秦穆公;也不是重用孙叔敖、整顿吏治、灭庸攻宋、陈兵周郊、大败晋军,遂成春秋五霸之一的楚庄王;更不是高筑黄金台、重金购骏骨、招纳贤士、发奋图强的燕昭王。世情荒谬,政坛乖戾,夫复何言。她咽泪低吟,吐诉心中的悲凄,并宽慰她的泪水漫面的辛郎:"骏投所非,犹闻骨香;士依所非,徒增凄凉。战国时代四大公子之一的孟尝君田文,其父田婴为齐威王少子,出任齐相,封地于薛。田文袭父荫亦居相位,广募天下之士,门下食客数千,上得专主,下得专国,强齐之势,名闻诸侯。齐闵王嫉其所为,遣入秦为质。孟尝君以其征战方略,赢得秦昭王的赞赏,欲以为相。秦庭群臣疑之,谗臣攻之,秦昭王遂令驱之,复令追杀,孟尝君赖门客有鸡鸣狗盗之技逃离出关而返齐;齐闵王畏其才智、民望、慷慨士风,意欲除之,孟尝君闻风而逃离至魏,为魏昭王相,合秦、赵、燕四国之力以破齐,声名远震。齐襄王立,惧其才智而羁养于封地薛,晚年凄凄而卒于居薛之所。其陵墓坟茔,不也是一堆黄土吗?"

辛弃疾悲愤烧心,在烧心的愤懑中,迸发了热血沸腾的豪情。他为妻子拭去泪水,慨然语出:"并将儿女泪,一洒青石碑。碑披文以相质,铭博约而温润。当下,我们之所能,只能如此了。"

辛弃疾忽地站起,向墓茔右侧三十步处的两位质朴淳厚的中年石匠走去。辛弃疾在两位质朴淳厚的中年石匠的帮助指导下,跪立青石墓碑前,以镌凿、镌锤、镌簪、磨头等工具,于青石墓碑额面,镌刻着心底血凝的铭文。

镌声喤喤,石火飞溅。四行铭文完成了。清风骤然而平静,明月西垂而辉煌,高原下长江汹涌的波涛似乎也收拢了喉嗓。辛弃疾后退十步之遥,默默凝视着用全部热血情感镌刻的铭文,似乎在审慎字里行间才所不及、字所不足的遗憾;两位石匠全然为这首言简意赅、情深义重的四句铭文醉迷了。范若水撕下衣袖,用心精细地擦拭着四句铭文中残存的粉石泥沙,神情汲汲而激越。辛弃疾趋步向前,与范若水相拥而泣。夫妻双双咬破手指,以鲜血灌染镌刻的铭文,在皎皎月光的照映下,四行闪烁着红色光芒的铭文,凸显在墓碑额面,热血之光直逼宁静的夜空:

清风明月,望断河朔。

魂兮远去,乾坤泪多。

月色骤然黯淡了,清风骤然悲凄了,辛弃疾、范若水跪拜于墓碑前,泪湿黄土。两位石匠含泪从工具箱中取出特制的银白色漆汁,用银白色的毛刷精细地护敷于血染的四句铭文上,以防雨、防风、防尘、防腐,以期永垂不朽。

高原下一层沉甸甸的江雾骤然从长江江面腾起, 掩没了长江的浪声涛声,在江湾上面,化作乌云翻滚,遮蔽了月光,遮蔽了黎明的东方白,把"哗啦啦"的倾盆大雨洒向江湾,洒向高原。一夜沉默无语的两位质朴淳厚的镌刻墓碑大师,同声发出了震撼人心的呼号:"'魂兮远去,乾坤泪多!'人哭了,地哭了,哗哗的倾盆大雨——天哭了。'河朔孟尝'不朽!"

倾盆大雨中,辛弃疾、范若水和两位质朴淳厚的镌刻大师,护卫着这座"血染铭文"的墓碑。

八月十八日入夜戌时,大雨停歇,神情愈显憔悴的赵氏在寝居内召见了女儿范若水和女婿辛弃疾:"大事已了,你们该回滁州。明天就走,别在这里凄凄度日!"

辛弃疾微微摇头,范若水扑在母亲的怀里哭了。

赵氏手抚着女儿,声音也有些哽咽了:"你们的父亲临终前仍在为幼安操心啊!他殷切期望真的有那么一天,幼安能率领精锐之师,东出齐鲁,挥师河朔,成就北伐之伟业。希望愈切,爱之愈深啊,这两年来,他时时刻刻都在为处于风口浪尖的幼安操心。当下朝廷荒诞的忠贞去位、奸佞弄权,更增添了他心头的忧虑。他频频登临北固山峰顶,北望西顾而长吁短叹。'北望'所思者,故乡河朔和沦陷于金兵铁蹄下的父老兄弟、姑嫂姊妹;'西顾'之所思者,离开宰辅之位而返回故乡隆州、充任四川宣抚使的虞公。他仰天喟然而高吟:古往今来,在特殊的历史风云激荡中,上苍眷念天下黎庶,总会推出一位英烈睿智的人物来完成这个时代的转换。古之姜尚、商鞅、张良、魏徵可鉴。今之姜尚、商鞅、张良、魏徵何在?身在偏远巴蜀的虞公。今后国运之所系,将决定虞公的祸福。虞公得福,则国运昌强;虞公蒙祸,则国运式微、毁灭。"

范若水停止咽泣抬头,泪眼望着神情凝重的母亲,辛弃疾神情肃然,眸子闪着泪光……

赵氏从身后取出一只五色斑斓的彩缎锦囊，话语更显肃穆沉重了："这只锦囊，是我用幽州织锦的五色碎片缝制的，是你们的父亲随身携带的心爱之物。他近日'北望''西顾'所思之安排，全珍藏在这只锦囊里。'西顾'巴蜀，云遮雾掩，音信难得，朝廷不会以实情告知，幼安居边地滁州，状若聋哑，这锦囊之内，你们的父亲已筑就一条音信可通之路，具体安排，一望便知；'北望'河朔，前景可期，锦囊内有你们父亲莫逆之交数十人，或为学界硕儒，或为江湖领袖，或为商界陶朱公，或为乡野山林好汉，皆有登高一呼，风云震动之力。来日幼安兵出齐鲁，挥师河朔，这班忠信智勇之士皆可为援。幼安，范郎此生，以得你为婿而感到骄傲，他能帮助你的，也只有这些了。带着这只锦囊回滁州吧，滁州需要你，滁州的黎庶需要你，滁州那支'教民兵'的兵马需要你，在搏击风云中，坚定不移，勇往直前，慎之又慎，这也是你们'魂兮远去'父亲的嘱托啊！"

辛弃疾猛地跪倒在赵氏面前，接过锦囊，泪水滂沱，叩头语出："谢父亲赐教，遵母亲训诲，弃疾当于今夜返回滁州。若水、若湖、茂嘉当留在母亲身边，以待如山兄从卢溪归来。这样，弃疾胸腔中的这颗心才能稍为安静啊，请母亲恩准！"辛弃疾语毕，叩头不止。

赵氏为辛弃疾"叩头不止"而感动，急急语出："准！准！我准了！若水留下，若湖留下，茂嘉留下，让小侄祐之跟着你回滁州！"

辛祐之闻声跪倒在辛弃疾身边，向赵氏叩头辞行。

赵氏似已精疲力竭了，喃喃而语："你俩回滁州吧，我累了，要歇息了。"

辛弃疾、辛祐之向赵氏叩头跪拜离去。

赵氏闭上眼睛，泪水从眼角流出。

是夜三更时分，范若水、范若湖、辛茂嘉在"流溪修竹"门外，望着辛弃疾和辛祐之飞马向滁州驰去。

八 卷地西风

八月二十一日傍晚,辛弃疾偕辛祐之返回滁州城。在驰骋的马背上,他心神不安地挂怀着滁州府衙关于援助六合县衙"教民兵"事务的落实、西涧屯田的秋收和皇甫山兵营单兵刀枪剑戟搏杀比赛组织事务的进展。在抵达宅舍安置辛祐之沐浴歇息之后,更急急奔向府衙召集通判范昂、推官杨信、司户陈驰弼、司兵燕世良于府衙厅堂询查了解。得到的回应是杨信、陈驰弼、燕世良神情低沉的无语。范昂神情苦涩地从怀中捧出一份由朝廷吏部标签的函件,他接过函件抽出笺纸一览,几行工整的文字赫然闯入眼帘:

乾道八年丁酉辛丑,遵御札示:调滁州府通判范昂入朝,另有差遣。

辛弃疾神情一振,胸中热潮腾起:一件转任的"调令"啊!范公任满四年而"待转"两年之后始得此"转",当祝当贺啊!他再次把目光投向调令,赫然刺目的字里行间,呈现出一种令人费解的疑惑,雷电霹雳般地震撼心神:"调令中'遵御札示'四字惊心啊!朝制煌煌,吏部掌文武官员的试选、差遣、资任、叙迁、荫补、考课等事务,州县通判一级官员的调动升迁,无须内批御笔。'遵御札示'四字表明,调范公入朝之事,可能出现纷争,最终只能圣上御批奏札诏定。可这纷争的双方是谁? 谁主范公入朝? 谁了解范公? 谁赏识范公的品德才智？在朝廷大员中，不就是前不久就任户部尚书的叶梦锡吗？调令中'另有差遣'四字惊魂啊！今日朝廷，团团伙伙，'另有差遣'四字，就人事纠葛而言，斗争似仍在继续；就范公而言，是福是祸，吉凶未卜啊！京口知府刘刚、镇江军帅戚方蒙冤遭贬的荒唐悲剧蓦地升上心头。调令中接替通判一职的人选，只字未提，更是违其常例的诡谲怪诞！诡谲者，熟悉滁州民情事务，且才识卓著、任期亦满四年的推官杨信、司户陈驰弼、司兵燕世良都被排除在外；怪诞者，难道接任滁州府通判一职的人选也在纷争之中？也在等待着圣上的'御札示'？诡谲殊形啊，真怕有若当今京口知府何之奇、镇江军帅陈寿庆这般靠吃祖宗饭食、穷奢极欲的衣架饭囊之徒通判滁州啊。"

辛弃疾的心神突然感到不寒而栗，一种荣耀的"奉诏入朝"的喜悦却衍生出"断臂失助"的苍凉。这种苍凉，势将笼罩这旭日东升、方兴未艾的滁州府。他希望这种惊扰的苍凉，只是政坛弱者"杯弓蛇影"的敏感，遂急声询问："此调令何日送达？"

推官杨信、司户陈驰弼、司兵燕世良默然。

范昂急声回答："五天前，吏部差官等三人飞马送达。"

"吏部差官还带有别的诏令、文书吗？"

范昂摇头。

"府衙同僚有何反应？"

范昂回答："辛郎奔丧京口，此调令尚未传达群僚。但吏部差官随员似已透漏消息于众，人心呈惶惶不安之状。"

"吏部差官还有何训示？"

范昂回答："差官训示：奉诏入朝，不舍昼夜。"

辛弃疾暗暗萦绕于心头的那丝"杯弓蛇影"的敏感隐去了，遂以坚定明快的决断，发出了振奋人心的呼号："差官训示极是。'奉诏入朝，不舍昼夜'，乃臣子本分。此调令表明：'遵御札示'的时间为'丁酉辛丑'，也就是八月五日。今天是八月二十日，已过十五天之久，不可再迟延了。我们当以滁州府特有的风采为范公送行！明日午时正点,在奠枕楼举行全城街坊里正、社会贤达、屯田管事协办、回归流散人集会,宣扬圣上'御札示'天高地厚的恩德,彰显范公六年来献身滁州、以德敬民、以勤抚民、清廉勤恳的品德,特别是近两年来搏击滁州风云中披肝沥胆、披坚执锐、披荆斩棘的丰功伟绩,并请范公对今后滁州的建设事务做畅所欲言的叮嘱。"

声若雷霆乍响,势若马啸生威。如此辉煌送别,在滁州府闻所未闻,见所未见。特别是聚会奠枕楼,别开生面啊!杨信、陈驰弼、燕世良一时惊呆了;范昂睁大了眼睛,呆滞了目光,蒙瞪了。

辛弃疾朗声再起:"范公及嫂夫人皆文雅之士,不习鞍马。滁州距临安千里之遥,若以步量山川,虽能耐得汗流浃背、脚板流血,难免不会因'旷日持久'辜负圣恩而招惹罪愆,也是我等滁州府官员的荒疏和失职。为确保范公早日安抵临安,叩见圣上,当从皇甫山兵营抽调雄兵健勇数人,护送范公及其夫人前往,诸公以为如何?"

别样的护送,深情的护送,雄兵健勇的护送,在滁州历史上不曾有过,在当今官场也不闻先例!杨信、陈驰弼、燕世良都是科举出身,都有着"马思边草拳毛动,雕眄青云睡眼开"的敏感情怀,他们都为辛弃疾这种铁马云雕的侠情吸引了,感动了,钦佩了,同声叫好!

辛弃疾拱手语出:"谢推官杨公,谢司户陈公,明日午时正点的奠枕楼送别会,请两位大人组织实施。我的要求是简朴、炽热、隆重！"

推官杨信、司户陈驰弼同声应喏。

辛弃疾向着司兵燕世良拱手语出:"司兵燕公,护送范公的雄兵健勇请你抽调安排。范公的行程,当由陆路转水路为妥。陆路车行扬州,在我把握之中,扬州水路乘船是早日抵达临安的关键。我的要求是安全、快捷,让我们的范公少受罪。"

燕世良拱手回答:"遵知府辛郎示。今晚我将飞马皇甫山兵营妥加安排,保证范公及其夫人水陆行程安全、快捷、少受罪！"

辛弃疾拱手致谢放声："明日晚上,我在客舍设宴,恭请三位大驾光临,同为范公及其夫人送行!"

范昂感动了,惊骇了,急急拱手语出:"这万万不可。特别是派兵护送一事,范昂担当不起,若为朝廷官员知晓,惹是生非啊。"

辛弃疾紧紧握着范昂的双手,高声劝慰:"范公放心,我等如此所作所为,全然是大力宣扬圣上'选贤任能'的恩德啊!"

杨信、陈驰弼、燕世良同声应和,拥着神情惶恐的范昂。

会说话、会办事的陈驰弼,以其聪明才智,以精巧组织,在短短半天内,完备了这个送别集会的简朴、炽热和隆重。

思虑精细、出语缜审的杨信,在与街坊里正、社会贤达、回归流散人员的接触中,为防止官场旧的礼仪迎送的妖风邪风再起,更名这次"送别会"为"知府有要事协商会",并以此增强"范公奉诏入朝"的突然性和震撼性。在与西涧屯田管事、协办、回归流散人的接触中,了解他们的生活、精神状态,巧妙地暗示了通判范公将"奉诏入朝"的讯息。

作风硬朗、行动果敢的燕世良,借着月色,单骑飞马皇甫山兵营,向兵营教习温皋、开赵转达了通判范公"奉诏入朝"的喜讯,并高调转达了辛弃疾以雄兵健勇护送通判范公从水陆两路进入临安的决定,得到教习温皋、开赵欢欣鼓舞的赞同。

八月二十一日午时的滁州奠枕楼,呈现出建楼以来不曾有过的神韵风采。三层顶楼回廊环绕的大厅里,近百张竹制座椅分十数排列置,每排座椅前置长条竹案,依往日府衙议事例,竹案上置茶点及时令水果,以饷与会者;大厅上端右处,有奠枕楼乐班琴弦箫管排列,乐手歌手倩男靓女庄严以待;大厅左右回廊窗扉敞开,秋风入内,带来了远处山峦清泉绿树的清爽和金色田野稻米果蔬的芳香,吹响了奠枕楼乐班倩男靓女平日迎接四方商旅游客的歌声《声声慢·征埃成阵》:

征埃成阵,行客相逢,都道幻出层楼。指点檐牙高处,浪涌云浮。今年太平万里,罢长淮、千骑临秋。凭栏望,有东南佳气,西北神州。 千古怀嵩人去,还笑我、身在楚尾吴头。看取弓刀、陌上车马如流。从今赏心乐事,剩安排、酒令诗筹。华胥梦,愿年年、人似旧游。

在歌声中,辛弃疾、范昂、杨信、陈驰弼、燕世良列阵于大厅门前,恭迎街坊里正、社会贤达、西涧屯田管事、协办、回归流散人代表和皇甫山兵营教习温皋进入大厅,引得左右回廊游客蜂拥而至,一下子炽热了这个聚会的新奇和隆重。

这首迎接与会者进入大厅的词作《声声慢·征埃成阵》,原是奠枕楼落成时辛弃疾和韵答谢友人李清宇的即兴之作。他是奠枕楼的创建者,有着强烈的、特殊的思绪情感。檐牙高翘、上接云天的雄奇壮伟,表达了登楼远眺的心头欢畅;远山如黛、遍野金黄、"征埃成阵,行客相逢"的雄阔秀丽景观,展现着"罢长淮、千骑临秋"的边境安怡;他在"东南佳气"帝业中兴和"西北神州"中原沦陷喜哀交织的"忧思"中,抒发着故国情怀。他想到唐代文宗(李昂)朝贬任淮南节度使的李德裕和李德裕在滁州城此处建造的怀嵩楼(今时称北楼)。怀嵩楼,或取意不忘"安史之乱"中原失陷的哀痛,或取意当时诺诺朝廷、愕愕难进,欲归陷嵩洛之无奈,或取意栖居滁州三载的骄傲念记啊!天意难料,怀嵩楼的落成,确为命运坎坷的李德裕带来了难得的机遇。唐文宗开成五年(公元840年),皇帝李昂薨,其太弟李炎继位,时年二十七岁,颇具改革朝政时弊之志,贬居滁州的李德裕奉诏入朝,出任宰执,在李炎的信任支持下,锐意改革,大胆决策,在与文宗朝遗臣兵部尚书平章事牛僧儒、中书舍人李宗闵的激烈斗争中,以霹雳手段,在短短五年之间,消弭了由穆宗(李恒)、文宗(李昂)二十多年来形成的"藩镇之祸"。他调遣雄武军将领率师进入幽州,平定了卢龙军将领张绛的叛乱;他调遣天德行营副使石雄进军胡山,平定了回鹘割据;他调遣成都军节度使王元逵为北面征讨使,调遣魏博节度使何弘敬为东面征讨使进军潞州，平定了昭义节度使刘稹的叛乱，并在内政官俸、边库、税赋、榷麦方面有所建树。演出了晚唐历史上罕见的、横空震撼的、青雷紫电般的辉煌。在这晚唐回光返照的辉煌中的会昌五年(公元845年)，皇帝李炎薨，其皇太叔李怡继位，改名忱，朝政变更，牛党得势，牛僧儒、李宗闵权倾朝野，消弭"藩镇之祸"的李德裕遭贬崖州司户而病卒。

"千古怀嵩人去"至今已三百多年，但他建造的怀嵩楼已成古物北楼依然存在。这座"楚尾吴头"的滁州城，也在苦风愁雨、烽烟战火中度过了三百多年，而今呈现出"弓刀陌上，车马如流"的繁荣景象，谈何容易啊!但愿这一切，都如同《列子·黄帝篇》所载："黄帝昼寝，梦游华胥之国。"物阜民康的"华胥梦"年年繁荣，"人似旧游"。

《声声慢·征埃成阵》一推出就赢得了滁州城各层士民的自豪和热爱。特别是一群青春焕发的侠义学子，竟狂热地以东汉王粲的《登楼赋》和南朝鲍照的《芜城赋》目而颂之。经过奠枕楼乐班琴弦箫管、倩男靓女的演奏高歌，更是声名远播，已成为滁州城至高至尊的象征。此刻新楼大厅近百位与会者和左右回廊隔窗观望的游客，也都陷入这种声情并茂怡情愉悦的享受中。

与会者进入大厅落座了，管弦歌声停歇了，陈驰弼神情肃穆庄重地向与会者深深一躬，道出了这次聚会的开场白："'华胥梦，愿年年、人似旧游。'此我们滁州物阜民康的兴旺情景啊!在此物阜民康的兴旺情景中，我受知府辛弃疾大人的委派，向诸公诸友禀报，我们敬重的通判范昂大人，就要离开我们滁州，就要离开我们滁州数十万黎庶百姓了。"

意外的震惊，茫然的震惊啊!大厅里的与会者都目瞪口呆地僵住了:不是要"商议政务"吗?怎么变成了"通判范昂离去"?难道任满四年、"待转"两年的通判范公也被停止了"待转"?这公平吗?他们把惶惶的目光投向对面端坐一排的府衙官员:知府辛弃疾的神情似乎比往日凝重了许多;推官杨信的神情似乎比往日更显肃穆了;司兵燕世良的神情似比往日多了几分威严;通判范昂的神情似比往日多了几分沉重。连大厅一侧乐班的倩男靓女和左右回廊窗外的游客也都凝重了神情,屏蔽了声色。

陈驰弼的话语似乎一下子变得急切激越了:"风月冷淡啊!我们的通判范公,在前滁州知府徐进因循苟且、无作无为的四年里,以通判处境艰苦尴尬,献给滁州黎庶百姓的,是以德敬民的忠诚,是勉为其难的担当,是朴实真切的实干苦干,是米粥薯蔬的同甘共苦。"

情理之中的震撼啊!大厅里的与会者鼻酸了、心颤了、泪珠闪光了。他们抬头泪眼蒙蒙地望着对面的通判范公,那熟悉的为民胼手胝足的身影,那为民捣土筑屋的身影,那为民形容枯槁的身影,一桩桩、一件件浮现在眼前。

陈驰弼的声音似乎一下子变得慷慨壮烈了:"春雷惊蛰啊!知府辛弃疾驾临滁州,'薄税赋、招流散、教民兵、议屯田'十二字施政方略问世。风云激荡,山川震动,万众欢腾,四邻注目。我们的通判范公,也在这春风荡漾中变得年轻了,容光焕发了,才情智慧爆发了、展现了。在这默默'待转'的两年里,成了当代奇才、官场闯将,知府辛弃疾名副其实的肝胆搭档、忠勇助手。在'薄税赋'民免追叫之苦、吏逃稽绥之愆的艰苦实施中,展现了夙夜匪懈的严肃认真;他的汗水心血变作春风化雨,滋润着今日滁州'惯听禽声应可谱,饱观鱼阵已成排'的春色满园啊!"

陈驰弼的话语在大家心头掀起了温馨炽热、艰离难舍的波涛:送往何处?别往何方?难道通判范公两个年头功绩赫赫的"待转"真要"转"到"落职"的悲凄下场吗?大厅里出现了瘆人心神的宁静,连大厅一侧乐班的倩男靓女和左右回廊两侧窗外观赏的游客似乎都凝住了呼吸。几位年轻气盛的街坊里正、社会贤达、屯田协理、回归流散者,相继发出强烈的、震动大厅的呐喊:"请问司户大人,我们今天为通判范公送别,是转任?是落职?还是贬逐……范公要离开滁州,何原何因?'转任'何处?'落职'何故?'贬逐'何罪……朝廷对范公今后做何种安排?是停止'待转'?是罢官革职?是异地安置?还是放归故里?"

……

138

在几位年轻与会者争相更为激烈的提问中,杨信忽地站起,轰然放声:"滁州风云,龙腾虎跃啊!我们今日聚会送别,是要把我们的范公送往临安,送进朝廷,送到圣明天子的脚下。"

雷声霹雳啊!争相诘问的青壮提问者意外地瞠目结舌僵住了,大家屏声息气,一时惊愕而喜上眉梢。连大厅一侧乐班的倩男靓女和左右回廊窗外观赏的游客也都绽露出茫然的笑容。

杨信从怀中取出吏部信使送来的调令,高高举起,侃侃语出:"这是朝廷吏部信使送来的朝廷调令,我高声恭读三遍,请诸公诸友听真:乾道八年丁酉辛丑,遵御札示:调滁州通判范昂入朝,另有差遣。"

杨信对朝廷调令的三遍恭读,消除了大家心上的委屈、沮丧、压抑和愤怒,如坐春风般地回归了心灵中勃发的热情、自信、骄傲和尊严。他不失时机地喊出了大家勃发而起的心声:"这'遵御札示'发出的调令是圣明皇帝亲自御批的旨意啊,不唯是范公恩遇之大喜,更是我们滁州府数十万黎庶百姓的荣耀。今后临安朝廷议事,也会有来自我们滁州官员的声音了。现在恭请我们敬重的通判范公对滁州今后的搏击风云,做临别前最重要、最切实的叮嘱!"

大家"哗啦"一声站起,几乎是同时举起桌案上的茶杯,似在举酒欢呼,向范公致敬;大厅一侧乐班的倩男靓女和左右回廊窗外观赏的游客,几乎是同时热烈鼓掌祝贺。

此时的范昂确已是心潮沸腾,激情难耐。泪眼蒙蒙,举步有些蹒跚,在知府辛弃疾、司户陈驰弼、司兵燕世良的拥护下,走向高举茶杯欢呼祝福的与会者,向眼前渐渐沉静的诸公诸友发出激情颤抖的心声:"难忘滁州府爱我养我的衣食父母;他们宽厚地原谅了我六年来施政中才智不足的过错和失误;难忘六年来同甘共苦、帮我助我的友朋同僚,他们诚挚热情地校正了我施政中粗枝大叶、闲心不专的错误过失;难忘知府辛弃疾,他以'薄税赋、招流散、教民兵、议屯田'的十二字施政方略,搏击滁州风云。在艰难困苦的实践中,他以心血汗水、才智谋略、钢铁意志、霹雳手段除旧布新、移风易俗,使我们滁州田野丰收、市场兴旺、村舍人欢马叫、兵营战马嘶鸣——三千'兵民成军',坚挺起我们滁州坚强雄武的英姿。短短两年时间,我们滁州府已呈现出春风化雨、春色满园的勃勃生机。知府辛弃疾是圣上赐恩滁州的,'十二字'施政方略是圣上诏准的,今日朝廷这道'遵御札示'的调令也是英明圣上诏定的,更是英明圣上对知府辛大人和'十二字'施政方略再度的恩准赞许啊!我要三呼'圣上万岁'!我要永生永世感念圣上的恩德!圣上的恩德千秋万代,天长地久!我就要离开滁州了,我无才无技以报诸公诸友送别之情,只能'借花献佛',借知府辛郎之词作向诸公诸友致谢。奠枕楼乐班才艺双全的倩男靓女们,请为我奏一曲《鹧鸪天》。"

乐班高声应诺,大家鼓掌欢呼。乐曲响起,通判范昂尽其所能,虔诚而歌:

　　扑面征尘去路遥,香篝渐觉水沉销。山无重数周遭碧,花不知名分外娇。　人历历,马萧萧,旌旗又过小红桥。愁边剩有相思句,摇断吟鞭碧玉梢。

精巧玲珑,别具千古。辛弃疾这首词作所营造的耐人回味的情境和动人思念的情感,不也映衬出此时此刻的情景吗?那征尘遥远、周遭山碧、无名花娇,不也展示着人们回味中炽热的情感吗?那"人历历,马萧萧"征人形状和"王孙游兮不归,春草生兮萋萋"愁边相思,不也触动着此时此刻思绪的无奈吗?通判范昂与知府辛弃疾毕竟是心心相通的。

一曲二唱,奠枕楼乐班的倩男靓女放喉高歌了。诗无达诂,词亦无达诂,倩男靓女们毕竟是声乐上的行家里手,记忆力极强,有着一听就会的杰出才能,在当前特定的气氛中,他们更着意着力于周遭山碧、无名花娇、"旌旗又过小红桥""摇断吟鞭碧玉梢"的渲染与夸张,歪打正着地抬高了大厅里的热烈气氛,淹没了"愁边剩有"的默默相思。

一曲三唱,大家受到奠枕楼乐班倩男靓女歌声的感染,立刻加入了欢送范公的合唱;左右回廊窗外的游客,聆听人们对范公的赞扬,敬仰范公的为人,更庆祝范公是被英明皇帝亲诏入朝,大快人心,人心大快,也放喉加入了这震撼奠枕楼的歌唱。

大厅里,辛弃疾、杨信、陈驰弼、燕世良拥着范昂,向奠枕楼放声歌唱的人们颔首致敬。

是日午时正点奠枕楼上的送别会在热烈沸腾的气氛中谢幕了。

是日酉时三刻辛宅餐厅的送别会在深情依依中开始了。

酉时三刻的辛宅庭院,因范若水及辛茂嘉、范若湖留在京口而显得空旷冷清,中秋节后下弦月的月色似乎褪去了透亮的晶莹,更浓重了辛宅庭院的空旷冷清。餐厅旁那株在呼啸秋风中摇曳着枝条的衰柳,似乎在搅动着淡淡的月色,衰柳枝头入秋的寒蝉,苦吟着严冬将至的哀歌。风声蝉声从窗扉屋隙闯入辛宅空旷而毫无装饰的餐厅,触动着餐厅四壁点燃的蜡烛,烛光跳跃闪烁地照映着一张餐桌上摆置的粗瓷、木制餐具,忽而停止闪烁跳动,似乎在增强光度照亮着餐桌上滁州传统美食中几样顶尖的美酒佳肴:滁州徽宗御酒、滁州雷官板鸭、滁州管坝牛肉、滁州梅市咸水鹅、滁州女仙湖大闸蟹、滁州来安春卷、滁州凤阳雪片糕。餐桌上席就座的范昂及其夫人叶荃,左右四席就座的杨信、陈驰弼、燕世良和温皋,都似乎一下子注目于这些近年来传统美食中大放光彩、驰名市场而鲜知其味的美酒佳肴。他们都把目光投向居于末席的主人辛弃疾。此时,充任司酒的辛祐之捧坛斟酒,引起席间人们的关注惊诧:十四五岁的年龄,彬彬有礼的气质,形容上尚存有稚气,眸子中闪现着灵气,斟酒举止轻捷有度。此酒童来自城中哪个酒家耶?当得知这位酒童乃辛弃疾族弟,前朝廷执宰辛次膺之嫡孙,并遵照清廉耿毅宰执辛老生前"以兄为师"的遗训前来滁州,将投身皇甫山兵营时,席间的气氛一下子活跃了许多。爱屋及乌啊,人们以对清廉耿毅辛老清廉公正、耿直敢言、力主北伐的尊敬与爱戴,惠及其嫡孙,称赞之、关切之、爱抚之,特别是叶荃执祐之之手,抚祐之之额,抱祐之之肩,怜爱有加,展现了女性特有的情绪,席间骤然呈现出浓浓的温馨之情。辛弃疾及时站起举杯,向范昂及其夫人敬酒:"今宵离别,思心依依。两年共事,范公之清介耿毅、知民亲民、负重担当、艰苦奋斗,树立了为官为吏的典范,是我衷心膜拜的老师。'十二字'施政方略的实施落实、现时滁州府一切政务的初见成效,皆范公率领府衙诸位同僚埋头苦干之所得,我心怀感激,永生难忘。可身为知府、后辈,两年来眼睁睁地看着范公、叶嫂每日以米粥蔬薯度日,而未措相应养身健身之举,今日思之,心痛、心疚、心悔啊!在这送别之时刻,仅以老师费心费力、亲作亲为现已完全恢复的滁州美酒佳肴为范公、叶嫂送行,请范公、叶嫂一饮一餐。范公、叶嫂,我这里连饮三杯自罚了。"

辛弃疾声音哽咽,范昂及其夫人叶荃亦动情怆然。范昂举杯,亦哽咽语出:"这两年来,大家不都是米粥蔬薯、饮水啜菽吗!我饮!我餐!"

范昂及其夫人叶荃同时饮下了杯中酒。

陈驰弼举杯站起,向范昂及其夫人敬酒送行:"今后仍将'以范为范',清廉为官,亲民敬民,更加勤奋地关注西涧屯田事务和城乡黎庶的温饱生涯。"

范昂及其夫人叶荃举杯致谢。

燕世良举杯站起,向范昂及其夫人敬酒送别:"今后仍将以范公的言行为指导,为皇甫山兵营的'兵民成军'竭尽全力,不负范公两年来关注皇甫山兵营的深沉用心。"

范昂猛地站起,举杯致谢,语出:"'兵民成军',辛郎所创,此边极滁州至重至要之举,意义深远。燕公所语,范昂深情感激,我和夫人畅饮此酒向燕公致谢了。"

温皋举杯站起,以军人的豪爽敬酒,语出:"奉司兵燕大人之命令,温皋代表皇甫山兵营的官佐士卒,护送范公及夫人奉诏进入临安。温皋保证水陆行程,时刻听从通判大人及夫人的吩咐,保证大人及夫人安全、快捷地抵达临安。"

范昂心神震撼了,这雄兵健勇的护送进入临安,只怕是今生今世再难享有的荣耀了。他和夫人同时站起,高呼辛祐之斟酒,与兵营教习温皋连饮三杯,向皇甫山兵营的官佐士卒致谢。

在席间人们爽朗的欢呼声中,杨信举杯站起,向范昂及其夫人敬酒送行,语出:"今宵离别,思心依依。今日午时奠枕楼的聚会送别中,范公以其大智大慧遗爱于府衙官员及滁州府各行各业切实贯彻'十二字'施政方略的实践者、执行者。三呼'圣上万岁'的赤胆忠心,若为临安朝廷知晓,京口知府刘刚、镇江军帅戚方的悲凄人生,也许不会出现在滁州府了。"

范昂猛地站起,在与杨信碰杯猛饮之后,颓然落座,面对席间神情肃穆专注的同僚,道出了六天来日夜折磨灵魂的心声:"今宵离别,思心依依。我在官场漂泊了二十多年,由县尉而知县,而承事郎,而正奉大夫,而滁州通判,二十多年官场的酸甜苦辣,点点滴滴,都在心头。这热腾腾、火辣辣跟着知府辛郎搏击滁州风云的两年,也许是我生命中最舒心、最痛快、最值得骄傲的两年,今后也许不会再有了。有时,我惶惶然不知所在啊!吏部调令上白纸黑字写得清楚:'另有差遣'。'差'往何处?'遣'往何方?在这赫赫四字所形成的五里雾中,我真有些不知东西南北了。吏部信使有示:'奉诏入朝,不舍昼夜。'这八字明示,更加重了我对过往两年风月的留恋和对未来祸福莫测的恐惧。我生于农家寒舍,带有穷乡僻壤的傻气,从来不曾有过居官临安的念头;我出身卑微,拙于应对,最怕和权势人物交往;我有着自知之明,其才智只能是屋漏补瓦、墙危添砖,既无兴邦之谋,又无强军之策,真不知如何与朝廷达官显要交谈对话。这六天来我默默思忖,若在庙堂殿宇遭遇朝廷谏院、御史台口舌如刀的谏官、御史考问当今滁州知府辛郎、推官杨公、司户陈公、司兵燕公及'十二字'施政方略的现实情状,我真不知如何应对才能不跌入谏官、御史们预设的陷阱。我真不愿离开今日这方兴未艾的滁州府啊!我留恋城乡黎庶乍得温饱的笑声,我留恋田野里车水浇禾的潺潺声,我留恋西涧屯田丰收的欢呼声,我留恋皇甫山兵营传出的呐喊声、厮杀声和战马萧萧震动山川的嘶鸣声,我更留恋府衙同僚亲如家人、情同兄弟、同心同胆搏击滁州风云的脚步声、心跳声和汗水滴答征途的落地声。我愿滁州岁月霜染须发,我愿滁州风雨压弯脊梁,我愿看到'十二字'施政方略由方兴未艾达到应该达到的完美,我愿亲手捧起徽宗御酒恭送知府辛郎带着'兵民成军'的威武雄师杀向北伐的战场。可这留恋的一切,临安作威作福的朝廷大员能允许其出现吗?风闻虞公去年再度出任四川宣抚使离开朝廷后,继任者右相梁克家、参知政事郑闻、知枢密院事张说,政见不和,决事失措,群臣有怨,圣上不满,苟安议和之声再度甚嚣尘上,朝廷又打算遣使北上与金人议和求安了。我心底深处真有'一枕南柯''一枕黄粱'之忧啊!在今日午时奠枕楼的聚会中,我只能忍着心灵的哀痛,强笑为欢,借重知府辛郎的词作《鹧鸪天·扑面征尘去路遥》向热情欢呼的诸公诸友致谢告别了。难分难舍啊!我愚庚已四十有九,形若风烛,骤然之间,突觉头脑空空,眼前空空,灵魂深处似乎只有一种不知所云的蹉跎,一颗壮心已沦落忧心、灰心、痛心的茫然。'望崦嵫而勿迫''恐鹈鴂之先鸣'啊!"

范昂语停闭目,泪水从闭合的眼角流出。

席间的人们都伤神凄然了。

辛弃疾从岳丈"河朔孟尝"的病亡和遗留的"五色锦囊"的资料思虑中,已感到官场风暴将至。心同此心,情同此情,忧同此忧,这是范公在此思心依依的告别中,以"青山一道同云雨"的深情发出的警告啊!君子之义,长者之风。他不忍看着范公如此悲切地离去,更不愿看到身边的伙伴由伤心而灰心,他忽地站起,拱手向范昂致谢:"范公教诲,肝胆古剑,情深义重。弃疾当铭记心间,在今后搏击滁州风云之中,当师春秋时齐人管仲尊王攘夷,奋迅泥淖,坚定不移,奋斗不息。推官杨公、司户陈公、司兵燕公、温皋教习,今宵为范公送别,当开怀畅饮,报答范公殷殷关切之大恩;祐之小弟,取笔墨纸砚来,我要在开怀畅饮中,醉赋词作为范公、叶嫂送行!"

辛祐之高声应诺,奔往书房;杨信、陈驰弼、燕世良、温皋皆领会辛弃疾慷慨激越的用心,鼓掌欢呼而赞成;范昂及其夫人叶荃亦为辛弃疾之言行感动,频频点头。辛弃疾顺手举起桌案上的酒坛,为席间的同僚斟酒。众人情绪激昂,轮流向范昂及其夫人叶荃敬酒。辛祐之在教习温皋的帮助下,移杯移盘,置笔墨纸砚于桌案,辛弃疾似已酒醉,步履跟跄而至桌案前,敞襟挽袖,提笔着墨,口吟珠玉,笔走龙蛇,一气呵成了一首《木兰花慢·滁州送范倅》,掷笔于案,在辛祐之协助下,捧起词作呈献于范昂及其夫人叶荃。

刹那间,餐厅宁静了,烛光增亮了,席间的人们似从酒醉中醒过,聚精凝神地关注着眼前这肃穆庄然的情景。

范昂及其夫人叶荃恭然起立,接过辛弃疾奉献的词作,颔首致谢。范昂高声诵读:

> 老来情味减,对别酒、怯流年。况屈指中秋,十分好月,不照人圆。无情水、都不管,共西风、只管送归船。秋晚莼鲈江上,夜深儿女灯前。　征衫。便好去朝天。玉殿正思贤。想夜半承明,留教视草,却遣筹边。长安故人问我,道愁肠殢酒只依然。目断秋霄落雁,醉来时响空弦。

范昂全然陷于这首不同凡响的送行词作里。这首词作,不仅体现了辛弃疾功业未就、壮志未酬的勃郁不平、对官场现状忧谗畏讥的痛苦曲衷和念念不忘北伐复疆的雄心壮志,更展现了对朋友远行怨月、怨风、怨水的亲切关爱。他突然感到自己生命的存在,存在于两年搏击滁州风云的记忆中,存在于滁州府"十二字"除旧立新的方略中,存在于滁州府政情军情方兴未艾的完美完善中,也许会存在于未来"留教视草"或"却遣筹边"的祸福莫测中,但着着实实存在于这首《木兰花慢·滁州送范倅》的词作中。他感到一种慰藉和鼓舞,激越放声:"词魂墨宝,团练倜傥,解我忧烦,慰我心神啊!天下何物最坚、何物最固?非铜非铁,非金非银,非九仞高山,非九层高阁,只有这出自心底的词魂墨宝,万古不朽啊!这首词作中'长安故人问我,道愁肠殢酒只依然'两句教我,该如何与临安口舌如刀的谏官御史对话了;这首词作中'目断秋霄落雁,醉来时响空弦'两句较之词作《鹧鸪天·扑向征尘去路遥》中'愁边剩有相思句,摇断吟鞭碧玉梢'两句,其奕奕神采,更加飒爽飘逸啊!夫人,这幅词魂墨宝你妥加收藏,当为我家世代的传家宝啊!"

餐厅内气氛乍变,人们举酒欢呼,欢呼这首《木兰花慢·滁州送范倅》的醉作问世,欢呼这幅"词魂墨宝"传家宝的入世有主。席间的人们轮着向范昂及其夫人叶荃敬酒祝贺。范昂仍保留着性格上的自制和严谨,以举酒浅尝应之,夫人叶荃似有些许醉意,抚着身边斟酒的辛祐之,举杯语出:"感谢诸公,感谢知府辛郎,此刻,我思念典雅灵慧的若水,我思念娴静机敏的若湖,我思念豪气勃勃的辛茂嘉,他们都是这纷乱人世、艰危岁月的奇男奇女,能为国舍家,能舍生忘死,能吃苦耐劳。我这里连饮三杯,向他们辞行了!"

席间的人们望着叶荃由辛祐之斟酒连饮三杯,泪水从她的眼角缓缓流出。

今宵离别,思心依依。辛弃疾和餐厅内的人们,都举起酒杯,洒泪而饮,向范昂及其夫人叶荃致敬送行。

八月二十二日清晨,在旭日初升、穿过茫茫薄雾的霞光中,辛弃疾及其府衙同僚杨信、陈驰弼、燕世良及族弟辛祐之在范昂庭院门前,恭送范昂及其夫人叶荃登上一辆装有几件衣物行囊和十数箱书籍的马车,由兵营教习温皋及四名士卒驭车护卫下,向着扬州水道码头离情依依而去。

在范昂离去的第六天八月二十八日的午后未时,范若水、范若湖、辛茂嘉从京口回到滁州城。范若水从奔丧而回的兄长范如山口中得到一个极其重要的信息:圣上已"密诏趣之"令虞公兵出西路而北伐。辛弃疾闻知,心神一振,狂扫几天来压抑心头的雾霾哀痛,刚烈激越之气勃然而起:雍国公虞彬甫再知武安军节度使、四川宣抚使一年零一个月,创造了人间奇迹啊!他在暗暗为虞公唱赞祝福的兴奋中,心底一种隐隐的不安浮上心头。蜀地武安军确是一支有着辉煌战绩的军队,建炎、绍兴年间,曾与岳飞的岳家军、韩世宗的韩家军、张浚的张家军齐名,其创建人吴玠(字晋卿),甘肃宁静人,十七岁入军旅,通兵法,善骑射,时军帅张浚惜其才,重用之,建炎四年(公元1130 年)破金兵于彭原店,擢秦凤路副总兵;绍兴元年(公元 1131 年)破金兀术十万兵马于和尚原,擢镇西军节度使;绍兴四年(公元 1135 年)破金兀术五万兵马于仙人关,擢川陕宣抚副使。其用兵务远略而不求小利,屯田治兵,与金兵对垒,为抗金名将之一。其弟吴璘(字唐卿),少好骑射,为吴玠助手,积功至閤门宣赞舍人(掌传宣赞谒之事)。绍兴九年(公元 1139 年),吴玠病故,吴璘节制陕西诸军,绍兴十年(公元 1140 年),败金兵于扶风;绍兴十一年(公元 1141 年)收复秦州,擢任四川宣抚使,督师转战汉中,收复秦凤、熙河、永兴三路十六城,声势大振。骤因朝廷主和而受诏班师,收复的三路十六城旋复为金兵占领。其子吴挺(字仲烈)以荫补官,为中军统制,从父御敌,有乃父之风,绍兴三十一年(公元 1161 年)在秦州争夺战中,重创金兵,以功绩擢熙河经略安抚使;绍兴三十三年(公元 1163 年),在瓦亭战中大破金兵,再破金兵于巩城,亦因朝廷主和而退师蜀中,使瓦亭、巩城再落金兵之手。乾道三年(公元 1167 年),吴璘病亡,在其守蜀的二十年,其威名仅亚于兄长吴玠,封新安郡王。但其继任者,不是他的知兵知战的儿子吴挺,而是出使金国、不辱使命、彰显圣上威仪的江南名士、绍兴进士范成大。成大有胆有识,关切国家安危,同情民间疾苦,为文为诗,史笔传神,惜不知兵啊!前年时任四川制置使司仪官友人陆游来信中有“武安军行将失魂”之语。今日再思,耐人寻味啊!辛弃疾的皱眉沉思,引起家人不安的关注,范若水低语:“这个信息,是兄长从其上司知江陵府兼湖北路安抚使张栻口中得知,当不会有误。”

辛弃疾慨然放声:“相信圣上的英明决策吧,相信虞公一年来的辛苦经营吧,相信武安军的军魂复苏吧,相信如山兄切切信息的绝对可信吧,但要守口如瓶,不许泄露一字。也许北伐的号角圣上明天就会吹响,也许执掌禁军的统帅明天就会发出东西两路同时进军的军令。可我们滁州'兵民成军'的队伍能开动吗？能投入战场吗？能在血火拼杀中奏捷吗？从此时起,滁州府首要的任务,一曰'拥师',二曰'筹粮'。我们一家也要全力投入这场神圣的北伐事业中。茂嘉明日可去六合县,把我们备粮备战的举措告知三哥和夏中玉知县,三哥会感知内情的;祐之小弟也将进入皇甫山兵营,当兵、知兵,亲自感受这一群把自己生命交给国家社稷的伙伴,你也要准备经受战场上血火相搏的冶炼;若水、若湖……"

范若水毅然截断了辛弃疾的话语:"辛郎放心,我和若湖纵然不能如战地女侠、韩世忠元帅夫人梁红玉金山擂鼓助战,但在战场上扶伤背残、拭血洗衣的胆量还是有的。"

辛茂嘉、范若湖、辛祐之同声唱赞,辛宅合家五口似已进入北伐战前神情昂扬的备战中。

八月二十三日卯时,辛弃疾于府衙厅堂召集府衙全体蕃职官员、衙役、守卫大会。他不敢贸然提出北伐战前"拥军""筹粮"的急切战备,怕圣上"密诏趣之"的信息有误,怕圣上多变,怕节外生枝,遂以神情激昂的进攻姿态,震撼眼前七十多位神情沉郁的同僚:"范公奉诏入朝,我们肩上的担子更重了。当务之急是遵奉范公的临别赠言,乘胜前行,深化'十二字'施政方略,再创业绩,回报英明圣上对我们滁州府黎庶百姓的关怀!在这个年度仅有的三个多月内,进一步完善'薄税赋'以福民、'招流散'以安民、'教民兵'以保民、'议屯田'以富民的初衷。不仅要福佑黎庶于当前,而且要福佑黎庶于明年,后年,以至久远。"

气势磅礴,话语霹雳,府衙众人都被辛弃疾的铮铮气派吸引了,他们振奋了神情,挺起腰身,目光炯炯专注地望着神情肃穆的辛弃疾。

心神感应啊!辛弃疾似已感悟到眼前同僚们沉默无言的支持,激昂坦荡地端出进一步深化"十二字"施政方略的举措:"当前深化'十二字'施政方略的重点是'增产粮食'。民以'食'为天，'食'以粮为主，'粮'为百业之本。有'粮'民心安逸，有'粮'百业兴旺，有'粮'官员放心。天公作美，这两年来，我们滁州风调雨顺，夏秋丰收，城邑乡间，初显温饱之欢，但我心中犹存惶惶不安之感。我们府衙当组织强大的人力、物力、财力，步入乡间农户察访实情：每户人家收粮多少？存粮几何？惠从何来？患隐何处？真正做到醒而察之，察而断之，断而行之，以胼足胝手、栉风沐雨的切实劳作，带动人们创造更多更大的丰收，真正做到前代贤人所谓的'仓廪实而知礼节，衣食足而知荣辱'。我们不仅要做到藏粮于民，而且要用高价收购余粮，藏粮于库，以应对天灾人祸的突然降临。当前深化'十二字'施政方略的另一个重点是'犒师雄边'。'今年太平万里，罢长淮，千骑临秋'的情景，得益于改革厢兵'不事军旅训练，不具战斗技能，专供行政役使'朝制痼疾而严格军训、授以武技、提高战力、巡边锻炼的成功；得益于乡兵选自户籍、应募土民、强壮义勇、维护社会治安的成功；得益于'兵民成军'的艰苦实践和明以忠心、强以兵气、严以军纪、精于战力、巡边制敌的雄风军威。我们府衙有责任为他们鼓掌欢呼，为他们放声唱赞，为他们披红犒赏！犒赏厢兵的华丽转身，犒赏乡兵的治安有责，犒赏'兵民成军'、巡边制敌的雄风豪气。特别是来自城邑乡间的三千名年轻汉子，他们离家离乡、离开父母亲人，把青春以至于生命献给军旅，从而可能招致其父母双亲晚年无依无靠的凄凉。我们府衙更应组织人力、物力、财力进行切实认真的家访，做到一户不漏，一人不漏，对其生活上的艰难困苦，醒而察之，察而断之，断而行之，尽其所能，予以关照。真正做到使忠勇士卒在临阵冲杀之前后顾家人一眼而放心。"

辛弃疾动情了，声音更显激越悲壮，府衙幕职官员及衙役守卫神情更显慷慨肃穆。陈驰弼忽地站起，放声请命："知府大人，把这桩'增产粮食'的差事交给我吧，我愿带一组人马奔赴乡间田野，按照知府大人的规划，增粮增收，再干出一番事业来！"

燕世良接着跃起，放声请命："'犒师雄边'，司兵职责所在，我愿带一组人马奔赴边寨兵营,落实知府大人深入实施'教民兵'方略的一切规划,特别是对'兵民成军'三千名年轻汉子的家访将亲身为之,不漏一户,不落一人!"

杨信亦挺身站起,放声请命:"知府大人,杨信听候吩咐!"

府衙幕职官员及衙役、守卫七十余人"哗"的一声同时站起,同声拱手请命:"恭候知府大人差遣!"

气贯长虹,刚健凝重啊!辛弃疾面对眼前同心同胆的同僚,心底生热,拱手语出:"感谢诸位同僚,感谢司户陈公,感谢司兵燕公,在这次深化'十二字'施政方略的奋斗中,我将与诸位同行同往,在未来风霜雨雪的日子里,与民同劳,与民同作,迎接又一个辉煌的春天!推官杨公明鉴,在这再次搏击风云的紧要时刻,府衙及滁州府中枢之地,上通下达,左右联络,汇总讯息,戟指八方,至为重要。杨公居推官之位,职兼观察支使,熟知朝制法规,且思虑缜密,处事精当,当留居府衙,坐帐当家,解我力所不及、智所不达之困窘。杨公在上,我这里施礼拜托了。"

辛弃疾语停,向推官杨信行长揖之礼,被杨信捷行拦阻,放声高呼:"知府大人,你,你折煞我杨信了。我敢不以肝脑涂地、朝乾夕惕之拙劳报答知府辛郎的深情厚谊啊!"

厅堂里响起了激昂高扬的欢呼声……

"悠悠万世功,矻矻当年苦!"辛弃疾和他的同僚们以贤人大禹治水的"劳神焦思"为范,耐烈日霖秋,仰霜头寒菊,效雪里疏梅,深入农户兵营,以心结心,知民之苦,解民之愁,遂民之愿,应民之需,埋头苦干,奋斗不息,至翌年(淳熙元年,公元1174年)阳春三月,使深化"十二字"施政方略中急切需要的"备粮""备战"取得了完美的成功:"藏粮于库"已达万石有奇,"兵民成军"又有五百名青壮汉子进入皇甫山兵营,整个滁州府人气腾腾,兵气烈烈,豪气轰轰。农村人欢马叫,百鸟争鸣,呈现出空前的兴盛隆烈;集市熙熙攘攘,八方商贾云集,为利而来,为利而往,公平交易,留利于店馆官衙,醉人心神;兵营战马嘶鸣,有翻江倒海之势,杀声震天,有遏云散日之威。更堪高声赞誉者,辛弃疾和他的同僚们,大张旗鼓地犒师拥军,堂堂正正地宣扬军旅巡边安边的盛大功绩,在滁州黎庶的欢呼声中,极大地提高了军旅的庄严地位,悄然地改变了大宋王朝建国以来重文轻武、漠视军旅的荒唐朝制与传统,使一向被各层行政官员视为役徒、劳力的厢兵、乡兵得到了应有的尊严和高超的战斗技能。特别是"兵民成军"的创建和实践中别开生面的辉煌成就,使农家子弟成了维护国家安宁的军旅的一员,更赢得了滁州城乡黎庶骨肉相连的骄傲。战前高昂雄壮、城乡一体、浑然天成的备战气氛,沸腾在滁州府的锦绣山河。

踌躇满志的辛弃疾,心里洋溢着半年来不曾有过的清爽欢愉。三月十一日午时,他快马加鞭地从皇甫山兵营回到滁州府衙,看望半年来分赴各地深化"十二字"施政方略的同僚。陈驰弼和燕世良仍在农社边塞未归,主持府衙事务的杨信正在城内街坊察访;他走访各室所内十数位幕职官员恳切致意后回到家中,享受着范若水亲手烹制的午餐,并破例举酒畅饮,全家相互祝福,表达了战前"筹粮""拥军""备战"的胜利喜悦。晚餐之后,他吩咐辛茂嘉从保管的布囊中取出他当年亲手绘制的《齐鲁地舆形势图》,并展开于餐桌之上,一种凛凛的战地雄风似乎随着《齐鲁地舆形势图》的展开而鼓角齐鸣于室内。家人知道,这位刚毅勤勉的主人似乎又要为来日兵出山东战略规划劳心劳神了。辛茂嘉增点了三炷烛火,范若湖捧来了热茶,范若水落座在桌案旁一张木椅上,举目凝视着她的辛郎俯身专注地审视《齐鲁地舆形势图》中的山川、关隘、森林、险道、湿地、沙滩。她的一颗心随着她的辛郎一颦一笑、一静一动舒畅了、升华了。她蓦地想到唐代诗人岑参的诗作《轮台歌奉送封大夫出师西征》中宏伟雄壮的诗句,不禁放声吟出:

轮台城头夜吹角,轮台城北旄头落。

羽书昨夜过渠黎,单于已在金山西。

戍楼西望烟尘黑,汉军屯在轮台北。

上将拥旄西出征，平明吹笛大军行。

……

亚相勤王甘苦辛，誓将报主静边尘。

古来青史谁不见，今见功名胜古人。

辛弃疾闻声大悦，手拍《齐鲁地舆形势图》而放声高呼："'古来青史谁不见，今见功名胜古人。'千古不灭，万古流芳的至理名句啊！我在殷切地等待着虞公西出蜀地北伐的号角声传来！"

范若水从座椅上跃起，放声唱和："若湖小妹，举坛斟酒，我们全家为虞公吹响出师北伐的号角声干杯！为身居蜀地的虞公干杯！"

范若湖、辛茂嘉高声应和。

突地，一阵急促的敲击大门声响起，辛弃疾以为是同僚杨信从兵营归来相见，便吩咐辛茂嘉开门迎接。辛茂嘉打开柴门，一下子愣住了——"西湖浪子"？！"西湖浪子"半年前在范邦彦的丧事了结后就由赵氏遣往临安，现时缘何而至滁州？在他刹那间的茫然惶恐中，"西湖浪子"反客为主地挽辛茂嘉之手跨进柴门，穿过短短的院落，进入室内，出现在辛弃疾、范若水、范若湖的面前。人们都注目相对，一时都沉重地哑了声音。此时的"西湖浪子"仍然是身着白色宽博加襕常服，头着白色幞头，在两天一夜飞马急奔、风尘仆仆的憔悴中，依然保持着侠义之士的凛凛豪气，他顺手捧起桌案上的酒坛，鲸吞而饮。他放下酒坛，凝视着神情茫然的辛弃疾，依照赵氏的吩咐，一刻不误地把虞公仙逝的噩耗告知了辛弃疾：虞公允文彬甫于一个月前的二月十六日病故于西蜀武安军兵营。

噩耗！意外的噩耗，震撼灵魂的噩耗，惊心碎肠的噩耗！辛弃疾、范若水、范若湖、辛茂嘉似乎一下子都昏了头脑，痴了神情，哀痛无声的泪水在辛弃疾面颊流淌，半年来辛弃疾辛辛苦苦、兢兢业业换得的这一夜全家相聚欢乐，刹那间变成了泪眼相对的哀伤。辛弃疾泪痕满面地捧起酒坛，斟满酒杯，敬献于"西湖浪子"面前,把此刻心底喷发的哀痛和一年来有关虞公主政四川宣抚使和武安军节度使种种传闻的疑惑、不解和隐忧,求解于"西湖浪子"。范若水、辛茂嘉、范若湖注目于"西湖浪子",泪眼凄凄地等待着。

"西湖浪子"饮尽杯中酒点头致谢,凄然放声:"临安波谲云诡,欲西而东,欲东而西,说不得,说不清啊!'密诏趣之'之说,询庙堂友人,确有其事。乾道八年(公元1172年)九月,虞公出任四川宣抚使、武安军节度使,以接替范成大回朝。临行时,圣上谕以进取之方:'克日会师河南。'并酌卮酒为虞公送行曰:'若西师出而朕迟回,即朕负卿;若朕已动而卿迟回,即卿负朕。'君臣之约,何其壮哉!而虞公主持蜀地军政事务一年有余,既无西师北伐的消息,又无西师北伐的进军方略上呈,圣上失望了,心急了,生怒了,遂于乾道九年(公元1173年)十一月遣朝廷专使'密诏趣之'。一个'趣'字,不仅含有'催促'之意,亦含有'乃趣刑狱,毋留存罪'之警告。圣上的'密诏趣之'自然是天纵英明的,但他的臣子虞允文这一年面对的却是一支久无战事、刀枪入库、马放南山的军旅,却是一支舞场、酒场、赌场、情场斗智斗勇的军旅,却是一支缺乏行家里手、知兵知战、铁血虎胆领军统帅的军旅,却是一支师老兵疲、将校体态龙钟、士卒年近四十的军旅。他当然知道,这支武安军军魂失落的主要原因,是朝廷用人的诡谲荒谬。主帅吴璘病亡后,其继任者,不是知兵知战、战绩辉煌、与这支军旅有着血缘情操的吴挺,而是从来不问兵事的文人才子范成大。成大主蜀地军政事务三年,关心民间疾苦、修堰通渠、兴农减赋,颇有政绩,但不知兵、不解军旅要义,亦非武安军出身,能阻止这支久无战事、师老兵疲的军旅蜕变吗?武安军的军魂失落,范成大也许不曾察觉,或察觉而无挽回之术,从而形成了虞公主政一年后难以率领西师北伐的尴尬。蜀地士大夫之间流传有'武安军行将失魂'的哀叹,言之不诬啊!虞公主持蜀地军旅事务一年多来,以全部精力,调动府衙、军营的全部人力财力,采用大刀阔斧的'沙汰之法',重建武安军,以召回昔日剽悍凶狠的军魂。谈何容易啊!新招少壮男儿万名之众,急需训练;购得五龄雄壮战马千骑,急需调教;

汰去的老弱士兵万人,急需妥为安置。年已六十三岁高龄的虞公在朝乾夕惕的劳心劳力中确已是焦头烂额了。就在此时,圣上的'密诏趣之'兜头砸来。虞公净手接旨,遥拜恭览,一个'趣'字,使他诚恐诚惶,'失约''误期'的指责自然是天纵英明的,但武安军'军魂失落'的现状能说吗?武安军'军魂失落'的主要祸根敢说吗?他只能忍气吞声地以'军需未备'四字承担全部责任,请罪请罚,并请求圣上宽限时日,自当亲率西师北伐,以报圣上天高地厚之恩。他罪成奏表,重赏朝廷专使及其随员代呈奏表于天纵英明的圣上。据朝廷专使私下窃窃透漏,此时的虞公已经是骨瘦如柴,行步打晃了。虞公上呈的奏表严重地挫伤了圣上急于北伐的雄心壮志,引发了圣上对奏表中'军需未备'四字的不满和不解:蜀地富裕,有粮草之缺吗?武安军神勇,有兵马调动之难吗?英明天纵的圣上沉默了、思索了、生疑了、忍耐不住了,在身边一群反战主和佞臣的嗡嗡声中,于淳熙元年(公元 1174 年)'二月二日龙抬头'的日子,'亲书圣诏成札',遣二介专使持密封的'御札'由二十匹铁骑护卫,飞马奔向武安军节度使领地成都府。半个月后的二月十九日,二介朝廷专使在二十匹铁骑护卫下进入武安军节度使兵营,一年多来任劳任怨、日夜操劳的节度使虞公已于三天前的二月十六日猝然累倒于武安军兵营,享年六十四岁。肃然静穆的兵营里,万面白幡漫空,万名年轻兵卒尽着白色孝服列阵哀悼,千匹六龄战马皆披白色鞍鞯列阵以待,二介朝廷专使及其护卫士卒闻马嘶而滚落于兵营门前,跪伏在地,向千古人杰的虞公叩头致哀。他们的二十匹战马,也发出哀痛的萧萧嘶鸣声。二介朝廷专使,带着虞公命丧武安军兵营的噩耗回到临安,向天纵英明的圣上报告虞公累倒于武安军兵营的情状,并奉还御札。圣上神情凄然,亲自取火焚毁了御札。

　　"'鸿爪雪泥',陈迹喻人啊!朝廷因虞公病逝而骤然腾起的变化,似乎从各个方面印证着圣上的天纵英明:虞公的大哀,朝臣们悲不自胜,如丧考妣,礼部却依制以府、路官员的丧礼处之,并无特殊哀祭之举;朝廷主和大员御史中丞尹穑、右正言袁孚、侍御史卢作孚、原参知政事魏杞、敷文阁待制吴益、徐考叔、吕游问等人，在依礼哀悼之后，煽风点火，串联六部、九寺、五监反战主和官员，争先上呈奉表，追究虞公'决策失误''治军无方''欺瞒圣躬'的罪责；天纵英明的圣上默而无语，更加助长了这班佞臣颠倒是非、疯狂追杀的声势。时主战大臣谏院首领王伯庠因病谢世，刑部尚书汪大猷已外知泉州，殿中侍御史唐尧封'素以敢言受帝知'，急以清直之声为虞公喊冤，并具表奏知圣上，未获圣上支持；中书舍人洪迈有其父洪皓'忠宣'之风，亦有其兄洪适相国之才，现已职兼侍读、直学士院、同修国史，目睹尹穑、袁孚、魏杞、吴益、徐考叔、吕游问等人的疯狂猖獗，进入福宁宫请见圣上，遭拒，遂依制上书再作求见；兵部尚书黄中职兼侍读，上书批驳尹穑、袁孚、魏杞诸人诬蔑虞公的卑劣行径，并举荐武安军创建者之一的吴璘之子，现任兴州都统制的吴挺接任蜀帅为武安军节度使，圣上默而不答，反以刑部侍郎郑闻出任武安军主帅。又一个不知兵、不知战的范成大啊！虞公累死于兵营的噩耗，使天纵英明的圣上立志北伐的雄心动摇了，转向了，正在走向绝望的昏庸深渊。"

"西湖浪子"的话语，在气噎哀恸中停歇了。餐厅里一派悲怆瘆人的宁静，辛弃疾在紧咬牙关，整个人似乎已被凄苦哀痛凝塑了。"西湖浪子"望着凄苦哀痛凝塑的辛弃疾切切致语："'宗室公主'闻虞公之大哀，咽泪而放声吊唁：'伟哉虞公，千古不朽。'并命我飞马急趋滁州，向辛郎转报虞公之大哀。'宗室公主'特以七字嘱辛郎：'千古胜负在于理。'神鬼难撼的人间正道啊。"

辛弃疾听真了，感应了，感动了，泪水涌出，他放声高吟："谢母亲！'物之兴衰，情之起伏，理有固然''千古胜负在于理'！但愿母亲'千古胜负在于理'的教诲，能为当今天纵英明的圣上闻知啊！设灵堂，祭虞公。"

深夜三更，辛宅餐厅沉浸在追悼虞公的哭声中……

九 仓部郎官

翌日清晨卯时，在改做灵堂的餐厅里，一张祭案，一炉祭香的袅袅青烟，两炷泪烛的摇曳光焰，一尊由辛弃疾亲笔书写"伟哉虞公，千古不朽"的堂堂灵牌，凝重着这一夜寂沉悲伤的哀痛。灵堂前哀跪祭虞公英灵的范若水、范若湖、辛茂嘉离去了；思绪至悲的辛弃疾仍是跪祭不起、泪流而泣；"西湖浪子"在即将告别返回京口的惜别时刻，忍着悲凄向辛弃疾道出了一桩他在临安获得的更为凶险的讯息。由于这讯息将为此时哀痛至深的辛弃疾增添一层更为震撼的哀痛，他的声音似乎一下子变得苦涩激愤了："近来临安朝野都在谈论辛郎在滁州推行的'十二字'施政方略，特别是新奇的兵民成军。传说人数已达数千人，大大超越了朝制中州府厢兵和乡兵的综合。而且这数千将领士卒，都具有倚天而号、提剑而舞的凶狠气势。更为牵动人心者，这数千将领士卒的雄武气势，不仅震撼了福宁宫，而且已闯进了太上皇静养的德寿宫。"

雷霆霹雳啊！辛弃疾瞠目凝神了：眼前祭香的青烟似直射天空，眼前泪烛之火焰似焚烧云雾，"伟哉虞公，千古不朽"的灵牌似闪现出虞公清鉴英武的形容。他放声高呼："伟哉虞公，才高绝伦，英武当世，弃疾得虞公教诲，搏击滁州风云，时近三载，愧无建树，只能以'兵民成军'的粗浅尝试回报虞公的恩典了。'西湖浪子'，我的兄长，请你到皇甫山兵营和边陲要塞看看，看一看滁州府的厢兵、乡兵，看一看皇甫山兵营里'兵民成军'的三千兵马，那是滁州府的骄傲,那是虞公清鉴致远、英武兴邦的心血啊。"

"西湖浪子"展开双臂紧紧拥抱着辛弃疾,哽咽语出:"好!我听从辛郎安排。范夫人闻知临安朝堂关于滁州'兵民成军'的议论,挂牵着'兵民成军'的实情,挂牵着辛郎,也挂牵着朝廷起季大人年幼的嫡孙辛祐之啊。"

辛弃疾凄然点头……

是日午后未时,辛茂嘉按照辛弃疾的吩咐,陪伴"西湖浪子"飞马向皇甫山兵营奔去,辛弃疾心力交瘁地走向府衙。府衙的事务不能不管啊!当他踏进府衙的大门,迎接他的是与他同心同德的幕职同僚。他们相拥而至府衙厅堂谈论政事,全然沉浸在备粮、备战的辉煌成就中。

辛弃疾望着这些兴高采烈、意气风发的幕职同僚,他们的脸变黑了,形变瘦了,说话的声音语气也变得粗犷有力了,可这心旷神怡的欢乐能持续几何?"天意从来高难问"啊,若果明天虞公仙逝的噩耗凄然而至,这眼前的一切欢乐都会化为乌有的。他头脑"嗡"的一响,强忍着揪心刺骨的悲痛,高声致语推官杨信:"杨公,明日在这府衙厅堂设宴聚餐,大块吃肉,大碗喝酒,为这半年多来辛苦在农社、兵营、边塞、街坊的同僚们慰劳庆功!"

人们一时都愣住了,近三年来一向简朴为尚的辛弃疾,今日高兴得开恩了。

杨信高声应诺,府衙厅堂爆起了声震瓦宇的欢呼声。

辛弃疾酸楚闹心,气噎喉嗓,他含着泪水在同僚们的欢呼声中离开了府衙厅堂。他回到家里,径入祭奠虞公的灵堂,跪拜在灵牌前,叩头祭拜,伏地不起。

跟随辛弃疾进入灵堂的范若水、范若湖神情凝重地望着大异于往日的辛弃疾,心神凄然不解地沉重了。

此时辛弃疾的心境,不再是心力交瘁,而是心胆欲裂:沉重、哀伤、痛苦;展望、失望、绝望;愤恨、愤懑、愤慨诸多情愫交结于胸,煎熬着,碰撞着,撕裂着。他欲哭无泪,欲诉无语,默默跪拜在虞允文的灵牌前。他感到孤独、悲哀、无助,他感到神情恍惚,他心灵思绪全然陷落在茫然的五里愁雾中。恰在此时,城外山寺入夜的钟声传来,带着夜风,带着夜雾,带着夜的黑暗,带着夜的不可捉摸和唐代诗人卢照邻的诗句"夜台无晓箭,朝奠有虚尊"。他灵犀乍醒地想到"虚尊"的酒,酒能招魂,酒能消愁啊!他声出肺腑地喊出了一连串的"酒"字。

这一连串的"酒"字出口,在这铺天盖地的五里愁雾中如同春雷滚动,响彻天宇,解开了灵堂前沉闷的愁结,展现了辛弃疾豪情豪气的回归。范若湖捧来酒坛,范若水捧来酒樽,辛弃疾接过,斟酒于樽,开始了战场上军士为殁者统帅至尊英灵的祭爵:"呜呼虞公,忠贯日月。采石之勋,为朝廷南渡奠定了根基,永载史册啊!这第一樽酒,请虞公开怀畅饮!"

辛弃疾祭酒于地,再斟酒于樽:"呜呼虞公,气度雍容。锦囊《材馆录》,为天下文武英才开路,贤者之师啊!这第二樽酒,请虞公开怀畅饮!"

辛弃疾祭酒于地,再斟酒于樽:"呜呼虞公,胆略刚毅。负圣上宵旰之托,撑富国强军之大纛,天地之经纬啊!这第三樽酒,请虞公开怀畅饮!"

辛弃疾祭酒于地,再斟酒于樽:"呜呼虞公,慷慨磊落,言行有度。入柄中枢,厉行可战之实,终成一代名相。千古流芳啊!这第四樽酒,请虞公开怀畅饮!"

辛弃疾祭酒于地,再斟酒于樽:"呜呼虞公,公之殁,天地为之变色,朝堂妖风四起,肉食可鄙之流,乘机反扑,苍蝇点白;海鲜啖饱之辈,造谣诬陷,颠倒黑白;奸佞诡诈、位高权重、不知兵事之徒,信口雌黄、欺压群臣、巧言蔽上。我真惧怕当年'以金银换苟安'的亡国之策再现,我真惧怕当今'以议和换偏安'的误国之论成为国策啊!呜呼虞公,在这风雨飘摇之时,弃疾理当继虞公富国强军之志,竟虞公还我河山之大业,奈何弃疾生性愚钝,无才、无智、无策、无力,且无缘再获虞公的错爱、提携和教诲,心有余而力不足,痛断九肠啊!只能以战场上军士祭爵英勇统帅之礼为虞公送行了。"

辛弃疾跟跄站起,向虞允文的灵牌焚香祭拜、跪地叩头三次,然后举起酒坛狂饮,酒喷面颊,酒漫前襟,终因神志昏迷而仆地,落地的酒坛伴而发出惊人心神的碎裂爆响声。

天地应和啊!城外山寺夜半三更的钟声应着酒坛的爆裂声传来,凄凉人心啊!

范若水扑向灵堂祭案前,抱起了昏迷在地的丈夫,高声呼唤着;范若湖急急端来一盆凉水,为昏迷的辛弃疾凉敷解醉;灵堂祭案上的香火烛火似乎一下子亮了许多,似乎有某种不解的神秘力量关注着一时昏迷的辛弃疾;辛弃疾在范若水的怀抱中、在范若湖的凉水解醉中苏醒了。他睁开眼睛,听着醒世醒人的钟声询问:"这是五更钟声吧?天就要亮了,该为虞公的朝祭进香进膳了。"

范若水出语凄然:"辛郎,你太劳累了,此时是夜半三更,只怕是山寺僧人误三更为五更了。"

钟声响着,辛弃疾神情愕然,侧耳静听着,心神骤然而清醒,发出会心会意的惊叹:"佛慈佑人间,山寺僧人亦识人间是非曲直啊!好一个'误'字,好一句'误三更为五更',这三更钟声是在祭酹虞公千古不朽的英灵啊!夫人,小妹,山寺僧人都在为虞公守灵,我们也为虞公守灵尽孝啊!"

范若水、范若湖立即携手跪拜在虞允文的灵牌前。

辛弃疾在凄凉人心的钟声中,低声吟出了一首《浪淘沙》:

> 身世酒杯中,万事皆空。古来三五个英雄。雨打风吹何处是?汉殿秦宫。　梦入少年丛,歌舞匆匆。老僧夜半误鸣钟。惊起西窗眠不得,卷地西风。

范若水听清楚了,历史的遗恨和现实的艰危,都凝聚在这首短短的《浪淘沙》中。"汉殿秦宫"展现着历史上的悲戚无奈,"卷地西风"展现现实的残忍诡谲:圣上的转向?佞人的专权?对逝者虞公怀恨的追杀?对军旅主战将领疯狂的贬逐？又一场风波亭岳飞冤案的再现？她不敢再猜想了。

范若湖也听清楚了，她虽不解"汉殿秦宫""卷地西风"更为深刻的含意，但这夜半的钟声、窗外的风声，兄长辛弃疾心痛声咽的诵吟，姐姐范若水极痛极悲的哀思，使她心痛心惊、脊骨透凉。她依附身边的范若水，声音颤抖地表达着心底的哀痛和不安："姐……"

范若水伸出左臂，抱住了她这位聪慧懂事的妹妹。

虞公为北伐强军累死了。辛弃疾在"汉殿秦宫"的彻骨悲凉中走向农村田野，在不曾有过的大丰收的五月天，在乡间黎庶欢天喜地的舞龙舞狮的庆祝声中，他感到离奇而不敢诉说的心寒：若虞公的噩耗为众人所知，还会有眼前这般情景吗？今日临安朝政有变，奸佞弄权，罗织虞公之罪，惯行株连之法，祸及滁州，一切都不堪设想了。他望着欢舞高歌的人群，吟出一首萦绕九肠的《鹧鸪天》：

> 唱彻《阳关》泪未干，功名余事且加餐。浮天水送无穷树，带雨云埋一半山。　今古恨，几千般，只应离合是悲欢？江头未是风波恶，别有人间行路难。

虞公为北伐强军累死了。辛弃疾在"卷地西风"肃杀的哀愁中走向边塞和皇甫山兵营。炎炎六月的练兵场，灼如火烤。战士苦练三伏的喊杀声、刀剑相搏的撞击声、战马萧萧的嘶鸣声，组成了军营生活热血沸腾的乐章。辛弃疾心中却激荡着五味杂陈、五内如焚的焦虑悲凉：虞公殁了，北伐国策变了，议和偏安了，练兵何用？强军何用？如此灼练三伏，冻练三九何用？不都要偃旗息鼓、丢刀弃剑、偏安苟活吗？可怜的身陷金兵铁蹄的父母兄弟姑嫂姊妹又将如何？辛弃疾突地想起友人陆游去年秋末寄来的一首诗作，怆然吟出：

迢迢天汉西南落,喔喔邻鸡一再鸣。

壮志病来消欲尽,出门搔首怆生平。

三万里河东入海,五千仞岳上摩天。

遗民泪尽胡尘里,南望王师又一年。

就在此时,辛茂嘉飞马来到他的身边,低声禀报:"临安差官送来标签函件,推官杨公请兄长速回府衙。"

辛弃疾心神悚然,语出:"标签函件有何训示?"

辛茂嘉摇头:"杨公神情默然,不曾告知。"

辛弃疾心头一闪,也许是有关虞公仙逝的讯音吧?他苦笑而自语:"该来了,果然来了。"

辛弃疾在辛茂嘉的陪同下,连夜飞马返回滁州城,在府衙厅堂会见了垂头丧气、神情焦疲的杨信、陈驰弼、燕世良。杨公从怀中取出朝廷吏部差官送来的那件标签函件,辛弃疾接过阅览:

> 淳熙元年庚申庚辰,遵御札示:调滁州府知府辛弃疾入朝,迁任仓部郎官。

一道经过皇上御批的调令啊!辛弃疾心神悚然,诡谲至极,费猜费解!他急急收拢纷乱的思绪,追索着这标签函件字里行间的隐情,淳熙元年的"庚申""庚辰",不就是民间度月度日的六月二十日吗?虞公仙逝仅四个月,圣上"锐意北伐"的国策真的要改变吗?"仓部郎官"之职,地位虽不显赫,但实权在握,为朝廷掌管粮米油盐酱醋茶诸物,乃国计民生之命脉,亦当今皇亲国戚、权臣佞臣攫取财物的宝地。辛弃疾生性疏狂,志在军旅,确无经营钱财宝物之天分本领,吏部大员如此荒唐用人,而且以"迁"字强调奖励之重,信任之殷,真是株连之法的妙用。其后滁州府现行的"十二字"施政方略将如何?

边塞厢兵、乡兵现行的改革将如何？皇甫山兵营的进军计划又将如何？说不得了，他感到无由而遭受"凌迟"之刑的痛苦。他咬着胸中沸腾欲爆裂的痛苦、愤懑、不平和不解，抬头望着眼前的同僚，强抑着一时情感上、思绪上的冲动和莽撞，深深吸了一口长气，以平和的声音询问："此标签函件内容府衙同僚知否？"

杨信回答："辛郎在外视察未回，不敢向任何人泄露其内容。"

"吏部差官现在何处？"

杨信回答："吏部差官及其随从二人，已于昨日午前返回临安。"

"吏部差官有何训示？"

杨信回答："吏部差官及其随从二人，皆去年下达吏部函件选调通判范公入朝的原班人马，其人态度和善，出语亦谨慎，仍以'奉诏入朝，不舍昼夜'八字嘱托。"

"皇恩浩荡啊！谢吏部差官指点迷津。"辛弃疾仰望临安，三呼圣上万岁而谢旨隆恩！

"杨公，陈公，燕公，这'迁任仓部郎官'的辉煌，是我辛弃疾的荣耀，也是你们和府衙同僚的荣耀——你们用满腔热血、万般辛苦辅佐辛弃疾搏击风云；更是滁州府数十万黎庶百姓的荣耀——他们用父母兄弟姑嫂姊妹的爱心，智慧才能、辛勤劳作，在两年多的时光里，创造了'十二字'施政方略的惊人业绩，也成全了辛弃疾。在一年前把通判范昂送进了朝廷，今天又把我送上朝廷仓部郎官的高位。理当大张旗鼓感谢滁州府数十万亲我、爱我、信任我的人民。可这'迁任仓部郎官'的责任太重大了，我请求你们，在三天之内别把这则震撼人心的喜讯告知任何人，为我保密，让我在这短短的三天里，醉心、醉意、醉情地享受这从天上掉下来的幸福。"

杨信、陈驰弼、燕世良望着异于往日、神情澎湃的辛弃疾，默默点头。

辛弃疾回到家里，正是午时三刻，家人范若水、范若湖、辛茂嘉已在厨房备好午餐以待。辛弃疾走进厨房，范若湖急捧洗漱水盆迎接，范若水亦捧来清茶,辛茂嘉移椅侍坐。辛弃疾坦然一笑,从怀里取出朝廷差官送达的"标签函件"拍在餐桌上。

范若水接过"标签函件"一看,苦笑出声:"官升一级,难得啊,光宗耀祖了。辛郎,这'仓部郎官'何职何权?你能胜任吗?"

辛弃疾拱手回答:"夫人听禀,'仓部郎官'之职,朝制规定明确:'掌仓庾储积、出纳等事务。'也就是为朝廷看管粮米油盐酱醋茶等生活用物。对皇亲国戚、重臣大员能否侍候得身肥体胖、心身舒坦,弃疾不敢保证,但进入临安之后,夫人不必亲自提篮上街买菜、打酱油了,若湖小妹不必亲自拉车买粮米谷物了,茂嘉也不必亲自挑水劈柴了。这些有关辛府的生活琐事,统由我这'仓部郎官'亲自承担。辛弃疾七尺男儿,堂堂汉子,会使夫人和弟弟妹妹过上这人世间最幸福的生活。夫人,我这两个多月,奔波于农社、边塞、兵营,深感疲痛,昨夜一路飞马奔驰,至今头昏脑涨,骨架欲裂,似乎连眼皮也抬不起了。我此刻最幸福的请求是睡觉,睡一个什么也不愿想的午觉。你们午餐去吧,我睡觉去了!"

辛弃疾起身,行至厨房门口,回过头来,高声叮嘱范若水:"夫人,今日晚餐别再饮水啜菽了。搞个酒肉齐备,为我的'官升一级'隆重庆祝!"

辛弃疾走进寝居,坐在餐桌前的范若水、范若湖、辛茂嘉瘫软在坐椅上,似乎连餐桌的一双竹筷也拿不起了。

他们骤然恍悟,辛弃疾今后的战场,不再是边极要地滁州府,而是临安郊野存放谷物粮米的仓房和存放有五千石谷物粮米的仓庾;辛弃疾今后生命之所在,不再是搏击风云、雄师战场、克敌制胜、收复故疆,而是与谷物为伍,在谷物的收藏、晾晒中与硕鼠蛀虫周旋,与雨雪风霜搏斗,在高墙、铁锁、禁地、禁室中默默消磨着生命。还有,辛弃疾这三年来在滁州搏击风云中所获得的一切,都将化为乌有。古训治国即治吏,吏正则国强,吏邪则国灭。虞公仙逝,强国北伐之吏遭贬,奸臣佞臣据权,议和偏安之徒猖獗,与辛弃疾并肩搏击风云的推官杨公、司户陈公、司兵燕公还能安然无恙吗?实施三年的

"十二字"施政方略还能继续进行吗？最堪忧者,由"招流散"而产生的西涧屯田和进入屯田西涧的归正人、归明人、归顺人、归朝人,还能安然地生活吗？最令人提心吊胆的是,依辛郎"兵民成军"之论而创建的皇甫山兵营内现有三千名战士,或将遭受遣散,或将成为辛弃疾万劫不复的罪行。

他们骤然完全领悟了辛弃疾那夜祭祀虞公英灵时的那首词作《鹧鸪天》中"汉殿秦宫""卷地西风"的沉痛悲哀。辛弃疾三年来在滁州府光彩夺目的搏击风云,或将成为惨不忍睹的历史陈迹。

范若水的泪水从闭合的眼睛流出,范若湖扑在范若水的怀里抽泣着,辛茂嘉含泪走出了厨房。

辛府当日为隆重庆祝辛弃疾"官升一级"的晚餐在入夜戌时举行,也切切实实地达到了辛弃疾"酒肉齐备"的要求。这般尽其隆重豪华的晚餐,自然不是出于节俭成性的范若水、范若湖之手,她俩在降临的"标签函件"的打击下,似乎忘记了辛弃疾进入寝居午睡前的隆重嘱咐。细心的辛茂嘉默默地办就了辛弃疾要求的这顿晚餐,范若水、范若湖歉然一笑,向辛茂嘉送去了会心的称赞。

范若水用高扬的呼唤声请出了寝居内午睡的辛弃疾。他坦然的神情、晶亮的眸子、爽然的举止,向家人表明他根本不曾睡觉,只是卧床歇息,免去干扰,借以思索摆脱眼前困局的安排。在家人心绪惶惶的惊讶中,他落座在餐桌上端,移来两坛徽宗御酒于眼前左右两侧,请家人入座,并为其斟酒满杯,发出了这隆重庆祝"官升一级"晚宴的开场白:"今晚酒宴,我充任侍酒。古有谚语:'一人得道,鸡犬升天。'弃疾迁升'仓部郎官',我们理应携手抱团进入临安城郊天下最大最丰盈谷物粮米的仓庾了。都举起酒杯,为皇恩浩荡的圣上干杯!"

范若水、范若湖、辛茂嘉放声应和而举杯尽饮。

辛弃疾行侍酒之责为家人斟酒:"杨公转达吏部差官离开滁州返回临安

时,曾以'奉诏入朝,不舍昼夜'八字叮嘱,言简意赅啊!我决定全家三日后奔赴临安。今天是六月二十八日,七月一日将是我们全家离开滁州的日子。都举起酒来,为吏部差官这'奉诏入朝,不舍昼夜'八字赠言的好心肠干杯!"

范若水、范若湖、辛茂嘉应和而尽饮。

辛弃疾行侍酒之责为家人斟酒:"该离开滁州了,越早越好,越快越好。别为并肩搏击风云的同僚添乱,别引发无端无由的混乱出现,别留恋三年来施政滁州成功与失误的一切,别为未来的风云变幻操心,即或出现屯田消失、兵营解散、'兵民成军'的实践转化为违背祖制朝规的千古罪行,也不必感到惶悔和羞愧。来!都举起酒杯,为我们三年来搏击风云、无憾无悔的岁月干杯!"

辛茂嘉举起酒杯的手颤抖了,范若湖举起的酒杯失手落桌了,范若水未举起酒杯就失声流泪了。

辛弃疾举起的酒杯僵在声音哽咽的痛苦中:"哭有何用!泪有何用!悲哀有何用!我们面对的,是一个正误错位、权势横行、有理说不清的现实,连千古一人的虞公不也被这个混沌的现实吞噬了吗?还是母亲三个月前托'西湖浪子'传谕的教诲说得真切,说得透彻,说得振奋人心,说出了人世生生不息的密码:'千古胜负在于理。'理者,物之兴衰,情之起伏,道之所依,心之追求;政出于民,政福于民,则万古不朽,一切权势的奸论、怪论、偏安之论、议和之论、狗屁之论,都将被政出于民、政福于民之理所埋葬。三年来,我们在滁州施行的'十二字'强兵富民方略被权势毁灭容易,三千战士被权势解甲容易,可三年来在血液中、骨髓中所形成的那种不屈不挠、敢斗敢拼、敢杀敢砍的兵气、胆气、豪气、傲气、霸气却是权势毁灭不了的;它将永存于滁州黎庶百姓,特别是年轻汉子的肝胆灵魂中。在外敌入侵的艰难岁月,人们都会像我们当年在齐鲁那样,揭竿而起,为'理'冲杀,为'理'战斗,为'理'占山为王,拼个你死我活。'千古胜负在于理'啊!来,斟满酒,举起杯,我们连饮三杯,向滁州府告别!向滁州府的衣食父母、兄弟姊妹告别!向边塞兵营的厢兵、乡兵和'兵民成军'的三千战士告别！"

厨房的气氛骤然凝重了，一股战场上战斗方炽、胜利在望而战士被迫离开阵地的无奈，悲壮了酒席间每个人的神情。

辛弃疾神情似乎平和了，他行侍酒之责为家人斟酒，道出了他思虑离开滁州府的具体安排："明日清晨，茂嘉可去皇甫山兵营拜见开赵、刘云、温皋三位教习，告知我'奉诏入朝'的喜讯，领回祐之小弟，断不可透漏'迁仓部郎官'一事。他们都是刀剑丛中'闻风'而'草动'的人物。关于前往六合县佐助中玉大弟的三哥（辛勤），一时不便联络，只能至临安后再作打算。"

辛茂嘉点头应诺。

辛弃疾致语范若湖："明天，小妹当清查三年来住宅内原有的家具用物，凡丢失和损坏的，都要购物赔偿，集中于客厅，并登记成册，以便清楚移交。"

范若湖点头应诺。

辛弃疾望着范若水语出："夫人，我们官场飘蓬，'空手而来，空手而去'的誓约，当由你安排实施了。"

范若水语出慨然："官场飘蓬，又是一次'无果而终'，命啊！但飘蓬誓约，决不会变更。离职他往，除携带任职期间出自辛郎笔下的文书底稿、诗词作品、朋友交往的书信和自费购得的书籍外，其他一切自购之物都交府衙处理。辛郎，这般举措近于'扫地出门'，你该放心了吧？"

辛弃疾大喜，举杯唱赞："谢夫人，谢小妹，谢茂嘉。来日抵达临安，执权粮米仓部，勿抱'临水楼台先得月'之念，勿怀'向阳花木易为春'之想，当牢记'近火先焦'之古训，不沾仓部一米一粟，不取仓部一草一木，促我廉洁，督我清白，我感谢三位了。"

范若水笑语出口："'得陇望蜀'，权势进逼啊！'迁仓部郎官'之职尚未到位，就向自己的家人开刀了。这是逼我领着小妹、茂嘉在临安街头提篮乞讨啊！小妹，你以为如何？"

范若湖笑了："姐，我突然想起三年前在临安竹苑你教我读过唐代诗人王维的一首诗作。"

范若水询问："什么诗作？"

范若湖吟出——

新丰美酒斗十千，咸阳游侠多少年。

相知意气为君饮，系马高楼垂柳边。

出身仕汉羽林郎，初随骠骑战渔阳。

孰知不向边庭苦，纵死犹闻侠骨香。

范若水含泪唱赞："'孰知不向边庭苦，纵死犹闻侠骨香。'辛郎，你听清楚了吗？这是唐代诗人王维诗作《少年行四首》中的一首。它唱出了王维豪侠任气、舍身报国的心灵，也唱出了小妹豪侠任气、舍身报国的心灵；也是我们全家人豪侠任气、舍身报国的心灵答对。你就放心地做一个廉洁清白的'仓部郎官'吧！"

辛弃疾举酒高呼："谢夫人，谢小妹，谢茂嘉。我们今日的晚餐，当大碗饮酒，大块吃肉，养好体魄精神，以备来日在临安街头提篮乞讨。来，干杯！"

范若水、范若湖、辛茂嘉同声响应，碰杯畅饮，开始了告别滁州府最为隆重的晚餐。

两天后的六月三十日夜初，杨信、陈驰弼、燕世良依约来到辛宅，与辛弃疾商议"隆重欢送辛弃疾入朝"事宜。辛弃疾于客厅以茶热情接待，并招来家人范若水、范若湖、辛茂嘉、辛祐之向三位同僚请安问好。家人离开后，辛弃疾一如既往毫无保留地谈出了进一步实施"十二字"施政方略的设想：耕垦荒地以增产粮米；再降税赋以富民收入；再健全拥军举措以提高军誉、军气、军力、军威。并热情洋溢地答应明日辰时抵达府衙与诸位共议"送别会"的日期、地点、规模、人数及需要准备的一切。杨信、陈驰弼、燕世良高高兴兴地离开了。

翌日(七月初一日)黎明时刻,在夜色将尽的朦胧中,辛弃疾、范若水、范若湖、辛茂嘉、辛祐之牵着坐骑静立在辛宅大门外,他们携带的文书底稿、诗词作品、购买的书籍衣物及朋友的书信,分置于五匹坐骑的背囊里,辛弃疾写给同僚的留言,用镇纸压在书房的桌面上。辛弃疾亲手轻轻地掩上了宅院的柴门,默默向居住三年的屋宇告别。五匹坐骑通人性地喷鼻作响,沉重地移动了奔蹄。

也许由于心底深处对滁州的留恋不舍,至日出三竿的辰时一刻,辛弃疾一行五骑,行至滁州城西南十里许的琅琊山麓,在晨风呼啸中停步在古刹圣地醉翁亭前。由于去年辛弃疾招请滁州府著名工匠的倾心、倾力地修复,醉翁亭及其院内的意在亭、影香亭、古梅亭,都洗去了三年前那草漫阶台、柱倒梁颓、壁斜瓦落的惨状,呈现出山水多情、林壑秀美、幽香醉人的风采。特别是醉翁亭前先贤欧阳修塑像的顶天立地,在辛弃疾一行五人的心中,响起了先贤欧阳永叔寄情滁州山水的散文名篇《醉翁亭记》。年轻的辛祐之激情飞扬,放声吟出:

环滁皆山也。其西南诸峰,林壑尤美,望之蔚然而深秀者,琅琊也。山行六七里,渐闻水声潺潺而泻出于两峰之间者,酿泉也。峰回路转,有亭翼然临于泉上者,醉翁亭也。作亭者谁?山之僧智仙也。名之者谁?太守自谓也。太守与客来饮于此,饮少辄醉,而年又最高,故自号曰醉翁也。醉翁之意不在酒,在乎山水之间也。山水之乐,得之心而寓之酒也。

若夫日出而林霏开,云归而岩穴暝,晦明变化者,山间之朝暮也。野芳发而幽香,佳木秀而繁阴,风霜高洁,水落而石出者,山间之四时也。朝而往,暮而归,四时之景不同,而乐亦无穷也。

至于负者歌于途,行者休于树,前者呼,后者应,伛偻提携,往来而不绝者,滁人游也。临溪而渔,溪深而鱼肥。酿泉为酒,泉香而酒冽;山肴野蔌,杂然而前陈者,太守宴也。宴酣之乐,非丝非竹,射者中,弈者胜,觥筹交错,起坐而喧哗者,众宾欢也。苍颜白发,颓然乎其间者,太守醉也。

已而夕阳在山,人影散乱,太守归而宾客从也。树林荫翳,鸣声上下,游人去而禽鸟乐也。然而禽鸟知山林之乐,而不知人之乐;人知从太守游而乐,而不知太守之乐其乐也。醉能同其乐,醒能述以文者,太守也。太守谓谁?庐陵欧阳修也。

辛祐之吟诵声停,辛茂嘉、范若湖鼓掌叫好。范若水手抚辛祐之而唱赞:"一篇长达四五百字的散文,一气吟诵,无一字差错,且声情并茂,辛家又一个'千里驹'啊!"

辛祐之低声回应:"谢嫂子鼓励,可我、可我有一事不解。"

范若水鼓励:"什么事?说出来。"

辛祐之鼓气说出:"史料有载:一百三十多年前我朝仁宗的庆历三年(公元1043年),'庆历新政'在参知政事范仲淹,枢密副使富弼、韩琦,知谏院、右正言、知制诰欧阳修的策划、倡导、鼓吹下轰轰烈烈展开,仅仅七个月的光景,便在庆历四年凄凄惨惨地结束。在一群皇亲国戚、保守大员的反攻倒算下,仁宗一声令下,罢参知政事范仲淹之职而贬知邠州;罢枢密副使富弼之职而贬知郓州;罢谏官、右正言、知制诰欧阳修之职,以策划、倡导、鼓吹、抗拒圣命之罪而下狱,四个月后出狱,贬知滁州。欧阳永叔算是'庆历新政'失败后受罪、受苦、受辱最惨的人物。这般冤情如山、伤心透顶的人物,在滁州的贬逐生活中,能写出这般清爽、雅致、生动、快乐、优美至极的《醉翁亭记》,嫂子不觉得太过神奇吗?"

范若水望着辛祐之睁着的圆圆而天真询问的眼睛,心底突地涌起一股苦涩疼痛的感觉。她转眸身边的辛郎,这几个月里,都在愁苦中煎熬着。祐之小弟天真的询问,也许是一剂解忧消愁的药方,她微微点头而语:"神奇啊,超越一般人情人性的神奇,神奇得令人不敢相信。辛郎,你听清了祐之小弟的询问吗？"

辛弃疾笑了："祐之小弟，别惊奇，别怀疑！欧阳前辈不是你我，而是一代贤哲，是千古流芳的人生导师啊！借用他'庆历变法'中亲密伙伴范仲淹名篇《岳阳楼记》结尾的名句为解：'噫，微斯人，吾谁与归？'除了一代贤哲欧阳永叔，我们还能以谁为师啊！上马，向一代贤哲欧阳永叔学习！"

范若水、范若湖、辛茂嘉、辛祐之同声唱和，他们飞身上马，跟着辛弃疾向千里之外的临安奔去。

七月初一辰时一刻已过，一向依约而动、守时不爽的辛弃疾还没有出现，府衙大厅里等待辛弃疾到来的杨信、陈驰弼、燕世良心生诧异，坐不住了，他们结伴急急奔向辛宅。

辛宅的柴门掩着，一推就开，庭院里一派宁静，没有一丝声响。一切井井有条的干净整洁，表明主人一家已悄悄地离开了。他们相视无语，回想起昨夜与辛弃疾相晤相谈的种种，骤然恍悟：一切都在辛弃疾的安排中。

他们走进客厅，看见原有的家具用物整齐地排列着，有几件是新购制的，并有以范若水署名的用物登记细目和请府衙推官杨信清点接收的敬语。

他们走进厨房、卧室，干净整洁，所有自购的住宿用物，分类放置，并有范若水签记列出的细目和留言："遵家主辛弃疾定规：不带走滁州一草一木、一粟一米、一针一线，特呈府衙处理。"

他们走进书房，一切如常，笔墨纸砚如常列置，只是书架上存书有减。桌案凸显处，有镇纸压置的一纸留言，字为辛弃疾亲笔，字字精励醒目：

为今日、明日滁州府计，可隆重庆祝三年来薄税赋、大丰收的业绩。高调欢呼圣上英明、皇恩浩荡。莫谈"兵民成师"，忌谈辛弃疾，忘记辛弃疾。切切。

杨信、陈驰弼、燕世良望着辛弃疾这短短的留言，都神情严峻默然了。

十　吏部见闻

辛弃疾一行五人经过七天的策马奔驰，于七月七日夜初戌时抵达临安，投宿于东华门外的东华驿馆。三年不见，驿馆主事杜伊明显老了许多，仍热情不减，见辛弃疾一行五人风尘仆仆归来，急令驿馆工役牵马解鞍、进茶备餐，并违驿馆"不安排随行人员食宿"之规，亲自打开驿馆大小不同的三套房间，供辛弃疾一行五人安歇。念及杜伊原为普安郡王府侍者的特殊身份，此般殷勤殊遇，使辛弃疾一行五人郁郁忐忑的内心骤然生出一种莫名的亲切和轻松。

翌日清晨，辛弃疾就要向吏部报到莅职，"仓部郎官"的生活就要开始了。他与范若水商定：由范若水带着辛祐之去凤凰山向辛大姑请安，并将小弟祐之交还辛大姑，以免小弟在"仓部"虚度年华；由辛茂嘉和范若湖在城内寻找屋舍，以便安家过日子，总不能全家都住进城郊鼠闹虫鸣的粮仓吧。

驿馆早餐之后，他们便分头行动了。

范若水和辛祐之回归凤凰山下之行极为顺利，他俩走出东华驿馆，就雇得一辆马车。一个多时辰的策马驱驰，至凤凰山脚的短木篱笆院落的高坡台阶前勒马停车，一种归家之感，使范若水、辛祐之几天来堵在心胸中的郁闷，得以缓释。

范若水、辛祐之踏进短木篱笆院落的大门，庭院中的瘦松、虬梅、翠竹在清风摇曳中轻盈相迎,使范若水、辛祐之的情怀骤然开朗了。推开柴门的响声和来客进入柴门的脚步声,惊动了接替"玩伴"老管家的中年管家。看到是少主人和一位典雅灵慧的妇女归来,惊喜出声,惊动了一排屋内的男女家仆,他们纷纷走出屋门,也惊动了书房内埋头书写的辛大姑。她走出书房,伫立在一片翠竹中,似乎一下子被眼前的情景惊呆了。在男女家仆注目的宁静中,范若水挽着辛祐之快步迎上。三年不见,辛大姑更显亲切秀丽了。她向辛大姑行晚辈揖拜之礼,她代辛弃疾向辛大姑请安,她双手把辛祐之推向辛大姑的怀里。辛大姑紧抱着离家八个多月、个头长了一头、身体壮了一圈、虎气彪彪的辛祐之,如大梦乍醒,语出喃喃:"是祐之吗?是若水吗?幼安怎么没有来?"

范若水一阵心酸,泪水几乎夺眶而出。聪明的辛祐之开口了:"姑姑,我幼安哥奉诏入朝,我们全家又在临安团聚了。幼安哥此时已在吏部报到莅职,也许正在接受圣上的召见!"

辛大姑手抚辛祐之之手高声语出:"幼安奉诏入朝,大喜啊!管家摆酒设宴,今日午时,我们全家要为幼安的'奉诏入朝'祝福!"

中年管家高声应诺。

辛大姑热情沸然:"若水,快进书房。"

范若水走进书房,三年前在这里首次见祖公的幸福记忆突地涌起,浸润着激情难忘的心神。此间三面壁立的书橱依然,显示着神圣和庄严;书橱内分类列置的各类典籍依然,闪耀着智慧之光;眼前这张宽大的桌案依然,桌案上堆积着辛大姑整理勘定准备付梓的祖公文章。她接过辛府女仆献来的香茶转呈辛大姑,以晚辈之礼,向辛大姑禀报辛弃疾三年来在滁州任上搏击风云的大略情状。

辛大姑的拍案叫好声截住了范若水的禀报,她放声高呼:"圣上英明!圣上确有古语'宰相必起于州郡,猛将必发于卒伍'的天纵英明啊!幼安此次奉诏入朝,将任何职?"

范若水苦笑回答："仓部郎官。"

辛大姑神色惑然,继而呈现出肃穆严峻……

辛祐之忙为辛大姑作解："姑姑,'仓部郎官'之职,是执掌朝廷仓庾储积出纳事务。"

辛大姑怆然语出："'掌仓庾储积出纳事务',不就是为朝廷看管粮柴油盐酱醋茶吗?幼安在滁州不到三年时间,使滁州呈现出民生欢愉、兵气雄威、边陲安逸、大地沸腾的人间奇迹,却沦落在临安粮仓的高墙之中,这公平吗?虞公仙逝,妖风邪气乘机而起,朝廷的一切都在变化,虞公《材馆录》中的辛弃疾还能安然无恙吗?调离边陲重镇滁州出任'仓部郎官',也算是天纵英明的圣上对幼安的一种特殊恩典了!"

范若水心里发热了,辛大姑良珠明世啊!她借机道出了辛郎所托:"大姑所示极是,若水受教了。幼安特意托若水向大姑禀报,祐之小弟在皇甫山兵营近八个月的生活中,严守军规,服从教习,吃苦耐劳,严格操练,增强体质,已初步掌握了刀枪剑戟搏杀之术,与乡社农家子弟相交相识,平等待人,得兵营教习士卒的爱护赞扬,不负大姑所期。今后幼安将供职仓部,其守护对象乃无声的粮柴杂物,其搏击对手,乃日藏夜出的硕鼠害虫,虽名曰'仓部郎官',实乃无业囚徒。如此虚度时光而误及祐之小弟,则愧对祖公和大姑的训示了。况且时世之风,非豪门亲信不官,非科举出身不官,今后有志报效社稷、福民利民的寒门子弟,不走科举之路,只怕真的是报国无门了。"

辛大姑已知辛弃疾、范若水之意,微笑语出:"幼安所言极是,对当前政坛荒唐之风的辨识,亦深刻而精当。科举取士之制,乃隋文帝杨坚创立,为天下寒门学子开设了一条实现雄心才智的道路,功德无量啊!祐之若要光大祖公之业,也只有科举取士这条路可走,也必须走啊!但时下'以兄为师',随师左右的难得机遇,断然不可放过。何谓'仓'?何谓'庾'?'仓''庾'何形何状?祐之根本不知。'仓庾'制度如何?制度现行何状?祐之根本不知晓。《诗经》中《硕鼠》一诗,祐之是会背诵的,但'硕鼠硕鼠,无食我黍''硕鼠硕鼠,无食我麦''硕鼠硕鼠，无食我苗'之惨情惨状，在他的心里仍然是一片空白。机遇难逢啊，他应当留在幼安身边，摒去《硕鼠》民歌中人们善良、回避、退让的无奈，在幼安捕鼠除害的霹雳搏杀中，树立人生灵魂中最高贵、最闪光的品德。祐之，你愿意跟着你的兄长老师闯一闯临安城郊硕鼠为害的仓庾吗？"

辛祐之高声响应："谢姑姑教诲。祐儿愿跟随兄长老师，捕鼠除害，把临安粮仓变成民歌《硕鼠》中所期望的'乐土''乐园'和'乐郊'！"

辛大姑手抚辛祐之慨然放声："若水，你听到祐之求学之心志声息吧，拜托你替我向幼安求情了！"

范若水急忙应诺："大姑训示，折煞晚辈和幼安了。幼安当铭记在心，遵示而行！"

辛大姑神情沸然，语出："寄语幼安，古往今来，煌煌几千年的历史，都在不停地变化着，'不为尧存，不为桀亡'，一场风雨雷电的剧烈震动都会逼迫人们，包括我们天纵英明的圣上，做出另样的选择，也会使各式各样的权贵高官做出违心的、弄权的退让。这种改变和退让，也只能是虞公为之献出生命的筹划和追求。天日昭昭，我们当拭目以待！"

范若水的心神突觉怡然清朗了，她霍地站起离案，向辛大姑揖礼致敬："幼安当不负大姑教诲，坚定意志，勇往直前。"

此时，辛府女仆进入书房，禀报午餐已备。

辛大姑高声叫好，起身挽着范若水以示谢意："若水，有你佐助幼安，我替幼安高兴啊！走，午餐畅饮，为幼安任职'仓部郎官'干杯！"

午后未时，辛大姑命辛府男仆备马备车，率领辛府男女仆人至柴门外送范若水、辛祐之离开短木篱笆院落，乘车奔回城内东华门外的东华驿馆。

辛茂嘉和范若湖走出东华驿馆寻找租屋的任务也是神奇而顺利。他俩在东华门外大街的几条坊弄几度请教临安原住居民"何处有租住之屋"。也许由于他俩身着滁州民间粗俗的衣着和河朔齐鲁的口音，被请教者有的摇头不答,有的呃笑不语,有的目扫上下衣着而斥责:"此地寸土寸金,你俩能租得起吗?"有善意者提醒:"城外各类役工聚集杂居之处,或有木屋竹舍可租。"辛茂嘉、范若湖出足不远而遭此棒喝,相视而苦笑。

茂嘉语出:"此临安高雅之风,明白否?"

范若湖应之:"城外役工杂居的木屋竹舍,我俩可以居住,难道也要兄嫂居住吗?"

辛茂嘉做无奈状:"到什么地方说什么话,到哪个山头唱哪个歌。兄长已主政仓部,他俩也该在城外仓庾附近的木屋竹舍过日子了!"

范若湖佯做叹息:"十二郎辛茂嘉,从小居当今人杰辛弃疾身旁,今日竟如此窝囊无能!动动脑筋。跟我走!"

范若湖转身移步,辛茂嘉亦步亦趋,紧跟其后,当他俩沿着熟悉的通向东华门外竹苑的路途前行时,辛茂嘉突然恍悟了,三年前离开竹苑奔赴滁州时周府管家鹤发长者陈伯的赠言,可那"停付租金,续约三年"的承诺,也许只是一种"忘年交"的情感表达吧!他内心不仅为"竹苑"的现状担忧,更为若湖将面对记忆中满怀情义的失落担忧。

他俩来到竹苑的门前,柴门是敞开的,目光所及,院内是有条不紊的整洁,竹林碧翠得一尘不染,枯叶渺无;竹林边的几把竹椅,依然净亮闪光,只是挪动了原位;屋宇似乎都是重新整修的,屋檐、门窗、通道、台阶毫无荒芜凄凉之迹象。竹苑有主啊!他俩相顾凄然,正要转身离去,忽见屋舍精制的楠木房门敞开,一位老者走出,拾级而下,范若湖惊诧出声:"是陈伯?"辛茂嘉大喜高呼:"是陈伯啊!"他挽起范若湖的手臂,飞起般地跨进"竹苑"的柴门,出现在竹苑管家鹤发长者陈伯的面前。

陈伯在一时的惶茫中,辨认出这对不速之客,喜笑颜开,欢声语出:"是茂嘉!是若湖!辛郎何在?若水何在?他俩还在边陲滁州吗?"

辛茂嘉急忙回答:"谢陈伯关爱。家兄奉诏入朝,已于昨日夜初进入临安,安歇于东华驿馆,此刻已进入吏部报到莅职,特令我和若湖前来向陈伯请安。"

陈伯大喜,高声为辛弃疾奉诏入朝唱赞:"天公地道,圣上英明啊!去年年节,我家公子周孚回到临安,大赞辛郎以'十二字'施政方略搏击滁州风云的雄武业绩,轰动了临安。南瓦清冷桥勾栏还在演唱着辛郎的词作《声声慢·征埃成阵》。雄奇壮伟、弓刀陌上、故国情思的滁州风景,激荡着临安黎庶的心啊!一语成谶,人心天知啊!三年前你们离开竹苑时,我曾以'停付租金,续约三年'为辛郎祝福。三年来,我定时定日洒扫庭除,以维护你们居住时之情景,寄我相思之悬念。茂嘉、若湖请看,你俩三年前喜结连理的洞房和洞房窗扉上的'喜'字仍在阳光中闪烁啊!迎接你们再次住进竹苑,也是我家公子特意叮嘱的啊!"

辛茂嘉、范若湖一时激情噎嗓,他们欲屈膝跪拜,却被陈伯伸手拦住,并请他俩进入屋内,商议进驻事宜。

辛弃疾走出东华驿馆去吏部报到莅职的急切行动,却碰到了一连串的软钉子。午前辰时正点,他抵达吏部府衙,由于他仍着滁州民间汉子的常服,遭到吏部门卫吏役的层层询查,靠着手中捧着的吏部发往滁州差遣叙迁的牒文,颇费口舌地进入了吏部尚书刘章的署室。署府的堂皇气势,使他两眼发蒙、气堵心胸:四周的楠木书架上,除几部匣封厚重的四书五经外,全是珠宝玉器,五颜六色,光芒四射,交织成为一座莫辨东西南北的迷宫。一位年约十五岁的少年,形容俊秀,高傲精明,端坐于一张桌案前。视其桌案摆设,其职务似为书记(掌管文书记录),有着吏部官员特有的居高临下的气质。他感到意外新奇,有些可笑,三年前在朝廷出任司农寺主簿时,不曾见过这位年轻的书记,或为太学学子,或为某个王府的通世俊才,或为谏院、御史台哪位高官大儒的门生,见习于这吏部权力宝地,都有着惹不起的后台人物,当小心观赏啊!他自报姓名,双手呈上吏部"遵御批示"发出的"资任牒文",以示报到莅职。

年轻的书记官似对辛弃疾的到来早有准备,接过"资任牒文",目光一扫,随手退还给辛弃疾,不冷不热地发出训令:"你可以去'仓部'莅职行权了!"

遭此轻蔑,生平未有,辛弃疾眉头一耸,忍耐了,而且衍生出一个"玩"的念头。吏部,执掌官员生死荣辱之权力,权力塑人,不分年龄大小、聪颖愚蠢。念及这位书记年纪尚幼,尚处于不知天高地厚"公子哥"的混沌时期,且待其成熟之日。再说,自己也确有一见吏部尚书刘章一面的强烈心愿,感谢当年在"延和殿答对"时对自己的支持,况且朝野有人传言,说辛弃疾的这次入朝任职,乃吏部尚书刘章荐举,遂拱手年轻书记,哂然而请示:"禀报书记官,辛弃疾请见吏部尚书刘章大人。"

年轻的书记官眉头一皱,威然作色训诫:"尚书刘章大人是随便什么人都可见的吗?需要事先请示,方可安排晋见!"

辛弃疾哂然请示:"感谢书记官明示,辛弃疾现时恭然请示书记官为之安排,可否?"

年轻的书记官佯做沉思,慨然语出:"此时尚书大人已被圣上召进福宁宫议事,午后或有时间,你午后未时三刻准时晋见吧!"

辛弃疾哂然拱手致谢告辞,他走出吏部署室,仰脖而尽呼胸中闷浊之气。官场丑态,夫复何言。他焦心焦胆地回到东华驿馆,不见范若水、范若湖、辛茂嘉归来,心里更增添一层说不出的凄凉,他卧床闭目,忘记了午餐,等待着午后未时的到来。

午后未时三刻,辛弃疾准时抵达吏部吏役办公的署室,年轻的书记官正在伏案埋头执笔处理一件笺表文书,心灵机敏地感觉到有人进屋,猛地抬头,见是辛弃疾到来,停笔驻目,既无迎接之语,更无赐座之说,似已准备好的"逐客令"侃然出口:"是'仓部郎官'大驾来临,委屈你了。此时吏部尚书大人正在德寿宫聆听太上皇的英明训示。你明日午前辰时正点再来,吏部尚书刘章大人可能有时间见你。请回吧!"语毕,书记官立即恢复了伏案埋头执笔处理笺表文书的庄严状态,似乎忘记了辛弃疾的存在。

冷漠、粗暴、无礼,辛弃疾对这位书记官全然失望了,他压下了胸中腾起的一股怒气,转身离开了吏部尚书刘章办公的署室。

申时的钟声敲响,气咽声吞的辛弃疾回到东华驿馆,受到范若水、范若湖、辛茂嘉、辛祐之的热烈迎接。辛大姑整理、勘定祖公遗著即将付梓的巨大成绩和决定小弟祐之随兄历练"仓部"生活并向幼安任职"仓部郎官"的祝贺,使辛弃疾颇感意外而敬佩,气咽胸闷之状稍释;特别是陈伯三年来践"停付租金,续约三年"的约定,三年来洒扫庭除,等候辛弃疾来住的大仁大义,使辛弃疾荡气回肠,转身面对竹苑方向而长揖,向陈伯致敬。更为气傲心畅者,忠义侠友、东华驿馆主事杜伊得知"竹苑"陈伯的侠情侠义,立马决定晚餐设宴为陈伯唱赞,为辛弃疾全家五口进驻竹苑送行。

剑气箫心啊! 辛弃疾突地感到心情亮堂了:侠友杜伊是有为而为,自己在明天会见吏部尚书刘章之前,正需要杜伊这难得的晚餐酒宴啊。

杜伊的晚餐酒宴,是入夜戌时在他的当值地点举行的。科斗细粉、玲珑双条、脂麻辣菜、皮酱琼枝、二色香藕、窝丝姜豉、七宝素粥、七色烧饼,俱为街食普及之品;一坛美酒极为珍贵,乃御库所出,名曰"齐云清露",乃抗金名将张浚所钟,当年就是以此"齐云清露"激励将士走上符离战场。室内四壁烛火点燃,亮若白昼,主客六人杜伊、辛弃疾、范若水、辛茂嘉、范若湖、辛祐之环桌而坐,洋溢着友人团聚的温馨。

杜伊今晚摒抛了一切客套俗礼,捧起"齐云清露"为席间的男女友朋斟满酒碗,扢袖举起酒碗,侃侃语出:"这第一碗酒,祝贺幼安入朝荣任仓部郎官。不为别的,只为幼安这三年来在滁州府干得太冲、太天翻地覆!响当当的'十二字'施政方略,硬朗朗的'流散者回归',创造性的'兵民成军',惊天动地高喊'今年太平万里,罢长淮,千骑临秋。凭栏望,有东南佳气,西北神州'。你太累了,太辛苦了,太使滁州黎庶欢欣鼓舞,太使朝廷肱股之臣心神不安了,也太使身边这几位兄弟姊妹受苦受累了。圣上恩典,让你在仓部郎官宝座上歇息养神,安然睡觉,愿睡多久就睡多久,朝廷的高官大员也都放心了。来,为幼安的'时来运转'干杯!"

席间的范若水、范若湖、辛茂嘉、辛祐之都被主人杜伊嬉笑怒骂的开场白惊呆了。辛弃疾却举起酒碗,喊出了出自心灵共鸣、炸雷般的回响:"好!干杯!"

杜伊似受到鼓舞,捧起酒坛为客人斟酒满碗,自斟满碗而举起语出:"这第二杯酒,献给竹苑鹤发长者陈伯。不为别的,只为今日的临安城还有一位不装糊涂的老人。临安宝地风云变化莫测,几个月前,当代圣人虞公殁于蜀军校场,临安风急浪高,朝政上又开始了走马灯,主战臣子遭贬外流,主和臣子高歌上位,南瓦清冷桥勾栏杖子头唐安安因歌唱辛郎的词作《声声慢·征埃成阵》而关门禁唱三个月,云水楼主人钱隐之竟因出语'荒唐'而遭重金惩罚。现时的临安,主战臣子形同罪犯,主战黎庶和为主战官员唱赞的百姓,成了罪犯'胁从',亦有家破人亡之灾。在此主和浪潮汹涌澎湃之时,有人竟敢践三年前'停付租金,续约三年'的口头承诺,迎接主战北伐而且'兵民成军'的辛弃疾进驻竹苑,不也是当代的圣人吗?我们为'当代圣人'陈伯干杯!"

席间的人们,热烈响应,放声高呼,碰碗而欢,为"当代圣人"陈伯干杯!

杜伊神情更显激越昂扬了,他举起满碗"齐云清露"高呼:"这第三碗酒,祝贺你们全家五口明日住进竹苑。不为别的,只是为了我这个东华驿馆主事杜伊光荣致仕。"

席间的辛弃疾、范若水、范若湖、辛茂嘉、辛祐之一时全都愣住了。杜伊放下酒碗,怆然语出:"辛郎知道,我也是出自普安王府的官员,曾任普安郡王的内常侍,也就是普安郡王的贴身侍卫,因为只知其武,不知其文,一腔忠心却炼出了一副讨人嫌的冷面孔。普安郡王登上宝座,皇恩浩荡,得圣上恩典,我出任礼部郎官,陪着朝廷大员与北方金国使者打交道。性格作怪啊!由于厌恶朝廷大员以奴颜婢骨之态讨好金国使者,招致朝廷议和大员的不满,任职两年,遭罢礼部郎官之职而出任东华驿馆主事,像侍奉亲爹一样迎送各州各府的显贵高官,同时也结识了几位江湖上的义友侠朋,如听风楼管家殷弘、云水楼主人钱隐、清冷桥勾栏杖子头唐安安、庙堂圣人虞公和眼前这位雄才大略、弃浊扬清、威震延和殿的辛弃疾。'延和殿答对'后数月,朝廷奸佞诸公,无处洗雪延和殿溃败受辱之耻,遂借驿馆与云水楼、清冷桥勾栏有财物之交而制诬谤我,六部九寺主和小吏亦哄然而助之,连上弹劾奏本,欲置我于死地。吏部尚书刘章,也就是三年前辛郎在'延和殿答对'时的刘章,乃我当年任职普安郡王府的同僚,绍兴十五年(公元1145年)任职普安郡王府秘书郎兼任王府教授,有'善揣圣意'之奇才,闻知圣上对群臣弹劾我有'摇头无语'之状,便以普安郡王府同僚的身份严词斥我'交友不慎',并以正本清源的举措,清查东华驿馆与云水楼、清冷桥勾栏仅有的七次财物交往,得出清廉的结论,为我辩诬,得到圣上的赞扬。虞公以武安军'军需未备'的现实情状回应圣上令其出兵北伐的'密诏趣之'而引发圣上的'不快',在虞公为战备而命丧武安军校场之后,这位'善揣圣意'的刘章立即迎合谏院、御史台主和大员对虞公闻风而起的攻击,以惶惶之态,别具心机地张扬一年前虞公出任四川宣抚使离开临安时与圣上举酒共誓的'君臣之约',影射虞公有'欺瞒圣上'之罪,博得朝廷主和大员卢仲贤、魏杞、袁孚、尹穑、吴益、徐考叔、吕游问等人的狂叫欢呼。这个变色龙并以吏部尚书的特殊权力以惑圣上,以雷霆霹雳手段,对主战的兵部尚书黄中、刑部尚书汪大猷、殿中侍御史唐尧封等进行贬逐和外任。其用心更为阴险者,在临安太学的莘莘学子中,竟以朝廷高官的主和、主战的不同而决定其子弟的任职去向,并利用吏部尚书的特权付诸实施:主战官员的子弟,不论学业如何,均县区安排,状若弃履;主和官员的子弟,不论学业如何,均据位要津。更为荒唐者,这位'善揣圣意'的吏部尚书刘章,竟以战国时楚国下蔡人、秦国宰相甘茂的孙子甘罗'年十二为相、奉使至赵国,说赵王割五城,并攻燕得地,以功封为上卿'史料记载为范,特叙当年力主议和,反对张浚北伐,遭御史王十朋弹劾罢官的尚书右仆射、同中书门下平章事兼枢密使史浩(字直翁)十三四岁的神童儿子史弥远进入吏部,任书记之职。如此这般,言者污舌,闻者污耳,国之大哀啊。昔日秦桧'善揣圣意',岳飞屈死于风波亭;汤思退'善揣圣意',张浚贬亡于乡野小店;今之吏部尚书刘章'善揣圣意',其误国害民之恶,或胜于秦桧、汤思退啊!大内有人告知,兵部尚书黄中遭贬,军旅震动,左丞相兼枢密使上呈奏表,荐举幼安入朝,任兵部侍郎之职,以稳定军旅大局,已蒙圣上口头恩准,但在吏部依制实施中,不知事之曲折,忽而变作幼安入朝,出任仓部郎官之职。是耶?非耶?弄不清了。幼安当作'传闻'而听之可也。"

平地滚雷,神秘而震撼人心的"传闻"啊!席间的辛弃疾、范若水、辛茂嘉、范若湖、辛祐之蒙了。眼前的"仓部郎官"也许是一个预设的陷阱,他们都相视沉默了。

杜伊怆然笑语:"京官难当啊!一年前由当时的户部尚书叶衡荐举从滁州调入户部出任主簿之职的范昂,本是一个谨小慎微的老实人,不知何由何因,有何过失,遭吏部贬职外任,传说此人倒有清正读书人的高贵品质,挺身抗拒,带着夫人弃官返回老家躬耕田垄,自己讨饭吃了。我不像他命苦,我只是东华驿馆芝麻大的小官,只犯有'交友不慎'的罪行,前天午前巳时已接到吏部的特殊敕令:高薪致仕,寄居临安。"

又一个炸雷轰顶啊!席间的辛弃疾、范若水、辛茂嘉、范若湖、辛祐之全都目瞪口呆了:他们不仅为回到故乡的范昂和叶嫂的生活担忧,更被虞公劳累殉国后的这股恶涛浊浪所震撼,更为甚者,竟然波及圣上眼皮下的东华驿馆,其恶涛浊浪的受冲击者,竟然也有当年保卫普安郡王的贴身侍卫。

杜伊望着席间一时惊诧的朋友,凄然一笑道:"这也算是吏部尚书刘章'善揣圣意'的高明之处。他毕竟是普安郡王府的秘书郎,熟知当今圣上仍残存着昔日爱护身边下人的情怀,'高薪致仕'四字,足以体现圣上的仁慈了;他毕竟是普安郡王府的教授,知道我的家乡是失落在金兵铁蹄下的河朔,当今圣上断不会让他当年的贴身侍卫在致仕后无家可归的。这'寄居临安'四字,足以应对当今圣上'念旧怜下'的情感了。因为刘章所要的不是东华驿馆'主事'这个芝麻小官,而是要安插一位他完全可靠的心腹,切实掌握各州各府高官大员出进临安的行踪动态。这恰恰反映了这位'善揣圣意'吏部尚书刘章的才智低下、胆气空虚和心胸的阴暗、胆怯和恐惧。天日昭昭,这班靠'善揣圣意'的奸佞之徒真能横行无阻吗?'天意从来高难问',哪个登上皇位的人,肚子里没有一盘弯弯肠子。让臣下'揣'到的'圣意',也许是英明帝王预设的借刀杀人的权术;四周藐视仇视这班'善揣圣意'的人群中,就有随时可得他们头颅的英雄好汉。雨雪风霜,是英雄成长的摇篮,天雷地火,是壮士热烈的情怀。虞公的遗愿遗风,千古不朽!"

夜深了,杜伊举起酒碗高呼:"来,捧起酒碗,为'高薪致仕,寄居临安'的杜伊干杯!"

席间的辛弃疾、范若水、辛茂嘉、范若湖、辛祐之举起酒碗,热泪盈眶,碰碗而饮。

翌日辰时正点,辛弃疾拜谒吏部尚书刘章于吏部尚书的衙署。伴刘章接见辛弃疾的,仅年幼神童书记史弥远一人。

这次的二人会见,刘章一方是经过审慎思考的着意安排。朝廷主战派首领虞允文命丧蜀军校场的消息传至临安,谏院、御史台主和派高官在大张旗鼓声讨虞允文"欺瞒圣上"的罪责外,就开始玩味来自边陲滁州的种种传闻,特别是有关辛弃疾"招流散"和"兵民成军"的施政方略。主和派首脑人物卢仲贤、魏杞、袁孚、尹穑等人添油加醋的议论,着实引起了赵昚故作淡然的疑思。刘章借"仓部郎官"房伯寿贪腐败露、服毒自杀之机,巧弄口舌,获得皇帝恩准,改变右丞相枢密使叶衡荐举辛弃疾任兵部侍郎的决定而出任仓部郎官,冠冕堂皇地使主战派首领虞允文《材馆录》中的超强俊才辛弃疾离开了他首创的、令主和派人物心神不安的滁州黎庶和数千名"兵民成军"的战士。一切都风平浪静、恬然无痕,连一向精于思索的辛弃疾竟然也急如星火地从千里之外的滁州于七月七日夜初进驻临安东华驿馆。刘章也吃惊于其行动之速捷,他皱着眉头思索着:是边陲之地生活艰苦难熬使然？是临安风情多彩的吸引使然？是身居皇帝之侧憧憬官场未来更加荣耀的前景使然？抑或是当今的人性使然？辛弃疾毕竟是辛弃疾啊,他的闻风而动、举止霹雳的军旅习气,也会使他分秒必争前来报到任职。该杀一杀他的气派了,该挫一挫他的兴头了。"朝入福宁宫,夕进德寿宫"的顶尖威风,足以使不知天高地厚的辛弃疾心惊胆寒了。他今日的提前抵达署室,就是要立制立威,向辛弃疾展现吏部差遣、资任、叙迁、荫补、课考等特殊权力。他吩咐身边的神童书记史弥远端坐案头,备好笔墨纸砚,认真记录辛弃疾说出的每句话、每个字。他特意加重语气叮咛:"牢记,辛弃疾说出的每句话、每个字,有时还真是价值千金的！"

史弥远在刘章的谆谆训诲下,还真的端坐桌案,执笔展纸地"神"了起来。

此时的辛弃疾,正在吏部衙门外不远处漫步徘徊着,似乎不曾听见临安城辰时正点的钟声。昨夜在东华驿馆的晚餐桌上,杜伊对临安时下政局变化的指点,使他对临安官场邪风邪雨有了深一层的了解,对刘章原有的好感和尊敬全然消散了,而且还感到其人有着一层笑里藏刀的阴险心机。他真的不愿拜见这种靠"善揣圣意"而翻跟头的无耻官僚,但与那位神童书记已有约定,不可爽约啊！再说,官场原本就是善恶是非交织搏击的场所,党党派派、团团伙伙着实地存在着,哪能清一色地亲亲热热、交心交胆啊！意念相同的,同风同雨;意念相左的,见个面,拱个手,说声再见,各奔西东。若不是到了事关国家安危、民生福祸的紧要关头,不都得咬紧牙关、压着心底的愤怒烈火吗？

此时,临安城辰时十五响报时钟声即将告终,辛弃疾稳步进入吏部衙署的大门。由于昨日两次出入吏部衙署,与衙署守卫熟识,不再遭受拦阻检查。他点头致谢,气宇轩昂地踏进吏部尚书的署室,并向刘章恭行晋见之礼:"奉调叙迁小吏辛弃疾,向吏部尚书大人拱手请安。"

高踞楠木大椅的刘章早有准备,威然点头。当打量到辛弃疾身着民间汉子山樵渔猎的装束时,着实感到一股烈气逼压,心头蓦然浮现出当年辛弃疾在"延和殿答对"中威逼谏院御史台主和高官卢仲贤、魏杞、袁孚、尹穑等人的情景,心神恍然,真有些坐不稳了。

不待他做出反应,辛弃疾话语逼来:"禀报尚书大人,吏部发往滁州的叙迁牒文,下官已于昨日呈交这位年幼精明的书记官审过,今日躬身前来,特意聆听吏部尚书大人的训诲。若大人'朝入福宁宫,夕进德寿宫'重任在身,时间宝贵,下官这就躬身告退了。"

刘章是敏感的,从辛弃疾神情话语中察觉到对自己的不礼不敬。怒火中烧,没有往日接见下属官员时礼节性的"赐座",更没有吩咐书记官为来客恩典性"进茶",冷面高声地开始了对面前躬身弯腰的辛弃疾的训示:"新任仓部郎官辛弃疾当知,仓部郎官之职,责任极为重大。我朝粮米储仓,分别于四地筑建,即临安府储仓,建康府储仓,镇江府储仓,四川府储仓。分别储粮几百万斛,以备水旱灾荒之需,乃全国军民官员生命之所系,亦朝廷、社稷安危兴亡之所倚。在此天灾人祸频仍之时,更是圣上、太上皇朝乾夕惕之所在。汝责任之重大,首先是严格掌管临安仓庾所储粮米等物的绝对安全,不得有一粒粮米之妄失!"

辛弃疾俯首静听着……

刘章的训教变得激昂了:"辛弃疾当知,近两年来,湖广浙赣广大地区水旱成灾,灾区官吏上呈开仓庾赐粮救灾之奏请,络绎不绝。临安仓庾虽为充实,但无力应对当前数省之灾,此亦圣上、太上皇的明确谕示。"

辛弃疾俯首静听着……

刘章的训教变得更严厉了:"辛弃疾当知,现时的临安,虽暂名'行在',实为京都。尔之责任,是保证京都的尊严,断不可出现缺粮少米之灾,是确保临安仓庾的一粒粮米不得流出临安城。汝当以前任房伯寿贪腐败露、服毒自杀为戒!"

刺耳的训示,耳鼓轰鸣了!狐假虎威的训示,气堵心胸了!辛弃疾哑然一笑,侃侃语出:"谢尚书大人谆谆训诲。下官前日抵达临安,听朝野议论,下官这次荣任仓部郎官之职,乃尚书大人费尽心思荐举而叙迁。此煌煌大恩,下官将于来日酬报。"

刘章轻轻点头,微笑应之⋯⋯

辛弃疾语出风起:"尚书大人容禀,下官行事,尊奉的是抗金英雄岳飞的两句话:'文官不爱钱,武官不怕死。'当年在故乡齐鲁历城,为反抗金兵欺压奴役家乡父老同胞,毁家纾难,一挥辛家三代积累的三百亩田地,几十间屋宇,成千上万的金银珠宝而成军旅两千,连眼皮也不曾一闪;在与金兵厮杀鏖战于齐鲁大地时,打开金兵的粮仓,以饷受苦受难同胞,不敢私藏一米一豆,砸开金兵的银库,以饷军旅和受苦受难的同胞,不敢私藏一个铜板;在投奔山寨耿京义军后数十次与金兵血肉搏杀的激战中,提着脑袋连命都不要,还会贪恋财物吗?如今,我大宋与金国仍处于战争状态,过半的国土为金兵侵略,过半的同胞呻吟在金兵的铁蹄下,金兵仍扬威边疆,战争随时可能发生,只有那些爱钱怕死的奸佞高官在弄权贪污,在弄权腐败,在弄权出卖圣上、太上皇的江山。前任仓部郎官房伯寿贪腐败露而服毒自杀,是罪所应得,是遗臭万年,但与那些身居高位、依势弄权、大贪大腐、故作清廉、高喊反贪反腐的伪君子相比,不是还残有一丝知罪自罚的人气吗?"

声势夺人啊!"善揣圣意"、惯于依势弄权的刘章的心一下子慌乱了,似有把握不住的怦怦跳动。"文官不爱钱,武官不怕死",又一个岳飞,又一个敢于顶撞十二道金牌的岳飞!他转眸桌案前端坐提笔作记的神童书记史弥远,似乎也愣着神情,忘了作记,傻乎乎地发呆了。他猛地摇头,欲振作精神,思谋应对之策,忽地被一种气势更为强烈的声音打断。他转过神来,辛弃疾的声音迎面而至:"请尚书大人放心,下官乃大人荐举而离开边陲之地滁州迁任朝廷仓部郎官之职,断不会辱没大人的英名,当尊奉大人'以前任郎官房伯寿为戒'的训示,绝不做前任郎官房伯寿'以粮换金''以粮换权''以粮换色'‘以粮结党营私’的蠢事、坏事,为圣上看管好临安仓庾所储的粮米,当一把不生锈、不散簧、不怕锤砸、不怕雷击、不怕火烧的铁锁头。据说临安粮仓现有官员六十五人,各有来头,良莠难辨,我的管理办法,简单而明确:廉洁者,奖!有错少许者,罚!贪渎腐败、罪行严重者,不论其身世,不论其所倚,不论其后台,依法严惩,该关的关!该杀的杀!尚书大人明鉴,你总不能让我带着一帮大小不等的硕鼠害虫,当一名糊涂官吧?据说,蒙圣上关爱,十年前曾派百名禁军健勇进驻临安粮仓,以保障仓庾安全。但斗转星移,安逸日久,昔日雄武的精兵,现时只是一群搬运粮米的苦力,早就不再摸刀提枪操练杀敌本领了。民间有论,临安仓庾的硕鼠,就是由禁军士卒变作苦力的时日里变成‘老虎’的。下官出任仓部郎官一职,绝不允许这腐败变种的情状存在。其举措简单而明确,以严格军训恢复昔日禁军的军容军威;以敢管、敢罚、敢砍、敢杀的忠心赤胆,对付一切偷盗仓庾粮米的奸商、奸官和官居高位的奸佞。尚书大人明鉴,没有这一点杀罚的胆量和担当,谁能理睬我这个无根无叶、‘决策南下’的齐鲁汉子。”

此时的刘章全然被辛弃疾钢铁般的话语震蒙了,如此对付贪腐之状,能不拔出萝卜带出泥吗?如此强化禁军功能,不就是要操起钢刀杀人吗?“人在河边走,谁能不湿鞋”,自己的鞋底,也有一层厚厚的泥巴啊!他突然感到自己为迎合“圣意”、为助长主和派高官声势浩大“主和”国策的回潮,费尽心机改变辛弃疾出任“兵部侍郎”为出任“仓部郎官”的阴损活动,是一种失策。失之东隅,亦失之桑榆,悔恨于怀啊!他灵机一动,以“变色龙”的特殊本领,在发出一阵笑声中,突地变成辛弃疾的欣赏者、拥护者,并用高声唱赞的特殊功能,掩盖着此时此刻对辛弃疾的极大憎恨和仇视,拍掌高呼:“辛弃疾毕竟是辛弃疾啊!我没有看错人,我没有辜负吏部选贤任能的职责,我对你提出的整治临安粮仓现时情状的方略全力支持。新任仓部郎官辛弃疾,你可以走马上任了!”

在刘章神情骤然的变化中,辛弃疾察觉到这“笑里藏刀”的阴险。当刘章故作姿态地发出热情洋溢的"逐客令"后,辛弃疾却用"感恩戴德"的致谢为这位"善揣圣意"的吏部尚书"添堵":"谢尚书大人的鼓励和支持,可下官还有一件事情仍不放心啊。"

刘章的神情凝滞了……

辛弃疾似不曾发觉,仍依礼禀报:"这件小事不在眼前,不在临安仓部,而在身后,在滁州;不在下官本身,不在尚书大人,而在隐身、隐形、莫名其妙的怪异中。"

刘章一下子被辛弃疾见头不见尾的言论搞糊涂了,他的心全然被辛弃疾所谓的"隐身隐形、莫名其妙"的怪异所笼罩,紧皱着眉头,连桌案前握笔作记的神童书记史弥远也发呆发愣了。

辛弃疾侃侃谈起:"尚书大人明鉴,下官在滁州推行的'薄税赋、招流散、教民兵、议屯田'十二字施政方略,乃圣上御旨恩准而为,近三年来略见成效,亦为朝廷户部、兵部多次派员视察所肯定。此皆滁州府衙通判范昂、推官杨信、司户陈驰弼、司兵燕世良及城乡官员及数十万黎庶百姓胼手胝足艰苦劳作之所得。现时边陲滁州,也算是一道强边御敌、初见成效的长城。也许由于这微不足道的成就,得吏部叙迁明察和圣上天高地厚之恩典,在一年半的时间内,先后调迁通判范昂和知府辛弃疾至临安任职。滁州军民黎庶视为日月光照之幸福,齐声欢呼吏部的公正廉明和圣上隆天厚地的恩典。滁州府推官杨信、司户陈驰弼、司兵燕世良都委托下官向吏部尚书大人致敬谢恩。"

谙于官场诡谲风云的刘章突地感到紧张了,心跳了。他突地感觉到辛弃疾炽热的言辞中,似乎有着一块深不可测的疑团。他凝神注目,集中脑力,捕捉着辛弃疾的依礼禀报。

"尚书大人明鉴,滁州地处边陲,黎庶百姓寓居乡野,识字不多,视野窄小,但朴实淳厚,心灵健康,面对正邪好坏事物,虽说不出深奥的道理,但其感觉的灵敏,绝不亚于豪吏高官;其府衙及街坊官员,皆出于科举,莘莘学子,亦有江南子弟聪颖灵秀之风,对滁州出现的种种事物,亦有着壮达天下之敏感。他们在真心实意欢呼吏部清明之后,突然感到在施政进行中遭遇到极为难堪的不便。一年半前,吏部发出牒文,迁通判范昂入朝,却无新人接任通判一职的安排。尚书大人明察,朝廷关于州府通判的功能有制:通判为州府副长官,有监察所在州府官员之权,凡民政、财政、户口、赋役、司法等事务文书,都须知州或知府与通判联署方能生效,战时则专任钱粮之责。朝制煌煌!滁州通判空缺的现实,使我这个出自山寨军旅的知府缺少了帮手,只能自缚双手,不敢作为,不敢担当,不敢面对滁州府新的需要而创见立新,只能按照通判范昂在位时共同制定的方略,毫无新意地徘徊了一年有半,误时误事,作罪作孽啊!皇恩浩荡!十天前,接吏部牒文,调下官入朝,迁任仓部郎官,亦无新人接替'知府'之音。朝制煌煌,下官不舍昼夜进入临安,现时的滁州,连个自缚双手的倒霉蛋也没有了。可怜的滁州府推官杨信、司户陈驰弼、司兵燕世良,可真是处于'叫天天不应,喊地地不灵'的窘境了。尚书大人明察,您说我此刻能坦然放心吗?”

刘章毕竟有着“听微决疑”的才智,他在辛弃疾调侃式的谈论中,做贼心虚地感觉到辛弃疾已洞察到自己两次“调人留缺”的用心,他心虚了:碰上这个不爱钱,不怕死,敢于扬威延和殿的山野之人,真有些胆怯了。他咬紧牙关,绞尽脑汁,思索着应对之策,辛弃疾的声音却刺耳刺心地传来:“禀报尚书大人,下官此刻最不放心的,是滁州正处于险恶的形势中。尚书大人明察,下官前日抵临安,喜闻朝廷有一则大吉大利的传闻,北国皇帝完颜雍慕我朝文化,读我朝经典,拜我儒家圣人为师,已成为仁者爱人的好皇帝,金宋叔侄相亲不再为敌了。这也许是真实的,但边陲滁州面对的金兵之状绝非如此。近半个月前,金兵新增铁骑三千,其统帅正是数次犯我江南、屠我黎庶、掠我财物的完颜襄。其人以凶狠残忍、嗜杀成性闻名,而且是现任北国皇帝完颜雍最宠爱、最得意的将领。尚书大人明察,一场战争,特别是一场边陲的局部战争,或因北国'仁者爱人'皇帝完颜雍为给我们的求和使节施压,或因北国'仁者爱人'皇帝完颜雍一时从胎里带来的邪气发作,或因滁州边境金兵主将完颜襄一时饮酒过量而以战争杀人为乐,都会以'不宣而战'的故技,率领三千铁骑奔向滁州。请尚书大人想想,我们的滁州府将会出现何等惨烈的情况:血火的边寨,血火的城镇,血火的农村,血火中数十万黎庶呼号、怒吼、反抗、搏杀之状惊天动地啊!可缺位知府、缺位通判,群龙无首,负戈边疆的厢兵、乡兵在无号无令中仓促茫然应战,'兵民成军'的士卒在无号无令中拼命搏杀,滁州府衙中既无决策之资,又无号令之权的推官杨信、司户陈驰弼、司兵燕世良在州府朝制紧缚双手的艰危时刻,只能带着府衙几十名官员捧着一颗忠于圣上的耿烈之心赤膊奔向战场,为圣上的每一寸土地而战斗。尚书大人放心,今日的滁州,断不会出现四十年前土地沦丧、金兵施虐、尸骨遍野、黎庶离散的惨状,而会呈现出与入侵者搏斗不息的战场。其振奋人心的信念信心,将是一首响彻滁州城乡边寨的民歌:'溥天之下,莫非王土。率土之滨,莫非王臣。大夫不均,我从事独贤。'尚书大人明察,这首民歌是《诗经·小雅·北上》中的一节。滁州府几十万黎庶在面对金兵猖狂的威胁中,有权向'不均'而害民误国的'大夫'提出控告啊。"

从普安郡王府快步走过"王府秘书郎""王府教授""礼部侍郎",迁居"吏部尚书"高位的刘章,根本不知兵事,不知战场上临阵指挥将领的重要,更不知战场上两军搏杀的惨烈,在辛弃疾描绘的边陲滁州可能出现的战场惨烈之状中,他有些腿软了、胆寒了,神情蒙了,特别是眼下滁州官民高唱的《诗经》中圣人孔子亲自审定的那首《北山》中的那节民歌,不就是直刺刺冲着自己来的吗?他方寸乱了,呈现出一种茫然的尴尬。连桌案前提笔作记的神童史弥远,也呈现出目瞪口呆的惊骇。

辛弃疾突地放缓了语气,呈现出一种经过深思熟虑的担当:"尚书大人明察,下官近三年来,身负滁州知府之责,在奉诏离开滁州时,不能不为滁州百姓这种激越愤慨的民情民风所动,遂焚香礼拜,对吏部一年半来发往滁州调离通判、知府的两份《牒文》进行潜精研思的学习领会,均有'遵御札示'四字。"

魔咒般的反应啊！"遵御札示"四字出辛弃疾口之爆响,真的带来了奇异的功能,茫然尴尬的刘章神灵附体似的振作了精神,眉宇间闪动着一股杀气,桌案前提笔作记的神童史弥远也神气回归似的睁大了眼睛:"遵御札示",吏部"牒文"之所倚,胆大包天的辛弃疾也敢以"否"字自投罗网吗?

辛弃疾似乎不曾注意刘章和史弥远神情的变化,他的声音仍以洪亮担当的气势响起:"'遵御札示',天才的词句,精妙的词句,知往鉴今的词句啊！滁州府眼前'缺位知府''缺位通判'的荒唐现状,与吏部无关,与吏部尚书大人无关。我去疑释怀了,心胸坦荡了。我要为当前边陲滁州面临的战争危急呐喊,我要为滁州府数十万忠于圣上、群龙无首的官民呼号,我也要为吏部和吏部尚书大人可能蒙受的冤情高声辩解。我要上呈奏表《论滁州府当前之危》于圣上,清除朝廷奸佞之徒的狐鼠鬼蜮伎俩,切实实现滁州府数十万官民'溥天之下,莫非王土。率土之滨,莫非王臣。大夫不均,我从事独贤'的悲切心声。当然,朝廷那些身居高位的狐鼠之徒定会利用权势断我上呈笺表于天庭的通路,我不敢请求尚书大人操劳,是怕辱及尚书大人的清誉——与下官有'一丘之貉'之嫌,只能亲执奏表至登闻鼓院、登闻检院击鼓求进,以表明下官一颗殷殷拳拳、忠于圣上的耿烈之心。言为心声,心在魏阙,若因此引来杀身之祸,下官当引颈待诛。"

刚烈之音震撼着吏部尚书署室。辛弃疾仰天大笑,转身离去。吏部尚书署室内,僵住了尚书刘章和神童书记史弥远。

十一 重阳夜语

辛弃疾在会见吏部尚书刘章的翌日辰时,带着辛祐之,由辛茂嘉领路,一行三骑,去城郊仓部履郎官之职。仓部郎官对他来说,是一个全然不疏的职位,莫说新朋故友,连个认识的人也没有。此时只记得一个人的名字叫"陶毅",还是昨日茂嘉去仓部打前站时新结识的一个人。据茂嘉讲,这个人年约三十岁,性格豪爽,待人热情,原为驻守临安禁军中的一位都虞候(下级军官),一年前在轮流到外州县就食(号称就粮军)"习勤苦、均劳逸"的一次赶车运粮中跌折了右腿,已不符禁军"琵琶腿(大腿粗壮)、车轴身(肩宽腰细)、高度适中"的基本条件,遂转入警戒仓庾的禁军,并出任仓部员外郎之职(职权为仓部副职),其资历、才智、待人接物,在众多的"仓长庾头"中颇具人望,与这里一百多名警戒仓庾的禁军亦有着特殊的友情,并谈及警戒仓庾禁军中的四位年轻押班王威、徐大锁、刘茂生、赵大明。辛茂嘉当即决定,在明日辛弃疾履职仓部郎官的简朴仪式特请"仓部员外郎"陶毅组织操劳,陶毅慨然应诺。辛弃疾嘉辛茂嘉的安排,并坚信他不会看错人。

辛弃疾一行三人至城郊仓部衙署门前三百步处勒缰下马,仓部衙署金碧辉煌的屋宇呈现着临安城郊不凡的风采神韵。气势逼人啊!两扇漆黑的大门敞开着,却不见有人出入。衙署两侧一溜儿十多座高大威严的屋宇排列,气势宏伟,但门窗紧闭,给人以沉寂之感。辛茂嘉告知,此乃百多名警戒禁军居住之屋。这群屋宇之后,是方圆十数里高墙环绕的禁地,二十七座庞大圆形的粮仓粮庚纵横整齐排列。高墙蜿蜒五百步处,都有哨楼高筑,直指云天,气势非凡。但此刻目光所及,哨楼内竟空无一兵一卒。凡此种种,在辛弃疾感受的生疏中,也算是一种特令他心忧的生疏了。

辛弃疾三人正要牵马前行,忽见一位中年汉子带着四位禁军押班从衙署大门快步迎出。辛弃疾掷马鞭于辛祐之,在辛茂嘉陪同下亦快步迎上。陶毅及四位禁军押班王威、徐大锁、刘茂生、赵大明双膝跪倒迎接:"仓部员外郎陶毅及仓部警戒禁军押班王威、徐大锁、刘茂生、赵大明恭迎辛大人。仓部官员役工六十多人,警戒仓庚禁军九十八人,已聚于仓部厅堂,静候辛大人训诲教导!"

辛弃疾亦循军人朝制之礼跪拜应之:"感谢员外郎陶公和四位禁军押班错爱,弃疾乍临仓部,恭然听从陶公及四位押班同僚的安排。快快请起,我们携手前往仓部厅堂,会见今后我们同心同德、同甘共苦的同僚。陶公,请你领头带路吧!"

陶毅高声应诺,他与辛弃疾携手并肩,在四位禁军押班和辛茂嘉的簇拥下,走进衙署大门,走向衙署厅堂。

也许由于仓部与户部、司农寺数度分分合合的历史缘故,也许是由于辛弃疾三年前曾有出任司农主簿的经历,也许由于辛弃疾四年前"召对延和殿"的浩气雄风仍留在当前这些禁军官兵的记忆中,也许由于昨日辛茂嘉的出现和侠义热情的陶公和四位禁军押班的宣扬鼓吹,当辛弃疾在陶毅和四位禁军押班簇拥下走进衙署厅堂时,六十多位官员役工和九十多位禁军士卒霍地站起,以礼节性的掌声欢迎辛弃疾的到来,其神情目光,呈现着惊奇、恍惚、冷峻和期待。辛弃疾看得清楚,这也许就是前任"仓部郎官"贪腐事发自杀身亡后一时难以消散的阴影。他挺身而出,向眼前这六十多位仓部官员役工和近百位禁军士卒拱手致敬:"谢谢诸位。从此刻起,我们就是同甘共苦、祸福与共的同僚兄弟了。今后我责任之所在,只有三句话、十二个字:'清仓计数,严格操守,强化警戒。'"

厅堂里宁静极了,似乎被这简简单单的十二个字镇住了,众人都专注了神情,望着神情洒脱的辛弃疾。

辛弃疾开始了对这"十二字"方略的诠释:"所谓'清仓计数',就是你管的仓庾储的是什么?数是多少?今日以前的,我们不查、不究。但从今天起,要清仓清庾,记录在案,做个明白人,不当糊涂蛋。所谓'严格操守',就是人不分老少,官不分大小,自拍胸膛,自查良心,称一称自己的执权操守。埋头苦干,洁身自好者,奖!投机取巧,失误连连者,罚!道德沦丧、贪污腐败者,依法处治,决不宽恕。我辛弃疾若弄权贪腐,你们可以举报圣上砍下我的头颅!所谓'强化警戒',就是强化禁军的岗哨制度、训练制度、巡查制度、保安制度、守卫制度、防火防水防窃防抢防盗制度,特别是防止内鬼作奸制度。在座的九十多位禁军士卒,不是轮流到仓部的就粮军,而是我们仓部的保护神!"

热烈的鼓掌声猛地在人群中爆响,人们踊跃而起,把赞扬、喜悦、期望、尊敬的满腔情愫,献给了生疏的却一见如故的仓部郎官辛弃疾。

辛弃疾深悟前人"知人者智"的训诲,他对仓部一百六十多位官员、役工、禁军士卒进行了全面的了解。三天之内,他不仅能记得这一百六十多位同僚的姓名、年龄、出身和家庭状况,确知每个人的性情、特长和爱好,而且能随时呼名而出,绝无失误。

辛弃疾深悟前人"虑善而动"的训诲,于事,谋而后动;于人,信而不疑。在出任仓部郎官庄严的典礼后的一个月内,他授权陶毅全权负责"清仓计数"的实施;授权王威、徐大锁、刘茂生、赵大明全权负责"强化警戒"的实施;他让辛祐之加入仓部役工行列,投入二十七座仓庾的"清仓计数"的劳作;他让辛茂嘉以禁军兵卒的身份投入"强化警戒"的实施,并严令其弟辛茂嘉、辛祐之"缄舌闭口,埋头苦干,心领神会",以增长见识;他置竹苑家室不顾,昼夜不舍,轮番劳作于"清仓计数""强化警戒"的实施中,与役工并肩劳作于仓庾,与士卒结伴值勤于岗哨,在实地劳作中调查了解"仓""庾"官员、禁军钤辖、都监、巡检的人品操守。

辛弃疾在和仓部官员役工并肩"清仓计数"的劳作中,确切地了解到仓部近六十位役工的八成,都是城郊无地无产归正人、归明人、归顺人、归朝人的子弟,他们忠心赤胆,能吃苦、守规矩,挣着微薄的工钱,养活着一家老小,是一群祖孙三代把生命和朝廷连在一起的人。

辛弃疾在和禁军士卒做伴上岗放哨中,确切地了解到这近百名禁军士卒的七成,都是从江南各州县的渔乡、山区挑选来的体壮力强的汉子。朝制禁军编制为两司:一为殿前司,一为侍卫司。殿前司禁军掌入侍殿陛,出扈乘舆;侍卫司禁军驻守京城,轮流到外州县食宿,号称就粮军。边防要地,移动防守,辛苦异常。加之朝制森严,兵无固定之将,将无熟识之兵,兵将脱离,以防兵变。这支禁军落入"警戒仓部仓庾"的境地,也算是离乡背井倒霉到家了。

辛弃疾一个月夙夜匪懈接管仓部的事务结束了,摆在他面前的却是一个刺心惊魂、可悲可哀、无力面对而必须面对的混乱难堪的现实。

"清仓计数"是一丝不苟地完成了。朝制中富甲天下、粮仓二十七座、储粮当为一百五十万斛的临安粮仓现时实储粮食却是一百二十万斛。缺失三十万斛粮食何在?这可是一个骇人听闻的数字,一个罪当灭族的数字。辛弃疾的心神一下子紧张了,他身边的陶毅、王威、徐大锁、刘茂生、赵大明和辛茂嘉、辛祐之也都惊骇木呆了。在这间空旷的仓部署室里,刹那间呈现出死寂般的沉闷,只有一盏烛火在无声地闪烁着。

陶毅出语愕然:"缺失的粮食怎么会这么多?一个月前御史台和刑部来员宣布前任仓部郎官房伯寿的贪腐罪责不就是盗卖粮食五百斛吗?"

辛弃疾急询:"粮食出库有凭证吗?"

"有,各座仓长庾头依制都得严格执行粮米凭《申请签证》出库的制度。"

"粮米出库的《申请签证》现在在何处?"

陶毅骤然恍悟,顿足语出:"前任房伯寿畏罪服毒自杀前,以'上令查阅

《申请签证》'为由骗取账册,全部焚毁。"

辛弃疾神情慨然:"有证人吗?"

"有。二十七座仓庾头领都可做证。"

辛弃疾摇头:"我问的证人,是伙同盗粮出库作恶的人,或被迫受其蒙蔽运粮出库之人,不是见证烧毁《申请签证》的人。"

王威语出:"与此案有关的禁军军马司都指挥李卓、副都指挥林大岳、都虞候孙哲,皆庙堂高官大员子弟,已调离禁军,迁往外埠升官了;禁军中那十多个近半年来受蒙蔽为其搬粮出库、驱车出岗的士卒,也都在前任仓部郎官房伯寿服毒自杀的一夜间销声匿迹,不见踪影了。"

徐大锁发出一声哀叹:"十多个受蒙蔽当苦力的健勇士卒,此时也许已不在人间了。"

辛弃疾毛骨悚然,确有不寒而栗之感。这次"清仓计数",若在三五个月之后,由御史台和刑部派员进行,这二十七座仓庾缺失储粮三十万斛的罪过,该写在谁的账上?他辛弃疾不就是十恶不赦的贪污犯吗?刘章以种种手段改师友叶梦锡荐举之意而使辛弃疾出任仓部郎官之职,何其至毒至恶如此?受骗而双手空空的二十七位仓庾头领不都成了他辛弃疾的同伙罪犯吗?这是"善揣圣意",还是"聚议和之恶以左右圣意"?说不清啊!但眼下这"监守自盗""监主自盗"的荒唐局面明晃晃地摆在眼前,看不透,摸不清,也许前面还有更深更为莫测的陷阱!更堪忧虑者,这种"监守自盗""监主自盗""以钱为是""以奢为尚"的亡国之风已吹进这仓庾高墙之内的官员、役工、士卒。在这两年来临安四周天旱不雨的灾荒中,确有些役工借晾晒粮米之机,抓几把粮食藏于衣兜,以解家人饥饿之苦,仓部官员或出于同情,或出于无奈,或出于私欲,视而不见,违纪不究,竞相效尤,遂使小偷小摸成灾,导致道德操守溃散失落;警戒禁军中,一些士卒居粮仓而无三餐之忧,住临安而无金兵侵边之患,离家遥远,思亲情切,军纪涣散,无训无练,借站岗放哨之机,作奸犯科,以暗自放行获得些许银两,寄往家庭,已成普遍现象。如此情景,官员能不知吗? 如此官员, 如此禁军, 能造福于民, 能尽忠于国吗? 天子脚下如此, 建康府储粮仓庾的情状又将如何? 镇江、四川储粮仓庾的情状又将如何? 辛弃疾全然陷于诸多情感交织的沉痛中。

同时, 室内的陶毅、王威、徐大锁、刘茂生、赵大明, 都陷于这桩"缺失三十万斛粮米"大案的不解质疑中。这是一桩贪污"三十万斛粮米"的大案, 朝廷缘何轻描淡写, 呈置若罔闻之状? 这是一桩罪当灭族的大案, 谏院、御史台那几位惯于闹事、善于闹事、高唱议和的高官大员, 缘何默不作声, 其门下弟子虽放声叫喊, 却无声嘶力竭、近似疯狂的气势? 这是一桩涉及警戒禁军十数位士卒性命莫测的案件, 在刑部办案中为什么会有御史台的人员参加, 而且以"五百斛粮米"区区小数结案? 这是一桩典型的"监守自盗""监主自盗"案件, 前任仓部郎官房伯寿真是这桩案件的首恶吗? 数年来, 朝廷大员以"房伯寿乃盛唐贞观年间中书令、邢国公房玄龄之后裔赞赏之", 不论其真正身世如何, 一向行事低调、沉默寡言的房伯寿是扛不起这桩"贪腐三十万斛粮米"的担子的。

突地, 身体健壮、性情暴烈的徐大锁喊出声来: "窃国大盗, 也许另有其人。"

陶毅及三位押班王威、刘茂生、赵大明都向徐大锁投去赞赏的目光。赵大明喊出更为激进的主张: "找刑部去, 揪出那个藏在阴暗处的窃国大盗。"

陶毅六神无主了, 神情肃穆地望着烛光闪烁中的辛弃疾。

辛弃疾心热了, 情沸了。他目不转睛地望着四位无畏无惧、尚义担当的侠义兄弟, 朗声语出: "我们粮仓缺失'三十万斛粮米'的事情, 万万不可外泄啊!"

英气勃勃的员外郎陶毅和押班王威、徐大锁、刘茂生、赵大明一时都愣住了。

辛弃疾的话语变得凝重了: "当今庙堂之上, 有没有这般狼心狗肺的'窃国大盗'? 有。眼前这桩贪黩三十万斛粮米的大案就是铁证。可这个'窃国大盗'是谁？现在哪里？姓甚名谁？负责审定这桩案件的御史台、刑部大员硬朗朗地向世人宣布，这桩案件的贪黩数量只有五百斛粮米，此案的贪黩者房伯寿已负罪自杀，此案的性质只能是尸位素餐，吃公家的白饭而已。房伯寿的负罪自杀，只能是一种窃钟掩耳的闹剧。如此临安，如此官场，我们到哪儿去寻找隐于九天高处五彩云雾中的窃国大盗。我们向审定此案的御史台和刑部的大人求助吗？他们中的许多人也许和我们一样陷于五里雾中，只有窃国大盗亲自喂养的鹰犬，才能知道这种奸人的所在、所作、所为。这样的人，我们敢找吗？近日，临安街巷有谚语流传：'窃钩者诛，窃国者侯。'临安水深，旋涡普布，我真怕一步走错，累及仓部一百六十多位同僚兄弟的生命啊。"

温暖心神，生命相交的侠义深情啊！烛光下神情惶恐的陶毅、王威、徐大锁、刘茂生、赵大明一下子心灵震撼、心潮澎湃了，他们不约而同地向辛弃疾投去感激的目光。

辛弃疾望着陶毅语出："陶公，请你明日一早，亲自告知二十七位仓庾首领，请他们凭记忆列出被前仓部郎官房伯寿骗走的调粮出仓的《申请签证》，其调粮数目要忠实签写，不许遗漏，更不许增添，限明日午后未时正点交我。我要亲自去户部将这次'清仓计数'应有储粮数字、实有储粮数字和缺失的三十万斛粮米数字上报备案，解除今后意外之忧。"

陶毅高声应诺。

辛弃疾挽陶毅之手亲切拜托："陶公，从后天起，请你率领二十七位仓庾首领分头家访属下役工的家庭实情。炊食难继者，当予以粮米救助，我们不能让役工听着家人孩子挨饥挨饿的哭声、呻吟声，扛着沉重的粮袋干活啊！对老实守法、勤恳劳作的役工，当予以实物嘉奖和隆重宣扬，以彰显正气；对那些因家人生活艰难所迫而偷拿粮米的役工，或骂，或打，或轻诫，或重罚，由你做主。总之，人谁无过，改了就好。我这位小弟辛祐之，从小锦衣细食，没有受过苦，家访时请你带着他，叫他见识见识民间底层人们的生活情状。"

室内宁静极了，烛光下的人们都被辛弃疾娓娓的话语情感惊杲了。陶毅已是泪珠闪光!在官场二十多年,从未见过如此关怀属下役工家境生活情状的上级,从未见过如此为犯纪犯法役工、属下细心关切、着意保护的长官,从未见过威震沙场、强敌闻风丧胆的雄武统帅有着如此真切的菩萨心肠。他泪珠滚落,紧紧握着辛弃疾的手连连点头。

辛弃疾亦连连拍抚陶毅之手以示感谢和信任,并把话题转向眼前的四位禁军押班:"王公、徐公、刘公、赵公,从明天起,我们一起为警戒储粮仓庾近百名禁军士卒的命运尽心尽力吧!兵者,国之所倚,民之所望,社稷安全的长城啊!兵、卒、士,都是把生命交给国家的血性汉子。带兵、练兵、用兵,都得用心、用情、用爱。关心他们的生活,关心他们的喜怒哀乐,关心他们生存活命的本领,关心他们的伤病意外。前人所谓的'慈不带兵',绝不是俗人所理解的'打、骂、体罚',而是要把你深沉的心思、意念、怜惜、同情和深沉的爱心,凝结成军旅上一个充满神圣的'严'字。严格军纪,严格管理,严格训练,严格检查,严格职责教育!在'严'字中,彻底清除禁军败类军马司都指挥王某、副都指挥林某、都虞候孙某带给禁军的耻辱,彻底消除十多个助纣为虐、为虎作伥的蠹丁莽汉带给禁军的混乱,彻底清除那些为得到些许碎银为盗粮巨奸开关放行的愚昧兵卒。在'严'字中,出胆识,出豪气,出信念,出武艺绝招,出英雄气概!在'严'字中,使这高墙环绕的临安仓庾成为一米一粟不再流失的庄严阵地!在'严'字中,使这支近百人的禁军士卒,在来日与外敌搏杀的战场上,成为出剑制敌、保存自己的英雄好汉。"

好一番肺腑之言!王威、徐大锁、刘茂生、赵大明同时挺身站起,以双膝跪拜的郑重军礼同时拱手欢呼:"生死相随,听从辛大人指挥!"

天亮了……

又是一个月的夙夜匪懈、全力以赴,辛弃疾和他的同僚在整治临安粮仓混乱局面的切实工作中,取得了良好的效果。特别重要和振奋人心的是,陶毅根据两个月来摸爬滚打的实践和辛弃疾的多次言论,精练归纳为《临安仓庾管理守则二十条》,已成为仓部临安粮仓全体官员、役工、警戒禁军官兵认真行政必须严格遵守的信条。

临安粮仓以新的面貌、新的气氛、新的人际关系,迎来了一年一度的一个法定假期——重阳节。

九月八日入夜,陶毅、王威等人来到辛弃疾的住室,辛茂嘉、辛祐之以香茶接待。陶毅以其激情昂扬的神态,讲出了他们对明日重阳节依据临安风情"登高""赏菊""放风筝""食糕"四项活动的具体安排。

"重阳登高",主要为禁军士卒安排,以遂士卒们思念远方之念;"重阳赏菊", 主要是为仓庾役工安排, 以抒役工长年枯守仓庾之苦愁;"重阳放风筝",主要是为粮仓内能工巧匠安排,以展现他们制作风筝的技能才智,并美化粮仓上空的风云美景;"重阳食糕",是民间家人节日团聚的大宴,也是粮仓役工、官员、禁军士卒融合雄心壮志、情感交融的大会餐。

王威怕辛弃疾持简朴过节之理而拒绝,急急语出:"这两年来,前任仓部郎官房伯寿忙于贪黩腐败,冷漠了这个朝廷法定的重阳节,搞得仓部死气沉沉,仓庾役工士卒几乎忘记了这个节日的存在。"

徐大锁怕辛弃疾嫌规模过大,花钱太多,或缩小规模,婉言出口:"我们临安粮仓地处郊外,欢度重阳佳节有诸多方便之处。'重阳登高'山顶,就在我们粮仓高墙外三里处,禁军士卒登高远望不会有什么花费的。'重阳赏菊',临安规模最大的菊园,距我们粮仓不过七里,仓庾役工可步行前往,也不会有大的花销。'重阳放风筝',我们独占地利,不需走出粮仓围墙,围墙高处,岗哨之上,是最佳最美放风筝的场地,空阔风大,各式各样的精美飞鹞、飞鸽、飞凤、飞龙,飞舞于高空,着实为我仓部粮仓争光争气啊!'重阳食糕',临安别样风习,糕有百种之多,据说,我部役工家属,已制作食糕数十种,已相约做好向仓部官员、役工、禁军官兵献糕献酒的准备。"

辛弃疾听清了、听明白了陶毅和王威、徐大锁话语中的隐语隐情,他为这人间情感结晶的重阳节在临安粮仓中断两年后隆重举行而心潮澎湃,更为陶毅和四位押班精细多情的用心而赞赏,遂吟出了一首沸动心灵的《鹧鸪天》：

> 戏马台前秋雁飞,管弦歌舞更旌旗。要知黄菊清高处,不入当年二谢诗。　倾白酒,绕东篱,只于陶令有心期。明朝九日浑潇洒,莫使尊前欠一枝。

辛弃疾吟词声停,陶毅赞扬声起:"好一首雅致多典、措辞精粹的《鹧鸪天》啊！辛大人不仅应粮仓属下人群殷切之望参与明日重阳佳节之乐,而且请得七百年前东晋南朝的贤人、智人、哲人刘裕、谢灵运、谢朓、陶渊明的英灵光临明日隆重欢快之乐, 当胜过昔日 '戏马台前秋雁飞' '管弦歌舞更旌旗' 了。此临安粮仓几十年来不曾有过的喜讯,当连夜告知粮仓全体官员、役工和禁军士卒！"

王威、徐大锁、刘茂生、赵大明连声赞同,王威放声高呼:"今夜的临安粮仓,将是一个群情欢愉的不眠之夜！"

辛弃疾急声拦阻……

陶毅和四位禁军押班不听拦阻,同时拱手向辛弃疾告别,神情欢快地走出了辛弃疾的住室。

辛茂嘉、辛祐之同时发出啧啧的赞美声……

辛弃疾望着辛茂嘉、辛祐之微微摇头。他吩咐两个弟弟早点休息,以解近几天来紧张卖力的疲劳。

辛茂嘉、辛祐之遵命离开了,辛弃疾有些体力不支地跌坐在竹椅上,在骤然面临的夜深人静中,心灵深处却翻腾起一种难以言状的凄凉。

今生今世就要在这粮米循规蹈矩的储入运出中度过吗？沦落于金兵铁蹄下的半壁江山横在心中,金兵铁蹄下父老兄弟、姑嫂姊妹的呻吟声响在耳边,英烈首领耿京大帅"决策南向"的遗愿真的落空吗？千古一人虞公"力主北伐、光复祖业"的坚定宏愿要化为烟云吗?

他堵心、憋气、痛苦,他蓦地恍悟到自己眼前的处境而领悟到刘章的险恶用心:吏部尚书手握"致富""致命"之权。"致富"者何? 命贫者以当官"致富",暴富而至死,此前任房伯寿的下场;"致命"者何? 阴以命官,阴以致仕,悠闲而终,此现任辛弃疾之处境啊! 古往今来,各朝各代,都有为国为民、壮怀激烈的官员困死、闷死、屈辱而死在这班手握"致富""致命"的巨佞大奸的阴谋中。

他不服,他要抗争,他呈文书于他尊敬的师友、现任右丞相兼枢密使的叶衡,提出视察建康、镇江、四川粮仓的报告,至今无一丝回音。叶衡亦虞公《材馆录》中的杰人,现时处境如何?说不得啊!半年前,连他荐举而调入户部的滁州通判范昂那样德才兼备的坦荡君子不是也保护不住吗? 他的心情一下子沉落于茫然的迷惘中,坐在窗前望着窗外秋风苍凉薄薄的夜色发呆了。

九月九日傍晚,辛弃疾在与粮仓官员、役工、禁军官兵欢度重阳节之后,便带着辛茂嘉、辛祐之回到城内东华门外的居所竹苑。由于回来得突然,给两个月来俭朴生活的范若水、范若湖姊妹俩带来了喜悦和忙乱:九月九,重阳节,除了竹苑院内十多盆盛开的金菊、银菊、墨菊竞展风采、竞献芬芳外,什么也没有准备,既无美酒,也无佳肴,清冷的灶间,似乎飘荡着一层清淡素雅的气氛。辛弃疾见状,放声高吟:"奇异啊! 在这'人间美食数临安'的雅舍'竹苑',竟然洋溢着边城滁州'米粥薯蔬''饮水啜蔬'的温馨之气。"

范若水微笑答对:"无奈啊! 怕的是仓部郎官的朵颐粮香玷污了竹苑的碧翠素雅。若湖小妹,今天是重阳节,例外了,我俩上街,豁出这两个月来省吃俭用积攒的些许银两,买临安街头最美的酒、最佳的肴,迎接辛家兄弟归来! 辛郎,用这竹苑清甜的井水,净一净你们周身沾染的富甲天下临安粮仓硕鼠害虫污浊的气息吧!"

辛弃疾高声应诺,辛茂嘉放声叫好,辛祐之纵声欢呼,两个月来寂寞宁静的竹苑一下子热闹起来了。

今日下午申时临安粮仓"食糕"聚餐的重阳节酒宴,是抒发粮仓成功整治的欢乐;此刻竹苑的重阳节酒宴,是缓释一个家庭面临的苦闷和忧愁。范若水把购得的美酒佳肴摆放在只有隆重节日才能使用的八仙桌上,范若湖从庭院中端来九盆各色瑞菊环餐桌四周而置。大家碰杯畅饮,为两个月来家人的团聚祝福,为亲人坎坎坷坷中坚忍不拔的气度祝福,也为未来不可预期的更为艰难困苦的辉煌祝福。

范若水、范若湖虽愁居竹苑,但绝非双耳闭塞、无闻无知。两个月来,辛茂嘉曾三次回到竹苑换取衣着用物,匆忙中以兄长面对粮仓纷乱堪忧的实情相告,一次甚于一次地增加了范若水内心的牵挂和愁思,遂以辛弃疾匆忙就职仓部郎官奔往城郊粮仓时嘱咐礼拜侠朋义友云水楼钱隐、南瓦清冷桥勾栏杖子头唐安安的活动中积累于胸中的一些"乐事"相告,以缓释他们心中的哀愁。范若水举杯站起,以汇报的形式谈起:"禀报辛郎,若水遵命两个月内与小妹若湖,两次拜访了唐安安女侠。确如杜公愚我所示,南瓦清冷桥勾栏已处于南瓦府衙严密管理审视之中。只能演唱我朝词作大家柳永的词作《望海楼·东南形胜》《迎新春·嶰管变青律》和《昼夜乐·洞房记得初相遇》。凡是战地之歌、疆场之歌、安不忘危之歌,不论何朝何代,一律禁止演唱。何其官方对柳屯田如此开恩?大约因为昔日仁宗皇帝对这位头戴白色公卿桂冠的一代词家宗主有着'且去填词'的御旨。且柳屯田的这几首被恩准演唱的词作,都是在歌颂这个瘫软无骨王朝风花雪月的奇美奇丽啊!再说现时南瓦清冷桥的府衙官员,在疯狂的灯红酒绿中,已无严肃认真的官箴,已养成了欺上瞒下、敷衍塞责的绝技,谁还有心认真聆听歌伎乐伎为了生活呕心沥血唱出的每一首歌。聪慧机敏的唐安安,以辛郎的几首词作《青玉案·东风夜放花千树》《南乡子·何处望神州》《浪淘沙·不肯过江东》《西江月·堂上谋臣帷幄》《鹧鸪天·剪烛西窗夜未阑》,插入柳屯田的词作安排演出,得到临安热血年轻汉子、学府的莘莘学子和街坊里俊男靓女会心会意的热烈欢迎,默默形成了'想昔日柳屯田,念今日辛弃疾'的人群。唐安安向我索求辛郎近来的新作,我以《浪淘沙·身在酒杯中》予之。近日临安街巷的年轻男女,也都吟唱这首生机肃杀、彻骨悲凉的《浪淘沙》,辛郎当眉头一展了!"

辛弃疾全然被唐安安的侠情侠义感动了,举酒高呼:"能与一代词宗柳屯田为伍,辛弃疾高攀了!来,我们全家为聪慧机敏的侠友唐安安干杯!"

范若水、范若湖、辛茂嘉、辛祐之同声唱和,举杯畅饮,向唐安安致敬。

范若水再次斟酒举杯:"半个月前,我遵辛郎之嘱,与小妹若湖拜访了因'交友不慎'遭受官府查封的云水楼主人钱隐。这位近几年来活跃于临安商界、政坛的二百二十多年前吴越国的龙子龙孙,不也变成任当代临安官员宰割享用的西湖鲤鱼吗?"

突地一串激越的马啸声闯进竹苑柴门,接着是一串叩击竹苑柴门的响声传进餐厅。全家人凝神侧耳,辛祐之得辛弃疾目示离席出屋查看,在上弦月淡淡的月色中打开柴门,一辆华丽的马车横在竹苑门前,车马为白色骠骑,车舆为红帐黄边,车右为一位年长驭手,车旁站着一位三十岁左右的英俊汉子,身着浅蓝袍衫,头戴东坡帽,脚蹬高腰皂靴,手提两坛美酒,呈现一股飒然的侠气。辛祐之一时蒙了,心想来者何人?何事?何为?英俊汉子见辛祐之目眩神疑之状,快语急出:"这位小弟是辛老起季大人的嫡孙辛祐之吧,请传报辛大人,就说云水楼倒霉不良楼主钱隐之借这九九重阳之雅习,为辛大人请安献酒来了!"

辛祐之一下子清醒了,在祖父的葬礼上,曾见过这位情谊真切的吴越国国王钱弘俶的后裔。他惊喜地转身进入柴门,高声呼喊:"大哥大嫂,云水楼楼主钱大人驾到!"喊声出口,突悟乐极失礼,急忙转身跨出柴门,接过钱隐之手中的酒坛,连声致歉。

钱隐之大笑,转头吩咐车夫:"一个时辰后来此!"

车夫应诺,响鞭驱车而去。

此时,辛弃疾、范若水、辛茂嘉、范若湖都快步出屋迎接,宾主相逢于竹苑屋檐下,拱手为礼,相拥为欢。

钱隐之望着餐桌上几盘临安街头欢度重阳节的民间食用佳肴，放声称赞："九九重阳，佳肴种种，为我钱隐之一时的缺失特意安排的吧！天意知我，嫂夫人知我，我促拘不安的心一下子坦然安释了。"他反客为主地捧起带来的酒坛，斟满餐桌上的酒杯，举酒语出，"古人有语：'一日不见，如隔三秋。'我与幼安兄长三年不见，当如隔世！想幼安兄长想得苦啊！今日入夜，得知幼安兄回到竹苑，喜悦灼心，不及烹制云水楼祖传佳肴，只抱得两坛酒酿赶来，为幼安兄接风，为嫂夫人、若湖弟妹和辛府兄弟助九九重阳节之兴。这第一杯酒，当为我们的久别重逢干杯！"

辛弃疾、范若水、辛茂嘉、范若湖、辛祐之欢呼举杯，畅饮为欢。

钱隐之再次斟酒举杯："这第二杯酒，敬祝幼安兄长高就'仓部郎官'之职，不再在边陲滁州'兵民成军''饮水啜菽''米粥蔬薯'、寺院和尚似的受苦受累了。庙堂上的高官大员心里不疼，我钱隐之心里阵阵作疼啊！来，我们为幼安兄长能在仓部吃几顿饱饭干杯！"

辛弃疾大笑举杯唱赞："意气相投，心心相通，疼我者隐之大弟也！"

范若水、范若湖、辛茂嘉、辛祐之欢声唱和，畅饮干杯！

钱隐之兴致更高，斟酒满杯，举杯语出："这第三杯酒，祝贺幼安兄长两个月来以'清仓计数''严格操守''强化警戒'的霹雳之威整治临安粮仓贪腐混乱的全面成功。不仅使谏院、御史台那些臭嘴乌鸦瞠目结舌，且大内传出，圣上闻知，慨然发出'天赋文武辛弃疾'的赞叹。"

此语一出，辛弃疾、范若水、辛茂嘉、范若湖、辛祐之皆心神震撼，喜形于色，一时不知所措，都愣住了。

钱隐之见状，神情更现激越："'天赋文武辛弃疾'七字，实为最高、最美、最为确切的评语，出自圣上之口，当为'圣旨'，全国朝野当尊而敬之。但不知何因何由，竟拘禁于福宁宫，不得外传。大约又是毁于奸佞之流的口舌，扼杀于德寿宫吧！彼欲掩之，我当扬之；彼欲毁之，我当立之；彼欲拘禁于庙堂，我当流布于草茅街巷。来，我们连饮三杯，为圣上这'天赋文武辛弃疾'七字干杯！"

小小的餐厅沸腾了，斟酒畅饮，畅饮斟酒，人们似乎都沉浸在近几年来难得的一次幸福中。辛弃疾却迟疑了，用酒浇润着胸中乍生乍起、祸福莫测的块垒，自己也要卷进这场不测的朝争之中吗？钱隐之的驾临，也许有着更为深沉的用心，这意想不到的"不期而至"和圣上"天赋文武辛弃疾"七字赞语的知晓，绝非偶然而至、偶然而为。临安城侠义洒脱的云水楼楼主，手眼通天，当有所为，当有所示啊！他举杯站起，语出道："谢隐之大弟光临，谢隐之大弟示知。在这九九重阳菊花节，确有唐人诗句'冲天香阵透长安'之感。圣上的'七字'感叹，有耶？无耶？是耶？非耶？虽已灰飞烟灭，仍使我心神战栗、惶恐难禁。两个月来，身禁于粮仓高墙之内，心囚于粮仓米粟之中，双耳不闻天下风云之响动，双目不识朝政论争之起伏，形体虽如常，心智已痴呆。隐之教我，弃疾捧酒求助了。"

钱隐之惶恐举杯站起，激情语出："'天赋文武辛弃疾'，我心中热爱而崇敬的师友啊，言重了，折杀钱隐了。唐代诗人卢照邻有诗句云：'但令一顾重，不吝百身轻。'隐之愿从'天赋文武辛弃疾'调遣，尽敬重师友之谊！"

两人碰杯，众人唱赞。辛弃疾欢声吩咐家人："都歇息去吧，我要与隐之举酒夜语，欢饮通宵。夫人，请你充任司酒之职，享有防醉防呆之权，保障我与隐之的'重阳夜语'顺利进行。"

范若水欣然受命，落座在辛弃疾与钱隐之之间，笑吟吟地捧起了酒坛。

竹苑的"重阳夜话"在辛弃疾对临安当前混乱形势的不解中举杯相邀开始了："风闻前仓部郎官房伯寿贪腐一案殃及隐之大弟，两个月来，仍愤懑堵心。现时情状如何？仍在无端谤陷之中吗？"

钱隐之举酒碰杯而饮，慨然语出："谢兄长关怀，谢嫂夫人偕若湖小妹屈驾亲至云水楼看望。'青山一道同云雨'的情谊，铭记在心，不敢遗忘啊！现时的云水楼，仍在奉命关闭、特派官员士卒监管之中，云水楼的招牌仍不许挂出。但云水楼的师襄、师堂、师厨、师酒、师役、少男少女，仍在忙碌之中。楼上楼下拉上窗帘的雅室,仍在弥漫着酒香肴香和阳谋、阴谋。"

正在举坛斟酒的范若水一下子愣住了,辛弃疾亦惊诧语出:"这,这何其如此?"

钱隐之笑了:"兄长当知,我朝太祖是以'陈桥兵变'取得皇位的,并以武力统一南唐、后蜀、北汉、南汉、荆南、吴越诸国之后,便以'杯酒释兵权'的奇计、奇谋、奇奢、奇术的享受,优抚开国将帅和他们的亲随家室,仿照市面上富商大贾交换之术,换取堂堂世代皇室不再有'陈桥兵变'之重演。奇谋奇计生效了,灵验了,将帅们在酒肴美色中销蚀了军魂,官员士卒在散懒中酥软了骨架,以生命热血捍卫国家安全的军队也失去了兵气,跌入了社会最底层,成了一群人贱买生命的乌合之众。如此荒唐的治国之策,世代相传,花样翻新,玩花、玩石、玩八哥、玩飞鸽、玩蟋蟀,成了历代帝王不知悔改之最。一百多年间,虽有几次反贪反腐的呼叫和呐喊,但其实质,只是一场权力纷争的游戏而已。"

范若水手捧酒坛而心潮澎湃,钱隐之别具胆识,出语不凡啊!辛弃疾神情专注,更现肃穆了。

钱隐之仍继续着他的侃侃其谈:"兄长当知,隐之是个商人,是云水楼的楼主,是个平头百姓,压根儿无任何资格参加朝廷的权力之争。但有钱,在现时的临安,'钱'比'权'重要。'权'是受制约的,'钱'是自由的,威力无边,谁也管不着,有钱能使鬼推磨,有钱能使鬼拉车,兄长请看,这种酒名叫'宣赐碧香',是德寿宫太上皇专享之物,在这临安城里,只有云水楼里才有此佳酿!"

辛弃疾微微点头,一声哀叹,举起酒杯,与钱隐之碰杯而饮。

钱隐之的神情话语更显沉重了:"这就是临安现实中最为牵动人心的景观啊!虞公累死于蜀地演兵场,朝政纷争哄然而起,三年前败于'延和殿答对'的主和高官大员乘机而起,疯狂反扑,需要一个暗地筹划阴谋的场所,自然就选了由他们的兵丁管制的、有着美酒佳肴、声色艳丽、可以白吃白喝的云水楼;主战官员在被逐被贬的哀痛抵抗中,也需要一个重组队伍的场所,自然也选中侠情侠义、行事机敏、尚有一点胆气的吴越国王不务正业的后裔钱隐之。这帮被虞公欣赏信任的汉子,借着主和高官猖狂出入云水楼的空隙,也密集于云水楼商议应对主和官员疯狂进攻之策,云水楼一时成了敌对双方各自密议的场所。雁过留声,当有所闻。主和一方因昔日惨败于'延和殿答对'的高官显要卢仲贤、魏杞、袁孚、尹穑等人已威风扫地,遂推举现任左司谏的汤邦彦为首,继续对主战官员进行陷害追杀;主战官员的兵部尚书黄中、工部尚书李衡、刑部尚书汪大猷及谏院、御史台的唐尧封、林安宅、王伯庠、张栻等人被贬被逐。现任户部尚书于佐、礼部尚书郑闻、现任右丞相兼枢密使叶衡大人三人,自然以叶衡大人为首了。雁字回归,自然有月残西楼之感。现时朝政之争的焦点,就放在叶衡大人和左司谏汤邦彦的生死较量上了。"

辛弃疾举杯询问:"汤邦彦,何许人耶?"

钱隐之碰杯语出:"此厮来历不清,亦'善揣圣意'之徒,官场有'出自主和派首领卢仲贤门下'之说。其人性狡黠,有辩才,且有着一双鹰一样的眼睛。前年虞公赴西蜀任宣抚使,使朝政一时出现运行有碍之状。此厮看准时机,以左司谏之职呈表上奏,其主要内容是:'陛下忧勤万方,规归事功,然而国势未强,兵威不振,民力未裕,财用未丰,其故是群臣不力。臣奏请圣上,自今而后,中外士夫无功不赏……'圣上览而然之,并颁圣诏:'自今宰臣、侍从,除外任者,非有功绩,并不除职,在朝久者,特与转官;其外任者,非有功效,亦不除授。'于是,以权工部侍郎曾逮为首的一批主战官员,皆外任安置。其职位,以原有一批主和官员归班行权。今年三月,虞公仙逝。此厮看准时机,再次以左司谏之职上呈奏表,声称'西蜀复置宣抚,应于归属场务悉还军中,又除统制司赴宣司审察外,其余皆俾都统自差,是予其名、夺其实。予其名,则前日体貌如故。夺其实,则前日事势不存。以不存之势,为如故之体貌,是必上下相恶,军师不睦,不唯无益,反有其害'……圣上览而然之。遂罢四川宣抚之制，复制置使以行权，从而砍掉了西蜀军中专为强军、建军的机构，使西蜀的强军举措瘫痪失魂。更为险恶者，此厮阴制舆论，攻击叶衡大人：'十年之内，由知县而至右丞相兼枢密使之高位，进用之骤，全赖开府仪同三司曾觌之助。'曾觌何人？朝野共知，乃朋比为奸、恃宠干政、广收贿赂、声名狼藉之徒。以此污辱叶公，借以挑拨主战官员之信任团结。更为阴险凶狠者，以'善揣圣意'见长、以'趋炎附势'为习性的吏部尚书刘章，竟诬陷叶衡大人'结朋植友''借箸为筹'、结党营私、彰显功业，使边陲重镇滁州的防务呈瓦解之势。并于兄长就任仓部郎官不久，奏请圣上以禁军三衙副都指挥使魏建诚为滁州府太守，以滁州府原司兵燕世良为通判，且为圣上恩准。魏建诚何人？年近三十岁，云水楼常客，脑满肠肥，大腹便便，酒色之徒，公子哥出世，懂什么军旅？懂什么打仗？半个月来已不再出入云水楼。经讯问得知，已带一班人马去滁州上任了，滁州府老百姓又要遭灾遭殃了。"

辛弃疾低头倾听着，对钱隐之停声不语似也没有反应，全然陷于悔恨不及的痛苦中：低估了"善揣圣意"的刘章，低估了大权在握的吏部尚书。仓部事务昏花了眼睛，惊人的"贪腐大案"搅乱了思绪，耽误了对滁州"主政缺失"情状的呼号、呐喊和上书圣上。晚了，失去了时机，悔恨莫及啊！他默默地摇头，天时如此，世情如此，失去了千古一人虞公，就是呼号、呐喊、上书天听，不也是如此吗？一切都寄希望于现任右丞相兼枢密使的良师益友叶衡了。

范若水也在心神战栗地听着，切实感觉到一种危险的逼近。在这场主和主战的再度搏斗中，现时势单力薄的叶公能顶得住这股邪恶势力的冲击吗？她捧坛斟酒，杯满外溢而不觉。辛弃疾见状，出手相助，接过酒坛，慨然语出："夫人，换大杯来，我们要连饮三杯，感谢隐之大弟的殷殷赐教！"

范若水歉然一笑，高兴唱赞，立马取来三只大杯，斟满"宣赐碧香"，三人碰杯，一饮而尽者三次，呈现出患难与共的侠气豪情。

钱隐之凝视着眼前的辛弃疾、范若水，语出庄穆郑重："肝胆相照啊！兄嫂在上，今日入夜时分，有一位现被朝廷主和官员极力攻击的主战高官，急急进入云水楼,告知兄长已从郊外粮仓回到竹苑,特借隐之卑贱商人之舌,向兄长转达临安主战派期待殷殷之声。"

辛弃疾、范若水凝视了……

钱隐之背书般地压低了声调:"建康粮仓、镇江粮仓、四川粮仓,朝廷鞭长莫及,依制由当地府衙代管,其腐败混乱之状,也许比临安粮仓更为严重,更需要幼安依整治临安粮仓的有效举措加以整治。但朝廷政争正炽,建康、京口、四川去不得啊!理由无他,在此特殊时期,临安不能没有辛弃疾,右丞相兼枢密使叶衡大人的身边,不能没有圣上誉为'天赋文武'的辛弃疾啊!"

钱隐之背书般的禀报停歇了,他默默等待着"天赋文武辛弃疾"的回应。辛弃疾闭目聆听的神情依然延续着,范若水目不转睛地关注着她的辛郎。小小餐厅里宁静极了,整个重阳节星空似乎都停止了风吹云动。突然,辛弃疾睁开眼睛,话语平静出口:"请隐之大弟代我禀报那位关爱弃疾的大人,弃疾将收回呈交户部申请视察建康、镇江、四川粮仓的报告,囚居临安粮仓,俯首待命!"

雷声贯耳啊!钱隐之从座椅上一跃而起,放声欢呼:"兄长一诺,惊天动地!隐之不辱使命,倍觉心花怒放、风光无比,敢于面对尚在云水楼等待喜讯的朋友了。嫂夫人,换大碗来,我代表那些仍在云水楼的朋友,向兄嫂致最为隆重的谢意!"

辛弃疾点头叫好。

范若水以响亮的笑声应和,并取出三只大碗,斟满太上皇专享的"宣赐碧香",宾主三人,举碗相碰而畅饮。

钱隐之拱手告别。辛弃疾、范若水送行于竹苑门外,目送钱隐之兴致勃勃地登车而去,留下的,是一串渐行渐远的马蹄声。

马蹄声消失了,深夜是死沉样的寂静。辛弃疾伫立庭院,仰望星空,形容凄凄。

范若水轻声询问:"辛郎何见?"

辛弃疾手抚妻子,决然作答:"夜雾乍起,漫没繁星,愁啊!"

范若水扑在丈夫的怀里。

辛弃疾仰望着消失的万点繁星,吟出了一首涌上心头的《丑奴儿》:

> 近来愁似天来大,谁解相怜?谁解相怜,又把愁来做个天。 都将今古无穷事,放在愁边。放在愁边,却自移家向酒泉。

好一首愁苦堵心、无法解脱的《丑奴儿》啊!范若水听真了,心疼了。壮志难酬的愁苦,囚居粮仓的愁苦,以及"今古无穷事"忠臣蒙冤、奸佞弄权、外敌入侵、国破家亡的愁苦,泪汪汪、血斑斑折磨着辛郎的心灵。"愁似天来大"的沉痛愁苦,只有辛郎能感知真实的存在啊!

辛弃疾仰望着夜空,一层浓雾在天际暴腾而起,疯狂地扩散着。辛弃疾二次吟诵着他发自心灵的《丑奴儿》中的一句"谁解谁怜"的呼号,似乎在求助于人世间的哲人和贤者啊!

范若水听真了,听懂了,似乎一下子领悟了她的辛郎愁苦沉痛的希求。往事并非如烟,愁上加愁啊!

在反抗金兵奴役的揭竿而起中,得到抗金英雄、山寨主帅耿京首领的赏识,委辛郎以"决策南向"的重任。事业初见成效,惜主帅耿京遭叛逆杀害。痛失恩师,命途多舛啊!

在抗击金兵入侵的符离之战中,辛郎因敬献自绘的"用兵地图"而得到抗金主帅张浚的赏识和关爱,惜符离之战失利,主帅张浚遭主和高官大员排挤攻击而罢相,病逝于贬途一村落小店,痛失师长,命途多舛啊!

在圣上"决意北伐"的伟大决策筹划中,蒙千古一人、左丞相兼枢密使虞公的关爱,信之、用之、重之,授以边陲重镇滁州太守之职,并大力支持辛郎"薄税赋、招流散、教民兵、议屯田"的十二字施政方略,在稍有成效之时,惜虞公累死于西蜀演兵场。闯入辛郎灵魂的,依然是痛失良师,知音难遇,命途多舛,调离边陲重镇滁州、进入临安粮仓高墙之内,双耳不闻墙外事的愁苦现实。

现时,庙堂之上,能惦念辛郎者,不就是"见识高远、行事稳健、力主北伐"的师友、右丞相兼枢密使的叶衡大人和身居户部尚书之位、"政颇简直""矢志北伐"的王佐大人吗?可惜他们两人今日都处于风暴袭击之中,囚居粮仓高墙之内、命途多舛的辛郎,只能以仅有的生命热血相偕而行了。

辛弃疾仰望夜空,天宇中亮晶晶的繁星在搅天浓雾潮水般的袭击下泯灭着、消失着,重阳节之夜,也呈现出无可奈何的愁苦和沉痛,辛弃疾的声音嘶哑了,他呼号般地吟诵着他出自灵魂深处的词作《丑奴儿》中的"都将今古无穷事,放在愁边。放在愁边,却自移家向酒泉",展现灵魂深处可歌可泣的豪情。

范若水心神战栗了,可怜的辛郎,你难道忘却了唐代诗人李白的诗作名句"抽刀断水水更流,举杯消愁愁更愁"吗?她忍住了冲向嗓闸的哭声,依在她的辛郎怀里,泪水滂沱。

辛弃疾感知了,他紧紧抚抱着妻子闭上了眼睛。

十二 国策变了

云水楼楼主钱隐言之不诬啊！是年十一月,在朝廷依据"隆兴和议"条款筹备一年一度的"岁贡"礼品中,权幸侧目的左司谏汤邦彦曾以论事"风生水起"的神态为当时主政的虞公"力主北伐"的国策唱赞,以博取虞公的信任；虞公殁,汤邦彦立马改弦更张向谏院、御史台的权贵膜拜高歌,以非虞公"力主北伐"国策而投名,并别开生面、自许立节、喋喋不休、大吹大擂地美化金国皇帝完颜雍"崇尚中原儒学经典"而变得温文尔雅、庄重和睦。谏院、御史台因挫于辛弃疾"延和殿答对"而鼠迷三个年头的御史中丞尹穑,右正言袁孚,侍御史卢仲贤,谏院魏杞、张考叔、吕游问等人,倾巢而出,为口若悬河的汤邦彦唱赞添彩。

在六部、九寺、五监群臣目瞪口呆的惶恐不解中,天纵英明的赵昚竟在主和派官员为金国皇帝完颜雍的唱赞喧闹声中发昏了,他骤然感到汤邦彦等人的言论,填充了虞允文病故后自己心中的空虚,遂做出了一个大胆的决定：派遣使臣北上赴金,请求崇尚儒学经典而变得"温文尔雅,庄重和睦"的金国皇帝完颜雍归还"河南陵寝地",以儒学敬祖的孝道强化宋金两国的友谊,并借以鉴别完颜雍其人的真诚伪善。并于翌日延和殿的府院大臣议事中正式颁布执行。

参加延和殿议事的臣子们都被皇帝这道大胆的御旨惊呆了：它明晃晃

地展示了皇帝对汤邦彦荒唐离奇言论的赞尚，它明晃晃地展现了皇帝对原有的"意在北伐"国策的转变。

主和派高官御史中丞尹穑，右正言袁孚，侍御史卢仲贤，谏院司谏魏杞、张考叔、吕游问，敷文阁待制吴道虎等人，在片刻的懵懂之后，立刻发出了争先恐后、激情洋溢的唱赞声。六部尚书之中也有人蜂拥而起，振臂唱赞，其声浪之浑厚、炽热、震撼，使高大的延和殿似乎要崩塌了。

在这近似疯狂的气氛中，只有四个臣子默默地闭着嘴巴、皱着眉头、低着头颅，引起了赵眘的侧目关注和主和派高官们的怒目追杀：一个是给事中周必大；一个是中书舍人兼侍读洪迈；一个是发运使史正志；一个是右相兼枢密使叶衡。

延和殿的气氛一下子凝重了，冰冻了，阴森了。人们似乎都屏住了呼吸，整个大厅连一丝声响都没有。主和派高官凶相毕露，这几个虞允文主战国策的追随者，竟然以沉默藐视圣上，藐视圣上的御旨，都该赶出朝廷，斩尽杀绝。六部、谏院、御史台几位怀念虞公彬甫的尚书谏官惊恐失色，都聚焦于不动声色而闭目沉思的皇帝，都在为沉默不语的周必大、洪迈、史正志、叶衡的命运提心吊胆。

此时闭目沉思的赵眘确实在潜心审查着眼前以沉默对抗自己和御旨的四个臣子，并且在为他们的沉默寻找理由：

"给事中"原是寄禄官(有职无实权)，职在掌封驳政令之失当者。周必大的沉默，犹可作"政令无不当"解，亦可作"以沉默拥护圣上御旨"解。"中书舍人兼侍读"，职在起草诏令，职兼"侍读"，职在"讲说经义，备顾应对"。洪迈的沉默，可作"诏令待定"解，亦可作"今日延和殿会议，并无'讲说经义，备顾应对之责'"解。"发运使"职在掌管"淮浙江湖六路之漕运，兼职茶盐钱政"。史正志此时之沉默，可作"静待发运任务"解。"右相兼枢密使"，职在辅佐皇帝总揽政务，备皇帝顾问，掌军国机务、兵防边备、军马政令。此时叶衡之沉默，当作何解？是消极对抗？是在酝酿着激烈抗争？他头脑中突地呈现出另一样更为苍凉的情景:消极对抗御旨的右相兼枢密使能留在皇帝的身边吗?激烈抗争御旨的右相兼枢密使能留在皇帝的身边吗? 当这位以沉默或激烈抗争的右相兼枢密使被罢官、外贬之后,整个朝廷"主战"的官员绝迹了,"主战"的声音绝响了,一个完全听令于德寿宫的"主和"的一言堂,真的会比当前形势更好吗? 忠恳尽职、生性固执的叶衡,你真的要逼朕走出痛苦难堪的一步吗? 赵昚猛地睁开眼睛,目光如炬,直逼叶衡,饱含猜忌,肃然语出:"右相兼枢密使叶衡,朕想听一听你的见解。"

皇帝出语的诡谲"谦逊",立马使延和殿的气氛变得杀气腾腾。主和派官员霍地齐刷刷站起,其目光眈眈,其气势汹汹,其欲望逐逐,直逼叶衡而去。

面色怆然,低头沉默的周必大立马感悟到这眼前的一切,也许是谏院、御史台那几位"主和"老手筹划的阴谋。他抬起头颅,睁大眼睛,注视尹穑、卢仲贤、魏杞的动静,神情中呈现出鄙夷的轻蔑。

低头沉默的洪迈,仍在低头沉默着,他那洞察世情的双眼目光斜视,全然关注着首当其冲的叶衡:政坛险恶,一语之失,都会招致粉身碎骨;官场要诀,在于机变。叶衡,你的生性偏颇,恰恰又多了几分"固执"啊。

低头沉默的史正志此时仍在沉默着,心在战栗,面色惨白。叶衡是他的知心朋友,又是时时关爱他的顶头上司,危情逼近,大祸将至,感同身受,他怆然闭合双眼。

此时的叶衡,他的一颗心正处于极度紧张痛苦的折磨中。在虞公病故后朝廷暴风雨般贬逐主战高官的血腥浪潮中,他欲语无言,欲哭无泪,望着主战伙伴一个一个含恨离去,他已做好了躬耕故乡田垄的准备;在近几天汤邦彦掀起的美化金国皇帝完颜雍的猖狂叫喊和谏院、御史台一群主和高官嘶声唱和的疯狂中,他感到荒唐荒谬而无耻,有损于大宋的国格人格,有愧于近两百年来大宋抗金南侵将领土卒的英灵,有碍于当今圣上的威严。他心灵憋屈,五内血奔,在几度夜不能寐的焦思焦虑中,决定在延和殿议事中,依制依规,以单枪匹马的忠诚,对汤邦彦荒唐、荒谬、诣敌、媚敌的言论进行毫不留情的批驳,以正视听,以明是非,以肃流毒。他确信会得到天纵英明的圣上的认同和支持。他披星戴月,做好了严谨、严肃、严密,以达"君明臣忠"的准备……延和殿议事开始了,圣上遣使讨还"河南陵寝地"的御旨亲口下达了。炸雷爆响了!汤邦彦跪地叩头高呼"圣上英明",主和派官员高声欢呼。满怀战斗激情的叶衡猝不及防,心中翻起了苦不堪言的波澜:与虎谋皮,荒唐至极,愚蠢之至啊!在皇帝蓦地闭上眼睛的同时,主和派官员的目光齐刷刷地向他杀来,使他敏锐地感知,圣上的御旨,原是汤邦彦谄敌媚敌言论的产物;汤邦彦碰不得,批不得了,只能以"沉默不语"抗击之,可这"沉默不语"不也是对皇帝的对抗吗?其后果不也是右相兼枢密使对抗御旨吗?不也是"戴罪外贬",失职滚蛋吗?其实"戴罪外贬"原没有什么可恐可怕的,也许还有一个轻松的日子可过。但把一个好端端的朝廷丢给这群谄敌媚敌的弄臣蠢货,心不甘啊!也对不起病故西蜀练兵场上的虞公!他定住心神,急剧思索着应对之策。

皇帝饱含猜疑的声音敲响了他的耳鼓,神奇地扫去了他心头的惶恐茫然。他精神一振,挺身站起,跨步出列,跪倒在赵昚面前,叩头触地,高呼"圣上万岁",依制依法站起,拱手禀奏:"禀奏圣上,臣叶衡聆听圣上御旨,心怀感激。是关怀,是教诲,是指点,也是对臣愚昧迟钝的鞭策和激励,愚臣叶衡感激圣上爱护训诲之恩!圣上明察,'河南陵寝地'是我大宋王朝的祖坟!先皇灵柩皆安寝于此。靖康之难,被金兵占领至今已四十九年。这四十九年是我大宋王朝奇耻大辱的四十九年,是我大宋黎庶刻骨铭心的四十九年,也是我大宋将领士卒痛心疾首的四十九年。每每听到金兵战马践踏'河南陵寝地'的铁蹄声,当今满朝文武官员的心都在流血啊!圣上遣使讨还'河南陵寝地'的决策,乃大忠大孝大仁大义,集全国臣心、民心、军心的圣明决断。臣叶衡衷心拥护,愿以愚钝浅陋之身听从圣上驱使。"

叶衡真诚的态度,真切的言辞,特别是对"河南陵寝地"执着深沉的情感,使赵昚的神色大变,沉郁的面色消失了,低垂的双眉高扬了,哀愁的目光显露出激越的光彩。

叶衡的禀奏声适时响起:"圣上明察,愚臣叶衡出身微贱,才智俱缺,长期效命于县衙州府,目光短浅,视野狭窄,蒙圣上垂爱,侍于圣上身边,但对北国形势,知之甚少,对金国皇帝完颜雍的为人处世,更是茫然不知。若其人果如左司谏汤邦彦大人所奏的崇尚中原儒学经典而变得温文尔雅、庄重和睦,则圣上的御旨决策,极有可能获得成功。这是金国兵马侵扰'河南陵寝地'四十九年唯一一次出现的难得机遇,值得一搏!"

赵眘要的就是这个"值得一搏"啊!他霍地站起,放声语出:"君臣同心,其利断金。叶衡,你长期供职于县衙州府,对北国情况'知之甚少',对金国皇帝完颜雍茫然不知,朕能理解。现任右相兼枢密使已一年有余,对朝廷官员的情况,也是知之甚少、茫然不知吗?你认为现时朝廷官员中,谁足以承担这'值得一搏'的任务?"

赵眘态度的骤然变化,使谏院、御史台胸怀杀气、准备伺机毁灭叶衡的主和派蒙了,使六部官员中同情叶衡的同僚相视颜开,更使与叶衡同命运的周必大、洪迈、史正志喜泪盈眶。

叶衡迎着赵眘的询问拱手禀奏:"圣上明察,出使金国宣谕圣上御旨是一场极其艰苦的战斗。臣认为在我朝现时的文武官员中,只有左司谏汤邦彦大人能承担起这一光荣而艰巨的任务。其理由是:一、左司谏汤邦彦大人,知己知彼,对金国皇帝完颜雍的了解,无人能及;二、左司谏汤邦彦大人精通儒学经典,造诣深厚,容易与崇尚儒学经典的金国皇帝完颜雍取得相通;三、最难得者,左司谏汤邦彦大人智慧超群,谋略超群,辩才超群。圣上明察,臣虽与左司谏汤邦彦大人在对金国'战''和'问题上意见相左,但在完成圣上的御旨决策上,断不敢有丝毫私心而淹没人才。"

在叶衡向赵眘推荐左司谏汤邦彦的过程中,老奸巨猾的尹穑、袁孚、卢仲贤、魏杞,心里发毛了,他们察觉到叶衡这一招的厉害,年轻浮躁的汤邦彦可能毁灭在这桩根本不可能完成的讨要"河南陵寝地"的任务上。但始料不及,此时已难于窃语相商,只能在目光匆匆交流之后,把扭转当前不利形势的希望寄托在吏部尚书刘章的身上。他们都敬重刘章,畏惧刘章;他们现时的地位、权力、享受,都是这位吏部尚书奏请皇帝、太上皇赏赐的,他们平时做出的敬畏之态,不亚于敬畏皇帝,因为吏部尚书的衣袖,暗藏着杀人的毒刀。他们以目光送情,只要刘章能以吏部尚书的名义提出另一个出使金国的人选,他们就有办法在现时低头沉默的周必大、洪迈、史正志三人中,拉出一个倒霉蛋顶替他们年轻的打手汤邦彦。他们分别频频向吏部尚书刘章递去眼色,可此时"善揣圣意"的刘章,根本不理睬他们送来"目示"的用意,而是用全部精力揣摩圣上的用心,而且揣摩准确了,遂抖擞精神发出强烈的禀奏声:"微臣附右相兼枢密使叶衡大人之议。左司谏汤邦彦年轻睿智,精通儒学经典,辩才极佳,乃出使金国的最佳人选,定不会辜负圣上之所托!"

赵眘放声称赞,并发出了遣使北上的最终决断:

任命左司谏汤邦彦为使金全权大使,讨还大宋祖坟"河南陵寝圣地"。

吏部尚书刘章,立即协同左司谏汤邦彦组建强有力的北上使团,并严加训练,以备早日出发。

中书舍人兼侍读洪迈,集中精力,伙同北上使者汤邦彦拟定主旨和会谈需要的一切文书,力求全面精确,不得有误。

发运使史正志,集中精力,迅速筹备使金需要的米粮、绸缎、珠宝、玉器,不得有误。并保证水陆发运畅通无阻。

给事中周必大依制审定使金政令文书资料之精准安全,不得有违制泄密之失。

赵眘志得意满地在群臣高呼"圣上万岁"的声浪中起身离开了延和殿。谏院、御史台的主和高官把气急败坏的目光投向"善揣圣意"的吏部尚书刘章,兴高采烈的周必大、洪迈都向刘章伸出了称赞的大拇指,叶衡在这短促的生死搏斗中似乎耗尽了全部精力,他险些跌倒,幸被身边的史正志双手搀扶,他发出痛畅心怀的一串笑声。

是年腊月初三日,经过十天的紧张筹备,二十艘舳舻大船依次排列在临安武林门码头。船上依据"隆兴和议"条款载有朝廷每年"岁币"白银二十万两、锦绢二十五万匹、精米五万斛、江南特产珠宝、玉器、美食美酒等物及护卫船队禁军士卒一百人、战马二十匹(供使团官员备用陆地坐骑),形成了锦帆蔽空、舳舻蔽水、整装待发的壮观景象。聚集于武林门码头观望的临安庶民学子,看惯了近十年来"岁贡"船队北上的凄凉情景,对此时眼前如此雄伟的景象,惊诧了,茫然了,呈现出一种堵心伤目的苍凉。突地一阵欢快的锣鼓闯入码头,堵心伤目的人群更显得惶恐了。

每天一次卯时的晨会结束了,满朝晨会的文武官员在周必大的率领下,府衙特意组织欢送"岁贡"特使汤邦彦和他的十多位精选的助手侍从上了北去的船队。

"岁贡"船队升起了旗号启动了,锦帆鼓风,银桨击波,在送行的锣鼓声中离开了武林门码头。

此时身负特殊使命的汤邦彦站立在主船船头,在副使赵戈、黄俊和禁军都虞候尹尚的护卫下,脚踏波浪,面对急风,在舳舻桨手同声号吼的摇橹划桨声中,呈现出志得意满的神采。他是一个认真读书、善于思索、科举出身的官员,有着钩深致远、探微知著的鬼才鬼智。在延和殿殿议中,叶衡对他出使金国的推荐,曾引起他敏感的猜疑,但皇上对他担任使金大使迅速而语出雷动的英明决定,却使他神魂摇荡、五脏六腑沸腾着皇恩浩荡的热潮,他全然陷于自我陶醉的意境中。

在延和殿议事的当天晚上,谏院、御史台几位关心他的长者尹穑、魏杞、袁孚等人,或传话召见赐知,或亲临住室赐教,或遣密友传语,均以"叶衡荐举,居心险恶""所负使命,实属儿戏"为由,敦促立即以"司谏言官,无外事之才,亦无外事之责"为由,"请求圣上另选才智之士"。他当面稽首致谢,感其教诲,内心却有讥其迂腐昏庸之感。谏院、御史台,清水衙门,有职无权,所富者,唯满腹满嘴阿谀奉承之词、看风使舵之语;司谏、言官,各朝各代,素有"乌鸦"之称,在兵荒马乱的岁月,"乌鸦"与"灾难"是同一语境,该跳出这个"乌鸦"群栖的谏院了。圣上已经给了一个千载难逢的机会,而且是一桩"值得一搏"的特殊任务,即或不能马到成功,但在天纵英明的圣上心中,也有了一个敢于承担特殊使命的臣子!

人贵有自知之明啊!自己身居京都谏院,对金国朝廷习俗礼仪全然不知,全赖密友吏部尚书刘章的帮助以解缺失。他遴选了两位年轻俊秀官员当助手,并赐职位曰副使:一位是起居舍人中年轻的成员黄俊,曾两次随"岁贡"使团出使金国;一位是礼仪院年轻学士赵戈,其职务分工,专事金国朝仪的研讨。为了更壮行色,刘章奏请圣上恩准,护卫使团禁军人数由原来的五十人增至一百人,其禁军都虞候,由御史中丞尹穑的家人出任,姓名曰尹尚,其职务为护卫统领。

天佑人和,诸事谐矣!此行二十七天后,即为大年三十,当抵达金国的五个都城之首的中都,向金国皇帝完颜雍叩拜年节大礼,图个吉利的彩头。

风大了,浪高了,汤邦彦身子一抖,接着是一声艰难爆出的喷嚏,身边的黄俊急忙挽扶汤邦彦至船舱卧床歇息。这是他第一次乘船北上,第一次经受风浪的颠簸,第一次摆脱言官夸夸其谈而"值得一搏"的特殊的事业,而且是皇上在延和殿当众赋予的特殊差事。他感到幸运,感到骄傲,他期望一切顺利,他期望马到成功。他在床榻的晃动颠簸中捶床捣枕,发出了最严厉的命令:

> 晓谕全体船工桨手,夙夜奋力,摇橹划桨,务于十日之内,抵达此行的中转站开封城。违惰者严惩!

"晓谕""严惩"这样的声音,回响在这支船队的上空,其威力如同"圣旨"。在船工、桨手日夜轮番不停的苦干实干中,船队越过宋金交界的淮阳楚州码头,闯过了金兵侵占的徐州码头、单州码头,终于在第七天(腊月初十日)清晨日出时分,开进了开封城——传说中京杭运河最为繁华秀美的积水潭码头。

船舱内夙夜匪懈的特使汤邦彦听到副使关于船队停泊于开封城内积水潭码头的报告,掀被推枕而起,顿觉周身清爽。他双手推开侍奉于身边的副使黄俊,飞步走出船舱,挺立于"岁贡"旗号之下,举目遍眺,寻觅着朝廷年老同僚甜蜜回忆中的汴京城和城中第一繁花似锦的积水潭码头。闯进眼帘的,却是灰蒙蒙晨雾中无声的凄凉和灰蒙蒙晨雾消失后静悄悄毫无生气的冷落街巷。

大宋昔日的汴京,金国今日之南京,触目惊心啊!

他的苍凉神情不及缓过劲来,一队三五十人的金兵队伍执戈操刀,杀气腾腾地从泊船对面大巷内拥出,直冲"岁贡"船队而来。他的心一下子慌神茫然,赵戈低声向他禀报:"这些人当是金国驻扎在这里的兵马,名叫镇防军。这个领头的将官,二十出头,身高约八尺,有虎彪杀人之气,不知何等人物。"

赵戈的话语未了,黄俊认出了这个领头的将官,惊恐失色,声颤语出:"他、他、他是将军完颜承裕,本名胡沙,是金国宗室子弟,现任金国镇防军副指挥。"

汤邦彦闻声见状,面色苍白,举止失措,一时蒙了,赵戈急忙伸手搀扶。识知金兵礼仪习俗的黄俊,急忙按照叔侄国格恭行跪拜之礼迎接,并双手捧起"岁贡"文书和礼单奉献。

也许由于船头"岁贡"旗号的堂皇昭示,也许由于黄俊恭顺周到的礼仪,也许由于语言相通的无碍和十年来"岁贡"规矩的习以为常,率兵登上主船的金兵镇防军副指挥使完颜承裕,根本无视"岁贡"特使汤邦彦的存在,大手一挥,凶狂的十个金兵挥刀围住了汤邦彦和副使赵戈及其随从,限制其自由行动,押解着黄俊,开始按照"岁贡"文书礼单到各个船只进行实物的核对。

整个"岁贡"船队的人员,都陷于金国士兵的监视包围之中。

这样的架势,汤邦彦根本不曾见过。对一贯论事风生、褒贬任性的左司谏来说,连想也不曾想过。眼前的处境,在思想上、心理上、自尊自傲上都是毁灭性的打击,连他周身的骨架青筋,似乎一下子也紧缩了。

完颜承裕对"岁贡"礼品的检验持续了两个时辰,以准确无差错而结束。在副使黄俊点头哈腰的侍候下回到主船,当着"岁贡"特使汤邦彦的面,发出了三项严厉的训示:

> 岁贡核实无误,已收讫贴封,严禁任何人触及。违者斩首。
>
> 船队所有人丁、马匹,为安全计,严禁离船登岸。违者斩首。
>
> 船队所有人员的一切活动,从此刻起,静候南京驻军最高统帅完颜襄大人的训示。违者斩首。

黄俊此时已被金兵镇防军副指挥使完颜承裕指定为联络官,他立刻连声应诺,并礼陪金兵镇防军副指挥使完颜承裕率领登船的镇防军士卒离开了"岁贡"船队。

刀光闪闪的"违者斩首"的三项训示,使平日"敢为大言"的汤邦彦目瞪口呆了。特别是这三项"违者斩首"训示出自那位金兵统帅完颜襄,使他陷于"炸雷轰顶"的震撼中,他惊骇于今日与这位"残忍凶狠,嗜杀成性"的金国统帅相遇,便忍着此时心神战栗的尴尬询问身边的赵戈:"此厮何许人耶?你了解否?"

赵戈如实回答:"大人明察,赵戈在礼仪院研讨金国朝制礼仪时,偶尔也闻得此人的情状。其人原是金国杀人魔王金兀术的部下,是金国海陵王完颜亮的弟弟,也是当今皇帝完颜雍最宠信、最得意的将领。其残忍凶狠,有过于当年的金兀术和海陵王完颜亮。"

此时的汤邦彦已陷于方寸大乱的茫然中,仍以"敢为大言"而自欺欺人:

"军中统帅将军,皆嗜武少文之徒,不懂礼义,只知厮杀,天下文人蔑之,天下圣贤鄙之。残忍凶狠、嗜杀成性的完颜承裕,毕竟不是仰慕中原文化儒学经典的金国皇帝完颜雍啊!传谕全体官员、船工、桨手和护卫禁军士卒:遵从金人三项训示,不要抗议,不要下船,不要登岸,不要惹是生非!"

赵戈愕然,他默然低头应诺,转身向停泊于故都汴京积水潭码头的一串"岁贡"船只走去。

约莫一个时辰后,临时充任联络官的黄俊满脸汗水地爬上主船,面色惶恐,出语喃喃:"此地金兵最高统帅完颜襄,正在兵马校场教习兵马。'校场训示'是:'岁贡'船队的一切举止事宜,静候'校场军令'下达!"

简单的威严,威严的简单,立即使"敢为大言"的汤邦彦惶恐得蒙了。赵戈望着黄俊语出:"你没有询问金兵统帅的那个'校场训示'何时下达?"

黄俊苦笑回答:"我能不问吗?得到的回答是,镇防军最高统帅完颜襄生性暴烈,谋划在胸,言出法随,他的部下,哪个敢唐突造次啊!"

赵戈沉默了,汤邦彦也沉默在"校场军令"的猜测恐惧中,逆来顺受地等待着。

一天,两天,三天,"校场军令"无音,"岁贡"船队上近二百名官员、禁军、船工、桨手中,许多青壮汉子,都是四十九年前跟随太上皇离开汴京南下官员、兵卒、黎庶的子孙,他们对故乡汴京有着特殊的情感。囚居船板,登岸被阻拦的"岁贡"人群,泪水盈眶啊!

开封,故都,汴京,锦绣消失了,繁华消失了,传说中的清甜美秀消失了。囚居船板,望着码头上被殴、被打、被推搡的拥向"岁贡"船队的亲人,心如刀绞啊!

祖屋,祖堂,祖坟,一石一木,一砖一瓦,都在眼前闪现着,无缘送去四十九年来的一声问候;无缘履行四十九年来迟到的拜祭;愧对祖先,愧对亲人;屈辱的苦汁,煎熬着五脏六腑啊!

更为难堪者,船队从临安武林门码头出发时携带的饮食用物,在船队不停歇的航行中,已于前日全部用尽,船队断食断水,原有至汴京积水潭码头上岸补给的打算,已因金兵的禁止下船登岸而全然落空,连汤邦彦携带的专用酒肴食品也已告罄。船板上饥肠辘辘、声息越来越弱的船工、桨手、官员、禁军官兵饥渴交攻的情状,已为码头上询问离散亲人讯息的大伯、大娘、大哥、大嫂知晓。

第四天清晨,慈父慈母、义兄义嫂般的乡亲冲破码头上金兵的阻拦,把故都汴京特有的民间街坊的食品大饼、馒头、菜包、水囊、水袋扔上船板,为"岁贡"而至的亲人解饥解渴,却遭到金兵野蛮凶狠的打杀镇压。船板上的船工、桨手、官员、禁军士卒,望着码头上鲜血飞溅、哀声震天的亲人,热血沸腾,顺手操起木桨、棍棒诸物,呈现出跃船登岸拼杀之势,却被汤邦彦厉声喝止,并发出了荒腔走板、逆来顺受的命令:"上船!进舱!不准惹祸!快!快!快撤回船舱啊!"

回答汤邦彦这喊破嗓子命令的,是码头上金兵对送食送水汴京亲人更加凶残的打压。

囚船第五天,积水潭码头一派恐怖和凄凉。空落落的码头上,只有金兵的长矛钢刀在闪光;"岁贡"船队的甲板上,空无一人,全然是一派死寂的情景。船工在船舱里挨饿,桨手在船舱里骂娘,一百名护卫"岁贡"安全的禁军士卒在船舱里唉声叹气。只有汤邦彦在两位副使的陪伴下,饿着肚子、目光茫然地漫步徘徊着。黄俊手捧一张昨日积水潭码头上汴京亲人掷上船板的大饼奉上,一向饮食讲究的汤邦彦稍有迟疑,接过大饼,背过身子,他确实有些饿了。

囚船第六天卯时时分,金兵南京镇防军副指挥使完颜承裕在三十多名金兵执戈操刀的护卫下,登上了"岁贡"主船,下令"岁贡"特使汤邦彦召集船队所有人员列队主船甲板,迎着东升的旭日,以金宋叔侄国格的礼制,接受南京驻军统帅完颜襄的"校场军令":

　　侄国大宋"岁贡"文书、贡品、礼札及请求谒见叔国皇帝奏表,已由本帅派出专骑急送中都上呈叔国皇帝阅览。尔等静候叔国皇帝御示。

　　侄国大宋"岁贡"特使汤邦彦及其副使、侍从十人,准予离船上岸,进驻南京(开封)礼宾馆,优抚以待。其"岁贡"礼品,在叔国士卒引导下,由侄国船队役工、官员搬运至夷门外礼宾馆存放。其存放期间的安全,当处于侄国"岁贡"特使及其侍从、副使的目光监视中。

　　侄国大宋"岁贡"的途径,已由水路转为陆路。陆路南京(开封)至中都千里之遥,车马运送,俱由叔国军马运送和护卫。侄国大宋护卫"岁贡"安全百名禁军官兵及其所有人员、马匹,当于今夜亥时前乘侄国"岁贡"船队离开积水潭而南返。违令者当以叔国大金军法严惩。

　　军令禁禁,杀气腾腾,汤邦彦心惊肉跳,惶恐茫然,轻声喊出了"遵从叔国完颜襄大帅的'校场军令'"的礼赞,在场的副使、官员、士卒都无声地低垂了头颅。

　　完颜襄的"校场军令"确实是雷厉风行的。由三十多名金兵官员士卒组成的队伍,立马看押着汤邦彦及其副使、随从十多人,在船队上百名禁兵士卒毫不知情的茫然中,走进"琪树明霞五凤楼,夷门自古帝王州"的礼宾馆。

　　由五十多名士卒组成的队伍,并备有充足的车辆,分别押送"岁贡"船队上的船工、桨手,搬运着"岁贡"的礼品黄金、白银、绸缎、米粮、珠宝、玉器、美食、美酒,安全无损地送进夷门礼宾馆的仓库,贴条密封,并组织士卒日夜轮流看管。

　　入夜酉时,完颜承裕率领精锐士卒一百人,至积水潭码头,对"岁贡"船队所有人员宣示:特使汤邦彦及其随员将于明日(腊月十七日)北上中都,拜见叔国皇帝(完颜雍)。船队即刻离开积水潭码头南下,不许再做停留,以免不幸事件发生。并对停泊于积水潭码头的船队进行周密彻底的检查,对护卫船队安全的一百位禁军,进行逐一查证,并收缴了携带的刀剑戈矛,于入夜酉时三刻,由五十名金兵押解离开积水潭码头,经单州码头、徐州码头,向着金宋交界的淮阳楚州码头开去。

汤邦彦一班十余人在一队金兵的"优抚"下住进了传闻中誉满天下的"夷门礼宾馆"。眼前的一切,使他们瞠目结舌。既没有传说中"琪树明霞五凤楼"的辉煌,更没有"夷门自古帝王州"的气派。触目所及是一片阴森的空旷,是一派颓废的衰落。这几栋烟熏火燎屋舍组成的院落,在四周围墙的囚禁中,形成了人世间最为奇特的宾馆——这是一座兵马校场中的牢房啊!一阵阵凶狠的厮杀声由四面传来,弥漫着一种阴森的恐怖。汤邦彦双眉紧锁,五内翻腾,他颓然闭上眼睛,跌坐在室内简陋的木榻上。

黄俊见状,以自己耳闻的所知忙为汤邦彦解闷解愁:"此地原是汴京城最繁华、最金贵、最高雅的地盘。'琪树明霞五凤楼,夷门自古帝王州'的赞语,绝非虚构。四十九年前的靖康之难,金兵攻陷汴京,不仅掠走了徽宗、钦宗两位皇帝和大臣宫女以及宫中的珠玉财物,还焚毁了我们大宋神圣的汴京城。'琪树明霞五凤楼,夷门自古帝王州',自然也在屠城毁灭之中。"

汤邦彦没有特别关注黄俊的言论,而是厌烦地微微摇头,思索着如何把当前这状若囚徒的处境报告给英明的圣上。他突然想到完颜襄下达的三项"校场军令"中有这样一条:"船队及护送人员,务于亥时前离开积水潭码头南下临安。"这是唯一一条可以利用的空隙。现时入夜酉时,还来得及啊!他忽地挺身坐起,急声呼号:"去积水潭码头,为我们的船队送行!"

黄俊、赵戈及其随员全都蒙了。

黄俊喃喃提醒:"金兵副指挥使完颜承裕有令,为了安全,不准外出,只怕礼宾馆主事不肯放行啊。"

汤邦彦厉声令出:"找礼宾馆主事来!找金兵副指挥使完颜承裕来!"

黄俊连声应诺,跑出住室。室内死一般的宁静,都在无望地等待着副使黄俊归来。

也就是人们喘口气的工夫,黄俊巧遇礼宾馆主事陪伴着完颜承裕带着四位身高体壮的金兵由积水潭码头来到这兵营中的礼宾馆，名为探视"岁贡"特使的安居情状，实为在汤邦彦身边安上八只监视一切言行的眼睛。汤邦彦在奇异、惊诧中极力保持着大宋"岁贡"特使的尊严，放声喊出"欢迎驾临"的礼赞。

此时聪明机敏的礼宾馆主事熟练地点燃了墙壁上的几盏蜡烛，室内明亮如昼，并恭请完颜承裕和四位金兵入座。完颜承裕一声清嗓咳嗽，开始了训示："镇防军统帅完颜襄大人十分关心'岁贡'诸位大人的起居生活。夷门礼宾馆地处兵营之中，四周都有兵卒警戒护卫，十分安全，你们可以安心地等待中都圣旨的下达。完颜襄大人已下达军令，严禁四周兵卒进入礼宾馆，并派遣这四位贴身侍卫听从'岁贡'特使汤大人调遣。不论有什么要求，均可令他们及时转达，以便尽快解决。"

不敢相信的友善啊！汤邦彦在思维混乱的懵懂中连声说着"谢谢"。

微笑点头的完颜承裕着意提高了语调："镇防军统帅完颜襄大人同样关心'岁贡'船队上所有成员的起居生活，入夜酉时，特意派出镇防军官兵数十人，携带食品美酒进行慰问。他们感谢完颜襄统帅的恩德，并陈述了思家心切的痛苦，遂于今夜酉时三刻离开了积水潭码头南归。临行时，侄国禁军都虞候尹尚有语致'岁贡'特使汤邦彦大人，并托我亲自转达，我答应了。他对汤大人的致语是：'金宋国格，是叔侄关系，你千万别弄错了。'"

这是警告！这是威胁！这真是禁军都虞候尹尚的致语吗？汤邦彦瞠目结舌。他身边的副使、随员都傻愣了眼睛。

完颜承裕大笑，扬长而去。

留下的四个贴身侍卫中一位领头军官，发出了命令："夜深了，请'岁贡'诸位大人回到各自的住室安歇吧！"

副使、随员都低头走出了汤邦彦住室的房门。

十天后，被五十名金兵军官押解出境的大宋"岁贡"船队，经过十昼夜不停的航行，于年前腊月二十七日黄昏回到临安武林门码头。码头上冷冷清清，码头官员役工都惊愕地望着"岁贡"船队归来。因为往年"岁贡"往还都需要近两个月的时间，更特别的是在"岁贡"船队停泊港湾很长时间后，仍不见人影上岸。神情惊愕的码头官员、役工，似乎都呈现出一种不安的神色。

此时"岁贡"船队的最高官员是禁军都虞候尹尚，他正在声色俱厉地训示着船队所有的人员："不得向任何人，包括你们的父母兄弟妻儿姊妹泄露'岁贡'船队在汴京积水潭码头受困受辱和特使汤邦彦大人一班人被金兵押往夷门礼宾馆的狼狈情状。违者，你和你的家人都将受到严惩。"船队上的一百多位受训者曼声应诺之后，便低着头颅离船上岸，各自回到兵营、府衙、家室过年去了。尹尚则直奔吏部尚书刘章的府邸，他要向他的荐举恩人如实禀报"岁贡"船队在汴京积水潭码头遭遇到的一切。他相信这位皇上宠信的吏部尚书，会使天纵英明的圣上对忍辱负重的左司谏汤邦彦更加关注和信任。

吏部尚书刘章确实是"善揣圣意"。为了迎合皇帝收回"河南陵寝地"的急切心愿，他隐匿了完颜襄的暴戾凶狠，美化了完颜承裕的奸诈狡猾，编造了"岁贡"特使汤邦彦的奋不顾身、应对自若的神话！他信誓旦旦地禀报了汤邦彦及其副使、随员已于腊月十七日离开汴京北上金国中都的信息，按其事前规划，当于年节期间与金国皇帝完颜雍会谈"收回河南陵寝地"的议题。

惊人的讯息，喜人的讯息，圣上对汤邦彦投去了最强烈的信任和关怀，遂下旨奖励护卫"岁贡"船队有功的禁军都虞候尹尚及其百名禁军士卒，并将这一讯息亲自去德寿宫禀报了太上皇。太上皇闻知，高声叹息："喜讯！四十九年不曾闻得的喜讯啊！"

太上皇高兴了，皇帝脸上有光了，下诏拨款了，君臣接旨，将用一个更加辉煌灿烂的年节，迎接太上皇的出宫驾临。根据刘章的奏请，在腊月三十日，朝廷宣布年节期间少有的管制戒严。

知耻近勇，不平则鸣啊！"岁贡"船队上回家的船工、桨手，虽在尹尚声色俱厉、杀气腾腾的威吓下，仍满怀愤怒地向家人、邻人吐诉了整整七个昼夜在汴京积水潭码头遭受金兵凶蛮看押的耻辱；吐诉了汴京居民提食担浆为船上骨肉同胞解断食断水之厄而遭受金兵驱赶毒打的惨状；吐诉了"岁贡"特使汤邦彦毫无骨气、逆来顺受和现时不知安危祸福的处境下场。

人心相通，休戚与共啊！在临安年节期间，在官方严格管制的酒楼、歌场、瓦子、构栏高朋密友的宴会上，"岁贡"船队在汴京城受到的种种屈辱，成了人们悄悄议论的话题。

此时的辛弃疾仍在粮仓高墙内优养着，他默默思索着迟到的近一个月来朝廷高层荒诞不经的朝政纷争：左司谏汤邦彦对金国皇帝完颜雍的荒唐歌颂，全然是无耻政客对虞公"力主北伐"国策的背叛；依靠空口白牙收回"河南陵寝地"的决策，全然是与虎谋皮的愚蠢；而荐举无耻政客汤邦彦出任"岁贡"特使、全权负责收回"河南陵寝地"的成功，却展示了右相兼枢密使叶衡"以蚓投鱼"的机敏才智。

荒诞不经的朝争真能塑造人啊，一向谨慎诚挚的叶衡在短短的几年内，也学会在官场的斗智斗狠中，使用"因势乘便""以蚓投鱼"的奇知奇谋。他在粮仓高墙之内，默默为师友叶衡祝福，并依其十多年来体恤下属的情感，做出了两项特殊的规定：

> 粮仓内家属在临安城四周的官员役工，放假十五天，回家过年与亲人团聚，欢度年节。
>
> 粮仓留守人员，坚守岗位，轮流值勤，五日一班，以确保粮仓事务的照常运转。

别开生面的新奇规定，立即获得粮仓全体官员役工的热情拥护。陶毅、王威和赵大明自告奋勇地承担首班（初一至初五）的值勤任务。临安粮仓自成立以来，首次呈现出节假日官员役工同甘共苦的新风。

辛弃疾自然是坚守年节岗位全程的。腊月三十日傍晚，他召辛茂嘉、辛祐之到他的住室,吩咐辛祐之立即骑马回凤凰山下,伴辛大姑欢度年节,并带去自己特备的年节祝福礼品。辛祐之默然……他吩咐辛茂嘉骑马护送辛祐之至凤凰山下,然后回竹苑过年,并嘱其年节期间对来访的亲朋好友要竭诚款待,但勿议国事。辛茂嘉应诺,遂挽着祐之小弟向辛弃疾告别离去。

辛弃疾的脑际突地一阵空虚,继而闪现出范若水、王琚、殷弘、钱隐、杜伊、唐安安、叶衡的形影,他戚然地闭上了眼睛。

大年三十入夜戌时三刻,辞旧迎新的鞭炮声仍在粮仓四周的村舍响着,辛茂嘉满头汗珠地走进辛弃疾的住室,向辛弃疾禀报祐之已安抵短木篱笆院落。

辛弃疾恍然:"你……"

辛茂嘉在辛弃疾的面前落座回答:"我陪兄长在这里过年……"

辛弃疾笑了:"取酒来!我俩在这里过年,为家人祝福!"

辛茂嘉高声应诺。

大宋淳熙二年(公元1175年)临安的年节,在极其豪华、极其花样翻新、极其纸醉金迷、极其人乏马困、极其神秘罕见的太上皇露面于德寿宫观礼台的惊天动地的传闻中结束了。

正月十六日,城郊回家过年的官员役工,一个不少、兴高采烈地回到粮仓,辛祐之早于正月十五日午后返回。正月十六日午后未时,陶毅、王威、徐大锁、刘茂生、赵大明都各就各位。辛弃疾便向陶毅和四位同僚告假三天,补年节之礼,拜访城内的几位亲朋好友,遂于傍晚酉时带着辛茂嘉、辛祐之回到住室竹苑。

辛弃疾、辛茂嘉之年节后归来,近几年来家人早就习惯了,范若水、范若湖没有不快和埋怨。在这年节张灯结彩的餐厅,她俩捧出年节特备的美味佳肴,全家五口,依序而坐,碰杯畅饮,欢度这已过了年节的年节。

他们碰杯畅饮。范若水含意深沉地谈出了她与小妹若湖大年初一向管家陈伯拜年祝福的情景:陈伯似已进入自娱忘怀之年,对临安朝野出现的种种议论已不再介意,只是仍然关念着临安粮仓那个公而忘私、连家也不顾的辛弃疾啊。

辛弃疾动情了,他举起酒杯高呼:"陈伯,弃疾明天就去拜见你,此刻举酒向你祝福了!"

辛弃疾举酒干杯,辛茂嘉、辛祐之举酒干杯应合。

范若水接着谈起她与小妹若湖向致仕驿馆主事杜伊拜年的情景:"空旷的独居小院,空旷的五间低矮简陋的屋舍,聘来的主持日常生活的女仆回家过年去了,更浓重了这空旷庭院的凄凉。只有大门西侧的一副红纸对联和大门头顶挂起的那顶纸糊灯笼,显示着年节的到来。若湖踏进门槛的请安呼唤声,请出了我们的挚友杜伊。一件交领对襟长衫,一件黑色宽松的长裤和一条束腰的细带,似乎一下子降低了几个月前那魁梧洒脱的身躯和那股举止逼人的豪气。寒暄中的杜伊牢骚满腹、怨言频频:街上的乞丐增多了;官场的怪事泛滥了;年前腊月三十,他去大内看望几个老友,大内一些官员似乎都昏昏然不知所为——前段时期,都在吹捧金国皇帝完颜雍崇尚儒家经典,聪颖仁慈,现时又在吹捧驻守汴京的金军统帅完颜襄和完颜承裕举止有礼,热情友善。他气愤至极,两天后谈及此事,仍是嘴唇发抖。他啊,致仕了,不当官了,住进民宅,看到了人世间的真情实况,心疼了。"

辛弃疾咽下了堵在嗓喉的块垒,泪光莹莹道:"明天傍晚,在家设宴,专请我们的挚友杜愚我。"

范若水接着谈起年节正月初三与小妹若湖前往南瓦清冷桥勾栏向女侠唐安安拜年祝福的情景——

一向人气兴旺、气氛欢快炽热的清冷桥勾栏,在大年初三黄金般的日子里,却呈现着从来不曾有过的怪异荒唐。往日钟爱清冷桥勾栏的听众,都因今年年节景象的怪异而躲开了,只有十几位衣冠楚楚的官员镇守在这个勾栏里。他们饮酒作乐,勾栏里的歌伎乐伎,没精打采地弹唱着德寿宫侍臣、秦桧门下食客之一的康与之呈献给太上皇那首"影里留住年光"的《舞杨花》：

> 牡丹半坼初经雨,雕槛翠幕朝阳。娇困倚东风,羞谢了群芳。洗烟凝露向清晓,步瑶台、月底霓裳。轻笑淡拂宫黄。浅拟飞燕新妆。　杨柳啼鸦昼永,正秋千庭院,风絮池塘。三十六宫,簪艳粉浓香,慈宁玉殿庆清赏,占东君、谁比花王,良夜万烛荧煌,影里留住年光。

官衙暴役举杯狂饮。在酒醉中,向着没精打采的歌手、乐手号吼："唱啊,高声唱,使劲唱,骚情地唱,放开嗓子唱。唱好了,官衙有赏;唱不好,官衙踢你们的场子,杀你们的头。"

唐安安面对范若水、范若湖苦笑,垂泪道："这首《舞杨花》是官衙指定必须唱的,而且要求反复唱。辛郎的几首词作,官衙明令禁唱了！"

席间的气氛一下子变得凝重了。范若水声噎语塞,范若湖忍泪低头,辛茂嘉、辛祐之义愤填膺地咬紧了牙关,呆呆地望着饮恨含冤、精神依然自若的兄长。

辛弃疾望着席间的亲人,微微一笑,举起酒杯,侃侃语出："庙堂之上那些醉迷于'议和'的骗子,他们根本不了解金国的立国体制'以南下侵略为本',不了解金国的军队'以战争为业为生',更不了解金国的军事将领以'夺城略地为尚'。他们是一群惧怕战争的软胎,也许现时镇守汴京城(开封)镇防军指挥官完颜襄、副指挥完颜承裕名字也是近日才得知的,遑论其'举止有礼''热情友善',真是昏庸得无以复加了。完颜襄时年约四十岁,其父完颜宗强,金兀术当政时,授完颜宗强为世袭猛安,以凶狠嗜杀闻名。靖康之难,汴京城精美雄伟的殿宇,就是这位完颜宗强焚烧的。当今这位金国皇帝完颜雍,借我朝绍兴三十一年(公元1161年)宋金'采石矶之战'海陵王兵败之机,在金国东京(辽阳)自立,夺得皇权,就是这位完颜襄和他的弟弟完颜可喜迎驾至当时的中都,并担任殿前马步军指挥使之职,实为金国皇帝完颜雍的心腹;我朝隆兴元年(公元 1163 年)符离之战,此人即奉命镇守汴京,铁腕残忍,以镇压杀伐黎庶百姓为乐,何来'举止有礼''热情友善'啊？完颜襄的副手完颜承裕,亦金国宗室,本名胡沙,年约三十七岁,其祖父完颜宗辅。金太宗完颜晟(完颜阿骨打之弟)天会年间,完颜宗辅任金兵右元帅,攻取大名府,尽占河北地。完颜承裕其人有乃祖父诡诈残忍之风,在处理具体事务上,比乃祖乃父更为狡猾,在金国境内有'笑面狐狸'之称。这般人物,会有真心诚意的'友善仁慈'吗？会有真心诚意'特别优待'我朝的'岁贡'使团吗？庙堂之上那些醉迷'议和'的大人哄传美化金国将帅的言辞,不仅是'痴人说梦',而且是'奸佞行骗''别有所图'。听之污耳,理它作甚!举起酒杯,为我们全家这迟到的年节团聚干杯! "

人们举杯畅饮,相互祝福,但心头更浓重了"辛郎词作被禁唱"的阴影。

范若水在担心辛祐之酒醉而斟茶代酒之后, 谈起她与若湖年节正月初六去听风楼拜访年老管家殷弘的情景:

殷弘病已痊愈,因年事已高而行动不便,需侍女搀扶而行。但头脑依然反应敏捷,出语精当。谈及主人王伯不胜感慨:挚友(河朔孟尝)仙逝,王伯确有琴音灭绝之痛,不再有纵情任性之乐和不拘俗礼的倜傥,常登楼北望河朔而泪流。年来出游山川而不归,确有屈子"长太息而掩涕""聊抑志而自弭"的情怀;不再对奸佞窃据的庙堂抱有任何希望了。几十年来侠义豪爽的前朝驸马,也许不会回到这心系大宋兴亡的听风楼了。

范若水的声音哽咽了,范若湖低头垂泪,辛茂嘉、辛祐之神情肃然,辛弃疾闭合了眼睛,只有小小餐厅四壁的烛火默默燃烧着。

范若水举酒润喉,说出了殷弘更为关注的讯息。

近日庙堂之上, 更是阴风飙起。在疯狂传颂金国皇帝完颜雍崇尚儒学"贤明知礼"和金国将领完颜襄、完颜承裕"友好善良"的同时,三年前曾任参知政事、右仆射兼枢密使、在延和殿答对中曾被辛弃疾批驳萎地的儒学权威、现任谏院主谏之职的魏杞又要出任参知政事、右仆射兼枢密使了,以取代现时庙堂之上,唯一坚持"以北伐为国策"的叶衡。殷伯特别致语辛郎:"奸佞魏杞,惯于'以睚眦杀人',断不会忘记昔日在延和殿'惨败菱地'于辛郎脚下的耻辱。"

辛弃疾忽地站起,捧起酒坛为席间的亲人斟满酒杯,放声语出:"这迟到的年节全家团聚,绝不可被朝廷的杂乱事务干搅,举起杯来,为全家新的一年时来运转干杯!"

家人举杯应和,饮下了第一杯酒!

辛弃疾再为亲人斟酒,高声唱赞:"这第二杯酒,为殷伯的大病痊愈干杯!"

家人举杯应和,为殷伯道远的健康长寿干杯!

辛弃疾再为亲人斟酒,高声唱赞:"这杯酒,为王琚老前辈干杯,并以屈子的词作《思美人》为这位亦狂亦雅、亦儒亦侠的千古奇人祝福!"遂击拍而歌——

开春发岁兮,白日出之悠悠。

吾将荡志而愉乐兮,遵江夏以娱忧。

揽大薄之芳茝兮,搴长洲之宿莽。

惜吾不及古人兮,吾谁与玩此芳草?

家人举酒欢呼,以宋时民间译语唱和:

春光来临了,新年开始了,太阳冉冉升起在东方。

我将会开怀而愉快,沿江夏散步,排遣忧伤。

我攀摘林野中的白芷,我采集水洲上的宿莽。

可惜我和先贤生不同时,我和谁来玩味香草芬芳。

全家唱和者三遍,畅饮者三杯,向出游不归、忧国忧民的贤人寄去了无尽的怀念和祝福。辛弃疾关照弟弟妹妹离席安歇了,他似乎在遵照古老的习俗,仍端着酒杯,例行着已逝去的大年三十夜的守岁,范若水深情依依地陪伴着他。

是年年节,十五不圆十六圆的月亮,今晚也疲惫不堪地躲进乌云深处歇息了。漆黑的夜色笼罩连日来极欢极乐后疲惫不堪的临安城,浓重地低压着窗内几盏烛光映照的竹苑和竹苑内朦胧的翠竹。夜风轻拂着朦胧的翠竹,发出幽怨的哀叹,给这朦胧的竹苑增添了一层凄凉。

弟弟妹妹都去安歇了,餐厅内辛弃疾急忙斟酒献给几个月来不曾爱抚的妻子。范若水却神情焦虑沉重地说出了一句惊心动魄的讯息:"叶公也许已停职待罚了。"

辛弃疾闻声惊骇,心跳手抖,杯中酒滴答桌面而不觉,急声询问:"此讯息准确吗?"

范若水接过辛弃疾手中的酒杯一饮而尽,哀声回答:"此讯息来自年节期间致仕的驿馆主事杜伊有关大内主和官员崇金、媚金奇谈怪论的哀叹;此讯息来自殷伯对时下大内政局走向痛心疾首的解析;此讯息来自唐安安从一群官方监控官员作威作福酒醉口中获得的卑鄙的阴谋诡计;此讯息来自钱隐之年节期间两次接触中关于延和殿正月初五日、正月初十日两次朝会君臣的荒唐听闻;此讯息更是来自你的妻子年节期间睡意难眠中刻骨铭心的分析和判断。辛郎,在今年这个特意迎接太上皇大驾光临的空前隆重、空前炽热的临安元宵节的胜景中,我和小妹若湖跑遍了临安城的所有景点,都看不到师友叶公的身影啊!"

辛弃疾的心一下子紧缩了,心潮澎湃了。他敬佩妻子的典雅灵慧,他敬佩妻子的善闻、善思、善断,他敬佩妻子继承了岳丈的侠义豪情和担当。自乾道元年(公元 1165 年)十月喜结连理至今(淳熙二年,公元 1175 年)的十年间,在所有的重大事件上,夫妻两人总是心领神会。妻子画龙点睛的言论,确有"秦镜高悬"之感。他举坛斟酒,献于范若水面前:"现时朝廷的政情如何?年节期间正月初五日、正月初十日两次延和殿纷争真相如何?我茫然不知啊!"

范若水接过杯酒畅饮,语出道:"如今的朝廷大内,弥漫着美化金兵镇守汴京将领完颜襄、完颜承裕优待'岁贡'使团居住饮食'热情好客'的种种言论,并传言我方'岁贡'使团已于年节前抵达金国中都,并将于大年初一接受金国皇帝完颜雍的接见。天纵英明的圣上,陶醉于这种弥漫大内的喜讯,在大年破五(正月初五日)延和殿的议事中,要求右相兼枢密使叶公禀报'岁贡'使团歇足汴京受到金兵统帅完颜襄和完颜承裕优抚接待的具体情况。朝廷议事大臣,特别是御史中丞尹穑、右正言袁孚、侍御史卢仲贤、谏院司谏魏杞及谏官张考叔、吕游问等人,都把目光射向叶公,捕捉着他回答的一言一语。辛郎当知,叶公虽步入大内庙堂不久,但已知大内风云变化莫测。在'岁贡'船队年节前腊月二十七日傍晚返回临安武林门码头后,他于大年初二、初三借步入街巷向四邻民众拜年祝福之机,拜访了几位护送'岁贡'船队的船工桨手,他们透漏的讯息全然是金兵的野蛮、凶狠、残暴和无人性,反证了当前朝廷大内疯传的汴京金兵统帅'善良有礼''热情优抚'全然是欺哄圣上的谎言。这些谎言,也许是出于吏部尚书刘章之口,也许是谏院、御史台那些痴迷议和的乌鸦们编造的。叶公出于对几位船工桨手及其家室安全的考虑,遂以'岁贡'船队'于年节前二十七日傍晚归来,其船工、桨手、禁军士卒下船后即径直回营回家与亲人团聚,臣念其辛苦异常,尚不及询问了解'作答。得到的却是圣上的白眼而视、冷语训斥,大意是:右相之职,总揽政务。'岁贡'船队歇足汴京,虽目视难及,双耳总不会失聪吧!年节'破五'将过,归来的船工、桨手、禁军士卒已享有全家团聚的欢乐幸福,朕在等待着右相兼枢密使关注军国机务的报告……皇帝语毕,拂袖离座而去。叶公仰面木呆,谏院、御史台的高官大员发出了怪异狂欢的笑声。"

此刻辛弃疾的心乍地颤抖了,他惊诧于"天纵英明"圣上的莫测,他惊骇于叶公孤军奋战的难险。他猛地捧起酒杯,把满杯的烈酒灌进自己的喉嗓。

范若水的神情仍处于紧迫不安中,她的话语更显得紧迫沉重了:"五天前正月初十日延和殿年节期间第二次朝廷大臣的议事会议,全然是针对叶公奉上届'破五圣诏'关注'岁贡'使团歇足汴京的举止实情召开的。在圣上高踞宝座的威严审视下,在谏院、御史台主和大员尹穑、袁孚、卢仲贤、魏杞、张考叔、吕游问等人胸怀'寻衅''妄织'故技的横目窥视下,在同怀好友周必大、洪迈、史正志提心吊胆的关怀下,叶公以其周密的思虑、无畏的气概和严谨的对策,投入了这场暗伏杀机的斗争,其传闻惊心动魄。叶公跪拜于宝座之前,恭行大礼,拱手禀报:臣叶衡尊圣上'破五圣诏',四天之内,拜访了船队腊月二十七日傍晚归来的船工、桨手、随船官员多人,所得使团歇足汴京积水潭码头的情状与现时疯传于朝廷的金兵将领'热情优抚'的信息迥异。我朝船队于年节前腊月初三日从武林门码头出发,以罕见的神速于年节前腊月十日未时抵达汴京积水潭码头,立即遭到近百名金兵执戈操刀的看管扣押——不准我方人员离船登岸,不准我方人员与汴京乡亲接触,更不准我方护卫船队的禁军官兵走出船舱,气势汹汹,杀气腾腾。更为甚者,我方特使汤邦彦,副使赵戈、黄俊亦被金兵看押,囚禁于船队甲板上,不得自由行动。如此看管囚禁六日,船上自带食品饮水告罄,船上官员士卒陷于饥渴之中,金国官兵不仅不予帮助解困,反而严禁我方人员下船登岸购买食品。码头上的汴京亲人闻知,骨肉情深,结伴救助,捧大饼、馒头、食盒、水囊冲破金兵拦阻者达百人之多,旋即遭到金兵举戈挥刀凶狠的驱赶屠杀,鲜血染红了积水潭码头。"

辛弃疾义愤填膺了,他一双眸子里透出了一股刚毅的杀气,伸手抓起桌案的酒坛,正要狂饮,却被范若水颤抖哽咽的话语震住了。

"叶公的如实禀报,立即招致谏院、御史台那群高官大员的疯狂攻击。御史台御史吕游问诬叶公的言论是'谣诼阴险''动机莫测';谏院谏官张考叔诬叶公的言论是'信口雌黄''制造混乱';更为荒唐者,敷文阁待制、外戚吕益虎竟为金兵在汴京积水潭码头的凶残暴行辩解：'没有我方船队人员的号饥喊渴，能有汴京百姓的送食送水吗？能有金兵的拦阻动武吗？'更为离奇的是，吏部尚书刘章在强烈表达对右相叶公言论表示震惊的同时，竟然阴险地提出右相叶公在年节拜访'岁贡'船队归来的人员中有无禁军官兵诘问？并奏请圣上勒令叶公提供拜访人员的姓名和家庭住址。此时谏院司谏魏杞立即应刘章之声出列，跪拜于宝座前，拱手向圣上禀奏，说臣偶闻'岁贡'返回船工传言：'岁贡'使团汤邦彦数人，已在驻汴京金兵将领细心安排下，与'岁贡'船队返回临安武林门码头的同时，已乘车辇前往金国中都，亦当于年节期间会见金国皇帝完颜雍。此刻右相兼枢密使叶衡之所奏，分明含有对圣上当前奉行的宋金和睦国策的怀疑和不满。臣亦奏请圣上勒令右相兼枢密使叶衡大人上报所有拜访船工、桨手、禁军官员士卒的姓名和住址。"

辛弃疾惊骇出声："众口铄金，积毁销骨啊！无状的陷阱，无赖的作为，无耻的阴谋诡计！奸佞刘章要借国体上谁也碰不得的'天雷'杀人了！'天雷'者何？祖制——严禁官员结交禁军官兵。"

范若水声颤语出道："圣上发出了庄穆森然的询问，右相兼枢密使叶卿，你能忠实地回应刘章和魏杞对朕提出的奏请吗？"

辛弃疾惊诧，扶案欲起，触动桌案边的酒坛落地，发出了砰然的炸响声，连四壁上的烛光也随着闪动，餐厅里乍然增添了一层泪烛的阴影，随后，颓然跌坐在木椅上。

范若水索然语出："据钱隐之传言，当时的延和殿，呈现出一种森然冷酷的气氛。谏院、御史台的高官大员，都把目光射向宝座前恭行大礼的叶衡；汪大猷、周必大、洪迈、史正志都寂然地闭上了眼睛。叶公整冠站起，抖擞精神，拱手禀奏：'臣叶衡领旨，愿以忠肝义胆回应刘章大人和魏杞大人的一切询查！'圣上击桌下诏：'好！有问有答，朕洗耳恭听了。讲！'"范若水的吐诉声一下子变得激越沉重了，"这炸雷般的一个'讲'字，把叶公抛在被勘被审的境地。谏院、御史台的高官大员忽地站起，气势逼压。魏杞和刘章目光相交，会心地等待着十多年来已被当今臣子'遗忘''疏忽'的'天雷'炸响。叶公的同怀密友周必大、洪迈、史正志同时应对着谏院、御史台高官大员站起，更呈现出寡不敌众的窘迫；叶公以坚定不移的目光向同怀密友致谢，仍以温文尔雅的姿态展开了生死一搏，其言辞做珠玉之响：'禀奏圣上，臣叶衡奉圣上破五御旨拜访船队归来的人员共计十二人，其中船队主事三人，分船主事三人，司帆三人，桨手三人。他们家有住址，人有姓名。由于住址分散，时值年节，皆为单人受访。拜访时皆有家人或邻人在场，少时三四人，多时八九人，均可做证。魏杞大人所奏特使汤邦彦大人已北上金国中都一事，臣不曾听到受臣拜访者谈起。但臣还是尊重魏杞大人早已想定的当于年节期间拜会金国皇帝完颜雍并将于年节后十余天即可返回临安的设想和分析。至于刘章大人和魏杞大人询问臣对船队归来的禁军官兵拜访一事，臣坦然回答，臣虽职兼枢密使，掌军国机务、兵防、边备、军马等政令，但愚心有知，严守祖制军规乃为官首要之本，断不可有违犯祖制军规的一思一念、一举一动，故在这次奉圣上破五御旨对船队归来的人员拜访，不敢踏进禁军营盘半步。'魏杞突地打断叶公的话头，发出威严的询问：'请问知宰叶衡大人，你可认识禁军都虞候尹尚？'叶公回答：'不闻其名，不识其人。'魏杞厉声号吼：'你官居宰臣高位，职兼枢密使，没有你的赞同批准，禁军都虞候尹尚能随贡船北上吗？'叶公坦然回答：'魏大人询问极是，不闻其名，不识其人，此人何以随贡船而北上？你可以请教刘章大人，他熟知官员才智修养之资，他握有官员升降使用之权啊！'魏杞转头望着刘章。刘章因事出突然，事先无共谋而陷于茫然失措。正在思谋应对中，叶公坚定高扬的禀奏声响起：'圣上明察，谏院、御史台几位大人，定微臣所拜访的船队归来人员及其听众的言辞为谣诼阴谋、信口雌黄、制造混乱、动机莫测。臣官职右丞相兼枢密使，并属这桩事件的当事人，自然在谏院、御史台弹劾之列，更当披枷戴锁，投案受审，接受流放断头之罪。但臣断然反对谏院、御史台几位大人专横霸道、无理无据的荒唐定罪，且惊诧于心。臣坚信臣所访船队主事、司帆、桨手十二人言辞的真实、心灵的高尚、动机的纯正朴实和对圣上的无限敬仰,他们都是圣上忠顺诚实的臣民。臣所惊诧于心者,谏院职在对朝廷官员的规谏讽喻、纠查官邪、肃正纲纪,与役工、庶民何涉?吏部职在对朝廷官员的选试、差遣、资任、荫补,与役工、庶民何关?此时此刻,在这圣洁的延和殿,魏杞大人与刘章大人联手,漠视朝廷户部、刑部的职能,奏请圣上索取臣拜访的贡船十二名役工及近三十名旁听庶民的姓名住址,意欲何为?难道要规谏讽喻、资任荫补?还是要抄家抓人?流放杀头?如此越职越权,惊扰圣上,依据是何法何制?臣要向魏杞大人和刘章大人请教了!’此时庄严高雅的延和殿,一下子变成了冰冷森严的场所。官员们的目光,齐刷刷地射向魏杞和刘章,包括宝座上威严的皇帝。此时一向高傲跋扈的魏杞和刘章被叶公喊出的‘越职越权、惊扰圣上’的八字罪状惊呆了、惊醒了。他俩都是当今大宋政坛上诡诈风云的老手,突地恍悟到自己一时鬼迷心窍,此刻在殿堂之上公然‘奏请’皇上行事的荒唐,这不明摆着要充当皇上的教师爷,要皇上成为应臣下之声而行事的工具吗?他俩心慌了,腿软了,踉跄前行,傍叶公之侧跪倒在圣上的宝座前,发出了凄楚、恭顺、膜拜、乞求等含混不清的号叫声。延和殿里神情憎恨、厌恶、可怜、同情、不解的目光,向着魏杞、刘章追踪而去,形成了延和殿里少有的沉默和恐怖。可皇帝毕竟是皇帝,他怡然一笑,诏令口出:‘右相兼枢密使叶衡听真,朕感谢你忠耿之心。朕虽愚鲁,但绝不会伤害朕眼皮底下忠顺善良的黎民百姓。即或他们对朕的治国方略有所非议,朕亦绝不做伤害黎民百姓的暴君,招致千百年后黎民百姓的唾骂。谏院司谏魏杞、吏部尚书刘章,你俩愚蠢而短视啊!朕目光之所视,根本不在汴京城内金兵将帅完颜襄、完颜承裕的身上,而是金国中都城里酷爱中原儒学的金国皇帝完颜雍。你俩不是说汤邦彦已抵达金国的中都吗?此刻延和殿里的忠奸正误、是是非非,朕正在急切等待汤邦彦如期归来。朕的右相兼枢密使,你以为如何?’皇上《诏令》中‘忠奸正误、是是非非’的八字杀机,分明是对着叶公来的。延和殿的气氛,立马变得阴森恐怖了。谏院、御史台、吏部的官员呈现一种猖狂的兴奋。周必大、洪迈、史正志都凝重了神情。叶公叩头站起,拱手禀奏:'圣上英明,圣上万岁,臣遥祝特使汤邦彦大人一切顺利,热忱期待汤邦彦大人胜利归来……'"

辛弃疾打断范若水的话语,豪气澎湃地为叶衡叫好:"壮哉叶相!伟哉叶相!智哉叶相!以'严守祖制军规'六字跃出了阴谋险境,并乘机展开了绝妙霹雳的反击,其势如钱塘狂潮,一往无前,惊天动地,连高贵的圣上也动起了心机!夫人,你还记得去年八月十八日我俩伴叶相梦锡观赏钱塘狂潮时我所赋的那首《摸鱼儿·望飞来半空鸥鹭》吧?"

范若水诧然点头,闭目回忆,高声吟诵:

望飞来半空鸥鹭,须臾动地鼙鼓。截江组练驱山去,鏖战未收貔虎。朝又暮。诮惯得、吴儿不怕蛟龙怒。风波平步。看红旆惊飞,跳鱼直上,蹙踏浪花舞。　凭谁问,万里长鲸吞吐,人间儿戏千弩。滔天力倦知何事,白马素车东去。堪恨处,人道是、属镂怨愤终千古。功名自误。谩教得陶朱,五湖西子,一舸弄烟雨。

辛弃疾放声欢呼:"好记性,过目不忘啊!快取笔墨纸砚来,我要工整抄写,上呈叶丞相!"

范若水惊诧……

辛弃疾语出沉重而悲切:"越王勾践手中的属镂剑出鞘了,伍子胥忠而见谗的悲剧闪现了。也许陶朱公范蠡'白马素车'浮海而去的谋略可以借鉴。我们已经失去一位顶天立地的师友虞公彬甫,再也不能失去领军统率叶公梦锡了!"

范若水高声称善:"'白马素车''五湖西子',知机陶朱,也许是当前唯一可行的谋略了。叶公得知,当为辛郎拳拳之忠、拳拳之义而高兴。辛郎快点拨亮四壁的烛光,我这就捧出笔墨纸砚来!"

辛弃疾拱手回应:"遵命!谢夫人。"

十三 汤邦彦回来了

淳熙二年(公元 1175 年)的年节过后,肩负着"收回河南陵寝地"神圣使命的汤邦彦自金国中都辗转回朝。"善为大言"的汤邦彦归来后,似乎失去了居谏院时的论事风生,失去了出发时的意气风发,失去了督责"贡船"北行疾进时的颐指气使,在皇帝和朝廷官员们期待着"崇尚中原儒学经典"的金国皇帝对归还"河南陵寝地"出使结果的禀报时,竟变得嗫嗫嚅嚅,含混不清。询其同行人员方知,汤邦彦一行十余人在金国南京(开封)镇防军副指挥使完颜承裕率领的五十多名金兵执戈操刀的"护卫"下,于腊月二十日从南京启程,一路走走停停,半个月后,方始到达金国中都。沿途所过之处,多见金国兵营,均呈秣马厉兵,骑射操练,荷戟待战景象。待到入中都城后,金国皇帝完颜雍以"年节未过,诸事缓行"口谕,置宋国使者于驿馆不理不睬。其间,又有金国兵丁、无赖骚扰滋事,口称"此乃侄国使者耳"污言挑唆。汤邦彦厉诫众人"驻足闭门,勿惹事端"。又逾半月,方得金国皇帝上朝召见谕旨。召见之日,议事大殿外,百余名身荷甲胄,配刀执戟,面现杀气,目露凶光的禁卫军士竖立跸阶两侧。汤邦彦在刀拱枪门下,两股抖颤,几不能行。及至殿内,竟"不能措一词而出"。

朝堂上一干御史、台谏官员沸水烹油般炸开了锅,纷纷指斥汤邦彦鼠胆无能,有辱国威。转而更加激烈地参劾叶衡举荐非人,轻率误国。

汤邦彦在群情激愤的指责声中强自辩解，懦懦而语："非是微臣不措一词，实是金国皇帝完颜雍强横无理，他言说河南陵寝地地处金国腹地，念及我国君臣往来不便，欲起御林军三十万兵马护送诸位先皇棺梓至江南。"

闻听此言，众臣子愤情更炽："金人也忒无理，此等挖坟掘墓之语竟也说得出口，枉称崇尚儒学，难道孔孟之书都看入了狗眼之中……"

"金人这是欲借此再次兴兵南侵啊……"

"金人骄横无理，欺人太甚，是可忍孰不可忍……"

……

赵昚似被这乱哄哄的嘈杂弄昏了头脑，他怒睁双目，拍案而起："金人果有此意，不必他劳军远送，朕亲率五十万御林军恭迎诸先皇棺梓。"

此言一出，顿时殿内声息音静，廷臣们在一瞬的目瞪口呆中缓过神来，纷纷出言谏阻。

侍御史卢仲贤急急道："请圣上三思，先贤有言：'兵者，国之大事，死生之地，存亡之道。'圣上切不可意气用事。"

谏院司谏魏杞道："当今和平来之不易，毁约背盟，兹事体大，当禀告太上皇定夺。"

右正言袁孚进言曰："臣也以为不可轻言战事，金人或许正欲以此言挑唆激怒圣上以求进兵江南，圣上切不可上他之当啊。十年前张浚蒙蔽圣上，刚愎自用、一意孤行，致有符离之败，幸赖将士用命，贤臣努力，才得保全基业，换得隆兴和议。自和议后，民得以休生，兵得以养息，天下方得承平，此番景象来之不易啊！"

御史中丞尹穑言道："臣附魏大人之言，我朝自南渡以来，内外战事连连，国用匮乏，土地荒芜，民不聊生。赖圣上睿智，隆兴和议后，民生渐现恢复，国用渐现充盈。但这短短十年间的积蓄，尚不足以支撑与金人一战。古人云：'治国之道，富民为先。'昔日汉初历经文、景两帝七十年的积蓄，方始成就汉武帝开疆拓土之功业。臣以为当下之势陛下还应卧薪尝胆，以固本培基为是。"

签枢密院事王淮奏道："'十年生聚，十年教训'，圣上居安思危，不忘恢复，此乃国之幸、民之幸！不过，近年来，圣上宽体民心，惠民以政，军武用度上所增无几，臣以为乘当下物阜民丰之机，可渐为扩充武备，他日再图与金人一战。"

赵昚将目光投向沉稳持重的给事中周必大和掌管水陆漕运的发运使史正志。

周必大道："臣以为当年岳飞元帅'金人不可信，和好不可恃'之言诚为金玉，不过，较今日宋金之形势，亦不应仓促行事。"

史正志也认为从当前军队的战备与给养等方面来看，均不适于短期内开战。

赵昚愤而难平地道："金人辱我至此，难道我朝便就此退缩，无声无息不成？"

魏杞道："当贬斥使臣汤邦彦，以向金人昭示其智疏才薄，言对无措，有辱我朝威仪。当贬斥右相兼枢密使叶衡，以向金人昭示其荐人不当，蛊惑圣上无端行事之责。"

尹穑、袁孚、卢仲贤、张考叔、吕游问等人纷纷出言附和。

赵昚冷哼一声，站起身来瞪目道："晓谕殿前都指挥使王友直，今年阅兵朕要亲临白石校场。"言罢，拂袖而去。

回到寝宫，赵昚在延和殿召见了参知政事龚茂良和右相兼枢密使叶衡，征询他们对军备国赋的意见。

龚茂良字实之，时年五十四岁，绍兴八年（公元1138年）进士。初授南安县主簿、邵武司法。后调任泉州观察推官，以廉勤著称，赈济灾民，为民称颂。淳熙元年（公元1174年）由吏部郎官擢为参知政事，对龙大渊、曾觌等搬弄是非、恃宠害政极为不屑，曾指斥其为"奸回（奸恶邪僻）"，上疏曰："唐德宗谓李泌：'人言卢杞奸邪，朕独不知，何耶？'泌曰：'此其所以为奸邪也。'今大渊、觌所为,行道之人能言之,而陛下更颂其贤,此臣所以深忧。"他主张恢复,反对和议,但为人持重谨慎,"平生不喜言兵事"。

赵昚赐座,二人谨谢。

赵昚开言:"二卿皆公议之人,朕甚重之。"

叶衡、龚茂良起身谨谢。

赵昚道:"朕之行事,每每心存公道,或有偏颇之处,卿等当力争,君臣之间,宜坦诚相见,毋以疑忌为是。"

叶、龚二人忙起身言道:"臣等不敢。"

赵昚遂以国力军力、田赋用度之事询之。

龚茂良道:"自南渡以来,太上皇与陛下体恤民情,广施仁政,国力日见增强。南渡之初,东南财政收入每岁不足一千万贯,如今已增加到四千七百多万贯。人口也由一千六百余万人增加到两千五百余万人。陛下禅政以来,更是恤民有加,屡次下诏劝民力耕、兴建水利,使战乱中荒废的土地得到了重新开垦,战乱中被毁的河渠塘堰也得以恢复,市井商贸更是日益繁荣。"

赵昚面现喜色,问道:"用度上如何?"

龚茂良道:"恕臣直言,一言以蔽之,捉襟见肘。"

赵昚面现忧虑,言道:"龚卿毋虑,请坦言以告。"

龚茂良道:"财税的支用主要有四个方面:军费、养官、赈济及皇家支用。养军之费乃用度之最,数十万军队加上赡养的家属,约有一百万人,另有武器制造、骑兵战马、水军舰船和各种劳军赏赐之费,只此一项便用去了岁入的十之七八。"

赵昚点头道:"为保国泰民安,不可无兵。况恢复先祖基业,朕之夙愿也,若无强大之武备,如何雪靖康之耻,绝金兵虎视江南之念!"

"'金人不可信,和好不可恃。'诚哉斯言,臣深以为然。"龚茂良接着又道,"另外一项大的支出就是官员的俸禄。目下官员俸禄自宰相到岳渎庙令共四十一等,月俸由三百贯至十四贯各有差等,除每月的俸禄之外,还有绢帛、职钱、禄粟、傔人(随从)衣粮、厨料、薪炭等钱,这些均有定制,陛下自知,不待臣多言。臣略举一事,可明了财政支用之艰难:庆历年间(公元1041—1048年)全国共有三百二十多个州,那时供养的官员共一万余人,而今东南各路共有一百多个州,所要供养的官员却达到了两万余人。"

赵眘面现惊愕,言道:"竟有如此之多!"

龚茂良、叶衡均点头称是。

赵眘道:"看来,当务之急,乃是革除弊政,裁汰冗员。"

龚茂良道:"此事确当施行,但不可操之过急。当年王安石强力推行新法,宗旨便是革除弊政、裁汰冗员,结果反使朝中大乱,党争日盛,冗员非但未减,反而更增。"

赵眘默然良久,面现无奈之色,道:"龚卿继续。"

龚茂良道:"江南虽多有鱼米之乡,但水、旱、蝗灾亦时有发生,近年来尤为频繁。圣上以仁孝治天下,素来对赈济灾荒极为重视,数度下诏减赋赈灾,并在各州县都建有义仓,每年需储蓄米粮十数万石至数十万石不等。不过也常有入不敷出,需朝廷另加调拨者。陛下当记得,去年还从内库调粮十四万石以赈济淮南旱灾。"

赵眘点头言道:"朕记得当时有人说:'救荒乃常平仓之事,一下就动用这么多内库粮米,恐为不妥。'卿言'淮南咫尺敌境,饥寒所逼,万一啸聚,患害立现,宁计此米乎?'如今淮南旱荒,民无饥色,卿之力也。"

龚茂良起身谢曰:"全赖陛下仁圣!"

赵眘招手以示安坐,龚茂良又道:"南渡之初,民生凋敝,太上皇勤政俭用,下诏'禁屠、减膳',并身先垂范,节衣缩食,据闻,当时案几桌椅均素木不施油漆,御膳唯水饭、煎肉、炊饼而已,每餐设两副筷子与汤匙,一副将菜肴夹入小碗,一副供自己食用,以使多余部分的菜肴保持清洁,可以给他人食用。行在安定后,亦下诏曰:'草创行宫,务要简约,更不得华饰。'后战事渐息,民生日安,国用日丰,则威仪日重。现仅郊祀一项就用人一万四千二百余,用钱二十万缗(贯),金三百七十两,银十九万两,绢六十万匹,丝绵八十万两。"

赵眘又沉吟良久后道:"至今而后,珠玉就用禁中旧物,所费当不及五万缗,车从仪仗均减半,革弊当自宫禁始。"随后赵眘又虚心而询,"可否再增加一些税入,以充实武备?"

龚茂良断然道:"不可! 如今税赋已属不轻,若再加税必然伤民,甚而动摇国本。目下以半壁之地养全国之兵、官,民生实已难堪重负。本来依祖宗规制,百姓所缴纳的税赋应该只有夏、秋两季的田税,但因筹措军费的需要,太上皇建炎二年(公元1128年)又恢复了曾于宣和四年(公元1122年)在两税之外加征的'经制钱'。太上皇绍兴五年(公元1135年),总制司又仿照'经制钱'法税上加税,征收了'总制钱'。后来参政孟庾提议将经制钱、总制钱合而为一,称为'经总制钱'。此外还有月桩、茶盐、酒算、坑冶、榷货、籴本、和买等项纳税。这些税不仅由原来战时养军的临时性征收变为了固定性征收,而且已成为国家财政收入的主要来源。目前在每年数千万贯的税入中,来自夏、秋两税的正税收入仅有几百万贯,其他均来自这些杂税。如民间交税米一石,要加收'加耗'四斗至二石,附加税收竟超过正税的一两倍。下户缴纳夏税绢帛时,按照时价折收现钱,在折收时,要拿比市价高两三倍的现钱。还有临时摊派的'科配',夏税一贯,要科配七八贯;秋粮一石,甚至有科配五六石者。可见,民间税赋之重。"

赵眘喟然叹道:"百姓与土地乃财税之源也! 百姓不众,土地不广,则财税难丰。而保境御敌,开疆拓土,必昌武备,此又得以财税丰盈为基础,此诚两难也!"

叶衡奏道:"圣上所言极是。目下军费短缺,各路驻军均叫苦不迭,近年来,拨发的军费逐年减少,一些驻军连维持军人及家属的开支都不够,致使军队不得不以经商甚至走私茶盐来补充军饷。以致武备坏旧、训练松弛。"

赵眘诧异而问:"逐年减少?朕何不知?"

叶衡道："禀圣上,从拨发的数目上来看,虽未减少,但从实际支用上来看,则确实是在减少。"

赵昚不解道："此话怎讲？"

叶衡道："现在无论是财税收支还是市集交易,都是现钱(铜钱)与会子(纸币)混用,在每年的军费供应中,基本上是一半现钱、一半会子。但是,会子在实际使用过程中,信用低,并不能足值交易,往往比现钱少得多。比如,江阴军一贯(一千文)会子,只换七百四十文现钱;在建康府,一贯会子只换七百一十文现钱;而民间更有一贯会子只换六百一二十文现钱的。如此一来,军队以会子交易货物,则比名义上的拨款要少很多。"

赵昚道："若论信用,纸做的会子自是比不过真金白银的现钱。无奈铜铁有限,农具、车乘、兵戈、铠甲样样都用,又如何有那许多铜铁来铸钱?此又一难也！"

叶衡面露微笑,从怀中取出一份奏疏说："前日仓部郎官辛弃疾草拟了一份奏疏,欲进呈陛下,请臣预先参详疏漏。臣以为其说极有见地,按其方法施行,虽不能完全解决军费不足的问题,至少可使会子与现钱等价,甚至溢价,从而使军费增加不止千万。"

赵昚迷惑而难信,急忙道："读与朕听。"

叶衡展开《论行用会子疏》,大声读道：

臣窃见朝廷行用会子以来,民间争言物货不通,军伍亦谓请给损减。以臣观之,是大不然。盖会子本以便民,其弊之所以至此者,盖由朝廷用之自轻故耳。

何谓"本以便民"？世俗徒见铜可贵而楮(纸)可贱,不知其寒不可衣,饥不可食,铜楮其实一也。今有人持见钱(现钱)百千以市(买卖)物货,见钱有搬载之劳,物货有低昂之弊;至会子,卷藏提携,不劳而运,百千之数亦无亏折,以是较之,岂不便于民哉。

赵昚拊掌道："言之有理。铜钱、纸币只为交易货物之用，'寒不可衣，饥不可食'，此话说得好！"

龚茂良也点头道："在大宗交易时，会子确实要比现钱方便得多，搬运大批现钱不仅需要车载马驮，费工废具，且有遗失耗损之费，致使货物成本增加。其实当初发行会子，也不完全是因为铜铁有限，亦是因为它在大宗交易、长途携带上的方便而为之。"

叶衡继续大声朗读：

何谓"朝廷用之自轻"？往时应民间输纳，则令见钱多而会子少；官司支散，则见钱少而会子多。以故民间会子一贯，换六百一二十足。军民嗷嗷，道路嗟怨。此无他，轻之故也。近年以来民间输纳，用会子见钱中半，比之向来，则会子自贵，盖换钱七百有奇矣（江阴军换钱七百四十足，建康府换钱七百一十足）。此无他，稍重之故也。古谓"将欲取之，必固予之"，岂不信哉。

臣以谓：今诸军请给微薄，不可复令亏折，故愿陛下重会子，使之贵于见钱。若平居得会子一贯，可以变转一贯有余，所得虽微，物情自喜。缓急之际，不过多印造会子，以助支散，百万财赋可一朝而办也。

听至此处，赵昚轻哼一声道："一贯会子，换一贯有余的现钱，朕岂不想如此。但此话说来轻松，如何换来？"

龚茂良道："想来是要朝廷颁发法令，强行规定兑换比率。此法不可行，必生民怨。还不如多发会子，效果一样而不至于多生民怨。可是，若多发会子，势必使会子更贱。"

叶衡笑道："龚大人勿急，且往下听。"

> 臣尝深求其弊：夫会子之所心轻者，良以印造之数多而行使之地不广。今所谓行使会子之地，不过大军之所屯驻，与畿甸之内数郡尔，至于村镇乡落，稍远城郭之处已不行使，其他僻远州郡又可知也。

龚茂良道："此话不假。会子主要是朝廷发给军队以做军饷，再由军队向农户、集市购买货物而流通出去，其流通范围自然是以驻军为核心。偏远地区无驻军，自然无会子的流通。"

叶衡继续大声朗读道：

> 臣愚欲乞姑住（暂时停止）印造，止以见在（现在）数泄（发放）之诸路，先明降指挥，自淳熙二年以后，应福建、江、湖等路，民间上三等户租赋，并用七分会子、三分见钱输纳（僻远州郡未有会子，先令上三等户输纳，免致中下户受弊）。

龚茂良面露喜色，兴奋而语出："以前驻军买货时，愿多用会子少用现钱，而民间卖货者则愿多收现钱，少收会子。同时，官府收税时则愿多要现钱而少要会子，由此一来，则会子越来越不被人待见。此法则相反，官府收税时少要现钱，多要会子，则会子不足的人家就要以现钱来购买会子，这确实是使会子变贵的妙想，比以法令强行规定兑换比率高明。僻远州郡本无会子，那就更要向有会子的人家或驻军处购买会子，这就使会子变得越发珍贵了。我朝以民户财产多寡划分户等，农村分五等，一、二、三等为上等户，四、五等为中下等户，坊郭户分十等，前五等为上等户。限上三等户租赋用七分会子，是考虑富裕户有余钱，以之购买会子不致影响基本生活。思虑周详！"

叶衡继续大声朗读：

> 民间买卖田产价钱，悉以钱、会中半，仍明载于契；或有违戾，许两交

易并牙人陈诉，官司以准折受理。

龚茂良点头道："田产买卖是民间经常发生的大额交易，规定现钱与会子各出一半，又增加了会子的用处，并使买卖双方相互监督、相互制约，以使其不敢违法！这个仓部郎官眼界开阔，心思缜密啊！"

叶衡继续：

僧道输纳免丁钱亦以钱、会中半。以臣计之，各路所入会子之数，虽不知其多寡，姑以十万为率论之，其已输于官者十万，藏之于家、以备来年输纳者又十万，商贾因而以会子兴贩往来于路者又十万。是因远方十万之数而泄畿内会子三十余万之数也，况其数不止于此哉。会子之数有限，而求会子者无穷，其势必求买于屯驻大军去处，如此则会子之价势必踊贵，军中所得会子，比之现钱反有赢余，顾会子岂不重哉。行一二年，诸路之民，虽于军伍、市井收买，亦且不给，然后多行印造，令诸路置务给卖，平其价直，务得见而已，则民间见钱将安归哉。此所谓"将欲取之，必固予之"之术也。

赵昚和龚茂良同时拊掌欢呼："妙策！真妙策也！"

赵昚询问龚茂良："现下发行的会子共有多少？"

龚茂良答道："据臣所知，现在印造的会子共两千八百余万。拨付军中者一千五百六十余万，在民间者九百八十余万。"

赵昚掐指而算，继而兴奋道："若使会子与现钱等值，岂不是就相当于多出军费千余万贯？如果能使会子的价值高于现钱，则所得军费岂不是更多？"

龚茂良亦兴奋道："正是！"

叶衡道："龚大人且勿太过高兴，还有下文。"

赵昚和龚茂良同时诧异而语："唔？还有下文？"

叶衡继续读道：

> 然臣所患者：法行之初，僻远州郡会子尚少，高其会子之价，纽作见钱，令人户准折输纳，及其解发，却以见钱于近里州郡收买，取其赢余，以资妄费，徒使民间有增赋之名，而会子无流通之理。臣愚欲乞责之诸道总领、转运，立为条目，以察内部之不法者。俟得其人，严寘典宪，以示惩戒。如此，则无事之时，军民无会子之弊；缓急之际，朝廷无乏兴之忧，其得甚大。

读毕奏疏，叶衡双手恭送于赵昚面前。

赵昚接过奏疏，肃然而语："此虑甚是恰当。'君子见义，小人见利。'朝中军中均难免有见利忘义之人，若见会子价高，囤积居奇、中饱私囊，亦必生民怨。此事体大，关乎军伍、社稷，确当精择人选而推行之。"

叶衡躬身禀奏："臣有一事禀奏，还望圣上恩准！"

赵昚问道："何事？"

叶衡道："汤邦彦使金辱命，臣有荐人失察不当之罪，臣乞奉祀。"

赵昚道："汤邦彦金玉其外，当年虞公亦为其'大言'所惑。叶卿些许失察，亦不应深究。"

叶衡道："臣蒙圣上隆恩，不十年而由小官至宰相，屡招众人疑忌。近闻人言陛下用臣之骤，多出于曾觌，臣更不愿以结党营私有污圣名。"

赵昚道："朕用人不看出身，亦不因其举荐之人而进退，唯其当而已。"

叶衡道："虽然如此，但臣才薄识浅，有负圣恩。现今朝堂上众人汹汹而怨，臣忝居其位，势必有污陛下圣名。若陛下诚念臣有微劳，信臣愚直，尚可一用，不若放臣外任，择一去处，试验辛弃疾行用会子之法，强于素尸相位。"

赵昚沉思良久，抬头道："也罢。朕甚知卿，不敢忘。为保全卿，暂去，宰相之位暂且空悬，以待叶卿再来。"

叶衡跪伏谢恩,起身道:"臣去,尚有二言,不吐不快。"

赵眘道:"卿但言无妨。"

叶衡道:"兵权系于将帅,民命寄于牧守,现下的弊病在于将无常兵,官不久任,臣以为将帅和地方官吏,在精加选择、才称其用的基础上,力行久任之制,以破除频繁更替之弊。"

赵眘点头。

叶衡又道:"仓部郎官辛弃疾腹有智略,文武全才,乃缓急可用之人,陛下当多加留意。"

赵眘点头道:"朕知晓!"

叶衡与龚茂良躬身退出,赵眘送出门外。

翌日早朝,赵眘颁布三道圣旨:

使金使汤邦彦有辱圣命,送新州编管。

罢叶衡右相、枢密使,去处自择,勋职、俸禄依旧。

朕将于二月移驾白石校场阅兵。谕:闻旧来每遇大阅,主帅例设酒食,如待客之礼,可专劄下王友直,毋令循习,务令军容整肃。

二月二十八日寅时正点,东方的天际边刚刚显露出一丝白光,身着金盔金甲、一身戎装的赵眘英姿飒爽地步出祥曦殿。跨上玉勒金鞍、通体雪白的高头骏马,发出起驾出发的指令。旗手、鼓乐及八百名护卫簇拥着皇子、亲王、宰执、大臣共千余人浩浩荡荡驰出嘉会门,向东郊白石校场进发。一路上,号角破空,鼓声震荡。震惊了仲春的大地,驱散了黎明的暗幕,唤醒了市井、街巷、田陌中沉睡的百姓。人们争相奔出家门,拥向街头巷陌,观赏这"戈甲耀日,旌旗蔽天,连亘二十余里,灿如锦绣"的奇象奇景,心神振奋,欢呼唱赞。

晨时三刻,赵眘一行进入白石校场,下马步入临时搭建的幄殿,登上御座。殿前司主帅王友直手执金槌,上前禀奏:"诸司人马排齐!"

赵昚点头示意检阅仪式开始。

王友直转身向外,举黄旗,军鼓手擂响震天鼓声,校场上一万四千余名军士齐声山呼"万岁"!

王友直再次举起黄旗,军鼓手二次擂鼓,校场上万余名军士再次山呼"万岁"!

王友直三次举起黄旗,军鼓手三次擂起鼓响,校场上万余名军士齐声山呼"万万岁"!

震山动岳的鼓呼声罢,全场肃静。王友直举起一面青旗,军号响起,发出戒严的命令。

赵昚金装甲胄,登上将坛,王友直宣布御教开始。

王友直举起一面红旗。鼓号齐鸣,操演开始。由殿前司副统领指挥军士演练,王友直则来到赵昚身侧伴驾。

此时,校场上的副统领举起一面黄旗,中军鸣响号角,倒门角旗出营,马步军簇队成阵,收鼓而罢。

王友直在赵昚身侧言道:"下面将操练阵法。"

赵昚点头,注目校场中兵士队列。只见中军举起一面白旗,击鼓声起。队伍迅速扩散,渐成方形排列,兵士枪戟竖起,整齐划一,枪头在日照下熠熠闪光。

王友直在旁言道:"此为方阵,黄帝五行之金阵,孙子谓之方阵,吴起称为车箱阵,诸葛亮阵法中称为同当阵,以其攻守兼备,行止相当而名之。本阵分前、后、左、右、中五部,每部有前曲、本部、后曲三队,队以百人为列,列以十人为对,对以五人为伍,各按其处。兵卒一人居地二步,一队方圆十步,队间有队,阵广四百六十步,阵中有阵。此阵适宜平地作战,且利于变换成其他阵形。"

赵昚点头,注目校场中兵士队列。中军阵中举出一面黄旗,击鼓两声。只见前部队伍的前曲突出,前部队伍的后曲向前与前曲会合,后部队伍的后曲向后,其前曲退后与之会合,左右部及中部队伍均调转方向,形成圆形。

王友直在旁道:"此为圆阵,黄帝五行之土阵,孙子称为圆阵,吴起称为车釭阵,诸葛亮称为中黄阵,以其居中者为土之故也。此阵最利于防守。"

赵昚点头,注目校场中兵士队列。中军阵中举起黑旗,三声鼓响。阵形变换。前部前曲突出于左部前,后部前曲突出于右部前,中部前曲、左右骑队分为左右,与后队合并,形成左右突出的牛角形。

王友直在旁道:"此为牝阵,黄帝五行之水阵,孙子称为牝阵,吴起称为曲阵,诸葛亮称为龙腾阵,以其曲屈如龙腾之故也。或名曰却月阵。南朝宋武帝刘裕最善用此阵。此阵最适宜溪谷作战,有利于包围、夹击敌人。敌人若以牝阵出战时,可以此阵破之。"

赵昚点头,注目校场中兵士队列。中军阵中举起一面朱旗,四声鼓响。阵形又变。右部前曲出于后部前,左部前曲出于前部前,相去二十步,左右宫各前进二十步,中部前曲左右队向前跟进,形成前窄后宽的三角形。

王友直在旁言道:"此为牡阵,乃黄帝五行之火阵,姜太公称之为鸟云阵,孙子称牡阵,吴起称为锐阵,诸葛亮称为鸟翔阵,以其轻锐如鸟飞翔之故也。此阵最利于冲锋,攻占有利地势,亦利于破敌之冲方阵。"

赵昚点头,注目校场中兵士队列。中军阵中举起一面青旗,五声鼓响。阵形再变。左右二部出在前、后、中三部前,并列相从。形成前宽后窄的倒三角形。

王友直在旁言道:"此为冲方阵,乃黄帝五行之木阵,孙子称为冲方阵,吴起称之为直阵,诸葛亮称为折冲阵,取其能使敌人战车后撤之意也。此阵利于敌人以车轮阵据险而守时,向敌发起冲击。"

赵昚点头,注目校场中兵士队列。中军阵中举起一面熊旗,六声鼓响。阵形再变。左部前曲后队左右宫、后曲前队左右宫各左移出二十步,右部亦如此,形成鼓翼(振翅)状。

王友直在旁言道:"此为车轮阵,乃姜太公三才阵中之地阵,孙子称为车轮阵,吴起称之为衡阵,诸葛亮称为握机阵,以其守中待攻,进止灵活之故也。此阵利于在平原旷野中敌人向我发动围攻之时。当敌军以罘置阵攻击我军时,以此阵相应最为有利。因为罘置阵虚在两旁,其势不坚,车轮阵四周备有强弩,善于冲乱敌阵。"

赵眘点头,注目校场中兵士队列。中军阵中举起一面虎旗,七声鼓响。阵形再变。左右部前曲左右展开居前横列,后曲居后亦然,中部及前后部居中略后,形成前后横,中央纵的网状。

王友直在旁言道:"此为罘置阵,太公三才阵之人阵,孙子称为罘置阵,吴起称之为卦阵,诸葛亮称为虎翼阵,以其游骑在两旁如舒展之翼故也。此阵前后横,中央纵,四翼开张,利于相救,应对敌之雁行阵最为有利。"

赵眘点头,注目校场中兵士队列。中军阵中举起一面雕旗,八声鼓响。阵形再变。中部前曲进,前出为首,其后曲次之,与前部前曲、后部前曲并前,前部后曲左斜宫曲相随,后部后曲右斜宫曲相随。右部后退、后部曲皆右斜,亦宫曲相随。左部后退,前部后曲皆左斜,亦宫曲相随,形成雁翅之形。

王友直在旁言道:"此为雁行阵,太公三才阵之天阵,孙子称之为雁行阵,吴起称为鹅鹳阵,诸葛亮称之为衡阵,以其连接如秤衡(秤杆)之故也。此阵前锐后张,利于包抄,可胜方阵。"

赵眘点头,注目校场中兵士队列。中军阵中举起一面蓝旗,九声鼓响,阵形变回方阵。随后,十声鼓响,阵形迅速分为两个方阵,各自后退一丈之地肃立。

王友直在旁言道:"下面将操演两军对垒搏杀。"

赵眘点头,注目校场中兵士队列。十一声鼓响后,两军以各自不同的阵法对战。对阵中旗帜翻飞,左马军对右步军,右马军对左步军,时而击刺混战,时而四面大战,时而勇将挑战;其声如霹雳,尘如涛涌,地动山摇,惊心骇目。

一阵锣声响起,混绞成一团的马、步两军,倏然分开,恢复成原来的队列,整齐得如同不曾变动过一般。校场指挥官驱马至将台前,滚鞍下马,宣告阵列操演完毕。

看台上一众皇子、亲王、宰执、大臣轰然发出一片掌声、欢呼声、赞叹声。

赵眘心情振奋,面现红光,笑语王友直:"今日操演,将官用心,军士努力,组织得力,军容严整,此乃卿之力也!你让朕看到了大宋雄壮之师,威武之师。朕赐卿战马一匹,金甲一副,钱五百贯,赏众军士银一千两。"

王友直叩头谢恩。

接着,又操演了箭弩射御、大刀砍杀、枪棒刺击、御马骑术等单兵技能。操演者个个威风凛凛、武艺精湛。赵眘益发兴奋,对宰臣以下的随行人员也赐予了不同的奖赏。

回朝后,赵眘仍然兴奋不已,接连数日盛赞军伍之威武雄壮。大臣们也称赞不已,都说本次阅兵极大地提振了士气,凝聚了民心,弘扬了国威。

赵眘提出了要操阅水军的动议,被大臣们劝阻。赵眘又提议发滁州军民到福建操练水军,亦被大臣们劝阻。

大臣们的劝阻并未打消赵眘建军、强军以图"恢复"的兴致,他常常在散朝后,在宫内的演武厅组织观看护卫们格击演练,还身先垂范地习武射箭。以致在一次练习射箭时,因弓弦崩断而伤目。这引起了大臣们的惶恐与不安,纷纷上书,对赵眘重视武备表示赞许的同时,建议其应"任智谋之士以为腹心,仗武猛之才以为爪牙,明赏罚以鼓士气,恢信义以怀归附,而不必拘泥于区区驰射"。

赵眘连发数道圣谕,督责各路驻军严加训练;诏定各地驻军每年春、秋两季集中演习;破格提升练兵成绩突出的将佐;对训练认真、武功有所增益的官兵予以犒赏。

然而,不久之后,赵眘由白石校场阅兵带来的好心情被一伙强盗一扫而空。

淳熙二年（公元 1175 年）四月，荆南地区一批茶商起而为盗。初为四百余人，其首领名赖文政，机敏有智，茶商军在其率领下，一路闯关劫县，纵横荆南。四月末，于鄂湘边境大败官军后，进入湖南境界。朝臣计议，追鄂州提点刑狱徐宅捕寇不力之罪，罢职发往江州；令湖南提刑王琪从速剿灭茶寇。

五月中旬，得湖南兵报，湖南剿寇失利，茶商军横掠湖南，竟向江西流窜。遂罢王琪湖南提刑之职，再命湖南军马总管李川统一节制鄂、湘两路及江西吉州军马缉捕茶寇。

五月末，湖南又传来消息，茶商军于湘赣边境设伏击溃李川统帅的湖南官军，进入了江西境内。赵昚急令江西提点刑狱叶行统鄂、湘、赣三路兵马共剿茶寇。叶行得令后，仍无建树，致使茶商军劫掠萍乡、宜春、安福后，扬长而去。

赵昚再罢叶行提刑之职，但由谁接替，一时无有佳选。赵昚大怒，捶案而叱："四百辈无纪律之夫，非有坚甲利兵，又非有奇谋秘划，不过陆梁山谷间转剽求生耳。自湖北入湖南，自湖南入江西，经涉累月，出入数路，烦朝廷远调江鄂之师，益以赣吉将兵，又会合诸邑土军弓手，几至万人，犹未有胜之之策，但闻总管失律，帅臣拱手，提点刑狱连易三人。小寇尚尔，倘临大敌，则将若何？朕之威武之师何在?！朕之雄壮之师何在?！"

遂暂令知隆兴府汪大猷统一调度鄂、湘、赣三路兵马加以围剿。汪大猷自知自己长于"论治道"，而疏于兵事，于是将指挥权委以浙西军马副总管贾和仲。并奏请朝廷，擢其为明州观察使、江南西路兵马总管。

贾和仲是一位军中老将，曾以作战勇武而得老帅张浚赏识，擢为山东、河北两路的安抚使，因与魏胜将军不和，以魏胜"专权独断，不听安抚"进谗于张浚，张浚信其言，罢魏胜忠义军都统制，调建康驻扎。后张浚得悉原委，复魏胜原职，降贾和仲为统制官。绍兴三十一年（公元 1161 年），金兵南侵，贾和仲与王佐等遵大将刘锜之命，与金兵战于皂角林，大败金兵。此次贾和仲领得围剿茶寇之命后，自以为以自己沙场百战之身，统三路万余兵马而击数百乌合之众,实是手到擒来之事。于是,不顾部下劝谏,轻敌冒进,不料中了埋伏,一场激战,大败而归,损兵两千余,成为追捕茶商军以来损失最为惨重的一场战斗。自此,茶商军气势更炽,而官军则有闻风丧胆之势,使江南地区兵惊民恐,人心浮动。

消息传到临安,使得原本惶惶的朝臣市民更加惶恐。台谏两院纷纷上表弹劾贾和仲无能误国,市集上粮米茶盐价格暴涨,至有囤积居奇,闭店待售者。

五月二十一日,朝中传闻,帝大怒,谓辅臣曰:"和仲当小寇乃失律如此,设有大敌当如何,不诛无以警诸将。"

翌日,又有传闻,皇帝谓辅臣曰:"贾和仲与茶贼战失利,当治其罪,此须商量更归于当。朕非固欲诛之。然诛一人,须要是,卿等更熟议。"

又翌日,朝中又传闻,帝曰:"和仲本欲行军法,然其罪在轻举进兵,朕观汉、唐以来,将帅被诛,皆以逗留不进或不肯用命,如和仲正缘轻敌冒进,诛之却恐诸将临阵退缩。"

数日后,皇帝诏曰:

> 明州观察使江南西路兵马总管贾和仲除名勒停,送贺州编管。
>
> 知隆兴府汪大猷选委贾和仲捕贼不当,降龙图阁待制,降充集英殿修撰。
>
> 擢利州东路总管皇甫倜为江州统制,遣兵将搜捕茶寇。如能捕杀贼首之人,每人捕获或杀贼首一名,特补进武校尉,二人承信郎,三人承节郎,四人保义郎,五人成忠郎,各添差一次,五人以上取旨优异推恩。二人已上立功,即行分赏。

皇甫倜也是军中老将,原为忠义军统领,隆兴北伐中曾率军取得光州(今河南潢川县)大捷,曾任光州统制、江淮宣抚使,后任利州东路(今四川境内)兵马总管。皇甫倜擢为江州统制后,未及到任,江西又传来不利消息,茶商军在江西袁州、抚州、吉州、赣州等地到处流窜,搅扰四方而官军束手无策,并有向南进击,转袭两广之迹象。

六月初,朝廷计议江西提刑人选,众说纷纭,一时似无可用之人。在选无可选的情况下,兵部推荐了老臣方师尹。

方师尹,字民瞻(一字元寿),信州弋阳人。时年七十六岁。宋哲宗(赵煦)元符二年(公元 1099 年)生,高宗绍兴十八年(公元 1148 年)进士,绍兴二十七年(公元 1157 年),总领淮西江东钱粮,后以"狡险"劾罢。

赵眘下诏,擢方师尹为江西提点刑狱,统一辖制鄂、湘、赣、粤四路兵马。但是,方师尹被茶商军的气势吓坏了,接到圣旨后,迁延数日,以"老耄昏聩,力有不逮,恐负圣恩"上表谢辞。

无奈之下,赵眘想起叶衡去朝之时推荐辛弃疾乃"缓急可用之人",于六月十二日诏令辛弃疾为江南西路提点刑狱,督帅各路兵马收捕茶寇。

辛弃疾接到诏书后,对仓部各项事宜一一进行了妥善安排,到吏部报备后,留下身怀六甲、即将临盆的范若水,以及范若湖和辛祐之,与辛茂嘉于六月二十二日匆匆启程,赶往江西赴任。

十四 江西平寇

辛弃疾与辛茂嘉一路风雨疾行,经两浙东路的婺州(辖金华、东阳、义乌、兰溪、永康、武义、浦江)、衢州(辖衢州、江山、龙游、常山、开化),入江南东路的信州(辖上饶、玉山、弋阳、贵溪、铅山、永丰),踏入了"物华天宝、人杰地灵"的江南西路地界。

两人为了早日赶到江西路提点刑狱司治所的所在地赣州,无暇欣赏"落霞与孤鹜齐飞,秋水共长天一色"的美妙景致,舍弃了舒适凉爽的乘舟逆行,在天若蒸笼、风似流火的酷暑烈日下,骑马自抚州向南一路急驰。经过十二天的长途跋涉,于七月四日到达赣州。到达赣州的当天,辛弃疾便拜会了赣州知府陈天麟。

陈天麟,时年五十五岁,字季陵,宣城人,绍兴进士。曾任广德军主簿、知襄阳事。生性豁达,见闻广博,豪爽健谈,既知晓军事,亦擅长地方治理,军政两方皆多知己。其知赣州后,惠政恤民,深得人心。不久前,茶商军流窜至赣州,欲劫掠赣州城,陈天麟预为守备,严阵以待,使茶商军无功而返。

辛弃疾以后辈、弟子之礼相见。面对发鬓花白的陈天麟,辛弃疾虚怀诚心地求疑求教。陈天麟望着满面疲惫而目射棱光的辛弃疾,欣赏感佩地倾心以答。烛光下,一老一壮娓娓相谈,浑然不觉初识乍见,倒似阔别多年的故友相逢,又似远游归来的学子聆听长辈的絮絮导语。

辛弃疾依军中养成的每到一处当务之要是熟知当地形势的习惯，先向陈天麟求教当地的山川形势、风土人情。

陈天麟详加释之："赣州地界，春秋时属吴、越，战国时属楚。秦统一六国，立为九江郡。汉时立为赣县，后汉时属庐陵郡。晋朝时立为南康郡，隋朝改为虔州。绍兴二十三年（公元 1153 年），校书郎董德元建言说：'虔'字与'虎'字的字头相同，'虔州'有'虎头州'之义，非为佳名；现今其他地方都太平安定，唯独此郡不时发生小规模的骚乱，应该是其名不祥所致。朝中廷臣是其言，以为'虔'字有'虔杀'之义，遂奏请太上皇改名为赣州，取章、贡二水合流之义。现在的赣州共领十县，分别是赣县、宁都、雩都、兴国、会昌、瑞金、石城、安远、龙南等。赣州地连四路，山岭环抱。其东有武夷山脉与福建路相接，西有罗霄山脉与荆湖南路相接，南有大庾岭、九连山与广南东路相接，北有于都山脉与本路吉州、抚州相邻。赣州山长谷荒，地少人稠，土地贫瘠，民生艰难。其地民风剽悍，嗜勇好斗，轻生忘死，见利必争，有犯必报，常有欺诈、盗抢、偷窃之讼。尤其是灾荒年间，一些奸猾之徒，稍有不合，小者白昼杀人，大者啸聚山林为寇，殊难治理。另外，此地人口构成复杂，有原住民、客家人以及靖康之难后流落此地的北方人，常常因争地、争水、争山、争林而械斗不已，以致世代为仇。一些富豪大族，为自安自保而结为乡社，其兵卒乡丁少则以百计，多则达千人以上。古谚所谓：'筠、袁、赣、吉，脑后插笔。'此所由也。"

陈天麟说至此处，见辛弃疾有面现不解之意，笑着解释道："所谓'脑后插笔'，此地俗称'弭笔'，就是好打官司之意。"

陈天麟见辛弃疾微微点头而面现沉郁之色，为了不使初来乍到的提点刑狱心情过于沉重，便笑着说道："老朽昏聩，尽说些不着调的事儿令辛提刑烦心。陈某素闻辛提刑文武全才，不仅有'毁家纾难''决策南向''夜袭金营''美芹十论''搏击滁州'的英武韬略，也有《南乡子·登京口北固亭有怀》《满江红·倦客新丰》《满江红·鹏翼垂空》《青玉案·东风夜放花千树》《声声慢·征埃成阵》的风骚雅致。若说文采风流与唐之杜甫李白比肩,恐有人会讥我谄媚;但依老朽浑目看来,若说辛郎之词不输于国朝诗词大家苏子瞻,当无愧于心。"

辛弃疾忙拱手言道:"陈老说笑了,晚辈何敢当此谬赞。"

陈天麟微笑摇手,自顾自地说道:"赣州之地,虽偏僻蛮荒,但并非尽是穷山恶水、凶徒刁民。苏子瞻曾有诗曰:'岂非崆峒秀,为国产隽民。'不仅赞赣州山明水秀,也赞颂赣州的人杰地灵。人称'江南第一宰相'、唐朝的书法大家钟绍京,就是咱们赣州兴国人。江西第一个进士盛唐诗人綦毋潜、今朝大才子陆游的老师曾几,还有名医陈恕,都是咱们赣县人。赣州亦不缺少风雅之处,当年苏子瞻之父苏洵壮游至此,为赣州的青山绿水所吸引而寓居三年,后来苏子瞻南贬北归,途经赣州亦流连数月之久,留下了许多诗篇。适才苏诗中所说的'崆峒秀',就是说的赣县城南二十里处的崆峒山,又称崆山。因出产空青玉而得名,空青玉其色若孔雀羽上的翠绿,其腹中空,既可赏玩,亦可入药,有明目、利窍之功效;其山多林木果实,赣州物产大多出于此山,人言'其山虽名空山,实不空也,其物百倍于他山',诚其言也。

"赣州城内也有两处绝佳胜地。一是八境台,乃嘉祐年间(公元1056—1063年)郡守孔宗瀚所建,因其在台上绘制石城、章贡台、白鹊台、皂盖楼、马祖岩、尘外亭、郁孤台、峰山八境图,并以图求诗于苏轼而名声显著。二是八境中的郁孤台,国朝铁面御史赵抃有言:'环城所见为八境,而郁孤景趣为之甲。'其台在城北贺兰山上,其山隆阜,郁然孤峙,故名。唐李勉为虔州刺史,登台北望,慨然曰:'余虽有不及子牟,心在魏阙一也,郁孤岂令名乎?'乃易匾为'望阙'。苏轼在《虔州八境图》诗中赞曰:'云烟缥缈郁孤台,积翠浮空雨半开。想见芝罘观海市,绛宫明灭是蓬莱。'后来在赣州逗留期间,登临郁孤台,又赋《过虔州登郁孤台》诗,咏曰:'八境见图画,郁孤如旧游。山为翠浪涌,水作玉虹流。日丽崆峒晓,风酾章贡秋。丹青未变叶,鳞甲欲生洲。岚气昏城树,滩声入市楼。烟云侵岭路,草木半炎洲。故国千峰处,高台十日留。他年三宿处,准拟系以舟。’此外,赣县东的马祖岩亦是八境之一,佛家道一禅师曾驻锡于此,因道一禅师姓马,故谓之为马祖岩。宁都西十五里有金精山,乃道家第三十五福地。赣县北四十里有玉石山,山体岩石俱黑,唯有一片鲜白如玉,甚有奇趣。雩都县有个夜光山,每至夜晚,有光若火燎原,蔚为壮观。赣州西南有梅岭,遍山梅花灿若星海,苏轼有《过岭寄子由》诗三首,又有《赠岭上梅》诗:‘梅花开尽百花开,过尽行人君不来。不趁青梅尝煮酒,要看细雨熟黄梅。’宁都桃林寺有后主李煜的重阳诗。赣州水东的天竺寺,以白乐天赠韬光禅师墨迹‘一山门作两山门,两寺原从一寺分。东涧水流西涧水,南山云起北山云。前台花发后台见,上界钟声下界闻。遥想吾师行道处,天香桂子落纷纷’而著名;苏轼曾寻其父苏洵足踪而入寺瞻仰,惜墨迹已湮没无存而留诗:‘香山居士留遗迹,天竺禅师有故家。空咏连珠吟垒壁,已亡飞鸟失惊蛇。林深野桂寒无子,雨邑山姜病有芽。四十七年真一梦,天崖流落泪也花。’若此等佳境妙地,不胜枚举。待提刑舒缓旅途劳顿后,老朽伴辛郎一一作怡情怡神、舒心畅意之游。”

辛弃疾微笑拱手相谢而语出:“谢陈老盛意。只是现今茶寇作乱,辛某圣恩在身,首当勠力朝事,不敢稍有懈怠。”

陈天麟微笑点头,眼露赞许之意。

辛弃疾再次拱手言道:“陈老见博识广,腹有经纶,辛某临危受命,初入宝地,有诸多不明不晓之事,尚赖先生教而导之,恳请先生莫要推辞。”

陈天麟躬躯拱手说道:“辛提刑言重了,但凡老朽所能,定当知无不言,言无不尽。”

辛弃疾倾身以问:“辛某心中有一疑问盘桓良久而不能释之,茶寇非有坚甲利兵,又非有奇谋高士,不过区区数百乌合之众,何以能纵横鄂、湘、赣三路,而使官军无措手足?”

陈天麟沉吟而语:“辛郎此问,正中节要。但个中缘由,却复杂得紧,非一两句话能说清楚的。依老朽拙见,其原因大略有七:其一,茶寇初起于荆南时,湖北刑司守备或出于轻敌,或出于自安,心存将茶寇逐离本州境界了事之念,而使茶寇流窜湖南。"

辛弃疾点头。

陈天麟继续说道:"其二,是将帅不协。按朝制所定,缉盗剿寇,职属各路的提点刑狱司。但刑司所能直接差遣的是衙门中的差役捕快,差捕手们对付那些小偷小盗尚可,像茶寇这等山林群匪就需调动官军来加以清剿,这就需要刑司与军司的密切配合。尤其是对像茶寇这样以流窜为主的盗寇,刑、军两方稍有不协,便会贻误时机而使盗寇脱逃。所以,辛提刑此番入赣,圣旨严申节制三军,统一调度湘、赣、粤军马,正是此理。"

辛弃疾点头称是,但仍面现疑惑,出言问道:"先生所言极是。不过,茶寇转袭湖南后,圣旨亦召令湖南提刑王琪统一节制鄂、湘两路军马,何以仍然坐视茶寇流窜江西?难不成军司之官不听诏令若此?"

陈天麟赞赏地点点头,继续言道:"辛提刑此问,又问到点子上了。其实,将帅不协只是表面上的问题,根本问题还是出在军队的战力上,这是老朽要说的第三个原因。"

辛弃疾急切而语:"愿闻其详。"

陈天麟轻呷一口茶,缓缓语出:"自隆兴北伐、符离兵败后,十余年来,和议之风日甚一日,军伍驰惫,马放南山,军费给付逐年缩减,致使军队无新员补充,兵戈战具锈损残破而无法更新。就拿江西境界南康、临江、南安三军来说,十之七八的兵士都是五十岁以上者。以此等老弱残弊之兵,追剿青壮劲力之茶寇,其难大矣。"

辛弃疾听罢,仍不解地问:"虽然如此,但以鄂、湘、赣三路万余兵马,围追堵截数百流寇而不得,仍然难解我疑。"

陈天麟点头而语:"这就要说到第四个原因。辛提刑可知,为何茶寇在湖北荆南起事,不向北劫掠富庶的平原地区,而向南、向东流窜穷荒的山区?"不待辛弃疾回答,陈天麟接着说道,"第一,是因为历来茶商贩茶,多有夹带私货者——此次茶商起事,就是因为夹带私茶而与官卡军卒发生纠葛,遂杀官越货,起而为寇——为躲避官府关卡查验,他们常常不走官道,而穿行于山间野径,所以,他们对山区地形地势非常熟悉,一入山林,便如鱼归大海,辗转自如。第二,与此相反,十年和平,十年安逸,使官军松弛懈怠,官不练兵,兵不演阵,莫说老弱残兵,即便是青壮军士,平地行军,走上十里八里,亦是气喘不迭,更别说穿林跨涧了。"

辛弃疾沉默了,两道剑眉聚拢着,两片嘴唇紧抿着。

陈天麟见状,为了舒缓辛弃疾沉郁的心绪,殷殷劝道:"辛提刑莫要焦虑过甚,暂且尝尝老朽特为辛提刑制备的麻姑茶。此茶产自抚州境内麻姑山,该山被道家称为第二十八洞天和第十福地,是道家三十六洞天、七十二福地中仅有的一处集洞天福地于一身的所在。其山所产之茶,醇香甘美,色形味俱佳,虽不及福建武夷山大红袍有名,亦属茶中圣品。"

辛弃疾依言举杯深饮一口,未及品鉴便匆匆放下茶盏,出口言道:"适才先生说有七个原因,这第五……"

陈天麟浅笑摇头而语:"这第五个原因仍然出在官军身上。提刑亦出身军伍,久历战阵,但官军作战与义军作战有一个很大的不同,那就是辎重的输运问题。常言道:'兵马未动,粮草先行。'对于茶寇这等战力很强的流寇,出动小股官军自然不行,而调动大军,必有辎重相随,如床弩、车弩及各种箭矢、炮石、甲盾等。就拿最简单的士兵甲胄来说,一副身甲,鳞片计有一千八百余片,再加头鍪、披膊、腿裙等,虽然太上皇绍兴年间即诏令'勿过五十斤',但至今为止大多逾于此数。官兵们自然不能负如此沉重的甲胄穿行于崎岖陡峭的山路,所以出征之时,都要雇佣脚力强健的山民挑负,还有一些重型刀枪兵器也需雇佣民夫挑负,如此一来,其行动规模便宏大非常,常常绵延数十里,其行进速度亦难迅捷。更要命的是,一旦遇敌设伏或与敌仓促相接之时,其寻械披挂之混乱状况可想而知。"

辛弃疾点头称是,言道:"兵士穿戴铁甲于山区作战确是不宜。若换为皮甲,虽不及铁甲坚固,但对敌盗寇,应无大碍。"

陈天麟点头:"确是如此。不过换装皮甲,牵涉的主要问题有二:一是经费问题,二是取材问题。此中又有多方利益纠葛,非短时间内所能解决。"

辛弃疾点头。

陈天麟继续说道:"还有一个较大的问题是给养的运输,也就是老朽要说的第六个原因。大军穿行山间,给养运输全赖人夫与牲口背负驮运。一般来说,一个民夫可负载六斗口粮,马、骡一石五斗,驴一石。每名军士的日口粮标准为二升,月耗粮六斗,以一万人为计,每月耗费粮食六千石,需动用的民夫要在六千人以上,若全用牲畜驮载则需几千匹。这还不算军马、运输的人夫驮马之费。老朽曾略加统计,若以一个民夫负六斗、士卒自携五日干粮为计,如果一个民夫负责一个士卒的口粮,可供行进十八天单程之用,若计往返,则只可供九日之费;若两个民夫供给一个士卒,则可往返十三日;若三个民夫供给一个士卒,则可往返十六日。这还只是一般情况,若是山区行进,即使惯行山路的山民,其所负亦达不到六斗。可见大军进击之难,实非安坐厅堂之人所能想见的。"

辛弃疾慨然点头语出:"由此可见,茶寇之祸非只扰境掠民,对于国用支度来说,亦是不堪承受之重,必当从速平定。"沉思片刻,又开口问道,"招而抚之如何?"

陈天麟点头应道:"剿抚并用,历来是朝廷对应人众难治盗寇的惯用策略。不过,从实来说,这个策略往往伴随着欺诈的成分,即所谓'首恶必办,胁从不问'。盗寇亦深谙其理,不到万不得已是不肯走这条路的。此前在湖南境内时,就曾派人去招抚过,但他们不但不受招安,还把派去招抚的四人杀死了两个。来到江西,贾和仲率大军进剿而遭伏失利后,将茶寇围困在禾山洞地区,亦曾派人招抚。不料,贼寇虚与委蛇,而乘官军松懈弛待之机悄然走脱。"

辛弃疾言道:"如此看来,此股茶寇非但悍勇劲力,亦狡诈多端,实是难以应对。"

陈天麟点头道:"岂止狡诈……"说罢,沉思良久而不语。辛弃疾注目陈天麟,正待开口询问,陈天麟端盏呷一口茶,慢慢语出,"老朽关注此股盗寇良久,多方搜罗消息,心中亦有一大疑问不能释解。"

辛弃疾益发凝注心神,屏气静听。

陈天麟继续说道:"此股盗寇大异于普通山贼,普通山贼大多恃勇斗狠,与官军相遇时,或者凶戾拼杀,或者狼奔兔窜;而这股盗寇,不仅狡猾乖警,似乎内中有颇晓军机战阵之人。在从荆南入湘时,面对官军的围堵,以声东击西的战法,不但使自己轻易脱困,还给官军以很大的杀伤。在应对贾和仲统领的官军时,他们又以诱敌深入之计设伏击之,又使数人佯扮官军乘夜搅扰军营,致使军内炸营而乱作一团,人人自危,互相残杀。被围禾山洞时,又使出疑兵之计,一面与贾和仲商讨受降之事,一面在山寨营区遍插旗帜,而贼众却已不知何时早已潜行而去。种种迹象表明,这些茶寇并非普通之辈、乌合之众。但令人费解的是,他们虽非普通之辈,却似乎也胸无大志。他们在流窜中攻城略县、劫富济贫,得到了一些贫苦之人的同情,一些山民常常将官军的行动通报给茶寇。在湖南和江西官军曾几次设伏,都因山民向茶寇通风报信而落空,这也是茶寇难以剿灭的第七个原因。不过,这股茶寇既不招兵买马扩大其武装,亦不裹挟山民壮大其声势。从这一点来看,他们似乎只以逃窜求生为目的,而无意改朝乱政。"陈天麟说罢,住声不语。

辛弃疾听罢,亦陷入沉思之中。

从赣州府衙回到刑司寓所后,辛弃疾足未出户,在寓所中继续沉思着平定茶商军的计策。经过两天两夜的思考,他雷厉风行地做出了决断。

他急切地展纸濡墨,写信给广南东路提点刑狱林光朝,责其亲率广东强悍的地方武装摧锋军,沿梅关一带布防,严守各路隘口,务必将茶寇堵截在江西境界,勿使其流窜至广东。

他再次展纸濡墨,写信给湖南路兵马总管李川,嘱其节制鄂湘兵马,沿湘赣边界布防,严守各路隘口,万勿松懈,以防茶寇窜回湖南。

他三次展纸濡墨,令身在滁州皇甫山军营中的"双剑霹雳"辛勤,挑选江南籍惯行山路的精干士卒十人,火速赶往赣州听候差遣。

他四次展纸濡墨,草拟布告,诏令鄂、湘、赣各地山民:有通寇者杀!资寇者杀!与寇通风报信者杀!遇寇不报者杀!邻里十户通坐,没收家产,发配军伍。

他再次前往赣州府衙,将自己的谋划和盘托出,虚心求教于陈天麟,陈天麟大加赞赏。辛弃疾欲将筹措给养之重任委以陈天麟,陈天麟摇头拒绝道:"此事干系极大,稍有差池,便可能毁掉辛提刑的大计。非是老朽顾惜老迈残身不肯任事,实是怕行动迟缓,误了大计。老朽向辛提刑推荐一人,当可胜任。此人姓罗名愿,字端良,现为州府干办,其父因当年曾参与构陷岳飞元帅而被罢黜乡里。不过罗愿为人正如其字,端良方正,敦敏好学,且行事公允,机智善谋,风评有佳,必能担此大任。"

辛弃疾慨然应允,当即唤来罗愿委以重任。罗愿亦感激辛弃疾的信任,誓言当全力以赴,绝不使辛弃疾有后顾之忧。

他前往临江军、南安军军营,与军司统领王炎(字公明)会商剿匪计策,得到王炎及属下将领们的一致赞同,并誓言一切行动悉听辛弃疾调遣。不过,他检视军队,却一如陈天麟所言,大多为老羸之兵;军中纪律废弛,兵甲残破。他曾向都统领索要十名精悍士卒,竟只有一名青壮,余者皆为老弱。暗访得知,稍有青壮者,均被各级官佐私自差遣,专充杂役之用,以营私利。军官中普遍存在腐败行迹,常指使军士沿路设卡盘剥商旅,名为补充军饷,实则中饱私囊;军官们购田买地、蓄妾养姬、经营质库(当铺)、邸店(货店)、酒肆,不一而足。所见所闻,使辛弃疾唱叹不已,暗忖待茶寇平息,定当上奏圣上裁汰老弱,整饬军纪。

从军中归来,辛弃疾并未气馁,他与罗愿马不停蹄地遍访富绅乡社,陈茶寇搅扰乡县之害，申乡社安家保境之责，恩威并施，赏罚并举，规划出以富绅乡社为核心的乡寨保甲体系，以切断茶寇的流窜渠道和消息来源。又以滁州"兵民成军"的范例，在各乡社中挑选大批行动迅捷及善控弓箭者组成团练，以配合官军的行动。他以军人的责任和荣耀激励乡社山民为国尽忠、为民效力、保家平安；他以切身利益关怀民兵团练，规定在训练和作战时，均统一按官军每人每天二升米的标准计发补助；他于县乡各处布贴鸣锣，广为昭告朝廷"如能捕杀贼首之人，每人捕获或杀贼首一名，特补进武校尉，二人承信郎，三人承节郎，四人保义郎，五人成忠郎，各添差一次，五人以上取旨优异推恩。二人已上立功，即行分赏"的敕令，以立功立事的儒家经典价值观念激发豪绅乡民们的参战热情。

在辛弃疾的策划、鼓动下，江西境内及湘鄂赣临界各州县都建立起了乡寨联保武装，他们或持刀拿棍，或挟弓携弩，把守山路隘口以拒茶寇。

与此同时，官军也开始了行动，他们不急不躁，步步为营，缓慢而有序地向山区进行搜索前进。

罗愿则以其卓越的组织才干和协调能力，承担起纷繁芜杂的后勤保障工作，他分区划地、逐乡逐寨安排军需供给，在得到辛弃疾的首肯后，或以官府库银为资，或以官府押印的借据为凭，在官军经过之处，预先筹集安排粮草，以此减轻军队给养负担，提高人马的调动速度。所借粮草则待平定茶寇后，加息偿还。

七月二十九日午时三刻，一哨风尘仆仆的人马来到了江西提点刑狱府衙门前，领头之人，宽肩阔背，浓眉短髯，双目炯炯，独臂执缰，威武豪迈，正是"双剑霹雳"辛勤。

辛茂嘉闻讯，不及通报辛弃疾便飞步跑出府衙，双手抱住辛勤的肩膀，双脚连跳数跳，口内连呼："三哥！三哥！"

辛弃疾闻讯，亦急步赶至府衙门前。眼见辛勤等人尘土满身，鬓发零乱，不禁眼含热泪，哽咽而语："三哥，辛苦了！"

辛勤豪爽大笑,独臂一挥,语出:"闲话少叙,有何安排,速速讲来。"

辛弃疾亦大笑而语:"十二弟,你先带兄弟们洗漱安歇,一定要好好招待。三哥与我后堂叙话。"

辛茂嘉应声领众人而去。

辛弃疾引辛勤来至后堂,杂役进茶而退后,与辛勤略叙别后境况及滁州皇甫山军营近况后,便谈起了自己清剿茶寇的计策安排。

辛弃疾向辛勤详细述说了茶商军起事情由、发展状况、流窜行迹及作战特点;详细述说了赣州及周边州郡的地形地势,民风民情;详细述说了官军现状及历次与茶商军交战的败绩。然后,辛弃疾向辛勤述说了自己的谋划和安排:"根据敌我双方的特点,我的计策是分为三步:第一步,是将茶寇控制在一定的区域内。此前,茶寇曾欲流窜广东,遭到广东提刑林光朝率领的摧锋军截击,目前已转回江西境界,流窜于赣西山区,现在官军正寻踪由南向北搜索推进。同时,已令湖南及江西境界的官军及乡寨联保武装严守各路隘口,分区划段,各施守卫,如果茶寇从其负责的路段流窜出去,则无论官民,必严惩不贷。第二步,是压缩茶寇的活动空间。由于官军的行军和快速作战能力都很弱,但相较于茶寇,胜在人多、武器装备强。所以,不能急于与茶寇接战,先要摸清茶寇的活动地域,再令官军缓慢而有序地推进。第三步,当把茶寇的活动空间压缩至相当狭小的范围之后,就可以从容地展开军事行动,或剿或抚,届时视情势而定。"

辛勤赞道:"幼安之计,可谓知己知彼,扬长避短。"

辛弃疾点点头,继续说道:"在大军推进时,我亦分前后三路:第一路为哨探,挑选力强机警的山民,扮作进山劳作模样,查探茶寇行迹,以为后队向导。第二路为先导,仍以惯行山路的山民武装为主,其目的一是接应哨探,二是蹑住敌踪;若与茶寇相遇,则不与之战,即行后撤,若茶寇追击,则将其引致大军阵前,茶寇后退,则蹑踪而进。第三路为官军大部队。此三路人马总体都要遵循不躁进的原则,各自相距都不能太远,一旦遇敌可互相照应。"

"如此安排甚好,可谓万无一失。"辛勤旋即有些不解地问,"第一路、第二路是山民,第三路是大军,那幼安嘱我挑选十名江南籍惯行山路的士卒作何?难不成你要亲冒箭矢而充侍卫?"

辛弃疾笑着摇摇头道:"兵分三路推进,步步为营,胜在稳健,但失之耗时。江西山区,山深而歧路多,哨探之人,虽能以山民身份遍行于山间,但因其缺乏战斗力,所以不能与第二路、第三路相距太远。而茶寇的流窜速度极快,据传其一昼夜可至二百里。所以,为能加快剿寇速度,我欲在哨探之前再加一哨,故而要劳烦三哥。"

辛勤颇感兴趣地"唔"了一声。

辛弃疾面现犹豫而语:"三哥等人有武力,有战斗经验,遇敌时可进可退,不怕与茶寇近距离接触。我欲使三哥领十人,再选一二名精干的当地山民为向导,扮作私贩茶盐的行商,为哨探之前的哨探。最理想的情况是能够设法混进茶寇内部。"

辛勤兴奋而呼:"此计大妙!"

辛弃疾严肃地说道:"此事危险至极。从茶寇行事来看,其中必有智机诡诈之人,三哥务必牢记,能行则行,不能行则罢,切不可勉强,定要以自保为第一要务。"

辛勤亦严肃应道:"三哥知晓。事不宜迟,我明天启行如何?"

辛弃疾阻止道:"三哥勿急。一来三哥与兄弟们长途跋涉,疲累已极,需要充分休息。二来驮马盐茶等物需做些准备。三来此事还需仔细商议,首先要知会各路关卡,商定信物暗号以便识别放行。一旦三哥发现敌踪或混入敌众,联络方式与标记等诸多事宜都要统一规划。三哥且请安心休养几日,待诸事具备后,再行启程。"

五日后,在辛勤的一再催促下,十名士卒及两名当地山民向导假扮的茶盐商队在夜幕中走进了赣西山区。与此同时,由乡勇官兵组成的大部队继续由南向北徐徐推进。

八月二十日,由湘鄂赣官军及乡勇组成的大军,将茶商军围困在萍乡东南长约二百里,宽约十六里的武功山地区。同时,得前线传来密报,哨探发现辛勤等人留下的暗迹,似已混入茶商军中。辛弃疾得报,喜忧交加,坐立难安。

八月二十七日,大军已将茶商军压缩至安福一带。

八月二十九日,哨探探报,茶寇宿营于东冈。于是,乡勇与官兵组成的大部队立即奔向东冈,向茶寇发起了进攻。

经过一日一夜的激战,茶商军死伤四百余人,另有一百余人乘夜于赤竹凹突围而走。

赤竹凹是临江军统制解彦祥所部的官军与抚州乡绅邓雱所属乡社把守的结合部。战后论罪时,官军与乡社各执一词,互相攻讦。辛弃疾严究详查,实乃官军畏敌凶悍,临阵脱逃之过。遂申明军法,判斩官军十人以儆效尤,拟罢前线指挥官梁嘉谋、张兴嗣统领之职。梁嘉谋、张兴嗣求告辛弃疾开恩而不果,遂转告于统制解彦祥。解彦祥亲赴赣州与辛弃疾协商,辛弃疾坚持成命,解彦祥大怒而回,致书临安好友、监察御史王淮,状告辛弃疾执法不明,滥杀无辜。辛弃疾亦上书皇帝申明事实,告临江军统制解彦祥治军无方,统领梁嘉谋、张兴嗣督战不力,"所带两千人,今但有九百余人。臣计其阵殁及疾病寄留之外,余皆窜逸,不啻数百"。不久,皇帝下诏,"统制官解彦祥、统领官梁嘉谋、张兴嗣收捕茶寇调发乖谬,彦祥追三官,嘉谋、兴嗣各追两官,并勒停"。

经此一役,乡勇官军士气大振,皆欲重整旗鼓,继续追击。但因茶寇去向不明,辛弃疾则命其暂作休整,以利再战。

九月十日,得哨探报告,茶寇经永新逃往兴国。于是,辛弃疾下令各乡社乡勇严守要道,官军向兴国一带集结。

九月十二日,忽得辛勤派人禀报,说茶寇首领赖文政有纳降之意。辛弃疾一面传令各路官军、乡社武装严守隘道,勿要松懈;一面选派人员与赖文政接洽。由于茶商军曾有戕杀招抚使者的前例,官军统领们无人敢去,辛弃疾愤然欲亲自前往,兴国尉黄倬挺身而出,愿前去招降。辛弃疾与黄倬商计招降条件:第一,朝廷同意受降,可既往不咎,对于受降人员,愿意从军的可以从军,不愿从军的可以发放路费回乡自处;第二,若赖文政有受降诚意,则主要首领悉数前来赣州提刑司,以防禾山洞诈降之计重演;第三,若以诈降为计拖延时日或另有图谋,则悉数剿杀,不赦一人,不惜纵火烧山以焚之。辛弃疾又嘱托辛勤遣派之人回告辛勤,务必设法保护黄倬安全,一旦茶寇有异动,即护卫黄大人逃脱贼穴。黄倬走后,辛弃疾又选召二十名悍勇山民组成敢死队,抵近茶寇活动区域以为接应。

两日后,黄倬差人回报,茶寇似有投降诚意,愿意前往赣州城商谈。

九月二十日, 黄倬与茶商军首领赖文政及茶商军核心骨干十余人来到了刑司府衙,辛勤等人亦随后而至。

辛弃疾先安排赖文政等人于住处安歇,茶饭款待,与辛勤至后堂叙话。

辛勤向辛弃疾叙说了他在茶商军中所了解的一些情况——

今年四月, 赖文政所领的商队在贩茶途中, 因夹带私茶遭关卡守卫盘剥,赖文政本欲以银钱贿赂守卫放行,不料一些兄弟与守卫发生激烈冲突而怒杀守卫,赖文政无奈,只好带领兄弟们强行闯关。本来赖文政所领商队只有一百余人,因聚集于关卡前的其他商队平日也受尽了官府的盘剥刁难,遂有不少人亦跟随赖文政商队一起扯旗而反。在逃往山区躲避官军追击的过程中,又收纳了一些茶帮,因而使茶商军最盛时,人数多达六百人。

在辛勤的叙说中,有两个人物引起了辛弃疾的特别兴趣。

一个是茶商军一号首领赖文政。此人五六十岁模样, 说话带有北方口音。其人敦敏厚重,处事公平,疏才重义,深孚众望。从表面上看,很难相信其是杀人越货的凶戾强盗,倒像是一个颇具儒雅的教书先生。

另一个是茶商军的二号首领刘四。此人三四十岁模样,长相与赖文政极其相似,初看起来不禁会使人产生两人是同胞兄弟的错觉。其人机智果决,颇晓军事。据说曾为军卒,因不满军中长官欺凌奋起抗争,联络十余名受难弟兄,杀死了残暴贪腐的长官后逃匿于山中,偶与赖文政率领的商队相遇,因两人面相酷似,又同有北方口音,倍感亲切,遂成莫逆,义结金兰。此人足智多谋,杀伐果断,荆南杀官起事,数次大败官军,均出于此人策划。

辛弃疾听罢,感到刘四其人颇有蹊跷,嘱辛勤暗中留意此人。

第二天,辛弃疾在府衙正堂单独召见赖文政。一见面,赖文政大义凛然地拱手言道:"赖某杀官造反, 自知罪无可赦, 若提刑大人果能依黄县尉所言,赦免手下兄弟,赖某甘愿伏首就戮,暴尸街头。"

辛弃疾微笑拱手言道:"闻说赖首领仁厚仗义,果非虚言。此事稍后再议,赖首领且请就座,辛某有些事体尚有疑惑,欲向赖首领请教一二。"见赖文政面现警觉之情,接口说道,"赖首领放心,辛某言出必行,只要赖首领诚心受降,众位兄弟不再生反叛之心, 辛某定当奏请朝廷, 容兄弟们悔过自新。"

赖文政迟疑就座,辛弃疾唤差役进茶毕,开口说道:"我听赖首领口音似是北方之人,不知赖首领仙乡何处?"

赖文政拱手答道:"祖上东京汴梁。"

辛弃疾道:"我乃山东历城人。"

赖文政点点头,默然不语。

辛弃疾笑道:"看赖首领谈吐有度,气质儒雅,似是读书之人。"

赖文政警然拱手道:"提刑大人说笑了,山野村夫,粗鄙小人而已。"见辛弃疾面现不信之色,遂略现苦笑道,"幼时略识几字。"

辛弃疾不再多问,转口道:"我见赖首领似是深明大义之人,如何会有今日之举?"

赖文政答:"生计所迫,情势所逼。"

辛弃疾道:"我在滁州时,见过不少商人,其中亦有贩卖茶盐者,其劳顿颠簸虽然辛苦非常,不过,其货通有无,亦是得利颇丰。虽不能说一本万利,多数维持生计当不在话下。何以赖首领不愿依法而行,却要扯旗造反?"

赖文政道:"赖某亦曾过淮贩茶,素闻辛提刑治滁州宽政薄税、爱民惠民,使战乱频仍、千疮百孔的滁州在极短的时间内经济得以恢复,百姓得以安居。亦知辛提刑在滁州时,特修筑繁雄馆、奠枕楼以供过往商人旅客喘息歇足。不过,天下之官,不尽如辛提刑这般爱民如子,当今之法,亦不尽能保民以生。"

辛弃疾道:"辛某执政滁州,深知苛捐杂税于民之害。不过,江南乃富甲天下之地,况茶盐之利向来丰厚,赖首领将为盗之因全推在官府身上,恐怕乃强辩之辞吧。辛某虽然也是揭竿之人,但自忖不是好杀之辈,赖首领不妨细说缘由,若果言之有据,辛某量刑时必当斟酌一二。"

赖文政见辛弃疾诚心相问,便滔滔而语,将郁积于胸内多年的激愤宣泄而出:"靖康之难,金人窃取我朝大好河山,赖某与族人不肯为金贼治下之民,随朝廷大军南下而流落江南,既无买舟弄渔之资,亦无力耕穑稼之田,遂以贩茶为生。此番盗起荆南,扰乱湘赣,究其始,乃是夹贩私盐,于法不合。但若依法而行,实是无利可图,难维生计。"

见辛弃疾面现不信之情,赖文政又说道:"辛提刑不信?且听我细细说来。辛提刑当知,茶商贩茶,首先要向官府购买茶引(茶叶专卖凭证),再根据茶引上标注的数量向茶农购进茶叶,然后贩卖至茶引上指定的地区。"

辛弃疾点头道:"这个自然,朝廷法度向来如此。"

赖文政继续道:"朝廷发卖茶引,由京城都茶务统一掌管,设临安、建康、镇江三处榷务场(买卖场所),榷务场不同,所出售之茶引的收购与准售地亦不同。茶贩先要依预先选定所收购和贩售的地区,到指定的榷务场购买茶引,再到指定的路、州、县购买茶叶,然后才可去指定地区贩卖。"

辛弃疾言道:"此法有利于官府管理,控制税源,听闻自政和年间(公元1111—1117 年)便用此法。虽于贩卖者多有不便,不过是多出些脚力,多负些往返奔波之苦罢了,不至于揭竿造反吧?"

赖文政道:"若单只辛苦一些倒也无妨,无非多出一些力气而已,我们就是以出卖脚力为生的人嘛。茶商之难,难不在辛苦,难在官府所收税费太多、太重。"

辛弃疾神情专注,以手示意赖文政且饮茶润喉。

赖文政目示感激,大饮一口后继续说道:"先说茶引钱,依现行茶法,茶引分为长引和短引两种。长引可越路和过淮贩卖,短引只限本路之内贩卖。据说政和年间长引每引纳钱一百贯,允许贩茶一千五百斤;短引每引纳钱二十贯,允许贩茶三百斤;约合每斤六十文。现今长引每引纳钱二十四贯,许贩茶一百二十斤;短引每引纳钱二十三贯,许贩茶一百斤;约合每斤二百文。比之政和年间翻了三倍有余。"说至此处,赖文政深吸一口气。

辛弃疾言道:"赖首领之言,有失偏颇。政和至今已逾六十年,此间物价上涨亦有数倍,茶叶售价不也是翻倍增加吗?"

赖文政点头应道:"辛提刑所言亦是,但茶叶售价增加毕竟比不过引价的增加。这且不说,若单是茶引钱增加也还罢了,最令茶贩们难以忍受的是各种税费多如牛毛,如若依法行商,实难负担。我且略说一二,辛提刑如若不信,可立即查证。售卖茶叶,需交商税钱;越路或过淮贩卖,需交翻引(变更执照)钱、通货牙息(中间人利息)钱、过淮(过境)钱。长引茶欲往沿淮州军住卖者,每引纳翻引钱十贯五百文,改榷场折博(以金银折换实物,或物与物相折换)者,每引纳翻引钱十贯五百文,其引,榷场又合纳通货牙息钱十一贯五百文。如此一来,每引在茶引钱二十四贯外,又多出三十二贯五百文。此外,还有茶引头子钱、脚税钱、买关引钱、吏禄钱、贴纳钱、助军钱等。我们曾估算过,每贩茶价值三贯,收脚税三贯五十文,引钱两贯五百文,高出茶价值近两倍。"

辛弃疾疑惑道:"如此算来,贩茶不但无利可图,反而赔钱?"

赖文政苦笑道:"提刑勿急,这还没完。除了这些法定的税费外,茶商还要遭受各处官吏的盘剥。茶商贩茶并非一买一卖那般简单,其间所经历的环节之多,提刑可能不知,而每一道环节,都可能被执掌的官吏盘剥。我再为提刑粗略分说一番:首先,官府售卖茶引时,对各路、州的茶叶配额都有严格的规定,若要买到心仪地区及数量的茶引,就需向售卖茶引的官吏或牙人(中间人)纳贿。其次,买到茶引后名义上就可以入山买茶,但入山之前,须有'分司入山公据'及'筒袋印纸关防',出山时又需有'出山由子'等各种凭证,另外,入山买茶之前,还需到官府指定的商铺购买盛茶的茶笼。此项粗计便有四道关卡。第三,收到茶叶后,要到城内官府规定的'合同场'称量重量,以保证与茶引上的数量相符,再由官府出具'保明给据',出城时需验明此据方可放行,此又是两道关卡。第四,贩运途中,路、州、县数道关卡,需查验贩卖地点、时限及无有夹带私货,方能放行,此间的盘剥与刁难可想而知。说一件常人不易想到的事,长途贩运,怀内囊中的茶引难免被雨汗浸渍,其字迹稍有模糊,守关吏役便以字迹难辨而阻滞通行或罚没货物,更有甚者,守关吏役常常私下暗自涂抹茶引字迹进行勒索;我等此番起事,最初就是因此而产生的争执。第五,到达住卖处后,经所在州县验引完毕,官府出具批文,方许出卖。验引的同时州县要置籍抄录茶商姓名、文引、料例、字号、茶数等。茶商卖出的茶数须在茶引中逐次批填,直至卖完,期间关卡不下三道。第六,茶叶售尽后,须在十日内把茶引和茶笼依限、悉数缴纳入官予以毁抹,违限则罚。"说至此处,赖文政重重地吐了一口气。

辛弃疾不解地道:"既然有如此多的难处,为何还有如许多的人以贩茶为生?"

赖文政答道:"此乃生计所迫。江南之地,本就人多地少,靖康之难后,又有大批北方人客居江南,皇族、遗老、朝官亲友及有钱有势者可向朝廷请示而挤占瓜分一些当地本就紧张的田地,如我等这般穷苦平民,除沿街乞讨外,多以行商为养家糊口之业。茶盐乃生活必需之物,故需有货通有无之人。只是茶盐一项为官府专卖,其售价由官府统一规定,加之这各种税费盘剥,若于贩运之中不夹带私货,全然依法而行,实是难以为生。"

辛弃疾默然,沉思良久,轻声语出:"情理之中,于法难容。"

赖文政起身拱手而语:"赖某自知难脱法网,只望辛提刑顾念茶商穷苦,私贩逾法,情非得已;兄弟们起而造反,乃为我所迫,且请网开一面。"他仰首望天,哽咽而语,"赖某无德,累及兄弟。六百余兄弟啊,如今只剩一百多人。赖某于九泉之下,也愧对他们,愧对他们家中嗷嗷待哺的妻儿、倚门而望的父母啊!"

辛弃疾端坐椅中, 眼射棱光, 厉声语出:"赖首领只想到手下六百余兄弟,可曾想到官军中有数千兄弟惨死于赖首领刀下?可曾想到他们家中也有嗷嗷待哺的妻儿、倚门而望的父母?"

赖文政默然无语。

沉默良久,辛弃疾缓声而语:"赖首领请坐,辛某还有一事不明,欲请赖首领开释。"

赖文政默然就座。

辛弃疾虚一拱手,说道:"赖首领当知,辛某亦是草莽出身。辛某揭竿而起之时,心中所想是驱逐金贼,还我河山。因形势所迫,决策南向,亦为的是伺机北伐,驱逐鞑虏。不知赖首领揭竿而起后,对自家及兄弟们的前途做何考量?"

赖文政沉思良久,面露愧色,诚恳语出:"赖某惭愧。辛提刑毁家纾难,志情高远;赖某燕雀蝼蚁,只念养家糊口而已,未做他想。"

辛弃疾道:"但杀官造反,已断归家之路,赖首领由荆南而湖湘,转而至江西,难不成一辈子逃窜于山中?"

赖文政又沉思良久,缓缓摇头,茫然而语:"不知道……"又一番沉默后,赖文政喃喃道,"当初造反,并非我所愿。官吏既然已被我手下兄弟杀害,我也就不得不反。而后,官军追迫日紧,为了自保,不得不与之周旋。兄弟中也有人劝我广招人马,竖义旗,举大事,但赖某无才,自知德不配天。况且,赖某于兵火战乱中流落江南,一路目睹无数人家被战火侵凌的惨剧,时时思之,时时战栗。实不愿以无妄之想，而增百姓之困顿。况且金人狼子野心，虎视江南，若因我等之故，资金人以亡我江南可乘之机，赖某岂非千古罪人。"

"赖首领能有此想，亦属高义。"辛弃疾转而又道，"听说赖首领手下有个叫刘四的人，骁勇机敏，智计百出。"

赖文政一怔，转而释然，他轻轻摇头，略略一语："虽略有机谋，但德不能服众。"

辛弃疾又问："官军予以招抚，为何又杀而逃之？"

赖文政道："一来是官府之人素来言而无信，以招抚之名，行坑杀之事，屡见不鲜。二来是招抚之人倨傲蛮横，出语无端，兄弟们激而杀之。三来是兄弟们维护老朽，不肯献首于市。"

辛弃疾道："如今又为何愿降？"

赖文政道："一来是走投无路。辛提刑布置周全，赖某自知此番无隙可乘，垂死挣扎，徒增杀戮。二来是听闻辛提刑虽杀伐果决，但出言必践，故而欲为百十兄弟求得一线生机。"

两人款款相谈，不觉已至深夜。辛勤急步而入，对辛弃疾耳语一番。

赖文政见此情景，已知辛勤乃辛弃疾派往茶商军的细作，不免心中懊悔，但亦无可奈何。

辛弃疾转向赖文政问道："赖首领可知刘四是何人？"

赖文政茫然而语："是老朽的结义兄弟。"

辛弃疾示意辛勤说与赖文政听之。

辛勤单臂抚胸，向赖文政微一躬身，说道："辛勤为国效力，职责所在，赖首领勿怪。"

赖文政拱手回应："不敢。"

辛勤说道："入夜后，暗哨发现刘四与其属下三人悄然而出，似有乘夜潜逃的迹象，于是将其捉拿。经仔细搜查，在三人衣襟夹缝中搜出了金国南京路都统府的印信关防，在刘四身上竟搜出了金国南京路都统府银牌一枚。经审问得知,他们都是金国的细作,奉命潜入大宋军中,收集军事情报,乘隙乱军乱政,因行藏败露而杀官潜逃,偷渡江淮北归不成,偶遇赖首领,遂混迹茶帮。杀官造反、斩杀招降命官,均是出于刘四的策划。"

赖文政听罢,颓然惊叹:"老朽昏聩!"

辛弃疾朗声而语:"错而能改,善莫大焉。赖首领扯旗造反,虽于法难容,但我见赖首领是一个怀义明理之人,拟判罪降一等,发配滁州充军,不知赖首领以为如何?"

赖文政闻言大惊,惶惧而拱手躬身:"万万不可!辛提刑一念之恩,老朽感激涕零。然老朽自知罪无可赦,不敢以昏聩老迈之残身而耽误了辛提刑的锦绣前程。"

辛弃疾笑道:"赖首领勿虑,刘四与赖首领形貌相似,可行李代桃僵之策。"

第二天,辛弃疾斩刘四及手下三人于市,悬头于城楼旗杆之上。昭告全城:盗贼赖文政,伏法就戮,其余胁从,发配军中。暗自差辛勤所带来的军卒押送赖文政至滁州军营。

茶盗之乱平息了,辛弃疾愈加忙碌。

他令各路军司官佐和乡社乡绅依实情统计申报剿匪有功人员,核查事实,辨明真伪,并上奏临安朝廷,有功者赏,有过者罚。他着重向朝廷推荐了陈天麟、罗愿、黄倬等在剿寇中"出力甚巨,立有奇功"者。

他令罗愿据实核查各乡寨支援驻军剿寇时所借粮草数目,上奏朝廷,加息偿还。

他上疏户部,请求朝廷为因战乱而遭劫难的地区减免税赋。

他上疏兵部,述说军旅情状,奏请裁汰老弱,整顿军纪,惩治贪腐,强化训练。

他上疏吏部,细陈茶商贩茶之情状,建议整顿吏治、适当变更法度,以减轻茶商负担。

他依提点刑狱的职责,踏遍江西路的山山水水,考察民土民风、治安情状、籍田物产、徭役税赋等,在茶寇搅扰过的地区,安抚百姓,恢复生产,劝农务耕。

其间,他收到了来自临安家中范若水的一个大好消息:范若水为他生下了一个大胖小子,生产顺利,母子平安。辛弃疾欣喜若狂,但无暇分身,仅只回信一封,为儿子取名曰"䃏"以纪念他在赣州的这段风云岁月;取乳名为"铁柱",以期成为铮铮铁汉。

辛弃疾平定茶商军的消息传到京城,赵昚及朝中大臣都大大地舒了一口气,历时半年,波及湘、鄂、赣、粤四路的茶寇之乱终于平息了。大臣们有的为辛弃疾歌功唱赞,赞赏其临危受命,不负皇帝厚望,赞赏其杀伐果决的霹雳手段,赞赏其军民结合共剿盗寇的智机谋略,赞赏其指挥诸路大军张弛有序的军事才干。但指斥辛弃疾行事不当,有负圣恩者亦大有人在。

监察御史王淮奏辛弃疾:"杀人太多,行赏太滥……不核真伪,何以劝有功?"

代兵部侍郎周必大奏辛弃疾起民兵数过多,搅扰百姓:"臣观自古用兵,斗智不斗力。以曹操之谋略,然用青州十万之众则为吕布所败,及退而归许,乃以两万人破袁绍十五万人,大概亦可见矣。今闻辛弃疾所起民兵数目太多,不唯拣择难精,兼倍费粮食……观其为人,颇似轻锐,亦须戒以持重。"

司农卿李椿奏辛弃疾不应裁汰老兵,驭众无术:"荆鄂之兵追捕盗寇,半年之间,亡失过半,内有病患寄留者,有临阵战殁者,然多数为避征逃窜者。臣尝诘问差来兵将官,但云绝无旧人,新人不经战阵。其驭众无术,不能自知也。臣尝与老将郭振议论,振谓使旧人但执梃随军,亦胜新人坚甲利刃,以其谙练与否耳。况离军之人,又带去子弟甥侄之属,军中无相保之情。新招游手,但可充数,在校场阅习固与人等,一旦遇敌,方知其不堪用。"

赵昚顾群臣而语出:"江西茶寇已剿除尽,皇甫倜虽有节制指挥,未及入境,辛弃疾已有成功,当议优与职名,以示激劝。其余立功人,可次第推赏。"

于淳熙二年(公元1175年)闰九月二十日,下诏——

> 辛弃疾捕寇有方,虽不无过当,然可谓有劳,宜优旌赏。除秘阁修撰。

时光流转,辛弃疾在平定茶商军后的战乱安抚、维持安定、恢复生产等芜杂事物的忙碌中匆匆过了一年。

淳熙三年(公元1176年)十一月,辛弃疾得到了一纸调令:

> 调江西提点刑狱辛弃疾任京西转运判官,兼领提点刑狱和提举平常司事。

辛弃疾与三哥辛勤及辛茂嘉收拾行囊,告别激情战斗过的江西,踏上了前往京西的路程。

十五 官场飘蓬

淳熙三年(公元 1176 年)十一月,辛弃疾离开了江西,到京西路莅任转运判官之职。京西路共领襄阳府(辖襄阳、谷城、宜城、南漳四县)、随州(辖随县、应山二县)、郢州(辖长寿、京山二县)、房州(辖房陵、竹山二县)、均州(辖武当、郧乡二县)及枣阳军(辖枣阳一县)、光化军(辖光化一县)七个州、军。

这里是与金国对峙的前哨之地,其地北临金国的南京路(今属河南)和京兆府路(今属陕西),宋金两国均以重兵虎踞龙盘,伺机而动。

这里是江南腹地的屏障之所,其地西接宋国的利州东路(今属陕西)和夔州路(今属四川),东接宋国的淮南西路(今属湖北、安徽),南接荆湖北路(今属湖北),其背后是广袤而富庶的江汉平原,北国之兵得此,则不仅南进无所屏阻,更可东望江浙、西控川陕,自古以来都是兵家必争要塞。

这里是英雄辈出之地,春秋时楚庄王自此北上而问鼎中原;东汉时刘备于此三顾茅庐,遂定三国鼎立之势;绍兴三年(公元 1133 年)金兵南侵,攻占襄阳府、随州、郢州、邓州、唐州(今河南唐河)等地,宋高宗命岳飞领兵收复襄阳、随州,擢三十三岁的岳飞为崇信军节度使,其后(1140 年),这位有宋以来最年轻的节度使由这里出发,率领岳家军一路北伐,战郾城,破拐子马,攻颍昌,克朱仙镇,谱写了精忠报国的壮烈篇章。

这里亦是令人伤心痛悲之地,隆兴和议(1164 年)后,主和者求和心切,尽依金国要求,将邓州、唐州等地"归还"金国,失却了横亘南北的秦岭与大别山间的隘口之地,致使荆湖重镇襄阳直接暴露于沙场争战的最前沿,一旦战事爆发,必使荆湖地区处于极为危险的境地。

踏入京西地界,辛弃疾心胸激荡,皇上不但任其为京西转运判官,且兼领提点刑狱和提举平常司事,"三节萃一握",足见皇上对自己的信任和对自己一向恢复故国主张的赞赏。此时,他心中充满着一种"海阔凭鱼跃,天高任鸟飞"的喜悦。在送一位李姓友人赴汉中军营时,他满怀激情地赋词《满江红》相勉:

汉水东流,都洗尽、髭胡膏血。人尽说、君家飞将,旧时英烈。破敌金城雷过耳,谈兵玉帐冰生颊。想王郎、结发赋从戎,传遗业。　　腰间剑,聊弹铗。尊中酒,堪为别。况故人新拥,汉坛旌节。马革裹尸当自誓,蛾眉伐性休重说。但从今、记取楚台风,庾楼月。

莅任后,辛弃疾以"汩余若将不及兮,恐年岁之不吾与"的急切与不安之心,迫切地投入到了紧张而繁忙的调查之中。他登山入寨,察考山川地势,军旅情状;他下田访民,了解田亩收成,民生疾苦;他进仓入廪,核查粮米军械,收支用度……他满怀信心地欲以自己的劳苦、毅志和干略,在最短的时间内,将此地建造成一处抵御金兵南侵的堡垒、进击北伐的尖刀。

然而,在近三个月的考察中,他看到的是一派靡费景象。边防上城垣坏损,仓库中兵具锈蚀,军营中官佐骄横贪腐、兵士散漫疲懒,官府中官员贪污成风,巧取豪夺,田间大户兼并土地,民不聊生,街巷中布满了无田无业的归正人、归明人、归顺人……

面对此等情景,辛弃疾奋笔疾书,连上数道奏书分送皇帝及兵部、吏部、户部,促其施以非常手段,以利刃割其毒疽,以猛药治其重疴。

淳熙四年(1177年)二月二十八日,辛弃疾正在京西运转司衙所内核查

由四川路经京西路转运的漕运账簿,吏部差官送来一道圣旨:

　　　　差辛弃疾知江陵府,兼湖北安抚。

　　辛弃疾遽然惊呆,旋即明了。必是自己的奏疏捅到了一个大马蜂窝,朝内朝外官员联手逼宫,致使皇帝发出了这一道不升不降的诏书。无奈的辛弃疾只得再次收拾行囊,离开了他履职三个月、梦想北伐的前哨之地京西襄阳,踏上了前往湖北江陵的旅程。

　　辛弃疾依惯例与辛勤、辛茂嘉及随行人员十余人着便装前赴江陵。在湖北地界感到了一种似未有过的异样,一路所经过的村镇集市似乎有一种不同寻常的安静。此时正值春忙之时,但街道上大多行人稀少,田野间偶有农人忙种,却绝少牲畜耕田。一路上所遇之人均面露警惕恐惧之色而匆匆远避,无论在乡村还是集镇,人们看见他们到来,便匆匆关闭屋门,闩上门栓。

　　辛弃疾及随行人员纳罕至极,终于忍耐不住,在一个村庄中强行敲开了一家农户的房门,欲问究缘由。只见屋门开处,一位衣衫褴褛、年逾六旬的老汉仆地跪倒,双手合十举于脸前,泣泪交流地苦求道:"各位大爷,求求你们开恩,老儿一家实无半点家财,昨日一伙大爷刚刚来过,现在家中只有一口烧饭的铁锅,请求各位大爷开恩,给小老儿留一点生路,小老儿感激大爷们再生之恩了……"说罢以首触地,叩头不止。

　　辛弃疾等人惊诧不已,急忙扶起老者,颇费了一番口舌,才止住了老人求饶之声,并使其相信他们是赴任的公人而非歹人。

　　老人将辛弃疾一行人请入屋内,果然是家徒四壁,潦倒不堪。在与老人的攀谈中,辛弃疾得知他们一路上所遇怪异景象的原因。

　　原来,湖北之地,地处南北战场厮杀的后方,在宋军北伐、金兵南侵的长期战乱中,虽未直接遭受过金兵的侵凌蹂躏,但因其直接面对着战争前沿之地京西,故而肩负着养兵支前的重担,所以,在战乱岁月中为保障军队的给养供应,不但使原有的税粮税款增加,各地驻军与官府还发明了各种名目繁多的纳贡钱。战争结束后,夏秋两税虽有所减少,但那些战时所发明的各种纳贡钱却沿袭下来,使农户苦不堪言。加之驻屯军与乡间大户们争相兼并良田和近年来连遭水旱之灾,使大批农户流离失所,生活无着,遂相继为盗。官府虽屡次缉剿,但一来因为盗者众,分布广,官府缉不胜缉,剿不胜剿;二来因为所盗物价轻,多数盗贼只为糊口而盗些衣物粮食,官府缉拿后,无非是杖上几杖,关上几天,放出后复又为盗,如此循环往复,盗贼由初盗而为惯盗,由偷盗而为明盗,而官府差役则是日夜忙碌,亦苦不堪言,遂由厌烦而生疲怠。及至今日,盗风日盛,盗贼们纠团结伙,夜偷日抢,亦有日农夜盗者,他们小则粮米衣裤,大则牛马牲畜,无有不偷,无有不抢,过往商旅几近绝迹。

听罢老人的述说,辛弃疾等惊诧非常。辛弃疾不解而语:"敢问老丈,盗贼们盗抢粮米金银尚可食可藏,而盗抢牲畜如何销赃?难道买卖于集市而官府不闻不问?"

老人摇头叹道:"自然不能在集市上买卖。"

辛弃疾问:"私下暗地交易?"

老人言:"亦少私下交易。一来普通农家多遭盗抢,何来那许多资财购买;二来即便有钱购买,买来后,不知哪日又被盗走,岂不惹祸上身;三来些许大户有钱有丁,不惧盗贼,但也要不了那许多牲畜。"

辛弃疾点头而语:"这正是我纳罕之处。"

老人释道:"听说盗抢来的牲畜,大多赶往京西的均州榷场和北地的邓州、唐州榷场与金人交易了。"

辛弃疾恍然蹙眉,默默难语。

老人关切而语:"诸位官人,一路行来平安无事,实乃万幸。依小老儿之见,诸位官人还是小心为妙。第一,在路上要多加小心,切不可贪图行程而乘夜赶路。第二,打尖时要投宿官府驿站,切不可夜宿民宅。第三,最好请官军护送为是。"

辛弃疾等人谢过老者,留下些许衣物盘缠,换上公服,告辞而去。

由京西到江陵的一路所见所闻,在辛弃疾的心中产生了莫大的震撼。来到江陵后,辛弃疾便把禁绝盗寇、恢复农桑作为他履任的第一要务。

他上疏将耕牛与战马一道列为关乎国力军力的战略物资,禁止宋人在榷场与金人交易,一方面涵养农力军需,一方面断绝荆湖北路盗抢牛马的销赃通路。

赵眘依辛弃疾之见,下诏曰:

> 湖北京西路沿边州县,自今客人辄以耕牛战马负茶过北界者,并依军法。其知情引领停藏乘载之人,并依军法……

辛弃疾则令所辖之地官府遍贴榜文:"得贼则杀,不复穷究。"并令公人于市井乡镇鸣锣宣谕:既往不咎,自榜文宣示三日后,必依榜文所示,严惩不贷。

"得贼则杀,不复穷究"的榜文贴出了,街巷间人头攒动,争相转告。新官到任伊始所发布的第一道诏令,激发起了人们对盗贼肆虐的极大愤慨,激发起了人们对新任安抚使的极大期望,也激发起了人们对历任安抚无所作为的极大失望。有人点头称颂,有人欢呼唱赞,亦有人摇头叹息:以前类似的榜文不也是层出不穷吗?什么"违法必究",什么"严惩不贷",什么"没收家财",什么"充军发配",结果如何?到头来还不是贼越抓越多,盗越禁越乱?有人甚至在榜文边偷偷粘上了嘲弄的揭帖:"缉拿盗贼无能,欺压良善有方。"

榜文与揭帖并行,引来了更多的人围观。尴尬而恼怒的公差驱散围观的人众,撕下揭帖告于辛弃疾,建言道:"写此揭帖者,长贼志气,灭我威风,必属盗贼无疑,当严查帖写之人,缉拿之而立威。"

辛弃疾摇头,肃然语出:"'爱之愈深,责之愈切',荆地之民苦盗久矣,其大声疾呼道出心中的愤怒,表明他们心中尚有对官府缉盗抚民的一丝希望,这对我们来说,是一种莫大的安慰,是一件大好事啊。莫要管他,我们只管专注于缉贼杀盗,盗寇平息,民怨自消矣。这缉贼杀盗要先从江陵城开始,各位需打起精神,莫论贼大贼小,一律'得贼则杀,不复穷究'!"

有人问道:"难不成偷鸡摸狗者也真的要杀?"

辛弃疾以拳捣案,断然语出:"杀!得一杀一,得百杀百,绝不宽宥。"

江陵府通判周显先踌躇而语:"可这于律法不合啊,执法而违法,似有悖于理啊。"

辛弃疾听其之言,必是尊崇周(周敦颐)、程(程颢、程颐),追随朱(朱熹)、陆(陆九渊)的道学之人,于是言道:"古贤有言'度量虽正,未必听也;义理虽全,未必用也',正是此时之谓也。沉疴济猛药,乱世用重典,此乃当下形势所迫也。"

周显先轻咳而语:"辛帅所言不差,不过辛帅之言义理者,乃韩子法家之义理,非孔孟儒家之义理也。"

辛弃疾无暇与之清谈,断然而语:"非常之时,当行非常之事。此事诸君无须再议,但按本府榜令行事,若有差池概由本府承担。"

周显先默然不语,一干官员差役领令而去。

三日后,缉盗官吏或由街巷农舍缉拿,或由乡里失盗者指控,捕捉大小盗贼数十人,均依榜文所示,尽数斩杀。此举一出,全城哗然。人们奔走相告,惊者目瞪口呆,喜者啧啧连声,惧者足不出户,惜者摇头哀怜。

辛弃疾再张贴榜文,全录受戮者姓名及所盗财物,并传谕荆湖北路所辖各地,一律照此论处。

一连数月,荆湖北路各州县每天均有盗贼就戮的消息传播于荆楚大地。不过,在上报给辛弃疾的公文中,缉杀的盗贼由数十人渐为十数人,又由十数人而渐为数人,再由数人而为一二人。肆虐乡里数年的盗贼之风,终于渐渐平息了。

其间,有一个大户,自恃家财万贯,家丁越百,又与官府之人有所瓜葛,欲纳良女为妾不成而强抢之,苦主告其盗抢之罪,刑司之官将状纸呈于辛弃疾断决,辛弃疾愤而言道:"盗铢者是盗,盗镬者亦是盗;抢柴者为抢,抢人者亦为抢。即为盗抢,便依榜文行事,不复再议。"

大户者恃人多势众,纠集百余人执械与差役对峙,辛弃疾调集军队将户主及家人家丁一并捉拿,杀户主于市,家人家丁男者充军,女者没籍为奴,家财充公。

凡此之举,使辛弃疾为官之名大盛,对辛弃疾的政令治绩亦是爱恨交加。恨之者谓之心狠手辣,杀人如麻;爱之者谓之杀伐决断,再造青天。

盗贼之风平息,人们得以安居乐业。偷盗者绝迹良久之后,忽一日,州府通判周显先小心翼翼地来到辛弃疾面前,言说刑司吏役抓获了一名盗牛者,欲依前例,将其沉溺江中而杀之。

辛弃疾沉吟片刻道:"我记得刑律上规定,'诸盗官私马牛而杀之者,徒二年半。'"

周显先急道:"辛帅所言极是。按律法规定,当发配江州。"

辛弃疾道:"如今盗贼之风已息,不应再以严刑峻法苛责百姓,当依律而行。"遂提笔发布公文,晓谕各地,今后对偷盗者,依律处罚。

周显先欣然而去。

数日后,周显先又匆匆忙忙地跑进府衙告知辛弃疾,有数百农人与江陵统制官率逢原的驻屯军发生对峙,似有发生民变之势。辛弃疾问其原委,周显先道:"依照朝廷颁布的法令,对荒田荒地及因战乱弃耕的土地,农户可包地开垦,期限为两年,超过两年则收归营田(屯田)。率逢原以诏令上说'未能全部耕种者收为营田'为据,欲将包地中未开垦的荒田与已开垦的农田一并收为屯田。农户认为此等做法与理不合,亦有农户申告明明自己已将包地全部开垦,但军人以种种借口指责其未能全部开垦,实是以收为营田之名,强占农户土地,故而不服,发生对峙。率逢原部属殴伤百姓数人,激起更大的民愤。"

辛弃疾与周显先赶至对峙现场，详查情由，知农人们所言非虚，遂判"曲在军人"，欲将率逢原发配豫章。率逢原依仗朝中有强势人物为其后盾，蛮横不服辛弃疾的判决，且执意欲将部分农田纳入屯田之界，辛弃疾上疏皇上，怒陈率逢原之非。

淳熙四年(公元 1177 年)九月，辛弃疾得皇上手书：

朕治军民一体，逢原已削两官，降本军副将矣。

数日后，辛弃疾又得到了吏部送来的一纸调令：

徙辛弃疾知隆兴府，兼江西安抚。

辛弃疾心中明了，这或许又是朝上君臣博弈的结果。他感激皇上对自己的赞赏和回护，当年因上疏"惩治贪腐""除奸廉直""整顿吏治、废除横征暴敛"的奏折而触怒朝中大员与太上皇，赵昚诏任自己为边地滁州知府，从而远离了那场政治角逐的中心，这是对他的一种爱护、保护与呵护；师友叶衡擢任宰相后，立即调任自己入京履职，这是师友叶衡和赵昚对自己的赏识与提携。而出任江西提刑，则是为自己展现与发挥军事才能提供了一个不大不小的舞台。他愤懑朝堂对自己的猜忌和疏离，或许是因为他是一个来自北方归正人而产生的疑虑，或许是因为他是一个出身草莽武夫而产生的蔑视，或许是因为他坚定北伐恢复的主张而产生的政见分歧，或许是因为他刚拙不屈的行事作风而触碰了上下交葛的关系网，他总是遭受到一些不知来自何方的不休不止的莫名打压。然而，父兄之愤未纾，故国未复，堂堂七尺男儿，岂可蝇营狗苟，"以皓皓之白，而蒙世俗之尘埃"！思及此，辛弃疾奋笔书诗一首：

野人日日献花来，只倩渠侬取意栽。

高下参差无次序，要令不似俗亭台。

写罢搁笔于砚上，瞥见案几上刚刚在读的《孟子》一书，记起《离娄》章中的一段话："有孺子歌曰：'沧浪之水清兮，可以濯吾缨；沧浪之水浊兮，可以濯吾足。'孔子曰：'小子听之，清斯濯缨，浊斯濯足，自取之也。'"似觉诗兴未尽，于是又提笔濡墨，再赋一首：

自古蛾眉嫉者多，须防按剑向随和。

此身更似沧浪水，听取当年《孺子歌》。

淳熙四年(公元 1177 年)十一月，辛弃疾告别了执政半年的湖北江陵，回到了两年前平定茶寇的江南西路。这里曾是惨遭金兵侵凌劫掠的悲戚之地，也是辛弃疾南归后第一次指挥军队牛刀小试的战场。在这里他踏遍群山剿寇安良，在这里他涉遍诸水劝稼家桑。回到这里，辛弃疾似有一种回家的感觉。这里的山，葱葱郁郁，那摇曳的冠盖、舒展的枝条，似欢舞、似拥抱；这里的水，缓缓稠稠，那莹莹的碧波、晶晶的涟漪，似欢吟、似絮语；这里的风，顺顺柔柔，轻抚着发丝、轻抚着衣衫，似娇妻相迎、似慈母倚闾。

故地重回，辛弃疾心绪起伏，情难自禁，心中也隐隐萌生出一种能够自此安定下来的期盼，同时又有着一种壮志未酬的不甘和继续漂泊难定的隐忧。

辛弃疾的预感果然不期而至，他漂泊的宿命很快又一次来到了他的面前。在他任职隆兴府不到三个月的时候，朝廷又发来了一道圣旨：

召辛弃疾为大理寺少卿。

　　喜忧参半的圣旨啊。大理寺,职掌天下刑狱,得大理寺少卿,意味着进入了朝廷断决国事的中枢机构,然而,也意味着身处于政治斗争的风口浪尖。符离之战后,朝堂上弥漫着一片求和避战之风,主战者被排挤、打压,远离了决策中枢。此番皇上召一向坚决主张"恢复"的辛弃疾还京,是否表明了他已经走出了符离兵败的阴影,重新坚定了恢复中原的决心? 尚未可知啊! 在上有太上皇压制,下有畏战避战的臣子们挤对的夹缝中,皇上是否能够具有一洗沉疴、披荆斩棘的毅力、勇力、魄力?尚未可知啊!面对武备废弛,战将凋敝的现实,皇上将如何重整军鼓、再塑军威? 尚未可知啊!

　　辛弃疾在沉思、苦思、焦思中煎熬着。辛弃疾的同僚故友们则为他的升迁欢欣鼓舞。江西京西湖北总领(掌各路上供财赋,供办诸军钱粮)司马倬(字汉章)为祝贺辛弃疾还京入朝,特于江南三大名楼之一的滕王阁举行了庆贺喜筵。

　　一席欢歌, 觥筹交错, 啖 "莲花血鸭""兴国三蒸""三丝银鱼""金装韭黄";尝"徐家瓠羹""王家乳酪""郑家油饼""薛家羊饭";饮"南市美酒梨花白";品"草茶第一双井绿";观"落霞与孤鹜齐飞,秋水共长天一色"的瑰丽景致;闻"渔舟唱晚,响穷彭蠡之滨"的袅袅余音;司马倬、王希吕(字仲衡)、王炎(字公明)等一干友人开怀畅饮,追忆辛弃疾绣衣执斧平定江西茶寇,不辞辛苦劝耕战乱后农桑,杀伐果断平息湖北盗贼;盛赞圣上英明睿智,知人善用,中兴有望,"恢复"可期;共祝辛弃疾高登庙堂,尽展才干,前程无量,夙愿可偿。

　　登斯楼,感斯情,辛弃疾心中虽亦有着"徐孺下陈蕃之榻"的期待,同时也有着一丝"冯唐易老,李广难封"的隐忧。但他不愿拂却朋友们的美意,不忍搅扰朋友们的喜悦,他西望碧翠如带的赣江,东顾青萍点点的东湖,援笔赋词《鹧鸪天》壁:

　　　　聚散匆匆不偶然。二年历遍楚山川。但将痛饮酬风月,莫放离歌入管弦。　　萦绿带，点青钱。东湖春水碧连天。明朝放我东归去，后夜相思月满船。

翌日在南昌城外的十里长亭，辛弃疾与同僚故友们做最后的饯别。他手抚枝繁叶茂、芳香四溢的樟树，以一首小令《霜天晓角》，隐隐道出内心的期盼、惴惴与不安：

吴头楚尾。一棹人千里。休说旧愁新恨，长亭树、今如此。　　宦游吾倦矣。玉人留我醉。明日万花寒食，得且住、为佳耳。

辞别了依依相送的朋友，登上一棹千里的帆舟，遥望渐渐远去的人形树影，辛弃疾思绪万千。历城家乡、祖父辛赞、岳丈、妻子迭次浮现眼前，国仇家恨郁结于心。他想到了三十三岁的岳飞权至节度使率兵北伐，轰轰烈烈，而现今的自己已年届四十，仍然漂泊不定，夙愿难偿，真可谓"树犹如此，人何以堪"！他默默祈祷，但愿京城中的"玉人"能赐我甘甜的美酒，送我入期盼的梦乡，于凛凛寒意中搏出万簇花开。

十六 朝中形势

淳熙五年(公元 1178 年)三月,辛弃疾回到临安。在京待转赋闲一年有余的旧友洪迈,为了欢迎辛弃疾重回京城,为了庆祝辛弃疾位列公卿,也为了使辛弃疾尽早了解近年来京城的世风政情,相约在钱隐之的云水楼为他接风洗尘。

是日未时,辛弃疾和洪迈来到云水楼所在的市西坊,因天色尚早,于是二人信步而西,出丰豫门(涌金门),来到了西湖岸边。此时正是暮春三月,草长莺飞之际,西湖景致愈加撩人。极目远眺,苏堤卧波,六桥蜿蜒;南北二峰,高插入云;夕照山上,雷峰独峙;南屏古刹,松竹掩映;孤山断桥,半隐半现。近岸观赏,湖澄如镜,云天倒映;曲院风荷,锦鳞嘬花。湖面上,各色船只,交楫连樯;龙舟争彩,锣鼓喧天;画舫轻荡,琴歌袅袅。湖岸边,柳浪青青,桃艳灼灼;人流如织,摩肩接踵;店铺云集,接壁连桁。珠翠冠梳、销金彩缎、犀钿、髹漆、织藤、窑器等珍玩彩画琳琅满目;果蔬、羹酒、花篮、画扇、彩旗、糖鱼、粉饵、时花、泥婴、关扑、戏具、闹竿等各色叫卖不绝于耳;吹弹、舞拍、息器、讴唱、杂剧、杂扮、杂艺、散耍、泥丸、鼓板、投壶、花弹、蹴鞠、分茶、弄水、风筝、烟火、流星、水爆、撮弄、胜花、起轮、走线、拨盆、踏混木、鬻水道术、水傀儡、教水族飞禽等各种表演目不暇接。

辛弃疾与洪迈漫步西湖岸边,来到两个众人围闹的高台前。高台三面用木栏围起，高台上分别铺着红、绿毛毯，台上勾栏内各有一名薄衫广袖、眉黛含春、云髻高绾的歌伎。勾栏下各聚集近百人的仕宦、游客、商贾、浪子。

此时左面勾栏内的翠衫紫带、怀抱琵琶的歌女，正在歌唱应景词曲：

> 东南形胜，三吴都会，钱塘自古繁华。烟柳画桥，风帘翠幕，参差十万人家。云树绕堤沙。怒涛卷霜雪，天堑无涯。市列珠玑，户盈罗绮竞豪奢。　　重湖叠巘清嘉，有三秋桂子，十里荷花。羌管弄晴，菱歌泛夜，嬉嬉钓叟莲娃。千骑拥高牙，乘醉听箫鼓，吟赏烟霞。异日图将好景，归去凤池夸。

此乃柳永歌咏钱塘的名篇《望海潮》。歌声清亮甜脆，如花溪流水，沁人心脾。歌女唱罢，台下立即腾起一片山呼啸叫之声，仕宦、游客、商贾、浪子们高声叫喊着歌女的名字，纷纷向台上抛掷出一枚枚、一串串、一吊吊的铜钱。

喧哗渐沉之际，右边勾栏内粉衫黄带、手抚嵇琴的歌伎出声唱道：

> 南高峰，北高峰，一片湖光烟雾中，春来愁杀侬。　　郎意浓，妾意浓，油壁车轻郎马骢，相逢九里松。

此乃康与之的《长相思》。歌声婉转缠绵，如春柳拂面，撩人心田。歌音未绝，台下响起一片叫好声、哄闹声、口哨声。仕宦、游客、商贾、浪子们亦高声叫喊着歌女的名字，纷纷又向台上抛掷出一枚枚、一串串、一吊吊的铜钱，更有人将幞头、香囊、汗巾抛掷台上。

左面勾栏内翠衫紫带歌伎见此情景，亦不甘示弱，手拨琵琶，唱出一首柳永的《雨霖铃·寒蝉凄切》：

> 寒蝉凄切。对长亭晚，骤雨初歇。都门帐饮无绪，留恋处，兰舟催发。执

手相看泪眼，竟无语凝噎。念去去、千里烟波，暮霭沉沉楚天阔。　　多情自古伤离别，更那堪、冷落清秋节。今宵酒醒何处？杨柳岸、晓风残月。此去经年，应是良辰、美景虚设。便纵有千种风情，更与何人说。

歌声罢，台下的支持者们又是一阵哄闹，又向台上抛掷出一片铜钱、幞头、香囊、汗巾。

右面勾栏下粉衫黄带歌伎的支持者，哄叫着歌伎的名字和《少年游》的词牌名，想是让那歌伎演唱其拿手的《少年游》。勾栏内粉衫黄带歌伎含笑点头，随即弹唱起了周邦彦的《少年游·并刀如水》：

并刀如水，吴盐胜雪，纤手破新橙。锦幄初温，兽烟不断，相对坐调笙。　　低声问：向谁行宿？城上已三更。马滑霜浓，不如休去，直是少人行。

琴音缠绵，歌声甜腻，神态旖旎，腰姿婀娜，引发台下一片山呼般的叫嚣、哄闹、口哨声，铜钱、幞头、香囊、汗巾如归巢群鸟般飞向高台。

眼见着原本对湖山胜水的歌咏，变成了郎情妾意的呢侬，辛弃疾、洪迈看不惯那种无赖般的哄闹，无奈地摇摇头，转身向钱隐的云水楼走去。

钱隐亲自将辛弃疾、洪迈二人迎入雅间。雅间内居中一张方桌，桌上金杯、金盏、银盘、银箸亮光闪闪，灼人双目。桌上已摆置着四盘烧饼：牡丹饼、芙蓉饼、熟肉饼、梅花饼。又有四碟糕点：糖糕、花糕、蜜糕、糍糕。

辛弃疾拱手对钱隐道：“故友相逢，畅叙心怀而已，何必如此奢华？”

钱隐笑而不答。三人以年齿为序，推洪迈坐了首席，辛弃疾、钱隐两厢陪坐。

辛弃疾在西湖岸边转了半天，略觉腹有饥意，便欲提箸而食。洪迈急忙制止道：“辛郎莫要急躁，这些可不是吃的，乃是‘看菜’。”

辛弃疾懵懂道:"'看菜'?不能吃吗?"

洪迈笑道:"吃是能吃,只是传将出去,必被人嘲笑。"

辛弃疾悻悻道:"能吃而又不可吃,这是何道理?"

洪迈将当下京城内的饮食规矩为辛弃疾解说一番:"时下风尚,最重豪奢,有品位的酒楼,餐具非金即银,以表明其档次。楼外有倩者凭槛招邀,谓之'卖客'。入内有小鬟支应,谓之'擦坐'。又有吹箫、弹阮、息气、锣板、歌唱、散耍等人,谓之'赶趁'。亦有老妪以小炉炷香为供者,谓之'香婆'。餐前必邀歌女献曲三首,谓之'点花牌'。歌前桌上所置食品乃为'看菜',待歌女献曲罢,撤下'看菜',方上正餐。正餐用罢,再上海鲜,谓之'醒酒口味'。此番程式,为当今宴客'定制',京外来人往往不识,上桌便食、开怀即饮,则被目为粗鄙。今日辛郎若吃了这些'看菜',明天临安城内大概就会遍传'新任大理寺少卿如何如何鄙陋不堪'了。"

辛弃疾听罢,嚅嚅半晌,不知说何是好,便道:"今日并无外人,老友相会,不必如此烦琐了吧。"

洪迈笑道:"虽说如此,也不能砸了云水楼的招牌,坠了大理寺少卿的名声啊。"

钱隐亦笑道:"辛兄就入乡随俗吧,我尽力从简。"

辛弃疾点头称是。

钱隐依例邀歌伎为食客佐兴而弹唱三首时下流行的词曲。

歌伎妙妙款款入内,施礼坐定,素手轻捻,伴着幽咽缠绵的琴声,唱出第一首词曲《蝶恋花》:

妾本钱塘江上住,花落花开,不管流年度。燕子衔将春色去,纱窗几阵黄梅雨。 斜插玉梳云半吐,檀板轻敲,唱彻《黄金缕》。望断行云无觅处,梦回明月生南浦。

洪迈在旁道："此首词乃前杭州守司马槱(chǎo)所写。"

钱隐接口道："这是当下京城最流行的第一词曲。"

辛弃疾细品词意，喃喃道："上片起首一句写女子自道所居，以'钱塘江上'四字暗示其乃是一风尘女子。'花落'二句，哀叹其美好年华如流水般悄然逝去。歇拍两句，写残春风物，补足'流年度'之意。过片一句，写女子发式。接下两句，写轻敲檀板而唱《黄金缕》。结拍两句笔锋突转，写梦醒后的感怀，点明这场美好的相遇竟是虚无缥缈的梦幻。'行云'，用巫山神女'旦为朝云，暮为行雨'典故，坐实女子歌伎身份，暗含其行踪飘浮不定，难以寻觅。'南浦'，用江淹《别赋》'送君南浦，伤如之何'典故。其词艳丽婉约，缠绵悱恻，用典自然贴切。不过，若论其感怀伤情处，比之易安居士(李清照)的春闺词来，似乎多有不及。"

洪迈笑道："此词之所以流行，不在于词句出挑，而在于与词相伴的离奇故事，很适合时下人们的品位，故而被京城之人津津乐道，且乐此不疲。"

钱隐点头附和，辛弃疾凝神细听。

洪迈道："相传司马槱在洛阳时，某日午睡，梦一美姝牵帷而歌，所唱乃是此词的上片。槱甚爱其词，因询曲名，美姝答曰《黄金缕》，并对槱曰：'后日相见于钱塘江上。'后来司马槱得苏东坡推荐，应举中第，为钱塘幕官。其廨舍后，有南齐名妓苏小小墓。当时秦少游为钱塘尉，司马槱与其言及此事，少游为其续出下片。未过一年司马槱染病卧床。一天，一船工突然看见他携一丽人登上画船，正要上前与之招应，突见船尾燃起大火，急忙跑去告知司马槱家人，待到他奔进司马槱家门时，只听得一片恸哭之声，询问得知司马槱病重不治而亡。"

辛弃疾摇头笑道："纯属无稽之谈！"

钱隐说道："这些无稽之谈最是当今京城流行的时尚，尤其是才子佳人之事，最得时下之人追捧。如周邦彦夜访李师师而遇徽宗，匿于床下，闻师师为徽宗'纤指破新橙'而作《少年游·并刀如水》、柳永因留恋虫娘(歌伎)而作

《雨霖铃·寒蝉凄切》之类，都是时下京城酒肆歌馆中百谈不厌的佳话。"

此时，天色渐暗，辛弃疾望着窗外"夜市千灯照碧云，高楼红袖客纷纷"的临安街景，联想到在江西平定茶寇时赖文政向他描述的茶商们的辛苦和苛捐杂税下的无奈，以及湖北平盗时亲见的平民百姓困苦的生活景象，忧忧语出："比起柳七的《雨霖铃·寒蝉凄切》来，我更喜欢他那首充满悲悯情怀的诗作《鬻海歌》：'鬻海之民何所营？妇无蚕织夫无耕。衣食之源太寥落，牢盆鬻就汝输征。年年春夏潮盈浦，潮退刮泥成岛屿。风干日曝咸味加，始灌潮波溜成卤。卤浓盐淡未得闲，采樵深入无穷山。豹踪虎迹不敢避，朝阳出去夕阳还。船载肩擎未遑歇，投入巨灶炎炎热。晨烧暮烁堆积高，才得波涛变成雪。自从潴卤至飞霜，无非假贷充糇粮。秤入官中得微直，一缗往往十缗偿。周而复始无休息，官租未了私租逼。驱妻逐子课工程，虽作人形俱菜色。鬻海之民何苦辛，安得母富子不贫？'盐民们无桑无田，只能靠牢盆煮盐换粮、纳税，年复一年，围海聚水，刮泥成岛；风干日晒除不尽水分，还要不避虎豹进山砍柴熬煮盐浆；在炎炎烈日下晒水成卤，在熊熊火灶边煮卤成盐，如此辛苦，却在苛捐重赋下，仍然过着食不果腹、衣不蔽体的生活。多么形象的描摹，多么真实的写照，多么深切的感受，多么震撼魂魄、感人心灵啊！而那些无稽之谈，不过一二文人闲极无聊杜撰出的子虚乌有的故事以为谈资，或乃一些沽名钓誉者故弄玄虚地编排些缥缈虚无之神鬼奇幻以为其诗词增色罢了，正该令人不齿才是，如何竟成了时尚？"

洪迈苦笑道："无稽之谈虽然虚无，但可以给人实实在在的快乐。在虚无而充实的快乐中走向死亡，岂不是人生一大快事?！"

辛弃疾闻言愤愤而语："倘若人人心中都充溢着这些奇幻的无稽之谈、虚无的才子佳人，还有民间疾苦、国家兴亡的容纳空间吗？"

洪迈黯然道："或许这正是某些人想要得到的结果。没有了悲悯，没有了豪情，没有了激愤，岂不就可以日日高枕无忧，天天坐享太平了吗！"

辛弃疾痛苦而无奈地摇头。

聪明可人的歌伎妙妙察觉出欢乐的聚会正在走向沉郁，她想用一曲美妙的歌声驱散令人不快的阴霾，于是漫抹朱弦，一串清澈如水、轻盈如燕的琴声自纤手流出，莺唇微启，婉转轻快地唱出了第二首词曲：

> 柳阴庭馆占风光，呢喃清昼长。碧波新涨小池塘，双双蹴水忙。　　萍散漫，絮飘扬，轻盈体态狂。为怜流去落红香，衔将归画梁。

辛弃疾听罢点头言道："这是当朝干办皇城司曾觌大人的《阮郎归》。其词秾丽纤巧，尽得《花间》真传。有人赞它处处写燕，而终篇不出一'燕'字，极尽婉转含蓄之妙。或许我乃粗人，不大喜欢这种浓腻莺曼之词，听之直叫人骨松腿软。"遂转头对歌伎道，"请妙妙姑娘赐一曲岳元帅的《满江红·怒发冲冠》。"

歌伎面露难色，转头瞥了一眼雅间门外哄哄闹闹的食客们，又转回头看了一眼钱隐，迟疑不语。

辛弃疾似有所悟，又道："不曾唱过？那请姑娘赐一曲苏东坡的《念奴娇·赤壁怀古》如何？"

歌伎仍面露难色，迟疑不语，又求助似的望向钱隐。

见此情景，洪迈替歌伎与钱隐解围道："她不是不会唱，是怕唱后会砸了牌子。"

辛弃疾诧异莫名，略一沉思，恍然道："汤思退已死去经年，难道其阴魂不散若斯，这些词作仍被禁唱？"

洪迈摇手道："非也，非也。时风在变，世风在变。当今京城的词坛歌界正是流行让辛郎骨松腿软的浓腻风。时评有曰：'词须婉转绵丽，浅近儇俏，挟春月烟花，于闺幨内奏之；一语之艳，令人魂断，一字之工，令人色飞，乃为贵耳。'至于辛郎喜听的《满江红·怒发冲冠》《念奴娇·赤壁怀古》这等慷慨磊落、纵横豪爽之词，那是'如教坊雷大使之舞，虽极天下之工，要非本色'也。

因而此等词目下倍受鄙视，歌者多不肯唱的。"

钱隐为排解席间的尴尬，插言道："说起这婉约之词，今日又有一则佳话在坊间流传，二位可能尚未听闻。"

洪迈饶有兴趣地道："哦？说来听听。"

钱隐为使气氛轻松愉快，模仿说书人语调道："话说前日皇上伴太上皇游幸西湖，御舟经过断桥，见桥旁有小酒肆颇为雅洁，于是驻舟而入，见内中屏风上书有《风入松》词一阕，其词云：'一春长费买花钱。日日醉湖边。玉骢惯识湖边路，骄嘶过、沽酒楼前。红杏香中歌舞，绿杨影里秋千。暖风十里丽人天。花压鬓云偏。画船载取春归去，余情付、湖水湖烟，明日重携残酒，来寻陌上花钿。'太上皇驻目称赏良久，宣问：'何人所作？'酒肆主人答曰：'乃太学生俞国宝醉笔也。'皇帝笑曰：'此词甚好，但末句未免儒酸。'于是将'明日重携残酒'一句改为'明日重扶残醉'。伴驾众人皆赞叹不已，言曰：经圣手一改，则意象迥然不同矣，余波绮丽，可谓'回眸一笑百媚生'。太上皇与皇帝欢喜非常，以为得一人才，即日便命太学生俞国宝解褐为官。"

辛弃疾听罢，冷哼道："分明是一浪子醉鬼而已，我未见其才。"随即，又苦笑摇头，歉然对钱隐和歌伎妙妙道，"辛某外任数年，不识京城靡靡之风，尚请两位见谅。妙妙姑娘请随意。"

妙妙起身告罪，随后退坐捻弦，应和钱隐刚刚说到的故事，拣出一首与皇帝和太上皇两宫相关的喜庆之词唱来：

龙驭亲迎玉辇来，江梅枝上雪培堆。东风上苑春光到，更放金莲匝地开。　　腾凤吹，进瑶杯，两宫交劝正欢谐。父慈子孝从今数，准拟开筵一万回。

歌声罢，辛弃疾拱手向歌伎妙妙赞道："妙妙姑娘歌喉婉转，悦耳润心；琴音绕梁，技高艺绝，辛某佩服得紧，在此先行谢过！"又转头向洪迈道，"只是这词……虽可看出此乃应制之作,不过,这媚上之态也太过直白了些吧。"

洪迈哈哈大笑道:"此亦是曾觌大人之作。曾大人可说是当今词坛领袖,现在歌馆酒肆中所唱,十首倒有六七首为曾大人之词。"

辛弃疾不解道:"此是何故?"

洪迈住口不言,看向钱隐。

钱隐会意,赏过歌伎,令其自去,又令侍者撤下"看菜",摆上几样时新菜鲜后,自己也告退招呼其他客人去了。

钱隐走后,洪迈对辛弃疾道:"之所以如此,要在'媚上'二字也。不过,此处之'上',不是'皇上'之'上',乃是'上司'之'上'。"

辛弃疾若有所悟:"难道是为了谄媚曾觌?"

洪迈微微点头。

辛弃疾不解道:"曾觌既非宰执,亦非公卿,不过后庭内侍而已,有职而无权,虽得皇上宠信,亦不至于有此等熏天之威吧?"

洪迈端起酒杯,轻呷一口,道:"辛郎此番回京,朝中有三个人物,当多加留意。"

辛弃疾问:"哪三个?"

洪迈道:"第一个是甘昪;第二个是曾觌,现今已从干办皇城司升任为开府仪同三司加少保了,不久前又加赠醴泉观使,此乃前宰相奉祠才有的殊荣;第三个是王抃,现今已从驿馆主事升任为知閤门事兼枢密都承旨。"

辛弃疾道:"此三人我早有所知。他们与已故知閤门事龙大渊依仗皇帝宠信,疯狂打压排挤主战官员,且朋比为奸,贪污纳贿,曾被众人弹劾,被皇上罢黜。怎么,回朝之后还无所收敛不成?"

洪迈道:"岂非无所收敛,反而变本加厉!此三人如今可谓权势冲天。现今朝中之官,十之八九都出自他们的门下。不但京官如此,外任之官也多出于他们的门下。辛郎在湖北任安抚使时查办的江陵统制官率逢原,即为甘昪的门生。此次回京前,辛郎在知隆兴府兼江西安抚使任上奏劾'过数收纳苗米'的知兴国军黄茂材,以及包庇黄茂材的江西转运副使、权提点刑狱王次张,分别是曾觌和王抃的门生。"

辛弃疾道:"怎会如此?"

洪迈道:"天下承平日久,斗志渐为消弭,选官择将便愈加出于个人喜好。便如刚才钱隐之所讲故事而论,只因喜欢了一首词,便可将其作者选录为官,而无论其是醉鬼亦或浪子。以前朱熹、汪大猷等都曾奏劾甘昪,皇上以'昪乃德寿宫所荐,谓有才耳'而用之不疑,反将朱、汪二人黜职外放。曾觌、王抃都是皇上禅位前尚为普安郡王时的侍从,深得皇上信任。虽然被周必大、龚茂良等朝臣弹劾而罢黜外任,但不久,皇上便以'外台无可信之人;二人皆潜邸旧人,非近习比;且俱有文学,敢谏诤,杜门不出,不预外事,宜退而访问'而招还。前年,皇上召前宰相陈俊卿入对垂拱殿,俊卿进言曰:'将帅当由公选,臣闻诸将多以贿得。曾觌、王抃招权纳贿,进人皆以中批行之。脏吏已经结勘,而内批改正,将何所劝惩?'又奏曰,'去国十年,见都城谷贱人安,唯士大夫风俗大变。'上曰:'何也?'俊卿曰:'向士大夫奔觌、抃之门,十缠一二,尚畏人知,今则公然趋附已七八,不复顾忌矣。人才进退由私门,大非朝廷美事。'上曰:'抃则不敢。觌虽时或有请,朕多抑之,自今不复从矣。'去年,王抃向皇帝建议殿、步二司军多虚籍,请各募三千人。皇上纳其言,命其协同殿前指挥使王友直增募。结果王抃指挥殿司军士满街市抓人充军,致使市人'断指以避',王抃等又乘隙勒索、掠取民财,致使民怨沸腾,号呼满道。皇上知晓后,仅罢王友直殿前指挥使,贬信州居住,却命王抃权殿前司事。"

辛弃疾道:"自古以来,内侍干政乃祸乱之源,当今皇上圣明,难道独不虑此?"

洪迈道:"正因皇帝圣明,才有今日之势。"

辛弃疾惑然道:"此话怎讲?"

洪迈道:"当今圣上为防昔日秦桧结党把持朝政之害重演,一方面频繁更换宰执,以使其不得久居相位而结党营私,另一方面便是委内侍以重权,以使其制衡宰执,故而甘昇、曾觌、王抃等内侍的权力日渐增加,其气焰也日渐嚣张。此外,亦因皇上圣明,用政勤勉,躬揽权纲,大至军政国事,小至州县狱案,每事必躬亲行之,故不虑为近侍所蒙蔽吧。"

辛弃疾陷入深思,少顷,拱手道:"依景庐之言,朝中之官十之八九出自三人门下,那所余一二如何行事?"

洪迈沉吟片刻,出语道:"我再说三人故事,辛郎可做参详。"

辛弃疾注目以待。

洪迈端起一杯酒一饮而尽,辛弃疾拿起酒坛为其斟满。

洪迈拱手相谢,然后道:"第一人,前参知政事龚茂良。此君一向不齿三人所为,龙大渊在世时,龚茂良任右正言,曾数度进言皇上'亲贤臣,远小人'。近年来,高、曾、王三人权势愈重,其抗争愈烈。去年曾觌欲改其子孙辈以武官身份而进文官职阶,被暂代宰相的龚茂良依律坚拒。曾觌愤而难平,在龚茂良入宫奏事时,指使其门生、直省官贾光祖等'当道不避'。龚茂良以贾光祖等有违礼制而拘之,曾觌得皇上'先交人予觌,次论罪'的口谕而至龚府。茂良不许,批旨取贾光祖等人下临安府挞之。皇上手诏龚茂良谓其施行太遽,茂良奏曰:'臣固不足道,所惜者朝廷大体。'遂自请待罪。皇上不允。曾觌之党羽、户部员外郎谢廓然纠集御史台、谏院一伙人,上书弹劾龚茂良矫传敕旨,断遣贾光祖等人。其势汹汹,直至皇上罢茂良参知政事后仍不肯罢休,复论龚茂良四罪:'茂良行宰相事首尾三年,臣僚奏对,有及边防利害,必遭谗骂;陛辞之日,方有所论,凡数百言,此其可诛一也。陛下孝诚笃至,两宫上寿与册立中宫,驾幸二学,皆断自圣心,茂良乃自谓出其建明,诞谩如此,可诛二也。以己所言,驾为天语,掠圣训为己言,可诛三也。其荐察官以妻党林虑为首,拟除后省则用乡人林光朝,可诛四也。'终将茂良贬于宁远军节度副使,英州安置,致使父子二人卒于贬所。"

辛弃疾听罢,唏嘘喟叹,举酒尽饮,重顿酒杯于桌案。

洪迈咂了一口酒,继续道:"第二人,乃前国史馆编修,现任中书舍人周必大。此君亦素来深恶内侍专权，龙大渊在世时，台谏官员弹劾龙大渊、曾觌专权纳贿，而皇上宠信有加。欲进迁二人知阁门事，时任给事中的周必大与金安节二人极力反对，先后两次封还录黄。圣上英明，对子充大加赞赏，曰：'朕知卿举职，但欲破朋党、明纪纲耳。'然而，对龙大渊、曾觌的宠信亦不稍减。旬日，又申前命，子充仍拒而不行，遂请祠去。"

辛弃疾闻此，拍案赞叹："茂良、子充皆铁骨铮铮之人，令人敬佩！"言罢，举起酒杯向洪迈道，"来！我们当为此铁骨铮铮之人浮一大白！"

洪迈则微微摇头，轻叹一声道："圣上虽对曾觌等人宠信不减，但对子充亦爱惜有加。去年诏子充回京，除敷文阁待制、中书舍人兼侍讲。朝中清正之士心中欢喜，冀望以其刚正秉直一扫朝中肮脏尘嚣之气。但以目前之态看来，似乎所望有落空之虞。"

辛弃疾"哦"了一声，放下手中的酒杯。

洪迈继续言道："此次皇上欲加封曾觌充醴泉观使，清正之士均以为子充亦必如以前那般封还录黄，拒旨不遵。不料，子充不但欣然接受，还在替皇帝草诏的加封制中充满阿谀溢美之词，其制曰：'……武泰军节度使、开府仪同三司、充万寿观使、信安郡开国公、食邑三千一百户、食实封一千三百户曾觌，性涵温厚，识蕴通明，辞章焜耀于一时，议论驰驱于千载，事予潜邸，凤馨于勤劳，际我昌期，居多于忠益。处燕闲而自适履，富贵而能谦……'清正之士得知此制乃子充所草，无不摇头为其惋惜。"

辛弃疾道："莫非子充竟也自甘堕落、同流合污不成？"

洪迈摇头道："我与子充曾同为国史馆编修，以我对子充的了解，他是决然不肯与曾觌一伙同流合污的！"

辛弃疾茫然而问："那为何有如此之改变？"

洪迈又咂了口酒，道："或许是岁月侵蚀而磨圆了棱角，或许是年齿渐长而思虑更加周详，亦或许是委曲求全而使圣上身边不致被近侍党徒所充盈。"

辛弃疾闻言,想到了自己亦曾为保全叶衡而为其设想的"知机陶朱"之策,不禁默然点头。忽又想起一事,问道:"景庐兄可知,目下朝廷的会子行用状况如何?"

洪迈笑道:"辛郎大才,皇帝已全然采纳了辛郎《论行用会子疏》之策,现在会子之价日渐高涨,听说许多地方都出现了楮荒之状,各地驻军都上书宰执,希望朝廷增加会子的印发。"

辛弃疾闻言,心下略宽,又问道:"叶公已去国二年,宰相之位一直空悬,可有叶公回京的消息?"

洪迈摇头道:"叶梦锡不大可能回京了,即便回京,也不太可能复为宰相。"

辛弃疾急问:"却是为何?"

洪迈道:"第一,龚茂良去职后,圣上以赵雄(字温叔)为参知政事,赵雄乃前宰相虞允文的门生,继承虞公宿志,力主恢复。依我朝立国以来'异论相搅'的祖训,正副宰相不大可能同选志同道合之人。第二,据传前宰相史浩近来颇得圣眷,日前皇上问执政曰:'久不见史浩,无他否?'不日后又除史浩少保、观文殿大学士、醴泉观使兼侍读,故而朝中有皇帝欲以史浩为相的猜测。"

辛弃疾闻言,圆瞪双目,一时呆坐桌前。

史浩是太上皇旧臣,深得太上皇的器重。在治国政治主张上也与太上皇一脉相承。他主张依长江之险,固守江南,"先为守备,再议战和"。隆兴北伐时史浩为相,史浩主守,张浚主战,两人在朝堂上激烈辩论了五天,终不能移其主守之志,最后赵眘绕过三省和枢密院,直接下令张浚江淮都督府挥师北伐。史浩闻知,愤而辞相。若果如洪迈所言,皇上以史浩为相,则预示着皇上的治国方略有了重大的改变,或许将由以前的"锐意恢复"而变为"持重守成",这对辛弃疾这样的志在驱除轵虏、收复故土之士来说,是何等沉重的打击啊。

洪迈望着震惊、懵懂、呆坐的辛弃疾,心有不忍,遂出语宽慰道:"史浩虽在对金策略上持重主守,但并非媚金求和之辈。其为人为政亦沉稳秉直,尤其爱惜人才,素有'护公道如命脉,惜人才如体肤'之誉,外举不避仇,内举不避亲,不但举荐过族亲史正志、姻亲陆游,也举荐过与他意见相左、反对弹劾过他的王十朋、汪大猷。"

辛弃疾还沉浸在皇上欲以史浩为相而使国策产生重大转变的震惊之中,对洪迈的话语充耳不闻。

沉静了良久,洪迈犹豫再三,还是出语提醒道:"只是有一桩事,辛郎似应留意。"

辛弃疾转过头来,望向洪迈,待其下言。

洪迈道:"史浩素来不喜北来的归正之人。"

辛弃疾疑道:"却是为何?"

洪迈道:"我在任中书舍人时,得观隆兴年间(公元1163—1164年)对如何处置归正人的议论。以张浚为首的主战派主张积极接纳,以汤思退、史浩为首的主和、主守派主张拒纳。张浚进《论绝归正人有六不可疏》曰:'……中原之人以吾有弃绝之意,必尽失其心,一也。人心既变,为寇为仇,内则为虏用,外则为我寇,二也。今日处分既出圣意,将见淮北之人,无复渡淮归我者,人迹既绝,彼之动息,无自而知,间探之类,孰为而遣,三也。中原之人,本吾赤子,今陷于虏三十余年,日夜望归,如子之仰父母,今有脱身而来者,父母拒而弃绝之,不得衣食,天理人情皆所未顺,四也。自往岁用兵,大军奔驰,疾疫死亡,十之四五,陛下既望诸将各使招募,若淮北之人不复再渡,所募之卒何自而充,五也。寻常诸军招江浙一卒之费不下百缗,而其人柔弱,多不堪用,若非取兵淮北,则军旅之势,日以削弱,六也。'"

辛弃疾连连点头,以示赞同。

洪迈举杯喝了一口酒,继续言道:"史浩进《论归正人劄子》曰:'……今陛下外有劲敌,日为奸谋以挠我,日纵流民以困我,沿边守臣由之不知,方且日以招徕为事。自去冬用兵以来,归正之官已满五百,皆高官大爵,动欲添差见阙。归正之民,不知其数,皆竭民膏血,唯恐廪之不至,数年之后,国家之蓄积,竭于此役。东南之士大夫,久不得调,东南之农民,身口之奉,不得自用,安保其不起为盗贼而求衣食之资乎?不于此时有以救之,骎骎不已,布满东南,蚕食既多,国用益乏,已来者不获优恤,必有悔心,方来者待之愈薄,必有怨心,夫剥肤椎髓以奉之,意者望其知恩,而欲其为我用也,若使怨悔之心生,终亦何所济!此为国远虑者,莫不寒心也。'"

辛弃疾听后,深思良久,拱手道:"谢景庐提醒!弃疾所虑者,乃圣上恢复之志难遂,至于弃疾一人之进退,何足道哉。"说罢,与洪迈痛饮一杯。

放下酒杯,辛弃疾又道:"适才景庐言道,有三人故事要讲,第一人是茂良实之,第二人是必大子充,不知这第三人为谁?"

洪迈放下酒杯,郁郁而语出:"这第三人,乃一可敬、可叹之人,亦是辛郎身边之人。"

辛弃疾既惊且惑,急急语出:"哪一位?"

洪迈歉然笑道:"辛郎勿急,此人并非辛郎熟识之人,我之所说辛郎身边之人,乃是指辛郎现下履职的大理寺同僚。此人姓吴,名交如,字亨会。"

辛弃疾似觉此人有些耳熟,急急于脑中搜索一番几天来在大理寺中接触过的同僚,又觉不曾见过。

正在辛弃疾于记忆中苦苦搜寻之际,洪迈道:"此人辛郎当未谋面。"

辛弃疾诧异地望向洪迈。

洪迈解释道:"吴交如原为大理寺卿,辛郎未回京之时,已重病在床。几天前不幸病故。"

辛弃疾恍然,记起在大理寺,有同僚说及此事,旋即又疑惑地望向洪迈,不知他为何说及此人。

洪迈道:"据传吴交如乃绍兴十五年进士,由乌程县尉迁嵊县丞。历刑部郎中,提点两浙东路公事,入为大理评事,至大理少卿,一生清介耿直,重义疏才，疾恶如仇。其为大理寺卿，每每有贵胄权宦、大户富贾携金请托，皆拒而不纳，秉公而断。故而屡遭权臣内侍排挤打压，台谏省部亦少人待见，至成孤家寡人之势。其病故之后，家无余财，以致无棺殓葬……"

辛弃疾听罢，慨然叹道："身为列卿而贫困若此，真廉介之士也。明日我当登门祭拜，略奉薄赍，以安英灵。"有顷，辛弃疾缓缓而语，"谢景庐教我，茂良以宰执之位而纠不正之风，以弃疾目下之势，尚不能也；必大虚怀若谷而包纳兼容，以弃疾刚拙之性，亦难效仿；交如亨会似以远小人而独善其身，终致寂寂而没，弃疾心有不甘啊！"

洪迈沉思道："若说恶小人而远之，疾不正之风而纠之者，还有一人。"

辛弃疾问："何人？"

洪迈道："朱熹元晦。元晦鄙视朝堂小人弄权、众官逐利之风，退而结庐，以正心之论，授学讲道，颇得世人称赏，诸多士人学者、富家子弟乃至达官显贵都竞相追逐其左右，大有不言程、朱，无以称学士之势。若世人果能以正心而求大道，何患朝堂之不净！"

辛弃疾默思良久，摇头道："朱熹智慧卓然，其思之精、研之博、见之深、虑之广，弃疾愧不如也。且正心求道，虽可成万世之功，但毕竟远水难济近火，当下之事，终需有当下之人而为之。"

两人正自计议之间，忽听雅间外传来一阵嘈杂之声。

十七　陈亮上书

辛弃疾、洪迈两人在云水楼坐谈当今朝政世风之时，外间堂座中的一众食客似乎就某个事体产生了分歧，发生了激烈的争论。只听一个洪亮的声音道："昔者春秋之时，君臣父子互相残杀之事频生而不绝，世人均熟视而无睹，安然而处之，独孔子以为三纲既绝，则人道遂为兽性，而发其志于《春秋》之书，以惧乱臣贼子。如今举一世而忘君父之大仇，此岂人道之可安？若朝臣执政尊奉孔子之学，当导陛下以有为，绝不沮陛下以苟安！"

洪亮的声音说罢，同席的食伴不知说了些什么，那洪亮的声音又道："可如今的情势是，朝堂不仅丝毫没有昌明的迹象，反而是日见其疲弊；朝廷不仅无锐意进取以图恢复中原的实际措施，反而是苟安之患日见其深重；国势不仅未有些微的振作，反而是日见颓靡。"

辛弃疾和洪迈二人被外间这大胆、直率、肆无忌惮地针砭时弊的议论所惊愕。此时恰逢钱隐进来，辛弃疾急忙相询议论者何人？钱隐答曰，乃永康布衣陈亮与一班太学生员旧友吃酒闲话。

洪迈闻言，恍然而语："原来是永康陈亮，无怪！无怪！"

辛弃疾问道："景庐兄可与这陈亮相识？"

洪迈摇头道："早知其名，惜未曾谋面。"

辛弃疾道："其人若何？"

洪迈出身于"一门三丞相四学士"的官宦之家，又久居朝堂，生性豁达豪爽，朋友众多，对陈亮其人其事多有耳闻，于是将从众人处听闻的陈亮故事说与辛弃疾："陈亮，原名汝能，字同父，后改名亮，字同甫，号龙川，乃婺州永康人士。据传，其生而目光有芒。自幼家贫，其志向高远，才气超迈，喜谈兵事，论议风生，下笔数千言立就。十八岁时，遍考历代古人用兵成败之迹，著《酌古论》二十篇，为前参知政事、时任婺州郡守的周葵(字立义，号荆溪)所激赏，称其为'他日国士也'，并'请为上客'，授以《中庸》《大学》，曰：'读此可精性命之说。'然陈亮以为，道德性命之学乃空谈心性，无补于实事。乃攻王霸之术，精研史籍，撰著《英豪录》和《中兴遗传》两书，以为中兴复国之鉴。乾道四年(公元 1168 年)，陈亮'首贡于乡，旋入太学'，时年二十四岁。次年，朝廷与金国议和，陈亮以布衣身份上《中兴五论》，遑遑五千余言，力陈议和之弊，劝皇上坚定抗金北伐决心。其言不为朝廷所用，遂回归乡里，潜心史论，聚徒讲学，与东莱吕祖谦、新安朱熹辩道论理，过从甚密。近十年来，其声名日显，学者多有归之。去年(公元 1177 年)陈亮又来临安入太学参加礼部科举，同学与考官均以为以其文章才学必夺魁首无疑，甚至在阅卷完毕后、试卷弥缝未拆之前，考官已经认定监魁试卷，必乃陈亮所为。不想试卷弥缝拆开后，陈亮竟是最后一名。原来他在考卷中借题发挥，宏论时政，针砭时弊，是所有考卷中最不符合程式的一份。陈亮以为考官挟怨报复、故意刁难，考官则说陈亮讪谤朝廷、不合程式，此事在朝廷哄闹达数月之久。后来陈亮退出太学，复归乡里。"洪迈喝了一杯酒，又有些疑惑地道，"时隔不久，不知他今日为何又来京城？"

辛弃疾此前对陈亮虽亦听闻一二，并未上心。今日听洪迈一番介绍，顿生钦慕之心，于是对钱隐说道："劳烦隐之大弟知会陈亮同甫，辛某仰慕得紧，可否移驾小室一叙？"

钱隐应声而去。不一刻，领着一位年约三十五、身高体长、阔面浓眉、目光炯炯的汉子来到雅间。

　　钱隐为双方进行了介绍。陈亮连连拱手,豪爽而语:"陈亮久闻洪学士的才情文章和辛少卿的忠怀大义,今日得见,三生有幸。"

　　洪迈和辛弃疾亦向陈亮表达了钦慕之情。

　　由于三人都是豪爽不拘之人,一见如故,寒暄过后,便推杯换盏,畅叙心曲。谈及此次来京城临安的缘由,陈亮言道:"陈某愚拗,平生之志,乃扬中华之正气,狙夷狄之腥膻,复中原之故土。十年前上《中兴五论》,不见用于朝廷,退归乡里,向学十年,于王霸之术略有心得,入太学,欲进身朝堂以献策于圣上,又为考官所阻。本欲躬耕田亩,一了残生,无奈思及圣上恢复之心未泯,而朝廷自执政以下,多是肉食可鄙之流;禁卫诸军等,尽是海鲜啖饱之辈。靖康之难逾五十年,中原志士望王师而难归,黔首黎民恐与夷狄习而相安,不禁生时不我予之心,故此次入京,于丽正门伏阙上疏,冀望圣上阙廷召见,面陈革弊图强之策。"

　　听闻陈亮之言,洪迈大声唱赞:"同甫壮怀激烈,志坚意刚,百折不挠,可佩可赞!"

　　辛弃疾神情激越,出语相询:"结果如何?"

　　陈亮摇头苦笑道:"疏已上达八日,如石沉大海,杳无音信。"

　　辛弃疾当年上《美芹十论》与陈亮今日的境遇相同,对此时陈亮期待、焦灼、郁闷之心感同身受,欲出语相慰,一时又觉无话可说。

　　洪迈官宦世家出身,久居庙堂,穿梭于高冠博带之间,对朝廷官吏因循拖沓之风和现今朝堂畏战耻战之气司空见惯。为缓解陈亮志不得伸,策不得用之愤,出口问道:"同甫上疏之所言,可否见告一二,以启我等心智?"

　　陈亮爽快而语:"有何不可?"

　　于是向洪、辛二人概要述说了上书的内容。其疏共约五千字,大要主旨有五:

　　一、中原为天地正气之所在,天命之所钟,吴蜀乃偏方之地,以中国之衣冠礼乐而寓之偏方,即便天命人心犹有所系,也绝非久安之计;使中原沦于夷狄,天地之气郁结而不发,中国之礼乐流寓于一隅,乃有史以来所未有之奇耻大辱,故必矢志恢复,以发泄天地之正气。

二、偏安既久,仇耻已渐为国人所淡忘,而金人植根既久,仿效中国,黎民也将怀其德,故若不抓紧时机以决恢复之计,则其事必更加难以措置。

三、金人雄踞于中原,行政施设一以中国为法,其植根既久,益难动摇;而我朝偏安于东南,反上下怠惰,任用非人,政令不施,武事不讲,府库不积,唯幸一朝之安,使五十年仇耻难以一举而尽雪,此皆通和之策所致,故圣上应慨然与金人决绝,以励天下复仇之志。

四、欲竟恢复之功而开社稷数百年之基,必于祖宗旧法有所增损变通,若故步自封,则国势之困竭,人才之凋敝,便不可避免。

五、吴蜀之地本已偏狭,钱塘又为吴之一隅,不宜作为京城,圣上应迁都建业,其地东通吴会,西连巴蜀,南极湖湘,北控关洛,左右伸缩,皆足以进取之机。

陈亮述说完上疏概要后,又道:"陈某上书所言,旨在激励圣上不坠恢复之志,故多以大势而言之,其具体策略,多涉祖宗之法、执政之弊、金人之密,不便泄之于外,必当圣上之面方可细说。"

辛弃疾对陈亮所言的气运和迁都之说不以为然,而对其矢志抗金、变法图强等主张则大为赞赏。

三人侃侃而谈,不觉已至深夜,犹未尽兴,乃相约日后再聚,遂各自散去。

翌日,辛弃疾来到昨天洪迈言谈中提到的已故大理寺少卿吴交如的家中,果然是一派清贫景象。其院狭小,其室逼仄,门墙斑驳,家具陈旧。辛弃疾在吴夫人的陪同下,向吴交如的遗体焚香祭拜一番,并从官俸积蓄和江西平寇、湖北平盗后赵昚给予的赏赐中拿出钱一千贯、绢五十匹赠予吴夫人。随后，又将吴交如家中清贫之状禀奏参知政事赵雄，争得朝廷抚恤钱五百贯、绢五十匹差人交与吴夫人。

同日，陈亮再次到丽正门伏阙上疏。

三日后，陈亮所上的第二疏，由曾觌转到赵昚手中。赵昚展卷细读——

　　臣尝叹，西周之末犬戎之祸，盖天地之大变，国家之深耻，臣子之至痛也。平王东迁以来，使其痛内切于心，必将因臣子之愤，藉晋郑之势，以告哀于天下之诸侯，以大义责其兴师以奖王室，其不至者，天下共诛之，则可以扫荡犬戎，洗国家之耻而舒臣子之愤矣。然后正纪纲，修法度，亲鲁卫以和柔中国，命齐晋为方伯，以纠合天下之诸侯，文武之迹可寻，东周之业可兴也。今乃即安于洛邑，虽周民赖以粗安，宗祀赖以不绝，然使其臣子忘君父之大仇，而置天下之诸侯于度外，周之名号虽存，而其实则眇然一列国耳。当平王在位之时，世之君子尚意其犹有待也。及待之四十九年，而士君子之望亦衰矣。天子之命令不足以制诸侯，则其互相吞灭，盖其势之所必至也。天下不明于复仇之义，则其君臣父子相贼杀，习以为常而不之怪也。

　　孔子伤宗周之无主，痛人道之将绝，而作《春秋》。其书天王之义严矣，书其有所求者，明天王之不可失其柄也。其书讨贼之义严矣，贼不讨不书葬者，明一国之无臣子也。一人讨贼而以众书者，示夫人之皆可得而讨也。天子既不能以保天下之民，而一国各自以有其民。其君之有志于民而闵雨者必书，无志于民而不闵雨者必书，土功必书，饥馑必书。孔子之心，未尝不庶几天下之民一日之获瘳也。是君道之大端，而圣人望天下与来世者，可谓深切著明矣。

　　臣恭唯皇帝陛下厉志复仇，不肯即安于一隅，是有大功于社稷也。而天下之经生学士讲先王之道者，反不足以明陛下之心。陛下笃意恤民，每遇水旱，忧见颜色，是有大德于天下也。而天下之才臣智士趋当世之务者，又不足以明陛下之义。论恢复，则曰：修德待时；论富强，则曰：节用爱人；论治，则曰：正心；论事，则曰：守法。君以从谏务学为美，臣以识心见性为贤。"论安言计，动引圣人"，举一世谓之正论，而经生学士合为一辞，以摩切陛下者也。夫岂知安一隅之地，则不足以承天命；忘君父之仇，则不足以立人道。民穷兵疲而事不可已者，不可以常理论；消息盈虚而与时偕行者，不可以常法拘。持天下之正论，而不足以明天下之大义，宜其取轻于陛下也。论恢复，则曰：精间谍，结豪望；论富强，则曰：广招募，括隐漏；论治，则曰：立志；论事，则曰：从权。君以驾驭笼络为明，臣以奋励驰驱为最。察事见情，自许豪杰，举一世谓之奇论，而才臣智士合为一辞，以撼动陛下者也。夫岂知坐钱塘浮侈之隅以图中原，则非其地；用东南习安之众以行进取，则非其人。财止于府库，则不足以通天下之有无；兵止于尺籍，则不足以兼天下之勇怯。为天下之奇论，而无取于办天下之大计，此所以取疑于陛下者也。

三光五岳之气分，而人才之高者止于如此。经生学士既揆之以大义而取轻，才臣智士又权之以大计而取疑，陛下始不知所仗，而有独运四海之意矣。故左右亲信之臣，又得以窥意向而效忠款，陛下喜其颐指如意，而士大夫亦喜其有言之易达也。是以附会之风浸长，而陛下之大权移矣。寻常无过之人，安然坐庙堂而奉使令，陛下幸其易制无他，而天下之人，亦幸其苟安而无事也。是以迁延之计遂行，而陛下大有为之志乖矣。

陛下励志复仇，有大功于社稷，笃意恤民，有大德于天下。而辛不免笼络小儒，驱委庸人，以迁延大有为之岁月。此臣之所以不胜忠愤，而斋沐裁书，择今者丁巳而献之阙下。愿得望见颜色，陈国家立国之本末，而开大有为之略，论天下形势之消长，而决大有为之机，务合于艺祖皇帝经画天下之本旨。然八日待命，而未有闻焉。"匹夫匹妇，不获自尽，民主罔与成厥功。"使天下之言者，越月踰时而后得报，在安平无事之时犹且不可，今者当陛下大有为之际，陈天下之大义，献天下之大计，而八日不得命焉。臣恐天下之豪杰得以测陛下之意向,而云合响应之势不得而成矣。

陛下积财养兵,志在灭虏,而不免与之通和以俟时,固已不足以动天下之心矣。故既和而聚财,人反以为厉民;既和而练兵,人反以为动众。举足造事,皆足以致人之疑议者,唯其不明大义以示之,而后大计不可得而立也。苟又无意于臣之言,则天下愈不知所向矣。

张浚始终任事,竟无一功可论,而天下之儿童妇女不谋同辞,皆以为社稷之臣。彼其誓不与敌俱生,百败而不折者,诚有以合于天人之心也。秦桧专权二十余年,东南赖以无事,而天下之儿童妇女不谋同辞,皆以为国之贼。彼其忘君父之仇,而置中国于度外者,其违天人之心亦甚矣。陛下将以办天下之大计,而大义未足以震动天下,亦执事者之所当蚤正而预计也。臣区区之心,皆已具之前书,唯陛下财幸。

赵昚读罢,又从几案上堆放的大摞卷宗里找出十天前陈亮上呈的第一疏,慢慢翻阅。翻阅完毕,放下书卷,缓步踱至殿门前,仰首翘望天空,良久,长吁一口气,转回几案后落座,目视曾觌而语出:"纯甫可曾阅读陈亮上书?"

曾觌忙垂首躬身道:"陈亮上疏乃由登闻鼓院签押上闻,微臣不敢私阅。"

赵昚将陈亮的两份上书递与曾觌。

曾觌才思敏捷,博闻强记,有过目不忘之能。他在快速而认真地阅读陈亮上疏的同时,暗暗揣摩着赵昚的心思。他从陈亮上疏的内容和皇上阅读上书后的一系列举动中,似乎体会到这两份上书在皇上心中激起的阵阵波澜;似乎体会到皇上在禅位之初的那份热血沸腾、锐意改革、恢复河山的激情;似乎体会到皇上在隆兴北伐、符离兵败后的耻辱、愤怒与痛苦;似乎体会到皇上在当今太上皇侧目、文臣尚安、武将凋敝下的愤懑、无奈与不甘。电闪火石间,心下已有计较。他恭敬地双手将两份上疏放置在皇上面前的几案上,后退两步,默立一旁,恭候皇上发问。

果然，赵昚见曾觌阅读完毕，出口问道："纯甫以为如何？"

曾觌答道："两疏宏论磅礴，恣意峭拔，纵横古今，捭阖四方，痛哀板荡，指斥犀利。不愧永康名士，果然是名不虚传。虽略有张狂之语，然其忠君之情、忧国之愤，跃然纸间，溢于言表。"

赵昚神情激动而语出："当今朝堂，习安漫惰之风日甚，似此等锐意进取之声、激昂奋呼之人鲜矣！"

曾觌进言道："陛下所言甚是。依微臣之见，陛下可招陈亮于阙下，擢以要职，以昭陛下爱才之德，搅群臣漫惰之风。"

赵昚频频点头，欲开言下旨，复又沉吟默然。有顷，犹豫而语："前日与太上皇游幸西湖，因睹生员俞国宝的《风入松》词，觉其才气可嘉，下旨解褐，已招谏院非议，言朕未经科举测试、吏部遴选、中书册批而直录生员，施恩过滥，行权过宽。若今日再直擢陈亮，恐群臣不服。"

曾觌道："谏院乌鸦聒躁，多是无事生非，搅扰圣听。昔日真宗未经科举破格擢进隐士种放为工部侍郎，被后世传为美谈。陈亮乃浙东名士，其声誉不逊于东莱吕祖谦、新安朱元晦、金溪陆九渊，今陛下正可效真宗用种放故事而擢用之，以收天下士子之心。"

赵昚精神为之一振，以掌击案道："好！"旋即又道，"虽然如此，谏院之议亦不可罔顾。纯甫可代朕传旨，择日令执政、吏部、台谏等一众官员都堂策试陈亮，而后再议进擢。"

曾觌拱手称是，领旨而去。

出了宫门，曾觌立即着人查问陈亮所居之处。得到回报后，匆忙来到陈亮客居的驿所，欲招陈亮于门下。

闲居驿所、等候皇帝召见的陈亮，听闻曾觌来见，便知其意。他不齿曾觌所为，羞于列其门墙之内，于是"逾墙而走"。

曾觌闻后，大怒而归。他传皇帝口谕于执政、吏部、谏院、御史台等官员，两日后在尚书省都堂策试陈亮。并将陈亮两次上疏的内容"择要"透漏给这些官员,尤其是上书中流露出的对执政及一众官员怠惰苟安的怨愤言语,予以重点突出。

他突出传达陈亮在上皇帝第一疏中的内容——

"……三十年之余,虽西北流寓,皆抱孙长息于东南,而君父之大仇,一切不复关念。……"

"……所以成上下之苟安,而为妄庸两售之地。……"

"……凡今日之指画方略者,他日将用之以坐筹也。今日之击球射雕者,他日将用之以决胜也。……"

"……圣断裁制中外,而大臣充位;胥吏坐行条令,而百司逃责,人才日以阘茸。……"

"……公卿将相大抵多江、浙、闽、蜀之人,而人才亦日以凡下。场屋之士以十万数,而文墨小异已足以称雄于其间矣。陛下据钱塘已耗之气,用闽浙日衰之士,而欲鼓东南习安脆弱之众,北向以争中原,臣是以知其难也。……"

他突出传达了陈亮在上皇帝第二疏中的内容——

"……'论安言计,动引圣人',举一世谓之正论,而经生学士合为一辞,以摩切陛下者也。夫岂知安一隅之地,则不足以承天命;忘君父之仇,则不足以立人道。……"

"……察事见情,自许豪杰,举一世谓之奇论,而才臣智士合为一辞,以撼动陛下者也。夫岂知坐钱塘浮侈之隅以图中原,则非其地;用东南习安之众以行进取,则非其人。……"

"……是以附会之风浸长,而陛下之大权移矣。寻常无过之人,安然坐庙堂而奉使令,陛下幸其易制无他,而天下之人,亦幸其苟安而无事也。……"

"……秦桧专权二十余年,东南赖以无事,而天下之儿童妇女不谋同辞,皆以为国之贼。彼其忘君父之仇,而置中国于度外者,其违天人之心亦甚矣。陛下将以办天下之大计,而大义未足以震动天下,亦执事者之所当蚤正而预计也。……"

官员们听到这些愤世嫉俗言语,心中不禁生出了轻慢与怨怼之情,尤其那些出生于东南两浙的官员,对其更是心生切齿之恨。

两天后,陈亮一踏入都堂,便感觉到森森的冷气和一道道蔑视的目光。他心中了然,必是曾觌将自己两次上疏的内容有选择地透露给了这些考试官员。即便是自己将所有思虑和盘托出,也难获得这些满怀蔑视、敌视、仇视他的考官们的认可。于是,在策对中,他仅就复仇雪耻、立规治国、选用人才三个方面概要阐述了自己的主张。

策试后,各部考官大多表示出对陈亮之言的不屑,复奏其审察意见时,仅有一句"秀才说话耳"的评语。只有寥寥几人言其"语意切直,忠心可表"。辛弃疾上疏大赞其"五十年之余,虽天下之气销铄颓惰,不复知仇耻之当念,正在主上与二三大臣振作其气,以泄其愤,使人人如报私仇。""今不变其势而求恢复,虽一旦得精兵数十万,得财数万万计,而恢复之期愈远。""今天下之士烂熟萎靡,诚可厌恶,正在主上与二三大臣反其道以教之,作其气以养之……"等语,力荐之。

陈亮在都堂策问后,又苦等了十天,仍无任何消息,遂再至阙下,三上其疏。其疏凡两千余言,疏中概括了都堂策试时所对的三项内容,同时再次表明心迹,希望得到皇上的召见,最后称自己将再待命三日,若无召见,便将归去而"誓将终老田亩"。

陈亮在驿馆又焦急地等待了三天,还是没有等到皇上的召见,却得到了群臣计议欲授其一闲散秩名的消息。陈亮痛彻而笑曰:"岂有欲开社稷数百年之基,乃用以博一官乎!"遂拂袖东归。行前未与他引以为知己的辛弃疾告别,满怀失望、痛苦、激愤之心决绝地离开了京城。

回到乡里的陈亮仍然陷于志不得酬、策不得用、宰执无能、恢复无期的痛苦之中。一日,在与友人借酒浇愁的宴席上,酒醉"作君臣问答礼,剧谈无所禁忌",被仇家告发,送诏狱。刑部以"言涉犯上"之罪,拟以重判。案卷送至大理寺,辛弃疾判"秀才醉中语,实无他也",报送皇帝。赵眘语曰:"亮每上书甚忠,况是醉中语,置之可也。"遂释之。

陈亮走后,辛弃疾失去了一个同言恢复、共话时艰的好友。赵眘则依洪迈的猜测,复史浩为右丞相。史浩复相,甚得太上皇欢心。赵眘与史浩入德寿宫问安,太上皇执浩手曰:"不见丞相久矣!"喜赐玉带、金合、紫尼罗等及御书四幅。赵眘亦喜曰:"自叶衡罢,虚席以待卿久矣。"史浩奏答:"蒙恩再相,唯尽公道,庶无朋党之弊。"

史浩复相后,践其言,无视高昇、曾觌、王抃等的阻挠,三请朱熹,重用杨简、陆九渊、叶适等十五位江浙名士,"士林为之一振"。

史浩复相不久,一桩有关"北人"刘蕴古的案子,轰动了京城,更增加了人们对史浩的推崇和敬佩。

刘蕴古,本金国河北人士,早年往来寿春(今淮南市),贩卖首饰。在行商期间,常与宋国民众官吏纵谈金国虚实,指斥金国君臣暴戾残虐,每每横论宋金战事,言说大宋必胜、金国必亡。朝中人闻其事,荐于朝廷。赵构遣使勘察,绍兴三十一年(公元 1161 年)九月,召对朝堂,刘蕴古自道家世,说他的两个弟弟都在金国为官,他"两荐礼部而未第,因谋南归,以成功名,苟见用,取中原,灭大金,直易事耳"。赵构大喜,授迪功郎、浙西帅司准备差遣,后又擢为鄂州通判。隆兴元年(公元 1163 年)三月,濠梁府(今安徽凤阳)奏请,欲招募万余归正人屯田练兵, 以充军备。刘蕴古闻而有请:"愿得自将以与虏角,勿使徒老末粗间。"当时左揆陈文正、参预张忠定、同知辛次膺等均对刘蕴古深信不疑,赞同让刘蕴古去统兵戍边,唯独右丞相史浩坚决反对,说:"刘蕴古很有可能是金国派来的奸细,他在内地时,因我们防守严密,不能有所作为,如果让其执掌兵权、统帅这一万多人戍边,他必然反叛。"时人或疑其多虑。于是,召刘蕴古都堂答对。史浩直面而问:"昔樊哙欲以十万众,横行匈奴中,议者犹以为其大言可斩,今刘通判仅得万余乌合之众,能有何为?"刘蕴古闻言大骇失色,急语:"我意无他。此万人家属尚在南方,都不从军,即便我有不轨之心,他们也定不肯为我所用。我只是欲报效朝廷,或许可以乘金国不备,择机而击之。"史浩道:"通判之言是矣。此万人家眷固然留在南方,独不知通判家眷今何在?"因刘蕴古家在北地,自知失言,惶然而不能答对。于是,在史浩的坚持下,终未使其将兵,而是任其为太平州(在今安徽境内)通判。据传,太平州内有一座伍员祠,香火繁盛。有富民捐赀以为匾额,金碧甚侈。刘蕴古一到任便去祠中参拜,并称与其祠素有灵愿,乃捐其俸禄,命人重制匾额,而刻其官位姓名于旁。众人不解,以为新匾简陋丑怪,不及旧匾多矣,以新易旧,不知其"意果何在"?有右武大夫魏仲昌者,独曰:"是不难晓。蕴古乃归正之人,侥幸得朝廷官爵,实则真细作也。夫谍之入境,不止一人,蕴古刻其名于匾,乃示其踪迹于他谍耳。"果然,不久前,刘蕴古私自遣其仆人骆昂北归,有人告其通敌,及搜骆昂所携家书,皆刺探朝廷机密之事。于是,诛刘蕴古于市。

刘蕴古被诛后,街谈巷议无不大赞丞相史浩智略超卓、慧眼如炬。朝堂群议中流出"北人不可靠"之语。

秋七月,辛弃疾接到吏部调令,出为湖北转运副使。

临行之际,洪迈与钱隐不约而同地来到辛弃疾客居的竹苑,与辛弃疾作别。

一番寒暄闲话后,钱隐从怀中取出一轴图卷和几张文契说道:"辛兄自绍兴三十二年(公元1162年)南归,至今已十有六年。十六年间,辛兄督帅四方,为国效力。皖、浙、赣、荆、鄂、湘诸地辗转而无定所,隐之知兄怀有'匈奴未灭,何以家为'之大志,但观现今之形势,'驱除鞑虏,还我河山'之日,似非屈指可待。恕弟直言,如今辛兄已是鬓现白发,膝下儿女成行,竹苑虽雅,终是寄居之所,非长久之计。辛兄此次再帅湖北,愚弟无以为贺。数年前,一友人与人争讼,因赖愚弟从中斡旋而以得善罢,坚以信州上饶城外一处宅地相酬,弟虽百般推拒,无奈盛情难却。但弟为俗务所羁,无暇兼顾,一直荒置至今。今欲转送于辛兄以为薄礼,望辛兄勿以寒微推拒。"说罢,展开卷轴,指图而语道,"此处田宅,距信州治所上饶城仅里许之地,信州与当今行在也就五六百里之遥,可谓畿辅之地。东有溪山江,乘舟顺流而下,经兰溪水、浙江而直达临安;向西则是一马平川的鱼米之乡鄱阳湖平原。车马舟楫往来甚便,既清静闲憩,又不失之偏僻荒陋,实是避暑消湿之佳地。此块宅地,东、南、西三面均与上饶城相接,北面有一带状湖泊,名为澄湖。不过此块地界地势零乱,高低参差,不宜稼穑,稍显平整者不足半亩之地,故一向无人问津,素来荒芜。我的那位朋友家境殷实,喜其倚城面湖,拟辟为别墅,以消夏暑。赠我之时,已经规划完毕,此即为规划蓝图,少数工程已经建成,但大部分尚未破土动工。"

辛弃疾与洪迈注目蓝图,见其画工精湛,工笔细腻,山水林木纤然而现,视者如临其境,似闻鸟鸣。其园林设计别致,布局精巧;屋室亭堂错落有致,廊榭阁桥顾盼相衬;竹林绿翠,海棠嫣红;农田渠水淡然其间,别生趣味;直使人有目不暇接之感。

辛弃疾看罢,摇头叹道:"溪水因山成曲折,山路随地作低平,真是独具匠心的营造设计啊。不过,对辛某来说,太过奢靡了,辛某消受不起啊。"

钱隐说道:"看图中山水亭台,楼榭田舍,繁复雅致,似乎阔大豪奢,此乃设计之巧、画工之妙耳。其实占地并不十分广阔。此地界长一千二百三十尺,今以五尺为一步,其长不过二百四十六步;宽八百三十尺,约为一百六十六步。那块农田也仅有十步之距,只是其设计巧妙,山水田渠处置得当,使人眼界开阔、畅心舒意耳。"

洪迈兴奋道:"绝妙的设计,绝妙的贺礼。'王翦置宅,萧何抢地。'钱楼主此礼别有深意,辛郎切勿辜负了钱楼主的一番苦心。辛郎且请为宅题名,我要作《记》以贺！他日我等若去消湿避暑、踏雪寻梅,辛郎且勿以我等为生客而拒之门外哟。"

洪、钱二人相视而大笑。

辛弃疾默默思索良久,向钱隐拱手而语:"隐之大弟苦心馈赠,辛某无以为报,暂且愧领了！"转身面对蓝图,沉吟片刻,指着图中所画的山坡上的主室说道,"人生在勤,当以力田为先。我意以'稼'字为此轩名。"

洪迈拊掌而语:"稼轩、稼轩,妙！我尝闻辛郎有语:'北方之人,养生之具不求于人,是以无甚富甚贫之家;南方多末作以病农,而兼并之患兴,贫富斯不侔矣。'以'稼'为轩名,既有劝耕力田之意,亦有不慕富贵之心。好名！好名！"

钱隐肃然点头。

辛弃疾又指着蓝图中田园旁的一座小亭,对洪迈道:"我甚喜园中之田,以'植杖'名此田边之亭,景庐以为如何？"

洪迈视图捋髯喃喃而语:"'怀良辰以孤往,或植杖而耘籽。'辛郎当此公卿富贵之时,而怀《归去来兮》之意,难得！难得！"说罢,兴奋地向辛弃疾大声言道,"辛郎,请借墨宝一用,我来为你的新居'稼轩'作《记》。"

于是三人移步书房,洪迈端坐书案前,展纸挥毫,洋洋洒洒而成《稼轩记》一篇:

国家行在武林,广信最密迩畿辅。东舟西车,蜂午错出,势处便近,士大夫乐寄焉。环城中外,买宅且百数。基局不能宽,亦曰避燥湿寒暑而已耳。郡治之北可里所,故有旷土存,三面傅城,前枕澄湖如宝带,其从千有二百三十尺,其衡八百有三十尺,截然砥平,可庐以居,而前乎相攸者皆莫识其处。天作地藏,择然后予。济南辛侯幼安最后至,一旦独得之,既筑室百楹,才占地什四。乃荒左偏以立圃,稻田泱泱,居然衍十弓。意他日释位得归,必躬耕于是,故凭高作屋下临之,是为"稼轩"。田边立亭曰"植杖",

若将真秉耒耨之为者。东冈西阜,北墅南麓,以青径款竹扉,锦路行海棠。集山有楼,婆娑有室,信步有亭,涤砚有渚。皆约略位置,规岁月绪成之,而主人初未之识也。绘图畀予曰:"吾甚爱吾轩,为吾记。"

余谓侯本以中州隽人,抱忠仗义,章显闻于南邦。齐虏巧负国,赤手领五十骑缚取于五万众中,如挟蒐兔,束马衔枚,间关西奏淮,至通昼夜不粒食。壮声英概,懦士为之兴起!圣天子一见三叹息,用是简深知,入登九卿,出节使二道,四立连率幕府。顷赖氏祸作,自潭薄于江西,两地震惊,谈笑扫空之。使遭事会之来,挈中原还职方氏,彼周公瑾、谢安石事业,侯固饶为之。此志未偿,因自诡放浪林泉,从老农学稼,无亦大不可欤?

若予者,侭侭一世间,不能为人轩轾,乃当急须被襏,醉眠牛背,与菱童牧孺肩相摩,幸未鬓老时及见侯展大功名,锦衣来归,竟厦屋潭潭之乐,将荷笠棹舟,风乎玉溪之上,因园隶内谒曰"是尝有力于稼轩者",侯当辍食迎门,曲席而坐,握手一笑,拂壁间石细读之,庶不为生客。

写罢,洪迈扬扬自得地对辛弃疾、钱隐二人道:"辛郎再帅湖北,钱楼主无以为贺,以'稼轩'赠辛郎。洪某亦无以为贺,以《稼轩记》为赠,或可与钱楼主赠宅有异曲同工之效。"

钱隐细细品读《稼轩记》,点头赞叹不已:"好记!好记!洪大人此记,意有五属:其一,记辛兄置宅,安身于江南,勠力于朝廷;其二,记辛兄英才虎胆,决策南向,忠心于朝廷;其三,记辛兄夙兴夜寐,志在恢复,尽心于朝廷;其四,记辛兄江西荡寇,牧守四方,有功于朝廷;其五,记辛兄旷达超脱,不慕功名利禄,无取于朝廷。只是洪大人自谦太甚,令我等无地自容啊!"

辛弃疾向洪迈和钱隐二人拱手道:"谬赞谬赞,辛某愧不敢当!"又向洪迈笑道,"三国时,许汜见大名士陈登,不问救世之策而问求田买地之事,遭刘备耻笑。景庐亦当今之大名士也,不教弃疾救世之策,而津津乐道于求田买地之事,不怕被世人耻笑乎?"

洪迈摇头笑道："晋人张瀚（字季鹰）见西风起，因而想念家中的美味鲈鱼脍而弃官回乡。洪某不怕世人耻笑我赞辛郎求田买地，而怕辛郎得此'稼轩'后，与张季鹰一般因贪恋'稼轩'的良辰美景而归乡'植杖'啊！"

辛弃疾摇头苦笑道："辛某虽欲效季鹰而不可得矣。季鹰见西风而归乡，辛某漂泊江南十余载，不知归期何在啊！"

三人又闲话一番，洪迈、钱隐二人便起身告辞。

辛弃疾恭送二人至竹苑门外，拱手道别。

回到书房时，范若水、范若湖、辛勤、辛茂嘉等人正立于书案旁观读钱隐带来的宅地蓝图和洪迈写的《稼轩记》。范若水凄然叹道："可怜的辛郎，竟也到了买田置地的境地！辛郎决策南向至今，倏然间已十有六年，而辛郎的北归梦却仍然是遥遥无期。十六年啊！人生能有几个十六年！晋朝大将桓温北伐，途经金城，见当年手植的柳树已长成十围之粗，不禁发出'树犹如此，人何以堪'的慨叹。唉！这宅地再广再美，也容不下辛郎的一颗心啊！"

辛弃疾闻言，心中沸腾了，眼眶湿润了。他重重地叹了一口气，吟出了一首《水龙吟》：

楚天千里清秋，水随天去秋无际。遥岑远目，献愁供恨，玉簪螺髻。落日楼头，断鸿声里，江南游子。把吴钩看了，栏杆拍遍，无人会，登临意。休说鲈鱼堪脍，尽西风、季鹰归未？求田问舍，怕应羞见，刘郎才气。可惜流年，忧愁风雨，树犹如此！倩何人唤取，红巾翠袖，揾英雄泪？

十八　为官两湖

辛弃疾自隆兴知府转为大理寺少卿不足半年,又被调任湖北转运副使。他仍留范若水、范若湖居竹苑,嘱辛茂嘉代为筹建云水楼主人钱隐相赠的上饶"带湖"新居,与三哥辛勤、辛祐之乘舟溯江而上,赴任湖北。

舟次扬州,遇友人杨炎正(字济翁)、周显先。三人临岸小酌,畅论古今。

他们望着江面棹棹帆影,义愤填膺地追忆十七年前金兵挥师南侵,塞尘蔽日,投鞭断流的嚣张气焰;满怀豪情地追忆虞公彬甫以中书舍人之职,临江督战,鼓十万军民士气,楼船艨艟列舰江左的赫赫军威;兴高采烈地追忆采石矶一战,杀得不可一世的金兵弃甲丢盔、江水尽赤,佛狸兀术,兵败遭戮的辉煌战绩。

他们相顾鬓间白发,不无感伤地回忆当年正值年少的掌书记,怀季子苏秦之才,匹马貂裘,决策南向时的飒爽英姿。

他们慨叹岁月如梭、倥偬而逝、有心报国、无路请缨而放声高吟张孝祥《六州歌头·长淮望断》的词句:"时易失,心徒壮,岁将零。"

他们笑谈三国时丹阳太守李衡种橘千株,临终时谓其子曰:我家有"千头木奴",足够你岁岁衣食;击节而歌杜甫《梦李白》的诗句"出门搔白首,若负平生志。冠盖满京华,斯人独憔悴。"心生退隐之情。

他们谈及朝中形势,议论史浩复相而预示出的国策转变,怅叹汉武帝末年悔征伐之事，乃封丞相为富民侯；大将李广空怀一身本领，不得征讨匈奴而只能南山射虎。

他们举杯尽饮，酒酣而歌。大醉而归之际，杨济翁赋词《水调歌头》一阕：

　　寒眼乱空阔，客意不胜秋。强呼斗酒发兴，特上最高楼。舒卷江山图画，应答龙鱼悲啸，不暇顾诗愁。风露巧欺客，分冷入衣裘。　　忽醒然，成感慨，望神州。可怜报国无路，空白一分头。都把平生意气，只做如今憔悴，岁晚若为谋。此意仗江月，分付与沙鸥。

辛弃疾放声而呼："好词！好词！我来和君一阕。"于是和词一首——

　　落日塞尘起，胡骑猎清秋。汉家组练十万，列舰耸层楼。谁道投鞭飞渡，忆昔鸣髇血污，风雨佛狸愁。季子正年少，匹马黑貂裘。　　今老矣，搔白首，过扬州。倦游欲去江上，手种橘千头。二客东南名胜，万卷诗书事业，尝试与君谋。莫射南山虎，直觅富民侯。

醉别杨、周二人，辛弃疾登舟起航，一路鼓帆西行而至湖北。

尽管他在和杨济翁的《水调歌头》词中，愤懑而无奈地劝告杨、周二人，同时也告诫自己"莫射南山虎，直觅富民侯"，但是，当他踏上荆楚这片紧邻北伐前哨的土地时，心头不免一次次浮现出"落日塞尘起，胡骑猎清秋"的猎狂景象，胸中不禁一阵阵激荡起"汉家组练十万，列舰耸层楼"的壮怀豪情。尽管他在词中自吟"今老矣，搔白首"，但在他的眼前依然不断地萦回着"季子正年少，匹马黑貂裘"的激情身影。他无法说服自己"倦游欲去江上，手种橘千头"，还是以刚拙秉直的行事，认认真真地履行着主管一路财政的转运副使之职，做起了真真正正的"富民侯""富军侯"。

然而，不知是哪些事触怒了哪些人，抑或是哪些人始终不肯释怀于他这个人。在他到任湖北转运副使不到半年的时间,于淳熙六年(公元 1179 年)春三月,又接到了朝廷"改湖南转运副使"的调令。

即将告别湖北这一抗金北伐的重地了,同僚王正己(字正之)在鄂州转运使官署内的小山亭为辛弃疾置酒钱行。席间,辛弃疾赋词《摸鱼儿》一阕。在词中,他摧刚为柔,将满腔悲愤寄托于"香草美人",于缠绵哀怨、沉郁顿挫中抒发其忧国怀乡之情和忧谗畏讥之感:

更能消、几番风雨。匆匆春又归去。惜春长怕花开早,何况落红无数。春且住,见说道、天涯芳草迷归路。怨春不语。算只有殷勤,画檐蛛网,尽日惹飞絮。　　长门事,准拟佳期又误。蛾眉曾有人妒。千金纵买相如赋,脉脉此情谁诉。君莫舞,君不见玉环飞燕皆尘土!闲愁最苦。休去倚危楼,斜阳正在,烟柳断肠处。

"季子年少"的赤诚心怀,"匹马貂裘"的忠勇奔波,"漫游江河湖海"的壮志激情,寻觅"秦淮宝镜"的呕心沥血,边极滁州的"搏击风云",一次次的奋发,一次次地被消磨;采石矶大捷的辉煌,隆兴北伐的悲壮,风雨飘摇的半壁江山,沉沉靡靡的临安朝堂,一场场奋进的挽歌,一幅幅焦心的画面。身事!国事!千般愁苦,万般无奈,郁结于胸;十七年的期盼、痛苦、愤懑、惋伤,再难压抑,于此喷薄而出,发出心悸魂伤的悲吟:"更能消、几番风雨。匆匆春又归去!"

他断喝,春且住!他苦劝,停下你离开的脚步吧,难道你看不见芳草芊芊遍天涯?他如一只孱弱的蜘蛛,挣扎着,奋力地结起一小张脆弱的蛛网,想网住那悄然而去的"春天"。然而,那"春天"还是默默而去,徒然惹来满身"飞絮"。他"怨春不语"!他叹"美人迟暮"!他恨"蛾眉曾有人妒"!他苦"脉脉此情谁诉"!他昂首天际,向那些善妒的"飞絮"发出愤怒的号吼:"君莫舞,君不见玉环飞燕皆尘土!"但他最念念牵挂的,还是那离去的"春天",他登上高楼,恋恋不舍地远望着她离去的脚步。他只能无奈地喃喃自语,莫惹闲愁,休倚危楼,"春天"已去那"烟柳断肠处"!

这是一首怀春惜春,悲春留春之词;这是一首爱怨交织,情炽意笃之词;这是一首凄伤哀婉、咽泪忍泣之词;这是一首悲情伤怀、痛彻心扉之词;这是一首感人肺腑、催人泪下之词;这是一首心不忍深思,意难于尽表之词;这也是一首险些给辛弃疾惹来大祸之词。

据传,这首词被"有心者"抄录送至皇上手中。赵昚"览此词,颇不悦"。"有心者"还有意无意间谈及史上有"种豆"与"种桃"者,因在诗文中怨怼皇上、讥讽朝政,悖逆君臣之礼而遭刑戮、黜职的先例。其"种豆"者,乃西汉中郎将杨恽(字子幼)。他在《报孙会中书》中对仕途失意满腹牢骚,讽刺汉宣帝沉迷酒色、荒淫无度,并借南山之歌"田彼南山,芜秽不治。种一顷豆,落而为萁",讽刺皇上把国家整得乱七八糟而被处以腰斩之刑。其"种桃"者,乃唐朝监察御史刘禹锡(字梦得)。因其参与"永贞革新",被贬为远州刺史,随即加贬为远州司马。十年后回到京城,写有《元和十一年,自朗州召至京,戏赠看花诸君子》一诗:"紫陌红尘拂面来,无人不道看花回。玄都观里桃千树,尽是刘郎去后栽。"借玄都观新栽桃树讥刺唐德宗宠信朝中新贵,再次被贬黜为播州刺史。幸赖赵昚英明,未受"有心者"蛊惑,坚守"不杀读书人"的祖训,才使辛弃疾免去了一场杀身之祸。

辛弃疾到任湖南转运副使不久,因平寇问题与时任湖南安抚使的王佐(字宣子)发生了矛盾。事情的起因是淳熙六年(公元1179年)年初,在湖南南部与广东相邻的郴州宜章地区的瑶族居民,因反对官府的"和籴"制度,在瑶民陈峒的带领下揭竿而起,"旬日内众至数千"。他们在官军主力部队猝不及防、远在荆湖交界之地而未能及时前来镇压之际,一路向西,连破湖南桂阳军之蓝山、临武,道州之永明、江华;又转而向南,入广东,破连州之阳山;再向东进袭广东韶州。遇广东经略安抚使周自强指挥的摧锋军的强力阻击,损失惨重,败退湖南。与此同时,湖南安抚使王佐得赵昚御旨,统帅三千官军及各地"乡丁""土豪"等民间武装共计两万余人,对残余的起义军进行围剿,至四五月间,已将仅剩百余人的起义军逼退至宜章深山之中。

辛弃疾认为,盗寇陈峒仅剩百余人藏匿深山,已不足为患。应该以招降为上策;若招降不成,亦应以官军为主,留少量部队把守出山隘口,或困或剿,择机而行;而大量的"乡丁""土豪"等民间武装应遣散回乡、耕作务农。因为陈峒盗起于年初一月,从二、三月开始,便纠集乡民与官兵一起围剿盗寇,已经耽误了春粮的播种,而此时正值准备夏粮收获、秋粮播种的农忙时节,若不及早遣散乡民回乡务农,不仅会严重影响本年的农业生产,而且可能会使明年的农民生活衣食无着。

王佐则认为此时正值陈峒大败,士颓气馁之时,应一鼓作气,乘胜追击,以免盗寇死灰复燃;并认为溪峒蛮夷动辄生事,此时官军已稳操胜券,不必使用招降之计,而应从速、从快,尽数斩杀,以儆效尤。遂不听辛弃疾劝告,指挥各路大军进入深山清剿。经过一个多月的拉网式围剿,终于将起义军尽数剿灭,陈峒等亦尽皆斩杀。

赵昚闻讯大喜,除王佐显谟阁待制。拜户部侍郎,知临安府。

辛弃疾在王佐升官回京之际,写贺词《满江红》一首:

> 笳鼓归来,举鞭问、何如诸葛。人道是、匆匆五月,渡泸深入。白羽风生貔虎噪,青溪路断猩鼯泣。早红尘、一骑落平冈,捷书急。　三万卷,龙韬客。浑未得,文章力。把诗书马上,笑驱锋镝。金印明年如斗大,貂蝉却自兜鍪出。待刻公、勋业到云霄,浯溪石。

词中对王佐的骄态、嗜杀与自得极尽讽刺。王佐闻之,颇为不悦,心生怨怼,到京后谓执政曰:"佐本书生,历官处自有本末,未尝得罪于清议,今乃蒙置士大夫所不可为之地,而与数君子接踵而进,除目一传,天下仕人视佐为何等类,终身之累,孰大于此。"

王佐晋职后,赵昚下诏,辛弃疾"改知潭州,兼湖南安抚使"。

辛弃疾上任后,又发生了几起小规模的聚众抗捐事件,因处置得当,很快便得以平息。

辛弃疾深入瑶民聚集地区访察,深切地体会到历任官府、隶役将少数民族视为"化外之民",而对其加以蔑视、歧视与欺压,造成了少数民族的居民与汉人间的极大心理隔阂,他们内心也将自己自视为"土人""野人",稍有不合,便以棍梃相恃,不但动辄以武力抗对官府皂吏的欺压勒索,还常常将正当的税赋征收视为对他们的歧视盘剥而聚众相抗。

辛弃疾认为要消弭湘南频发的盗寇起事之源,除积极采取有力的军事行动外,更重要的是一方面要加强整治管理,消除对少数民族的歧视心理与政策,另一方面,要加强对少数民族的"开化"教育,使其理解、认同国家的管理政策以及与汉民同等的"化民"身份。于是,辛弃疾上疏皇上,奏请在郴州宜章、桂阳军临武县设立官学,通过给瑶侗等少数民族子弟与汉人同等的"晋身之阶",在政策和心理上消除汉人与少数民族间的歧视差别。此举得赵昚首肯,并快速得以施行。

与此同时,辛弃疾严加吏治整顿。他查知新任桂阳军的知军赵善珏有贪腐行为,立即奏劾其"昏浊庸鄙,巢占军伍,散失军器,百姓租赋科折银两赢余入已"。赵昚下旨赵善珏特降一官,放罢。

辛弃疾在经历了江西、湖北、湖南三次大规模的平盗之后,深切地体察到此起彼伏、屡禁不止的聚众为盗事件,其根源在于苛捐杂税、吏治腐败使平民百姓无法生存,遂有官逼民反、扯旗造反之举。他一方面认真考察农户们的生产、生活、纳税状况,一方面上疏朝廷建议遍谕地方官吏,禁绝横征暴敛、贪求无度之举。不过,他想吸取"娥眉曾有人妒"的教训,不犯或少犯众怒,于是只在上疏中模糊而语:"官吏贪求,民去为盗,乞先申饬,续具按奏。"

赵昚看后,大为不悦,认为他作为"牧守",有推卸职责之意,遂御笔付辛弃疾：

卿所言在已病之后，而不能防于未然之前，其原盖有三焉：官吏贪求而帅臣监司不能按察，一也。方盗贼窃发，其初甚微，而帅臣监司漫不知之，坐待猖獗，二也。当无事时，武备不修，务为因循；将兵不练，例皆占破，才闻啸聚而帅臣监司仓黄失措，三也。夫国家张官署吏当如是乎？且官吏贪求，自有常宪，无贤不肖皆共知之，亦岂待喋喋申谕之耶？今已除卿湖南，宜体此意，行其所知，无惮豪强之吏，当具以闻。朕言不再，第有诛赏而已。

赵昚的批旨认为，盗寇频发的根本原因还是在于地方主官督察不力、军队反应速度过慢，以及军队战力不强所致，一句话，就是镇压得不够快、不够狠。且认为贪官污吏问题国家早有法律规定，人尽皆知，没有必要再下旨重申。并申斥辛弃疾，你只管尽心管好湖南的事就行了。不过，批旨中也反映出赵昚对辛弃疾还是给予了极大的信任。辛弃疾极不赞同赵昚的主张，在得赵昚御书后，难耐其刚拙之性，依其实地考察之情形，他再一次奋笔疾书《淳熙己亥论盗贼札子》，痛陈民生之艰、时政之弊、吏治之贪才是盗寇频发的根本原因：

臣窃唯方今朝廷清明，法令备具，虽四方万里之远，涵泳德泽如在畿甸，宜乎盗贼不作，兵寝刑措，少副陛下厉精求治之意；而比年以来，李金之变，赖文政之变，姚明敖之变，陈峒之变，及今李接、陈子明之变，皆能攘臂一呼，聚众千百，杀掠吏民，死且不顾，重烦大兵翦灭而后已，是岂理所当然者哉？臣窃伏思念，以为实臣等辈分阃持节、居官亡状，不能奉行三尺，斥去贪浊，宣布德意，牧养小民，孤负陛下使令之所致。责之臣辈，不敢逃罪。

臣闻唐太宗与群臣论盗，或请重法以禁，太宗哂之曰："民之所以为盗者，由赋繁役重，官吏贪求，饥寒切身，故不暇顾廉耻尔。当轻徭薄赋，选用廉吏，使民衣食有余，则自不为盗，安用重法耶。"大哉斯言。其后海内升平，路不拾遗，外户不闭，卒致贞观之治。以是言之，罪在臣辈，将何所逃。

臣姑以湖南一路言之。自臣到任之初，见百姓遮道，自言嗷嗷困苦之状，臣以谓斯民无所诉，不去为盗，将安之乎。臣一一按奏，所谓"诛之则不可胜诛"。臣试为陛下言其略：

陛下不许多取百姓斗面米，今有一岁所取反数倍于前者；陛下不许将百姓租米折纳见钱，今有一石折纳至三倍者，并耗言之，横敛可知。陛下不许科罚人户钱贯，今则有旬日之间追二三千户而科罚者；又有已纳足租税而复科纳者，有已纳足、复纳足、又诬以违限而科罚者，有违法科卖醋钱、写状纸、由子、户帖之属，其钱不可胜计者。军兴之际，又有非军行处所，公然分上中下户而科钱、每都保至数百千；有以贱价抑买、贵价抑卖百姓之物，使之破荡家业、自缢而死者，有二三月间便催夏税钱者。其他暴征苛敛，不可胜数。

然此特官府聚敛之弊尔。流弊之极，又有甚者。

州以趣办财赋为急，县有残民害物之政而州不敢问；县以并缘科敛为急，吏有残民害物之状而县不敢问；吏以取乞货赂为急，豪民大姓有残民害物之罪而吏不敢问。故田野之民，郡以聚敛害之，县以科率害之，吏以取乞害之，豪民大姓以兼并害之，而又盗贼以剽杀攘夺害之，臣以谓"不去为盗，将安之乎"，正谓是耳。

且近年以来，年谷屡丰，粒米狼戾，而盗贼不禁乃如此，一有水旱乘之，臣知其弊有不可胜言者。

民者国之根本，而贪浊之吏迫使为盗，今年剿除，明年扫荡，譬之木焉，日刻月削，不损则折。臣不胜忧国之心，实有私忧过计者，欲望陛下深思致盗之由，讲求弭盗之术，无恃其有平盗之兵也。

臣孤危一身久矣,荷陛下保全,事有可为,杀身不顾。况陛下付臣以按察之权,责臣以澄清之任,封部之内,吏有贪浊,职所当问,其敢瘝旷以负恩遇!自今贪浊之吏,臣当不畏强御,次第按奏,以俟明宪,庶几荒遐远徼,民得更生,盗贼衰息,以助成朝廷胜残去杀之治。但臣生平则刚拙自信,年来不为众人所容,顾恐言未脱口而祸不旋踵,使他日任陛下远方耳目之寄者,指臣为戒,不敢按吏,以养成盗贼之祸,为可虑耳。

伏望朝廷先以臣今所奏,申敕本路州县:自今以始,洗心革面,皆以惠养元元为意,有违弃法度、贪冒亡厌者,使诸司各扬其职,无徒取小吏按举,以应故事,且自为文过之地而已也。臣不胜幸甚。

赵眘阅后,嘉其言,宣谕宰执:

批答辛弃疾文字,可札下诸路监司帅臣遵守施行。

此道圣旨一出,不知又为辛弃疾惹来多少"飞絮"。但辛弃疾已无暇顾及,他要再次搏击风云!

十九 再搏风云

正所谓"屋漏偏逢连夜雨,船迟又遇打头风"!

淳熙七年(公元 1180 年)二月,辛弃疾最担心、最不愿看到的事情发生了。

由于去年瑶民陈峒领导的农民起义,足迹几乎遍及整个湘南地区,他们攻城破县,随路劫掠,本身就对湘南地区的农业生产和居民生活造成了极大的破坏;而湖南安抚使王佐不听辛弃疾劝告,驱使大量本应耕田穑稼的民户参与围剿陈峒的起义军,使春、夏两季的农业生产均受到严重的影响,众多民户田地撂荒、家无余粮;所以,在今年二月青黄不接之时,湘南的郴州、永州、邵州及桂阳军等地发生了大范围的饥荒。嗷嗷待哺的饥民,拖家带口,四乡流浪。鬻儿卖女、典妻当地、饿死街头者比比皆是。

饥荒初发时,各州县也曾积极加以赈济,他们开放义仓,放粮救助,并组织家有余粮的富绅大户施以援手、开设粥棚。但是,面对成千上万的饥民,州县义仓的积蓄有如杯水车薪,很快告罄;富绅大户们也不愿再出余粮填补这无底之洞。家无粒米的饥民们有的仍然聚集在义仓、富户门前,有哀声求肯再行施舍者,有怒骂官府不仁、富户不义者,更有号召大家夺门而入、劫富济贫者;富绅大户们则纠集族众、家丁,持械相对;言语相骂、出手相伤者时有发生;也有不良大户、无赖地痞乘人之危,强买良田、霸妻抢女、骗财骗物骗人者。有的饥民则背井离乡、四出流浪;有出言恳求,愿为帮闲雇工者;有扑地叩首,乞舍一粥半馍者;有白日为乞,入夜为盗者;有三五成群、强乞硬讨、拦路抢劫者。更有大批的逃荒者见本地州县已无法容纳下这许多灾民,便拥向临近的广东境内。广东安抚使周自强因惧怕大批灾民进入广东后,给广东的地方治安带来混乱,遂急忙调兵设卡,阻止湖南灾民入境。于是大量的灾民前进无路、后退无粮,聚集在湘粤边境,衣食无着、风雨无遮,每天都有灾民病饿而死,在天气越来越热的情况下,随时都有可能暴发大规模的瘟疫,事态愈加严重。

这场大灾荒使湖南各州县官员隶吏焦头烂额、苦不堪言。他们虽心急如焚,可又束手无策。无奈之下,他们只好请求辛弃疾与周自强会商,请其撤卡开境,以略解燃眉之急。

辛弃疾则摇头言道:"此事不可。"

众官员不解而问:"为何?"

"大量饥民离境,虽可略解燃眉之急,但绝非长远之计。"辛弃疾扫视一眼官员们,见一众官员都沉默不语,知其心中不服,遂继续道,"如若使大量饥民移境广东,不但搅扰当地治安,更可能使本州、本路的经济趋于凋敝。"他又扫视一眼官员们,见其仍是沉默不语,又继续道,"饥民背井离乡,会使其耕作的田地撂荒,毁损本地的农耕之本,其对农业生产和居民生活的不利影响恐怕在饥荒过后的三五年内都难以恢复。"

一个官员忍不住说道:"安抚使所言甚是。不过,俗语有言'落叶归根',饥民们离乡求生,乃是迫不得已,灾情一过,自然返乡耕作。且当今皇上宽仁,安抚使如实上奏湖南灾情,请旨宽宥湘南赋税,必得恩准。"

辛弃疾摇头道:"各位大人均是饱学之士,当知历来如此大的灾荒、如此大规模的人口迁移,均非短期内能够尽数返乡务农。奏请皇上恩准减免税赋,本抚责无旁贷,皇上抑或准奏。不过,国家开支广繁,用度日紧,加之各地水旱虫蝗时有发生,不可预计,故即便免税,至多一二季。此次湖南大灾,依通常情形,恐非短期内便可得以恢复。如果不能阻止人口流散,则免税期一过,朝廷追纳的税赋必然摊派在尚留本乡的农户身上,使其税赋增加。而税赋增加又必使一部分田薄丁少者难于承受,又再度引发弃田逃税者。如此循环往替,湘南之地恐成荒郊僻野,外出流浪之人恐永无回家之日。"

又一官员出言道:"安抚使之言不差。可当务之急是州县无粮,赈济无方,若再不能让灾民离境自寻生路,难道眼睁睁看着他们饿死、病死不成?"

辛弃疾笑道:"数日来我亦苦思冥想,觅得一策,但需各位大人不辞辛苦、同心协力方可奏效。"

众官员闻言精神大振,交口而呼:"安抚使请讲!"

辛弃疾道:"从此前的赈济情形来看,单纯的赊米放粮、设棚施粥,苦乐不均、成效不佳,我欲令常平司、本路诸州郡措置十万石官米,募工浚筑陂塘,以工代赈,烦请各位大人尽心组织实施。"

众官员有人惊道:"出常平仓十万石官米,此事非同小可,必得圣旨御批方可。"

有人忧道:"潭州距京城千里之遥,且山水阻隔,至少要旬日方可往来,加之欲将众多流民招募组织起来亦非易事,而目下灾情紧急,恐怕缓不济急啊!"

辛弃疾断然道:"灾情紧急,刻不容缓。请旨放粮在我,张榜募工组织赈济之责在诸位大人。辛某可担保今日请旨,明日开仓。诸位大人可敢立军令状,担保募工筑塘各项事宜不生纰漏?"

众官员神情振奋,放声而呼:"定当尽心尽力!不负安抚使大人所托!"

于是,辛弃疾依所言,在奏请圣旨的同时,筹备开仓放粮。

各州郡官员亦依所言,尽心尽力地张榜募工。很快便使聚集在湘粤边境及流散于四乡的灾民们陆续回乡入籍,编队开工。

辛弃疾的赈灾方案也得到了皇上的赞同和支持,尽准所奏。

经过此次赈灾,不但消弭了粮荒可能带来的大灾大疫,而且极大地完善了湘南地区的水利设施,改善了"溪流不通,舟运艰涩"的交通状况,为当地的农业生产和商贾往来提供了有利的条件。不过,也有人奏劾辛弃疾未得圣旨,私自开仓,其罪可诛。更有人奏劾辛弃疾支用过滥,多入私囊。赵眘留中不发,不置可否。

遍及湘南数州的大饥荒解除了,遭受盗寇蹂躏的城乡居民又恢复了正常的生产生活,安居乐业了。正当辛弃疾望着田间渠畅禾壮、市井商户繁忙的一派欣欣向荣景象扬扬自得时,忽得湖南提刑司差人来急报,说郴州宜章境内发生大规模械斗,以邓、傅两家乡社为首,各自纠集邻近乡社十数家,聚集乡民近千人,手持棍棒刀枪箭弩相互厮杀,已有数十人死亡,地方官府弹压不住,请安抚使调官军前来镇压。

辛弃疾探问详情。原来在湘西、湘南地区,汉、苗、瑶、侗等各民族杂居,或因语言不同而产生的误会,或因风俗习惯而产生的隔阂,或因争地抢水而产生的冲突,经常会发生言语口角、肢体冲突,进而发展至械斗;又因湘西、湘南地区山荒地贫,盗贼频生,加之官府管辖不力,故而一些富绅大户聚丁自保,同姓、相邻者亦依附相从,遂形成大小不等的乡社。这些乡社传承已久,根深蒂固,大则数千人,小则百人,既有拒匪缉盗、回护乡里、维持治安的积极作用,也时常发生凭借人多势众、抗捐抗税、寻衅滋事、群殴械斗等暴力事件。朝廷曾屡次下令解散乡社,遣散乡丁,但始终无法根绝。大户乡民们或是散而复聚,或是强力相抗,甚至有聚集万人乡民而与前来遣散乡社的官军对抗者。朝廷无奈,只能任其自处。

此次事件的源起,是有邓、傅两姓农户,其田地分处一河渠的上下游,邓姓田地在上游,因截水灌溉自家田地而与地处下游的傅姓农户发生冲突,由口角而至肢体冲突,邓姓被傅姓殴伤。邓姓当晚遂招亲族十数人至傅家打砸,因日晚天黑不辨轻重,将傅姓之子殴打致死。傅姓哭述至傅氏乡社族长,族长怒,遣家丁百人至邓家复仇,亦打死邓家一人。邓家又得邓氏乡社族长支持,遣人攻击傅氏乡社。如此往来交斗,遂使械斗逐渐升级,最终演变为两大集团二三十家乡社近千人的械斗，双方互有死伤。

辛弃疾闻听此情，知此事非言语说和、官府案断所能善罢，急忙奏请皇上，发官军前来镇压。赵眘批旨下中书、枢密院，枢密院发虎符于江陵府，调大军五千人交辛弃疾节制。然而，待大军来至郴州宜章时，距事发已近一个月时间。期间双方械斗愈演愈烈，由棍棒而至刀枪，由刀枪而至强弓劲弩，甚至发展到掘沟筑垒、炮石相攻的地步。

辛弃疾亲率五千官军赶赴宜章。由于双方经过一个月的厮杀，均已精疲力竭，很快便将械斗平息下去。因双方是非各半，曲直相参，遂令各自回乡，自行抚慰。此次械斗，双方参与者共计三千余人，百余间房屋被焚，百余亩田地被毁，八百余人死伤。罢斗后，方圆百里内，一派田间新冢林立，家家哀声不绝的凄惨景象，让人目不忍睹，耳不忍闻。

辛弃疾明白，此次械斗只是暂时地平息下去了，它不但没有从根本上解决问题，而且是在千百家人的心中种下了仇恨的种子，这种子无时无刻不在内心生根发芽，不知会在何时再次爆发。

辛弃疾明白，此次械斗的根源在于水土资源的缺少，在于民众生活的艰涩。他无法给予农民们更多的土地，他无法指令老天适时地保证风调雨顺，因而他无法使他们彻底摆脱艰涩的生活。

辛弃疾明白，此次械斗只是湘南、湘西地区众多复杂矛盾的一个缩影，今天平息了这个矛盾，明天、后天还可能出现一个又一个的矛盾冲突，演化出一场又一场的人间惨剧。这些矛盾冲突是他一个安抚使，无心、无力从根本上加以解决的。但他不甘心、不忍心坐视一幕幕人间惨剧的再次发生。他为官一任，就要造福一方。尽管不能从根本上解决他们生活的艰涩、天然的矛盾，起码要减少、减轻这些痛苦的频次与烈度。

辛弃疾经过一番审慎的思考后，决定从两个方面来解决湘南、湘西地区大规模械斗不止、盗寇频发的问题。

他的第一项措施是整顿乡社。

根据以往的经验,乡社是触发大规模械斗的直接原因,而历次取缔均未有成效,加之乡社在维持地方治安上确有其积极作用,因而,辛弃疾决定因势利导,采取不加取缔,而是限制其规模的办法。

他与州县主管官员一同走访了一些百户以上中、大规模的乡社,与乡社族长们恳切相谈,申明利害,最终,取得大部分族长的理解和赞同,将乡社规模控制在五十户以下,且不得拥有长枪、劲弩等武器,所拥有的短刀、弓箭等武器也要按乡丁人数登记造册,不得逾数私囤。

在推行这一整顿乡社措施的过程中,乡社族长们最担心的问题是湘南、湘西地区盗贼频发,百十为伙的盗贼规模亦不少见,湘南、湘西数州间无有大规模官军屯驻, 且官府公文往来烦琐, 不能及时对大规模的盗贼予以缉捕,如果没有足够的乡丁和武备,如何应付大规模的盗贼团伙?

对此,辛弃疾提出了他的第二项措施,组建一支强有力的地方武装。该武装由本路地方官府筹建,人员、武备、开支等均由地方官府出资,职责是维护本路地方治安,指挥归安抚使节制,若遇匪情,不必奏请皇上及朝廷中枢即可发兵剿抚。

此方案提出,宽解了大部分乡社族长们的担忧。因为如此一来,他们既可坐享官家为其提供的保境安民之利,也省却了一笔豢养家丁的费用,还可降低冲突械斗的激烈程度,减少人员的死伤,减轻死伤家眷的痛苦。

但是缩减乡社规模的举措,也遭到了少数家财巨大、势力雄厚、欲称霸一方的乡社族长反对。他们不听劝阻,像以往一样纠集家丁,以武力相抗。对此,辛弃疾则采取霹雳手段,以犯上作乱之罪,调动军队予以坚决镇压。由于这些超大乡社平时经常恃强欺压人少势弱的中小乡社, 又因为多数乡社赞同缩减规模,所以,他们得不到大多数乡社支持与声援,孤掌难鸣,很快便被镇压了下去。至此,在湘南、湘西地区存在了数百年的治安隐患——乡社问题得到了基本解决。

虽然乡社问题解决了,但能否创建起一支由地方官府统辖的武装军队,官府同僚深感疑虑。其疑虑有二:第一,朝廷中枢能否同意;第二,即便朝廷中枢同意,又如何筹得大笔钱粮来建军养军。

辛弃疾满怀信心地笑道:"诸君毋虑,只要圣上恩准,我自有办法筹措钱粮。"

从幼年起,辛弃疾在祖父辛赞的教导下,"驱逐鞑虏,还我河山"的誓言便深植于内心。他纾父兄之愤、揭竿而起为此,他投奔耿京旗下、"决策南向"为此,他搏击滁州风云、"兵民成军"亦是为此,在他辗转江西、京西、湖北及临安大理寺等各地各任时,心中无时无刻不期盼着、牵挂着、筹谋着北伐、恢复大业。然而,随着对朝事、官场的熟悉、了解与深入,他清楚地看到悲观畏战、苟且求和、习安守成之风一日浓于一日。尤其是军队状况更令人焦心担忧,军士颓老、军官腐败、军纪涣散、战具坏旧、战马羸弱、战力低下,此等军队连些许盗贼亦难应对,更何谈与凶悍残虐的金兵厮杀。他忧心如焚地数度上疏皇上,建议裁汰老兵、整顿军旅,但终究是石沉海底,叶落无声。但他不甘心他深爱的国家就这样苟延残喘、沉沉靡靡地走向死亡。他多么希望像当年的岳元帅那样,统率纪律严整、战力强悍、行动迅捷的岳家军,挥师北伐,恢复河山啊!

此次皇上让他出任湖南安抚使,给了他帅抚一方的权力。

湖南频发的盗贼和湘南空虚的兵力部署,给了他创建新型军队的契机。

广东摧锋军、湖北神劲军、福建左翼军等地方武装,给了他创建湖南地方军的先例。

在皇帝给他的御书中"当无事时,武备不修,务为因循;将兵不练,例皆占破,才闻啸聚而帅臣监司仓黄失措"之语,使他看到皇上对当今军队现状的不满、愤怒与无奈,似乎也给了他创建地方武装的尚方宝剑。

他要借此时机,摆脱旧式军队的因循怠惰之习,创建一支来之能战,战无不取的精锐之师,不但能缉盗安民,更要戍边卫国、进击中原。他为这支军队起了一个响亮的名字——飞虎军。

于是,他上《请创置飞虎军》疏,陈说创建湖南地方武装的必要:

湖南控带二广,与溪峒蛮獠接连,草窃间作,岂唯风俗顽悍,抑武备空虚所致。……

军政之敝,统率不一,差出占破,略无已时。军人则利于优闲巢坐,奔走公门,苟图衣食,以故教阅废弛,逃亡者不追,冒名者不举。平居则奸民所忌惮,缓急则卒伍不堪征行。至调大军,千里讨捕,胜负未决,伤威损重,为害非细。乞依广东摧锋、荆南神劲、福建左翼例,以湖南飞虎为名,止拨属三牙密院,专听帅臣节制调度,庶使夷獠知有军威,望风蹑服。……

赵眘将辛弃疾的上疏交于中书、枢密院廷议。时右丞相史浩因与曾觌不和而请祠。周必大任右丞相,王淮(字季海)任枢密使。

对于辛弃疾创置飞虎军的提议,枢密使王淮表示赞同:"湖南兵力空虚,又兼峒蛮杂处,殊难治理,如有劲兵震慑其间,则形势大异。"

周必大则表示反对:"长沙将兵原不少,若精加训练,自可不胜用。而辛卿又竭一路民力为此举,欲自为功,且有利心焉。"

谏院有人提出异议:"荆南神劲军之存在,乃因其有助于声援京西路抗金之军,广东摧锋军、福建左翼军之存在,是因为现在主要兵力集中在北部边境以抵御金国的威胁,而南部和东南部面临大海,无有强敌,故以摧锋军、左翼军维持当地治安、辅助支援少量官军以抵御来自海贼的搅扰。"

兵部有人提出支持意见:"湖南兵力虽不算少,但都部署于北部鄂湘边界地区,其中、西、南部广大地区兵力空虚,且湘西、湘南地区多溪峒蛮瑶,'未化而难治',加之没有官军的震慑,经常出现各种骚乱。以前就有安抚使提出在此驻军的请求,但因国库匮乏,无力扩充军队而告罢。也有安抚使提出创建地方部队的提议,但终因难以筹措军费而告罢。辛弃疾腹有智谋,勇于任事,如能自筹军费创建军队,不妨让其勉力为之,或可有所成效。"

御史台又提出反对意见："辛弃疾不过是大言欺人而已，筹建一支军队谈何容易，兵营用地、养军钱粮、战甲器具、军伍训练，其费何止十万计！想是欲借建军之名，中饱私囊亦未可知。即使是真的能筹足军费，其费所从何来？无非是搜刮民脂民膏，售怨于圣上耳！"

廷议莫衷一是，交皇上决断。赵昚从辛弃疾之请，"委以规画"，准招步军一千人，马军五百人。

赵昚同意创建飞虎军，辛弃疾心情振奋。他宵衣旰食、餐风沐雨地投入了他思之已久的建军大业。

白手起家地创建一支军队谈何容易！府衙幕僚及地方官员们对创建军队以维持地方治安虽亦心向往之，但对如何筹得建军、养军之费，均忧心忡忡，一筹莫展。

辛弃疾则雷厉风行、有条不紊地发出指令，调度人马，筹备建军。

他令三哥辛勤负责在民户和乡社中挑选精壮勇武者招兵入籍，并总督新兵训练。

他令州府干办负责勘选兵营位置。

他令州府参军负责遣人购置建军所需的武器装备，并特嘱去广西购买战马五百匹以为创建马军之用，去江西购买牛皮以为兵士制作皮甲之用。

他令州府通判负责统计各州县田亩状况及各种税收数额，限近日内完成上报。

命令发布后，官员们各司其职，热火朝天地展开了筹备工作。

十天以后，各路筹备的负责官员陆续前来向辛弃疾汇报，筹备工作基本完成，只是钱粮问题无法解决。

辛弃疾向众人公布了他的解决方案："第一，此前我们在整顿乡社的过程中，镇压了一些规模巨大，欲以武力对抗整顿的乡社，没收家财计有数万贯可做建军初期应急之用；另有没收的田产千余亩，可做日后养军之用。另外，在整顿吏治的过程中亦劾罢大小官吏百余人，没收家财十数万、田产数百余亩,这些亦可做建军初期的应急之用及日后养军之用。"

对此项措施,众人皆点头称赞。

接着,辛弃疾又提出了他的第二项措施:"第二,根据州府通判统计各州县的税收情况来看,每年上交的税收中最多的是盐税,排在第二位的是酒税。盐是百姓生活不可或缺之物,建军筹款不能在此项上打主意。而酒则不然,基本上属于达官贵人们奢侈应酬之物,非百姓生活必须之用,故而可变通现法以增加官府收入。"

对于这项措施,众人有些茫然:"如何变通?"

辛弃疾言道:"目前我们对酒的收税,采用的是'税酒法'。"

经辛弃疾这一提醒,有人立即醒悟过来,惊问:"难道辛帅欲废'税酒法'为'榷酒法'?"

辛弃疾点头道:"'税酒法'不禁私酿,凡民户皆可自行酿造,官府依酿造或售卖数量收税。此法看似税源广,收税多,实则很难控制酿造和售卖数量,酿造者普遍瞒报数量而官府无法查知,使税收大大低于应纳数量。"

有人摇头道:"'榷酒法'禁止私酿,而以官府酿造,再售卖给店家、酒楼时收税,虽然有利于控制税源,但是一来是买卖不方便;二来是产量不好控制,有时酿造数量少了,则买家叫苦生怨,有时酿造数量多了,则卖不出去而变质,造成浪费;三来是官府酿造,需另辟专门场地、招募专门人员,其规模、耗费巨大,殊难管理。因而,目前绝大多数的地方均用'税酒法'而不用'榷酒法'。"

辛弃疾微笑道:"我们可以变'榷酒法'为'榷曲法'。官府只控制酒曲的生产,民间酒户可购买酒曲后,自行酿造,官府只在售卖酒曲时课税。"

众人听后,有的点头称赞,有的仍然狐疑不定,有的亦提出反对意见:"即便只生产酒曲,亦需有大规模的场地,及众多的佣工。我曾见京都曲院,一处便用马骡数百匹,人两千余。"

辛弃疾听罢点头,又狡黠一笑道:"我们可以采用'扑买'的方式,变官府生产酒曲为民间生产酒曲。"

辛弃疾此言一出,众人一片哗然。有的拍手大赞,有的不明就里。有通晓关窍者出言解释:"所谓'扑买',是将酿造酒曲的权力只卖给几家酒户,至于卖给谁,那就看谁家出价高了。如此一来,众多酒户相互竞价,必然抬高其价格。官府则可以在每年一次的酒曲'扑买'时收入大笔的银钱,而省却了日常管理的诸多麻烦。"解释完这些后,又担心地对辛弃疾说道,"不过,我听说这种办法也有一些问题。由于酒曲酿造权不能太少,太少则如'榷酒法'一样会给日常买卖造成不便,所以,在一地至少要有十数家酒户同时拥有酒曲的酿造权,他们当初在'扑买'酒曲时相互竞价花巨资购买造曲权,而得到此权后,又竞相多制曲以售卖获利,因而,有时会出现酒曲价格越来越低,使一些'扑买'者亏本破产者,最终又会反过来影响酒曲的'扑买'。"

辛弃疾点头道:"我也考虑过这一问题,我们可以通过制定酒曲限额的方法来防止此类情况的发生。在'扑买'酒曲的同时,根据当年的收成和闰年闰月的不同而规定酒曲生产的上限,以此防止酒曲生产的过度竞争,保护'扑买'者的应得利益。"

众人听罢,皆点头赞同。

接着,辛弃疾又说出了第三项措施:"第三,据州府通判的了解,荆湖南路共有农田三十二万四千二百余顷。其中,官田七千七百余顷。这些官田均以佃租方式租给农户耕种。我意亦以'扑买'方式包租,多则五年,少则三年一'扑买',以此方式包租,既可奖勤罚懒,亦可增加税收用以养军。"

辛弃疾又提出第四项措施:"在历次灾荒和盗贼群发时,都有大量的土地被一些官宦大户兼并,有些官宦大户兼并土地后隐瞒不报以偷漏税额。因此,官府要严格核查土地数额,对瞒报偷税者严加惩处。"

众人都认为这些措施确是增税养军的好办法,但也有人担心会因得罪富户官亲而横遭非议。

辛弃疾断然而语:"既然有助于建军而又无损于民,则但行无妨!"

建军、养军的费用问题得到了解决，众人卸下了横亘在心中的一块巨石，喜笑颜开地各自散去，各行其是。

数日后，负责选建军营地址的州府干办带着一位留着山羊胡子的老者来见辛弃疾。原来湘地民间对营造房屋、择选宅地之事甚为看重，凡欲建房选址、开门铺路、起屋设窗等事必请风水先生堪舆吉凶。州府干办遵辛弃疾"不得侵占民宅，不得毁损粮田"的原则为兵营选址时，于城郊得两处较为空旷土地，一处是五代时南楚开国皇帝马殷的营垒故基；一处是相传为神农氏所居的列山氏故墟，特来请示辛弃疾定夺。

辛弃疾查问详情，州府干办言曰："列山氏故墟位于潭州城东南，其位置好，但地势略为狭长。马殷营垒故基位于潭州城西北，地势开阔，利于兵士日常训练，但据风水先生堪舆，其地犯阴，乃主凶之地。"

辛弃疾转向风水先生，奉茶以询。风水先生拱手施礼后，慢条斯理地出言道："《黄帝宅经》有言：'夫宅者，乃是阴阳之枢纽、人伦之轨模。凡人所居，无不在宅。虽只大小不等、阴阳有殊，犯者有灾，镇而祸止，犹药病之效也。故宅者，人之本。人以宅为家，居若安即家代昌吉。若不安，即门族衰微。坟墓川冈，并同兹说。上之军国，次及州郡县邑，下之村坊署栅，乃至山居，但人所处，皆其例焉。……'"

州府干办见辛弃疾面有不耐之色，在旁轻咳一声。风水先生似有所悟，转向正题道："安抚使择地建宅乃是用之于兵营，兵者主杀，凶戾之气盛，属阴，宜以阳宅冲之。马殷营垒故基在城西北，安抚使府衙居城中，西北为乾位，东南为巽位，新宅建于西北，乃是由巽入乾，《宅经》称之为'入阴'，以阴气之兵而居阴位之宅，犯两阴，是为'再入阴'，《宅经》曰：'再入阴入阳，是名无气。'"

风水先生停住话头，呷一口茶，见辛弃疾微笑点头，便继续说道："修建兵营所需石木必多，本地石料唯有麻潭山可采，麻潭山又在马殷营垒故基西北，故而必先于新宅西北方面修路，由马殷营垒故基至安抚史府衙，是为'来路';而由马殷营垒故基至麻石山,为'去路',或曰'抵路'。《宅经》曰:'修来路即无不吉,犯抵路未尝得安。'"风水先生又呷一口茶,继续说道,"再者,采麻潭山石料入马殷营垒故基,乃是以阴位之石入阴位之宅,此乃连犯三阴。《宅经》曰:'三度重入阴阳,谓之无魂'"……

辛弃疾微笑打断道:"依老先生之言,若兵营选在东南的列山氏故墟,则情形刚好相反。"

风水先生点头道:"然也。"

辛弃疾不置可否,起身道:"我们一同去看看。"

于是,三人一起分别到两处选址勘查了一番。一边勘查,风水先生一边在旁手托罗盘殷勤指导,在何处起屋、何处建墙、何处开门、何处打井……

经过勘查,辛弃疾决定还是在地势开阔的马殷营垒故基建造兵营。风水先生摇头相劝,辛弃疾笑道:"依老先生之言,以马殷营垒故基为兵营,有三阴。岂不闻老子有云:'阳极必生阴,阴极必生阳。'再者,三阴为坤,《易经》曰:'坤,元亨,利牝马之贞。'乃利于兵马出征之占也。况且,在我看来,军队乃驱逐鞑虏、保家卫国之利器,是威武之师、阳刚之师,以阳刚之师而居阴柔之地,可去霸气而不至于扰民、害民也。"

风水先生见辛弃疾心意已决,遂捋须、轻咳、点头而讪笑道:"安抚使之言亦在理,亦在理。"

过了几日,州府干办又来找辛弃疾,言说兵营建造已开始,但遇到一个难题。因为需要从麻潭山采石修路,但当前正是夏忙时节,很难雇到民夫,如果强行抽丁,则又必然伤农,故而州府干办一筹莫展,前来找辛弃疾商议。

辛弃疾沉思片刻,展颜道:"此事不难解决。"

遂招来湖南提刑,与之商议,征在押囚犯中罪行较轻者为役夫,以采运石料多寡赎其罪,得湖南提刑首肯。

众多囚犯争先恐后应征,采运中亦拼尽全力以期早日脱罪。因此,采运的石料既快又多,不但很快完成了修路筑基工程,还将长沙城内的许多道路加以修整拓宽。

役夫难题解决后,负责采办军需的州府参军来找辛弃疾。说是去江西采买牛皮的船只途经鄱阳湖,被南康军军卒以贩运禁物之名扣押。辛弃疾即刻致书南康军知军朱熹,申说牛皮乃为军中收买,请其放行。朱熹得书后,虽觉没有兵部签押,手续不全,心中或有私贩牟利之疑,但碍于辛弃疾颜面,勉强应允。

诸种难题一一获解,辛弃疾心情振奋,豪气昂扬。随着六月雨季的到来,丝丝细雨消解着盛夏的暑气,消解着心头的烦闷,青山碧绿,稻禾飘香。在这爽心惬意的日子里,辛弃疾又得到了一个来自信州上饶辛茂嘉的好消息——辛弃疾的带湖新居即将落成。辛茂嘉在信中言道:预计再有一个月左右的时间,主室"稼轩"便可上梁,敦请辛弃疾届时回上饶主持上梁仪式。

辛弃疾的心情愈加兴奋,他想起钱隐之那卷"前枕澄湖如宝带""集山有楼,婆娑有室""青径款竹扉,锦路行海棠"的美妙蓝图,憧憬着"稻田泱泱""信步有亭,涤砚有渚""竟厦屋潭潭之乐,将荷笠棹舟,风乎玉溪之上"的恬适惬意的田园生活。然而,现在正是飞虎军即将建成的紧要时刻,怎得闲暇分身。

辛弃疾正在为飞虎军创建顺利推进、带湖新居即将落成而兴奋不已之际,窗外一声炸雷响起,随之瓢泼大雨倾泻而至。在急雨狂飙中,辛弃疾的府衙大门被"哐"的一声撞开,一人挟风带雨地闯了进来,手中擎着一枚金牌,口中宣谕御旨:罢建飞虎军!

辛弃疾惊得目瞪口呆!

当年太上皇发金牌欲令岳元帅停止进兵,岳飞元帅匿而不听。太上皇连发十二道金牌,终致岳元帅魂断风波亭。

今天,这金牌又光闪闪、金灿灿、刺眼、刺目、刺心、刺肺地摆在了辛弃疾的面前。

飞虎军!是辛弃疾强军强国、恢复河山的理想。

飞虎军！是辛弃疾强军强国、恢复河山的梦想。

飞虎军！是辛弃疾强军强国、恢复河山的寄托。

飞虎军！是辛弃疾强军强国、恢复河山的希望。

他不能放弃这理想！

他不能破灭这梦想！

他不能割舍这寄托！

他不能没有这希望！

送走传令使，辛弃疾收起赵昚的御制金牌。招来负责创建飞虎军的各路官员及三哥辛勤，严令加快飞虎军创建进程，务必于一个月内组建成军，投入训练，并嘱州府主簿将建军费用的每项收支详细加以登录。

众官员及辛勤均成竹在胸地领令而去，只有负责兵营建造的州府干办愁眉苦脸地来到辛弃疾面前，唉声叹气地诉苦道："其他工程都好说，现在营区内外道路畅通，营区内训练场地已平整，造建营房的木料已基本备齐，唯有房屋盖顶的瓦片，实难于一个月内烧制完成。"

原来这瓦片虽然看似简陋，烧制起来却非易事。首先，要于深山或田地中采取深层无沙泥土和黏土，运至窑场和水搅拌并用脚踩踏以使其生出劲力，如若大量烧制，就需用牛马等牲畜来踩踏；其次，要将已和匀并生有劲力的黏土踩入坯具刮泥成坯；再次，成坯后还需要风干；然后才可进窑煅烧。这期间，取土和脱坯用时因人力多寡而不定，踩土需一天，煅烧需七日七夜，最耗时的是风干，一般要十至二十日，若逢雨季，则有多至一二个月者。而当前正值雨季，本来建造营房所需瓦片数量就极大，再加上阴雨连绵，若限令一个月，实难完成。

辛弃疾听罢，问道："共需多少瓦片？"

州府干办答曰："二十万片。"

辛弃疾笑道："勿忧。你自管去督办营建事宜，所需屋瓦不日即可送到。"

州府干办狐疑而去。

第二天,辛弃疾传令布告全城:每户献瓦二十片,官府以每片一百文收购。

因一百文钱足抵强壮民夫一日之收入,且从屋檐瓦中抽取二十片并不致使房屋漏雨,故而,城内城郊居民们均踊跃献瓦,两日之内便集得二十余万片。州府干办欣喜若狂,对辛弃疾敬若神明,逢人便说辛帅之智不啻传说中的诸葛孔明草船借箭!

或许是辛弃疾建军强国的炽烈渴望与追求感动了上苍,或许是上苍被辛弃疾建军强国的钢铁意志所折服,老天爷收住了它狂舞的乱发,露出了灿烂的笑脸。雨霁云收,碧空如洗,远山初现,青翠如染,水田漠漠,夏木阴阴,渚泛白鹭,柳啭黄鹂,田间巷陌一派怡人景象。

爽心的艳阳、畅意的彩虹将飞虎军军营的营建工程推向了激动人心的高潮。这日,将在马殷营垒故基举行民间营建房屋时最为重视、最为隆重的上梁仪式。

清晨,辛弃疾携州府众官员来到了即将成为飞虎军军营的马殷营垒故基。众多的城郊居民也相互簇拥着、如同参加盛大节日典礼般地来到了马殷营垒故基。

马殷营垒故基方圆数十里,经过近期的修葺整治,尽去荒凉颓废景象,焕发出勃勃生机。操场平展如砥,上千间营房墙架整齐排列。辛弃疾在人们的簇拥下来到了居中最大的一间房屋墙体前面。这是将作为飞虎军帅堂的房屋,也是即将举行隆重上梁仪式的所在。

此时,上梁仪式的准备工作已经就绪,在房屋正门前横放着一张巨大的长桌,桌上放着一根笔直粗壮的杉木大梁,梁柱前居中摆放一鼎香炉,香炉前摆放有祭香三炷、七芯灯一盏,蜡烛一对、酒杯三个,米桶一个;米桶上摆放墨斗、曲尺、丈竿等木匠用具。香炉两侧排列有蒸馍、饭团、糖果、糕点、寿桃、面鱼、铜钱等物,均以铜盘盛装。

辰时三刻,掌墨师傅来到辛弃疾面前,请示吉辰已到,可否上梁。得辛弃疾点头应允,转身来自长桌前,示意几个帮忙青壮敲响锣鼓、燃放鞭炮。热烈的锣鼓鞭炮声,点燃了围观者的巨大热情,人们放声大呼,鼓掌相贺。

锣鼓鞭炮声停,掌墨师傅拿起三炷祭香,面向人群大声唱喝:

> 锣鼓喧天鞭炮响,恭喜主东造华堂。
>
> 人满堂、客满堂。
>
> 亲满堂、朋满堂,威满堂、武满堂。
>
> 军营落成百事昌。

围观众人发出一片欢呼叫好声。

掌墨师傅转身点燃三炷香,边拜边祝念:

> 一拜三界地主,二拜五方宅神,三拜鲁班先师。

拜罢起身,将香炷插入香鼎中。又挥手招来两位木匠,手拿锉刀分别在主梁东西两头站定。

掌墨师傅高呼一声:"开梁口!"

立于东侧的木匠师傅首先按事先量好的尺寸位置,用锉刀在主梁端头锉出一道小口,以便梁木升上去后能稳稳地卡在柱头上。木匠师傅边锉边唱:

> 手拿金锉铁斧头,主东请我开梁口。
>
> 开出金梁光耀日,开出金银满百斗,开出五谷仓满盖,开出儿孙遍地走。

围观众人齐声应喝:"好的啊!"

随即发出一阵大声的哄笑。显见是木匠师傅说溜了嘴,唱出的赞词与今日上梁的军营用房不搭。

木匠师傅咧嘴憨笑。

辛弃疾开怀大笑。

辛弃疾身边的风水先生摇头苦笑。

待东侧的梁口开完,西侧的木匠师傅开始边唱边开西端的梁口:

你开东来我开西,开出神兵把马骑。

骑到京城接圣旨,骑到黄河把水吸,骑到汴京金銮殿,杀得金兵哭唧唧。

围观众人齐应喝:"好的啊!"

随即又是一阵拍手哄笑。

梁口开完,进入了上梁仪式的最高潮——上梁。

东西两个木匠师傅各在五位青壮的帮助下,登上事先架好的木梯,一步步将主梁送上屋顶。一边爬梯,一边唱和,观众也一齐跟着叫好:

（东）:上一步,一横长,

（西）:背水一战三齐王。

（合）:韩信点兵败项羽,明修栈道度陈仓。

（众）:好的啊!

（东）:上二步,如阴阳,

（西）:忠勇二弟关云长。

（合）:千里单骑过五关,青龙偃月斩六将。

（众）:好的啊!

（东）：上三步，三横平，

（西）：三弟翼德逞威风。

（合）：当阳桥前一声吼，喝退曹兵真英雄。

（众）：好的啊！

（东）：上四步，四角方，

（西）：四弟子龙亮银枪。

（合）：太子阿斗怀中抱，七进七出谁敢当。

（众）：好的啊！

（东）：上五步，义在中，

（西）：五虎上将有黄忠。

（合）：定军山下斩夏侯，收服西蜀立大功。

（众）：好的啊！

（东）：上六步，两脚稳，

（西）：六国相印佩苏秦。

（合）：头悬梁来锥刺股，合纵连横奉阳君。

（众）：好的啊！

（东）：上七步，似短刀，

（西）：七擒孟获计谋高。

（合）：诸葛孔明隆中对，联合东吴抗曹操。

（众）：好的啊！

（东）：上八步，东西分，

（西）：八洞神仙吕洞宾。

（合）：大罗天仙显威名，蓬莱阁上把酒饮。

（众）：好的啊！

（东）：上九步，脚似飞，

（西）：九伐中原是姜维。

（合）：良田百亩有何患，但有远志不当归。

（众）：好的啊！

（东）：上十步，两笔交，

（西）：十全十美步步高。

（合）：主东今日上金梁，明天功名誉满朝。

（众）：好的啊！

主梁上房，落槽安稳，众人一起鼓掌欢呼。

辛弃疾亦兴奋道："这歌词有些意思，编得不错啊！"

一旁的风水先生得意地捋着山羊胡子道："乡下之人，不通文墨，安抚使见笑、见笑。"

辛弃疾知是他为今日上梁而特意编写排演，点头微笑目示感谢。

风水先生更加得意。

这时围观群众又掀起一阵骚动，原来马上要进行的是上梁仪式的狂欢——抛梁。

只见主墨师傅登上房梁，由帮忙者将一盘盘蒸馍、饭团、糖果、糕点、寿桃、面鱼、铜钱等传递上去，主墨师傅分东、南、西、北、中抛向前来祝贺的观众。一边抛，一边唱道：

抛梁东,儿郎打马进营中。

抛梁南,练得志刚体又健。

抛梁西,富贵荣华着紫衣。

抛梁北,又杀金贼又剿匪。

抛梁中,捷报传来告主东。

观众们簇拥着,兴奋地高举双手接抢着主墨师傅抛撒下来的物品。人们欢呼着、嬉笑着、打闹着,久久不肯散去。

辛弃疾身旁的风水先生见辛弃疾看得津津有味,似乎很好奇的样子,略显奇怪地问道:"安抚使不曾见过此等上梁仪式?"

辛弃疾答道:"幼时在家乡历城也见过上梁,但没有这般复杂热闹。"

风水先生说道:"江南习俗,最看重这起屋上梁,其实安抚使今日看到的仪式还不是完整的上梁仪式。"

辛弃疾疑问地"哦"了一声。

风水先生因为刚才得到了辛弃疾的夸奖,很是得意,捋着山羊胡子,摇头晃脑地说道:"要讲这上梁仪式, 应该是从前一天甚至更早的时日就开始了。今日之前还有'选梁''伐梁''刨梁''暖梁'等,均要举行一番仪式祭拜。因安抚使公务繁忙,未便打扰,故都由州府干办代劳了。"

辛弃疾突然想起辛茂嘉来信让他去上饶主持带湖新居上梁仪式之事,便问风水先生:"这上梁仪式非需主东参加不可?"

风水先生未明其意,昂头道:"当然! 所谓'一家不可无主,一屋不可无梁。''房顶有梁,家中有粮;房顶无梁,六畜不旺'。读书人讲究的是'久旱逢甘霖,他乡遇故知,洞房花烛夜,金榜题名时'。俺这儿的乡野山民最看重的是'筑屋、买地、娶妻、生子'。有了屋才有家,有家才能买地、娶妻、生子。所以,筑屋建房是一家的头等大事,主东怎可或缺?"停顿了一下,他接着继续说道，"不单是乡野山民，其实，越是富贵人家，越讲究仪式排场。像上梁这等大事，主东是决计不能缺位的。主东缺位，那是有房而无主，大大的不吉呀！"

辛弃疾笑问道："如此说来，那些奔走八方的商贾、宦游四海的官员若起新房也必须等主东归来之后才能上梁？"

风水先生点头道："那是！等上一年半载那是常事，等个三年五载的也有。"

辛弃疾问："那若是等不及的，又如何？"

风水先生答道："多是凭书信往来，算日择日……"说至此处，风水先生似有所悟，低头默想了一阵，将须言道，"若是读书人，写一篇祭文寄回家中，于上梁时宣读，亦不算缺位。"

辛弃疾听罢，点头道谢。

回到府衙，辛弃疾叫来三哥查问飞虎军士卒的招募情况。得知三哥在这期间马不停蹄地奔走于各州县、乡社，通过张榜招募及与县乡官员、乡社族长们的探访与考察，已挑选出近两千名武艺高强的青壮，登录在籍，并从滁州皇甫山军营招来二三十名兄弟来充任教官，一俟军营建成，便可立即组建成军，开始训练。辛弃疾很是高兴，又与三哥一起商讨成军后的训练问题，提出五个原则：一、建军的目的是剿寇安民、保家卫国，从招募人员阶段开始就应贯彻这一原则，不能过多地以经济利益为诱惑而招募那些单纯以养家糊口为目的的帮闲人员和刺配罪犯，宁可少而精，不能多而滥；二、初始时训练以剿寇为主，训练兵卒们的快速反应能力、相互支援的群体作战能力，以及弓、弩、刀、枪、盾牌和马、步不同兵种的配合能力；三、更进一步的训练则是针对以金国骑兵为主的战阵演练；四、在训练及实战时，要不断强化剿寇安民、保家卫国的建军原则，制定出一套严格的纪律及奖惩晋升制度，严禁官佐私自差遣兵卒，严禁官兵勒索、敲诈、欺压百姓，并适时裁汰、更新那些训练不努力、屡犯军规的士卒；五、要给士卒们比较优厚的军饷，使之有入军为兵、保家卫国的自豪感，并严禁官佐们克扣士卒军饷。

送走三哥后,辛弃疾又叫来州府主簿,询问建军的财用收支情况,并详细地查阅了有关账簿。见州府主簿做事十分仔细,每笔收支来去清楚、登录及时,非常欣慰,对州府主簿予以真诚的赞赏和感谢。

州府主簿走后,辛弃疾落座案前,凝思片刻,展纸濡墨,写了一篇上梁祭文——《新居上梁文》:

　　百万买宅,千万买邻,人生孰若安居之乐?一年种谷,十年种木,君子常有静退之心。久矣倦游,兹焉卜筑。稼轩居士,生长西北,仕宦东南,顷列郎星,继联卿月。两分帅阃,三驾使轺。不特风霜之手欲龟,亦恐名利之发将鹤。欲得置锥之地,遂营环堵之宫。虽在城邑阛阓之中,独出车马嚣尘之外。青山屋上,古木千章;白水田头,新荷十顷。亦将东阡西陌,混渔樵以交欢;稚子佳人,共团乐而一笑。梦寐少年之鞍马,沉酣古人之诗书。虽云富贵逼人,自觉林泉邀我。望物外逍遥之趣,"吾亦爱吾庐";语人间奔竞之流,"卿自用卿法"。始扶修栋,庸庆抛梁:

　　抛梁东,坐看朝暾万丈红。直使便为江海客,也应忧国愿年丰。

　　抛梁西,万里江湖路欲迷。家本秦人真将种,不妨卖剑买锄犁。

　　抛梁南,小山排闼送晴岚。绕林乌鹊栖枝稳,一枕薰风睡正酣。

　　抛梁北,京路尘昏断消息。人生直合住长沙,欲击单于老无力!

　　抛梁上,虎豹九关名莫向。且须天女散天花,时至维摩小方丈。

　　抛梁下,鸡酒何时入邻舍。只今居士有新巢,要辑轩窗看多稼。

　　伏愿上梁之后,早收尘迹,自乐余年。鬼神呵禁不祥,伏腊倍承自给,座多佳客,日悦芳樽。

写罢祭文,辛弃疾的心情久久不能平静。他的心绪穿梭于对沸腾的飞虎军军营的憧憬和对恬淡的"稼轩"田园风光的企盼之间;他的心在皇上的阴晴不定、朝臣同僚的毁誉参半、祖父辛赞的谆谆教诲间挣扎着、碰撞着、激荡着。

他心中默念:茂嘉吾弟,原谅我不能如期回返;若水吾妻,原谅我不能携手相伴;"稼轩"的仙鹤灵猿,原谅我不能归去;莫笑我不肯放弃官身衣冠;尽管我惶惶于雁避惊弦、骇浪回船,尽管我屡屡意倦思还,但"此间事"未了,我要趁君恩尚在,再拼搏一番;东冈修斋、开窗临轩、小舟行钓、手种春兰,暂且日后再谈吧!

辛弃疾平复了一下激动的心情,提笔赋词《沁园春》一首:

> 三径初成,鹤怨猿惊,稼轩未来。甚云山自许,平生意气;衣冠人笑,抵死尘埃。意倦须还,身闲贵早,岂为莼羹鲈脍哉。秋江上,看惊弦雁避,骇浪船回。　　东冈更葺茅斋。好都把、轩窗临水开。要小舟行钓,先应种柳;疏篱护竹,莫碍观梅。秋菊堪餐,春兰可佩,留待先生手自栽。沉吟久,怕君恩未许,此意徘徊。

写罢,辛弃疾将《新居上梁文》与《沁园春》词封好,交与差人分别寄往上饶辛茂嘉和临安范若水处。

"暖日晴云知次第,东风不用更相催。"七月末,辛弃疾倾心、焦心、劳心已久的飞虎军终于成军了。由三哥反复斟酌挑选,共招募步军一千六百人,马军五百人入驻马殷营垒故基的飞虎军军营。入营后,飞虎军立即投入到紧张、严格的训练之中。营垒内枪矛闪闪、刀光霍霍、马蹄嘚嘚、杀声震天、吼声动地,不时传出威武雄壮的战歌声:

> 挽弓当挽强,用箭当用长。
> 射人先射马,擒贼先擒王。
> 杀人亦有限,列国自有疆。

苟能制侵陵，岂在多杀伤。

月黑雁飞高，单于夜遁逃。

欲将轻骑逐，大雪满弓刀。

秦时明月汉时关，万里长征人未还。

但使龙城飞将在，不教胡马度阴山。

青海长云暗雪山，孤城遥望玉门关。

黄沙百战穿金甲，不破楼兰终不还。

……

飞虎军训练进入正轨后，辛弃疾立即写奏章上呈皇上，详细禀奏了飞虎军的创建过程及各项实施举措，并将各项收支用度账簿与一个月前皇上发下的金牌一并差人送往临安朝廷。

不出辛弃疾所料，他在湖南潭州长沙创建飞虎军，又引来了一拨弹劾浪潮。

有人弹劾辛弃疾不遵圣旨，匿留金牌，矫诏妄上，其罪当诛！

有人弹劾辛弃疾刚愎自用，聚敛贪赎，当罢归！

有人上奏，说潭州自行酒税法，人甚安之，官不费一钱而日有所入。及辛弃疾之来，创置飞虎一军，欲自行赡养，多方理财。今变税为榷，皆谓不便，人多移徙，虚市一空。

亦有谣诼盛传，说辛幼安在长沙，欲于后圃建楼赏中秋，时已八月初旬矣，吏白他皆可办，唯瓦难办，幼安命于市上每家以钱一百赁檐前瓦二十片，限两日以瓦收钱，于是瓦不可胜用。

赵昚对此不置可否，皆留中不发。

飞虎军建成不久,在湘西、湘南等地便发生了多起盗寇聚众、茶商起事、乡社互殴等事件,辛弃疾立即发令三哥率飞虎军前往镇压。因出兵迅速,加之飞虎军士气高昂,战力强悍,这些叛乱几乎都是立即便被镇压了下去。于是,飞虎军之名在湖南大噪,州官们弹冠相庆,百姓们交口称赞,盗寇们谈虎色变。

飞虎军的战绩引来了朝廷一些人的嫉妒与垂涎,御前步军司主管王抃奏请皇上欲将飞虎军收入禁军帐下,由步军司统一指挥,"庶免他时潭州占破差使"。

八月末,赵眘下诏:

拨飞虎军隶步军司,遇盗贼窃发,专听司节制,仍以一千五百人为额。

对此,辛弃疾上疏予以坚决反对,他重申飞虎军创建之初衷、湖南形势之复杂、三司发兵之不便;申说飞虎军迅速平乱战绩之所由、地方治安显著改善之所凭、百姓倚望飞虎军安居乐业之所盼。

赵眘采纳了辛弃疾的建议,令飞虎军仍由湖南帅臣(安抚使)节制。

枢密使王淮从加强飞虎军的管理和进一步提升飞虎军战力以及使其"正规化"的角度出发,奏请道:"拟从步军司选统领一人,将官四员,拨发官一员,训练官员一十五员(内马军将五员,步军将十五员),另派官员八十九人(部队将二十五员,并马军押拥队四十员,并步军诸色教头十七人,医人、兽医二人,统领将司五人)。"

辛弃疾得此消息,心中大骇。他深知,如若这群京城的官老爷来到飞虎军,必将把官军中那些因循官僚、贪污腐败、懒散怠惰的风气带到飞虎军中,使他艰难缔造的雄师劲旅变成如官军一样的病猫。于是分别上疏皇上和参知政事周必大,以湖南地势崎岖险阻而飞虎军以穿林剿寇为主不能以常法训练、湘人方言奇异与京城官员交流不便等实情相诉,力阻之。

周必大虽对辛弃疾的行事作风心中有异,但他亦不满一些官员见利必争和官军的颓败之风,上疏道:"臣虽书生,不娴军事,偶有三疑,不敢辄隐,若其不中于理,望陛下怜而恕之。臣闻蛮徭僻在溪洞,唯土人习其地利,可与角逐,所用枪牌器械,专务便捷,与节制之师全然不同,此则辛弃疾创军伍之本意;今若一切教以三衙战阵之法,深虑所招新军用违所长,一也。马军未及二百人,而差将官一员,部队将二十五员,必须量破使令,则是部曲少而主者多,或有十羊九牧之患,二也。凡三衙偏裨,日赴教阅,纪律甚严,不容少怠,闻有外路优轻去处,必是计会请行,在步军先减见成之人,于飞虎未见其益,三也。今若只依已降指挥,且差总领官韩世显或更差正将一两人前去,今与辛弃疾相度,只就飞虎千五百人中推择事艺高强为众所服者,为教头押队之属,既免虚占卫兵,亦使上下相习,似为两得。"

赵眘纳参知政事周必大之言,罢枢密使王淮之请。

此后,飞虎军在辛弃疾和三哥辛勤的领导、训练下益发雄壮,"控扼湖岭,镇抚蛮徼"。不但使湖南境内"盗贼不起,蛮徭帖息",而且还远出湘广、湘赣、湘荆边界缉盗剿匪。日后,更戍边荆(湖北)、京(京西),抗御金贼。后臣有奏:"臣照对湖南飞虎一军,自淳熙间帅臣辛弃疾奏请创置,垂四十年,非特弹压蛮徭,亦足备御边境,北虏颇知畏惮,号'虎儿军'。"

淳熙八年(公元1181年)七月十七日,辛弃疾正在飞虎军营中校阅士卒们操演阵法,忽有府衙差役飞马来报:京城发来圣旨,着辛弃疾从速接旨!

二十 圣旨终于来了

　　辛弃疾这次接到的赵昚圣旨有两点：一是晋升其帖职（职称）为右文殿修撰的嘉奖；二是差知隆兴府兼江西安抚使的调令。

　　辛弃疾依依不舍地告别了飞虎军，告别了湖南，赶往江西。因辛弃疾一向谨慎地躲避"私党"之谤，所以三哥虽然一直是他深为倚赖的臂膀，屡建奇功，但始终未向朝廷破例请置官身。辛勤亦是草莽习性不改，不愿考取功名得官身约束。故而此次转任江西，辛弃疾仍然与三哥联袂而行。

　　依大宋官制，地方官员的任职一年一考，三年一转，但辛弃疾历任的滁州知府、仓部郎官、江西提点刑狱、京西转运判官、湖北安抚使、江西安抚使、大理寺少卿、湖南转运副使以及湖南安抚使等任职均未任满三年，其少则三月，多则两年。此次皇上在圣旨中说明调辛弃疾安抚江西的缘由是"江右大饥，修举荒政"。

　　辛弃疾和三哥来到江西，果然是赤地千里，饿殍遍野。

　　到达隆兴府治所南昌，辛弃疾立即召集各州县主官了解灾情。通过询问得知，今年夏季，江西路赣水以西的隆兴府、筠州、袁州、吉州以及汝水抚州等地大旱，夏粮几乎颗粒无收。前江西安抚使张子颜请得御旨，尽开州县义仓及府库粮仓中所能放赈的余粮以赈灾，但仍无济于事。到现在已是山穷水尽，无粮可放。集市上当初是粮价飞涨，一二月间粮价涨至十倍有余。市民无钱购买,饥迫之下,哄起而抢,于是所有粮店米肆紧闭店门,不敢营业,进一步增加了饥荒烈度。现如今是朝廷府库无粮可拨,市集乡镇一些大户米肆虽有存粮亦不敢开门出售,街渠巷陌的饥民像一群群无头苍蝇一般东撞西抢,为一块树皮、一丝草根而以命相争者比比皆是。

听州府官员们七嘴八舌地说完上述情况后,辛弃疾有些疑惑地问道:"据诸位大人所说,本次饥情主要发生在江西的平原地区,这些地区原本是主要的粮食产区,农户们深知'家中有粮,心中不慌'的道理,所以家家户户理应都有一些储备粮,为何今年只一季歉收,便有如此大规模的饥荒?"

众官员相互对视一眼,低头默默不语。

辛弃疾见状,心知必有隐情。他扫视了众人一周,把目光落在了州府通判的脸上。

州府通判干咳了一声道:"安抚使慧眼如炬!江西素有鱼米之乡称谓,一季歉收本不应造成今日之灾情。无奈,近年来年景平常,收成一般,但前任知府张子颜大人为应对一年一考的功课而年年送报粮米丰收,税收也就年年增加。去年秋季雨水不调,实际农田已是减产,但张大人正值三年一转的调官时刻,于是仍然向朝廷送呈丰收捷报。所以,今年灾害一来,便无力承受了。"

辛弃疾这些年辗转各地,对这等虚报丰收、瞒报灾害以图政绩,或是瞒报丰收、虚报灾害以饱私囊者已是屡见不鲜。此时,他无暇追责前任,问州府通判:"目下农户及农耕情况如何?"

州府通判答道:"现在影响最大的是城镇的米粮供应。一般农户家中多数还是应该有一些存粮的,不过也有相当一部分穷苦农户缺少积蓄,挨不过夏秋两季的接连灾荒而弃地舍家,四出逃荒,由此也更增加了城镇里的饥荒程度。"

辛弃疾听后,神色凝重地说道:"现在正是秋粮播种季节,如若听任饥民四方流浪,势必影响秋种,若今年秋粮歉收,则明年春夏之交饥情会更加严重。"

一众官员均点头称是,但苦于手中无粮,赈济无方,如何制止得了灾民弃地逃荒!

辛弃疾皱眉思忖良久,大手在桌案上一拍,断然而语:"严令各州县乡官吏,坚决禁止本地民户弃地逃荒,有外州县逃荒者,一律驱逐并设法使其回归本土。"

官员们摇头哀叹:"回归本土又如何? 坐视饥饿而死? "

辛弃疾大声道:"我不管你用什么办法,必须禁止弃地撂荒! 只要挨到月底,我便有办法使灾情缓解。"

官员们有的精神为之一振,喜问:"什么办法? "

有的则摇头苦笑:"安抚使是说奏请皇上开恩,从京司府库调粮? 前安抚使张子颜大人已数度奏请,京司府库无粮可调。"

辛弃疾摇头道:"本路隆兴府、筠州、吉州、抚州等大部分州县地处鄱阳湖平原地带,原本是粮米富足之地,长年积累之下,其富商大户手中必有余粮,只是畏惧饥民哄抢而闭粜不售,如果集市安定有序,粮店米肆恢复营业,即可缓解一部分灾情。所以,即日起各地官府要张榜告谕:闭粜惜售者,一律收官发配;强买哄抢者,一律斩首示众;粮店米肆限价限量出售,市民限人限量购买。"

众官员们有的曾在四年前与辛弃疾一同平定过赖文政的茶寇,知晓辛弃疾铁腕果决的行事作风;有些后任官员亦听闻辛弃疾在湖南平盗时"得贼则杀,不复穷究"的狠辣手段,此时看到辛弃疾目射棱光的刚戾神情,无不心生敬畏。同时,对稳定社会治安也充满信心。

辛弃疾望着略现振作但仍是忧心忡忡的官员们,声音略有平缓地说道:"诸位大人放心,辛某去年履职湖南转运副使,亦曾经历湘南饥荒。在我看来,此次江西饥荒比之湘南,情形要好上许多。江西水系发达,交通便利。沿江而下,其北是巢湖平原、其东是太湖平原;溯江而上,其西是洞庭湖平原,此三地皆有粮仓之称。虽然官府储粮有限无法调拨,但民间积蓄必多盈余,如若组织得当,必可得三地之粮以解江西之饥。"

有人摇头道:"辛帅之言自是在理。江西地利之便属下等亦曾想到,亦曾北去巢湖、东下太湖购粮,无奈一来人手有限,二来资金不足,所购之粮亦是杯水车薪而已。"

辛弃疾低头默想片刻,出言道:"如此大面积的饥荒,单靠官府出人出钱采办粮米自是难以遍及县乡,不过,我们可以调动民间力量四出购粮。"

众官员纷纷出言:"如何调动?"

"资金何来?"

"此事难以组织!"

"有钱的富商大户本就不缺粮,缺粮的多为穷苦下民,让他们去筹粮,岂不等同于逃荒?"

……

待众人议论稍歇,辛弃疾出言道:"我如此计议,众位大人看是否可行。第一,昭告各州、县、乡官吏、儒生及商贾、市民,推举端良实干者,联络有余粮地区的同僚、亲朋、好友运粮来赣以售;亦可亲自出赣采办粮米,官府出公钱借贷本金,粮米运回售罄后还本,不加利息。第二,自隆兴府以下各州府,尽出公钱以贷,如若现钱不足,则以官府所有银器折抵,不得存私。第三,鼓励富商大户有财力者自行采办。第四,诏告市集,所有粮米运到后,放开粮价,不禁渔利,以调动其采购粮米的积极性。"

众人听闻后,均觉此法可行。只是有人担心不禁渔利,米价过高众多贫民无钱购买,仍是饥荒难解。

辛弃疾答曰:"不必担心,商贾渔利越高,则外出采办之人越多,运回的粮米亦多。粮米多,则米价自跌。另外,在民间采办的同时,官府亦组织人力进行采办,以购得之粮赈济那些十分穷苦之人。如此挨到秋粮收割,则灾情自解。"

接下来，辛弃疾与众官员又商议了一些落实细节，便各自散去，依法组织实施。

第二天，各州县乡集市便贴出了官府告示：

闭粜者配，强籴者斩。

或许是新任安抚使辛弃疾在江西铁腕平定茶寇和在湖北"得贼则杀，不复穷究"平定盗寇的"恶名"太著；亦或许是新任安抚使辛弃疾在湖南赈济饥荒的政绩给了江西州郡官员和饥民们以强烈的希望与信心，在处罚了几家惜售的粮户和镇压了几起小规模的哄抢事件后，各地的集市便恢复了安定。居民们大多有序地在粮店米肆前排起了长队。虽亦有沿街乞讨、外出流浪、甚或偶有饿毙路旁者，但比之以前则好了许多。县乡官员们则在辛弃疾的严厉督责下，或好言恳求，或威逼利诱，向大户富户募粮借粮，以收拢、赈济逃荒、穷困的乡民。

接下来，辛弃疾逐州逐县地巡视各地官府对采办粮米、安抚饥民、禁绝逃荒等项事宜的落实情况。在巡视中对那些办事不力、疏忽职守的官员，则予以严厉的处罚，或杖责，或鞭笞，或降官，或罢职。致使其属下官吏见其面而股栗，闻其声而心颤，均打起万分精神办事，不敢有一丝懈怠。

九月初，果有运粮船只陆续入赣。官府同时依前言放开粮价，不再规定售卖数量。一时粮价飞涨，民怨沸腾。不过没过多久，随着运粮船只"连樯而至"，粮价便逐渐回落。

至九月末，源源而来的粮米不但基本解除了江西饥荒，而且还填补了因赈灾而虚空的府库粮仓。

赵昚得知江西饥荒在如此短的时间内便解除，非常高兴，诏告辛弃疾：进一秩，转奉议郎。

时居两浙西路建康军知军的朱熹闻辛弃疾在江西修举荒政所出"闭粜

者配,强籴者斩"八字榜文,感佩而赞曰:"这便见他有才。此八字若做两榜,便乱道。"

也有台谏以"风闻"奏辛弃疾"贪污库银、滥杀无辜"者。

进入十月,江西大部分地区农业生产恢复正常。辛弃疾则考虑是否仿效湖南,再在江西建立一支如飞虎军那样的地方武装军队,既可震慑江西大族豪强恃强凌弱,又可镇压赣西、赣南僻荒地区不时发生的盗寇作乱,更为重要的是可以在与金开战时"备做他用"。他深知大宋自立朝以来皇帝及朝廷中枢对军队和掌管军队之人防之又防的敏感态度,三省、六部、台谏们常常借此兴风作浪、铲除异己。他深知自己雷厉风行的行事作风和不留情面的督责下属,必已触及和得罪了不少朝内地方瓜缠丝绕的官员,如若再度触及皇帝这根敏感的神经,能否惹来无端之祸?他谨慎地思索着、犹豫着、踌躇着。

正思索间,州府干办进来禀报,说隶属于江南东路的信州知府谢源明前来谒见。

辛弃疾在任仓部郎官时,曾与当时任职于司农寺的谢源明有过数面之缘,正待出门迎接,州府通判及幕僚刘过已陪同信州知府谢源明跨入房门。

一番寒暄过后,问及谢源明前来之意。谢源明复又起身大礼相拜道:"信州大旱,饿殍遍野,谢某无能,赈济无方,信州与隆兴府咫尺相邻,又闻辛帅调度有方,甫至江西,饥荒立解,故特此前来,厚颜肯请隆兴府出手相援,则信州十数万饥民幸甚,谢某感激不尽。"说罢又一躬到地。

辛弃疾急忙制止,询问详情。

谢源明言道信州春夏两季旱情,与江西无异,加之信州多为山地,土地贫瘠,农户积蓄有限,故而造成大饥。

辛弃疾忙将他在江西赈济饥荒的举措和经验与之分享,谢源明摇头叹道:"信州地贫民穷,年年拖欠朝廷税赋,能用来赈济饥荒的粮钱早已用尽,目前没有银钱贷放购粮本金。"

幕僚刘过插言道:"信州虽然地贫,但北有玉山,南有铅山,铜、铁、铅等物产丰富,何不向场务支借一些用来赈灾？"

谢源明摇头叹道:"这些年来,州府年年透支,能支借的早已支借了。"

州府通判道:"信州饥荒,不到你江南东路建康府申告救济,如何反要找到我江南西路隆兴府来了？"

谢源明又拱手施礼,面现羞愧而语:"通判责备的是。谢某也曾一日三函,并数度亲自前往建康府告急,无奈府库有限,即便放粮,也先可着太平州、宁国府、徽州这些达官显要居多的地方发放。信州是江东最偏远、最不受待见州郡。"他摇摇头,又拱手道,"若不是到了山穷水尽的地步,谢某何敢厚颜来到江西。"

辛弃疾见他语出挚诚,对其一片爱民之心亦深为敬佩,出语道:"依谢知府揣度,需多少粮米可渡此难关？"

谢源明道:"若辛帅肯暂借十万石粮米,可解信州黎庶于倒悬。"

辛弃疾望向州府通判。

州府通判摇头道:"现在我江西路各仓合计储米不过三十万石。这且不说,即便是本州内动用储备粮都要上报朝廷,何况越路借粮,此等违律之举恐有后患。"

幕僚刘过亦言:"辛帅动用库银为本路灾民赈荒尚有小人诬告囊私,若将如此巨额粮米借给他路州郡,不知会否生出事端。"

谢源明听他二人如此讲,不敢再说什么,只是默默不语。

辛弃疾畅然而语:"'溥天之下,莫非王土;率土之滨,莫非王臣。'江东江西均为赤子,皆臣民也。赈饥如救火,我等既有余力便不能见死不救。"

州府通判听罢,无奈地摇头。

幕僚刘过听罢,忧虑地默不作声。

谢源明听罢,激动得说不出话。

此时,州府差役前来禀报,说江西主管漕运的转运判官钱仲耕前来求见。

谢源明见状起身辞道:"辛帅公务繁忙,谢某不便打扰,这就告辞。"

辛弃疾殷切挽留道:"谢知府勿急,我这就着人安排筹粮运粮之事。谢知府暂且盘桓两日,与粮米一道回转岂不更好。"

谢源明见辛弃疾真诚挽留,且与钱仲耕亦相熟稔,故未多推辞。

钱仲耕与辛弃疾、谢源明相见寒暄过后,说及此次前来的原因。原来是转运司在统计今年秋粮应纳税赋时得知隆兴府新建县知县汪义和(字谦之)擅自减免该县税赋。辛弃疾闻之颇感诧异,立即着人叫汪义和前来查问。

新建县就在隆兴府境内,不一刻吏役便带着知县汪义和来到府衙。问及减免税赋之事,汪义和答曰:"今年春夏旱情严重,加之数年以来年年加税,农户家中积蓄已十蠲其八,今秋旱情不减,县境内多数田地歉收,实是难堪重负,若再加税,恐有无数农户弃地逃荒以避税。故已张榜公告减免秋粮,以安民心。"

辛弃疾怫然道:"不我告而专之,可乎?"

汪义和倔强地昂首道:"农民已困,将为饿殍,赋安从出?明示以所减数,俾户知之,犹足以系其心;必待禀明,缓不及事,奈何?"

辛弃疾怒道:"强词夺理!今夏旱灾已禀明圣上予以减税,现各州县虽不能说时雨丰沛,亦不至于有大饥之忧,何独新建县'将为饿殍'?况新建县临水抱湖,田腴土沃,何至于农户弃耕逃税?必是你欲借朝廷之赋而私沽美名,此等奸巧之徒,不惩何以儆效尤!"说罢,便呼吏役,欲以杖责惩戒。

汪义和在吏役的拉扯下仍倔强地大呼:"某头可断,言不可食。"

州府通判上前劝阻辛弃疾道:"辛帅且慢,此中或有隐情,且容汪知县分说一二,再予以责罚不迟。"

辛弃疾示意吏役放开汪义和。

汪义和整整衣衫,拱手向辛弃疾道:"辛大人曾三度帅领江西,对江西情势熟稔于心,可曾想过两个问题?"

辛弃疾问道:"哪两个?"

汪义和道："其一，为何江西水旱之灾一年频似一年？其二，为何此次饥荒赣北的平原富庶地区反而比赣南僻荒穷困的山区更为严重？"

辛弃疾经他一说，方才想到确实如此。低头默想片刻，一时未明所以，于是对汪义和道："汪知县有何话说？"

汪义和道："此次饥荒，隆兴府最为严重，而隆兴八县中又以新建县为最。其实不仅是此次，近年来凡遇水旱之灾，隆兴府及新建县的灾情都比他处严重，其原因就在于辛大人所言之'临水抱湖'。"

辛弃疾听他此说，举起手臂，又欲拍案斥其强词夺理，转而止住，以手招吏役为知县汪义和设座，汪义和拱手致谢入座。

辛弃疾道："汪知县如说水灾乃临水抱湖所致，尚有可原；说临水抱湖乃旱灾之源，如何令人信服？"

汪义和见辛弃疾神情有所缓和，又整整衣襟，慢条斯理地道："此事说来话长，容属下细禀。"

辛弃疾点点头。

汪义和道："此事的根源在于'废湖为田'。自唐以来，因人口增长，耕地有限，于是筑坝叠堰，泄湖水而为农田，但规模不大，危害不显。熙宁年间，王安石上《湖田疏》，开始大规模废湖，不过也还没有波及江西。靖康之难后，北地人口大量南迁，先是两浙，其次福建，再次便是江西。到江西后，首选之地便是隆兴府这等平原富庶、风景秀美的鱼米之乡，使原本就人口稠密的隆兴府土地更为紧张，这便开始了大规模的废湖为田。在废湖为田的同时，又杂以废河为田。"

辛弃疾道："这也是无奈之举，何况河湖滩地，肥美膏腴，辟为农田，既增加了国家的赋税收入，又避免了南迁之人与当地原住民争抢土地，岂不是两全其美的好事？这又与水旱灾害有甚大干系？"

汪义和摇头道："在小人看来，这废河湖而为农田实是弊大于利。第一，将河湖滩涂筑坝围田，使河道变窄淤塞、湖区容量变小，雨量稍大便会发生水灾。第二，废湖河而为农田，使原本临湖临水的农田便失去了灌溉的水源，稍有旱情，便成大灾。第三，所围得的滩涂农田看似膏腴，实则抵御灾情能力甚低，因其地势低于河湖水位，一遇大水则汪洋一片；因其土质细腻，几天无雨便干涸龟裂，实在是得不偿失。"

江西转运使钱仲耕点头道："汪知县之言，有一定的道理。河道变窄、湖区缩小，不但使原有农田失去了灌溉的水源、降低了河湖蓄水泄洪的能力，还影响水路的漕运交通。故而朝廷已下令停止废湖。"

辛弃疾见信州知府谢源明似有话要讲的模样，便对其说道："谢知府有何见教？"

谢源明微笑道："不敢。汪知县所言不虚，江南东路亦有大量围湖而成的圩田。两浙路湖泊众多，南迁的人口最多，因而圩田也最甚。我亦认为废湖为田实是弊大于利，在司农寺任职时我便留意到这一问题。我查阅了历代有关史料，发现隋唐之时水灾每十六年左右发生一次，大宋立国至南渡前，增至每九年左右发生一次，南渡后又有增加，大概每五年发生一次，如果加上旱灾，大概是每两年左右就发生一次，这与废湖为田有很大的关系。我也曾上疏谏止圩田，且应退田还湖，以抵御水旱频发之害。可惜不但未被朝廷采纳，还引发许多大官的不满。"

刘过接过话头说道："谢知府提到两浙圩田，我倒想起一事。浙东明州（治所在今宁波）鄞县有广德湖，周回五十里，蓄诸山之水利，以灌溉鄞县七乡民田四百顷，其利甚广。宣和年间（公元1119—1125年）有名为楼异者，任职随州（湖北境内），不满意，欲回家乡明州任职。其时高丽入贡，从海道到明州再易河船到汴京，徽宗甚喜高丽之来，拟隆重款待，特设来远局于明州，专治此事。楼异向徽宗献言，废广德湖为田，租岁收入供高丽入贡往来之用，徽宗即命其改知明州。于是废全湖为田，共得七百二十顷。募民佃种，岁入租米仅两万石，然七乡之田，无岁不旱，百姓无不痛骂楼异。"

谢源明又道："我在司农寺时曾见有人做过粗略统计，各地取诸河湖之田共有四万余顷之多。仅以此数便可知废湖淤河之巨。江南及两浙路中如广德湖这般全废的不在少数，即便有些不是全废，亦被侵蚀得面目全非。"

辛弃疾向知县汪义和问道："依汪知县所知，江西湖田状况如何？"

汪义和道："据我所知江西境内凡有湖泊河流之处，均有圩田之举，其中尤以隆兴府为最。以辛大人《鹧鸪天·聚散匆匆不偶然》一词赞誉过的'萦绿带，点青钱'的东湖来说，其面积比之以往，几近缩小四成。虽然朝廷已明令禁止再废湖为田，但偷盗为田者仍是禁而不止，其面积仍在不断缩小。"

辛弃疾怒道："既然朝廷有令，又明知有盗，何不止之。身为知县，有如此枉法而大言不惭者乎！"

汪义和面红耳赤，梗起脖颈便欲争辩。信州知府谢源明看出汪义和是一个耿倔之人，怕他言语太直，说出一些强硬顶撞之语，于辛弃疾颜面上不好看，于是忙出言道："谢某多言一句，辛帅勿怪。我素来关心圩田之事，据谢某所知，敢于盗湖为田者，非富即贵，莫说一县之主，即便是有公卿之尊，恐怕有些人亦不放在心上。"

汪义和在旁重重点头，以示万分赞同，向谢明源投去感激的目光。

辛弃疾稍微平复了一些语气问汪义和："废湖盗湖者为何人？"

汪义和扳指而数："有皇室宗族、遗族，有文武功臣，有寺庙道观，有州县学田，有地方望族豪强，有朝廷赏赐勋官职田者，亦有内侍权贵以此地风和景丽而置产置业者……"数罢又道，"这些皇亲贵戚、文武大员财大势大，不但盗湖盗河，还侵占兼并平民的良田，迫使百姓及无权无势的北方归正人等只能向山要田，毁林开荒，破坏草木，以致雨水稍多，便成山洪，而山下河湖又被淤塞，故而使得灾害频发。不仅如此，这些皇亲贵戚、寺庙道观、文武大臣的勋田、职田以及州县的学田占尽良田却不需纳税，其税赋都要分摊在那些多为瘠田薄田的平民身上。辛大人试想，此等情形之下，平民百姓在新罹饥荒之后，哪有余粮余钱纳税，如不减免，除弃地逃荒之外，唯有寻死一途可走！属下来新建任职之前，就曾听说此地发生过举家二十人同赴水而死的惨剧！"

汪义和在激动之下，无所顾忌地将郁结于胸的愤懑、积怨一口气地抒发出来。

辛弃疾偏头看向信州知府谢源明。

谢源明点头道："辛帅好友范成大正在明州知府任上，日前谢某刚得到至能寄自明州的四首绝句，可否也寄给辛帅品鉴？"

辛弃疾摇头表示未曾得到。

谢源明道："想是至能知我一向关注废湖一事之故耳。至能以其在浙东明州所见废湖围田之害入诗，正可印证汪知县所言。"说罢即诵出范成大的《围田叹四绝》——

万夫湮水水干源，障断江湖极目天。
秋潦灌河无泄处，眼看漂尽小家田。

山边百亩古民田，田外新围截半川。
六七月间天不雨，若为车水到山边。

壑邻罔利一家优，水旱无妨众户愁。
浪说新收若干税，不知遗失万新收。

台家水利有科条，膏润千年废一朝。
安得能言两黄鹄，为君重唱《复陂谣》。

辛弃疾听罢，神情越发严峻。他意识到此前未曾关注过的这废湖围田问题的严重性。他意识到废湖不禁，则民生不保，民生不保，则税无所出，税无所出，则军无所费，军无费，则国难保、恢复无望……

辛弃疾把大手往桌案上一拍，说道："汪知县，此次擅自减免税赋一事，权作本府同意，暂不追究。但下不为例，如若今后再自作主张，必严惩不贷。"

汪义和站起身拱手谢罪。

辛弃疾遂与江西转运使钱仲耕商议，将隆兴府八县税赋一并免除。

辛弃疾又向州府通判道："明日召令各州县，清查其境内圩田情况，然后以工代赈，退田还湖、疏通河道，同时核查土地，制止兼并、清缴税赋。从今天起，要将此事当作头等大事来办。"又对汪义和道，"汪知县立即回去着人测算疏浚河湖所需人力工时、米粮数额，三日后来报。"

汪义和站起身而未退，踌躇而不语。

信州知府谢源明和幕僚刘过同声急语："辛帅三思！"

辛弃疾知道他们是怕此事牵扯朝中上下诸多利益关系而为自己担忧，拱手道："谢知府，深甫（刘过字），辛某心知此事牵扯颇多，不过，这是关乎朝廷社稷、百姓存亡的大事，辛某责无旁贷。"

辛弃疾对州府通判和汪义和道："二位放心，本府知道此事干系重大，先请各州县查清底细，预做准备，待本府上疏禀明圣上之后，再行实施。"又转身对信州知府谢源明道，"谢知府对圩田之事精研细究多年，还请不吝赐教，将江南、两浙废湖、盗湖情状详细述之于我，我一并上疏陈请圣上。退田还湖不能只顾及江西一路，举国都应革除废湖、盗湖之害。"

送走诸人后，辛弃疾便与谢源明回到后堂，详细问询了各地废湖围田情况及对赋税、民生的利弊影响，立即上疏皇上，强烈建议采取严厉措施，坚决禁止废湖、盗湖行为及对官田、职田、豪强大户等实施土地清丈，退田还湖、退田还民。

两天后，辛弃疾送走了信州知府谢源明及十万石赈济米粮。

三天后，辛弃疾亲自到新建县衙查问盗湖情状及疏浚河湖所需人工米粮问题。汪义和虽对此事心有忐忑，但仍是尽心尽力地予以操办。经汪义和及县衙同僚的紧张勘查测算，结果是如若以往不计，仅疏浚三年内因盗湖盗河所造成的淤塞，每日需役工数千人，以每日二升口粮计，则共需粮米五十余万石。不过，百姓们听说要疏浚河湖，都欢欣鼓舞，奔走相告，许多人表示愿意自携粮米，义务献工。汪义和还善意地提醒辛弃疾，已有传言说辛弃疾疏浚东湖是为游观取乐之便，辛弃疾一笑置之。

从新建县回来后，辛弃疾的心情久久不能平静。他从百姓们对疏浚河湖的热烈态度中进一步体会到废湖盗湖给他们造成的侵害是多么深重，这进一步坚定了辛弃疾退田还湖的决心。

但是，在对其他州县的查问中却受到了多数人的反对和抵制。他们表示核查工作受到各方权贵势力的干扰，推行的难度很大，辛弃疾对其加以严厉斥责。为减轻地方官员们的压力，他提出对于土地兼并的问题可暂时不予追究，获得朝廷准允的围田亦不追究，只清查三年内偷盗湖河之田。于是，各州县在辛弃疾的严厉督责下，展开了轰轰烈烈的清查盗田运动。这一运动惊坏了那些权贵豪富，有忧惧自身利益遭受侵害者；有不明所由，以为官府为聚敛税赋而驱使胥吏敲诈勒索者；亦有以为奸猾胥吏蒙蔽官府借清查之由而营私者。

江西豪族陆氏硕儒、理学太斗、心学开山祖师陆九渊修长书致辛弃疾——

窃见近时有议论之蔽，本出于小人之党，欲为容奸瘦愿之地，而饰其辞说，托以美名，附以古训，要以利害，虽资质之美、心术之正者，苟思之不深，讲之不详，亦往往为其所惑。……而县邑之间，贪饕矫虔之吏，方且用吾君禁非惩恶之具以逞私济欲，置民于囹圄械系鞭棰之间，残其支体，竭其膏血，头会箕敛，槌骨沥髓，与奸胥猾徒厌饫咆哮其上，巧为文书，转移出没，以欺上府。操其奇赢，与上府之左右缔交合党，以蔽上府之耳目。……今日邦计诚不充裕，赋取于民者诚不能不逾于旧制，居计省者诚能推支费浮衍之由，察收敛渗漏之处，深求节约俭尼之方，时行施设已责之政，以宽民力,以厚国本,则于今日诚为大善;若未能为此,则亦诚深计远虑者之所惜。然今日之苦于贪吏者则不在此。使吏果不贪,则因今之法,循今之例,以赋取于民,民犹未甚病也;今贪吏之所取,供公上者无几,而入私囊者或相十百或相千万矣。……贪吏害民,害之大者;而近时持宽仁之说者仍欲使监司郡守不敢按吏,此愚之所谓议论之蔽而忧之未能去怀者也。不识执事以为如何。今江西系安抚修撰是赖,愿无摇于鄙陋之说,以究宽仁之实,使圣天子爱养之方,勤恤之意,无远不暨,无幽不达,而执事之旧节素守无所屈挠,不胜幸甚。

辛弃疾不为所动,继续严厉督责州县胥吏加紧查测盗田、准备清淤工作,一俟圣上批允,即开工浚疏。官绅豪富们则纷纷各寻门路,以各种方式加以阻挠:找人请托、贿赂隶吏、上书台谏、进京告状,使出各种解数加以抵制。

陆九渊复又上书台谏故交徐子宜(字景明),隐姓潜名地怒批辛弃疾在江西执政的种种"劣行":

　　婺女之行,道经上饶,闻说其守令无状,与临川(江西)大不相远。既而闻景明劾罢上饶、南康二守,方喜今时监司乃能有此,差强人意。刘文潜作漕江西,光前绝后,至其帅湖广,乃远不如在江西时,人才之难如此。某人(暗指辛弃疾)始至,人甚望之,旧闻先兄称其议论,意其必不碌碌,乃大不然。明不足以得事之实而奸黠得以肆其巧,公不足以遂其所知而权势得以为之制。自用之果,反害正理,正士见疑,忠言不入。护吏而疾民,阳若不任吏而实阴为所卖,奸猾之谋无不得逞,贿赂所在无不如志。闻有一二行遣,形若治吏,而伪文诡辞、诏顺乞怜者皆可回其意,下人转移其事如转户枢。胥辈窥之审、玩之熟,为日久矣,所欲为者如取如携,不见有毫发畏惮之意。唯其正论诚意则扞格不入,乃以此自谓其公且明也。良民善士,疾首蹙额、饮恨吞声,而无所控诉。公人世界其来久矣,而尤炽于今日。

　　纷纷扰扰的告状大军会聚于临安朝堂。"鲠亮敢言"的监察御史王蔺率先祭起弹劾大纛,指斥辛弃疾"用钱如泥沙,杀人如草芥",并翻出旧账,弹劾辛弃疾"奸贪凶暴,帅湖南日虐害田里"。各路英豪随风而起,"据臣所见""据臣所知""据臣所查""据臣所闻""民间风闻"等弹劾奏牒雪片般送到赵眘手中。赵眘心知此乃辛弃疾退田还湖动议触动各方利益所致,无奈在"群情激愤",声滔浪涌情势下,不得不有所表示,于是,下诏书改除辛弃疾为浙西提点刑狱。谁知诏书发出未几日,朝中又掀起了更为汹涌的弹劾浪潮。原来,朝中官员多为两浙人士,深知辛弃疾此时心怀退田还湖、制止兼并之念,而提点刑狱之职兼有劝耕励农之责,以辛弃疾"不甘寂寞"之行事作风,其到浙西主政农事必然要继续"虐害田里"、祸及江浙,于是,浙西的官宦贵戚联络浙东、江东以至于福建、湖北江汉等地的权势豪族遂闻风而动,蜂拥而出,勾亲援故,拉朋挟友,再次群起而攻之,一副熏天蔽日、不死不休之状。

　　淳熙八年(公元 1181 年)十二月二日,辛弃疾收到了崔敦礼之弟、翰林权直崔敦诗为赵眘草诏的《辛弃疾落职罢新任制》:"淫风殉货,义存商训之明;酷吏知名,事匪汉朝之美。岂意公平之世,乃闻残黩之称。罪既发舒,理难容贷。尔乘时自奋,慕义来归,固尝推以诚心,亦既委之方面。曾微报效,遽暴过愆:肆厥贪求,指公财为囊橐;敢于诛艾,视赤子犹草菅。凭陵上司,缔结同类,愤形中外之士,怨积江湖之民。方广赅遗,庶消讥议。负予及此,为尔怅然。尚念间关向旧之初心,迄用平恕隆宽之中典:悉镌秘职,并解新官。宜讼前非,益图后效。"其后是御笔朱批的一个"可"字。

　　辛弃疾接到诏书后,苦笑道:"终于来了!"

　　刘过愤然而语:"'信而见疑,忠而被谤。'岂不令天下志士心寒!我来草奏,为辛帅辩污!"

　　辛弃疾摇头道:"罢了。有'乘时自奋,慕义来归'一句,也算聊慰我心。"

尾声 杀贼！杀贼！

　　淳熙八年(公元 1181 年)十二月，四十二岁的辛弃疾落职回到上饶带湖稼轩。他拴住伴他驰骋南北的"栗色的卢"，挂起随他叱咤风云的腰间宝剑，开始了他"带湖吾甚爱，千丈翠奁开。先生杖履无事，一日走千回"的退隐生活。他与"冰肌不受铅华污。更旋旋、真香聚"的爱妻一起临溪植杖，"稻花香里说丰年，听取蛙声一片"；他执鞭教子，"万事几时足，日月自西东。无穷宇宙，人是一粟太仓中。一葛一裘经岁，一钵一瓶终日，老子旧家风"，并将他们的名字都改从"禾"字，意在"以力田为先"；他"同盟鸥鹭""人间走遍却归耕；一松一竹真朋友，山鸟山花好弟兄"；他访朋拜友，"醉倒东风眠永昼，觉来小院重携手"。但他更心心念念的依然是"白日射金阙，虎豹九关开"；他"最苦浔阳江头客，画舸亭亭待发"；他仰天长啸，"算平戎万里，功名本是，真儒事，君知否"；他对酒苦吟，"短檠灯，长剑铗，欲生苔。雕弓挂壁无用，照影落清杯"；他叹"汗血盐车无人顾，千里空收骏骨"；他悲"剩水残山无态度，被疏梅、料理成风月"。他"以气节自负，以功业自许"，与友朋唱和，与菊柳共语，邀峰岚同赋，携风雨入词，"闲中书石，兴来写地"，写下了无数辞章。他的学生范开将他的辞章编成《稼轩词甲集》刊印出版，"大声鞺鞳，小声铿鈞，横绝六合，扫空万古"的"稼轩词"旋即鹊起于士林。人们争相传阅，一时洛阳纸贵。往昔人们口中赞誉的"辛侯"，渐被"稼轩"而代之，"挥毫未竟，而客争藏

378

去"。

淳熙十四年(公元 1187 年)太上皇驾崩,谥号受命中兴全功至德圣神武文昭仁宪孝皇帝,庙号高宗。赵昚闻太上皇驾崩,失声痛哭,两天不能进食,诏曰:"大行太上皇帝奄弃至养,朕当衰服三年……" 诏令太子赵惇参与政事。是年,王淮欲进拟辛弃疾除一帅,周必大以"凡幼安所杀人命,在吾辈执笔者当之"而坚拒。赵昚似乎并没有完全忘记辛弃疾这个"缓急可用之才",赐予他主管武夷山冲佑观的祠禄官。

淳熙十五年(公元 1188 年),陈亮到访带湖"稼轩",辛弃疾喜不自胜。五十岁的辛弃疾和四十五岁的陈亮,这两个同怀同抱、命途多舛、遭际相类、壮志满腔、蹉跎半生的至交知己,彻夜倾心,纵论古今,共话恢复,抵手相谈十日。临别,辛弃疾仍"意中殊恋恋,复欲追路,至鹭鸶林,则雪深泥滑不得前矣。独饮方村,怅然久之,颇恨挽留之不遂也",复赋壮词《破阵子》以寄:

醉里挑灯看剑,梦回吹角连营。八百里分麾下炙,五十弦翻塞外声。沙场秋点兵。 马作的卢飞快,弓如霹雳弦惊。了却君王天下事,赢得生前身后名。可怜白发生。

淳熙十六年(公元 1189 年)二月,赵昚见恢复无望,回天无力,遂志隳意颓,又逢金国一代英主完颜雍(金世宗)驾崩,因其子完颜允恭早逝而传位给其孙完颜璟(金章宗)。六十二岁的赵昚羞于依照叔侄之盟向二十一岁的完颜璟称叔而致国礼,遂禅位给太子赵惇(宋光宗),自称"寿皇圣帝",改年号为"绍熙"。

绍熙三年(公元 1192 年),五十三岁的辛弃疾在闲居十年后得到了重新起用,诏命起福建提点刑狱。在远赴东南福建上任前的朝堂召对中,辛弃疾仍然念念不忘北地边事,再次上疏《论荆襄上流为东南重地》,力陈御敌抗金之策:

　　臣窃观自古南北之分,北兵南下,由两淮而绝江,不败则死;由上流流而下江,其事必成。故荆襄上流为东南重地,必然之势也。虽然,荆襄合而为一,则上流重;荆襄分而为二,则上流轻。上流轻重,此南北之所以为成败也。六朝之时,资实居扬州,兵甲居上流。由襄阳以南,江州以西,水陆交错,壤地千里,属之荆州,皆上流也。故形势不分而兵力全,不事夷狄而国势安。其后荆襄分而梁以亡,是不可不知也。今日上流之备,亦甚固矣,臣独以为缓急之际,犹泛泛然未有任陛下之责者。臣试言之:

　　假设虏以万骑由襄阳南下,冲突上流,吾军仓卒不支,陛下将责之谁耶?责襄阳军帅,则曰:"虏以万骑冲突,臣以步兵七千当之,大军在鄂,声援不及,臣欲力战,众寡不敌,是非臣之罪也。"责鄂渚军,则曰:"臣朝闻警,夕就道,卷甲而趋之,日且百里,未至而襄阳不支,是非臣之罪也。"责之襄阳守臣,则曰:"臣守臣也,知守城而已,军则有帅。战而不支,虏骑冲突,是非臣之罪也。"责荆南守臣,则曰:"荆与襄两路,道里相去甚远,襄阳之不支,虏骑冲突,是非臣之罪也。"彼数人者以是辞来,朝廷固无辞以罪之也。然则上流之重,果谁任其责乎?

　　陛下胡不自江以北,取襄阳诸郡合荆南为一路,置一大帅以居之,使壤地相接,形势不分,首尾相应,专任荆襄之责;自江以南,取辰、沅、澧、常德合鄂州为一路,置一大帅以居之,使上属江陵,下连江州,楼舰相望,东西连亘,可前可后,专任鄂渚之责。属任既专,守备自固,缓急之际,彼且无辞以逃责。如此,上流之势固不重哉!外不失两路之名,内可以为上流之重,陛下何惮而不为?

　　虽然,臣闻之:天下之势有离合,合必离,离必合。一离一合,岂亦天地消息之运乎?周之离也,周不能合,秦为驱除,汉故合之。汉之离也,汉不能合,魏为驱除,晋故合之。晋之离也,晋不能合,隋为驱除,唐故合之。唐之离也,唐不能合,五季驱除,吾宋合之。然则已离者不必合,岂非盛衰相乘,万物必然之理乎?厥今夷狄,物多地大,德不足,力有余。过盛必衰,一失其御,必将豪杰并起,四分五裂。然后有英雄者出,鞭笞天下,号令海内,为之驱除。当此之时,岂非天下方离方合之际乎?以古准今,盛衰相乘,物理变化,圣人处之,岂非慄慄危惧,不敢自暇之时乎?故臣敢以私忧过计之切,愿陛下居安虑危,任贤使能,修车马,备器械,使国家有屹然金汤万里之固,天下幸甚,社稷幸甚。

辛弃疾上疏罢,启程赴闽。时朱熹闲居福建建阳,辛弃疾登门问政,朱熹答曰:"临民以宽,待士以礼,驭吏以严。"辛弃疾深以为然。尽管他退居带湖稼轩时曾赋词"刚者不坚牢,柔者难摧挫。不信张开口了看,舌在牙先堕"以反思自嘲,但临机自处却又"看依然、舌在齿牙牢,心如铁"。

到任福建后,他遵朱熹之言同时也是他一贯作风而行事。他严治贪官污吏,"厉威严,轻以文法绳下,官吏惴栗,唯恐奉教条不逮得谴";他为减轻盐民生产及盐帮长途贩运负担而推行"盐钞法";他为禁止皇室遗族、官宦豪富的土地兼并而推行"经界法";他建立备安库,积钱五十万缗,以供官府赈济及军人请给之用;他宽民刑罚,仅长溪一县便辨释五十余名无辜囚犯,"仅留十余人于狱"。绍熙四年(公元1193年)朝廷加辛弃疾集英殿修撰、知福州,起居郎兼中书舍人楼钥(字大防)所撰制词中称颂辛弃疾在闽治绩:"比居外台(地方官),谳议从厚,闽人户知之。"

绍熙五年(公元1194年),赵眘崩逝,年六十八,累谥号绍统同道冠德昭功哲文神武明圣成孝皇帝,庙号孝宗,《宋史》有赞——

高宗以公天下之心,择太祖之后而立之,乃得孝宗之贤,聪明英毅,卓然为南渡诸帝之称首,可谓难矣哉。即位之初,锐志恢复,符离邂逅失利,重违高宗之命,不轻出师,又值金世宗之立,金国平治,无衅可乘,然易表称书,改臣称侄,减去岁币,以定邻好,金人易宋之心,至是亦寝异于前日矣。故世宗每诚群臣积钱谷,谨边备,必曰:"吾恐宋人之和,终不可恃。"盖亦忌帝之将有为也。天厌南北之兵,欲休民生,故帝用兵之意弗遂而终焉。然自古人君起自外藩,入继大统,而能尽宫廷之孝,未有若帝。其间父子怡愉,同享高寿,亦无有及之者。终丧三年,又能却群臣之请而力行之。宋之庙号,若仁宗之为"仁",孝宗之为"孝",其无愧焉,其无愧焉!

寿皇驾崩,患有精神疾病的光宗(赵惇)因平日受生性悍妒的皇后(李凤娘)挑唆对寿皇怀恨在心而拒不执丧,枢密使赵汝愚(宋太宗赵光义八世孙)与阁门事韩侂胄(宪圣皇后吴氏之甥,恭淑皇后韩氏叔祖,宋神宗第三女唐国长公主之孙)商请宪圣皇后(高宗皇后)垂帘决事,逼皇帝禅位于儿子嘉王赵扩(宋宁宗),改年号为"庆元"。是年七月,辛弃疾因谏官黄艾弹劾"残酷贪饕,奸赃狼藉"而罢帅任,主管建宁府武夷山冲佑观。九月,御史中丞谢深甫(韩侂胄党徒)弹劾已罢职的辛弃疾"交结时相,敢为贪酷,虽已黜责,未快公论",罢辛弃疾集英殿修撰,降充秘阁修撰。十月,御史中丞何澹再奏:"弃疾酷虐哀敛,掩帑藏为私家之物,席卷福州,为之一空。"第二年(庆元二年,公元1186年),朝中言官继续穷追辛弃疾"赃汙恣横,唯嗜杀戮,累遭白简(弹劾奏章),恬不少悛。今俾奉祠,使他时得刺一州,持一节,帅一路,必肆故态,为国家军民之害。"罢辛弃疾武夷山冲佑观主管之职。

罢职后的辛弃疾回到带湖稼轩,开始了他第二次的退隐生活。不久带湖稼轩因大火被毁,辛弃疾举家移居于铅山期思村下。辛弃疾为其居园取名"瓢泉",当是取《论语·雍也》章"一箪食,一瓢饮,在陋巷,人不堪其忧,回也不改其乐"之意。"不改其乐",或于辛弃疾心中与"不改其志"同属耳。

庆元五年(公元1199年)三月,大儒朱熹病逝于福建建阳。在此之前,权势熏天的韩侂胄为剪除异己而发动"庆元党禁",诬朱熹纳尼为妾,列道学为"伪学",凡与朱熹稍有瓜葛之人,均被冠以"伪党",或罢黜贬谪,或流放充军。甚至规定在官员荐举、进士结保的文牒上必须写明"如是伪学,甘受朝典"之语。又仿效北宋元祐党禁之法,置《伪学逆党籍》,列宰执赵汝愚、留正、周必大、王蔺四人;待制以上朱熹、徐谊、彭龟年、陈傅良等十三人;余官刘光祖、吕祖俭、叶适等三十一人;武臣皇甫斌等三人;士人杨宏中、蔡元定、吕祖泰等八人,共计五十九人入籍。一时间,上自朝廷,下至闾里,闻"道学"而股栗,视朱熹若瘟疫。

朱熹病逝后,朝廷又明令布告官员士人均不允前往吊唁,"门生故旧至无送葬者"。六十岁的辛弃疾闻朱熹故去、朝廷勒令禁祭,哀而恸哭,怒而拍案,不但从江西亲自前往福建吊唁,还奋笔而书"所不朽者,垂万世名。孰谓公死,凛凛犹生"十六个大字献于朱熹灵前。

嘉泰三年(公元1203年),韩侂胄政途久困,为收揽士大夫之心,稍弛党禁,进用废退之人,六十四岁的辛弃疾在退居铅山瓢泉十年后,再次被起用为知绍兴府兼浙东安抚使。辛弃疾到任后,在修举农事、盐政的同时屡次遣谍入金,窥知金国皇帝完颜璟沉湎酒色,朝政荒疏,内讧迭起,又为北部鞑靼等部所扰,无岁不兴师讨伐,兵连祸结,府库空匮,国势日弱,遂建言朝堂曰:"金国必亡,愿属大臣备兵,为仓卒应变之计。"

嘉泰四年(公元1204年),韩侂胄思立盖世功名以自固,意图北伐,欲借辛弃疾之名而壮大其势,遂加辛弃疾宝谟阁待制、提举佑神观、奉朝请(有参加朝会的资格),差知镇江府,赐金带。

镇江位居长江中下游的北向突出部,乃抗金北伐之重镇,辛弃疾收到知镇江府的诏令后,难掩兴奋之情,携诏拜访了一生以北伐恢复为怀、时已退休家居绍兴山阴、年届八十的陆游老先生。

辛弃疾与陆游早在南归之初便已相识,二人共有炽烈的爱国之情,同怀坚定的恢复之志,遂成忘年莫逆之交。后因各自宦游东西、贬居南北,相见日少而神意相属。辛弃疾起知绍兴府后,二人时常相会。辛弃疾见陆游草庐破旧,曾屡次提议要出资为其修整,陆游深知辛弃疾遭人所嫉,数次以贪赃聚敛之名被谤,生怕为其再惹事端而坚拒不受。此时,陆游听闻自隆兴议和后湮寂四十余年的北伐之声再度响起,心情无比振奋,又闻资兼文武的"小友"辛弃疾出知镇江府,更是欣喜异常,他强睁昏花老眼,提举颤抖的手臂,兴奋地为辛弃疾赋诗一首——《送辛幼安殿撰造朝》:

稼轩落笔凌鲍谢,退避声名称学稼。

十年高卧不出门,参透南宗牧牛话。

功名固是券内事,且葺园庐了婚嫁。

千篇昌谷诗满囊,万卷邺侯书插架。

忽然起冠东诸侯,黄旗皂纛从天下。

圣朝仄席意未快,尺一东来烦促驾。

大材小用古所叹,管仲萧何实流亚。

天山挂旆或少须,先挽银河洗嵩华。

中原麟凤争自奋,残房犬羊何足吓。

但令小试出绪余,青史英豪可雄跨。

古来立事戒轻发,往往谗夫出乘罅。

深仇积愤在逆胡,不用追思灞亭夜。

诗中既饱含着对辛弃疾的赞誉和期许,又流露出对辛弃疾刚拙不摧性情的担忧和规劝。

辛弃疾到达镇江府后,立即着手筹备抗金北伐。他深悉知己知彼乃决胜之第一要务,他数遣间谍深入金国境内继续搜集情报,侦察其兵骑之数,屯戍之地,将帅之姓名,帑廪之位置,随时掌握金国的动向。他深知现在的官军多是"厩马肥死弓断弦""将军贵重不据鞍",他打造红色铠甲万领,准备招纳土丁万人加以训练。他对北伐充满着渴望,充满着必胜的决心。但他亦心存惴惴,他担心朝中执事者们急功近利,他担心那些不谙兵事的掌权者们轻敌冒进。他在兴奋与激动、担心与忧虑的矛盾情绪下,登临京口北固亭,吟出了流传千古的辞章——《永遇乐·京口北固亭怀古》：

千古江山，英雄无觅，孙仲谋处。舞榭歌台，风流总被，雨打风吹去。斜阳草树，寻常巷陌，人道寄奴曾住。想当年、金戈铁马，气吞万里如虎。元嘉草草，封狼居胥，赢得仓皇北顾。四十三年，望中犹记，烽火扬州路。可堪回首？佛狸祠下，一片神鸦社鼓。凭谁问、廉颇老矣，尚能饭否？

京城朝堂中的韩侂胄也被充满矛盾的心绪搅扰得坐立不安。他一方面想借辛弃疾这样的老臣为其充门面、壮声威，另一方面又怕北伐胜利后，这些老臣抢去了他的功劳，思前想后的结果还是以排除异己为第一要务。于是，于开禧元年（公元 1205 年）七月以"好色贪财，淫刑聚敛"之名将辛弃疾罢归，是年辛弃疾六十六岁。

开禧二年（公元 1206 年）四月，皇帝赵扩便在韩侂胄的力主下下诏北伐，分东（两淮）、中（荆鄂）、西（川陕）三路向金国发动进攻。开战初期，宋军收复了泗州、虹县、新息等地。但由于金国事先得到了风声，觉察到南宋"将谋北侵"，已有准备，在遭到进攻后立即进行了反击。由于韩侂胄用人不当，中路军统帅之一皇甫斌率军攻打唐州时被金军击溃，随后又大败于溇水。北伐主战场两淮统帅邓友龙败于宿州。西路军统帅吴曦则早与金国暗通款曲，以献出价、成、和、凤四州换得蜀王封号。

金军阻截了宋军的最初进攻后，很快就在东、中、西三个战场上，对宋军发起了反攻。在金军的大举进攻之下，真州、扬州相继被金军占领，西路军事重镇和尚原与蜀川的门户大散关也被金军所占。韩侂胄虽几易主帅，仍无济于事，遂欲弃战求和。但金国提出的议和条件除钱帛城池外，还要加上韩侂胄的项上人头。韩侂胄盛怒之下，只得打起精神欲勉力再战。前宰相史浩之子、时任礼部侍郎的史弥远串通因当初韩侂胄反对立其为后而怀恨在心的皇后杨氏及中军统制、权管殿前司公事夏震等人矫诏将韩侂胄诱杀于玉津园夹墙内,献其首级于金国,遂订立"嘉定和议",内容为:一、依靖康故事,世为伯侄之国;二、增岁币为银三十万两,绢三十万匹;三、疆界与绍兴时相同(金放弃新占领的大散关、濠州等地),宋另给金军犒军银(赔款)三百万两。此后,史弥远在宋宁宗、宋理宗两朝专权擅政达二十六年。

开禧北伐的出师和结果不幸被辛弃疾的担心与忧虑所料中。战后,军器少监兼权左司郎官程珌(字怀古)上《丙子轮对札子》曰:

甲子之夏,辛弃疾尝为臣言:"中国之兵,不战自溃者,盖自李显忠符离之役始。百年以来,父以诏子,子以授孙,虽尽戮之,不为衰止。唯当以禁旅列屯江上,以半国威。至若渡淮迎敌,左右应援,则非沿边土丁断不可用。目今镇江所造红衲(铠甲)万领,且欲先招万人,正为是也。盖沿边之人,幼则走马臂弓,长则骑河为盗,其视房人,素所狎易。若夫通、泰、真、扬、舒、蕲、濡须之人,则手便犁锄,胆惊钲鼓,与吴人一耳,其可例以为边丁哉。招之得其地矣,又当各分其屯,无杂官军。盖一与之杂,则日渐月染,尽成充甲之人,不幸有警,则彼此相持,莫肯先进;一有微功,则彼此交夺,反戈自戕,岂暇向敌哉。虽然,既知屯之不可不分矣,又当知军势之不可不壮也:淮之东西分为二屯,每屯必得二万人乃能成军。淮东则于山阳,淮西则于安丰,择依山或阻水之地而为之屯,令其老幼悉归其中,使无反顾之虑,然后新其将帅,严其教阅,使势合而气震,固将有不战而自屈者。"又与臣言:"谍者师之耳目也,兵之胜负与夫国之安危悉系焉。而比年来有司以银数两、布数匹给之,而欲使之捐躯深入,刺取房之动息,岂理也哉。"于是出方尺之锦以示臣,其上皆房人兵骑之数,屯戍之地,将帅之姓名。且指其锦而言曰:"此已废四千缗矣。"又言:"弃疾之遣谍也,必钩之以旁证,使不得而欺。如已至幽燕矣,又令至中山,至济南。中山之为州也,或背水,或负山,官寺帑廪位置之方,左右之所归,当悉数之。其往济南也亦然。"又曰:"北方之地,皆弃疾少年所经行者,彼皆不得而欺也。"又指其锦而言曰:

"虏之士马尚若是,其可易乎。"盖方是时朝廷有其意而未有其事也。明年乙丑,弃疾免归。又明年丙寅始出师,一出涂地不可收拾:百年教养之兵一日而溃,百年葺治之器一日而散,百年公私之盖藏一日而空,百年中原之人心一日而失。邓友龙败,朝廷以丘崈代之,臣从丘崈至于淮甸,目击横溃,为之推寻其由,无一而非弃疾预言于二年之先者。

开禧三年(公元 1207 年)九月初十,辛弃疾卒,年六十八岁。临卒大呼:"杀贼!杀贼!……"

稹、秬、稏、穮、穰、襚、秸、褒八子及辛茂嘉、辛助或在朝供职,或效力军旅,只有老妻若水和侍女香香、整整陪伴身边,"家无余财,仅遗诗词、奏议、杂著书集"。

嘉定二年(公元 1209 年)秋,陆游卒,年八十五岁,临卒绝笔《示儿》:

死去元知万事空,但悲不见九州同。

王师北定中原日,家祭无忘告乃翁。

宋理宗(赵昀)端平元年(公元 1234 年)南宋与蒙古联合攻金,金国亡。第二年(公元 1235 年),蒙古便发动对宋战争。虽然朝堂被畏战求和的奸相贾似道搅得乌烟瘴气,但蒙古铁骑的进攻仍然遭到南宋军民的英勇抵抗。直至德祐二年(公元 1276 年),太皇太后谢道清带五岁的宋恭帝出降,临安陷落,文天祥、陆秀夫、张世杰等仍拥立幼主转战江西、广东等地顽强抗争。祥兴元年(公元 1278 年)文天祥因势单力孤在广东海丰五坡岭战败服毒自杀未果被俘。陆秀夫在蒙古铁骑的穷追下于次年(公元 1279 年)在海南崖山驱妻、子入海后自己背负刚满八岁的小皇帝(赵昺)蹈海殉国,年仅四十四岁。宋亡。

　　文天祥被俘后英勇不屈,从容就义,终年四十七岁,留下了丰碑千秋的壮烈诗篇《过零丁洋》:

　　　　辛苦遭逢起一经,干戈寥落四周星。

　　　　山河破碎风飘絮,身世浮沉雨打萍。

　　　　惶恐滩头说惶恐,零丁洋里叹零丁。

　　　　人生自古谁无死? 留取丹心照汗青。